献给北京大学建校一百二十周年

申　丹　总主编

"北京大学人文学科文库"编委会

顾问：袁行霈
主任：申　丹
副主任：阎步克　张旭东　李四龙
编委：（以姓氏拼音为序）

曹文轩	褚　敏	丁宏为	付志明	韩水法	李道新	李四龙
刘元满	彭　锋	彭小瑜	漆永祥	秦海鹰	荣新江	申　丹
孙　华	孙庆伟	王一丹	王中江	阎步克	袁毓林	张旭东

北京市社会科学理论著作出版基金资助
国家社科基金重点项目

北大欧美文学研究丛书
申丹 主编

改革开放30年的外国文学研究

（第一卷）文献综述（上）

罗 芃 主编
刘 锋　秦海鹰 执行主编

北京大学出版社
PEKING UNIVERSITY PRESS

图书在版编目 (CIP) 数据

改革开放 30 年的外国文学研究 . 第一卷 , 文献综述 . 上 / 罗芃主编 . —北京：北京大学出版社，2018.5
（北京大学人文学科文库·北大欧美文学研究丛书）
ISBN 978-7-301-29433-8

Ⅰ.①改… Ⅱ.①罗… Ⅲ.①外国文学—文学研究 Ⅳ.①I106

中国版本图书馆 CIP 数据核字 (2018) 第 061060 号

书　名	改革开放 30 年的外国文学研究（第一卷）文献综述（上） GAIGE KAIFANG 30 NIAN DE WAIGUO WENXUE YANJIU
著作责任者	罗　芃　主编
责任编辑	朱房煦
标准书号	ISBN 978-7-301-29433-8
出版发行	北京大学出版社
地　址	北京市海淀区成府路 205 号　100871
网　址	http://www.pup.cn　　新浪微博：@北京大学出版社
电子信箱	zhufangxu@pup.cn
电　话	邮购部 62752015　发行部 62750672　编辑部 62754382
印刷者	三河市北燕印装有限公司
经销者	新华书店
	650 毫米 × 980 毫米　16 开本　34 印张　475 千字 2018 年 5 月第 1 版　2018 年 5 月第 1 次印刷
定　价	98.00 元

未经许可，不得以任何方式复制或抄袭本书之部分或全部内容。
版权所有，侵权必究
举报电话：010-62752024　电子信箱：fd@pup.pku.edu.cn
图书如有印装质量问题，请与出版部联系，电话：010-62756370

《改革开放 30 年的外国文学研究》编撰人员

主编：罗 芃

执行主编：刘 锋　秦海鹰

各语种文学分组负责人

英美文学组：刘 锋

德语文学组：黄燎宇

法国文学组：杨国政

西班牙语文学组：王 军

俄罗斯文学组：查晓燕

阿拉伯文学组：林丰民

日本文学组：于荣胜

南亚文学组：姜景奎

撒哈拉以南文学组：魏丽明

西方文论组：秦海鹰

撰写人

序言
刘　锋、秦海鹰

(第一卷)文献综述(上)
第一章　英美文学研究
第一节　早期英国文学研究(古英语时期至17世纪初):郝田虎
第二节　17世纪英国文学研究:李正栓、李圣轩
第三节　18世纪英国文学研究:苏　勇
第四节　19世纪英国文学研究:卢　炜
第五节　20世纪英国文学研究:张　源
第六节　美国文学研究:毛　亮
统稿人:刘　锋
第二章　德语文学研究
第一节　18世纪之前德语文学:罗　炜
第二节　从浪漫派到流亡文学:吴晓樵
第三节　现当代文学部分(1945年以后文学):潘　璐
统稿人:黄燎宇
第三章　法国文学研究
第一节　中世纪法国文学研究:杨国政
第二节　16世纪法国文学研究:杨国政
第三节　17世纪法国文学研究:罗　湉
第四节　18世纪法国文学研究:罗　湉
第五节　19世纪法国文学研究:张　怡
第六节　20世纪法国文学(上):高　冀
第七节　20世纪法国文学(下)
一、存在主义:王　梓

二、新小说:王晓侠

三、现当代文学:魏柯玲

统稿人:杨国政

第四章　西班牙语文学研究

第一节　西班牙语文学研究综述

"总论"部分:王　军

"中世纪—19世纪西班牙文学"部分:程弋洋

"塞万提斯研究""20世纪西班牙文学"部分:王　军

第二节　拉丁美洲西班牙语文学研究

"总论"部分、"古印第安文学述评""征服、殖民时期的文学""独立革命时期的文学""浪漫主义文学""现实主义文学""现代主义文学""先锋派小说""后现代主义诗歌""后'爆炸'文学"部分:路燕萍(其中"总论"部分与范晔共同完成)

"先锋派小说"部分中的"阿斯图里亚斯""卡彭铁尔""鲁尔福"和"博尔赫斯",以及"新小说"部分中的"文学爆炸四杰:科塔萨尔、马尔克斯、富恩特斯、略萨"及"何塞·多诺索":范　晔

"拉丁美洲戏剧"部分:卜　珊

统稿人:王　军

(第二卷) 文献综述(下)

第一章　俄罗斯文学研究

查晓燕、彭甄、吴石磊;前期资料搜集人:许世欣、叶芳芳

统稿人:查晓燕

第二章　阿拉伯文学研究

"总论"部分:林丰民

第一节　以书为载体的阿拉伯文学研究:王　婧

第二节　以论文和学术文章为载体的阿拉伯文学研究:徐　娴

统稿人:林丰民

第三章 日本文学研究
第一节 日本古典文学研究：丁 莉
第二节 日本近代文学研究：李 强
第三节 日本现代文学研究：于荣胜
第四节 日本当代文学研究：翁家慧
统稿人：于荣胜
第四章 南亚文学研究
曾 琼
第五章 撒哈拉以南非洲文学研究
魏 崴、杨梦斌
统稿人：魏丽明
第六章 西方文论研究
第二节 "形式主义与'新批评'"部分和第六节"结构主义、叙事学、结构诗学"部分：彭 甄；前期资料搜集人：许世欣、叶芳芳
本章其余部分：张 锦
统稿人：秦海鹰

(第三卷)专题研究
撰写人员在各篇文章内标明

总　序

袁行霈

　　人文学科是北京大学的传统优势学科。早在京师大学堂建立之初,就设立了经学科、文学科,预科学生必须在五种外语中选修一种。京师大学堂于1912年改为现名,1917年,蔡元培先生出任北京大学校长,他"循思想自由原则,取兼容并包主义",促进了思想解放和学术繁荣。1921年北大成立了四个全校性的研究所,下设自然科学、社会科学、国学和外国文学四门,人文学科仍然居于重要地位,广受社会的关注。这个传统一直沿袭下来,中华人民共和国成立后,1952年北京大学与清华大学、燕京大学三校的文、理科合并为现在的北京大学,大师云集,人文荟萃,成果斐然。改革开放后,北京大学的历史翻开了新的一页。

　　近十几年来,人文学科在学科建设、人才培养、师资队伍建设、教学科研等各方面改善了条件,取得了显著成绩。北大的人文学科门类齐全,在国内整体上居于优势地位,在世界上也占有引人瞩目的地位,相继出版了《中华文明史》《世界文明史》《世界现代化历程》《中国儒学史》《中国美学通史》《欧洲文学史》等高水平的著作,并主持了许多重大的考古项目,这些成果发挥着引领学术前进的作用。目前,北大还承担着《儒藏》《中华文明探源》《北京大学藏西汉竹书》的整理与研究工作,以及《新编新注十三经》等重要项目。

与此同时,我们也清醒地看到,北大人文学科整体的绝对优势正在减弱,有的学科只具备相对优势了;有的成果规模优势明显,高度优势还有待提升。北大出了许多成果,但还要出思想,要产生影响人类命运和前途的思想理论。我们距离理想的目标还有相当长的距离,需要人文学科的老师和同学们加倍努力。

我曾经说过:与自然科学或社会科学相比,人文学科的成果,难以直接转化为生产力,给社会带来财富,人们或以为无用。其实,人文学科力求揭示人生的意义和价值,塑造理想的人格,指点人生趋向完美的境地。它能丰富人的精神,美化人的心灵,提升人的品德,协调人和自然的关系以及人和人的关系,促使人把自己掌握的知识和技术用到造福于人类的正道上来,这是人文无用之大用!试想,如果我们的心灵中没有诗意,我们的记忆中没有历史,我们的思考中没有哲理,我们的生活将成为什么样子?国家的强盛与否,将来不仅要看经济实力、国防实力,也要看国民的精神世界是否丰富,活得充实不充实,愉快不愉快,自在不自在,美不美。

一个民族,如果从根本上丧失了对人文学科的热情,丧失了对人文精神的追求和坚守,这个民族就丧失了进步的精神源泉。文化是一个民族的标志,是一个民族的根,在经济全球化的大趋势中,拥有几千年文化传统的中华民族,必须自觉维护自己的根,并以开放的态度吸取世界上其他民族的优秀文化,以跟上世界的潮流。站在这样的高度看待人文学科,我们深感责任之重大与紧迫。

北大人文学科的老师们蕴藏着巨大的潜力和创造性。我相信,只要使老师们的潜力充分发挥出来,北大人文学科便能克服种种障碍,在国内外开辟出一片新天地。

人文学科的研究主要是著书立说,以个体撰写著作为一大特点。除了需要协同研究的集体大项目外,我们还希望为教师独立探索,撰写、出版专著搭建平台，形成既具个体思想，又汇聚集体智慧的系列研究成果。为此，北京大学人文学部决定编辑出版"北京大学人文学科文库"，旨在汇集新时代北大人文学科的优秀成果，弘扬北大人文学科的学术传统，展示北大人文学科的整体实力和研究特色，为推动北大世界一流大学建设、促进人文学术发展做出贡献。

我们需要努力营造宽松的学术环境、浓厚的研究气氛。既要提倡教师根据国家的需要选择研究课题，集中人力物力进行研究，也鼓励教师按照自己的兴趣自由地选择课题。鼓励自由选题是"北京大学人文学科文库"的一个特点。

我们不可满足于泛泛的议论，也不可追求热闹，而应沉潜下来，认真钻研，将切实的成果贡献给社会。学术质量是"北京大学人文学科文库"的一大追求。文库的撰稿者会力求通过自己潜心研究、多年积累而成的优秀成果，来展示自己的学术水平。

我们要保持优良的学风，进一步突出北大的个性与特色。北大人要有大志气、大眼光、大手笔、大格局、大气象，做一些符合北大地位的事，做一些开风气之先的事。北大不能随波逐流，不能甘于平庸，不能跟在别人后面小打小闹。北大的学者要有与北大相称的气质、气节、气派、气势、气宇、气度、气韵和气象。北大的学者要致力于弘扬民族精神和时代精神，以提升国民的人文素质为己任。而承担这样的使命，首先要有谦逊的态度，向人民群众学习，向兄弟院校学习。切不可妄自尊大，目空一切。这也是"北京大学人文学科文库"力求展现的北大的人文素质。

这个文库第一批包括：
"北大中国文学研究丛书"（陈平原 主编）
"北大中国语言学研究丛书"（王洪君 郭锐 主编）
"北大比较文学与世界文学研究丛书"（陈跃红 张辉 主编）
"北大批评理论研究丛书"（张旭东 主编）
"北大中国史研究丛书"（荣新江 张帆 主编）

"北大世界史研究丛书"(高毅 主编)
"北大考古学研究丛书"(赵辉 主编)
"北大马克思主义哲学研究丛书"(丰子义 主编)
"北大中国哲学研究丛书"(王博 主编)
"北大外国哲学研究丛书"(韩水法 主编)
"北大东方文学研究丛书"(王邦维 主编)
"北大欧美文学研究丛书"(申丹 主编)
"北大外国语言学研究丛书"(宁琦 高一虹 主编)
"北大艺术学研究丛书"(王一川 主编)
"北大对外汉语研究丛书"(赵杨 主编)

此后,文库又新增了跨学科的"北大古典学研究丛书"(李四龙、彭小瑜、廖可斌主编)和跨历史时期的"北大人文学古今融通研究丛书"(陈晓明、王一川主编)。这17套丛书仅收入学术新作,涵盖了北大人文学科的多个领域,它们的推出有利于读者整体了解当下北大人文学者的科研动态、学术实力和研究特色。这一文库将持续编辑出版,我们相信通过老、中、青年学者的不断努力,其影响会越来越大,并将对北大人文学科的建设和北大创建世界一流大学起到积极作用,进而引起国际学术界的瞩目。

2017年10月修订

丛书序言

　　北京大学的欧美文学研究具有深厚的历史积淀，承继五四运动之使命，早在1921年便建立了独立的外国文学研究所，系北京大学首批成立的四个全校性研究机构之一，为中国人文学科拓展了重要的研究领域，注入了新的思想活力。新中国成立之后，尤其是经过1952年的全国院系调整，北京大学欧美文学的教学和研究力量不断得到充实与加强，汇集了冯至、朱光潜、曹靖华、杨业治、罗大冈、田德望、吴达元、杨周翰、李赋宁、赵萝蕤等一大批著名学者，以学养深厚、学风严谨、成果卓越而著称。改革开放以来，北大的欧美文学研究进入了新的历史发展时期，形成了一支思想活跃、视野开阔、积极进取、富有批判精神的研究队伍，高水平论著不断问世，在国内外产生了重要的学术影响。21世纪之初，北京大学组建了欧美文学研究中心，研究力量得到进一步加强。北大的欧美文学研究人员确定了新时期的发展目标和探索重点，踏实求真，努力开拓学术前沿，承担多项国际合作和国内重要科研课题，注重与国内同行的交流和与国际同行的直接对话，在我国的欧美文学研究中发挥着越来越重要的作用。

　　为了弘扬北京大学欧美文学研究的学术传统，促进欧美文学研究的深入发展，北大欧美文学研究中心在成立之初就开始组织撰写"北大欧美文学研究丛书"。本套丛书涉及欧美文学研究的多个方面,包括欧美经典作家作品研究、欧美文学流派或文学体裁研究、欧美文学与宗教研究、欧美文论与文化研究等。这是一套开放性的丛书,重积累、求创新、促发展,旨在展示多元文化背景下北大欧美文学研究的成果和视角,加强与国际国内同行的交流,为拓展和深化当代欧美文学研究做出自己的贡献。通过这套丛书,我们也希望广大文学研究者和爱好者对北大欧美文学研究的方向、方法和热点问题有所了解;北大的欧美文学研究者也能借此对自己的学术探讨进行总结、回顾、审视、反思,在历史和现实的坐标中确定自身的位置。此外,我们也希望这套丛书的撰写与出版能有力地促进外国文学教学和人才的培养,使研究与教学互为促进、互为补充。

这套丛书的研究和出版得到了北京大学、北京大学外国语学院以及北京大学出版社的大力支持。若没有上述单位的鼎力相助,这套丛书是难以面世的。

2016年春,北京大学人文学部开始建设"北京大学人文学科文库",旨在展示北大人文学科的整体实力和研究特色。"北大欧美文学研究丛书"进入文库继续出版,希望与文库收录的相关人文学科的优秀成果一起,为展现北大学人的探索精神、推动北大世界一流大学建设、促进人文学术发展贡献力量。

申 丹
2016 年 4 月

目 录

序 言 ········· 1

第一章 英美文学研究 ········· 1
第一节 早期英国文学研究（古英语时期至17世纪初）······ 1
第二节 17世纪英国文学研究 ········· 44
第三节 18世纪英国文学研究 ········· 71
第四节 19世纪英国文学研究 ········· 87
第五节 20世纪英国文学研究 ········· 119
第六节 美国文学研究 ········· 140

第二章 德语文学研究 ········· 187
第一节 18世纪之前德语文学 ········· 187
第二节 从浪漫派到流亡文学 ········· 199
第三节 现当代文学部分（1945年以后文学）········· 220

第三章 法国文学研究 ········· 234
第一节 中世纪法国文学研究 ········· 234
第二节 16世纪法国文学研究 ········· 238
第三节 17世纪法国文学研究 ········· 244
第四节 18世纪法国文学研究 ········· 253
第五节 19世纪法国文学研究 ········· 265

第六节　20世纪法国文学（上） …………………………… 301
　　第七节　20世纪法国文学（下） …………………………… 337

第四章　西班牙语文学研究 …………………………………… 389
　　第一节　西班牙语文学研究综述 …………………………… 389
　　第二节　拉丁美洲西班牙语文学研究 ……………………… 439

参考书目 ………………………………………………………… 491

序　言

　　本书是国家社科基金重点项目"十一届三中全会以来外国文学研究30年"的研究成果。这一项目旨在系统地检阅改革开放以来我国外国文学研究的基本状况,就其性质和定位而言,可归入学科史的范畴。迄今为止,国内高校和研究机构已开展过两个大型研究项目,梳理和总结中华人民共和国成立六十年来外国文学研究的发展情况。其一是陈众议主持的"当代中国外国文学研究(1949—2009)"项目。该项目追溯了"五四"以来外国文学研究的发展情况,在此基础上描述了中华人民共和国成立以来国别、区域或语种文学研究、外国文学翻译、外国重要文艺理论思潮在中国的接受、外国文学教材建设等问题。[①] 其二是申丹、王邦维主持的"新中国60年外国文学研究"国家社科基金重大项目。该项目规模庞大,共分八个子课题展开,包括"外国文学作品研究之考察与分析"(下分诗歌与戏剧研究和小说研究)、"外国文学流派研究之考察与分析""外国文学史研究之考察与分析""外国文论研究之考察与分析""外国文学翻译之考察与分析""外国文学研究分类考察口述史""外国文学研究数据库"和"外国文学研究战略发展报告"。整个项目将外国文学研

[①] 参见陈众议主编:《当代中国外国文学研究(1949—2009)》,中国社会科学出版社2011年版。

究分成不同的领域或专题分别加以考察,力图"以新的方式探讨新中国成立后60年外国文学研究的思路、特征、方法、趋势和进程,对重要问题做出深度分析,从新的角度揭示外国文学研究的得失和演化规律,对未来的外国文学研究进行前瞻性思考,以求推进我国外国文学研究的学术史建构"①。从时间范围来看,这些研究项目同样涵盖了改革开放以来的外国文学研究,但其成果具有通史的性质,改革开放以来的外国文学研究被当作中华人民共和国成立以来外国文学研究的一个阶段来处理,从而就被置于一个广大的背景下来审视,其意义自不待言。相形之下,本项研究更多地具有断代史的性质,虽则仍要以改革开放以前的外国文学研究为必要参照,但其焦点更为集中,可以照顾到更多的细节,并透过对细节的充分梳理和评估,为改革开放以来的外国文学研究提供比较系统的概览。通史研究和断代史研究的侧重点各不相同,但两者之间无疑存在着互补的关系。

党的十一届三中全会是我国当代史上的一个重大事件,标志着改革开放的开始,对我国的政治、经济、社会、文化生活产生了全方位的影响。外国文学研究作为我国文化建设的一部分,作为中外文化交流和互动的一个重要渠道,也经历了相当大的变化。对三十多年来外国文学研究的状况予以系统总结,可以从一个侧面反映我国文化建设的整体发展情况。与此同时,本项研究又具有内在的学科意义,能够在一定范围内揭示三十多年来外国文学研究的进程、变化、特点以及未来发展趋向。按其性质和目标而言,本项研究不可避免地含有一个历史纵深的视角,如果不能对改革开放以前的外国文学研究有一个总体把握,就无法确切地认识和评价改革开放以来外国文学研究的新格局。由于这个缘故,虽然本项研究并

---

① 参见申丹、王邦维:《新中国60年外国文学研究》,总导言,北京大学出版社2015年版。该书共分六卷七册,各卷册标题依次为:"外国诗歌与戏剧研究""外国小说研究""外国文学流派研究""外国文学史研究""外国文论研究""外国文学翻译"和"口述史"。除陈众议和申丹分别主持的两个项目外,国内还出版过几部外国文学学术史的专著,如王向远著《东方各国文学在中国》(江西教育出版社2001年版)、龚瀚熊著《西方文学研究》(收入"二十世纪中国人文学科学术研究史丛书",福建人民出版社2005年版)等,但这些专著只涉及东方或西方文学研究,而没有涵盖外国文学研究的全部分支领域。

不过多地直接涉及改革开放以前的外国文学研究,但其作为一种隐含的参照,则始终在场。国内研究者通常以党的十一届三中全会的召开为界,将中华人民共和国成立以来的外国文学研究分成前后两个时期。不过,这两个时期的关系要比任何笼统的划界都更为复杂,其间不仅发生了显而易见的变化,而且也存在着十分重要的连续性,需要在全面了解两个时期外国文学研究的特点的基础上,透过比较视野予以把握。另一方面,在当今国际化趋势日益加强的背景下,还需要参照国外(尤其是对象国)相关学科领域的发展来审察我们自己的研究工作,发现相同或相异的问题意识、选择的理由、影响的方式、研究水准的高下等。鉴于外国文学研究与其他人文、社会学科之间存在着相互影响、相互渗透的关系,因而就有必要结合语言学、哲学、历史学、心理学、社会学、宗教学等学科来对它加以综合性审视。总而言之,对改革开放以来的外国文学研究进行考察,是一项蕴含着多方面复杂联系的工作。尽管在本项研究中,这些联系未必明确地呈现出来,但它们作为始终一贯的潜在视域,直接影响到考察工作的诸多环节,如选材、判断、分析、解释、评价等。离开了这种深切的比较意识,对改革开放以来外国文学研究的发展进程和独特品质就不可能形成确切的认知。

我国的外国文学研究,若从始于五四新文化运动时期的大规模引介算起,已经历了一个世纪的发展。中华人民共和国成立以前的30年是外国文学研究的草创阶段,学科建制初步形成,大学的外文系成为外国文学研究的制度性依托,培养了一批优秀的专门研究人才。这批学者在中华人民共和国成立以后成为外国文学研究的中坚力量,他们做了大量的引介、普及和研究工作,同时又通过系统、规范的教学活动培养了新一代研究工作者,进一步确立了外国文学作为一门独立学科的地位。不过,如同人文社会科学的其他领域一样,当时的外国文学研究与意识形态的要求高度吻合,很难按学科的自律逻辑展开,研究对象、方法和视角相对单一,分析和评论经常不是从文本实际出发,而更多的是为一种既定的意义系统提供佐证或辩护。现实主义,尤其是批判现实主义作家受到几乎是压倒性的关注,而素朴的社会学方法则成为主流研究方法。这个时期的外国文学研究无疑具有鲜明的时代印记,对它很难采取非此即彼的评价方式,或许将它看作特殊的历史条件下学科积累的一个必要环节,才更加符合事实。

改革开放以后,在思想解放的大气氛下,外国文学研究也与其他人文学科一样呈现出不同于既往的崭新格局,其涵盖范围急剧扩大,昔日被有意无意排除在外的作家、作品进入研究者的视野,日益成为外国文学鉴赏、诠释、分析和评论的焦点,而最引人注目的就是西方现代派文学的大量引介,丰富了人们对外国文学的认知。与此同时,经典作家、作品也在一种新的视角下得到重新评价,不仅对研究文本的选择突破了思想内容的限制,文学形式、文学手法、文学修辞等原本被刻意回避的层面也受到特殊关注。尽管这个过程始终伴随着争议、辩难甚或批判,但就其基本发展轮廓来看,开放和多元毕竟已成为不可遏制的趋势。加上20世纪80年代"文化热"引入的大量西方学术资源,文学文本被置于广泛的思想联系中来观照和评价,呈现出更复杂、更微妙的意义层次。20世纪90年代以来的外国文学研究基本上沿着这一轨迹往前推进,当然涉及的范围更加广泛,新的研究课题层出不穷,如后现代文学、族裔文学、生态文学等,都引起了普遍关注。尽管从学理上看,有些研究对象以及研究本身的价值还可以争论,见仁见智,不足为奇,但一个基本倾向是,外国文学研究日益按其内在的学科逻辑来进行,在规范性、系统性、累积性等方面都有显著的进展。随着学科建制的不断完善,形成了一支涵盖了外国文学各领域的学科队伍,除传统上受到较多关注的欧美文学和俄罗斯文学以外,东方文学、拉美文学、非洲文学的研究也达到了一定的规模,专业化程度越来越高。

除此而外,现代西方文论的引介和研究也在不断加强。从20世纪80年代开始,形形色色的西方文论开始进入研究者的视野,如精神分析文论、俄国形式主义、英美新批评、结构主义、神话原型批评、西方马克思主义文论、接受美学、叙事学理论、解构主义、女性主义、新历史主义等。

随着研究者对现代西方文论了解的深入,也出现了一些带有批判性反思的成果。可以说,无论在广度上,还是在深度上,文论研究都取得了长足的进展,成绩不可小觑。不过,在此过程中,对新理论、新思潮的追逐也渐成风尚,甚至产生了一呼百应的效果。例如,在相当一段时间内,研究者的关注焦点主要集中在后现代主义上,范围所及,几乎囊括了后现代主义的所有方面。围绕一种理论思潮形成研究热点,的确有助于凝聚研究资源,将讨论不断推向深入,但也有可能出现相反的情况,因为处在一种热烈的氛围中,研究者往往很难认真推究一个问题的前因后果及诸多逻辑环节,而一旦热潮过去,这个问题又随之被弃置一旁了。20世纪90年代的"后现代热"就属于这种情况,虽然有深度的研究并非完全付诸阙如,但总体来看,后现代主义研究的成果质量远远不能与后现代主义受到的普遍关注相匹配。进入21世纪以来,人们对后现代主义的兴趣逐渐减弱,热潮不再,但这并不意味着,对后现代主义的研究已经完结。不管是好是坏,后现代主义作为20世纪后半叶西方社会的一种突出的文化现象,其影响和效应仍将以某种方式长期存在。不仅如此,透过后现代主义的视野反观现代主义,也有可能看到许多从前看不到的东西,因为正如不少学者指出的,后现代主义与现代主义并非截然断裂的关系。对于诸如此类的问题,现在也许到了做进一步深入检讨的时候了。

  本项目分两个阶段予以实施。第一阶段主要做了文献梳理的工作,旨在按外国文学各分支领域并围绕若干重点问题,为改革开放以来的外国文学研究提供一个发展梗概。第二阶段以第一阶段的工作为基础,选择若干具有典型意义的专题,做较为集中的探讨。我们希望通过这种点面结合的方式,既比较系统地呈现三十多年来外国文学研究的成果,同时又借助若干个案对这些成果进行更细致的分析,以期从特定的视角见出外国文学界在某些具体问题的研究中所取得的成绩,以及存在的种种问题。我们充分地意识到,无论是文献综述,还是专题讨论,都必然带有高度的选择性。改革开放以来的三十多年里,外国文学领域已积累了相当丰富的文献资源,专著、论文的数量不可胜计,所涉及的分支领域也远非此前任何时期的外国文学研究所能比拟。要对汗牛充栋的文献进行梳理，就必须在多个层面上（如研究者所研究的作家作品、所关注的问题、探讨问题的方式等）做出选择，因而真正意义上的全面性只是遥不可及的理想。第一阶段的文献综述尚且如此，第二阶段的专题讨论就更不可能面面俱到了；事实上，这一阶段的工作仅仅具有举隅的性质，从中或可约略看出，对某个作家、某部作品或某个文学现象的探究是如何一步一步向前推进的。如果说第一阶段的工作更注重资料性，第二阶段的工作则更注重对资料的消化、分析和解释；就此而言，两个阶段的工作是相互补充的。

与项目实施的两个阶段相应，本书分成三卷。第一、二卷按国别或语种将改革开放以来的外国文学研究分成如下几个分支来进行考察：英美文学研究、德语文学研究、法国文学研究、西班牙语文学研究、俄罗斯文学研究、阿拉伯文学研究、日本文学研究、南亚文学研究、撒哈拉以南非洲文学研究。文论研究主要涉及20世纪几个主要欧美国家的文论，在此作为单独一章，并在"西方文论研究"的总标题下按流派加以考察。鉴于前两卷侧重于对三十多年来外国文学研究的一般发展状况进行考察，因而在编排内容时，原则上可采取编年史的形式，按论文或专著的出版时间排列顺序，例如以某个年份为单位，描述和总结当年的研究成果。这无疑有助于读者方便地了解某个特定时段研究者的兴趣方向，并对该时段的研究成果形成一个总体印象。但另一方面，这样做也可能造成支离之弊，因为在这种安排下，对同一作家、作品或文学现象的研究就必须按论文或专著的出版时间置于不同的年份分别加以描述。经反复考虑，我们以为比较可取的做法是按对象国文学史的线索来编排各章内容，围绕各个时期的重要作家、作品或文学现象，简要描述三十多年来我国外国文学界对其所做的研究。将三十多年来外国文学界对某个具体作家、作品或文学现象所做的研究作为一个整体来处理，有助于透过发展的视野见出相关研究的连续性脉络。不过，由于不同语种文学（尤其是东方各语种文学）的研究状况不尽相同，这一原则很难始终一贯地予以贯彻，容有变通的情况。前两卷的考察对象以论文为主，取材范围包括几家专业的外国文学期刊，但也同时兼顾各类专著,以及刊载于各种综合性学刊的研究论文。由于涉及的文献数量庞大,我们只能根据具体情况做出适当的取舍,选择若干论文或论著来简要描述其基本观点,而对其余的大量论文或论著则仅列其名。

在前两卷的文献梳理和全景考察的基础上,第三卷的专题研究不再以区域或国别为框架,而是以个案和问题为中心,分为"作家作品""文学史与翻译""文学理论与概念""国别研究的整体反思"四个板块,分别选取30年来我国外国文学研究中具有典型意义的作家、作品、流派、现象、概念、问题等进行深度探讨。"作家作品"是第三卷中占比最大的板块,以所论作家的出生年代为各章编排顺序,在时间上跨越了16世纪至20世纪,在空间上覆盖了西方文学和东方文学,依次涉及:莎士比亚(1564—1616)、莱辛(1729—1781)、歌德(1749—1832)、司汤达(1783—1842)、乔治·爱略特(1819—1880)、罗斯金(1819—1900)、契诃夫(1860—1904)、泰戈尔(1861—1941)、纪德(1869—1951)、普列姆昌德(1880—1936)、卡夫卡(1883—1924)、纪伯伦(1883—1931)、杜拉斯(1914—1996)和村上春树(1949—)。这些作家在各自的国家或区域的文学中都具有很高的代表性,但本项目把他们作为个案来考察,则主要是针对他们在我国30年外国文学研究中的特殊意义,目的是对他们在我国的接受、传播、翻译、误读等具有中国特色的现象进行反思和总结。本项目作为外国文学研究之研究,不仅要把作家作品当作个案来考察,还要把一些更具有源头性或基础性的问题当作个案来深思。这些问题大至某个学科门类的建立和命名,小至某个理论概念的接受和流变,当然还包括外国文学的汉译,都会牵连出一些具有中国特色的现象和难题。我们作为一个有自己语言、文化和思想传统的中国"他者",在进入外国文学这个广阔研究领域时必然带有我们特有的目光、问题、优势或障碍。这便是"文学史与翻译"和"文学理论与概念"这两个板块的设计意图。"文学史与翻译"板块的三篇论文分别探讨了东方文学史的编写问题和西班牙语文学在我国的翻译出版历程以及英国诗人济慈作品的中译个案。"文学理论与概念"板块中的两篇论文各有侧重,一个涉及文论教材的编写,一个涉及文本概念,都探讨了西方文学理论在中国的旅行和本土化问题。最后一个版块分别以法国文学、美国文学和荒诞派戏剧为案例,提供了国别研究和流派研究的整体综合考察,是对单一的作家作品研究的重要补充。因研究力量所限,第三卷的选题不可能面面俱到,只可能具有抽样性质,但就其学术性和反思性而言,这些专题论文是第一阶段充分的资料调研后的必要延伸和结果,其中各章对每个个案所进行的深度分析和反思,对我国今后的外国文学研究的方向和重点提供了多层面的启发和指南,从中可以看出,改革开放所带来的大环境的变化对外国文学研究的诸多层次都有着直接或间接的影响。

通过本项目的考察,我们希望对改革开放以来三十多年里的外国文学研究有一个宏观的、总体的把握。首先应该肯定的是,这三十多年的外国文学研究无论在深度上还是在广度上都取得了前所未有的进展。改革开放前,如同人文社会科学的其他领域一样,外国文学研究深受时代政治风向的左右,评论的对象和视角单一,主要聚焦于少数几个具有进步倾向的作家及其作品,尤其在苏联模式的影响下,政治和社会学诠释成为主导研究进路,文学作品被当作某种特定意识形态的注解。当然,这个问题也要辩证地看待。外国文学与社会、政治的关系确实是外国文学研究的一个不可忽视的维度,就其本身而言,这类研究并非毫无意义,因为文学之为文学,就在于它涵盖了人类生活的一切基本面向。相应地,文学研究必须将其触角伸展到文学的全部意义层次,其中也包括文学的社会和政治内涵。除此而外,那个时期的外国文学翻译也取得了不容低估的实绩,经过老一辈学者和翻译家的不懈努力,许多外国经典文学作品都有了质量上乘的中译本。撇开公众阅读生活不谈,从专业外国文学研究的角度来看,这些译本提供了比较信实的基础性原典,即便通晓外国语文的研究者也经常需要参考它们,以期更确切地把握原著的意义。但另一方面,我们也应该看到,文学研究之不同于哲学、史学、政治学、社会学等学科,必定有其不可替代的独特品质,如果抛弃了文学的"文学性",它就失去了作为一个学科的存在理由。改革开放后,老一辈学者敏锐地意识到这个问题,并且对此作了充分的探究,例如杨周翰先生的《新批评派的启示》就隐含着对前几十年主要从社会和政治视角切入外国文学的方法的深度反思。① 如果说改革开放以后的外国文学研究有什么不同于既往的特点的话,那就在于研究题材、方法和视角的多元性和开放性。除了文学的政治、社会层面外,其形式、语言、修辞等层面也备受重视,形式与内容的关系在更加符合文学特性的视野下获得了重新定位。随着研究的逐步深化和学科的不断成熟,研究者早已不满足于单纯、笼统的引介,而是运用各种不同的方法,从哲学、社会学、政治学、宗教学、文化学、语言学、叙事学等层面上细致解读和挖掘作品的文本细节。这类研究极大地丰富了文本阐释,呈现出意义的多元性、发散性和跨学科性。随之而来的是学科自律性的不断强化,研究者摒弃了先入之见,更多地按学科的内在逻辑寻找、发现和解决问题,学理探究被置于其应有的地位上。国外的最新研究成果被源源不断地引入,充实了研究资源,更新了研究手段,拓展了研究者的视野。这是一个值得庆幸的发展进程,对外国文学研究起了不可估量的推动作用。

改革开放以来的三十多年里,通过新老两代外国文学研究者的共同努力,大量的外国理论思潮、方法论和学术研究成果被陆续引入,加上与国外同行交流的日益增多,我国的外国文学研究获得了一个与国际对接的发展契机,研究者可以站在一个新的起点上推动学科的发展。不过,我们也应当注意到,这样大规模的引入在打开研究者视野的同时也产生了一系列新的问题,其中的一个突出问题就是跟风、逐异。前已提及,后现代主义理论和文学在20世纪90年代曾在外国文学界掀起了一个研究热潮,论著、论文大量发表,但从总体上看,研究者大多不去深究后现代主义在西方社会和文化中的来龙去脉,更谈不上对它进行深度的批判性反思,甚至有论者简单地断定,后现代主义是一个全球性思潮,其流风所及,中国也已经进入了后现代。又比如,曾经有一段时间,美国华裔文学在外国

---

① 《国外文学》1981年第1期。

文学界成为一个焦点问题,很多学者积极参与到华裔文学的引介和研究中去。无可否认,美国华裔文学对于了解作为少数族裔的美国华裔的生存状况、意识形态、文化理念、文学表达等有着重要的价值,但美国华裔文学的一些根本问题,如华裔文学在当代美国文学中的位置、其本身的文学成就等,却经常遭到忽略。不仅如此,研究者的兴趣主要集中在少数几个华裔作家身上,致使华裔文学的整体面貌难以充分地呈现出来,对华裔文学的文学价值的评判更是相关研究的薄弱环节。

除此而外,经典作家、作品的研究还有待于进一步加强。鉴于国内外在经典作家、作品的研究方面已经积累了丰富的成果,要想在研究中取得新的突破,就变得日益困难。由于这个原因,经典作家、作品经常被刻意地回避,而过去研究较少的作家、作品则受到重视,有时甚至受到了与这些作家、作品在文学史上的地位极不相称的重视。自然,这类研究成果中的某一些确有填补空白的意义,其本身无可厚非,但如果只是为了新成果的产出,就将大量的研究资源集中于此,那就不免有本末倒置的嫌疑。在外国文学研究领域,这个问题是实实在在地存在的,只要看看国内的重要专业学术期刊,就可以发现,像埃斯库罗斯、但丁、薄伽丘、莎士比亚、弥尔顿、伏尔泰、歌德、狄更斯、托尔斯泰、泰戈尔等伟大作家的研究只占极小的比例,与这些作家在文学史上的地位呈负相关。当然,我们也要看到,最近若干年情况发生了一些变化,对经典作家、作品的重视程度有了一定的提高,这是一个应当进一步推动的良好趋势。如所周知,经典是经过时间过滤后的文学中的精华,提供了文学传承的最基本的线索,理应成为外国文学研究的重点。经典作家的作品一般都有深度的思想含量。文学理论家韦勒克和沃伦曾说,文学史与思想史之间存在着平行关系。① 如果此言不虚,在这种平行关系中,经典作家、作品无疑居于中轴的地位。经典作家通过自己的作品来表达对哲学、历史、社会、文化等的观点,更有不少经典作家不但通过文学作品,而且还通过思想论著深刻地切入时代问题。举例来说,英国浪漫主义

---

① 韦勒克、沃伦:《文学理论》,刘象愚等译,生活·读书·新知三联书店1984年版,第114页。

文学家柯尔律治就不仅从事文学创作，而且还写了大量的宗教和政治论著，其思想的深度不亚于同时代其他思想家，以至于穆勒将他与哲学家边沁相提并论，认为他们两人是那个时代最有原创性的思想家。在目前的外国文学研究中，经典作家作为思想家的层面还较少引起关注，这或许是外国文学研究中一个应该加强的环节。

另外一个问题是，东方文学与西方文学的研究成果严重失衡。相较于西方文学研究，东方文学研究尚未达到与其地位相匹配的规模。东方文学涉及的语种较多，而这些语种的文学所受到的重视程度又各个不一。相对而言，日本文学、印度文学、阿拉伯文学更受重视，其所以如此，或许与通晓相关语言的研究者人数较多有一定的关系，其他语种的文学则缺乏充实的研究力量，研究成果更是极度贫乏。这一情况已引起国家文教部门的重视，从 2012 年起，教育部陆续在各高校培育了一批国别与区域研究基地，加大对东方语言、文学学科的扶持力度。我们希望类似的制度性支持能够持续下去，并产生出全方位的效应，使外国文学各分支领域能得到更加均衡的发展。

总起来说，本项目试图将描述与分析、综述与讨论、资料性与学术性有机地结合起来。我们希望通过对改革开放以来外国文学研究状况的全面调研获得充分的一手资料，将外国文学研究置于一个动态的长程视野中进行综合、考察和分析，既如实地反映和评价已有的成就，又对存在的问题做出一定的反思。鉴于本项研究的全局视野，它不仅具有单纯的回顾性质，更有一个向未来延伸的层面，可以为外国文学学科的未来发展提供鉴照，同时也帮助研究者了解和掌握各个具体的分支领域的研究现状，从而在更高层次上推进相关领域的研究。

本研究项目得到北京大学外国语学院王建教授的大力支持，他在项目实施的初期还做过大量的组织工作。北京大学人文学部主任申丹教授一直关注项目的进展，并慨然将项目成果纳入她所主编的丛书中。北京大学出版社张冰主任以及初艳红、朱房煦、兰婷、刘爽女士对本书的出版做了大量具体、复杂、琐碎的工作，若无她们的积极推动，本书的出版定将是遥遥无期。在此，谨向对本书的撰写和出版提供各种形式帮助的专家、学者和编辑人员表示由衷的谢忱。

第一章

英美文学研究

第一节 早期英国文学研究(古英语时期至 17 世纪初)

早期英国文学研究门槛较高,需要专门训练,新时期以来中国大陆三代早期英国文学研究者代际传承明显,薪火相续不断。第一代学者以方重①、鲍屡平、杨周翰、王佐良、李赋宁、裘克安、阮珅(以出生年月为序)等为代表,成就巨大,但现在大都已经凋零或年高德勋;第二代学者以胡家峦、陆谷孙、何其莘、陈才宇、刘迺银(刘乃银)、沈弘等为代表,成绩显著,大都健在,是目前的中坚力量;第三代学者系第二代学者的学生和/或留学归国人员,是正在崛起的新生力量。三代学者大都分布在高等院校和社会科学院等科研机构,他们的辛勤劳动为我国新时期早期英国文学研究的复苏和发展做出了重要贡献,这无疑是值得肯定的。本综述在回顾和记录成绩的同时,也客观分析存在的问题,探讨解决的办法,以期我国在早期英国文学研究这一重要而迷人的领域,百尺竿头更进一步。在方法上,作者以讨论《外国文

---

① 关于方重对我国乔叟翻译和研究重要贡献的恰当总结(并不限于新时期),见张和龙主编:《英国文学研究在中国:英国作家研究》(上卷),上海外语教育出版社 2015 年版,第 51—59 页。

学研究》《外国文学》《国外文学》《外国文学评论》和中国人民大学《复印报刊资料·外国文学研究》刊载的有关文章为主,辅以其他期刊论文,旁及文学史、翻译、论文集、专著等研究载体,力求对三十余年的情况做全景式鸟瞰。为了叙述的方便,按照时间顺序,本文把这一时期分为三段:改革开放初期的复苏期(1978—1989);90年代的深入期(1990—2000);21世纪的成长期(2001—2011)。在三段情况的述评之后,将在结论部分集中讨论普及和提高的问题。

一、复苏期:改革开放初期的早期英国文学研究(1978—1989)

新时期的早期英国文学研究是从拨乱反正、走出"文革"开始的。人们彻底批判"四人帮"的法西斯文化专制,将其帮派体系痛贬为中世纪的宗教裁判所,热烈肯定莎士比亚的价值(莎士比亚作品尤其是"一面巨型的照妖镜")和欧洲文艺复兴的划时代意义。① "读书无禁区"的鲜明口号言犹在耳。② 经过了十多年的压抑和痛苦挣扎,中国人迎来了改革开放和思想解放的新时代。那是一个火红的年代,无论老中青,"八十年代的新一辈"都英姿勃发,奋发有为,夜以继日,大干快上,为追回逝去的时光而努力工作。学者们对于以莎士比亚为代表的早期英国文学倾注了极大热情,做了很多有益的工作,其主要特征可以概括为五点:(1)有意识地以马克思主义为指导,强调人文主义(人道主义);(2)注重基础建设;(3)与西方的文化交流复苏;(4)比较研究勃兴;(5)许多论著生动可读。第一点俯拾皆是③,毋庸赘述,最后两点容后再述,先来看中间两点。

注重基础建设表现在:五大刊物、《莎士比亚全集》中译本、中国莎士比亚研究会、中国比较文学学会、中国莎士比亚戏剧节都初创于这一时

---

① 戴镏龄:《九鼎铸形,犀角烛怪:谈"四人帮"何以仇视莎士比亚》,《复印报刊资料·外国文学研究》1978年第7期;黄定天:《需要巨人和产生巨人的时代:兼驳"四人帮"对文艺复兴的污蔑》,《复印报刊资料·外国文学研究》1979年第5期。另参见冯至:《拨乱反正,开展外国文学工作:在中国文联会议上的发言》,《复印报刊资料·外国文学研究》1978年第10期。
② 李洪林:《读书无禁区》,《读书》1979年第1期。
③ 如阮珅:《略谈莎士比亚的人道主义》,《外国文学研究》1979年第2期。

段,中国外国文学学会成立(1980),《中国大百科全书·外国文学》出版(1982,两卷),高等院校的运转,包括招生、学科设置、教学、科研等,重新走向正规化,复苏期的各种工作奠定了三十余年来外国文学,包括早期英国文学研究的基础和基本格局。另外,杨周翰选编的影响很大的《莎士比亚评论汇编》(1979,1981)、《外国文学研究》刊登的《中国莎士比亚研究论文目录索引(1918—1985)》①等也属于基础工程的一部分。在奠、李编制的索引中(尽管不一定完备),1918—1982年的部分7页不到,而1982—1985四年的成果即达9页,由此可见20世纪80年代的莎学研究,和五四以后的一个甲子相比,在数量上呈井喷状态。注重基础建设是"文化大革命"后百废待兴的历史需要,但与中国计划经济的传统优势及老一辈学者的远见卓识和事业心也有关系。在国外,莎学是"企业",而我国老一辈学者是把莎学当作"事业"来做的。

与西方文化交流的复苏表现在多个方面。以1980年曹禺率团访问莎翁故乡开始,到1988年,林同济、杨周翰、陆谷孙、王佐良、裘克安等近十位中国莎学家参加了国际莎士比亚会议和世界莎士比亚大会,与国际莎学界重新沟通了联系,使中国莎学从封闭走向开放,引起了国际莎学界的关注。1981年北京人艺上演的《请君入瓮》延请英国著名导演担纲,1986年的首届中国莎士比亚戏剧节在京沪两地演出25台莎剧,专程前来观摩演出的国际莎协主席勃劳克班克教授予以高度评价。中国的莎学成果开始成规模进入国际学术界的视野,1984和1986年的美国《莎士比亚季刊》目录卷收录了我国莎士比亚论著目录注释36条。② 1985、1987年,杨周翰在欧洲和日本先后参加国际比较文学协会大会和讨论会,作为中国比较文学学会会长的他同时当选为国际比较文学协会第11届副会

---

① 奠自佳、李先兰,1982年第2期,1986年第2期。
② 孟宪强:《中国莎学简史》,东北师范大学出版社1994年版,第38－39、41－43和46－48页。该书此后随文注出。

长。①《外国文学》的"书刊评介""外国新书报导""外国文学动态"等栏目和黄育馥《1976—1981年英国出版的有关莎士比亚的新书》②等及时介绍国外的最新成果。中国在莎士比亚研究和演出方面、在比较文学方面与西方国家双向交流的复苏当然得益于改革开放的大环境,同时也是改革开放的一部分。与西方的学术交流和文化交流大大推动了中国的学术进步,使中国新时期的早期英国文学研究,尤其是莎士比亚研究,重新成为国际学术界的有机组成部分。

具体说来,在中世纪诗歌方面,得到关注相对较多的是古英语史诗《贝奥武甫》和14世纪大诗人乔叟。江泽玖《英雄史诗Beowulf中的妇女形象》被视为"国内学者写的第一篇关于古英语文学研究的文章"③。该文独具慧眼,认为作为英雄史诗的《贝奥武甫》中女性形象的穿插并非微不足道,而使得这首诗"刚中有柔,粗中有细,更有人情味,更富于诗意"(39)。李金达选译了《贝奥武甫》(尽管诗行参差不齐),并简介了该诗的内容和特色。陈才宇选译并介绍了古英语时期的诀术歌,指出其民俗学或人类学价值。袁可嘉关于英国民间歌谣的综合讨论涉及许多方面,时间跨度大,有启发,但基本没有区分主抒情的民歌和主叙事的民谣。④ 陈才宇关于英国民间谣曲的三篇文章介绍了其起源、现存作品、基本特征,并肯定其研究价值;讨论了ballad译名问题;比较了罗宾汉谣曲和《水浒传》,归纳二者主题上的六大相似性,分析产生的可能原因。⑤ 鲍屡平关

---

① 杨周翰:《国际比较文学协会第11届大会述评》,《国外文学》1986年第3期;《中西悼亡诗》,《外国文学评论》1989年第1期。
② 黄文见《外国文学研究》1982年第1期。
③ 杨开泛:《国内古英语文学研究综述》,《世界文学评论》2011年第1期,297页。江文见《外国语》1982年第5期。
④ 李文见《外国文学》1989年第5期,陈文见《外国文学研究》1989年第2期,袁文见《外国文学研究》1980年第1期。
⑤ 分别见《杭州大学学报》(哲社版)1988年第3期、《外语教学与研究》1988年第1期和《杭州大学学报》(哲社版)1989年第4期。

于乔叟《坎特伯雷故事》的系列文章①虽属细致的文本赏析之作,但颇见功力,夹叙夹议,引人入胜,无论摘译还是行文,均清新可读,让读者产生莫大兴趣。胡家峦和韩敏中遵从马克思的建议,对《坎特伯雷故事》和朗格伦《农夫皮尔斯》进行了比较,都假定文学是时代的产物,都从阶级倾向性入手,各擅胜场,相映成趣,可以对照着来读。② 吴钧陶根据约翰·费希尔编注的《乔叟全集》,翻译了《乔叟事略》,简介了乔叟叙事长诗《特罗勒斯与克丽西德》。③ 郑达华《从〈特罗勒斯与克丽西德〉看乔叟的爱情观》主要从人物形象出发,初步剖析了乔叟人文主义的爱情观,认为乔叟反对神权和禁欲主义,提倡个性解放和个人自由,具有历史进步意义,缺点是尚不能把观点和文本细读有机结合起来。④ 特别值得提出的是,沈弘通过比较古英语名篇《圣安德鲁》的两个不同文本探讨了古英语散文和诗歌用语差异的问题,指出散文措辞反映出教会拉丁文的影响,而诗歌用语颇具日耳曼部族的异教色彩,认识这种差别有助于我们理解和研究古英语文学。⑤ 这是一篇令人印象深刻的重要文章。

在中世纪戏剧方面,周黎明《从〈普通人〉看英国中世纪宗教剧的世俗性》不失为优秀之作。⑥ 该文把对戏剧的主题、情节、结构分析和对舞台演出的分析结合起来,令人信服地论证,正是世俗成分赋予宗教剧一定的文学价值和艺术魅力。卞慧明《从零到莎士比亚:早期英国戏剧浅谈》大体介绍了从中世纪的神迹剧和道德剧到文艺复兴时期艺术剧的发展情况。⑦ 孙红从日文翻译的石井美树子文章《今日英国的中世纪戏剧演出》

---

① 见《杭州大学学报》(哲社版)1983年第1期、1986年第1期、1987年第2期、1988年第1期和1989年第4期等。
② 胡家峦:《乔叟和朗格兰》,原载《国际关系学院学报》1983年第1期,转载于《复印报刊资料·外国文学研究》1985年第1期;韩敏中:《谈兰格朗和乔叟》,《国外文学》1985年第2期。
③ 分别见《外国文学研究》1983年第1期和《外国语》1987年第1期。
④ 《复印报刊资料·外国文学研究》1984年第9期。
⑤ 《北京大学学报》(哲社版)1987年第4期。
⑥ 《中山大学研究生学刊》(文科版)1984年特刊号。
⑦ 《复印报刊资料·外国文学研究》1983年第10期。

令人惊喜。①

　　在文艺复兴时期文学方面②,除莎士比亚外,戏剧、诗歌、散文均有论述,但数量较少,涉及面不广。冯国忠认为深入研究马洛悲剧可以使我们进一步理解人文主义的历史进步性和局限性。白牛分析了马洛悲剧的主题节奏,概括了其模式(理想、行动、冲突、受难)和特征(宏大性和模糊性),强调其美学价值。③ 张谷若《论古典田园诗在伊丽莎白时代的复兴》以富于诗意的抒情笔调捕捉到了英格兰黄金时代田园诗的风韵,呈现了伊丽莎白时代田园文学的独特魅力,包括古典田园诗的集大成者斯宾塞的《牧人月历》、锡德尼的散文体田园传奇《阿卡狄亚》和莎士比亚的田园传奇剧《皆大欢喜》等。④ 董星南指出杜秋娘《金缕衣》和赫里克《给少女的劝告》两首诗在主题和意象上的相似性,这一点现在大家已经耳熟能详。何功杰分析了纳什的诗《春》中的意象和音韵之美。⑤ 王佐良《英国文艺复兴时期散文》将叙述、议论和篇章分析结合,文学史和作品选合一,直观亲切,可读性强。⑥ 黎跃进把英国文学中的《坎特伯雷故事》、莎士比亚、本·琼森的讽刺喜剧和同一时期欧洲其他国家的讽刺名作,如《十日谈》《巨人传》《堂吉诃德》等放到一起进行考察,总结了该时期讽刺文学的特点,提出"爽朗的笑"为其共同风貌。张祖武从历史渊源及发展史、特点(题材和内容、手法及语言)和地位三方面比较了英国的 essay 和中国的小品文,视野宏阔,不无裨益。⑦ 邱紫华《英国人文主义的美学宣言:论锡

---

　　① 《艺术百家》1988 年第 3 期。

　　② 笔者清楚有关欧洲和英国"文艺复兴时期"时间断限的争论(参见张立明,《外国文学研究》1995 年第 1 期)。笔者赞成王佐良等文学史家的观点,以 1500—1660 年为文艺复兴时期英国文学的断限(相应地,1500 年以前为中世纪,分为古英语和中古英语两个阶段)。但由于项目分工的关系,17 世纪单列,因此本概述并不涉及多恩、弥尔顿、赫伯特、赫里克等重要诗人。

　　③ 冯文见《北京大学学报》(哲社版)1984 年第 4 期,白文见《外国文学研究》1987 年第 1 期和《外国文学评论》1988 年第 3 期。

　　④ 《贵州师大学报》社科版 1989 第 2 期。

　　⑤ 董文见《外国文学研究》1986 年第 4 期,何文见《外国文学研究》1985 年第 2 期。

　　⑥ 《外国文学》1988 年第 4 期。

　　⑦ 黎文见《外国文学评论》1988 年 1 期,张文见《外国文学研究》1989 年第 2 期。

德尼的〈为诗辩护〉战斗性很强,显得不大可靠:"作为英国新兴的资产阶级思想的代表人物,他是同时用笔和剑和封建反动力量进行战斗的"(49);"在欧洲文艺理论史上,锡德尼的《为诗辩护》是第一次正面地对柏拉图唯心主义文艺思想发起的勇敢挑战。他把柏拉图提出的关于诗的几条罪状驳得体无完肤"(50)等。① 总体来看,对文艺复兴时期英国文学的研究有待进一步深入。

莎士比亚研究是这一时期的主要收获。杨周翰为影响深远的《欧洲文学史》(1979年再版)撰写的"威廉·莎士比亚"部分在一定意义上可以看作讨论的总纲。② 除《威尼斯商人》和福斯塔夫外,讨论比较集中的是悲剧,如《哈姆莱特》《李尔王》《麦克白》《奥瑟罗》《罗密欧与朱丽叶》《安东尼与克莉奥佩特拉》等名剧,以及十四行诗,喜剧、历史剧和传奇剧讨论较少,重要的例外有方平、裘克安、方重和李赋宁等。③ 讨论的角度比较多样化,举凡版本、语言、作者生平、主题、情节、结构、人物、种族、女性形象、故事渊源、舞台演出、莎评史、理论应用、翻译评论、教学等等,都涉及了,有些问题还引起了商榷和争论。论者往往能够抓住戏剧中的矛盾进行讨论,如朱维之和阮珅论《威尼斯商人》、盛宁和李长春论《李尔王》、白牛论《安东尼与克莉奥佩特拉》、黄鸣野论莎士比亚悲剧中的人物刻画等。④ 其中,黄鸣野的基本预设比较有代表性,他认为,矛盾冲突、情节、行动和语言紧密联系,缺一不可,是戏剧家刻画人物的四种重要手段:没有矛盾冲突就没有戏剧,以矛盾冲突为基础的情节是人物性格发展的历史,人物行动突出人物性格,人物语言性格化。这可以说是本时段对戏剧的基本看法。张隆溪则认为,悲剧的核心不是人物性格的刻画,而是情节(142),

---

① 《外国文学研究》1986年第1期。
② 先行刊发于《外国文学研究》1979年第1期。
③ 方平见《和莎士比亚交个朋友吧》,四川人民出版社1983年版,裘克安见《读书》1983年第6期,方重和李赋宁见《莎士比亚研究》第1、2期,浙江文艺出版社1983、1984年版。
④ 朱维之,《外国文学研究》1978年第1期;阮珅,《外国文学研究》1978年第2期;盛宁,《国外文学》1983年第1期;李长春,《外国文学研究》1988年第4期;白牛,《武汉大学学报》(社科版)1987年第1期;黄鸣野,《国外文学》1988年第1期。

莎翁悲剧以死亡收束（这一点不同于许多希腊悲剧）有其内在必然性，而莎翁悲剧观受到基督教悲剧观的影响，以伊丽莎白时代的精神危机为其基础。赵毅衡关于作品背后作者的丰富性和真面目的讨论同样抓住了莎士比亚身上的各种矛盾，以问题为纲，采取了辩证的分析方法。① 顾绶昌眼光独到地介绍了莎剧版本的基本情况和新目录学的研究成果，文章末尾对《河畔版莎士比亚》的评论比较精彩。② 虽然印刷错误不少（如把新目录学代表人物格雷格 Greg 误为葛莱 Grey；复苏期文章的印刷错误和译名问题随处可见），但顾绶昌注意到版本问题本身就是值得赞赏的。阮珅和方平关于《奥瑟罗》中一处异读的交锋令读者兴味盎然，笔者赞同阮珅的意见，应该是"犹太人"（Judean），而非"印度人"（Indian）。③ 赵毅衡、顾绶昌和王佐良都讨论了莎士比亚的语言。④ 王义国和任明耀对《安东尼与克莉奥佩特拉》的讨论、王忠祥对《麦克白》的讨论等都注意到作品的艺术特色。⑤ 赖干坚认为《罗密欧与朱丽叶》的主题不是"爱情至上"，而具有反封建的历史进步意义。陆扬认为《奥瑟罗》采用了两个不同的时间序列：戏剧时间和逻辑时间。⑥ 作为研究热点，莎学带着思想解放期的热情，呈现出多样化的面貌。

所谓莎翁三大人物形象，哈姆莱特、夏洛克和福斯塔夫，受到的关注最多。如陈嘉认为哈姆莱特有消极的一面，不宜夸大为伟大的社会改革者；鲍卫和阮珅都把阶级置于种族之上，认为作者同情的是一般受歧视的

---

① 张文见《中国社会科学》1982 年第 3 期，赵文见《社会科学辑刊》1980 年第 5 期。
② 《外国文学研究》1986 年第 1 期和第 2 期。
③ 阮珅：《印度人和犹太人：莎士比亚作品考偶拾》，《外国文学研究》1980 年第 3 期；《〈还是"印度人"好〉一文质疑》，《外国文学研究》1981 年第 3 期；方平：《还是"印度人"好：与〈印度人和犹太人〉作者商榷》，《外国文学研究》1981 年第 1 期。
④ 分别见《徐州师范学院学报》1981 年第 2 期；《外国文学研究》1982 年第 3 期；《莎士比亚研究》第 2 期，1984 年。
⑤ 王义国，《外国文学研究》1982 年第 1 期；任明耀，《杭州大学学报》（哲社版）1987 年第 4 期；王忠祥，《外国文学研究》1982 年第 1 期。
⑥ 赖文见《外国文学研究》1979 年第 3 期，陆文见《外国文学研究》1987 年第 2 期。

犹太人，而非上等犹太人夏洛克，这一观点值得争鸣；①魏善浩关于福斯塔夫形象美学意义的讨论表现出方法论的自觉，阮珅与吴兴华提出商榷，认为福斯塔夫不代表人民的力量，并非"现代无产阶级的先辈"。② 有些人也注意到了次要人物，如戴镏龄分析了《麦克白》中的邓肯，方平分析了《威尼斯商人》中的巴珊尼等。胡宗鳌讨论了莎翁笔下的三个黑人形象，包括奥瑟罗。黄龙认为莎士比亚从人文主义出发，反对种族歧视，力倡种族平等，具有历史进步意义。李鸿泉分为两个时期（1600年前后），概括了莎翁笔下的主要女性形象。张义常比较了朱丽叶和苔丝狄蒙娜的美感特征。③ 沈弘利用自己精通古英语和中古英语的优势，和郑土生提出商榷，认为哈姆莱特故事原型的背景不是郑所称公元455年以前，而是公元9—10世纪。④ 李万钧讨论了《终成眷属》一剧素材提炼的成功之处。⑤ 杨周翰为《莎士比亚评论汇编》所写的两篇"引言"实际上是从17世纪到20世纪60年代的莎评简史。《汇编》选择了英、法、德、俄苏、美及东欧各国有代表性的莎评文章，涉及历代批评家51人，选文精当，译笔考究，至今仍有参考价值。许国璋《莎士比亚十二赞》是简约化的"莎评汇编"，选文从莎士比亚本人和同时代人直到19世纪的美国人，虽有倾向性，但管中窥豹，不是没有代表性。方平认为《仲夏夜之梦》中小精灵蒲克起到了布莱希特所谓"间离效果"的作用。田民运用模糊数学的方法探索了哈姆莱特性格的模糊性，认为其整体性格是"伟大的侏儒"和"渺小的巨人"的集合体。汪耀进则论述了巴赫金复调理论和莎剧的契合性。吴洁敏和朱

---

① 陈文见《外国文学研究》1980年第3期，鲍文和阮文分别见《外国文学研究》1978第2期和《武汉大学学报》社科版1981第3期。
② 魏文见《国外文学》1985第2期，阮文见《外国文学研究》1981第2期。
③ 戴文见《中山大学学报》1982年第1期，方文见《外国文学研究》1980年第1期，胡文见《国外文学》1983年第4期，黄文见《东北师大学报》1983第4期，李文见《外国文学研究》1984第1期，张文见《外国文学研究》1986第1期。
④ 郑土生：《关于哈姆莱特故事的起源和演变》，《读书》1985年第12期；沈弘：《对〈献疑〉的献疑：也谈阿姆莱特故事的历史年代》，《外国文学研究》1989年第1期。
⑤ 《外国文学研究》1986年第1期。

宏达介绍了朱生豪的译莎经过及朱氏莎评。① 卞之琳、陈嘉、贺祥麟、孙大雨、杨周翰等从各自的角度就莎剧中译发表看法。② 罗义蕴介绍了四川大学英语专业研究生莎剧教学的情况。③ 在十四行诗方面,元升具体解读了莎士比亚的一首十四行诗;周启付简介了莎翁十四行诗的主题思想和艺术特色;钱兆明关于莎士比亚十四行诗的三篇文章点评了三位中译者(屠岸、梁宗岱、戚叔含)的长短得失,还注意到了版本情况;屠岸介绍了十四行诗的形式和他译莎翁十四行诗的方法;王忠祥特别注意到莎士比亚对彼特拉克体十四行诗的讽刺性"评注";张祖武成功比较了十四行诗与中国格律诗,比较的基础是二者在格律上有共通之处。④ 方平把《维纳斯与阿董尼》视为习作,特别讨论了莎氏第一首长诗和他后来剧作的关系。⑤ 众声喧哗中,两代莎学学者投身于学术,取得了积极成果。

或许早期英国文学研究,包括莎士比亚研究的最显著特征是比较研究的兴盛。应该说,这一时段的比较研究取得了相当大的成绩。上面的介绍已经体现了这一点。再比如,杨周翰关于巴罗克的阐述是跨学科研究的典范,该文追根溯源,跨越了建筑、绘画、雕塑、音乐、文学等学科,认为巴罗克是笼罩全欧的"时代精神",这一概念为我们提供了新的角度来看待文艺复兴至 17 世纪文学的发展,但对巴罗克应用于中国古典文学研

---

① 许文见《外国文学》1981 年第 7 期,方文见《外国文学评论》1987 年第 1 期,田文见《外国文学研究》1987 年第 1 期,汪文见《外国文学研究》1985 年第 3 期,吴、朱文见《外国文学研究》1986 年第 2 期和第 3 期。

② 卞之琳:《关于我译的莎士比亚悲剧〈哈姆雷特〉:无书有序》,《外国文学研究》1980 年第 1 期;陈嘉:《〈哈姆莱特〉剧中两个问题的商榷》,《外国文学研究》1980 年第 3 期;贺祥麟:《赞赏、质疑和希望:评朱译莎剧的若干剧本》,《外国文学》1981 年第 7 期;孙大雨:《莎士比亚的戏剧是话剧还是诗剧》,《外国语》1987 年第 2 期;杨周翰:《〈李尔王〉变形记》,《国外文学》1989 年第 2 期。

③ 《外国文学研究》1985 年第 4 期。

④ 元文见《外国文学研究》1979 年第 1 期,周文见《外国文学研究》1982 年第 1 期,钱文见《外国文学》1981 年第 7 期、1982 年第 12 期和 1986 年第 6 期,屠文见《暨南学报》哲社版 1988 年第 1 期和《中国翻译》1989 年第 5 期,王文见《外国文学研究》1985 年第 1 期,张文见《安徽大学学报》1988 第 1 期。

⑤ 《外国文学研究》1983 年第 3 期。

究持谨慎态度。其中,杨先生以独到眼光特别强调修辞的作用,指出修辞是西方前现代社会文化一项很重要的内容,而巴罗克就是危机时期修辞发挥特殊作用的表现。杨周翰的另一篇文章《〈李尔王〉变形记》[①]不是浅层次的译本比较,而把翻译批评建立在扎实的文本解读之上,通过对一些关键词的剖析(如 nature 和 nothing),探索它们背后的文化和哲理内涵,烛幽探微,自然地引出结论。作者把对翻译过程中语言细节的追究置于语言、文化差异的宏观背景下,因而使得文章具有跨语言、跨文化研究的典型特征。在影响研究中,曾庆林关于莎士比亚与托尔斯泰关系及莎士比亚对普希金影的讨论因为客观影响事实的存在,都有着坚实的比较基础。[②] 在平行研究中,阮珅对莎士比亚和李白的比较非常生动[③],这有益地提醒我们,好的学术论文首先应该是好文章。有的题目,如莎士比亚和曹雪芹,既可以做成影响研究(黄龙),也可以做成平行研究(刘炳善、方平)。[④] 黄龙根据维多利亚时期的有关记载,指出曹雪芹是窃听大人谈论圣经和莎剧的"娇子",并由此出发,结合历史档案和作品内证,勾画了莎氏和曹氏的可能文缘。虽然有的偶合有捕风捉影之嫌,该文仍不失为中西文化交流大题目下有趣的一节。刘炳善则强调,莎曹之间"最大的可比性在于他们都是在自己国家从中古时代走向近代社会的转变时期中本民族文学的最高代表",方平给出了更多的可以比较的侧面。双方各有各的道理;在事实影响难以确定的情况下,恐怕还是要走向平行研究。这方面的另一个例子是十四行诗和中国格律诗的比较,杨宪益曾大胆假设意大利的十四行诗受到了李白《月下独酌》的影响[⑤],虽有开启思路之功,终究很难证实,所以上述张祖武文仍属平行研究。

然而,比较研究中问题比较多的恰恰是平行研究。由于中西文化和

---

① 两篇文章分别见《国外文学》1987 年第 1 期和 1989 年第 2 期。
② 曾文见《外国文学评论》《外国文学研究》和《国外文学》1989 年第 1 期。
③ 《外国文学研究》1984 年第 2 期。
④ 黄文见《青海师范学院学报》(哲社版)1983 年第 4 期,刘文见《河南大学学报》(哲社版)1988 年第 2 期,方文见《文艺理论研究》1981 年第 3 期。
⑤ 《读书》1979 年第 4 期。

文学传统的显著差异,许多中英平行研究有"拉郎配"之嫌,失之粗浅。续枫林关于莎士比亚历史剧和罗贯中《三国演义》的比较,张文彦发现了《雅典的泰门》与"二拍"中一个故事"惊人的相似之处",何焕群和王海龙把《坎特伯雷故事》作为短篇小说和《十日谈》相提并论,与明代的"三言""二拍"相比较,施梓云关于《十日谈》《温莎的风流娘儿们》和《红楼梦》中三个"毒设相思局"故事的比较,等等,大都属于此类。① 其中最后一个努力往影响研究上靠,实则为平行研究。这类研究往往忽视了比较对象文类的不同(或根本搞错了文类),粗线条地介绍文化背景,抓住一些表面的相似做文章,名之曰"文心相通",实则缺乏深度。而欧洲文学史上四大(或两个,或三个)吝啬鬼的比较(夏洛克、阿巴贡、葛朗台和泼留希金,有时中国的严监生也加入进来)是许多人钟爱的题目,从20世纪80年代到新世纪,廿余年间未曾消歇,反复比较仍乐此不疲。"吝啬鬼"其实并不吝啬,一边背着恶名,一边为我国诸多学者的提升做出了贡献。这其间,抛开可能的剽窃暂且不谈,如此炒冷饭,大可休矣! 同属求同辨异之作,洋肆僧关于文艺复兴与明代文艺思潮的比较、胡晓苏比较《李尔王》和《屈原》中暴风雨和雷电颂两场戏的相似性、章子仁关于《罗密欧与朱丽叶》与高乃依《熙德》悲剧结局的比较和陈莫京关于《罗密欧与朱丽叶》与傣族叙事长诗《娥并与桑洛》的比较却显得更切实些。② 杨周翰《中西悼亡诗》则是平行研究的范本。③ 大致总结一下,文艺思想和作者生平(如莎士比亚和李白)的可比性通常大一些,同一时期、同一文类(如悼亡诗)、同一文学样式(如文艺复兴时期讽刺文学)和同一文化传统内部的可比性也比较大,而主题、意象等的平行(如《金缕衣》和《给少女的劝告》)也可以导向成功的

---

① 续文见《新疆大学学报》哲社版1986年第3期,张文见《外国文学研究》1981年第3期,何文见《外国文学研究》1985年第4期,王文见《徐州师范学院学报》1987年第4期,施文见《外国文学研究》1983年第4期。

② 洋文见《广东社会科学》1985年第4期,胡文见《外国文学研究》1987年第1期(另参见谷辅林:"雷电颂"与"暴风雨"》,《齐鲁学刊》1983年第6期),章文见《浙江师范大学学报》1989年第2期,陈文见《国外文学》1986年第3期。

③ 《外国文学评论》1989年第1期。

比较。

下面谈谈论文的写法问题。笔者的一个感受是,20 世纪 80 年代的许多学者,如鲍屡平、方平、贺祥麟、陆谷孙、阮珅、王佐良、张若谷、庄美芝等,都非常注重文章的可读性,或平易亲切,或文采斐然,莫不力求情理融洽,和读者顺畅地沟通。与此相反的态度是,披上专业的外衣,高深莫测,晦涩难懂,拒读者于千里之外。应该采取哪一种态度呢?笔者以为,为学术的发展计,为文学的普及计,为作者的流传计,为读者的利益计,应该取前一种态度,追求朱光潜等前辈精深而不艰深、深入浅出的效果。文学的本质和目的是撒播美的种子,让人发生兴味,在不知不觉中得到教益。文学评论家既是法官,又是导游。① 贺祥麟关于学术专著标准和王佐良关于文学史写法的论述同样适用于论文写作。前者在一篇书评中称:"用较高的标准来要求,一部学术专著除了必须内容丰富深刻,有创见,有严密的论点论据和组织得好以外,最好还应该有文采",而学术著作的文采"以质朴简洁为主"。② 后者认为文学史的写作一要简练,二要有文采。③ 综合两位方家的看法,质朴、简洁、有文采大概可以作为学术论文写法的标准。就 20 世纪 80 年代来说,文学批评的写法总体上生动活泼,多姿多彩,值得我们欣赏和学习。

在舞台演出方面,1949—1966 年的莎剧演出基本上以俄苏的斯坦尼斯拉夫斯基体系一家独尊,讲究演员对角色的"体验";1978 年以后则受英美影响较多,进入风格多样化阶段,并结合民族戏曲形式,开展了许多自主创新和实验。这些努力在 1986 年首届中国莎士比亚戏剧节时达到巅峰。④ 在曹树钧、孙福良的重要专著《莎士比亚在中国舞台上》出版(1989,1994 校订本)以前,中国莎士比亚研究会编的文集《莎士比亚在中国》(1987)是对这一阶段莎剧演出的简要总结,对于学者、改编者、导演、

---

① 贺祥麟评方平《和莎士比亚交个朋友吧》,《外国文学研究》1985 年第 1 期。
② 贺祥麟评《莎士比亚在中国舞台上》,《外国文学研究》1991 年第 3 期。
③ 见王佐良 1991 年为他主持的五卷本《英国文学史》项目所写的序。
④ 见《莎士比亚在中国》(上海文艺出版社 1987 年版)中汪义群的文章,第 96—103 页。

演员等,至今仍有相当参考价值。其中陆谷孙《帷幕落下以后的思考》一文立意高远,从容大气,自由地游走于书斋和舞台之间,学识渊博而不炫耀,笔法灵动而不滞涩,对全局了然于胸而又能结合中国实际,要言不烦,娓娓道来,确实堪当我辈范文。他在肯定有识之士"比较注重我国莎学研究的基本建设"的同时,指出:"应当承认,我国对莎士比亚的研究和评论工作还比较薄弱。在一些莎学论文中粗线条的印象主义尚占相当比重;有些从比较文学角度撰写的论文往往满足于寻找莎剧同我国某一出戏在人物、情节等方面的'形似',不太去触及埋在两种文化沉淀深处的东西;某些研究工作者迄今仍得借助中文译本去熟悉莎剧,了解国外的莎评;在若干高等院校的外语专业,莎剧课程尚未用英语开设;我国的莎学队伍人数有限……常常是各说各的,就像永不相交的平行线;由于难得交锋,引不起争鸣,真正的繁荣局面尚未出现。"①陆谷孙的意见可以作为改革开放初期莎士比亚研究乃至早期英国文学研究情况的总结。

二、深入期:20 世纪 90 年代的早期英国文学研究(1990—2000)

进入 20 世纪 90 年代,苏联解体,东欧剧变,中国实行社会主义市场经济。在此背景下,早期英国文学研究呈现出以下特征:范围更广,开拓更深,思想更解放,方法更多元,与国外沟通更及时。

古英语文学研究仍以《贝奥武甫》为主,同时拓宽了讨论范围。陈才宇和李赋宁都简介了《贝奥武甫》的思想内容和艺术特色,但后者高屋建瓴,有个人感悟(如认为《贝》与弥尔顿《失乐园》有"精神上的联系")。②陈才宇简介了古英语的特征③,但李赋宁《英语史》是该题目的标准著作,被学界认为是"国内至今为止唯一一本由中国学者为中国学生编写的古

---

① 见《莎士比亚在中国》,第 31—32 页。这篇文章亦收入陆谷孙:《莎士比亚研究十讲》,复旦大学出版社 2005 年版。
② 陈文见《杭州大学学报》(哲社版)1992 年第 4 期,李文见《外国文学》1998 年第 6 期。
③ 《浙江大学学报》社科版 2000 年第 2 期。

英语和中古英语的教科书"①。张谷若简要介绍古英语英雄史诗尤其是《贝奥武甫》产生和反映的历史和宗教环境及其艺术特色,其中对"和亲女"的关注上承江泽玖的开拓性工作,下启进一步研究。张为民讨论了《贝奥武甫》中主人公悲剧命运的必然性和诗歌的哀伤情调。刘迺银探讨了《贝奥武甫》的结构。王继辉关于《贝奥武甫》的系列文章重点评介了国外关于萨坦胡船葬与《贝》形成年代关系的考证、罗瑟迦王代表的王权理念、《贝》与魔怪故事传统方面的研究成果。②《贝奥武甫》译者冯象重刊的精彩文章名曰书评,实为论文,在学术史梳理的基础上对罗宾逊《贝奥武甫》同位文体理论提出了有力质疑。③ 希尼的《贝奥武甫》新译也引起了关注。④ 此外,沈弘探讨了弥尔顿的古英语知识和早期英国文学传统对《失乐园》的可能影响。⑤ 王继辉讨论了古英语《创世记》对弥尔顿《失乐园》的重要影响,介绍了学者们对《妻子哀歌》的不同解读。⑥ 陈才宇论述了古英语箴言诗和宗教诗。⑦

20世纪90年代对中古英语文学的研究有所深入。鲍屡平专著《乔叟诗篇研究》(1990)是新时期乔叟研究的重要收获。该书大部分文章在《杭州大学学报》上发表过,成书时略有修改,增加的首篇《谈乔叟的创作》是引言部分,概括介绍了诗人的生平和主要作品,尤其是《坎特伯雷故事》的内容和风格。正如作者在序中所言,该书比较"具体明确,不怎么空洞朦胧",书中配有多幅传神的人物插图,其轻松自如的行文风格容易引发

---

① 商务印书馆1991年版;评价见张和龙主编:《英国文学研究在中国:英国作家研究》(上卷),第61页。
② 二张文分别见《贵州师范大学学报》社科版1990年第3期和《北京大学学报》英语语言文学专刊1992年第2期,刘文见《国外文学》1995年第2期,王文分别见《国外文学》1995年第1期、《国外文学》1996年第1期和《外国文学评论》1996年第1期。
③ 《外国文学评论》1993年第1期;冯译《贝奥武甫》由生活·读书·新知三联书店1992年出版。
④ 陈才宇,《外国文学评论》2000年第2期。
⑤ 《北京大学学报》英语语言文学专刊1990年;1991年第1期;1993年。
⑥ 前者见《国外文学》1995年第2期和《北京大学学报》外语语言文学专刊1995年,后者见《国外文学》2000年第3期。
⑦ 分别见《杭州大学学报》(哲社版)1991年第3期和《外国文学评论》1992年第1期。

读者的兴趣,同时不失学术品位,如对冬严和春媚故事的评析细致入微,态度鲜明,饶有风味。熊云甫讨论了古典和中世纪修辞传统对乔叟的影响,陆扬肯定了乔叟在英国首开现实主义创作方法的重要贡献。①《特洛勒斯与克丽西德》的译者吴芬(1999)认为该长篇叙事诗是乔叟对典雅爱情文学传统的继承和突破,作品中包含多元价值观,并不存在唯一正确的阐释。《农夫皮尔斯》的译者沈弘(1999)简介了这部重要作品的版本和内容。沈弘还介绍了中古英语浪漫传奇,尤其是"英格兰系统"的渊源、作品、特征和价值。② 罗新璋《特利斯当与伊瑟》也涉及中古英语浪漫传奇。吴芬以细读文本的方式评介了英国第一部英语自传《玛杰丽·坎普的书》及其与情感虔诚传统的关系,还探讨了 15 世纪英国圣母剧中玛利亚与《新约》相比的神化和人化。③ 陈才宇论述了 15 世纪英格兰和苏格兰民间谣曲的人文主义思想,认为英国人文主义并非附丽于古典文化,而是扎根于民间。张峰颇有见地的文章《十五世纪英国文学简论》指出该时期色彩纷呈,具有不可忽视的价值和意义。李赋宁以惯常的博学和优雅讨论了中世纪英国杰出的拉丁文散文家沃尔特·马普及其《宫廷琐话》。④

总起来看,上一时段广泛流传的中世纪是"黑暗时代"的说法遭到广泛质疑。张增坤明确提出,欧洲中古文学也应该是欧洲文学的一个源头;吴芬强调,绵延八百年之久的英国中古文学的成就不容忽视,并提倡多研究具体问题。舒天认为,基督教对中世纪文学的发展具有正面影响;杨慧林将古英语文学置于欧洲中世纪早期基督教文学的大背景下,但在文末

---

① 熊文见《四川外语学院学报》1995 年第 4 期,陆文见《解放军外语学院学报》1997 年第 2 期。
② 吴文见《外国文学评论》1993 年第 3 期,沈文分别见《外国文学评论》1998 年第 1 期和《北京大学学报》外国语言文学专刊 1998 年。
③ 罗文见《外国文学评论》1990 年第 1 期,吴文分别见《外国文学评论》1995 年第 3 期和 1998 年第 4 期。
④ 陈文见《外国文学评论》1992 年第 3 期,张文见《黄淮学刊》(哲社版)1996 年第 1 期,李文见《北京大学学报》英语语言文学专刊 1991 年第 1 期。

不慎把《十字架之梦》误为《路之梦》。① 不少学者,如张弘,意识到从中世纪到文艺复兴的历史延续性,不能割裂历史。张弘还提出了"基督教人文主义"的命题。汪义群有理有据地驳斥了欧洲文艺复兴人文主义者"反宗教神学"说,指出反对教会不等于反对宗教,宗教改革是为了恢复早期的纯洁宗教,基督教文化对西方世界影响巨大。相应地,汪义群认为莎士比亚并不"反宗教神学",其世界观具有明显的基督教倾向。② 许多学者,如陈惇、李公昭、孙遇春、肖四新、尹振球、张奎武、宗亦耘等,探讨了莎士比亚与基督教的关系及莎剧与圣经的关系。③ 虽然有的文章比较简单化(如尹振球、宗亦耘),但莎翁的人文主义思想融进了基督教的博爱、和谐精神,显然血肉更丰满了。另一方面,人们对宗教问题的关注也凸显了现实社会信仰缺失的尴尬。值得注意的是,何其莘在与西方学者的对话中,清醒地揭示了用基督教教义分析莎剧的局限性。④

在思想解放的潮流中,许多学者提出了更多富有启发性的新观点。苏联莎学家的观点不再一统天下,如陶冶我对莫洛佐夫的社会分析法提出异议。肖锦龙认为莎士比亚在社会政治观方面维护王权,并不代表当时新兴资产阶级的要求,是落后的,而非进步的;其妇女观本质上也不是人文主义的,而是传统的教会封建主义的。陆喜培认为李尔王不是人文主义者,而是封建专制的暴君,是在资本主义时代失掉原有封建特权的精神错乱者。⑤ 张晨认为哈姆莱特作为人文主义者的典型,受到封建思想

---

① 张文、吴文、杨文分别见《外国文学评论》1996 年第 3 期、1997 年第 2 期和 2000 年第 3 期,舒文见《国外文学》1993 年第 3 期。
② 张文见《外国文学评论》1992 年第 3 期,汪文分别见《外国文学评论》1992 年第 1 期和 1993 年第 3 期。
③ 陈文见《北京师范大学学报》(社科版)1995 年第 5 期,李文见《外国文学评论》1996 年第 4 期,孙文见《复旦学报》(社科版)1997 年第 2 期,肖文见《国外文学》1996 年第 1 期和《外国文学研究》1996 年第 1 期,尹文见《外国文学研究》1997 年第 1 期,张文见《外国文学评论》1994 年第 1 期,宗文见《外国文学研究》1998 年第 1 期。
④ 《外国文学评论》1992 年第 4 期。
⑤ 陶文见《温州师范学院学报》(哲社版)1995 年第 2 期,肖文见《西北师大学报》社科版 1993 年第 4 期和 1998 年第 1 期,陆文见《广西民族学院学报》(哲社版)1999 年第 3 期。

的影响和制约,从丛则坚持证明哈姆莱特不是人文主义者,尽管钟翔、王昊依然强调哈姆莱特的忧郁是一代人文主义者的忧郁。① 对夏洛克形象有了新的评价,章子仁、王木春和王述文都指出夏洛克在种族和宗教压迫下令人悲悯和同情的一面。颜学军发现鲍西娅并非完美人文主义理想的化身,而是有人性弱点的,受到历史的局限(封建的伦理观和偏狭的宗教观)。② 英国犹太剧作家韦斯克的改编作品《商人》更是颠覆了莎翁原作,使夏洛克成为慷慨仁厚的藏书家和安东尼奥的好朋友。③ "性爱"不再是禁忌词,有人探讨莎剧中的两性主题,有人探讨莎翁喜剧中"关于性爱的人文主义思想",宣称"爱,即性爱,不是徒劳的"。还有人探讨"莎士比亚管理思想"一类具有时代特色的题目。④ 学者们对文学研究的方法做出自觉反思,高德强呼吁走出《哈姆莱特》研究的"误区",反对简单、片面、机械、贴标签,反对思路单一、断章取义、牵强附会、千篇一律,提倡加强美学分析,打破莎士比亚神话,真正运用马克思主义,全面客观评价作家作品⑤,这无疑是宝贵和有益的。相反,有的文章因袭陈说,把哈姆莱特吹捧为哲学家、思想家和文化巨匠,在在证明这一形象的"不朽魅力"⑥,似乎价值不大。周锡山指出《奥瑟罗》细节上的"重大失误"⑦,说明莎士比亚神话的控制力在松动。在意识形态控制逐渐放松、思想日趋多元的情势下,"莎学研究需要马克思主义"的命题一再被强调。⑧ 周骏章的专著

---

① 张文见《青海师范大学学报》(社科版)1999年第2期,从文见《河北大学学报》(哲社版)1989年第1期和《南京大学学报》(哲社版)2001年第5期,钟、王文见《外国文学研究》1992年第4期。

② 章文见《广西大学学报》(哲社版)1996年第1期,二王文分别见《安徽师范大学学报》(社科版)1999年第2期和《外国文学研究》1999年第3期,颜文见《解放军外语学院学报》1994年第4期。

③ 袁鹤年节译,《外国文学》1981年第7期;田民,《外国文学评论》1990年第1期。

④ 分别见洪忠煌,《戏剧》1999年第3期;陈迪泳,《湛江师范学院学报》1995年第1期;黄德鸿、黄和平,《暨南学报》(哲社版)1995年第4期。

⑤ 《黔南民族师专学报》(哲社版)1997年第2期。

⑥ 刘铁,《外国文学研究》1996年第3期。

⑦ 《外国文学研究》1992年第2期。

⑧ 郑土生,《文艺理论与批评》1993年第1期,《外国文学研究》1994年第2期。

《莎士比亚散论》①质朴平实,从作品出发,彰扬莎士比亚的人道主义精神,值得关注。

1991年,在李赋宁的倡导下,北京大学英语系召开"文艺复兴时期英国文学研讨会",提交论文24篇②;1993年,武汉大学主办了国际莎学研讨会,出版了会议论文集《莎士比亚新论》③。1994年的上海国际莎士比亚戏剧节也出版了论文集。④ 国内外的学术交流趋于常态化。在这种情况下,莎士比亚研究的方法更加多样化,除比较文学及马克思主义的阶级和社会分析法外,意象派、原型批评、精神分析、女性主义、新历史主义、人类学、传播学等等纷纷登场。肖锦龙对《哈姆莱特》中的意象群进行归类,认为该剧是世纪末审美感受的诗性呈现,莎士比亚是消极落后的;罗益民通过对《李尔王》中的动物意象进行统计分析,认为它们表现了悲观主义情调,体现出虚无主义思想。沈建青对《李尔王》的分析则从其故事原型民间故事《盐一样的爱》入手。杜昌忠介绍了弗莱《批评的解剖》中的悲剧批评。王维昌比较了《麦克白》和奥尼尔《琼斯皇》,尤其探讨了潜意识问题及其与意象的关系。李志斌研究了莎剧中的三个忧郁症患者:哈姆莱特、安东尼奥和杰奎斯,认为是时代和社会环境造成的。陈晓兰介绍了莎士比亚研究中的女性主义批评。⑤ 新历史主义是重点推介的批评方法,李淑言、陆扬、徐贲、杨正润、张京媛等都在这方面做了有益的工作,其中李淑言和杨正润的文章尤其值得关注,因为他们的清晰述评充满可贵的批判性反思。⑥ 黄必康受到新历史主义的影响,对《亨利四世上篇》中的

---

① 陕西人民出版社1999年版。
② 朝翔,《外国文学评论》1991年第4期。
③ 阮珅主编:《莎士比亚新论》,武汉大学出版社1994年版。
④ 孙福良主编:《'94上海国际莎士比亚戏剧节论文集》,上海文艺出版社1996年版。
⑤ 肖文见《外国文学研究》1994年第2期,罗文见《北京大学学报》外国语言文学专刊1999年,沈文见《外国文学研究》1992年第4期,杜文见《外国文学研究》2000年第4期,王文见《外国文学评论》1995年第4期,李文见《外国文学评论》1994年第3期,陈文见《国外文学》1995年第4期。
⑥ 李文见《北京大学学报》英语语言文学专刊1991年第1期,陆文见《外国文学研究》1994年第3期,徐文见《文艺研究》1993年第3期,杨文分别见《文艺理论与批评》1994年第1期和《外国文学评论》1994年第3期。张京媛:《新历史主义与文学批评》,北京大学出版社1993年版。

主导意象进行历史化和政治化的解读,是结合形式批评和历史批评的有益尝试。袁宪军在分析《哈姆莱特》时,利用了弗雷泽《金枝》中关于阿里奇亚丛林仪式的人类学记载。李伟民讨论莎士比亚在中国的传播时,特别提及20世纪80年代的连环画对普及经典文学作品的作用。田民简单介绍了莎士比亚批评中的新潮,包括结构主义、后结构主义、符号学、女性主义、文化唯物主义和新历史主义等。①

20世纪90年代的比较研究以平行研究为主,尤其是莎剧和中国古典文学的平行比较为主。虽然李宇东和苏天球对莎士比亚和曹雪芹的比较失之粗浅,不大成功,但张晓阳和章子仁关于莎氏悲剧和中国古典悲剧的总体性比较、马焯荣关于莎剧和李渔戏剧的比较、张振钧关于莎剧和李渔小说的比较都给人以启发,吴佩娟对福斯塔夫和贾瑞的比较也很有趣。② 其他如《哈姆莱特》与《窦娥冤》(从丛)、《麦克白》与《赵氏孤儿》(章子仁)、《威尼斯商人》与元杂剧《看钱奴》(钟翔)、《罗密欧与朱丽叶》与《西厢记》(许渊冲)和《牡丹亭》(谢裕忠、郑松锟)等的比较也不无益处。③ 莎剧与中国现代文学、东方文学和西方现代文学的平行比较也取得了一些成果,如哈姆莱特与阿Q(魏善浩)、《哈姆莱特》与《狂人日记》(苏晖)、《哈姆莱特》与郭沫若历史悲剧《孔雀胆》(张直心)、《罗密欧与朱丽叶》与波斯

---

① 黄文分别见《国外文学》2000年第1期和《北京大学学报》外语语言文学专刊1997年,袁文见《外国文学评论》1998年第3期,李文见《国外文学》1993年第2期,田文见《国外文学》1991年第3期。

② 李文见《外国文学研究》1995年第2期,苏文见《西安外国语学院学报》2000年第3期,张晓阳文见《外国文学研究》1990年第4期,章文见《浙江师大学报》1992年第4期,马文分别见《文艺研究》1992年第1期和《戏剧艺术》1992年第2期,张振钧文见《中国人民大学学报》1992年第6期,吴文见《外国文学研究》1991年第3期。另外,雨虹的《〈红楼梦〉与外国文学作品比较研究综述》(《红楼梦学刊》1992年第三辑)完全忽略了曹雪芹和莎士比亚的比较。

③ 从文见《国外文学》1997年第3期,章文见《齐鲁学刊》1991年第5期,钟文见《外国文学研究》1991年第2期,许文见《北京大学学报》英语语言文学专刊1990年,谢、郑文见《国外文学》1990年第1期。

长篇叙事诗《蕾莉与马杰农》(张鸿年)、《哈姆莱特》与《尤利西斯》(胡嫒)等。① 曹顺庆在比较14—16世纪中外文化与文论思潮时,恨不得在七页之内把全世界说遍:中国、西方、印度、日本、朝鲜、越南、阿拉伯,未免太心急了点。陈惇关于可比性的探讨是有感而发,对于平行研究的有效开展具有指导性意义。② 莎士比亚在中国的题目得到更多的关注,如王佐良《莎士比亚在中国的时辰》、杨静远《袁昌英和莎士比亚》、李伟民《梁实秋与莎士比亚》、刘炳善《莎剧的两种中译本:从一出戏看全集》、郦子柏《〈第十二夜〉导演断想》、任明耀《〈哈姆莱特〉在中国》等,而成绩最大的要属孟宪强的专著《中国莎学简史》(1994)。③ 李长林等的文章对该书做了重要补正。④

从讨论范围看,四大悲剧、《威尼斯商人》和十四行诗仍然是热点,同时其余悲剧和喜剧、历史剧、传奇剧、问题剧、莎士比亚佚作、杂诗等的讨论明显增多了,人们对莎士比亚有了比较全面的认识,在研究方法上更加细腻了。例如,赵炎秋从奥菲利娅所唱的民歌入手分析人物形象的塑造;李毅从种族角度出发,认为《奥瑟罗》的一个焦点是奥瑟罗文化认同的迫切要求和白人社会对他认同要求的抵制两者之间的直接冲突;曾艳兵和张建宏都从女巫形象及其咒语入手分析《麦克白》;吾文泉着重探讨《李尔王》中的关键词"自然";屠岸精益求精,不断修改译文,并给出精彩解说,而且注意到莎氏十四行诗中的戏剧色彩等等。⑤ 罗马悲剧方面,除《科利

---

① 魏文见《外国文学研究》1990年第4期,苏文见《外国文学研究》1992年第1期,二张文分别见《外国文学研究》1992年第4期和《国外文学》1992年第1期,胡文见《复印报刊资料·外国文学研究》1996年第7期。

② 曹文见《外国文学研究》1996年第4期,陈文见《北京师范大学学报》(社科版)2000年第3期。另外可以参见程朝翔犀利的文章《〈琼斯皇〉与〈原野〉:比较还是比附》,《北京大学学报》英语语言文学专刊1991年第2期。

③ 王文见《外国文学》1991年第2期,杨文见《外国文学研究》1994年第4期,李文见《书城》1994年第10期,刘文见《中国翻译》1992年第4期,郦文见《北京师范大学学报》社科版1991年第4期,任文见《宁波大学学报》人文版1994年第1期。

④ 参见《中国比较文学》1997年第4期和《中国文学研究》1999年第2期。

⑤ 赵文见《外国文学研究》2000年第4期,李文见《外国文学评论》1998年第2期,曾文见《外国文学》1999年第4期,张文见《外国文学研究》2000年第4期,吾文见《外国文学研究》1996年第4期,屠文分别见《外国文学》1991年第2期和《戏剧艺术》1994年第4期。

奥兰纳斯》外①,《裘力斯·凯撒》讨论比较多,涉及主角是谁(柏荣宁)、作者政治观(李伟民)、人物形象(孙家琇、孟宪强)等问题。② 其中孟宪强挑战了苏联莎学权威阿尼克斯特的观点,认为凯撒不是暴君,而是近乎亨利五世的开明君主。喜剧方面,《皆大欢喜》③、《驯悍记》④、《仲夏夜之梦》⑤等都有专文讨论,喜剧女主角(王述文)和男丑角(梁伟联)形象及莎翁喜剧精神(方平)也受到关注⑥。历史剧方面,除黄必康的研究外,主要是孙家琇精到地评述了11部英国历史剧。王化学和卫玮分别讨论了传奇剧中的道德理想主义和审美风格。⑦ 问题剧方面,孙家琇和方平就《一报还一报》、梁巧娜就《终成眷属》、卫玮就三部问题剧(还有《特洛伊罗斯与克瑞西达》)发表了看法。⑧ 在莎士比亚佚作方面,孙法理做了介绍,他和费小平分别讨论了莎士比亚的第38部剧作《两个高贵的亲戚》,张冲认为《爱德华三世》以爱国主义为基调和主情节线。⑨ 杂诗方面,王强有略论,孙法理和高德强争鸣了《凤凰和斑鸠》是不是政治隐喻诗。⑩ 从研究对象上看,对莎士比亚作品的研究开始走向深入。

另外还有一些值得注意的莎学成果。王玮敏关于莎剧商业化和电影

---

① 方平,《外国文学研究》1999年第1期。
② 柏文见《外国文学研究》1991年第1期,李文见《外国文学评论》1997年第4期,孙文见《戏剧艺术》1996年第3期,孟文见《外国文学研究》1996年第1期。
③ 方平,《外国文学评论》1994年第4期。
④ 方平,《外国文学评论》1996年第1期;杨莉馨,《中国比较文学》1998年第3期。
⑤ 史迹,《外国文学研究》1998年第3期。
⑥ 王文见《四川外语学院学报》2000年第4期,梁文见《国外文学》1992年第3期,方文见《外国文学评论》1990年第1期。
⑦ 孙文见《戏剧艺术》1998年第2期,王文见《齐鲁艺苑》1993年第2期,卫文见《上海师范大学学报》哲社版1998年第1期。
⑧ 孙文见《外国文学评论》1991年第4期,方文见《外国文学评论》1997年第2期,梁文见《外国文学研究》1995年第1期,卫文见《安徽师大学报》(哲社版)1995年第4期。
⑨ 孙文分别见《外国文学评论》2000年第4期和1991年第4期,费文见《外国文学研究》1995第4期,张文见《国外文学》1998年第3期。
⑩ 王文见《徐州师范学院学报》1990年第4期,孙文见《外国文学评论》1997年第1期,高文分别见《黔南民族师专学报》1998年第4期和《贵州师范大学学报》(社科版)1999年第2期。

改编的文章是比较突出的一篇。① 该文正确指出,莎士比亚时代的戏剧业是大众化的商业活动,属于文艺复兴时期正处于萌芽阶段的市场经济的一部分,与20世纪的电影业极为相似,莎剧历来的商业化与其内在的商业性密切相关,商业化不是目的,而是手段。这篇颇有见地的文章产生于洛杉矶第六届国际莎士比亚大会的专题讨论"莎士比亚与现代商业文化",但在国内几乎湮没无闻,殊为可惜。沈林《黑色的莎士比亚》以其机智的调侃跻身可读性强文之列。② 辜正坤主要从倒莎论的角度梳理了16—19世纪的西方莎评,他把罗伯特·格林作为"倒莎派祖宗"的观点别具一格。③ 洪增流注意到莎剧中的超自然描写,刘和鸣讨论了莎剧中的恶女人形象,黄满生论述了莎剧时空结构的基本模式和功能,胡泽刚梳理了莎剧中的音乐及莎剧的音乐改编,张冲介绍了1965—1985二十年间西方舞台上的莎剧演出情况,肖锦龙和王木春探讨了莎士比亚的美学思想,罗志野认为莎士比亚自有其戏剧理论和诗歌理论,区鉷明智地指出中国莎评应具本土意识,廖炜春把《哈姆莱特》作为文艺复兴时期英国复仇悲剧进行讨论,张立明明确了欧洲文艺复兴时期文学断限应为14—17世纪初等等。④ 在研究内容和研究方法上,这些成果表明莎学研究有所深化。

除莎士比亚以外,对文艺复兴时期戏剧和诗歌的研究都加强了。专著方面,20世纪90年代的主要收获是文学史,如王佐良《英国诗史》《英国散文的流变》,王佐良、何其莘《英国文艺复兴时期文学史》,何其莘《英

---

① 《外国文学评论》1996年第4期。
② 《读书》1998年第8期。
③ 分别见《北京大学学报》英语语言文学专刊1992年第1期、《国外文学》1993年第4期和《北京大学学报》(哲社版)1993年第3期。
④ 洪文见《外国文学研究》1995年第3期,刘文见《喀什师范学院学报》1990年第1期,黄文见《外国文学研究》1991年第1期,胡文见《国外文学》1993年第1期,张冲文见《外国文学评论》1992年第1期,肖文见《外国文学评论》1995年第2期,王文见《外国文学研究》1997年第1期,罗文分别见《南昌大学学报》(社科版)1994年第3期和《吉安师专学报》1997年第2期,区文见《外国文学评论》1999年第4期,廖文见《国外文学》1998年第4期,张立明文见《外国文学研究》1995年第1期。

国戏剧史》,桂扬清等《英国戏剧史》等,① 另外还有北京大学英语系编《观海登山集:英语语言文学论文选》,马袁(马文谦)关于菲利浦·麦辛哲悲剧的英文专著等。② 引用率较高的著作除了《莎士比亚全集》和马恩经典外,大致有杨周翰选编《莎士比亚评论汇编》、梁实秋《英国文学史》(1985)、杨周翰等主编《欧洲文学史》、张泗洋等《莎士比亚引论》(1989)、海涅《莎士比亚笔下的女角》(温健译,1981)、海伦·加德纳《宗教与文学》(沈弘、江先春译,1989)、黑格尔《美学》(朱光潜译)、孙家琇《论莎士比亚四大悲剧》(1988)等,表现出译著居多、文学史居多、资料性著作居多的特点。尽管许多学者能够直接参考英文书进行研究,但不少学者,尤其是中文系学者,仍然在相当程度上依赖译本。在中世纪英国文学领域,三位北大学者出版的三部英文专著引人瞩目:袁宪军《乔叟〈特罗勒斯〉中的爱情观》、王继辉《古英语和中国中古文学中的王权理念:〈贝奥武甫〉与〈宣和遗事〉比较研究》和刘迺银《巴赫金的理论与〈坎特伯雷故事〉》。③ 这三部功底深厚、视野宏阔的专著都是以博士论文为基础的,王继辉从普渡大学留学归国后执教于北京大学英语系,袁宪军和刘迺银都是由李赋宁指导的,而哈佛大学中古英语文学博士冯象早年在北京大学关于乔叟的硕士论文(1984)也是由李赋宁指导的。早在1957年,李赋宁就在《西方语文》上发表了《乔叟诗中的形容词(上、下)》这一重要长篇论文;进入新世纪,李赋宁、何其莘主编的《英国中古时期文学史》在李赋宁身后出版。④ 把李赋宁(1917—2004)称为新中国中世纪英国文学研究第一人,可以说恰如其分。⑤ 王佐良(1916—1995)主要在英国诗歌和文学史方面、杨周翰

---

① 王著分别为译林出版社1993年版和商务印书馆1994年版,王、何合著为外语教学与研究出版社1996年版,何著为译林出版社1999年版,桂等著作为江苏教育出版社1994年版。
② 二者皆为北京大学出版社1998年版。
③ 袁著为北京大学出版社1995年版,王著为北京大学出版社1996年版,刘著为华东师范大学出版社1999年版。
④ 外语教学与研究出版社2006年版。
⑤ 详见郝田虎发表在韩国的英文文章:"'What's Past Is Prologue:' Medieval English Studies in China in Recent Decades (1978—2014)", *Journal of British & American Studies* 35 (Dec. 2015), pp. 183-202.

(1915—1989)主要在文艺复兴时期英国文学和比较文学方面同样取得了垂范后学的巨大成就,把这三位先辈并列为早期英国文学研究的"三杰",想来大家都会赞同吧。在某种意义上,这篇小文是向以"三杰"为代表的诸位前辈致敬之作。

20世纪90年代文艺复兴时期诗歌研究中,斯宾塞比较突出。胡家峦选译的《斯宾塞诗选》填补了一个空白①,并且一直致力于翻译令梁实秋望而生畏、终于抱憾没有尝试的《仙后》②。他对《牧人月历》和《祝婚曲》的简介颇见功力③,尤其前一篇堪与《诺顿英国文学选集》中的编者导言相媲美。胡家峦讨论了《爱情小诗》和《祝婚曲》的主题、表现手法及价值。关于《仙后》,胡家峦抓住玻璃球镜的意象,探讨了诗人的宇宙观。④李增认为《牧人月历》是时代意识很强的作品,表现出对伊丽莎白时代两大问题——流浪和女王婚姻——的深入思考。罗益民探讨了《仙后》的创作背景和诗篇的寓意结构系统。⑤ 胡家峦关于文艺复兴英国诗歌的系统研究是这一时段的重要收获,大体可以分为两个方面:(宗教)抒情诗和诗人宇宙观。在(宗教)抒情诗方面,胡家峦不仅概述了17世纪上半叶的宗教抒情诗,重点评介了亨利·沃恩的宗教冥想哲理诗⑥,而且广征博引,总结了(宗教)抒情诗中的《雅歌》隐喻,包括"黑肤""冬—春""花园""农作""新郎—新娘"等具体形式,涉及莎士比亚、斯宾塞、弥尔顿、多恩、赫伯特、沃恩、泰勒、托马斯·坎庇恩等十余位文艺复兴时期英国抒情诗人⑦。在诗人宇宙观方面,胡家峦善于从具体意象(如圆规、金链、铁匠)入手,探

---

① 漓江出版社1997年版。
② 梁实秋译注:《英国文学选》第一卷,台北协志工业丛书1985年版,序言,第2页。
③ 分别见《国外文学》1994年第4期和1994年第1期。
④ 分别见《北京大学学报》英语语言文学专刊1991年第1期和《英美文学研究论丛》2000年。
⑤ 李文见《外国文学评论》2000年第4期,罗文见《四川外语学院学报》1996年第1期。
⑥ 《国外文学》1993年第2期。
⑦ 分别见《国外文学》2000年第4期和《北京大学学报》英语语言文学专刊1992年第1期。

讨背后的观念和模式。① 例如,作者抓住圆规意象的三个方面:圆形、圆形运动和中心,展开讨论,组织巧妙,逻辑性强。这些文章成为作者代表性专著《历史的星空:文艺复兴时期英国诗歌与西方传统宇宙论》的基础。② 虽然其中有的观点有可议之处(如认为弥尔顿像但丁一样以托勒密宇宙结构为基础),参考资料略显陈旧,但这部重要的系统著作总体上对推进有关研究的进一步发展做出了应有贡献。王佐良《文艺复兴的清晨》(系《英国诗史》的一章)简要生动地评介了文艺复兴时期英国诗歌各种流派与重要诗人的特点。③ 方汉泉的《文艺复兴与英诗》是对王佐良《英国诗史》的补充,从新柏拉图式爱情观谈到了文艺复兴性爱观和英诗中的性描写,讨论了莎士比亚的《维纳斯与阿都尼》和马洛的《希洛与里安德》,评估了英国文艺复兴色情作品的负面影响。方汉泉还简介了伊丽莎白时代的情诗(包括十四行诗、诗歌集、骑士派和玄学派),摘选了德雷顿、斯宾塞、琼森、赫里克、马洛、多恩等十多位诗人的作品。冬山难得地选译了伊丽莎白女王的一首情诗。蔡新乐介绍了怀亚特和萨里,指出二者最早把十四行诗引入英国,是有贡献的"新诗"开拓者。陆钰明概括了十四行诗形式的早期发展史及后来的试验。王金凯郑重其事地反驳杨宪益关于意大利十四行诗可能源于李白的假设,但自己犯了逻辑错误,不足道也。张祖武关于墓志铭文学的讨论涉及萨里、琼森、赫里克等文艺复兴英国诗人,苗勇刚、贾宇萍对马洛、华兹华斯和陶渊明的田园诗进行了浅层次的比较,李宇东对中英咏花诗歌的比较涉及文艺复兴英国诗歌。④ 文艺复兴时期英国诗歌面目的丰富性开始展现出来。

---

① 分别见《国外文学》1997年第3期、1999年第1期、2000年第2期和《北京大学学报》外语语言文学专刊1997年。
② 北京大学出版社2001年版。
③ 《外国文学》1992年第5期。
④ 方文分别见《华南师范大学学报》社科版2000年第1期和《华南师范大学学报》社科版1994年第4期,冬文见《文化译丛》1991年第2期,蔡文见《信阳师范学院学报》(哲社版)1992年第1期,陆文见《上海大学学报》(社科版)1990年第4期,王文见《信阳师范学院学报》(哲社版)1997年第4期,张文见《外国文学》1997年第2期,苗、贾文见《中国矿业大学学报》(社科版)2000年第1期,李文见《外国文学研究》1994年第1期。

文艺复兴戏剧研究除莎士比亚外,主要是马洛和麦辛哲。黄必康探讨了马洛戏剧主人公与伊丽莎白时代意识形态的关系,利用威廉斯关于文化过程的动态分析,对静态的伊丽莎白时代世界图景提出质疑。程朝翔札记式地分析了马洛四部悲剧中的马基雅维利式人物。周晓阳认为马洛《马耳他的犹太人》以普遍邪恶为前提(巴拉巴斯),对马基雅维利式自由的探索归于失败,而莎士比亚在《理查三世》中维护传统道德,揭示了马基雅维利主义遭到否定的必然性。该文观点似失之浅表,值得商榷。[①] 马衰讨论了继莎士比亚和弗莱彻之后,国王剧团第三任首席剧作家麦辛哲悲剧观念的形成和发展及英国文艺复兴悲剧传统对他的深刻影响,并具体分析了麦辛哲的《罗马演员》和《米兰公爵》两部剧。程朝翔的另一篇文章探讨了伊丽莎白时期悲剧(主要是复仇悲剧)中的法律与正义问题,既涉及莎士比亚,又论及基德、吐尔耐、米德尔顿、查普曼等多名讨论很少的剧作家,诚为难得之作。[②] 从整体上看,20 世纪 90 年代的文艺复兴戏剧研究有所进步,但仍有待拓展和深入。

20 世纪 90 年代的早期英国文学研究取得了不小的成绩,但也存在有些论文质量差、低水平重复、文章可读性下降、故作惊人语等不良现象。其原因可能是多方面的,如转型期的失序、学术训练的不足、学术体制的不完善、个人修养不够等等。幸运的是,许多学者面对风云变幻,像老黄牛一样默默耕耘,以知识分子的使命感和责任心向学界和社会奉献出了一批学术精品,为新世纪早期英国文学研究的进一步发展奠定了基础。

三、成长期:新世纪的早期英国文学研究(2001—2011)

进入新世纪,随着我国综合国力逐步提高和国家对人文学科日益重视,早期英国文学研究有了一些可喜的发展和很大的进步。莎学基本建

---

① 黄文见《国外文学》1997 年第 2 期,程文见《北京大学学报》英语语言文学专刊 1991 年第 1 期,周文见《国外文学》1998 年第 3 期。

② 马文分别见《国外文学》1997 年第 2 期、《北京大学学报》外国语言文学专刊 1997 年和《国外文学》2000 年第 2 期,程文见《北京大学学报》英语语言文学专刊 1990 年。

设的一个标志性成果是裘克安主编的莎士比亚注释丛书历时近30年,出版了41册①,其中一册,孙法理注释的《爱德华三世》(2011),甚至久负盛名的阿登莎士比亚丛书尚未收入②。希望这套丛书能够引起学界更多的关注。裘克安有关莎士比亚的文章结集为《莎士比亚评介文集》③,记录了1981年开始的廿余年间中国莎学的发展历程,强调莎士比亚原文文本的重要性,强调莎学研究不能过分政治化和简单化。这是老一代学人对后学的谆谆嘱托。在研究队伍上,70后(甚至80后)的集体亮相成为一道亮丽的风景线。根据笔者查到的公开数据,陈雷、冯伟、龚蓉、邵雪萍、石小军、肖霞、张沛、刘昊、张亚婷、廖运刚、徐嘉、郭晓霞、包慧怡等,包括笔者本人,都在此列。这批新锐大多拥有国内外博士学位,接受过系统的学术训练,视野开阔,精力充沛。总的来看,他们的文章都比较符合"套路",从文献综述到文本分析,一板一眼的,研究方法与西方更加"接轨"。(相反,像李金达那种完全没有注释和参考文献的"论文"在20世纪80年代也许并不少见,但在新世纪已经显得非常"扎眼"。④)譬如,石小军对日本中古英语语言文学研究情况的介绍为我国学者提供了重要参照⑤;张沛的多篇论文和专著《哈姆雷特的问题》(2006)不仅采取中西比较视角,而且表现出贯通古今中外的雄心,诚可贵也。中国的早期英国文学研究后继有人,令人欣慰,令人欢欣鼓舞。假以时日,这些人应该可以做出更大的贡献。

在研究领域和研究题目上,有了更大的拓展。传统热点,如莎士比亚、乔叟、《贝奥武甫》、斯宾塞、马洛等,得到了持续的和更加全面的关注;与此同时,其他作家作品的研究继续开拓深入。大概由于新历史主义和

---

① 商务印书馆1984—2011年版。
② 阿登莎士比亚丛书目前是第三系列,由 Richard Proudfoot, Ann Thompson, David Scott Kastan 及 H. R. Woudhuysen 主编。当然,该丛书目前共计42册,因为《哈姆莱特》有两册,Brean Hammond 编的 *Double Falsehood* 莎士比亚注释丛书还没有收入。
③ 商务印书馆2006年版。
④ 李文见《外国文学》2005年第4期。
⑤ 石文见《外国文学评论》2008年第4期。

文化研究的影响,从前少有人问津的莎士比亚历史剧变得格外"吃香"。不仅相关论文集中出现(如胡家峦论历史剧中的园林意象、李成坚论《亨利五世》、李艳梅论历史剧、秦露论《理查二世》、张冲论"亨利四部曲",张沛论英国历史剧创作意图等等)①,而且莎翁历史剧成为2006年清华大学"莎士比亚与政治哲学"通识课的教材。这门课带有实验性质,面向所有专业的本科生,由甘阳主讲,以经典细读和讨论为中心。除了课堂讲授外,还有四次由助教主持的导修课。从相关反馈和学生论文看,应该说这次以美国知名大学通识课为模板的实验是成功的。② 近几年北京大学推行的"大类平台课"在课程内容和讲授方法上也具有通识课的性质。中世纪英国文学研究更加全面深入。不惟《坎特伯雷故事》③,而且乔叟的其余作品④;不惟乔叟⑤,而且其他中古英语文学作品⑥,如《高文爵士与绿色骑士》⑦《忍耐》⑧《净洁》《珍珠》⑨《克蕾丝德的遗言》⑩等;不惟《贝奥武甫》⑪,而且其他古英语作品,如《十字架之梦》⑫等都有专文讨论。许多文

---

① 由中国期刊网期刊全文数据库检索可知(主题词:莎士比亚历史剧;时间:2012-5-9),2001—2011年有60条,2000年前共有记录28条。可参照李艳梅:《国内莎士比亚历史剧研究状况分析》,《北方论丛》2007年第1期。

② 赵晓力、吴飞,《国外文学》2006年第4期。

③ 丁建宁,《外国文学研究》2007年第1期,《英美文学研究论丛》第15辑;何岳球,《外国文学研究》2003年第4期;史亚娟,《菏泽学院学报》2009年第1期;肖明翰,《外国文学》2004年第6期,《外国文学研究》2006年第4期;肖霞,《外国文学评论》2009年第4期,2011年第4期等。

④ 如曹航,《英美文学研究论丛》第13辑;李安,《外国文学研究》2009年第4期;刘进,《外国文学研究》2005年第6期;肖明翰,《外国文学研究》2002年第2期和2003年第6期。

⑤ 沈弘,《外国文学评论》2009年第3期。

⑥ 陈才宇,《浙江大学学报》(社科版)2003年第1期,《安徽大学学报》(哲社版)2007年第5期。

⑦ 刘乃银,《外国文学研究》2003年第4期,《华东师范大学学报》(哲社版)2004年第4期;戚咏梅,《英美文学研究论丛》第10、15辑。

⑧ 刘乃银,《外国文学研究》2004年第6期,《英美文学研究论丛》第7辑。

⑨ 王继辉,《国外文学》2004年第1期。

⑩ 郝田虎,《世界文学》2002年第2期。

⑪ 王继辉,《外国文学》2002年第5期,《外国文学研究》2003年第1期。

⑫ 肖明翰,《外国文学研究》2011年第3期。

章都可圈可点,如陈才宇的执著、刘乃银的温和、沈弘的敏锐、王继辉的沉着、肖明翰的迅捷等等。其中王睿的论文讨论了中世纪西欧女性写作中的"双声"现象及其差异诗学。① 斯宾塞方面,除了《仙后》等诗作外②,鲜为人知的散文作品《爱尔兰之现状》中的民族意识也被提请注意③。马洛方面,除了关于戏剧和诗歌的作品研究外④,邓亚雄综述了国外的马洛研究,冯伟探讨了马洛的传记建构问题⑤。在文艺复兴时期诗歌方面,胡家峦的园林诗歌研究、蒋显璟的小史诗研究、朱宾忠的爱情诗研究、赵元为西方文论关键词系列撰写的"十四行诗"都是引人注目的成果。⑥ 其中胡家峦的文章论及了像盖斯科因、考利、西尔维斯特、沃勒、兰多尔夫等多位相当重要但几乎无人讨论的文艺复兴时期英国诗人,具有填补空白、开启来者的意义。吴毅和刘立辉的文章将英国文艺复兴时期文学理论的讨论从锡德尼的《为诗辩护》拓展到比他更早的帕特纳姆的《英诗艺术》。⑦ 张沛发人深思的《乌托邦的诞生》是比较少见的关于莫尔《乌托邦》的探讨。⑧ 在文艺复兴时期戏剧方面,赵亚麟粗线条勾勒了莎翁与同时代剧

---

① 王文见《外国文学研究》2007 年第 2 期。
② 胡家峦,《欧美文学论丛》第 2 辑;刘立辉,《外国文学评论》2006 年第 3 期,《外国文学研究》2007 年第 3 期;熊云甫,《外国文学评论》2009 年第 1 期,《天津外国语学院学报》2009 年第 4 期。
③ 李成坚,《外国文学评论》2011 年第 2 期。
④ 邓亚雄,《外国文学评论》2005 年第 4 期;张冲,《英美文学研究论丛》第 2 辑;王秋生,《外国文学》2007 年第 2 期。
⑤ 邓文见《四川外语学院学报》2006 年第 2 期,冯文见《国外文学》2010 年第 4 期。
⑥ 胡文分别见《国外文学》2002 年第 4 期、2004 年第 3 期、2006 年第 2 期,《外语与外语教学》2006 年第 1 期,《天津外国语学院学报》2007 年第 6 期等;蒋文分别见《英美文学研究论丛》第 9 辑和《国外文学》2010 年第 2 期;朱文见《外国文学研究》2002 年第 2 期;赵文见《外国文学》2010 年第 5 期。
⑦ 吴、刘文见《外国文学》2011 年第 3 期。另外可参见陈尚真重读《为诗辩护》,《英美文学研究论丛》第 9 辑。
⑧ 张文见《外国文学评论》2010 年第 4 期。另外可参见李安论《乌托邦》的基督教人文主义思想,《福州大学学报》(哲社版)2008 年第 2 期。

作家的关系①,基德《西班牙悲剧》②、韦伯斯特《玛尔菲公爵夫人》、博蒙特和弗莱彻《少女的悲剧》③、托马斯·海伍德的《伦敦四学徒》④等得到重点关注。其中耿幼壮总结了伊丽莎白时期复仇剧兴盛的原因,以《西班牙悲剧》为例分析了复杂的复仇观,指出死亡问题与复仇、正义相比,是复仇剧更为内在的主题。这篇可贵的论文实际上回应了张隆溪80年代关于悲剧和死亡的文章,是接着讲的。

由于刘建军等人的努力,学界对于欧洲中世纪文学的认识更清醒、更自觉、更明确了。刘建军《欧洲中世纪文化与文学述评》一文从宏观角度确立了对中世纪的再认识。李晓卫则从文化根源和文学表现两方面,追溯了欧洲中世纪文学与古希腊罗马文学的内在联系。⑤ 在中世纪的欧洲,不仅希腊和希伯来传统,还有多种古代文化要素碰撞融合;欧洲中世纪文学不仅具有过渡性质,而且为后来的欧洲文学发展奠定了基础。⑥文艺复兴运动是在中世纪基督教文化基础上发展起来的,文艺复兴文学表现了基督教文化影响下所形成的人文主义思想。⑦ 自90年代以来,学界逐渐就欧洲中世纪文化、文学、历史、宗教等的丰富性和复杂性达成共识,原来"黑暗时代"的简单错误说法日渐销声匿迹。肖明翰在完成七百页的大作《英语文学传统之形成:中世纪英语文学研究》之后感叹道:"更值得庆幸的还是,我发现所谓'黑暗世纪'里的文学其实远不如我曾涉足过的现代主义文学那么'黑暗'。"⑧应该说,学界对于欧洲中世纪(包括英国中世纪文学和文化)的重新发现是新时期的基本成就之一。旅美学者李耀宗在台北出版的力作《诸神的黎明与欧洲诗歌的新开始:噢西坦抒情

---

① 赵文见《贵州民族学院学报》(哲社版)2004年第3期。
② 程倩,《解放军艺术学院学报》2007年第2期;耿幼壮,《外国文学评论》2005年第3期。
③ 龚蓉,《外国文学评论》2008年第2期和2011年第1期。
④ 郝田虎,《外国文学研究》2008年第1期。
⑤ 刘文见《外国文学研究》2003年第1期,李文见《外国文学研究》2003年第6期。
⑥ 刘建军,《外国文学评论》2010年第4期。
⑦ 刘建军,《外国文学研究》2007年第5期。
⑧ 社会科学文献出版社2009年版,下册,第712页。

诗》将翻译和批评相结合,学养深厚,持论公允,可以说代表着中华学人目前在欧洲中世纪文学研究领域的最高成就。①

研究方法更加多样化。除了马克思主义、文本细读、新历史主义、女性主义、比较文学、巴赫金等比较熟悉的方法外,文化唯物主义(与新历史主义相类而不同;许勤超)、文学达尔文主义(王丽莉)、后殖民主义(段方)、手稿研究(郝田虎)②等理论方法也得到(进一步)介绍。③ 伦理学视角开始重新得到重视(如颜学军、罗益民)。④ 其中比较突出的是新历史主义。经过 90 年代的介绍消化,更多的中国学者能够更为熟练地运用该方法开展研究,研究对象也不局限于莎士比亚,而包括文艺复兴时期戏剧(如龚蓉)等。而新历史主义与文化研究相结合,带来普遍的对于文学中政治议题的格外关注。例如,程朝翔的两篇文章联系现实,深入浅出地讨论了战争——从第二次世界大战(包括抗日战争)到伊拉克战争——对莎剧(如《亨利五世》)和作为文化符号的莎士比亚的利用,对认识文学的本质富有启发意义。沈弘和郝田虎的文章探讨了早期英国文学的写作方法问题:大量存在的模仿和借用是"剽窃"还是"札记式写作"。⑤

在研究载体上,这一时段的显著特点是专著的猛增。单就莎士比亚而言,根据笔者的统计,1978—2011 年内地和香港共出版专著(包括论文集,但不包括译著、文学史、选本、传记、辞典等)约一百部,其中复苏期和深入期数量差不多,都是二十余部,而成长期十年的专著数量即占整个新

---

① 允晨文化实业股份有限公司 2008 年版。
② 关于手稿研究的方法和实践,还可参照郝田虎的其他中英文文章:《外国文学》2012 年第 2 期;*The Library*, 7th series, vol. 10, no. 4 (December 2009); *Spenser Studies*, vol. 23 (New York: AMS Press, 2008)。
③ 许文见《国外文学》2010 年第 4 期,王文见《外国文学》2009 年第 1 期,段文见《外国文学研究》2005 年第 2 期,郝文分别见《国外文学》2010 年第 2 期和《江西社会科学》2011 年第 7 期。
④ 颜文见《外国文学研究》2006 年第 1 期;罗文见《西南大学学报》(社科版)2007 年第 1 期。另外可参照聂珍钊、邹建军编:《"文学伦理学批评:文学研究方法新探讨"学术研讨会论文集》,华中师范大学出版社 2006 年版。
⑤ 程文分别见《国外文学》2005 年第 2 期和《外国文学研究》2005 年第 2 期,沈文见《外国文学评论》2009 年第 3 期,郝文见《外国文学》2008 年第 2 期。

时期的一半还多。施咸荣在他的小册子《莎士比亚和他的戏剧》的结尾说:"除大学教材和报刊上发表的论文外,研究、评论莎士比亚的专著还不多。"①30 年间,增长了近百倍,不可谓不迅速。在除了莎士比亚的文艺复兴英国文学方面,70、80 年代各有一部专著,但都是力作:王佐良的英文专著《约翰·韦伯斯特的文学声誉》1975 年在奥地利出版,杨周翰备受好评的《十七世纪英国文学》1985 年由北京大学出版社出版。90 年代这方面的著作也不多,大约只有上一节提到的几本。进入新世纪,这一领域的专著才逐渐多起来,主要有:胡家峦,《历史的星空》(2001)、《文艺复兴时期英国诗歌与园林传统》(2008);沈弘,《弥尔顿的撒旦与英国文学传统》(2010);刘立辉,《生命和谐:斯宾塞〈仙后〉内在主题研究》(2004);王岚,《詹姆斯一世后期英国悲剧中的女性》(2006);李正栓,《英国文艺复兴时期诗歌研究》(2006);赵冬,《〈仙后〉与英国文艺复兴时期的释经传统》(2008);郭晖,《琼生颂诗研究》(2009)等。在中世纪英国文学方面,1990 年以前大陆几乎没有专著,虽然台湾 1983 年就出版了颜元叔的大部头著作《英国文学:中古时期》。1990 年以后,除了上面提到的鲍屡平、袁宪军、王继辉、刘迺银之外,主要还有:李赋宁,《英国文学论述文集》(1997);陈才宇,《英国古代诗歌》(1994)、《古英语与中古英语文学通论》(2007);陆扬,《欧洲中世纪诗学》(2000);肖明翰,《英语文学之父——杰弗里·乔叟》(2005)、《英语文学传统之形成:中世纪英语文学研究》(2009);刘建军,《欧洲中世纪文学论稿:从公元 5 世纪到 13 世纪末》(2010);丁建宁,《超越的可能:作为知识分子的乔叟》(2010);刘进,《乔叟梦幻诗研究:权威与经验之对话》(2011)等。这些沉甸甸的收获中有不少英文书,尤其是博士论文。英文著作的好处是与国外学术界交流方便,但也会限制读者数量,减少影响力,使得本来就小众化的早期英国文学研究(莎士比亚除外)更加成为少数专家学者的智力游戏。而学者之间的对话互动大大促进了学术进步,例如,孟宪强认真对待从丛"哈姆莱特并非人文主义者"的

---

① 北京出版社 1981 年版。

质疑和批评,在《三色堇:〈哈姆莱特〉解读》(2007)中花大力气重写了"哈姆莱特与蒙田之比较研究"一章,使得内容更加丰富充实。李伟民的《中国莎士比亚批评史》(2006)对莎士比亚在国内的接受和研究进行了全景式探讨,是迄今为止相关题目的首部专著。肖四新的《莎士比亚戏剧与基督教文化》(2007)从对人的本质认识、生存方式的选择、存在意义的理解三个层面切入,考察了渗透于莎剧中的基督教意识,认为莎士比亚人文主义包含着基督教文化内涵,莎剧艺术借鉴了基督教艺术。田民的《莎士比亚与现代戏剧:从亨利克·易卜生到海纳·米勒》(2006)讨论了莎翁对现代剧作家的影响,但其"现代戏剧"不包括亚洲戏剧。① 从研究视角看,张冲、张琼的《视觉时代的莎士比亚:莎士比亚电影研究》(2009)、廖炜春的《服饰造性别:英国文艺复兴与中国明清戏剧中的换装和性别》(2005)、李伟昉的《梁实秋莎评研究》(2011)和罗峰编译的《丹麦王子与马基雅维利》(2011)等著作也值得关注。与以前相比,新世纪关于早期英国文学研究的专著琳琅满目,不仅以数量取胜,更以专业化和多样化为特征。

在译著方面,除上文提到的以外,黄杲炘1998年首次出版、后来多次重印的诗体译本《坎特伯雷故事》多为学者征引,大有代替方重早年散文译本的势头。② 褚朔维等译《中世纪美学》(1991)也受到学者的关注。沈弘和陈才宇是中世纪英国文学的主要译者。沈弘厚积薄发,译作除《农夫皮尔斯》外,还有伯罗《中世纪作家和作品:中古英语文学及其背景(1100—1500)》(2007)、《中世纪英国:征服与同化》(2007)和《英国中世纪诗歌选集》(2009)。其中最后一部尤其值得重视,译文像此前的《农夫皮尔斯》一样,节奏整齐,措辞讲究,忠实典雅,清新可诵,有的篇目还填补了空白,如《珍珠》,但因为在台北出版,大陆这边少有人知。而沈弘精心选择了二手文献伯罗进行翻译,是中世纪文学研究基础建设的一部分,大有

---

① 参看台湾学者邱锦荣的专著 *Metadrama: Shakespeare and Stoppard*(台北书林2000年版)。
② 方重译:《乔叟文集》,两册,1962、1979年版;另有《坎特伯雷故事》单行本,多次修订重印。

乃师杨周翰、李赋宁之风。陈才宇译作主要有:《英国民间谣曲选》(1989)、《贝奥武甫:英格兰史诗》(1999)、《英国早期文学经典文本》(2007)、《亚瑟王之死》(2008)。此外,陈默译了蒙茅斯的杰佛里(Geoffrey of Monmouth,卒于1155年)《不列颠诸王史》(2009)。① 在文艺复兴时期文学方面,莎士比亚当然译者辈出,莎翁中译研究也成为一个相当重要的"次领域",近年来这方面的专著就有四部:桂扬清,《莎翁作品译文探讨》(2004);王瑞,《莎剧中称谓的翻译》(2008);奚永吉,《莎士比亚翻译比较美学》(2007);谢世坚,《莎士比亚剧本中话语标记语的汉译》(2010)。除培根外,曹明伦还翻译了伊丽莎白时期三大十四行诗集:莎士比亚(1995,2008)、锡德尼(2008)和斯宾塞(1998,2008)。高黎平、林少晶也译了莎士比亚、锡德尼和斯宾塞的十四行诗集(2011)。马海甸译了《英美十四行诗》(1991)。李瑜译有《文艺复兴书信集》(2002)。胡虹翻译了C.S.路易斯的《中世纪和文艺复兴时期的文学研究》(2010)。王佐良主编的《英国诗选》(1988)有一些早期英国诗歌的译文。梁实秋译有三卷本《英国文学选》(1985)与他的《英国文学史》配套,其中前两卷是早期英国文学作品的选译。除了散文和诗歌外,梁实秋选译了从中世纪到18世纪的八部戏剧,包括《第二部牧羊人剧》《凡人》、约翰·海伍德的滑稽短剧《约翰约翰》、马洛《浮士德博士之悲剧》、基德《西班牙悲剧》、约翰·福特《可惜她是一个娼妇》等,选目精当,加上他翻译的莎士比亚全集,独自一人的工作大体反映了英国戏剧的发展历程,的确令人钦佩。但文艺复兴时期英国文学的翻译还有许多处女地有待开垦,戏剧如琼森、博蒙特和弗莱彻、麦辛哲、韦伯斯特等,诗歌如怀亚特、萨里、伊丽莎白一世、丹尼尔、德雷顿、坎庇恩、巴恩菲尔德、罗思夫人等的大部分或全部篇什,散文如锡德尼《阿卡狄亚》、雷利《世界史》、各种游记等,许多精彩的作品有待有心人迻译,以广流布。

由于《外国文学研究》2005年起被A&HCI收录,英文论文的发表成

---

① 译本没有说明所据原本;从"译名对照"看,当据英译本转译,并非译自拉丁文。

为必须,其中一些是关于早期英国文学的,包括中国学者的文章(杨林贵),也包括韩国学者(艾斯托克)和西方学者(韦尔思、布鲁克斯)的文章。① 来自世界各地的英文文章直接在中国刊物上发表(此前通常是译成中文发表),拉近了中国与世界的距离,在中国学界注入了变革的新鲜因素。或许我们可以考虑像台湾《淡江评论》那样,推出全英文的常规学术期刊。一些书评对国内外新书的评介为国内学界提供了信息和指引。例子包括胡书义评刘建军《欧洲中世纪文学论稿》、胡雅玲评芝加哥大学出版社《伊丽莎白一世翻译文稿》、徐明和汪洋评贝文顿《怎样阅读莎士比亚戏剧》、王改娣评麦茨《莎士比亚十四行诗中的世界:前奏曲》、王丽莉评格林布拉特《尘世间的莎士比亚》等。② 许多期刊不重视书评的现状有待改变,贺祥麟等认真撰写书评的做法值得发扬。国内外学术会议的举行逐渐常态化,早期英国文学中最有号召力的依然是永不落幕的莎士比亚。譬如,2004年,复旦大学主办了"莎士比亚与中国"全国研讨会;2008年和2013年,武汉大学又两次主办了莎士比亚国际学术研讨会。

在博士生培养方面,从沈弘 1989 年在北京大学获得博士学位算起,我们目前至少培养了 15 位中世纪英国文学博士:袁宪军(1994)和刘迺银(1996),北京大学,李赋宁指导;王睿(2008)、丁建宁(2009)、戚咏梅(2009)、张亚婷(2009)、杨开泛(2014)、张涛(2016),华东师范大学,刘迺银指导;李安(2005),华中师范大学,聂珍钊指导;刘进(2007)、汪家海(2014),湖南师范大学,肖明翰指导;曹航(2008),上海外国语大学,李维屏指导;史亚娟(2008),首都师范大学,邱运华指导;王春雨(2014),东北师范大学,刘建军指导。其中八篇都是以乔叟为题目的。而文艺复兴时期英国文学的博士更多,仅北京大学培养的就有十几位:辜正坤(1990)、

---

① 杨文见 2006 年第 1 期,艾文见 2008 年第 5 期,韦文见 2006 年第 1 期,布文见 2006 年第 1 期。
② 二胡评分别见《外国文学研究》2011 年第 2 期和《外国文学研究》2010 年第 5 期;徐、汪评见《外国文学研究》2009 年第 1 期;二王评分别见《外国文学》2010 年第 3 期和《外国文学》2006 年第 5 期。

程朝翔(1992)、黄必康(1998)、李正栓(1999)、罗益民(2001)、刘立辉(2003)、晏奎(2004)、郭晖(2008)、刘昊(2008)、冯伟(2009)、邵雪萍(2009)、廖运刚(2012)、徐嘉(2013)、王珊珊(2014)、崔梦田(2016)等。《英美文学研究论丛》2000—2011年共由上海外语教育出版社出版了15辑,其中第15辑的专栏"学者笔谈"系中世纪英国诗歌专题,由刘乃银及其门生撰写的三篇论文组成。三十余年中,有关莎士比亚的专栏或专辑屡见不鲜,而有关中世纪英国文学的专栏大概这是仅有的一次。绵延八百年的中世纪英国文学理应得到人们更多的重视,被埋没的明珠终将焕发出夺目的光彩。

我们不能忘记外国专家和外国学者对中国早期英国文学教学和研究的贡献。中国几代学人都曾在英美名校学习,汲取营养,如李赋宁在耶鲁大学、沈弘在牛津大学、冯象在哈佛大学、郝田虎在哥伦比亚大学等等。国外学者也来到中国,撒播文学的种子。博学的温德1923年来华,先后执教于东南大学和清华大学;1952年院系调整后,任北京大学教授,直至1987年辞世,享年百岁,无疾而终。温德经年教授莎士比亚和英国诗歌,他的许多早期中国学生后来成为中国外语界翘楚,如钱锺书、李赋宁、季羡林等等。诗人、文学批评家燕卜荪加入因为抗日战争南迁的长沙临时大学,在没有教材的情况下,凭记忆敲出《奥瑟罗》,已经成为不朽的传奇。20世纪80年代晚期,李赋宁邀请耶鲁教授 Marie Borroff 和 Dorothee Metlitzki 访问北大英语系,举行有关中世纪英国文学的讲座。外国访问教授对中国学生博士论文的指点已成为常态:康奈尔大学 Carol Kaske 教授帮助了刘迺银的博士论文,荷兰的 Alain Piette 教授帮助了罗益民的博士论文,哥伦比亚大学 Anne Lake Prescott 教授帮助了刘立辉的博士论文,牛津大学 Malcolm Godden 教授和剑桥大学 Helen Cooper 教授帮助了丁建宁的博士论文,Godden 教授在他2004年访问期间还为华东师范大学中世纪英国文学领域的研究生举办了系列讲座。近年来,Thomas Rendall 教授任职于北大英语系,开设乔叟和但丁课程。从温德到 Rendall,"洋先生"和"洋学者"对中国早期英国文学教学和研究的贡献值得肯定,应该把他们和晚清至民国的传教士区别开来。

三个时段的旅行过后,笔者想从"普及和提高:莎士比亚中国化"的角度做一个总结。

作为中国知名度最高的外国作家,莎士比亚的普及媒介不外乎影视广播、舞台演出、翻译出版和互联网几种,各种层次的莎士比亚教学也有赖于这些媒介。在影视广播方面,特别值得提出的是 1979 年万人空巷的译制片《王子复仇记》的放映和风靡一时的奥斯卡最佳影片《莎翁情史》(1998)的引进。与其余形式相比,各类普及读物是物质受限最小的常规形式,尤其是萧乾翻译的兰姆姊弟改写的《莎士比亚戏剧故事集》对莎士比亚在中国社会的广泛传播起了很大作用。萧乾译本于 1956 年在中国青年出版社初版,1978 年 10 月第三次印刷时已达 25 万册,迄 1988 年印行十次,总计 80 余万册。除了朝鲜语的《莎士比亚戏剧选》(1980)以外,20 世纪 80 年代初还出版了该书的民族文字版,包括维吾尔文版(1980,1981)、哈萨克文版(1981)、蒙古文版(1982)等。汤真译、奎勒-库奇改写的《莎士比亚历史剧故事集》(1981)也多次再版,有时与萧乾译本合为《莎士比亚戏剧故事全集》流通。而花样翻新、层出不穷的莎士比亚传记、妙语录、箴言录、简易读物、戏剧故事选、名篇赏析等,或双语对照,或图文并茂,或采用连环画形式,大都针对青少年读者和英语学习者,像赶大集似的,熙熙攘攘,此起彼伏,你追我赶,不亦乐乎。在莎士比亚身上,出版社、编/译/著/注者和读者似乎找到了兴趣的最佳契合点,光明正大、堂而皇之地传播着"外国历史""外国文学名著""少年博雅文库"以及"步步高英语""中国孩子的好榜样""励志成功"等各色名目。莎士比亚不仅是戏剧泰斗、戏剧大师、戏剧之王和世界文豪,更是成功人士、人生导师、管理学权威和"俗世威尔"。莎翁作品是"爱情圣经",莎翁是"属于所有世纪的爱情心理学大师"。莎士比亚及其作品名则名矣,妙则妙矣,但更是"精"品:经典、精彩、精选、精编、精解、精缩、精韵、精髓等形容词你方唱罢我登场,艾汶河畔的天鹅之"精"成了改革开放中国出版市场上最惹眼的卖点之一。莎作及与莎翁有关的出版不折不扣地成为一种"现象",折射出新时期中国在革命的狂热和迷惘的困顿之后突然释放的拥抱西方文化的强烈热情,以及市场经济大潮下"全民学英语"的相当程度的盲目和浮躁。前者无疑是值得肯定的,萧乾等前辈的历史功绩不容抹杀;但对"全民学英语"的全面评价,则有待将来的历史学家做出。

莎士比亚在中国的影响超过任何一位外国作家,究其原因,翻译在其中扮演了重要角色,而林纾、萧乾、朱生豪、梁实秋等几代翻译家的努力意在使莎士比亚中国化,中国化的莎士比亚才能在中国的文化建设中发挥作用,对中国社会产生广泛影响。林纾和魏易的早期文言译本《英国诗人吟边燕语》(1904)也是根据兰姆姊弟改写本翻译的,对中国莎学和中国现代文学的发展产生了不可磨灭的影响,郭沫若、田汉、曹禺等著名戏剧家都是通过《吟边燕语》认识莎士比亚的。从《澥外奇谭》(1903)到《莎士比亚戏剧精缩与鉴赏》[①],一百余年间,莎剧介绍者采取了类似的中国化策略,比如前者把《威尼斯商人》译为《燕敦里借债约割肉》,后者将同一剧本概括为"金银铅匣考验情郎 玲珑美女智断奇案"等。虽然这一类著作将莎剧小说化、故事化,有简单化和扭曲莎翁本来面目的嫌疑,但它们对中国章回体小说回目的有益借鉴民族而大众,醒目而有效,为许多读者津津乐道。作为中国莎士比亚翻译天空中的双子星座,朱生豪和梁实秋各显其能,各擅胜场:朱译本以诗人的灵感胜,流畅而优美;梁译本以学者的谨严胜,忠实而通达。把二者结合起来看,不懂原文的读者大可窥见莎翁真面目。他们的翻译作品已经成为20世纪中国(翻译)文学不可或缺的一部分,在一代又一代读者的眼睛里、耳朵里和心灵里存续、生长以至于永恒。他们的名字,也会像莎士比亚一样不朽吧。1978年,人民文学出版社隆重推出被搁置了15年之久的《莎士比亚全集》[②],此后十年间,据统计,各种莎剧译本印行总数约为160万册。无疑,翻译出版对于莎剧和莎

---

① 王忠祥、贺秋芙编著,华中师范大学出版社2009年版。
② 11卷,朱生豪等译,施咸荣责任编辑。

学在新时期中国的推广和繁荣起到了发动机和起跑器的作用,读者由此受益无穷。互联网等新媒介的出现和广泛应用使莎士比亚与时俱进,常读常新,继续发挥着重要影响。

莎士比亚中国化的成功实践同样表现在对莎剧的舞台改编上。1986年,首届中国莎士比亚戏剧节在京沪两地演出了25台莎剧,在国内外影响都很大;1994年的上海国际莎士比亚戏剧节①和2008年的北京国际莎士比亚戏剧节②也很成功。据不完全统计,1981—2008年,全国各地剧团等演出单位以话剧等形式共改编上演了22部莎剧,改编形式包括京剧、粤剧、越剧、黄梅戏、木偶戏、川剧、昆曲、婺剧、湘剧、豫剧、庐剧、二人转、东江戏、丝弦戏、花灯戏、汉剧、潮剧等十几种民族戏曲形式③,甚至有演员用英语演出京剧《奥赛罗》片断④。1987年夏,上海昆剧院应邀赴爱丁堡演出根据《麦克白》改编的昆曲《血手记》,强烈吸引了欧洲观众。2005年夏,上海京剧院应邀赴丹麦演出根据《哈姆莱特》改编的京剧《王子复仇记》,在哈姆莱特生活过的克隆城堡连演四场,受到高度评价和热烈欢迎,在哈姆莱特的故乡掀起一阵中国文化热潮。⑤ 莎士比亚的精神灵魂和中国传统京剧的舞台呈现在古老城堡的夜空下完美地融为一体,夺人心魄,令人沉醉。这些成功的艺术实践表明,愈是民族的,愈是世界的;西方优秀的文明成果完全可以民族化、中国化,而后重新返回西方,面对西方观众,达到中西文化交流、弘扬中华文明的目的。中国化的莎士比亚作为有用的介质,一方面促进着中国对于莎士比亚的接受,另一方面也促进着中国文化更好地走向世界。我们要反对食古不化,食洋不化,坚持走莎士比亚中国化的道路,化出莎士比亚的灵魂和精华。

---

① 谭静波,《东方艺术》1994年第6期。
② 李铎,《解放军艺术学院学报》2009年第3期。
③ 李伟民:《在文本与舞台之间:中国的莎士比亚研究与莎剧演出兼及高校莎剧》,见郑体武主编:《新中国成立以来的外国文学教学与研究》,上海外语教育出版社2011年版,第252—255页。
④ 中国莎士比亚研究会编:《莎士比亚在中国》,第62页。
⑤ 《上海戏剧》2005年第10期。

应该说,1978年以来,我们在莎士比亚中国化或创造中国风格的莎士比亚方面取得了不小的成绩,除了上文所述,还表现在对马克思、恩格斯的"莎士比亚化"命题进行了持续讨论和应用,理清了马克思主义创始人和莎士比亚的关系,主张应该用马克思主义理论研究莎士比亚。这方面的重要成果包括:孙家琇编《马克思恩格斯和莎士比亚戏剧》(1981);孟宪强辑注《马克思恩格斯与莎士比亚》(1984);方平、姜超、李伟民、洪忠煌、徐群晖等人的文章。① 值得反思的是,20世纪90年代开始确立社会主义市场经济制度以来,马克思主义在外国文学研究界的指导作用有所弱化,蜂拥而起的是自欧美舶来的名目繁多的"主义"和"理论"。究竟马克思主义有没有过时?是否应该重新强调马克思主义文艺理论的指导意义?如何处理马克思主义文艺理论和欧美文艺理论以及中国传统文艺理论之间的关系?这些重要问题无疑是值得理论界和学界认真思考和深入讨论的。

中国对莎士比亚的接受其实是四重戏剧:翻译(包括改写)、演出、教学和研究。在这四个方面,我们承认充分尊重和完整理解莎士比亚是基础,也重视个人经验,但中国学者要考虑中国语境,结合中国实际,采用中国视角,争取创造中国风格的莎士比亚。唯有如此,才是真正的莎士比亚中国化。我们的前辈,从1910年在美国康奈尔大学学习的胡适到1982年在《人民日报》上发表文章的曹禺,都提出了"用中国人的眼光看莎士比亚"的命题。② 1999年,吴元迈在中国外国文学学会第六届年会开幕式的发言中回顾和总结了新中国50年来的外国文学研究,认为新时期以来外国文学研究取得了"全方位发展和历史性成就",但也存在一些缺点和不足,包括"尚不能完全以我为主,从中华民族的主体性出发来探讨和研究

---

① 方文见《外国文学研究》1982年第3期,姜文见《外国文学研究》1984年第2期,李文见《安徽大学学报》2005年第6期,洪文见《文艺报》2008年1月3日,徐文见《中国现代文学研究丛刊》2011年第8期。

② 孟夏,《光明日报》2008年2月23日。

外国文学",与中国文学发展的实际联系不够等。① 这些有着战略高度的建议是切中时弊、发人深省的,实际上从另一个角度回答了如何实现外国文学研究中国化——包括莎学中国化——的问题。

中国外国文学研究中的"本土意识"和"西方主义"是一个硬币的两面,有的学者直接倡导"本土意识"(或"本土经验"),有的学者侧面批评"西方主义"(或"殖民主义"),角度不同,而问题的实质是一样的。早在20世纪80年代,季羡林就指出外国文学研究应当有"中国特色",区鉷也清醒地提出外国文学接受中"本土意识"的问题;而易丹颇有影响的重要文章《超越殖民文学的文化困境》当头棒喝的三个问题也许现在仍然值得我们深思:我们在哪里? 我们用的是什么方法? 什么是我们的策略?② 如果我们研究者对这些基本问题没有认真严肃的思考,而是不假思索地追求和奉行西方学界的那一套,那么,毫不客气地说,我们将难以避免易丹所谓"外国文学研究领域的文化困境和'殖民主义'的尴尬"(116)。此后,这一讨论一直在热烈进行中,比较重要的文章包括刘崇中《中国学术话语中的西方主义》、周小仪《英国文学在中国的介绍、研究及影响》、高玉《本土经验与外国文学接受》以及何辉斌《新中国文学研究中的西方主义》等几篇,其中周小仪的那篇尤其清晰、简洁、透彻。③ 中国学者对文化帝国主义、西方主义、殖民主义的警醒和批判,对本土意识和中国特色的日益自觉的认同(尽管离实践还有相当距离),是学界对国内社会普遍崇洋媚外风气的有力回应,也是对中西方文化关系这一数个世纪以来带有根本重要性命题的最新思考。

在中西学术交流过程中,存在一种有趣的错位现象:中国对国际汉学研究成果感兴趣,而西方更多地对莎士比亚在中国的演出和教学感兴趣。

---

① 吴文见《外国文学研究》2000年第1期。
② 季文见《复印报刊资料·外国文学研究》1984年第12期,区文分别见《复印报刊资料·外国文学研究》1988年第4期和《外国文学评论》1988年第2期,易文见《外国文学评论》1994年第2期。
③ 刘文分别见《外国文学研究》1997年第4期和《国外文学》1999年第2期,周文见《译林》2002年第4期,高文见《外国文学研究》2008年第4期,何文见《文艺理论研究》2010年第3期。

个中缘由,值得深思。我们一方面要认真反思为什么中国的英国文学研究成果在母国得不到良好的接受,另一方面可以利用他们的兴趣,积极推广我们的文化产品和学术成果。简而言之,"莎士比亚在中国"不失为中国文化、中国形象走向世界的一条捷径:中国要走向世界,世界也想了解中国,莎士比亚也许是最好的中介之一。我们可以在普及和提高两个层面做好这件事情,一方面力求大众化,一方面讲究学术品位。我们的目标是使得西方的普通民众和学术精英都接受、认可、喜爱中国化的莎士比亚。只要做到这一点,就是我们的成功。那么,在操作的层面上,这一理念有没有实施的可能性呢?我认为完全有可能。我们已经有了不少成功的实践,内地和香港都对莎士比亚在中国和比较研究投入了很高的热情,以下几部英文专著出版于世界各地,可以证明"莎士比亚在中国"对西方人的吸引力:张晓阳,*Shakespeare in China: A Comparative Study of Two Traditions and Cultures*(纽瓦克,1996);李如茹,*Shashibiya: Staging Shakespeare in China*(香港,2003);孙艳娜(德国博士),*Shakespeare in China*(开封,2010);Murray J. Levith, *Shakespeare in China*(伦敦,2004);Alexander C. Y. Huang, *Chinese Shakespeares: Two Centuries of Cultural Exchange*(纽约,2009)。目前的当务之急是在国家层面制定好战略规划,然后才能一步步组织实施。

从国内的角度讲,30年的嬗变可以看出,学术研究日益职业化、学院化、精英化,这一方面是好事,另一方面也有脱离群众之嫌。这就是笔者为何专门讨论普及与提高关系问题的原因所在。笔者认为,普及是基础,提高是目标;不顾普及的提高终究是无源之水、无本之木。我们的专家学者要向王佐良等前辈们学习,在提高学术水准的同时,别忘了眼睛向下,别忘了面向大众,尽可能增强可读性。具体说来,我们的早期英国文学研究还存在诸多问题,包括:扎堆现象、重复现象值得警醒;论著平均水准有待提高;仍有不少领域的研究/翻译较少或几乎没有,亟须加强,如锡德尼、女作家、15世纪、散文、手稿研究、书籍史等①；学术训练尤其是语文学训练和学术规范培训，需要坚持不懈地加强；基本建设仍然不足，缺乏专门的领导机构，如全国性的中世纪文艺复兴学会。与英美相比，与我们的东亚邻居日韩，甚至与中国台湾地区相比，我们在许多方面还比较落后。比如，这些国家和地区都有全国（地区）性的中世纪文艺复兴学会，我们没有，在国际会议上无法对等交流，很不方便。国内学界的整合和学术活动的开展也需要这样一个学会。有识之士早已指出"培养和支持学者与译者的学术体制"的重要性和紧迫性②，笔者在此呼吁尽快成立全国性的中世纪文艺复兴学会（能有刊物更好），不断加强基本建设，不断拓展学术领域，不断改进研究方法，不断提高成果质量，从中国实际出发，"坚持以中国人的生活与历史经验作为理解与衡量西方文学不容抹煞的基础"③，兼具本土意识和国际视野，努力创造中国风格的早期英国文学研究。

第二节 17世纪英国文学研究

17世纪的英国处在一个动荡不安的历史氛围中，社会生活和社会结构发生巨大变化，封建贵族与资产阶级对立，矛盾日益加深，英国资产阶级革命爆发，后又经历王朝复辟、光荣革命，最终确立了君主立宪制。这一时期的英国文学以不同方式反映了当时的历史特点。

兴盛于17世纪前30年的两股诗歌主流是约翰·邓恩为首的"玄学派"和骑士派诗人。他们在诗作中都没有直接反映动荡的革命形势，诗人们力图远离政治斗争、逃避现实，却也在字里行间反映了那个年代的信仰和信念。两股主流之外却出现了英国文艺复兴时期最伟大的诗人，那就

---

① 商务印书馆的"书史译丛"已经推出了五本译著，包括《书籍的秩序》《莎士比亚与书》等；郝田虎出版了中国学者在英美文学手稿研究和札记书研究领域的首部专著，《〈缪斯的花园〉：早期现代英国札记书研究》(2014)。
② 李耀宗：《汉译欧洲中古文学的回顾与展望》，《国外文学》2003年第1期。
③ 李耀宗致笔者电子邮件，2012年5月14日。

是约翰·弥尔顿。弥尔顿的整个一生都是与革命时代联系在一起的,他的文学功绩使文学史曾将他所在的那个时代称为"弥尔顿时代"。宗教作家在王政复辟时期最受欢迎的代表作家是约翰·班扬,他的《天路历程》流传甚广;而最重要的文学家是约翰·德莱顿,他在戏剧、诗歌、散文和戏剧理论方面都有建树,被认为是承上启下的人物。

我国对17世纪英国文学的接受、关注与研究已有愈百年的历史,期间虽由于历史原因被迫中断,但在改革开放之后逐步复兴,并迅速繁荣发展起来。如今,在诸多专家学者历经30余年的努力下,我国的17世纪英国文学研究硕果累累,一系列高水平的专著和学术论文相继问世,这些成果极大地繁荣了我国的哲学社会科学研究和社会主义文化。在此过程中,已涌现出一批造诣精深、见解独到的专家学者,在他们的影响和带动下,我国的文学研究将会继续快速发展下去。而在文化大繁荣的今天,将我国的17世纪英国文学研究成果做一点梳理,尤其是对在主要学术期刊上发表的学术论文做一点总结,有助于我们了解国内这一时期英国文学研究的现状和走势,对我们准确把握国内外文学研究的发展态势和最新方向,进一步深入研究英国文学具有重要的指导意义。

一、邓恩研究

约翰·邓恩(John Donne,1572—1631)(亦译"多恩""但恩")是17世纪英国玄学流派代表诗人,也是诗歌史上的一位怪才,因在诗歌中精妙地运用"奇喻"的比喻手法而蜚声文坛。邓恩的诗作中充满了奇妙乖张、独具一格的意象,给世人呈现了丰富多彩的诗歌形式和多变的节奏、格律,表达了深奥驳杂的诗歌主题。他的诗歌既传承了人文主义的精髓,又与南欧的巴洛克风格相呼应,诗作巧智而清新,充满着思辨与幽默,对文学史产生了巨大影响。

我国对邓恩及其玄学诗作的研究开始较晚,研究人员较少。改革开放初期,几乎无人涉及此领域,鲜见学术论文及著作。直到20世纪80年代中后期,杨周翰教授在其《十七世纪英国文学》中对邓恩的布道文和诗歌进行了介绍、评论和赏析;王佐良教授、何其莘教授撰写的文学史对邓恩有较详尽的介绍。此外,飞白、卞之琳、汪剑钊、裘小龙等对邓恩的部分诗歌进行过翻译。此时期各学者对邓恩的翻译赏析仅局限于其感兴趣的诗作上,并未有系统全面的研究。

早期的邓恩研究主要集中在学派介绍、诗歌翻译、赏析、语言特色以及诗歌技巧等方面,学者们普遍认为,邓恩诗中有激情有思想,以诗歌的形式将感情哲理化,把思想知觉化,他的诗歌语言和节奏口语化、富于戏剧性的表现力。飞白在其《玄学派的怪才多恩》[1]中介绍了诗人邓恩及他的诗风特色并翻译欣赏了他的三首爱情诗:《早安》《葬礼》和《影子的一课》。衡孝军向读者介绍了玄学派的诗歌特征,论述玄学诗歌在英国文学史上的地位(《试论玄学派诗歌在英国文学发展中的历史地位》[2])。胡家峦在《天体、黄金和圆规——读约翰·邓恩〈告别辞:莫伤悲〉》[3]中对邓恩的诗歌意象及其"奇喻"的玄学诗歌特点进行了详细的分析,并探究了邓恩"奇喻"诗风的根源——它是诗人内心矛盾的反映,是痛苦灵魂的挣扎,也是对那个时代的一种反抗。此后,胡家峦又翻译赏析了邓恩的爱情诗《早安》(《一个新世界的发现——读约翰·邓恩的〈早安〉》[4])和宗教诗《病中赞上帝》(《第三种类型的亚当——读约翰·邓恩〈病中赞上帝〉》[5]),解读了诗人的精神世界。章燕在其《蕴含在奇想、思考和矛盾中的真情——论约翰·多恩的爱情诗》[6]中关注的是邓恩的情感世界,认为诗人的爱情诗中饱含了复杂独特的真情实感。程前将邓恩的诗歌《跳蚤》和布莱克的《病玫瑰》进行了比较,并指出翻译精确性的问题(《试比较〈跳蚤〉与〈病玫瑰〉——兼谈阅读的创造性与翻译的精确性》[7])。

---

[1] 《名作欣赏》1989 年第 3 期。
[2] 《外国文学评论》1991 年第 2 期。
[3] 《名作欣赏》1991 年第 1 期。
[4] 《名作欣赏》1993 年第 5 期。
[5] 《名作欣赏》1994 年第 6 期。
[6] 《外国文学评论》1991 年第 2 期。
[7] 《名作欣赏》1994 年第 5 期。

20世纪90年代初期到中期,学者们打破了邓恩诗歌"玄学"研究体裁单一的局面,尝试多角度解读其作品。晏奎立足于邓恩诗歌作品的文本细读,在《昭通师范专科学报》上发表了多篇学术论文,多角度地品读邓恩诗歌:《论多恩的爱情诗》(1990年第3期),从诗人的生活经历及所处时代入手,较系统地阐述了其爱情诗作的"恒变"主题与创作特点;《时代哀歌——从多恩诗看17世纪的英国》(英文)(1993年第3期),从政治、宗教、经济等角度分析了邓恩的诗,认为邓恩的诗在对真理执着追求的过程中,广泛而深刻地反映了资本主义社会中扭曲的各类关系;《个人小宇宙与社会腐败——评多恩诗中的时空观》(英文)(1994年第2期),文章探究了邓恩诗歌中强烈而又充满失落感的时空观,并指出其诗歌是资本主义上升时期英国的悲凉挽歌;《论多恩的创作思想》(1994年第4期),涉及邓恩的整体创作思想,从"宇宙重建意识""恒变悖论意识"等五个方面论述了邓恩的创作思想以及他的宇宙人生观;《多恩诗中的"死亡"意象》(1995年第4期),从历史、语言、宗教等方面研讨邓恩颇具哲理的死亡意象。傅浩着眼于邓恩诗作的翻译及赏析,发表了两篇论文:《约翰·但恩的艳情诗和神学诗》[①]和《爱情的玄学——约翰·但恩诗〈临别赠语:莫伤悲〉赏析》[②],从译文角度品味玄学诗歌的奇喻之奇。

20世纪90年代中后期,张旭春在《四川外语学院学报》上陆续发表了四篇文章,开启了中国邓恩比较及张力研究的新时代。《曲喻张力结构——比较研究李商隐和约翰·多恩诗歌风格的契机之一》(1995年第3期)探讨晚唐诗人李商隐和邓恩相似的曲喻诗歌风格以及张力性文本结构;《内心张力——作为历史存在的约翰·多恩》(1996年第2期)分析了构成邓恩内心张力的历史冲突,得出此种冲突是其张力性文本结构的根源的结论;《反讽及反讽张力——比较研究李商隐和多恩诗歌风格的又一契机》(1997年第1期),以反讽及反讽张力为契机,对李商隐和邓恩的诗

[①] 《外国文学评论》1995年第2期。
[②] 《外国文学评论》1996年第3期。

歌风格进行比较研究,分析了构成两位诗人文本张力结构的重要建构因素;《内心张力——作为哲学存在的李商隐和约翰·多恩》(1998年第3期),分析了两位诗人作为哲学存在的内在张力性心态,指出这是身心匮乏时代的诗人所共有的心态,具有超乎历史和文化语境限制的类同性。

与此同时,李正栓发表了三篇研究邓恩诗歌的论文,为我国邓恩诗学的整体研究提供了较新的研究策略:《奇想怪喻 雅致入理——评邓恩玄学诗歌》①一文评述了玄学派诗歌的创作特点;《邓恩的〈封圣〉:戏剧性与悖论》②讨论诗歌《封圣》的戏剧性特征,《邓恩诗歌中的三角意象》③则关注邓恩爱情诗和宗教诗中"三"的数字意象,指出诗人巧妙地利用数字,构成三角关系,突出表达各种复杂的寓意与文化内涵,增添了诗歌的艺术魅力。他研究邓恩诗中的数字意象和几何意象,成为了解邓恩数字命理学意象的新的切入点。

进入21世纪后,我国的邓恩研究整体上发生了质的飞跃,从最初对邓恩作品进行单一的、文本基础性研究到跨越交叉学科、综合知识领域框架下的多元化、开放式、发散型研究的转变。胡家峦、傅浩、晏奎、李正栓、王改娣等出版专门著作研究邓恩及其诗作,这些学术著作立意新颖、见解独到、剖析深刻,科研价值高,对邓恩研究做出了突出贡献。多部学术著作的问世激发了更多人对邓恩的兴趣,扩充了邓恩的研究队伍,青年教师、在读硕士博士生、文学爱好者、网络学者等纷纷加入到邓恩的研究队伍中来,通过学报、学术期刊、学位论文、报纸杂志、网络等平台解读邓恩及其玄学诗作。

近年来,各类学报和学术期刊刊登发表了多篇邓恩研究类论文,研究者多采用新的文学批评理论进行评述,研究内容呈现专业化、系统化的特点,从诗作赏析、象征隐喻分析到比较对比及张力研究,再到艳情诗探讨和诗派影响,立意新颖,内容丰富,种类众多,研究者们已逐步走出了单一

---

① 《北京大学学报》外国语言文学专刊1997年。
② 《北京大学学报》外国语言文学专刊1998年。
③ 《外语与外语教学》1998年第8期。

的批评模式,从多个角度审视邓恩的作品,以多个声音发表对邓恩玄学诗歌的看法;在研究中,研究者们比较重视运用多种文学批评体系,采用科学的论证方法,对邓恩诗歌进行深度的挖掘,呈现出"百花齐放"的活跃态势,同时,对邓恩和玄学派诗歌在文化学术界的传播普及起到了重要作用。

诗作赏析类文章多着眼于邓恩诗歌中的奇喻特征、意象、主题解读和文本研究上。研究者不仅关注玄学派独特的诗学创作特点,更是在以往成果的基础上又提出了新的、独到的见解,深度探究诗作的艺术特征。吕洪灵在其《追寻爱的真谛——读约翰·邓恩的艳情诗》①中,从灵与肉的关系出发,探讨玄学派大诗人邓恩的艳情诗歌,指出灵魂与肉体在邓恩的诗歌中独立而又相互依赖的关系。李菡着眼于邓恩爱情诗歌的艺术特点,认为其诗歌感情真挚热烈,意喻新颖别致、哲理深刻、意象交融,给人以独特的艺术享受(《英国玄学派诗人约翰·多恩爱情诗歌中的意象群赏析》②)。李正栓的数篇文章多是关注邓恩诗歌的"奇思妙喻"和主题解读:《大胆奇特的想象 雅致入理的比喻——邓恩的〈告别词:莫悲伤〉赏析》③除了详析邓恩所使用的科学意象和宗教意象外,对诗歌的神秘色彩和诗人缜密的思维推理也做了论述;《满腔怒火喷向谁——约翰·邓恩〈歌〉主题解读》④从诗歌的主题出发,结合诗人所处的时代背景和个人经历,得出邓恩诗歌中针对女人的不忠与多变的指责,是诗人自己对叛教行为内省与责备的结论;《邓恩诗中圆形意象的意蕴探幽》⑤和《邓恩诗中圆形意象母题研究》⑥两篇文章着重分析邓恩中重叠交融的圆形意象及其蕴涵的深邃思想,认为邓恩的圆形意象反映了诗人对当时英国各种社会现象的独特思考和他本人充满矛盾的内心世界;《展虔诚于不敬 现亵渎

---

① 《外国文学研究》2000 年第 1 期。
② 《解放军外国语学院学报》2000 年第 3 期。
③ 《名作欣赏》2003 年第 12 期。
④ 《名作欣赏》2006 年第 8 期。
⑤ 《西北大学学报》2007 年第 6 期。
⑥ 《外语与外语教学》2007 年第 2 期。

于臣服——邓恩诗中数字与几何意象映照下的人神关系》①通过分析诗歌《撞击我的心吧,三位一体的上帝》中的数字与几何意象,试图展示诗人对上帝无比虔诚并渴望救赎的心理状态;《邓恩奇思妙喻艺术解析》②提出奇思妙喻不仅是一种修辞手段,而且还将其上升为邓恩独特的认识世界和思考问题的方式,是他表达真挚情感与生命体验的媒介,更是艺术的陌生化效果;《邓恩诗中圆形意象的生态和谐隐喻》③一文认为邓恩诗歌中的圆形意象具有"摹仿自然"的根源,与生态和谐理念相一致。熊云甫的《奇思妙喻谱心曲——玄学诗人多恩诗艺剖析》④,从曲喻手法、意象类型、论辩方式和悖论特点等四个方面讨论邓恩爱情诗和宗教诗的艺术特色。肖明翰《跳蚤——"婚姻的神圣庙宇"》⑤)则通过赏析邓恩著名的爱情诗《跳蚤》,提出诗人大胆地表现性爱要求,是维护人性的完整,是文艺复兴时期人文主义的进一步发展的论点。晏奎延续了以往对邓恩研究的切入点,关注诗歌的圆形意象和诗人的宇宙人生意识(《爱的见证——评多恩〈告别辞:节哀〉中的"圆"》⑥;《论多恩的宇宙人生意识》⑦)。吴笛对邓恩的关注点和晏奎有相似之处,都立足于玄学诗歌独特的宇宙观,在此基础之上向读者诠释诗歌的艺术魅力(《天体的运动与情侣的分离——评英国玄学派诗人多恩的〈别离辞:节哀〉》⑧;《传统"破晓歌"的玄学诠释——评英国玄学派诗人多恩的〈早安〉》⑨)。杨丽的《爱的小屋 情的宇宙——约翰·邓恩〈日出〉赏析》⑩研究的则是邓恩的爱情观,她认为诗人对爱的表述是对人间真情的永恒诠释。黎明星则关注的是邓恩宗教诗

---

① 《名作欣赏》2007 年第 4 期。
② 《名作欣赏》2009 年第 4 期。
③ 《国外文学》2010 年第 2 期。
④ 《四川外语学院学报》2002 年第 7 期。
⑤ 《名作欣赏》2002 年第 3 期。
⑥ 《昭通师范高等专科学校学报》2003 年第 2 期。
⑦ 《云南师范大学学报》2001 年第 5 期。
⑧ 《名作欣赏》2004 年第 4 期。
⑨ 《国外文学》2008 年第 1 期。
⑩ 《名作欣赏》2006 年第 10 期。

和布道文中得救与复活的主题,在《灵与肉的复活——读约翰·多恩的宗教诗》①一文中,他讨论了灵魂和肉体的关系问题。

文学理论的支持使得诗歌研究更具学术化和理论化,研究者多采用俄国形式主义、英美新批评和当代西方的一些文艺批评理论解读邓恩诗歌,突破传统的文本分析模式,使文学研究进入到一个更为广阔的视域之中。张德明借助女性主义和后殖民主义批评的双重视野,发现在邓恩常用的诗歌艺术手段如巧智、奇喻背后,有两种权力话语在运作:一为男权中心话语;一为殖民话语(《玄学派诗人的男权意识与殖民话语》②)。张金凤的《漫谈隐喻和多恩的爱情诗》③试图用语言和文体学中的理论来说明隐喻在发展诗歌的主题方面的重要性。李正栓的《玄学思维与陌生化艺术——约翰·邓恩〈跳蚤〉赏析》④,使用陌生化的理论赏析诗作;《继承与批判——邓恩模仿怀亚特对"男怨诗"的解构》⑤指出诗人邓恩借用当时时髦的彼特拉克传统的"男怨诗"作伪装,通过交换性别视角,用心良苦而又机智巧妙地指责和批判了把朝三暮四、负心薄情理所当然地看作是男子本性而视而不见的世俗怪象,是对彼特拉克传统的"男怨诗"的完全解构;另一篇文章《邓恩〈歌〉中的格律音乐与数字命理意象》⑥通过分析诗歌《歌:去,抓住一颗陨星》的文学和历史语境,展现了邓恩《歌与短歌集》对彼特拉克式诗歌传统的影射和解构;此外,《暴力与救赎:邓恩的思维模式与陌生化表达》⑦一文关注的是邓恩诗中的"暴力语言意象",试图解释这种标新立异的写作技巧给读者带来的独特艺术审美享受。熊毅的《论多恩玄学诗风的张力》⑧一文运用新批评理论重点分析玄学派诗歌的

---

① 《世界文学评论》2008年第2期。
② 《浙江大学学报》2001年第9期。
③ 《解放军外国语学院学报》2003年第3期。
④ 《名作欣赏》2005年第8期。
⑤ 《外语教学》2008年第2期。
⑥ 《河北师范大学学报》2008年第7期。
⑦ 李正栓、杨剑,《社会科学论坛》2010年第1期。
⑧ 《求索》2005年第7期。

时代张力这一大张力场,以及后世英美作家对多恩诗歌语言张力表现技巧的继承和发扬。其另一篇同样发表在《求索》杂志上的论文《论多恩诗歌的后现代性特征》[1]以后现代的视角以及新批评细读法对多恩诗歌进行分析,挖掘诗歌的后现代性特征。《从〈圣露西节之夜〉看约翰·多恩诗歌中的现代性》[2]和《约翰·邓恩〈歌与十四行诗〉的现代主义特性》[3]集中论述了邓恩诗作中所蕴含的现代主义特征。《约翰·邓恩诗歌中的自然世界》[4]从生态学角度出发,讨论诗歌中的自然意象。

诗歌比较研究成为近年来邓恩研究的热门领域。《约翰·多恩与杜甫的离别诗比较》[5]一文解析了中西文化的价值取向。李正栓和杨丽的《邓恩诗歌意象研究——兼与李清照诗词意象比较》[6]立足于邓恩诗的意象与李清照词意象的相似点,对二者作品进行了比较研究;李正栓的另一篇文章《邓恩和弥尔顿十四行诗比较研究》[7]从形式语言、主题题材、风格特点等角度剖析邓恩和弥尔顿两位大师在文学造诣方面的相似之处。另外,王艳文和周忠新的《从〈跳蚤〉到〈致他羞怯的情人〉——玄学派诗人邓恩和马维尔的艳情诗探析》[8]从玄学派艳情诗的写作手法和用喻特点两方面出发,对比研究了邓恩与马维尔的艳情诗。

圣经文学为邓恩研究提供了新的理论依托,作为一个拥有神职身份的诗人,约翰·邓恩的许多爱情诗都有一个潜在的原型文本——《圣经》。[9] 正是因为这个潜在文本的存在,研究者们可以对诗中一些内容作出合理的解释。《圣经背景下的约翰·多恩爱情诗解读》[10]指出在邓恩的

---

[1] 《求索》2008年第3期。
[2] 南方,《四川外语学院学报》2005年第3期。
[3] 胡伶俐,《世界文学评论》2009年第2期。
[4] 南方、龙丽伟,《名作欣赏》2010年第3期。
[5] 孟志明,《云南民族大学学报》(哲学社会科学版)2004年第3期。
[6] 《外语与外语教学》2006年第4期。
[7] 《河北师范大学学报》2010年第6期。
[8] 《燕山大学学报》2005年第4期。
[9] 张缨:《圣经背景下的约翰·多恩爱情诗解读》,《圣经文学研究》2009年第3期。
[10] 同上。

爱情诗中,既有出自人类天性对于肉体的真诚赞美,也有超越肉体追求灵魂之爱的努力,使人从中发现人性的本真和神性的光辉。

探究创作渊源成为邓恩研究的又一方向,研究者们在关注诗歌文本的同时,思索邓恩创作灵感的源泉。《邓恩诗歌创作心理初探》①以弗洛伊德精神分析批评理论利比多压抑和超我的自我救赎为切点,对邓恩的诗歌进行了分析,认为正是利比多的冲动和压抑使诗人产生了源源不断的创作欲望。《新旧科学知识:邓恩玄学思维与陌生化表达的重要源泉》②和《邓恩诗歌创作探源》③揭示出新旧科学知识和邓恩独特的经历感受是其玄学思维的重要来源。

此外,有学者从女性主义角度出发,分析邓恩诗歌中的女性形象、剖析诗作里体现的男权思想。王海红发表论文《谈多恩诗文中女性形象与地位的败落》④,探讨了邓恩诗中存在的男性至上的霸权意识和对女性的轻蔑,反映出邓恩的女性处于从属和次等地位。张海霞的《艳情诗背后的心灵冲突——约翰·邓恩和他的早期爱情诗》⑤通过分析邓恩早期爱情诗中的诗人对情爱和女性的矛盾思想,探究出导致矛盾心态背后的深层次原因:诗人人文主义和男权意识并存的心理。李正栓和李云华的《约翰·邓恩的女人观》⑥通过分析邓恩诗歌中几种典型女性形象来展现邓恩的女人观。

以上约翰·邓恩的研究大都是从作家和文本的分析入手,而随着邓恩研究的深入,研究者们把视角从文本研究专向评论界的纵向研究。这些研究虽未形成蔚为大观的格局,然而它们与诗作以及其他研究相呼应,构成了邓恩研究的多个侧面。罗朗的学术论文《诗名沉浮三百年——评

---

① 李正栓、贾晓英,《外语与外语教学》2009年第2期。
② 李正栓、李云华,《外国文学研究》2010年第3期。
③ 白锡汉,《山东师大外国语学院学报》2002年第2期。
④ 《名作欣赏》2008年第6期。
⑤ 《济南大学学报》2004年第5期。
⑥ 《外语与外语教学》2008年第2期。

论家眼中的约翰·多恩》①从追溯历代批评家们的态度来探讨邓恩诗名沉浮的原因。林元富的《迟到的怪才诗人——中国的约翰·多恩研究概述》就20世纪80年代以来的中国的约翰·邓恩研究进行了阶段性的回顾和总结。陆钰明《约翰·多恩:从西方到中国》②)回顾了英国诗人约翰·邓恩在西方和中国的接受状况。李正栓和刘露西的两篇论文(《现当代国外邓恩研究述评》③;《21世纪初中国的约翰·邓恩研究》④)则对国内外的邓恩研究做了评述。

总之,从改革开放之初至今,我国的邓恩研究从无到有、由浅至深取得了骄人的成果,已有越来越多的学者把目光投向这位玄学派鼻祖,致力于邓恩诗歌的研究与传播。不仅如此,这些研究运用的理论新、话语表述逻辑清晰缜密、语言理论性强、论证分析科学严密,表现出研究者较高的理论水平和活跃的学术思想,显示出我国邓恩研究批评视角的多元化、批评方法的科学化,以及由此而形成的活跃的学术精神。这足以表明我国邓恩研究系统化、科学化、理论化的形成正在逐渐推进。然而还应看到,国内的邓恩研究还基本局限于学院和研究机构之内,国人对其不知或知之甚少。在信息多元化和文化开放性的今天,研究者们应携起手来,积极地为邓恩及其玄学派诗歌在中国的蓬勃发展而努力。

二、其他玄学派诗人研究

虽然同样是英国玄学派诗人的代表,安德鲁·马维尔(Andrew Marvell,1621—1678)、乔治·赫伯特(George Herbert,1593—1633)、罗伯特·赫里克(Robert Herrick,1591—1674)等几位诗人无论在诗作数量还是文学影响力方面都无法与邓恩相比,受到的关注自然比邓恩要少得多,国内学者对他们的兴趣点大都集中在其代表作的翻译和赏析上。

---

① 《天津外国语学院学报》2002年第4期。
② 《中国比较文学》2007年第4期。
③ 《当代外国文学》2008年第3期。
④ 《外国文学研究》2008年第2期。

安德鲁·马维尔的诗作并不多,其中脍炙人口的不过三四首早期诗作,如《致他的娇羞的女友》(To His Coy Mistress)、《花园》(The Garden)、樵歌组诗等。国内对马维尔的研究基本围绕这几首诗展开。1985年,张致祥在《兰州大学学报》(社会科学版,1985年第4期)发表的《奇特,晦涩,朦胧,神秘——试析马维尔的四首樵歌》一文探讨了马维尔樵歌的文学特色;2000年,罗益民发表在《外国文学评论》的论文《〈致他羞涩的情人〉的艺术魅力》(2000年第4期)尝试分析该诗的艺术魅力,解读诗歌的主题。还有学者较为关注马维尔诗歌中"及时行乐"的主题,并将中外此类主题的诗作作了一系列比较研究,如《中西诗歌中"及时行乐"主题的文化背景比较》[1]、《文艺复兴·及时行乐·英国诗歌》[2]、《论东西方诗歌中的"及时行乐"主题》[3]等。与赏析类论文不同,屈薇和刘立辉的论文《马维尔诗歌中的巴罗克时间主题》[4]从诗人对待时间问题复杂多变的态度入手,探究马维尔的矛盾性,而且表征了巴罗克作为一种时代心理特征和文化价值态度所具有的文学意义。

乔治·赫伯特是一位颇有艺术气息的诗人,他创作了大量的宗教诗歌,其特点是用词严谨、格律多变,巧妙地运用了玄学诗派所崇尚的意象与奇想。赫伯特著名的诗作有《召唤》《美德》《复活的翅膀》等,他的160多首诗全部收录在诗集《圣殿》中。尽管赫伯特的几首诗歌流传很广,国内学者对其作品的研究是近几年才兴起的,且学术成果大多都停留在文本赏析的层面上。2005年,张亚蜀、申玉革的《美德的热情颂歌——乔治·赫伯特〈美德〉赏析》[5]对此诗进行赏析,并探讨诗歌所蕴含的深刻含义。值得提出的是,近年来,数名学者在其硕士论文中对赫伯特的诗作作了颇有深度的研究,探讨诗歌的张力、原型、象征艺术等。这些研究涉及

---

[1] 陈冰,《淮阴师专学报》1995年第1期。
[2] 崔少元,《名作欣赏》1998年第3期。
[3] 《外国文学研究》2002年第4期。
[4] 《外国文学评论》2009年第3期。
[5] 《名作欣赏》2005年第11期。

的作品虽然不多,但是因其独特的视角、严密的分析而具有较强的思辨特色,相信不久赫伯特及其作品会引起更多学者的兴趣。

罗伯特·赫里克是英国资产阶级时期和复辟时期的"骑士派"诗人之一。赫里克的许多诗作的主题都是"珍惜光阴"或曰及时行乐,像著名的《致少女:珍惜时光》,不过赫里克也写有不少清新的田园抒情诗和爱情诗,如《致黄水仙》《疯姑娘之歌》等诗篇成为英国诗歌中的名作而永久流传。国内的赫里克研究主要还是在诗歌赏析和"及时行乐"主题探讨和比较研究上,如《英诗〈劝女于归〉与中诗〈金缕衣〉》[①]等。近几年,虽不断有学者发表论文,对《致少女:珍惜时光》这首脍炙人口的诗歌进行赏析研究和主题探讨,然而并无过多新颖独到的观点,此不赘述。

三、弥尔顿研究

作为英国资产阶级革命的产物,17世纪的英国文学以体现清教徒思想的作品为主。新兴资产阶级主张清除国教中天主教的影响以纯洁教会,因而其又有"清教徒"之称。清教徒的思想代表了17世纪英国资产阶级的人生观及价值观,颇具时代精神,他们反对国教豪华铺张的宗教仪式和贵族奢靡纵欲的生活方式,仇视一切舞台戏剧和休闲娱乐活动,提倡勤俭节忍,以利资本积累。清教教义反映了资产阶级通过教会改革推动政治变革的愿望。然而,清教徒和新贵族与国王矛盾重重,斯图亚特王朝复辟后更是残酷迫害清教徒。及至17世纪40年代,资产阶级终于在清教旗帜下,掀起了反对封建专制的革命运动。一些清教徒文学家将《圣经》作为斗争的思想武器,常常取材《圣经》,并效仿中世纪宗教文学奇幻、象征的表现手法,以诗意浓郁的笔墨、极端偏执的情绪描写具有强烈宗教情感和革命叛逆精神的清教徒生活,表现对宗教信仰理想的执着追求。在这种背景下产生的清教徒文学家,以约翰·弥尔顿和约翰·班扬为代表,而弥尔顿又更为突出。

---

① 张映先,《邵阳学院学报》(社会科学版)1994年第1期。

约翰·弥尔顿(John Milton,1608—1674),英国伟大的诗人、17世纪英国资产阶级革命时期伟大的政论家,也是英国文学史上继莎士比亚之后的又一个巨人。弥尔顿是清教徒文学的代表,他的一生都在为资产阶级民主运动而奋斗,先后写了《谈英国的改革》《论出版自由》及《国王及官吏的权限》等一系列气势磅礴的政论文,有力地推动了英国的资产阶级革命,他的思想对美国独立运动和法国大革命都有深远的影响。晚年,他双目失明,过着困顿的生活,但仍矢志不渝,口述了三部光辉的巨著诗篇《失乐园》(1667)、《复乐园》(1671)、《力士参孙》(1671),其中巨作《失乐园》是和《荷马史诗》、《神曲》并称为西方三大诗篇。弥尔顿写的十四行诗并不多,总共不过二十多首,但在英国诗歌中占有十分重要的地位。特别是《致西里亚克·斯金纳》和《哀失明》这两首有关诗人本身失明的诗歌,字里行间闪耀着他那高尚的思想情操和顽强的革命精神。

我国对弥尔顿的研究始于对其诗歌的翻译。早在19世纪中期,西方传教士麦都思在香港出版的一部中文月刊《遐迩贯珍》①的第9期上,登载了一首诗人弥尔顿的汉译十四行诗《论失明》。有学者认为,这是中国最早的汉译英诗。此后,由于弥尔顿在英国文学史上举足轻重的地位以及其作品饱含的革命精神,他的作品陆续被译出供国人品析。1957年,殷葆瑮在《读书月报》(现更名为《读书》)发表一篇名为《密尔顿的"力士参孙"》的文章,对"力士参孙"饱含的革命艺术特色进行了分析,同时指出弥尔顿的伟大在于"将反映现实的思想表现在高度艺术里"。② 此后,殷葆瑮在《弥尔顿诗选》③中翻译了弥尔顿的部分诗作,这也是国内最早的弥尔顿汉译诗歌著作。改革开放后,金发燊的《弥尔顿十四行诗集》④、吴岩等译的《在大海边》⑤和朱维之编辑的《弥尔顿抒情诗选》⑥对弥尔顿诗歌

---

① 沈弘、郭晖:《最早的汉译英诗应是弥尔顿的〈论失明〉》,《国外文学》2005年第2期。
② 《读书月报》1957年第4期。
③ 人民文学出版社1958版。
④ A.W.维里蒂注,人民文学出版社1989年版。
⑤ 上海译文出版社1983年版。
⑥ 上海译文出版社1993年版。

在国内的传播起了重要作用,同时,这几部译作也是目前国内较权威的弥尔顿汉译诗歌著作。除诗歌译著之外,学者们把目光投向了弥尔顿的人生经历及创作思想,几部颇有影响力的著作包括:杨周翰著的《十七世纪英国文学》①、梁一三编著的《弥尔顿和他的〈失乐园〉》②(此书是"外国文学知识丛书"其中之一本,介绍了弥尔顿生平,并对其思想、艺术成就进行了深层分析)、陆佩弦撰写的《密尔顿诗歌全集详注》(上、下)③、金发燊和颜俊华合译的《弥尔顿传略》④(此书作为戴维·马森的《弥尔顿传》的缩写本,作者坦言,"此书是为那些未有时间了解弥尔顿的人而写,故成书年代久远,了无新意",只是由于"符合我们对弥尔顿的程式化的理解")、沈弘的《弥尔顿的撒旦与英国文学传统》⑤(本书围绕撒旦这个角色的不同侧面,分析了《失乐园》与英国文学传统之间的关系,指出撒旦这个角色的成功塑造归功于英国文学传统的两大分支,即从中古世纪到埃德蒙·斯宾塞时期的宗教道德诗歌作品及文艺复兴时期的戏剧作品,此外,还同时分析了弥尔顿思想、性格的复杂性,此书分析透彻、资料翔实,堪称国内研究弥尔顿的专著中的一部力作)。

国内的学者们对弥尔顿及其作品的兴趣可谓是经久不衰,这一点从众多已发表的学术论文上就能看出。改革开放初期,研究者们就对弥尔顿的重要作品进行了颇有深度的研究,研究内容不仅包括诗歌赏析,更有主题探源、原型探究、人物形象分析等。1981年,金发燊发表一篇名为《〈失乐园〉中亚当和夏娃堕落的原因》⑥的文章。在文中,他结合原诗给出了一个亚当和夏娃堕落的全面解释,即"希望知道更为幸福的光景或求知的愿望";另一篇文章《〈失乐园〉二题》⑦探讨了诗歌的寓意和诗意。

---

① 北京大学出版社 1985 年版。
② 北京出版社 1987 年版。
③ 商务印书馆 1990 年版。
④ 三联书店 1992 年版。
⑤ 北京大学出版社 2010 年版。
⑥ 《外国文学研究》1981 年第 4 期。
⑦ 《读书》1987 年第 10 期。

杨周翰在20世纪80年代发表了三篇造诣很深的有关弥尔顿研究的学术论文。第一篇是《弥尔顿〈失乐园〉中的加帆车——十七世纪英国作家与知识的涉猎》①,论文回顾了中国发明"加帆车"的历史,指出17世纪英国作家有援引中国文物的喜好,并认为伟大的作品和广博的学识是分不开的。第二篇文章《弥尔顿的悼亡诗——兼论中国文学史里的悼亡诗》②,将弥尔顿的悼亡诗《梦亡妻》和我国一些有代表性的悼亡名篇作了比较,此篇论文开启了中西悼亡诗歌比较研究的先河,为后来学者提供了可贵的研究思路和方向。第三篇文章《中西悼亡诗》③分析中西悼亡诗的特征和异同,并探究导致诗歌异同的原因。

    牛抗生的论文"The Conflict of Virtue VS. Temptations in Milton's Poetry"④着眼于弥尔顿诗歌中的善恶斗争这一主题,运用历史唯物主义的观点,联系弥尔顿生活和创作的时代环境背景,分析他诗歌中的善恶斗争,同时提出弥尔顿的创作思想来自于他生活的时代和环境的观点。同样研究弥尔顿创作思想的还有王晓秦,在其论文《〈失乐园〉创作思想试析》⑤中,他认为弥尔顿是以诗言志,要想较全面地评价《失乐园》这部作品,既要联系时代背景看到它的革命性,又不能抹杀它的宗教性。顾大僖摘译了葩约教·柳沃斯基《西方史诗中抒情诗的种类:弥尔顿〈失乐园〉的某些格式和范例》⑥的文章,向读者介绍抒情诗的文体类型。高嘉正是国内最早研究弥尔顿失明诗的学者之一,他在《不衰的革命精神——从两首有关失明诗看弥尔顿》⑦的文章中,详细地介绍了弥尔顿的一生,赞扬了诗人在失明诗中体现的不衰的革命精神。

    由于中译版英国文学史的局限性(20世纪80年代前,阿尼克斯特的

---

① 《国外文学》1981年第4期。
② 《北京大学学报》(哲学社会科学版)1984年第6期。
③ 《外国文学评论》1989年第1期。
④ 《外国语文教学》1982年第2期。
⑤ 《外国文学研究》1983年第2期。
⑥ 《文艺理论研究》1984年第2期。
⑦ 《吉首大学学报》1984年第1期。

《英国文学史纲》是我国唯一一部中文版的英国文学史;而且,在那时我国还缺乏一部完整的《失乐园》译本),在我国20世纪80年代以及之前的外国文学研究中,撒旦反叛者的形象似乎成了定论,国内学者一直认为撒旦才是《失乐园》的真正英雄,这似乎和弥尔顿的"革命性"划了等号。① 并且,撒旦无疑是《失乐园》乃至整个弥尔顿研究中最具魅力的角色,也是弥尔顿所塑造的最为成功、极富生命力的形象。基于此种情况,裘小龙认为很有必要重新探讨《失乐园》和撒旦的形象。故在其《论〈失乐园〉和撒旦的形象》②的文中,裘小龙结合以往的文献,重新阐述了撒旦在《失乐园》中的矛盾地位,并解释了撒旦形象具有持久生命力的原因。

各国评论家对《失乐园》表现出的持久兴趣一方面在于史诗的伟大,另一方面也归因于这部作品内涵的不明确性。梁一三(《试论〈失乐园〉的性质及其主题——兼述诗人的思想倾向》③)就《失乐园》的焦点问题,如性质、主题和弥尔顿的思想倾向等,提出了自己的观点。他认为,"政治因素在《失乐园》中居主导地位,史诗的主题是革命的,而不是宗教的;诗人"并未来能根本突破在那个时代占统治地位的宗教思想",存在阶级局限性。

尽管《失乐园》由于突出的革命性和不朽的艺术性,受到了更多的关注,弥尔顿的其他作品并没有受到学者们的冷落。张志祥的《〈李西达斯〉赏析》④从人物形象、构思、形式、风格等方面品读了这首挽歌。同样是以《黎西达斯》为研究对象,胡家峦(《论弥尔顿的〈黎西达斯〉》⑤)则从诗歌的创作地位入手,他强调这首诗既呈现出弥尔顿心目中的理想诗人的形象,又表明了诗人所追求的崇高诗歌的基本特征。他的另一篇学术论文《读弥尔顿的一首十四行诗》⑥着眼于悼亡诗《梦亡妻》,深入研讨了诗歌

---

① 裘小龙:《论〈失乐园〉和撒旦的形象》,《外国文学研究》1984年第1期。
② 《外国文学研究》1984年第1期。
③ 《外国文学研究》1984年第4期。
④ 《国外文学》1984年第4期。
⑤ 《北京大学学报》(哲学社会科学版)1990年第4期。
⑥ 《名作欣赏》1989年第4期。

所表现的独特的思想情感和艺术魅力。张朝柯(《相同题材 不同表现——漫谈参孙故事对后代的影响》①)采用比较文学的方法,将弥尔顿和茅盾笔下的参孙形象和文人的艺术技巧处理做了对比,赞颂中西方文人批判地继承希伯来文学遗产的艺术才华和创作精神。

进入20世纪90年代后,我国的弥尔顿研究初成规模,研究范围也较改革开放初期有所扩大,比较研究呈上升趋势。

有关比较研究和对比研究的学术论文包括:万书元的《论文学中的恶原型》②,此文从审美的角度评述文学作品中的"恶原型",向读者解释恶原型文学的艺术魅力;徐莉华的三篇论文从不同的角度探讨了《失乐园》和《浮士德》两部作品的异同(第一篇《启蒙主义的"人学"——弥尔顿的亚当、神子与歌德的浮士德》③,将亚当、神子和浮士德三个文学形象作了对比,探讨经典人物的历史认识价值;第二篇《来自基督天庭的两个魔鬼——评〈失乐园〉中的撒旦与〈浮士德〉中的梅非斯特》④更深入地研究了撒旦和梅非斯特两个人物形象;第三篇论文《在两个上帝形象的背后》⑤则是对比了弥尔顿和歌德笔下的上帝形象);另外,她的《参孙悲剧的心理效应》⑥,探讨几部经典文学作品中"参孙"的悲剧心理效应;王健玲的《一种相思,两处闲愁——〈江城子〉与〈梦亡妻〉》⑦突出了两首诗在思想意识、艺术特点和音律上的异同;谢泰峰的《理想的诗人与现世的散文家——弥尔顿与鲁迅的人格形象对照分析》⑧并未以文学作品作为研究对象,关注的是东西方两大文学家的人格特征,并将两人置于各自所属的时代背景之下,分析其人格形成的原因。

---

① 《辽宁大学学报》1985年第6期。
② 《外国文学评论》1990年第1期。
③ 《社会科学研究》1996年第1期。
④ 《成都大学学报》(社科版)1997年第4期。
⑤ 《外国文学研究》1996年第1期。
⑥ 《成都大学学报》(社会科学版)1996年第1期。
⑦ 《江苏外语教学研究》1996年第1期。
⑧ 《兰州大学学报》1996年第3期。

有些学者在以往的研究成果基础上又提出了自己新颖独到的见解，如王雨玉的《理性·情欲·人生——简论弥尔顿长篇史诗〈失乐园〉》①结合诗人的创作背景，展现《失乐园》在思想内容上的特色和诗人卓越的艺术才能。肖明翰发表在《外国文学评论》上的两篇论文《试论弥尔顿的〈斗士参孙〉》(1996 年第 2 期)和《〈失乐园〉中的自由意志与人的堕落和再生》(1999 年第 1 期)分别论述了弥尔顿两部巨著的主题，并在第二篇论文中详释诗人的基督教人文主义思想。肖四新在《人文理性前呼唤——也谈〈失乐园〉的主题》②中指出，《失乐园》的主题其实是诗人弥尔顿对开明的君主政体的向往。王偑中的《〈力士参孙〉的清教主义色彩与悲剧意义》③颇有深度地探讨了《力士参孙》的寓意。徐莉华的《〈失乐园〉的匠心》④分析弥尔顿在诗中所体现的政治意识和宗教思想，这和张伯香、曹静的《〈失乐园〉中的基督教人文主义思想》⑤一文有异曲同工之妙，作者指出，《失乐园》的成功并非仅仅是由于其瑰丽的语言、宏伟的风格和重大的主题，更重要的是弥尔顿在其中表现出来的基督教人文主义思想。

　　上述研究虽然切入点不同，论证的方法也不尽一致，但在选题上却有相似之处。相比之下，另一些学者独辟蹊径，对原文本进行细读分析、原型理论分析、跨学科分析等。孔宪倬的《独立的代价——试析〈失乐园〉中夏娃的双重人格》⑥向读者阐释夏娃的双重身份带给她的人格冲突，即依赖亚当又寻求自我独立的双重欲望。金发燊的《一字定乾坤》⑦研究《失乐园》主题句中"greater"一词的用意，同时展示诗人的艺术手段。刘皓明的《瞽者的内明》⑧从《梦亡妻》一诗入手，讨论外视与内明的辩证关系。

---

① 《国外文学》1992 年第 1 期。
② 《西安外国语学院学报》(哲学社会科学版)1997 年第 1 期。
③ 《杭州大学学报》1992 年第 3 期。
④ 《外国文学研究》1995 年第 1 期。
⑤ 《外国文学研究》1999 年第 1 期。
⑥ 《国外文学》1993 年第 4 期。
⑦ 《外国文学评论》1995 年第 1 期。
⑧ 《读书》1999 年第 6 期。

习传进、李祖民的《从文学的整体性看〈黎西达斯〉的传统原型》①以弗莱关于文学的整体性理论为基础,从主题思想、构思技巧、结构安排及意象选择等方面,分析了《黎西达斯》所体现的牧歌体挽诗的传统原型。此外,先前的学者们大多研究的是弥尔顿的诗歌著作,较少涉及诗人参加社会政治斗争时撰写的政论性文章,而吴锡民的《弥尔顿的文学与法思想论——〈论出版自由〉的一个思想层面》②关注的却是他的演说稿《论出版自由》中所透发出来的文学与法的思想。

进入21世纪后,我国的弥尔顿研究又有了长足的进步,研究范围不断扩大,研究内容更加细化,研究视野更加开阔,不再局限于史诗作品的探讨,早期诗歌作品也日益为学者所关注。研究方法由单向度向多维度转化。近十年来,各类学术期刊发表的有关弥尔顿的研究论文有近百篇,许多青年教师、研究生加入了弥尔顿的研究大军,可见学术界对弥尔顿及其作品的关注度。下面就主要学术期刊上刊登的有代表性的文章做些分类总结。

1. 艺术风格研究

《失乐园》的写作手法和艺术风格一直是学者们关注的焦点:王翠瑛的《〈失乐园〉的艺术风格》③就作品的语言特点和写作风格进行研究;于海军的《英国资产阶级革命一曲赞歌——评弥尔顿的〈失乐园〉》④从思想内容、人物形象、题材等方面探讨《失乐园》成为经典的原因。张隆溪的《论〈失乐园〉》⑤同样是解读作品的伟大和不凡之处。

2. 宗教、《圣经》文学及哲学解读

《圣经》作为基督教的圣书,对西方文学家的创作思想、情感道德和审美趣味产生了极为重要的影响,弥尔顿的多部作品都取材于《圣经》。

---

① 《四川外语学院学报》1998年第4期。
② 《广西教育学院学报》1998年第1期。
③ 《嘉兴学院学报》2005年第4期。
④ 《成都大学学报》(教育科学版)2007年第1期。
⑤ 《外国文学》2007年第1期。

他作品中的圣经人物和典故往往被赋予了崭新的意义,成为重要的象征手段。再者,弥尔顿一生经历了英国历史上几个重大事件:清教改革、反主教战争、两次内战和王权复辟,这些对他的文学创作产生了深远的影响。因此,一些学者以《圣经》和弥尔顿的人生经历为出发点,研究弥尔顿文学作品中宗教哲学含义。刘立辉的《弥尔顿两首早期诗歌的宗教解读》①从宗教的角度出发,讨论弥尔顿《快乐的人》《沉思的人》这两首诗歌所蕴含的清教思想;他的另一篇论文《弥尔顿早期诗歌中的神秘主义倾向》②分析神秘主义倾向在弥尔顿早期诗歌中的具体表现,探讨诗人的宗教哲学思想;第三篇论文《弥尔顿的诗学观》③指出清教徒思想是弥尔顿诗学观的前提和归宿。这和兰红梅、李珊的《弥尔顿作品中的清教主义元素解读》④论文主题有相似之处。徐贵霞的《论弥尔顿的美德观》⑤强调弥尔顿的美德观从本质上讲是基督教的美德观,反映了人文主义的时代精神。

3. 女性形象及女性意识研究

早期的弥尔顿人物形象研究多以上帝、撒旦、亚当、参孙等男性形象为主,近年来,随着女性主义研究在国内的兴起,更多的学者开始关注弥尔顿作品中的女性,试图解读这些女性形象的意义和弥尔顿的女性观。李荣香的《〈力士参孙〉中女性形象之浅析》⑥探讨《力士参孙》中唯一的女性形象大利拉的文学意义。牛亚敏、李杰的《论弥尔顿在〈失乐园〉中对待女性的态度》⑦对弥尔顿的女性观作了试探性研究。与以上论文着眼点不同,《弥尔顿与"女性意识"》⑧一文则指出弥尔顿身上存在着较多的女

---

① 《外国文学研究》2001 年第 2 期。
② 《国外文学》2001 年第 2 期。
③ 《外国文学评论》2001 年第 3 期。
④ 《成都理工大学学报》(社会科学版)2010 年第 3 期。
⑤ 《四川外语学院学报》2002 年第 3 期。
⑥ 《名作欣赏》2006 年第 22 期。
⑦ 《北京第二外国语学院学报》2009 年第 2 期。
⑧ 郭爱萍、李荣香,《名作欣赏》2007 年第 12 期。

性特征,且他一生却始终在同这种意识做着顽强的抗争。

4. 比较对比研究

此类学术论文大多是将弥尔顿和苏轼、贺铸等中国文人的悼亡诗在表现风格、思想内容等方面做对比研究,与前期的研究有相似之处,如《一种相思,两处闲愁——苏轼〈江城子·乙卯正月二十日夜记梦〉和弥尔顿〈梦亡妻〉之比较》①、《浅谈弥尔顿与苏东坡悼亡诗比较》②、《从〈鹧鸪天〉和〈梦亡妻〉的对比看中西悼亡诗的差异》③等。此外,罗依娜的《论参孙故事的原型及变体》④剖析了参孙故事的原型及两个代表性的变体《斗士参孙》和《参孙的复仇》的创作意图、形式和内容方面的异同及内涵。她的另一篇论文《作为艺术创作源泉的参孙故事》⑤对弥尔顿的《斗士参孙》与茅盾《参孙的复仇》的创作意义与创作意图进行了对比分析,以期说明参孙故事的文学意义。

5. 评述性研究

随着弥尔顿研究的深入,学者们在进行平行研究的同时,也展开了总结、评述等纵向研究,试图发现其中的规律。胡家峦的《文艺复兴时期英国诗歌与伊甸园传统》⑥论述了文艺复兴时期英国诗歌中反复出现的乐园意象,追溯英国的园林诗歌传统。《新古典主义时期的〈失乐园〉评论综述》⑦评述了新古典主义批评的主要代表人物对《失乐园》的见解和评论。《弥尔顿在中国:1837—1888,兼及莎士比亚》⑧研究晚清时期弥尔顿诗歌的介绍和传播情况。

6. 其他研究

除以上的研究成果之外,还有其他一些颇有影响力的研究成果。如

---

① 邓炜,《民族论坛》2009 年第 1 期。
② 张红红、王林博、封娜,《沧州师范专科学校学报》2008 年第 2 期。
③ 蒋倩,《湘潭师范学院学报》(社会科学版)2009 年第 3 期。
④ 《学术论坛》2008 年第 7 期。
⑤ 《四川外语学院学报》2008 年第 6 期。
⑥ 《欧美文学论丛》2006 年。
⑦ 乔莉萍、赵志勇,《辽宁师范大学学报》(社会科学版)2008 年第 2 期。
⑧ 郝田虎,《外国文学》2010 年第 4 期。

张世耘的《弥尔顿的〈论出版自由〉与诽谤观念在美国的演变——所指在能指下滑动》①通过探讨弥尔顿思想与美国诽谤观念演化的关系,尝试理解对弥尔顿的对立解读;张世耘的《弥尔顿的自由表达观的世俗现代意义》②试图发现弥尔顿神学色彩浓厚的言论自由观与世俗现代言论自由观的关系,讨论其话语的现实意义;《论〈失乐园〉对西方史诗传统的继承与发展》③从结构、题材、风格三个方面论述了诗人对自荷马以来的欧洲史诗传统的继承、创新与发展,同时探讨了这种继承、创新和发展的内在原因。

从以上发表的学术论文来看,改革开放以来,我国的弥尔顿研究在深度和广度上都取得了长足的进步,研究者们的视野不断拓展,研究角度不断丰富,研究方法不断完善。这些成果对我们更深入客观地研究弥尔顿的作品,对其研究的系统化、科学化的逐渐形成起着积极的推动作用。近年来,也已有越来越多的学者加入到弥尔顿研究的大军中来,研究成果突出,每年都有数篇高水平学术论文问世。弥尔顿研究在我国已经形成了一定的规模和系统,显示出了全方位、多角度、多层次的研究态势。然而,研究者们不必紧盯其作品的文学性,可广瞻博览,由文学批评进而转向宗教与政治研究,由诗歌转向小册子,这也是未来弥尔顿研究的趋势;另外,文本研究还需在应用文学批评细读文本、提高学术创新能力等方面做出努力;且在文化市场化、多元化的今天,如何使我国的弥尔顿研究紧跟学术前沿仍是研究者们迫切需要思考的问题。当前的人文科学研究,学科壁垒日渐消退。学者们应借鉴相近学科、独特方法研究弥尔顿及其作品。近十年来,西方对弥尔顿的研究热度至今未现颓势,研究成果累累,并多借鉴历史学、宗教学、政治学等学科方法,这给国内学界以正面的启示,我们亟待博览众采、融通勃发的硕果。

---

① 《国外文学》2003 年第 4 期。
② 《国外文学》2006 年第 4 期。
③ 《世界文学评论》2008 年第 2 期。

四、班扬研究

约翰·班扬(John Bunyan,1628—1688)是英国文学史上著名的小说家和散文家。由于家境拮据,班扬所受教育有限,16岁便应征参加了一场集宗教和政治于一体的双重战争,接触清教徒运动和社会各阶层人物,对他以后的宗教信仰和文学创作产生了影响,而后班扬又经历了历时多年的生活和信仰危机,一生两次入狱,并在狱中完成其代表作《天路历程》(1678)。其他重要作品还有:《天路历程》的第二部(1684)、对话体的现实主义小说《恶人先生的生平和死亡》(1680),以及宗教讽喻小说《神圣战争》(1682)等。

尽管班扬的《天路历程》自问世以来深受大众喜爱,但在文学史上的地位却如班扬的经历一般,饱受沧海沉浮,在批评界受到关注也只是晚近的事。1988年,李自修的《古朴素雅的讽喻体小说——析〈天路历程〉的语言艺术》[1]一文是国内最早有关班扬研究的学术论文,文章从语言修辞角度评析《天路历程》,认为它的价值蕴含在语言的古朴和素雅之中,此文为《天路历程》在学术界"正名"起了重要作用。此后,王佐良在《复辟时期与十八世纪上半的英国散文》[2]中介绍了《天路历程》以及它的语言特点,确立了《天路历程》的文学地位。

此后的十年中,鲜见有关班扬研究的学术论文发表。直到21世纪初期,国文的《心路迢迢——简析班扬的〈天路历程〉兼与〈西游记〉对比》[3]一文为班扬研究打开了一个新的视角。文章从内容、意义及对后世的影响等方面入手,将《天路历程》与《西游记》作了对比,是一篇较有影响力的学术论文,为后来的学者们提供了新的研究思路。此后,又有数十篇论文采用对比研究的方法,试图探究《天路历程》和《西游记》这两部文学名著之间的异同,如:《〈天路历程〉与〈西游记〉的精神共鸣——两部小说宗

---

[1] 《外国语》1988年第6期。
[2] 《外国文学》1990年第5期。
[3] 《昌潍师专学报》2001年第3期。

教特征和批判精神比较》①比较分析两者的宗教特征和现实的批判性；《〈天路历程〉与〈西游记〉之平行比较》②从文中主人公的出行动因、作者对待新兴阶级的态度和创作动机等方面，从深层次上探究两部小说之间的差异；《灵与心的上下求索——〈天路历程〉与〈西游记〉的精神旨归》③对比分析东西方两种完全不同的宗教和文化；《不同语境下的心路历程——〈天路历程〉与〈西游记〉之异质分析》④在分析其文本共性的基础上，分别从作品的主旨、关怀视角以及语言风格等方面探究其差异及成因。此外，同样是比较研究，张德明的《朝圣：英国旅行文学的精神内核》⑤则以《曼德维尔游记》《坎特伯雷故事集》和《天路历程》为研究对象，论述英国旅行文学的叙事传统。

作为基督教文化的经典，《天路历程》的汉译本已达三十多种，并不断有新译本面世，故其中译本翻译比较研究是班扬研究的一个重要方面，主要体现在吴文南的数篇学术论文上。《从归化到异化——〈天路历程〉汉译本比较》⑥从《天路历程》宾威廉和王汉川汉译本比较入手，分析从归化到异化的翻译策略发展态势，同时探讨其间的中西语言文化异同。《〈天路历程〉中比喻翻译比较》⑦、《〈天路历程〉中诗歌翻译之比较》⑧、《〈天路历程〉中典故翻译比较》⑨通过诗歌翻译的比较，表明在具体的诗歌翻译实践中对归化和异化翻译策略的动态选择的必要性和重要性。《文学性解读——评〈天路历程〉》⑩和《宗教与世俗之间——〈天路历程〉价值地位

---

① 林琳，《泉州师范学院学报》（社会科学版）2005 年第 5 期。
② 陈明洁，《河海大学学报》（哲学社会科学版）2006 年第 3 期。
③ 庞希云，《名作欣赏》2007 年第 20 期。
④ 邬凤鸣，《成都大学学报》（社科版）2010 年第 2 期。
⑤ 《浙江大学学报》（人文社会科学版）2010 年第 4 期。
⑥ 《甘肃联合大学学报》（社会科学版）2006 年第 5 期。
⑦ 《重庆三峡学院学报》2007 年第 2 期。
⑧ 《衡水学院学报》2007 年第 3 期。
⑨ 《滁州学院学报》2007 年第 4 期。
⑩ 《福建论坛》（社科教育版）2008 年第 8 期。

初探》①研究《天路历程》的美学意义和文学价值。

除比较研究之外,有些学者从修辞角度阐释《天路历程》的文学特色,如:杨华的《反叛的互文性——在〈天路历程〉中的体现》②围绕互文性在作品中的表现形式,探讨在后现代的历史语境中女性作家如何通过互文的写作手段,对以男性为中心和权威的传统文本进行反思和抵制,达到颠覆父权制文本意识形态和价值理念的目的;扈启亮、覃先美的《〈天路历程〉中"标名"的构建机制及修辞功能》③分析研究英语标名构建的词汇机制、心理机制以及它特殊的修辞功能。

总体来说,我国的班扬研究起步较晚,研究成果较少,自改革开放至今,在各类学术期刊上发表的论文不足30篇,且有新意的论文数量很少,研究活动相对不活跃,而且研究尚不深入,关注点也具有局限性,对其价值挖掘与重估尚处在初期阶段,对班扬的文学批评体系更是缺乏宏观、深入、系统的把握,班扬研究尚未成系统,这与班扬的贡献与历史地位及其思想的当下价值极不相衬。这一状况亟待改观。

五、德莱顿研究

约翰·德莱顿(1631—1700),17世纪著名诗人、戏剧家、文学批评家、翻译家,是英国古典主义最早的倡导者和实践者,是复辟时期文坛上的权威人物,对文学作出多方面的杰出贡献,以至于文史学家把他创作的时代称为"德莱顿时代"。

然而,目前国内尚未有较深入的德莱顿研究的学术著作和论文,仅有的几篇学术论文集中在他的文艺观和翻译观的介绍上,如韩敏中《德莱顿和英国古典主义》④)、王佐良(《复辟时期与十八世纪上半的英国散

---

① 《长江师范学院学报》2009年第2期。
② 《广东外语外贸大学学报》2005年第3期。
③ 《湖南医科大学学报》(社会科学版)2006年第4期。
④ 《国外文学》1987年第2期。

文》①、何其莘(《德莱顿和王朝复辟时期的英国戏剧》②)、乔国强(《作为批评家和戏剧家的德莱顿》③)等几位学者的论文,评述了德莱顿的文学主张和戏剧思想。李莉辉的《简析约翰·德莱顿的诗歌翻译观》④、何春燕的《译者的语言——由德莱顿关于译法的三分想到的》⑤简析了德莱顿的翻译观。此外,朱源的博士论文《李渔与德莱顿戏剧理论比较研究》⑥分析了李渔与德莱顿论戏剧的结构、语言、人物、思想以及他们剧论本身的文体风格的异同,揭示出两位剧作家剧论中几项重要的共通之处,同时也指出他们的戏剧中各自的独特性。

近年来对约翰·德莱顿研究的一个重点是有关他的人生观与作品的多样性问题的探讨。德莱顿一生从拥护清教派的共和政府转向英国国教又转向天主教,从得宠到失宠,这样丰富跌宕的人生经历赋予他深厚的创作源泉,故他的文学风格与体裁十分多样;德莱顿的戏剧观上既综合了古希腊、罗马以及法国的戏剧传统,又凸显于英国戏剧的创新,从中呈现出他既有倾向性又尊重客观性与历史性的折中态度;德莱顿文学创作既有对文学性的追求也有商业化的烙印。

此外,另一个学者们关注研究德莱顿的焦点是以文化的视域探讨其作品的内涵,进而分析德莱顿作品中所反映的社会、历史的多元性与复杂性问题,同时探究古典主义与现代性的关系以及其文学创新问题。总之,我国的德莱顿研究尚处于初级阶段,期待后来学者对德莱顿研究做出新贡献。

纵观改革开放之后我国在17世纪英国文学研究方面取得的丰硕成果,不难发现,我国对这一时期英国文学的研究已经形成了一定的规模和

---

① 《外国文学》1990年第5期。
② 《外国文学》1996年第6期。
③ 《外语研究》2005年第4期。
④ 《长沙铁道学院学报》(社会科学版)2008年第3期。
⑤ 《宜宾学院学报》2009年第9期。
⑥ 苏州大学2007年。

系统,形成了以下特点:一、研究领域不断延伸,研究类型逐渐扩展,研究方法实现多样化。对热门文学家的研究,如邓恩、弥尔顿等作家的研究从起初的诗作介绍、翻译和赏析发展到经典重读、比较研究、理论探索、综合知识领域框架下的多元化、开放式、发散型研究,学者们逐渐形成较为成熟的理论批评体系。二、研究队伍不断扩大。改革开放初期,只有少数的专业研究机构人员和高校教师参与英国文学的研究工作,而如今,大量青年教师、研究生已加入到研究大军中来,成为 17 世纪英国文学研究的主力军,为我国的文学研究注入新的活力。三、经典作家作品研究趋于集中化。国内学者对经典作家及作品的关注远多于"边缘"作家,并将大量精力投入到经典作品的研究中。在此类作品研究不断深入的同时,也造成了一些重复研究的现象。四、"边缘"作家急需关注,学术空白亟待填补。改革开放发展至今,我国的文学研究虽然呈现多角度的发展态势,但学者们在研究对象的选择方面仍然存在单一化和边缘化的问题。一些对文学史影响巨大的作家和边缘作家,如德莱顿和马维尔等其他玄学派诗人等,研究成果较少,亟待学者们进行研究,填补学术空白。

总之,在文化全球化、市场化的今天,随着我国文化交流的不断深入发展,我国的 17 世纪英国文学研究事业必将紧跟国际潮流,取得更加丰硕的成果。

第三节 18 世纪英国文学研究

从改革开放至今,中国的外国文学研究发生了巨大的变化:研究的热点主题逐步多样化、研究领域拓宽、研究深度加强。这些变化与改革开放大环境下宽松的文化教育政策是息息相关的。在众多的外国文学研究领域中,18 世纪英国文学研究是起步较晚的,但一样也经历了从单一到多元、从片面介绍到系统评述的发展过程。通过梳理国内几家主要的外国文学研究期刊自改革开放 30 年来发表的 18 世纪英国文学研究方面的文章及一些相关的专著,本文试图勾画这一发展路径。为便于讨论,本文尝试将这一时期国内的 18 世纪英国文学研究划分为两个阶段:1979 年至 1989 年;1990 年至 2009 年。之所以如此划分,是因为在 1990 年之前,与其他时期的英国文学研究相比较,国内对于 18 世纪英国文学的介绍与评论相对少见;而在 1990 年之后,在一些海外学成归来的 18 世纪文学研究者及国内同行的带动下,中国的 18 世纪英国文学研究进入了一个前所未有的繁荣时期。另外,与一些文学史将王朝复辟时期文学也列入 18 世纪文学研究范畴不同,本综述按照时间编年顺序定义 18 世纪文学,因此,一些 18 世纪文学研究者们纳入讨论范围的德莱顿及其作品将不在本节出现,而另一位跨世纪作家奥斯丁也因其主要作品均出版于 19 世纪初期,也不在本节讨论之列。

一、1979 至 1989 年间的 18 世纪英国文学研究

在 20 世纪的前 50 年间,即便是在国外的文学界,18 世纪的英国文学也是相对被忽略的:戏剧方面,它不可能有与较之更早的莎士比亚比肩的巨子;诗歌方面,它没有与其后才华横溢的浪漫派诗人媲美的天才;小说方面,它也只是见证了这一体裁的诞生,而评论家们更钟情于佳作频出的维多利亚时期。因此,对于这一时期的文学研究也仅限于某几位作家的某几部作品,而没有形成全面、系统的评述。伊恩·沃特的《小说的诞生》(1957)使 18 世纪小说成为研究小说理论学者们关注的热点,而其他文艺理论家,如韦恩·布思、泰瑞·伊格尔顿等人也对这一时期的文本产生了极大的兴趣,加之 1968 年美国 18 世纪研究学会成立,更是使遭冷遇多年的这一领域重见了曙光。从 20 世纪后 50 年至今,18 世纪英国文学研究一直得到了应有的重视。

相比较而言,国内的 18 世纪英国文学研究更为滞后。在 20 世纪 70、80 年代国外的研究已是如火如荼时,我们才刚刚起步。这一时期对 18 世纪英国文学的研究大多是对文本的摘译和具体作家的介绍,如王佐良

翻译的斯威夫特的一组散文①,张谷若连续两期发表在《外国文学》上的《汤姆·琼斯》各卷首章的译文②,以及杨周翰对菲尔丁其人和《汤姆·琼斯》各卷首章的介绍③。张谷若和杨周翰对《汤姆·琼斯》的关注,及至1984年人民文学出版社出版了萧乾与李从弼合译的《汤姆·琼斯》全文,表明国内学者敏锐地认识到这部小说在小说作为一个崭新的文体出现时的重要性。如同张谷若在讲述自己翻译该书初衷时说的那样:"诗人论诗,比职业批评家更剀切中肯,鞭辟入里,小说家论小说,何独不然?菲尔丁现身说法,金针度人,虽不能说必起指导作用,却可以说能给他山之助。"④经由这些经验丰富的翻译家们译介过来的作品保持了原文的精髓,对当时18世纪英国文学在读者中的推广起到了极大的作用。

除了译作之外,这一时期也出现了一些对作家及其作品的评论性文章,主要集中在对菲尔丁、斯特恩、斯威夫特的小说的评论。其中菲尔丁和他的《汤姆·琼斯》是评论的重点。1982年萧乾在《外国文学研究》第4期上发表了《一部散文的喜剧史诗——评〈弃儿汤姆·琼斯的历史〉》,从文本到菲尔丁的生活时代对这部小说进行了详尽的介绍。1984年第2期《天津师大学报》上许桂亭的文章《菲尔丁的小说创作与理论》研究了菲尔丁的小说理论在其创作实践中的应用,肯定了作为现实主义作家的菲尔丁对其作品道德内容与道德影响的关注,及其作品对"寓教于乐"的践行。1987年第1期《国外文学》上刊登的《〈汤姆·琼斯〉的艺术成就及文学地位》一文通过分析小说多线索结构及人物群像展示出菲尔丁笔下的广阔人性的全貌;而李赋宁发表在《国外文学》1989年第3期上的《菲尔丁和英国小说》则综合讨论了菲尔丁的三部主要作品《汤姆·琼斯》《约瑟夫·安德鲁斯》和《夏美勒》,并且分析了作为古典主义和新古典主义作家的菲尔丁在伦理道德和美学艺术方面的贡献。在18世纪英国文学研究

---

① 《外国文学》1987年第7期。
② 《外国文学》1981年第2、3期。
③ 《外国文学》1981年第2期。
④ 《外国文学》1981年第2期。

刚刚起步的当时,这样的综述性评论文章是难能可贵的。除了菲尔丁之外,国内评论家们对另外两位小说家斯威夫特和斯特恩也产生了一定的兴趣。苏维洲发表在1984年第1期《外国文学研究》上的《"我要烦扰世人"——谈谈斯威夫特的〈格列佛游记〉》一文从"劝世"的角度阐释了这一个似乎蕴含着无数解读可能的文本,认为"斯威夫特写《格列佛游记》的主要目的就是为了把人们从自傲自大的迷梦中震醒,让他们认识到自己的本来面貌"①。而这一目的则源于斯威夫特对当时流行的"理性崇拜"的一贯反对。1989年第3期上的《〈商弟传〉:18世纪的现代派》从《商弟传》书名对早期英国小说书名模式的逆转、斯特恩叙述的随意与混杂以及奇特的情节设计与人物刻画三方面读出作者对于当时流于单调、刻板的小说既定模式的挑战。对于18世纪的散文,国内学者也有评述,其中最为重要的当推王佐良发表在《外国文学》1987年第7期上的《论斯威夫特的散文》和1989年第4期上的《十八世纪后半的英国散文》。前者通过对斯威夫特散文的分析,指出斯威夫特是将"把恰当的词放上恰当的位置,这扰是风格的真正定义"这一定义付诸实践的人;而后者则将关注的目光投向了更多的散文作家,文章分析了吉朋的罗马史、鲍斯威尔的传记作品、约翰逊的风格,以佐证其时散文形式的繁多,并且指出:"英国散文……到1750年左右确立了平易与优雅为其主要格调。两者合起来就是一种文明格调。"②王佐良对18世纪散文的关注,极大地丰富了这一时期国内的18世纪英国文学研究。

相对散见于各个期刊、"小荷才露尖尖角"的评论文章,关于18世纪英国文学研究的专著可谓凤毛麟角。最值得一提的是1984年由上海译文出版社出版的萧乾所著《菲尔丁——英国现实主义小说奠基人》。全书不但介绍了菲尔丁写作的时代背景及其个人生活经历,还逐一详细介绍了他的四部小说,并评论了其局限与成就,促进了国内菲尔丁研究以及

---

① 《外国文学研究》1984年第1期。
② 《外国文学》1989年第4期。

18 世纪英国文学的研究。

1979 至 1989 年间国内的 18 世纪英国文学研究尚属于起步阶段,在研究的深度和广度上都有着一定的局限性,例如:研究兴趣大多在对作品的翻译、摘译或是介绍;研究体裁局限于小说和散文;涉及的作家、作品数量不多;理论指导相对薄弱,等等。但即便如此,它的出现将中国读者带入了一个崭新的领域,并且为下一阶段的研究奠定了基础。

二、1990 年至 2009 年的 18 世纪英国文学研究

进入到 20 世纪 90 年代,中国的 18 世纪英国文学研究有了长足的进步,原因有两个:一、在改革开放逐步深入的大气候下,文学研究界的学术研究气氛更加活跃,研究者获取相关信息、材料的渠道更加畅通,与国外同行的交流更加频繁;二、这一时期有相当数量的学者海外学成归来,带来了国外 18 世纪文学研究的最新动态和个人多年的研究成果。相对于第一阶段来说,这一阶段的研究有如下明显特点:一、研究热点多元化,体现在研究体裁的拓宽、同一体裁的作家数量的增多、同一作家作品内容的丰富;二、对作品所属流派、文类的综合评述增多;三、研究的理论指导增强,尤其是在研究思路和解读路径方面有了系统的理论指导。

第一阶段国内 18 世纪英国文学研究者的兴趣点大多集中在有限的几位小说家和他们的小说作品上,而其他体裁(除上文提到的王佐良对散文的评介外)则鲜有涉及。到了 20 世纪 90 年代,情况发生了很大的变化。小说依然是评论热点,但也有一些学者将关注的目光投向了诗歌、散文、戏剧等其他体裁的作品。1993 年第 4 期的《国外文学》上刊登了王逢鑫摘译的亚历山大·蒲伯的诗作《论批评》及其评论文章《英国新古典主义时期诗人的佼佼者——亚历山大·蒲伯》。尽管只是对蒲伯及其诗作进行了相对简短的介绍,但这篇文章引入的"蒲伯时代""新古典主义诗歌"的概念丰富了读者对这一时期文学形式的理解。发表在 2004 年第 1 期《外国文学研究》上的《徘徊在自我与他者之间的贝琳达》、2005 年第 3 期《国外文学》上的《〈夺发记〉中的独白解读》、2006 年第 2 期上的《蒲伯

〈论批评〉中的"和谐"思想》延续了对亚历山大·蒲伯的兴趣。对《夺发记》中贝琳达的角色分析和对诗中作为亚文类的独白的解读使这篇一直受冷遇的蒲伯的早期作品及其所用的英雄史诗戏谑体受到了评论界的关注；对《论批评》中"和谐"思想的讨论则推动了对新古典主义文学观点的了解。而对于蒲伯的诗作，乃至对于整个 18 世纪的英国诗歌进行更为全面的综述性文章是王佐良发表在 1990 年第 2 期的《外国文学》上的《十八世纪英国诗歌》。这篇文章不但评论了蒲伯的代表性诗作，对诗人所采用的音韵技巧、英雄双韵体都有详尽的介绍，还结合了 18 世纪各个时期不同流派的诗人的作品，分析了整个 18 世纪英国诗歌的走势，即：18 世纪上半期新古典主义盛行，诗歌城市化，多采用英雄双韵体；下半期感伤主义风行，诗歌乡村化，多用古民谣体与白体无韵诗。王佐良的文章不仅仅局限于某个诗人的单一作品评述，是一篇高屋建瓴式的佳作。《国外文学》2005 年第 2 期上韩加明的《〈蜜蜂的寓言〉与 18 世纪英国文学》看似是对一首诗歌的评论，但却是远比文本解读宏大得多的另一篇综述性文章。文章讨论了曼德维尔的《蜜蜂的寓言》中的悖论"私人的恶德等于公众的利益"对于 18 世纪文学界的影响。在联系分析了斯威夫特、蒲伯、理查逊、菲尔丁、约翰逊等作家的相关作品之后，对于这位普遍不为文学界重视而被认为只有经济学和伦理学意义的作家，韩加明发表了不同的意见：18 世纪重要作家的创作都与曼德维尔有着特殊的联系。即使抛开对 18 世纪文学所给出的详尽的综合性评述，仅就其创新性的研究路径而言，这篇文章也是难得的上乘之作。

除诗歌外，其他体裁的作品也成为评论界关注的对象。1993 年第 4 期《外国文学研究》上的《艾狄生的小品文和鲁迅的杂文》发表在 20 世纪 90 年代国内评论界比较文学盛行的时期。文章分析、比较了两位作家在散文的题材和社会公用方面的不同之处，对介绍艾狄生这位 18 世纪散文大家起到了一定的作用。而对散文的综述性文章还是出自王佐良之手，发表在 1990 年第 5 期《外国文学》上的《复辟时期与十八世纪上的英国散文》。除详尽评论了艾狄生和以他为代表的报刊文学的作用、格调和写法之外，王佐良还将费尔丁①的《约瑟夫·安德鲁斯》以及斯登恩的《屈里斯坦·先迪》②作为叙事散文的代表加以分析，并以《格列佛游记》为集斯威夫特散文之大成的长篇寓言故事进行了论述。该文与其发表在1989年第4期上的《十八世纪后半的英国散文》合成了对18世纪散文的全面评述。

有三篇文章很值得一提，它们不是对任何单一作品、单一体裁的关注，但却极大地拓宽了学者们的研究视野，丰富了研究成果。这三篇文章是：《外国文学评论》1996年第2期上的《伯克论自由》、2003年第2期上的《司各特论英国小说叙事》和《外国文学研究》2006年第5期上的《18世纪英国戏剧的伦理学观察》。《伯克论自由》研究了伯克的政治和社会思想，尤其是他反个人主义的自由观、以国家作为道德权威的国家观及其由此而生的对剧烈社会变革的保守态度，极大地弥补了学术界忽视伯克及其政治学说重要性的不足。《司各特论英国小说叙事》尽管研究对象是19世纪的小说家司各特，但针对的是司各特所撰写的作家，尤其是18世纪小说家生平及其书评。文章所介绍的司各特对18世纪现实主义小说叙述传统的梳理及哥特小说的叙事特点对于研读18世纪小说和理解现代小说叙事理论都有很大的帮助。《18世纪英国戏剧的伦理学观察》通过分析斯蒂尔、哥尔德斯密斯、谢里丹等人的剧作解读了18世纪戏剧所反映的以重商主义、利己主义、感伤主义为特点的资本主义戏剧伦理学。作为第二阶段唯一一篇针对戏剧的评论，这篇文章从一定程度上填补了该领域研究的空白。

21世纪以来，国外传记文学作品日趋受到文学界的重视，尤其在一些大学和研究机构将传记文学作为独立的一个学术分支来研究之后，传记文学的研究逐渐形成了文评界的一个兴趣点。18世纪英国的传记文学也吸引了一些学者的注意。2005年第5期《外国文学》上的《鲍斯威尔

---

① 后多译为菲尔丁。

② 后多译为斯特恩的《商弟传》。

〈约翰生传〉的人格叙说》将关注的目光投向了为约翰生这位18世纪文学巨匠所作的传记文学经典作品,而2008年第4期《外国文学研究》则刊登了《论约翰生在〈塞维奇传〉中的主体性》,以约翰生为例,分析了传记作家以其作品为载体传达主体精神的传记理念。《约翰生传》和《塞维奇传》是18世纪传记文学中的重要作品,对它们的研究也从一个侧面反映了评论界研究热点的多元化和学术敏感度的增强。

研究热点的多元化不仅仅体现在研究对象体裁的拓宽,还体现在同一体裁的作家数量的增多和同一作家作品内容的丰富。在1979年至1989年的第一阶段,评论界对小说的研究重点集中在菲尔丁的《汤姆·琼斯》、斯特恩的《商弟传》和斯威夫特的《格列佛游记》,对其他作家及作品则鲜有提及。而在1990至2009年的第二阶段,评论界对上述三位作家及三部作品保持着兴趣的同时,还关注了其他作家,在研究名单上又增添了笛福、理查逊、沃波尔、伯尼等小说家。发表在1996年第4期《外国文学研究》上的《窈窕淑女 君子好逑——评范妮·伯尼〈伊夫琳娜〉的主题》是较早介绍这位18世纪为数不多的女作家的。文章强调了《伊夫琳娜》的道德教化作用,尤其是在对妇女行为规范方面的作用。对这部作品的评论文章还出现在了2001年第4期《外国文学》上,阚冬青《论范妮·伯尼的小说〈伊夫琳娜〉中的父亲形象》从小说中的两个父亲形象入手,讨论了作者对父权统治和男权中心主义意识的颠覆,是以女性主义批评解读《伊夫琳娜》的一篇较有深度的文章。对笛福的研究也变成了一个热点,出现了一系列评论文章:《外国文学研究》2003年第6期上的《〈鲁滨逊漂流记〉与父权帝国》、2004年第1期上的《鲁滨逊形象的现代性反思》、2007年第5期上的《〈鲁滨逊漂流记〉与西方乌托邦思想》,《外国文学评论》2007年第3期上的《笛福和斯威夫特的"野蛮人"》,以及《外国文学》2004年第3期上的《殖民化的缩影:〈鲁滨逊·克卢梭〉的后殖民视角阅读》。与1979年至1989年间对小说的研究相比,这些文章不再满足于向读者提供文本的基本信息,而是结合了时下流行的批评理论对文本进行了全方位的解读。例如《〈鲁滨逊漂流记〉与父权帝国》《殖民化的缩影:

〈鲁滨逊·克卢梭〉的后殖民视角阅读》以及《笛福和斯威夫特的"野蛮人"》不约而同地运用了后殖民批评理论对鲁滨逊的帝国殖民狂想进行了后殖民重构,《鲁滨逊形象的现代性反思》将研究延伸到了对现代性的双重性问题的讨论,而《〈鲁滨逊漂流记〉与西方乌托邦思想》则发现了笛福的小说在乌托邦文学中的作用。研究者们对笛福的另外两部小说《罗克珊娜》和《摩尔·弗兰德斯》也有论述。1997 年第 4 期《外国文学评论》上发表的《笛福小说〈罗克珊娜〉对性别代码的解域》和 2008 年第 3 期《外国文学》上的《摩尔的是与非——从伊瑟读者反应理论视角解读〈摩尔·弗兰德斯〉》分别从后结构主义解域理论和读者反应理论评论了两部作品,也体现出这一时期文学评论中理论指导的加强。1999 年第 4 期《外国文学评论》上的《开创小说的传统——论笛福的小说观》则全面分析了笛福的小说,总结出其在小说发展史上的贡献,即:开创了现实主义小说的传统,并以客观现实为载体,将道德教化融入现实主义的叙事中。

新增的另外一个重点研究作家是理查逊,评论文章包括:《外国文学评论》1992 年第 4 期上的《现代小说的先声——塞缪尔·理查逊和书信体小说》、2002 年第 3 期上的《评理查逊的书信体小说艺术》、2003 年第 1 期上的《理查逊和帕梅拉的隐私》、2004 年第 3 期上的《理查逊与菲尔丁之争——〈帕梅拉〉和〈约瑟夫·安德鲁斯〉的对比分析》,《国外文学》1998 年第 1 期上的《克拉丽莎与黛玉:悲剧性格与死亡意识》、2002 年第 4 期上的《意识形态的诱惑——评里查逊与奥斯丁小说中的女性人物描写》、2003 年第 2 期上的《言语的反抗——〈帕梅拉〉中平等意识的解读》、2007 年第 2 期上的《〈克拉丽莎〉中的笑与嘲讽》,《外国文学》2002 年第 3 期上的《〈帕美勒〉中的商品书信及女性物化现象》、2007 年第 6 期上的《超越召唤——克拉丽莎的"战争"》,《外国文学研究》2006 年第 2 期上的《诠释的不确定性——从〈克拉丽莎〉看对书信体小说的解读》、2006 年第 4 期上的《贞洁·美德·报偿——论〈帕梅拉〉的贞洁观》、2007 年第 6 期上的《多重矛盾中的"美德楷模"——〈帕梅拉〉中的对话性》。其中刘意青的《现代小说的先声——塞缪尔·理查逊和书信体小说》是相当重要的一篇文章,它不但首次引介了国外批评界始于20世纪30年代的理查逊复兴现象、20世纪中期各文论派别围绕着《克拉丽莎》进行的论战,还以《帕梅拉》和《克拉丽莎》为例,详尽分析了理查逊的"写至即刻"和多元叙述的艺术手法,并且指出了对理查逊的再认识在国内文评界的现实意义,对理查逊研究起到了开风气之先的作用。在具体的文本分析方面,韩加明的《克拉丽莎与黛玉:悲剧性格与死亡意识》比较了同属于18世纪中叶的两部作品中的悲剧女主人公,由二人对待死亡的不同态度分析了她们所处的不同的社会文化语境,以及由此引发的不同的悲剧命运,是颇有深度的一篇佳作。同样重要的还有吕大年的《理查逊和帕梅拉的隐私》,文章从《帕梅拉》中有违18世纪英国"世理之常"、有悖于社会既定的主仆操守准则的一个文本细节,解读了纠结了理查逊一生的"以文名"的渴望及其自负与自卑交织的心态,可谓另辟蹊径,剑走偏锋。

对于沃波尔的研究使哥特小说成为另一个研究热点。《国外文学》2000年第1期上的《简论哥特小说的产生和发展》是一篇重要的综述性文章,它不但讨论了中古热、东方热对哥特小说的形成起到的推动作用,作为现实主义小说补充的哥特小说的主要特征,以及哥特小说对浪漫主义诗歌小说及维多利亚时期小说的影响,而且对自沃波尔始的18世纪主要哥特小说家及其作品都有详尽的评介。2005年第4期上的《自我、欲望与叛逆——哥特小说中的潜意识投射》则将18、19世纪的哥特小说文本放置于弗洛伊德的理论框架中进行解读,认为哥特小说中的正面主人公是18、19世纪中产阶级的集体超我,代表着自由、民主、平等、博爱等中产阶级理想,而反面主人公则是中产阶级的集体本我,代表着中产阶级对权力、金钱、肉欲的追求。这篇文章将理论阐释与文本分析良好地结合在了一起,不啻为一篇佳作。另一篇值得一提的文章是《外国文学研究》2008年第1期上的《哥特身份和哥特式复兴——英国哥特式小说的"哥特式"探源》。文章否定了哥特小说与法国大革命的恐怖现实的关系,而将它的流行看作18、19世纪英国中产阶级焦虑心态的反映,而这种焦虑心态来源于中产阶级面临18世纪末英国复杂的政治局势时对未来政治走势的担忧。该文对哥特小说历史语境的解读极为到位,极大丰富了哥特小说的研究。

除了研究涉及的同一体裁的作家数量增加了之外,在第一阶段已然成为研究热点的作家有更多的作品成为这一阶段关注的要点。对菲尔丁的研究不再局限于《汤姆·琼斯》,还扩大到了《约瑟夫·安德鲁斯》《阿米莉亚》,对斯特恩的研究也在《商弟传》外增加了《多情客游记》。但这并不意味着研究兴趣的转移,而是研究的广度和深度的同时加强。《汤姆·琼斯》继续吸引着学者们的目光,但他们更着眼于对文本的解读而非简单的译介。《国外文学》1994年第2期上的《凸圆人物苏菲亚——〈弃儿汤姆·琼斯的历史〉女主人公性格发展初探》挑战了伊安·瓦特对苏菲亚作为扁平人物的结论,认为菲尔丁对其复杂的心路历程的记录佐证了苏菲亚是血肉丰满的凸圆人物。《约瑟夫·安德鲁斯》成了一个新的兴趣点。《外国文学评论》2004年第3期上的《理查逊与菲尔丁之争——〈帕梅拉〉和〈约瑟夫·安德鲁斯〉的对比分析》、2006年第1期上的《十八世纪英国文化风习考——约瑟夫和范妮的菲尔丁》将《帕梅拉》和《约瑟夫·安德鲁斯》并观,但又没有止步于文本分析,而由两部小说的流行及理查逊与菲尔丁之间的嫌隙深层次发掘了造成两人矛盾的社会、政治原因及文化语境,是视野相当宽阔的两篇文章。同样有深度的另一篇菲尔丁研究文章是《国外文学》2007年第2期上的《〈阿米莉亚〉中贵族与平民形象分析》。该文细致地分析了小说中三个贵族、一个仆人角色的刻画,并对比了菲尔丁通过《约瑟夫·安德鲁斯》和《汤姆·琼斯》中的角色所反映的阶级意识观点,发现了菲尔丁在创作《阿米莉亚》时期从保守意识观到自由意识观的转变。从本阶段学者们对菲尔丁的解读我们不难看出,对18世纪文学的研究已经从1979至1989年第一阶段的摘译、简介过渡到文本分析及文本背后更深层次的语境解读。

对斯特恩的研究也说明了同样的问题。《外国文学评论》2002年第2期上的《〈项狄传〉与叙述的游戏》一方面纵论了对其"理论先行"及各种"颠覆式"解读方式的误区,另一方面将《项狄传》的讽刺文风与拉伯雷、斯威夫特等人的作品文风相比较,指出斯特恩对主流小说和文学传统"相通多于拒斥,承袭多于扬弃"①,而其叙述的游戏性则反映了小说作为一个崭新文类的可塑性。无论是在对《项狄传》批评的再批评方面,还是在对作品的文本分析方面,这篇文章都堪称上乘之作。斯特恩的另一部作品《多情客游记》也引起了一些学者的注意:《外国文学研究》2007 年第 5 期上的《〈多情客游记〉与伤感主义小说的伦理价值》以《多情客游记》为例,分析了感伤主义文学流行的社会语境及其教诲作用的伦理价值,从一定程度上丰富了斯特恩研究。

在第一阶段已然引起学者们兴趣的斯威夫特和他的《格列佛游记》继续被关注着:《外国文学研究》2002 年第 4 期上的《论〈格列佛游记〉的科学主题》和 2004 年第 4 期上的《论〈格列佛游记〉和〈赛姆勒先生的行星〉中的反社会人性母体》或是对文本进行更深层次的挖掘,或是试图将文本置身于理论框架中,尽管研究思路与方法有值得商榷之处,但也不啻为一种好的尝试。

除了上述经由研究体裁的拓宽、同一体裁的作家数量的增多、同一作家作品内容的丰富所表现的研究热点多元化这一特点之外,纵观 1990 至 2009 年间国内 18 世纪英国文学的研究成果,我们还可以发现:在该阶段的研究中,除却对单一作品的孤立评介,还增加了对作品所属流派、文类的综合评述,如上文中提到过的《现代小说的先声——塞缪尔·理查逊和书信体小说》《诠释的不确定性——从〈克拉丽莎〉看对书信体小说的解读》《简论哥特小说的产生和发展》《自我、欲望与叛逆——哥特小说中的潜意识投射》《哥特身份和哥特式复兴——英国哥特式小说的"哥特式"探源》《〈多情客游记〉与伤感主义小说的伦理价值》等等。这一特点表明,这一阶段国内评论界对于 18 世纪英国文学的研究日趋系统化,学者们的研究思路也有了一定程度的拓宽。另外一个突出的特点是,文本分析置身于理论框架中,文章的理论性指导有了较大的增强,如上文提及的以女性

---

① 《外国文学评论》2002 年第 2 期。

主义批评解读《伊夫琳娜》中的父亲形象、以后殖民批评理论解读《鲁滨逊漂流记》、以解域理论和读者反应理论解读《摩尔·弗兰德斯》、以弗洛伊德理论解读哥特小说的《自我、欲望与叛逆——哥特小说中的潜意识投射》等文章都将这样或那样的理论阐释与文本分析结合在了一起,这也反映了国内学者们理论水平的日趋提高。

另外,上一阶段凤毛麟角的专著,在这一阶段有了明显的增多:1995年北大出版社出版的 *Samuel Richardson as Writer of the Female Heart*: *Epistolarity in Sir Charles Grandison* 是为数不多的对理查逊小说中最难啃的一块骨头——《查尔斯·格兰迪森爵士》一书全面的解读,填补了国内在理查逊研究方面的空白。该书从理查逊小说中反映的女性情感切入,佐证以小说的结构与其中的信笺往来,证明女性教育这一主题决定了小说结构的构建与人物的刻画,及其对书信体技巧的应用。同时通过比较《查尔斯·格兰迪森爵士》与《帕梅拉》,对书信体这一体例在其时应用于创作实践中的辩证法进行了综合的论述。《菲尔丁小说的叙事形式、历史观和意识观》梳理了菲尔丁不同的作品(小说、戏剧等)所反映的作者历史观和意识观的变化,指出尽管菲尔丁间或会认为历史有倒退、有循环,但总体上看他所持的仍是进步的历史观。该书不是局限于菲尔丁的某部、或是某几部作品的文本解读,而试图通过研究作品的叙述形式,达到以小见大的目的。三联书店2003年出版的《推敲"自我":小说在18世纪的英国》也是一部大格局的佳作。该书格局之大在于:一、涵盖了18世纪所有主要作家;二、讨论了主要作家所有的重要作品;三、研究了不同的流派;更重要的是,通过对18世纪小说的全面分析及具体文本解读,展示这些作品在描绘"世相全景"的同时,如何对其时的社会价值体系产生影响。2007年出版的《对话中的道德建构:18世纪英国小说中的对话性》则从小说的道德教益作用说起,着重解读了《鲁滨逊漂流记》《帕梅拉》《汤姆·琼斯》三部作品中的对话性,点明了18世纪小说的道德建构作用。

此外,一些译作和文学史作品也对这一时期的文学研究起到了推动作用:1993年张谷若翻译的《弃儿汤姆·琼斯史》和2004年黄乔生翻译的《汤姆·琼斯》,在萧乾与李从弼合译的《汤姆·琼斯》之外,给学者和普通读者提供了不同的参考译本;1997年萧乾翻译的《大伟人江奈生·魏尔德传》及2004年吴辉翻译的《阿米莉亚》使菲尔丁的四部主要小说全部有了中文译本。黄梅、陆建德翻译,玛里琳·巴特勒所著《浪漫派、叛逆者及反动派1760—1830年间的英国文学及其背景》丰富了国内学界对这一时期文学的背景知识。而2000年吴景荣、刘意青编撰的《英国十八世纪文学史》和蒋承勇2006年出版的《英国小说发展史》在梳理这一时期文学史的同时,还提供了对具体文本的评论。

随着研究的深入,这一阶段的文章和专著从数量到质量上都所发生了一些可喜的变化。

但一些明显的不足还是应该引起我们的重视:

一、尽管这一阶段的研究体裁得到了一定的拓宽,但诗歌、散文所占的研究比重过低,戏剧的研究几乎是空白。在诗歌方面,仅有对蒲伯诗作的评论,对于同一时期的斯威夫特和约翰逊等人的诗作则鲜有提及,对后期感伤主义诗歌,包括名噪一时的墓园派诗人及诗作,除在王佐良的《十八世纪英国诗歌》中有所讨论之外,更是无人问津。而对蒲伯诗作的研究,也只在《论批评》和《夺发记》,与《论批评》同样能全面反映诗人新古典主义文学观点的《人论》同样也只有王佐良论及。蒲伯诗歌创作的巅峰之作,同时也是国外蒲伯研究的重点的《群愚史诗》则一直是默默无闻。就诗歌研究而言,仍有很大的空白需要填补。18世纪是英国散文蓬勃发展的时期,斯威夫特、艾狄生、斯蒂尔、约翰逊的散文创作使其时的文坛佳作纷呈。但除了一篇比较艾狄生的小品文和鲁迅杂文的文章和王佐良的两篇关于18世纪上半和下半的散文的综述文章之外,再无一篇以散文为研究对象的文章。这对于创作出了《木桶记》《英国诗人生平》以及《旁观者报》和《闲话报》上系列优秀报刊文章的18世纪出色的散文家们来说,实在是不应有的忽视。在戏剧方面,尽管18世纪不是戏剧创作的繁荣时期,但早期的康格里夫、其后的盖依以及后期的谢里丹还是创作出了一些当时脍炙人口的作品,尤其是谢里丹的众多社会讽刺喜剧极大地活跃了当时的舞台,但遗憾的是,这方面的研究除了一篇《18世纪英国戏剧的伦理学观察》之外,几乎为零。

同样有待进一步加强研究的是18世纪的思想家以及他们的学说。虽然陆建德的一篇《伯克论自由》使这一领域避免了颗粒无收的窘况,但在思想史上占据同样重要地位的洛克、牛顿、沙夫茨伯里,以及中后期的休谟和亚当·斯密却不见踪影。这实在是不应有的缺憾:毕竟离开了社会语境分析的文学评论是不够全面的,而对于这些思想家及其学说的研究是其时社会语境分析的重要路径。

不该被忽视的还有一个重量级的作家:约翰逊。除了在《鲍斯威尔〈约翰生传〉的人格叙说》中以传主的身份、在《论约翰生在〈塞维奇传〉中的主体性》中以传记作家的身份出现之外,对这位当时的文坛巨匠再无其他介绍。他在《漫游者》上的诸多论文学和社会的散文、如《伦敦》和《徒劳的人世愿望》一般的出色诗作,以及充满人生哲理的《阿比西尼亚王子拉瑟勒斯》,都是有待我们进一步研究的作品

二、在相对繁荣的小说研究方面,也存在一些明显的问题,包括:(一)研究热点过于集中。尽管作为研究对象的小说家包括了18世纪大部分的重要作家,但仍有遗漏,如与理查逊和菲尔丁在小说兴起过程中占据同等重要地位的斯摩莱特和他的两部主要作品《罗德里克·兰登历险记》及《汉弗莱·克林克出征记》就一直受到冷遇,而18世纪后期写出了《威克菲尔德牧师传》这一感伤田园小说的哥尔德斯密更是无人问津。在对于热点作家的作品选择上,也有过于集中的现象,例如:对菲尔丁的研究相对集中在《汤姆·琼斯》上,对《约瑟夫·安德鲁斯》和《阿米莉亚》的评论极少,对理查逊的研究则是偏重《帕梅拉》和《克拉丽莎》,忽略了作为风俗人情小说开端的《查尔斯·葛兰底森爵士传》。(二)理论指导有待于进一步加强。第二阶段的论文总体上理论水平有了很大提高,大都能够将理论阐释与文本分析有机结合,但也有个别文章有"为理论而理论""为赋新词强说愁"的现象,等于给文本研究强加了一件不合适的理论外衣,

这反映了一些研究者的"理论自觉"和理论水平之间的差距。（三）重复研究。具体表现是某些文章重复国外同行的研究思路、研究路径与研究主题，人云亦云，缺乏创新。这固然体现出研究者们对研究领域内热点问题敏感度的加强，却也反映出我们在学术水平上有待提高的现实。

改革开放以来的三十多年见证了中国的18世纪英国文学研究从无到有、由浅入深的发展。这一发展在后20年间尤为迅速，在论文的质量和数量上较前10年有了很大的提高。但如果我们将国内英语文学研究的总体情况做一个横向的比较就会发现，相对于其他起步较早的，如美国文学和19世纪英国文学的研究，18世纪英国文学的研究还是有很大的提升空间。这一现象的形成有两方面的原因：一、18世纪的英国文学曾因被误认为杂乱无章、缺乏领军人物而长期受到学术界的忽视，因此，该领域的研究相对起步较晚。如今，这一认识上的误区并没有完全消除，也正是基于这一错误认识，一些高校的英语专业至今仍没有设置18世纪英国文学的课程；二、尽管从20世纪90年代起，陆陆续续从国外学成回来了一批18世纪文学研究学者，他们与国内学者一起开创了如今繁荣的研究局面，并培养了一些研究人才，但相对而言，相关的专业人才数量还远远低于英语文学研究的其他领域。因此，要进一步深入18世纪英国文学的研究，学科建设和师资培养亟待解决。

针对现在该领域研究中所存在的问题，即上文提到的过于侧重小说而忽略了其他体裁作品的研究以及小说研究本身存在的不足之处，解决的关键在于：主观上，研究者们需进一步拓宽视野，以改变小说研究一家独大而其他体裁作品的研究门前冷落的局面。同时，研究者们还需提高自身的学术修养，开发新的研究领域，避免"炒冷饭"、被动重复国外学者的研究路径。客观上，通畅获取国外最新研究动向的渠道。这就要求高校和科研机构及时补充、更新相关图书、资料，并增加国内研究者与西方学术界交流的机会。

18世纪是小说诞生的时期，这一时期的小说除了自身的文学价值之外，还为小说理论、叙事学、文体学等理论研究提供了重要的文本；18世纪也是大量优秀散文、政论文涌现的时期,他们的价值不仅仅在于文学赏鉴,还为研究处于上升时期的资本主义提供了全景式的社会图集;18世纪出现的一些文学流派、思潮,不但因其对其后19世纪文学的直接影响而具有了重要的参考价值,还是整个英国文学发展史上不可割裂的环节。由于这些原因,我们有必要重视它,并对它进行更为深入的研究。

第四节　19世纪英国文学研究

在改革开放三十多年里,我国对英国文学的研究取得了长足进展,而学界对19世纪英国文学的研究更是结出了硕果。通过统计《外国文学研究》《外国文学评论》《外国文学》《国外文学》和《当代外国文学》这五本核心期刊,我们发现共有405篇论文讨论了19世纪英国文学的方方面面。如果加上研究这一百年英国文学的专著和译著,那么这一数字将会非常庞大;30年间有40余部研究19世纪英国文学的专著。在这些研究成果中有许多具有开创性和观点独特的高质量论文和著作,而且由于19世纪英国文学产生了数量惊人的重要作家和作品,因此,很难在一篇综述之中全面、系统和完整地概述所有的研究成果和观点。本文将19世纪英国文学研究划分为浪漫主义时期和维多利亚时期两个大的阶段,并且根据各个时期的研究对象,将我国学者的研究成果进行分类梳理。

一、英国浪漫主义

英国浪漫主义文学在英国文学研究领域,甚至是整个文学研究方面都具有举足轻重的地位。无论是时间跨度、优秀作家的数量,还是经典作品数量,英国浪漫主义都堪称英国文学的典范。在将近半个世纪的时间里,英国浪漫主义文学不仅为世界文坛贡献了诸如简·奥斯丁和瓦尔特·司各特这样的小说天才,威廉·华兹华斯、乔治·戈登·拜伦、波西·比西·雪莱和约翰·济慈这样举世瞩目的诗人,查尔斯·兰姆和威廉·哈兹列特这样的散文大师,而且在文学评论、政论、文化批评等领域里同样涌现出塞缪尔·泰勒·柯尔律治、托马斯·德昆西、李·亨特、托马斯·皮考克等无数耀眼的明星。因此，在英美文学研究领域，英国浪漫主义研究一直是"显学"，长期以来，无数的学者和批评家呕尽毕生心血，投身于英国浪漫主义文学的研究之中，并且取得了卓越的成就。

英国浪漫主义文学由于其政治影响力和本身具有的文学性，一直以来也是中国的外国文学研究者重点关注的对象。可以说，英国浪漫主义文学在中国的接受和研究有着非常扎实的基础和广泛的参与度。特别是改革开放以来，国内学界掀起了新一轮研究英国浪漫主义的热潮。从研究的深度和广度上，中国的英国浪漫主义研究在改革开放之后都有了新的发展和突破。

根据对《外国文学研究》《外国文学评论》《外国文学》《国外文学》和《当代外国文学》这五本核心期刊的统计，30年来（至2010年底），中国学界共发表研究英国浪漫主义文学的论文148篇，还有13部专著。通过对这些发表于核心期刊的文章的归纳和总结，可以发现改革开放以来，中国的英国浪漫主义文学研究具有以下几个特点：

一、重要作家和重要作品成为学者主要关注的对象。奥斯丁的小说和六位浪漫主义诗人的诗歌作品成为了焦点，而且，这些作家的最主要、最为人所知的作品仍然是学者们关注的重点。例如，研究奥斯丁的论文共23篇，而以《傲慢与偏见》和《理智与情感》两部最著名的小说为题目的论文分别是5篇和3篇，占三分之一强，且不谈涉及这两部小说的其他论文。而研究济慈的论文共有25篇，其中就有11篇主要或者重点讨论了济慈的六大颂歌。

二、由于英国浪漫主义文学最主要的成就是诗歌，因此，绝大多数评论家和学者将目光投向英国浪漫主义诗歌的研究。在148篇论文中，直接关注六大浪漫主义诗人的论文达到了惊人的数量：布莱克（14篇）、华兹华斯（24篇）、柯尔律治（8篇）、拜伦（14篇）、雪莱（11篇）和济慈（25篇），共计96篇。对传统意义上的浪漫主义诗人及其重要作品的研究仍旧是主流。

三、在研究的跨度和深度上,学者们完成了许多突破性的尝试,并且对许多作品做出了自己的解读。例如,在华兹华斯研究方面,改革开放之后的中国学界关注了从《抒情谣曲集》至《序曲》等多首长短诗歌,几乎涵盖了华兹华斯诗歌创作的绝大多数阶段;并且在关注的视角上也有拓宽,从早期的中外诗歌相似性比较阅读,到后期对华氏诗歌的多重解读,直至上升到对华氏诗歌哲学和宗教层面的思考。

四、在一些前沿领域里,改革开放之后的中国学界也对英国浪漫主义有了批判性的接受和探索性的发展,而且在一些过去比较少有人涉足的研究领域也取得了一定的进展,如浪漫主义时期的宗教、意识形态、历史使命感等话题逐渐出现在各个主要学术期刊的目录之中。

五、对浪漫主义时期散文作品的评论数量非常少,仅见《外国文学评论》两篇关于兰姆和《外国文学》一篇关于浪漫主义时期英国散文的研究,未见论述其他诸位浪漫主义散文家的论文发表。同时,专门关注浪漫主义时期几位重要文学评论家如塞缪尔·泰勒·柯尔律治、托马斯·德昆西、李·亨特、托马斯·皮考克的文章数量也非常有限,仅有两篇关于柯尔律治文学思想的评论。究其原因,首先,长期以来,中国学界对英国浪漫主义文学的认识和研究主要是建立在浪漫主义诗歌的基础之上,因此,才有了重"诗"轻"文"的现象;其次,西方研究英国浪漫主义文学也经历了从诗歌到其他文学题材的过渡,因此,可以想见,随着对西方浪漫主义研究成果的不断引进、认识和消化,中国学界也必将逐渐将研究的视野扩展到浪漫主义的其他领域之内;最后,浪漫主义文学评论和文化批评在本项目的研究领域划分上隶属于文学理论部分,因此,对绝大多数浪漫主义文论并非以针对个别作者和批评家,这也许导致了对文学评论的研究出现个体缺失的情况。

六、专著领域,30年来中国学者在华兹华斯和拜伦研究上取得了较为丰硕的成果,共产生了9部较有影响力的著作,极大地补充了期刊论文的不足,而研究另外几位诗人和作家的专著虽然数量不多,但质量上乘,同样对各部领域内期刊论文进行了有益的补充。

下面就按照重要作家分别介绍研究成果。

1. 简·奥斯丁

作为一位风格独特的女作家,奥斯丁在中国拥有着庞大的读者群,她的许多作品也因此成为评论界研究的重点。30 年来五大期刊合计载有奥斯丁研究论文 23 篇,涉及了对奥斯丁各部小说的分析评述,奥斯丁与浪漫主义、女性写作和女性主义的关系,奥斯丁的创作技巧、叙事与艺术,甚至包括对奥斯丁经典作品的改写和续写、对奥斯汀的评论和传记作品的研究等众多方面。

我国早期的奥斯丁研究学者主要是从奥斯丁的创作主题和文学传统入手,重在通过分析和比较奥斯丁作品发掘作者创作的目的和手法,如王宾的《奥斯丁小说浪漫主义初探》[①]、朱琳的《奥斯丁小说主题意义初探》[②]和吴景荣的《奥斯汀与她的小说》[③]就是这一类研究的代表。稍后的奥斯丁研究学者更为侧重对单个作品的解读,而且大多数的研究者都以《傲慢与偏见》这部奥斯丁最受欢迎的作品为对象。随着时间的推移,研究者对与《理智与情感》和《爱玛》这两部奥斯丁重要的小说也展示了越来越大的兴趣,其中以黄梅的《〈爱玛〉中的长者》[④]和《〈理智与情感〉中的"思想之战"》[⑤]最具代表性。作者在前一篇论文里通过大量分析作品中各种"长者"形象,批驳了简单将奥斯丁界定为"保守"或者"反传统"的"一刀切"的做法,揭示了奥斯丁赋予其女主人公的多样性和复杂性;在后一篇中,作者通过将小说主要人物置身于英国特定的历史传统和文化背景之下分析和对比,揭示了奥斯丁时代"利益"驱使下的英国社会。这两篇论文摆脱了早期研究学者简单分析和文本细读的研究视角,在研究的深度、广度和视角上都是非常具有创新性的作品。

---

① 《外国文学研究》1983 年第 4 期。
② 《外国文学研究》1987 年第 3 期。
③ 《外国文学》1993 年第 2 期。
④ 《外国文学评论》2008 年第 4 期。
⑤ 《外国文学评论》2010 年第 1 期。

此外,还有一些对奥斯丁作品之外的衍生研究,例如王海颖的《一场辛苦而糊涂的意识形态之战——谈玛丽琳·芭特拉的奥斯丁研究》①就分析了西方学界两派针锋相对的观点,并且认为过多的意识形态争论最终会偏离奥斯丁的创作初衷。而陈改玲的《评〈彭伯利〉兼谈名著续集现象》②、李燕姝的《简·奥斯汀的真实故事——评介英国作家迈尔的奥斯汀传记〈倔强的心〉》③以及邱瑾的《论〈理智与情感〉小说和电影中的反讽》④则从名著改编、传记文学和电影艺术等不同侧面丰富了奥斯丁研究角度和视野。

专著方面,朱虹1985年编撰的《奥斯丁研究》⑤精选了自奥斯丁时代至现当代20余位国际上奥斯丁研究领域的专家的评论,其中不乏瓦尔特·司格特、夏洛特·勃朗特、E. M. 福斯特、伊安·沃特等著名的作家和学者,是对奥斯丁研究历史资料的重要汇总。

奥斯丁研究在我国起步较早,且在朱虹、黄梅等研究者的不断推动下已经取得了一定的成果,具备了多样的研究视野和深度,美中不足之处在于当代中国的奥斯丁研究仍以译文和期刊论文为主,缺乏有分量的专著。

2. 威廉·布莱克

布莱克是一位思想庞杂而深邃、充满着神秘色彩的浪漫主义诗人。布莱克本人所处的转折时代和他本人的复杂、深奥、充满神秘主义和神学色彩的思想体系使得对他的研究从来都是非常艰巨和具有挑战性的工作。因此,整个西方学界的布莱克研究仍然有许多未解之谜,许多研究领域尚待后人给予持续的关注和探求。而对于相隔两百余年,文化、思想和社会生活迥异的当代中国学者,布莱克似乎更是一个抽象和神秘的符号。所以,我们不难发现,自改革开放以来,发表于核心期刊的研究布莱克的

---

① 《外国文学评论》2001年第2期。
② 《外国文学评论》1998年第1期。
③ 《外国文学》1998年第6期。
④ 《外国文学》2004年第6期。
⑤ 中国文联出版公司1985年版。

论文在数量上只有 14 篇,但是,这些文章在研究的深度和广度上却非常令人欣慰。我们大致可以将其分为三类:

第一类:以早期的《天真之歌》和《经验之歌》中的诗歌为对象,主要考察诗人创作技巧、结构和理念,如杨小洪的《布莱克〈经验之歌〉的系统结构》①就是这一类研究的代表。

第二类:研究领域拓展到布莱克从《经验之歌》到中后期预言诗和神秘主义诗歌的过渡时期,侧重于对诗人精神世界的探寻和思索。这一时期的代表性研究成果中比较重要的是丁宏为的《灵视与喻比:布莱克魔鬼作坊的思想意义》②和袁宪军的《威廉·布莱克的灵视世界》③,两篇论文不约而同地以布莱克的灵视世界(想象力)为切入点,揭示出布莱克与众不同的"视觉"世界、非凡的想象力和以独特思维方式创造出的精神世界。

第三类:这类研究着眼于布莱克更为深奥和宏大的史诗般的预言诗和神秘主义色彩浓厚的晚期作品。如张德明的《论布莱克诗歌的神话原型模式》④就以列维施特劳斯的结构主义神话理论和原型批评理论为根据分析研究了布莱克创立的神话体系。

总之,布莱克的研究虽然数量不太多,但是很多研究都非常有质量,而且许多观点与国际布莱克主流研究相呼应。不过,对布莱克晚期作品的研究无论从数量还是质量上都有所欠缺,这很大程度上源于对布莱克晚期作品解读的不确定性和复杂性,同时中西方思想、文化和宗教上的差异也使得中国的布莱克研究面临更大的挑战。缺乏较有影响力的专著仍是中国布莱克研究的一个缺憾。

3. 威廉·华兹华斯

作为最重要的浪漫主义诗人,改革开放以来的华兹华斯研究同样经历了一个起步、拓展和深入的过程,在不断发掘和不断探索中,对华兹华

---

① 《外国文学评论》1996 年第 3 期。
② 《外国文学评论》2007 年第 2 期。
③ 《国外文学》1998 年第 1 期。
④ 《外国文学评论》1990 年第 1 期。

斯的研究取得了非常显著的成果。30年来五大学术期刊共刊载华兹华斯研究论文24篇,其中很多论文在观点、论证和分析等各个方面都非常有创见。

研究华兹华斯的论文可以分为四大类。

第一类研究侧重介绍性,旨在全面介绍华氏的诗歌特点、艺术手法和诗作赏析,这类研究多出现于20世纪80年代,曹国臣的《略论华滋华斯》①和林晨的《华滋华斯与〈抒情歌谣集〉》②就是最好的代表。

第二类研究着重于对华兹华斯的哲学理念和东方文明,特别是中国古代思想的关系,例如李秀莲的《华兹华斯自然诗哲学思想初探》③和段汉武的《唐朝山水艺术和英国湖畔派诗歌之比较》④。

第三类研究以华氏某一首或者几首诗为对象,探讨该诗歌的主题、创作技巧、意象选取和含义或者诗人的某个主旨思想。这类研究在数量上和质量上都是整个华兹华斯研究中最为优秀的部分。大多数学者选取了华氏最脍炙人口诗歌加以分析,并且多数论文在立论和分析过程中都希望与华兹华斯本人的诗学理论建立关系。其中,比较有价值和特点的是袁宪军的《"水仙"与华兹华斯的诗学理念》⑤,该论文通过逐句的诗歌细读将华兹华斯诗歌的精妙和其理论,特别是"强烈感情的自然流露"这一著名的论断有机地结合在一起。丁宏为的两篇论文《"明显含义"——两首短诗对文学教师的启示:〈孤独的割麦女〉与〈尤利西斯〉》⑥和《不朽的颂歌:两位评论家之间的思想空间》⑦也是建立在文本细读和对比阅读基础上的对华兹华斯诗歌比较准确和全面的认识和评论。前一篇环环相扣地细读了丁尼生的《尤利西斯》和华兹华斯的《孤独的割麦女》,向国内的

---

① 《外国文学研究》1982年第1期。
② 《外国文学研究》1984年第4期。
③ 《外国文学研究》1993年第3期。
④ 《外国文学研究》2004年第4期。
⑤ 《外国文学研究》2004年第5期。
⑥ 《国外文学》2001年第2期。
⑦ 《国外文学》2007年第2期。

英国文学教师展示了如何把握"细读"的分寸;后一篇通过非常具有逻辑性的分析和论证,将两位著名华兹华斯专家对同一作品的解读进行了对比,为读者展示了华兹华斯诗歌的张力,并同西方学者在文本阐释的层面上进行了对话。

第四类研究主要涉及西方当代理论和思潮对华兹华斯研究的影响,这类论文仅有两篇,但是都具有一定的学术价值。苏文菁的《重读经典:本世纪60—90年代英美华兹华斯研究》①较为系统地概括分析了20世纪60至90年代西方研究华兹华斯的主要流派、重要的学者和主要观点,是一部非常全面的了解西方华兹华斯研究发展和现状的综述性文章。张旭春的《没有丁登寺的〈丁登寺〉——英国浪漫主义研究中的新历史主义范式》②评价了英国浪漫主义研究中的新历史主义方法,指出了该理论体系的问题,是一篇比较有创见的论文。

研究华兹华斯的专著中,易晓明的《华兹华斯》③以传记的形式回顾了诗人跌宕、传奇的一生,分析了诗人诗名起伏的原因,充分肯定了诗人对英国浪漫主义诗歌发展的贡献,是我国较早、较为系统地研究华兹华斯的著作。赵光旭的《"化身诗学"与意义生成——华兹华斯〈序曲〉的诠释学研究》④一书借鉴当代诠释学的理论和方法,并借用基督教教义中"化身"的概念,对华兹华斯最著名的长篇诗歌《序曲》进行了全方位的阐释。苏文菁的《华兹华斯诗学》⑤通过分析华兹华斯的自然观、情理观、语言观和现象观,深入探讨了华兹华斯诗学的内核和本质特征。丁宏为的《理念与悲曲:华兹华斯后革命之变》一书通过对"华氏具体文思和悲情诗作的重新解读,对华兹华斯相对于我国读者较陌生的一面做一个专题研究,在较深层的平面上揭示由华氏这位主要诗人所代表的英国浪漫主义的一个

---

① 《外国文学研究》1999年第2期。
② 《国外文学》2003年第2期。
③ 国际文化出版公司1996年版。
④ 上海译文出版社2007年版。
⑤ 社会科学文献出版社2000年版。

重要概念"①。该书为国内同类型研究领域较为重要的一个文本。

然而,中国的华兹华斯研究存在着一个和布莱克研究类似的问题:学者们对华氏晚期的作品关注度不够,大多数研究集中于《〈抒情谣曲〉序言》和读者耳熟能详的诗歌,如《我心欢跳》《水仙》和《塌毁的茅舍》等,而对华兹华斯最为重要的史诗性的长诗《序曲》和《漫游》等仅有丁宏为的《政治解构与诗意重复——〈序曲〉中的诗意逆流》②和余幼珊的《从"迈可"到〈远足〉——论华兹华斯的田园诗》③两篇论文进行了专门论述。幸而这一期刊论文的缺憾在专著研究领域得到了弥补,30年来出现了几部较有影响力和深度的著作,拓展了中国当代华兹华斯研究的视野。

4. 塞缪尔·泰勒·柯尔律治

塞缪尔·泰勒·柯尔律治是一位具有传奇色彩的浪漫主义诗人,他的人生充满了矛盾,变幻莫测,他的诗歌如同他的人生,虽然数量不多,但是各个精彩。此外,他还是19世纪英国一位非常重要的思想家、评论家和散文作家,可谓身兼多能。但是,我国对他的研究却非常有限,30年来五大期刊仅刊发了8篇关于他的论文,这些论文呈现如下特点:

第一,绝大多数论文谈论了柯氏的两首诗歌《古舟子咏》(共四篇)和《忽必烈汗》(共两篇)。其中,早期论文余虹的《〈老水手之歌〉简论》④以传统的赏析的方式分析和阅读这首著名的诗歌,但是其中许多重要观点影响了后来的学者。鲁春芳和郭峰的《以自然风景呈现为基础的立体创构——〈老水手行〉主题表达与自然地理的关系》⑤以自然地理为切入点,提出了"五种自然空间"和以之为基础构建出的"三重主题"。而张德明的《忧郁的信天翁与诗性的想象力——从〈老水手行〉看旅行文学对浪漫主义诗歌的影响》⑥阐释了旅行文学这一欧洲文学传统如何幻化进入浪漫

---

① 北京大学出版社2002年版,10—11页。
② 《国外文学》2002年第3期。
③ 《外国文学研究》2008年第6期。
④ 《外国文学研究》1984年第2期。
⑤ 《外国文学研究》2010年第2期。
⑥ 《外国文学评论》2010年第3期。

主义诗歌创作。罗益民的《管箫婚曲声中的流浪者——柯尔律治〈古舟子咏〉中的基督教主题》①则回到较为传统的基督教主题中人类原罪、流浪和救赎等关键词上,分析了这首诗的含义。鲁春芳的《一个优美而机智的"整一":生态视野中的"忽必烈汗"》②通过引入"整一"(unity)这个概念,试图揭示《忽必烈汗》中体现出的协调与不协调。杨国静的《〈忽必烈汗〉对性角色及诗人身份的重构》③则从女性主义视角引入"双性同体"这一概念分析《忽必烈汗》,在思路上很有新意。分析上述六篇论文,我们可以发现除第一篇外,其他五篇均发表于 2006 年之后,而且在研究角度、深度和维度层面上都在与西方理论和观点不断的对话和交流中取得进步。

第二,仅有两篇关于柯尔律治文学理论的论文。其中陆建德的《"我相信,所以我理解"——关于柯尔律治"论证循环"的思考》分析了柯尔律治的哲学思想和宗教思想的流变过程,具有很高的学术价值,而鲁春芳的《和谐与整体:柯尔律治文学理论的有机内核——评〈柯尔律治论作家与创作〉》则是评论了西方研究柯尔律治的重要著作。

专著方面,陈才艺的《湖畔对歌:柯尔律治和华兹华斯交往中的诗歌研究》是第一部"研究柯尔律治与华兹华斯相互关系"④的著作,较为全面系统地研究了两位著名诗人如何在创作过程中相互借鉴和影响,在柯尔律治研究领域具有开创性。李枫的《诗人的神学——柯尔律治的浪漫主义思想》⑤从柯尔律治浪漫主义神学思想与欧洲大陆各种思潮的关系谈起,论述了其思想形成的过程、基本构架和核心概念等内容,较为系统和全面地探讨了柯氏庞杂博大的思想体系,是国内在该领域内具有开创性的作品。

中国的柯尔律治研究的问题在于:对于柯氏诗人的身份,我们仅仅关

---

① 《国外文学》2006 年第 3 期。
② 《外国文学研究》2009 年第 5 期。
③ 《外国文学评论》2008 年第 1 期。
④ 四川人民出版社 2007 年版,"内容简介"页。
⑤ 社会科学文献出版社 2008 年版。

注他的神秘奇幻色彩浓厚的诗歌,而忽略了他的哲理诗;对于柯氏的思想家、评论家和散文家的身份,我们关注不足。无论是哪一种情况,都需要学界进一步的努力。

5. 乔治·戈登·拜伦

拜伦的名字在中国家喻户晓,普通读者通常较为片面地认同拜伦"浪漫主义旗手和革命者的身份",但是学者眼中的拜伦的形象要更为复杂和多样。首先,早在20世纪80年代,中国的学者就指出拜伦与古典主义有着比浪漫主义更为密切的联系①,而且有的学者分析和批判了"拜伦主义的双重性"②,对拜伦是否会堕落为一个"反动的资产者"提出了不同的看法③,但是这些论文都没有完全摆脱那种口号式的和说教式的对拜伦的解读。其次,比较成熟和有针对性的论文有张鑫的《浪漫主义的游记文学观与拜伦的"剽窃"案》④,该论文通过分析拜伦《恰尔德哈罗德》第三章中出现的明显的剽窃华兹华斯和柯尔律治诗歌的现象,指出这种剽窃最终导致了该章节审美的或者说文学性的失败,并指出浪漫主义时期剽窃的共性。

综合这些论文可见,这些研究的问题在于整体研究呈现一种两头大、中间小的纺锤形:早期的、介绍性的东西和晚期理论性强的东西比较多,但是缺乏中期的有力度、有深度和有层次的文本解读和分析论文,总体呈现一种跳跃式的发展。基于拜伦作品的研究和分析比较少,而且主要涉及拜伦的《唐璜》《曼弗雷德》和《恰尔德哈罗德游记》,对于其他作品几乎没有涉及,这些都需要后来者努力填补。

著作方面,陈秋帆的《明月中天》⑤虽是一本译著,但向刚刚经历过"文革"的中国读者较为全面地介绍了诗人波澜壮阔、跌宕起伏的一生,在

---

① 见冯国忠:《拜伦和英国古典主义传统》,《国外文学》1982年第3期。
② 见桂国平:《论拜伦对近代东西方政治与文学中的影响》,《外国文学研究》1991年第1期。
③ 见张良村:《拜伦会成为一个反动资产者吗?》,《外国文学研究》1992年第3期。
④ 《国外文学》2010年第1期。
⑤ 湖南文艺出版社1981年版。

百废待兴的20世纪80年代初期,很好地起到了普及英国浪漫主义诗歌的功效。另一部类似的著作是晓树主编的《震撼心灵的诗人——拜伦》①,该书以图文并茂的形式,结合拜伦时代的历史语境和珍贵的图片资料讲述了拜伦独特的一生,具有较为重要的史料价值。此外,30年间还诞生了两部研究拜伦的专著,倪正芳的《拜伦研究》②探讨了拜伦悲剧性的根源、拜伦诗学的内质、拜伦在中国的接受以及后现代语境下的拜伦研读等内容,研究的深度和广度均开创了中国拜伦研究的新篇章;而他的另一部作品《拜伦与中国》③以比较文学和文学接受为立足点,系统介绍了百年来拜伦及其诗歌在中国的接受和传播历史,也是中国当代拜伦研究与中国文学、翻译文学和文学批评相结合的重要研究成果。另外,王钦峰主编的《拜伦雪莱诗歌精选评析》④虽是一部诗歌中译选集,但是在所选的拜伦和雪莱诗歌中译文之后,均附有学者对该诗的解读和阐释,也丰富了学界对于两位诗人及其作品的认识。

21世纪出版的几部专著,使得中国当代拜伦研究具有了其他第二代英国浪漫主义诗人研究所不具备的深度和广度,并且与本土文学和文化研究交相呼应,极大地丰富了当代拜伦研究的维度,并且弥补了论文研究领域的一些不足,促使该项研究具有了更高的学术价值。

6. 波西·比西·雪莱

作为年轻一代浪漫主义诗人的杰出代表,雪莱兼有诗人的气质、批评家的敏锐和哲学家的洞察力,因此,中国的雪莱读者不在少数。然而,专门研究雪莱的论文30年来却为数不多(仅11篇),在浪漫主义作家中仅多于柯尔律治的8篇。11篇论文中有三篇是关于雪莱诗歌翻译的,分别是江枫的《译诗,应该力求形神皆似——〈雪莱诗选〉译后追记》⑤,俞家钲

---

① 中国画报出版社2009年版。
② 中国广播电视出版社2005年版。
③ 青海人民出版社2008年版。
④ 河南大学出版社2006年版。
⑤ 《外国文学研究》1982年第2期。

的译作《西风颂》①和评论《雪莱〈云雀歌〉的表现艺术及翻译》②。这三篇论文对雪莱诗歌的翻译进行了归纳和总结,是研究该领域的重要作品。另有三篇论文专门论述和分析了雪莱家喻户晓的《西风颂》:有的论文从哲学和历史的角度分析了这首诗的意义和影响③;有的则从弗雷泽人类学理论中关于巫术的观点为依据,从表现形式、心理过程和历史渊源等方面分析《西风颂》和巫术的关系④;其中陆建德的《雪莱的流云与枯叶——关于〈西风颂〉第 2 节的争论》回顾了评论家半个多世纪以来对于雪莱《西风颂》中两个意象的争论,并且阐发了自己的理解,是一篇非常有分量的研究雪莱作品的论文。其他论文中,比较重要的有王守仁的《论雪莱的"必然性"思想——读剧诗〈解放了的普罗密修斯〉》⑤,该论文通过分析雪莱的《解放了的普罗米修斯》探讨了雪莱的一个重要哲学思想:"必然性"。

中国的雪莱研究的问题是:研究具有一定的深度和广度,但是论文数量太少,且缺乏一定数量的专著作为支持和补充。另外,对雪莱的一些重要的长诗诗歌如《阿拉斯特》和一些抒情短诗如《勃朗峰》也缺乏有力度的研究,更不必提雪莱的诗剧了。因此,大量的基础性的研究和梳理工作仍是中国雪莱研究的当务之急。

7. 约翰·济慈

作为六位主要浪漫主义诗人中年龄最小、在世时间最短的诗人,济慈的诗歌却有着强劲的生命力和深远的影响力。在 19 世纪至今的 200 年里,济慈的声望随着时间的推移稳步提升,对他的诗歌、思想和生平的研究持续不断,屡有发现,并且在 20 世纪 60 至 70 年代和 1995 年"纪念济慈诞辰 200 周年"前后达到了两个高峰。在我国,对济慈的研究也呈现出非常活跃的景象,因此,改革开放以来,五大核心期刊共刊发了 25 篇研究

---

① 《国外文学》1990 年第 1 期。
② 《国外文学》1991 年第 3 期。
③ 见曾令富:《〈西风颂〉象征寓意的模糊性及其艺术魅力的普遍性》,《外国文学研究》1990 年第 2 期。
④ 见张德明:《〈西风颂〉的巫术动机》,《外国文学评论》1993 年第 4 期。
⑤ 《外国文学研究》1992 年第 4 期。

济慈的论文,数量上列所有浪漫主义作家研究之首。

中国的济慈研究呈现以下几个特点:

第一,大量的论文(12篇)主要涉及济慈的颂歌和抒情诗,尤其以《希腊古瓮》为最,共有六篇研究该诗。其中,《古瓮的启示》①是屠岸为自己翻译的济慈"六大颂歌"做的一个"前言",作者以一个诗人兼翻译家和评论家的身份诠释了济慈诗歌的美。袁宪军的《〈希腊古瓮颂〉中的"美"与"真"》②秉承了他一贯的细读风格,通过分析济慈《希腊古翁颂》在视觉和听觉的多个方面给予读者的感受,较为婉转地批评了西方济慈研究界对该诗过于苛求政治和历史解读的一个趋势,提出了自己关于"美"和"真"关系的见解,是一篇非常精彩的评论文章。冯文坤的《关于〈希腊古瓮颂〉阅读的释义学分析》③通过将《古瓮》一诗划分为"历史主义释读、审美主义释读和释义学释读"三个部分进行分析,提出自己对该诗的解读和阐释。谭琼林的《绘画诗与改写:透视济慈的古希腊瓮在美国现代派诗歌中的去浪漫化现象》④从济慈《古瓮》诗歌入手,探讨了绘画领域审美的流变,进而分析了影响20世纪美国诗歌理论的几个原则,是一篇非常独特的论文。章燕的《诗歌审美在文本与历史的互动与交流中——关于济慈〈希腊古瓮颂〉的批评》⑤通过分析该诗真实的历史与诗人想象、静与动、真与美的关系,委婉地批评了西方研究者割裂文本与历史的研究倾向。

在其他关于济慈颂歌和抒情诗的论文里,章燕的一篇题为《济慈〈致秋〉中的审美观和人生观》⑥的论文提出,《致秋》一诗中济慈自然、朴实的诗风体现了他的审美、思想、艺术观和人生态度,对20世纪诗歌有深远影响。赵瑞蕻的《试说济慈三首十四行诗》⑦是一篇早期的重要的济慈研究

---

① 《外国文学》1995年第4期。
② 《外国文学评论》2006年第1期。
③ 《外国文学研究》1995年第4期。
④ 《外国文学研究》2010年第2期。
⑤ 《国外文学》2002年第3期。
⑥ 《外国文学研究》2002年第3期。
⑦ 《外国文学研究》1980年第2期。

论文,虽然以现在的眼光审视,很多观点仍带有后"文革"时期的影子,但是该论文提供了很多早期中国济慈研究的重要线索和信息。

第二类济慈研究的论文主要是讨论了济慈最著名,也是最具争议的一个观点:"negative capability"。吴伏生的《论济慈的"消极能力"说》①是最早论及这一理论的论文,虽然他对济慈这一观点来源的判断略显武断,但是作者对"消极能力"的概括和归纳非常简洁明确。刘新民的《济慈诗歌新论二题》②指出了济慈"negative capability"这一观点产生的历史背景和哲学渊源,该论文还通过分析《秋颂》兼论了济慈诗歌反映当时英国历史和政治斗争的这一事实。

第三类济慈研究的论文主要涉及济慈的诗歌创作理念、审美、哲学和济慈对待历史和政治等现实话题的态度。这类论文并非建立在对某一诗歌文本的解读或者分析之上,而是较为全面、系统并且有一定针对性地从某一首或几首诗歌入手,引入对济慈诗歌创作的深层次动因的探究。丁宏为的《济慈看到了什么?》③以济慈长诗《拉米娅》中一个关于"看"的核心意象为基点,指出浪漫主义诗人中一个普遍现象的"通过现象看本质"的想象性、超越性和穿透性的视觉观。论文的后半部分比较系统而重点突出地概括了济慈部分涉及"视觉"的抒情诗和十四行诗,指出济慈"看"的实质是他诗歌创作中最高的理想。章燕的《审美与政治:关于济慈诗歌批评的思考》④分析了西方当代济慈研究中"审美派"和"政治派"的对立,认为济慈的政治主张是融入到大的美学、哲学和历史的思考之中,审美与政治的互动和交融才是理解济慈诗歌的正确途径。罗义华的《约翰·济慈的诗歌与道德关系研究》⑤探讨了济慈诗歌中的道德成分,认为济慈诗歌的道德基调是功利主义。刘治良的《济慈诗中独特的"感觉"形象》⑥结

---

① 《外国文学评论》1987 年第 2 期。
② 《外国文学评论》2002 年第 4 期。
③ 《外国文学评论》2004 年第 2 期。
④ 《外国文学评论》2004 年第 1 期。
⑤ 《外国文学研究》2005 年第 5 期。
⑥ 《外国文学评论》1988 年第 3 期。

合济慈诗歌,特别是早期抒情短诗中常见的几个重要意象,分析了由视觉、听觉和触觉组成的济慈的"感觉"世界。邱从乙的《论〈赫披里昂〉的哲学主题》①是其中唯一一篇探讨济慈未完成的史诗《赫披里昂》的论文,尽管作者对济慈这首残诗的许多观点有待商榷,但是作为早期的探索性的尝试,这篇论文还是很有意义的。

另外,非常值得一提的是刘树森的《争议与共识:近两个世纪的济慈研究评析》②,这篇论文系统地概括两百年来西方研究济慈的主要成果和主要评论家的贡献,是中国济慈研究领域重要的综述性文献,具有非常重要的学术价值。

专著领域,傅修延的《济慈评传》③是最为重要的一部,该书从多个角度研究了济慈的生平、创作和思想,是对中国济慈研究中历史研究方面的力作。

但是,中国的济慈研究同样具有自身的问题,主要表现在:第一,缺乏对济慈重要的叙事诗如《艾格尼丝之夜》和《拉米娅》的研究。没有一篇论文专门研究这两首非常重要的诗歌,其他稍有涉及也是浅尝辄止,缺乏研究应有的深度和广度,这不能说是中国济慈研究的最大的缺憾;第二,在抒情诗研究方面,过分关注六大颂歌和几首著名的十四行诗,而对济慈早期的抒情诗缺乏研究,25 篇论文中只有丁宏为的《济慈看到了什么?》和刘治良的《济慈诗中独特的"感觉"形象》两篇论文谈到了济慈早期的诗歌创作,但是论证和研究仍稍显单薄;第三,过分纠缠于几个概念、理论和意象,对其他济慈研究中重要的问题没有给予足够的重视,审美、政治、否定能力、新历史主义等概念频繁出现,但是,济慈诗歌的"隐喻解读"、济慈对"死亡、声名、爱情和友谊"等问题的看法、济慈的宗教观和哲学观、济慈和女性的关系等西方主流的研究领域我国学者很少涉及;最后,济慈的很多思想体现在他的《书信集》之中,而济慈研究很大一部分成果来自西方学

---

① 《外国文学研究》1987 年第 2 期。
② 《外国文学》1995 年第 5 期。
③ 人民文学出版社 2008 年版。

者撰写的济慈传记,但是,我国学者对这两部分也缺乏足够的重视,没有专门的论述出现。这些疏漏或者缺憾反过来也可以是今后我们研究济慈可以寻求的突破口和重点。

除了上述主要的浪漫主义作家之外,其他较多涉及的作家分别是玛丽·雪莱(7篇)、瓦尔特·司各特(4篇)和查尔斯·兰姆(2篇)。还有13篇论文探讨了欧洲浪漫主义总的趋势、思潮、宗教和中西文化差异等方面的内容。其中王佐良的两篇分别论述浪漫主义和19世纪英国散文的论文《浪漫主义时期的英国散文》①和《十九世纪的英国散文》②是整个30年来核心期刊上少有的、有见地的综述性文章,是对整个中国学术界重视浪漫主义诗歌研究、不经意间忽视浪漫主义散文研究的一个很好的"拨乱反正";李赋宁的《独到的见解 信服的分析——读〈英国浪漫主义诗歌史〉》③虽是一篇书评性质的介绍性文章,但是简明扼要地概括了浪漫主义诗歌的特点;其他一些论文则从不同侧面分析了浪漫主义文学运动的产生、发展、思想源流以及经典的意象;有的作者侧重研究浪漫主义和欧洲宗教传统的关系④,更多的评论着重从某一个浪漫主义时期核心意象出发,探讨浪漫主义思想的文思和流变⑤。

总体上,中国30年来英国浪漫主义文学研究取得了较为突出的成果,体现在刊发了一大批有思想、有内容、有深度、有特色的论文,同时,在个别诗人研究层面有较为扎实和成熟的著作出版,使得整个研究就有了层次和梯度。

---

① 《外国文学》1990年第3期。
② 《外国文学》1990年第6期。
③ 《外国文学》1992年第5期。
④ 见陈俐:《简论浪漫主义文学的宗教精神》,《外国文学评论》1988年第3期;张欣:《体验的自我——欧洲初期浪漫主义文学中的基督教印迹》,《外国文学》2008年第5期。
⑤ 例如张箭飞:《解读英国浪漫主义——从一个结构性的意象"花园"开始》,《外国文学评论》2003年第1期和丁宏为:《海边的阅读——关于浪漫主义文学的一种构思》,《外国文学评论》2001年第1期就是这类研究的代表。

二、维多利亚时期英国文学

如果说盛行于19世纪前半叶的浪漫主义文学是诗歌的文学,那么维多利亚时期的英国文学则是小说的天下。这一时期英国文坛涌现出查尔斯·狄更斯、威廉·萨克雷、勃朗特姐妹、乔治·艾略特、托马斯·哈代和奥斯卡·王尔德等众多举世闻名的小说家,他们的作品在世界各国都有着众多的读者。同时,维多利亚时期也是一个思想解放和争鸣的时代,各种思潮风起云涌,托马斯·卡莱尔、约翰·亨利·纽曼、马修·阿诺德、约翰·斯图尔特·穆勒、约翰·罗斯金和威廉·莫里斯等人从不同层面和角度为这一时期的思想交融贡献了自己的力量。

我国的维多利亚时期英国文学研究起步非常早,成果也十分显著:改革开放以来五大核心期刊共刊载研究维多利亚时期英国文学的论文259篇。研究和分析这些论文,我们发现了以下一些现象和特点:

一、重要作家和重要作品成为学者主要关注的对象。与浪漫主义时期相比,维多利亚时期的英国文学同样呈现出重点突出的特色。狄更斯、勃朗特姐妹、哈代和王尔德成为最受中国学者关注的维多利亚作家,其中哈代成为重点中的重点,共有59篇研究哈代的论文发表,成为所有作家中最受关注的一位。而各个作家最重要的作品也是学者最关注的地方,《简·爱》和《呼啸山庄》成为勃朗特姐妹研究的核心,几乎所有的勃朗特研究都从这两本书入手,而哈代的《苔丝》则成为哈代研究中最受瞩目的作品,有五分之一的论文题目直指这本巨著。

二、突出重点的同时,中国学者对重要的维多利亚时期作家的研究也比较全面,涵盖了很多不同的层次、角度和领域。例如,狄更斯研究既有针对单独作品的分析和评论,也有根据某个或者几个作品中的共性主题、意象和话题展开比较阅读,更有从作品出发最终超越作品本身,探讨整个维多利亚时期社会风貌、政治、经济、文化、宗教和意识形态问题的佳作,可谓多姿多彩、五花八门。

三、与19世纪英国浪漫主义文学研究相比,维多利亚时期研究在中国的一个突出特色是有大量基础性的研究著作出版,由于著作的篇幅较长,能够更为深入地探讨一些期刊论文无法涉及或者难以全面探讨的内容,极大地拓宽了研究的领域、深化了研究的幅度。

但是,中国的维多利亚时期英国文学研究有着几个重大的缺失:

首先,虽然维多利亚时期是小说家的黄金时代,但是,维多利亚时期的英国诗歌同样有着辉煌的成就,产生了一大批伟大的诗人,例如丁尼生、勃朗宁夫妇、罗塞蒂兄妹等。即便是一些不以诗歌闻名于世的作家如阿诺德和哈代,其诗歌作品也属上乘。但是,我国学者对于这个领域的研究非常之少,仅有丁尼生(4篇)、罗伯特·勃朗宁(5篇)、哈代(8篇)、克里斯蒂娜·罗塞蒂(3篇),总计20篇,不足总数的十分之一,占比过低。

其次,维多利亚时代小说成就最为突出,不仅有狄更斯、勃朗特、艾略特等一批著名作家,还有很多风格独特、技巧卓越的作家,例如萨克雷、威尔基·柯林斯、安东尼·特罗洛普、盖斯凯尔夫人和路易斯·斯蒂文斯等人,但是,我国学者显然对这些作家关注不够,仅有8篇论文涉及上述作家。

最后,与浪漫主义时期研究类似,中国的维多利亚时期研究忽视了该时期思想史的梳理和研究,许多重要的思想家及其作品没有得到相应的研究和关注,例如,针对维多利亚时代重要思想家卡莱尔、边沁和穆勒的作品都没有论文涉及,纽曼和罗斯金各仅有一篇论文发表,这与这些作家和思想家各自的地位非常不符。

究其原因,首先,这些现象体现了我国对维多利亚时期英国文学的认识和接受的过程:从小说开始,逐渐过渡到其他研究领域;从重要作家开始扩散到次重要作家;从最著名的作品开始拓展到较为全面的研究。其次,维多利亚诗歌总体上讲略逊色于浪漫主义诗歌,很大程度上是生活在前一个恢宏时代的阴影之下,所以,被我国的研究者忽视也情有可原。最后,卡莱尔、边沁、穆勒和纽曼的作品既可以从文学角度阅读,也可以从哲学和思想史的角度分析,因此,容易被多数研究文学的学者边缘化。

下面就按照重要作家分别介绍研究成果。

1. 查尔斯·狄更斯

我国的狄更斯研究成果比较显著:数量上,30年来核心期刊共发表27篇研究狄更斯的论文,在所有维多利亚时期作家研究中位列前茅;质量上,既有针对某一部小说的论述,更有对狄更斯小说人物的类型分析、意象分析以及超文本的文化、历史和政治解读。

我们可以按照"论述是否立于狄更斯某一特定的小说"为标准,将所有的论文分为两大类,而这两类论文在整个狄更斯研究中几乎平分秋色:

第一类:研究狄更斯某部小说的论文。这类论文涵盖范围非常广,涉及了《大卫·科波菲尔》《双城记》《雾都孤儿》《远大的前程》《荒凉山庄》和《艰难时世》等狄更斯几乎所有重要作品,也包括一些不太为读者和评论家重视的后期作品,如《我们共同的朋友》和《游美札记》等。这其中有较为概括的、说明分析性、探讨小说主旨的论文[1],但更多的是深入狄更斯作品深处、分析狄更斯创作的核心理念和价值体系的论文,这些研究往往从狄更斯的小说情节和主题入手,发掘潜藏其后的伦理、道德、宗教和意识形态的争论。这其中比较有创建的是尹德翔的《宣示人性精神的持久艺术——重读狄更斯的〈艰难时世〉》[2],该论文重新审视了狄更斯的人道主义精神,指出了欧洲文学中"爱"的主题在狄更斯作品《艰难时世》中的体现。《〈荒凉山庄〉阶级人物的道德伦理学分析》[3]和《从〈雾都孤儿〉看狄更斯的反犹主义倾向》[4]则分别从伦理道德和宗教层面分析了狄更斯的两部著名小说。

第二类:研究狄更斯小说人物、形象、创作手法和艺术特色的论文。早期的研究者比较注重对比性研究,并从中归纳出一般性结论。郭珊宝

---

[1] 例如,张玲:《剥笋——〈双城记〉主题分层析》,《外国文学研究》1988年第2期;王忠祥:《论狄更斯的〈双城记〉》,《外国文学研究》1978年第1期;罗经国:《试论〈荒凉山庄〉的锁骨观音结构》,《国外文学》1993年第4期。

[2] 《国外文学》1999年第4期。

[3] 李增、龙瑞翠:《外国文学研究》2006年第2期。

[4] 乔国强:《外国文学研究》2004年第2期。

的《狄更斯的儿童形象初探》①探讨了狄更斯笔下众多儿童形象的特点,指出了狄更斯的人道主义情怀和对儿童心理细致入微的观察和描写;蔡明水的《狄更斯的象征手法初探》②则通过分析狄更斯几部作品中的象征手法,指出狄更斯的象征手法虽不是20世纪象征主义,也没有当代小说家那般纯熟,但是仍然是"象征手法的一个典范"。后来的学者则在关注细节对照的同时,试图从理论高度解释狄更斯小说中某些相似性的原因。陈晓兰的《腐朽之力:狄更斯小说中的废墟意象》③和赵炎秋的《狄更斯小说中的监狱》④分别借助狄更斯小说中"伦敦"和"监狱"的意象,分析了狄更斯对现实、时空、历史和传统的思考以及他创作中坚持的一些理念。李增的《狄更斯小说中的"边缘人物"与维多利亚意识形态的权力话语》⑤通过分析狄更斯小说中有代表性的"边缘人物"形象,指出这类边缘人物诞生在文学作品中体现了阶级性的意识形态话语权的斗争,进而分析了狄更斯本人在这种斗争中的立场和态度,是一篇比较有深度的论文。

通过分析狄更斯研究论文,可见一个较为显著的问题:中国学者对狄更斯作品的研究仍有缺失之处,除了狄更斯的一些早期小说和中短篇之外,一些重要的作品如《董贝父子》《老古玩店》等没有出现有分量的研究成果。

专著方面狄更斯研究成果较为丰富。首先,30年来,出版了多部中国学者撰写的狄更斯传记,如牟雷的《雾都明灯:狄更斯传》⑥、薛鸿时的《浪漫的现实主义:狄更斯评传》⑦、王治国的《狄更斯传略》⑧和谢天振的《深插底层的笔触:狄更斯传》⑨等。这些传记大多出现于20世纪90年

---

① 《外国文学研究》1982年第1期。
② 《外国文学研究》1985年第2期。
③ 《外国文学评论》2004年第4期。
④ 《外国文学评论》2005年第2期。
⑤ 《外国文学评论》2008年第2期。
⑥ 河北人民出版社1999年版。
⑦ 社会科学文献出版社1996年版。
⑧ 上海文化出版社1991年版。
⑨ 世界图书出版公司1994年版。

代,尽管各自采用的视角和构架略有不同,但是都从不同角度和层面上介绍了狄更斯光辉伟大的文学创作生涯,为后来深入研究狄更斯作品和思想提供了历史与时代语境的铺垫。此外,罗经国的《狄更斯的创作》①不仅从传记的角度记述了狄更斯的生平,并且分析研究了从《匹克威克外传》至《我们共同的朋友》等主要作品,贯穿了狄更斯创作的全过程,为中国的狄更斯研究提供了一个重要的文本阐释读本。赵炎秋的《狄更斯长篇小说研究》②则侧重从思想、人物和艺术特征三个方面对狄更斯的主要长篇小说进行了详尽的分析,是国内同时期不可多得的重要文本和思想研究成果。童真的《狄更斯与中国》③则从狄更斯作品在中国的译介和接受为切入点,结合狄更斯生平和国内狄更斯研究的成果,较为系统地阐述了狄更斯及其作品在中国的传播历程。30 年来中国的狄更斯研究专著经历了从无到有、从传记到思想研究和接受的深化过程,与期刊论文一道促进了中国狄更斯研究向多元、多样和多体裁方向不断发展。

2. 勃朗特姐妹

我国的勃朗特姐妹研究呈现一些非常独特的现象。首先,勃朗特研究是"显学",众多学者参与到其中。统计核心期刊,30 年来共有研究夏洛特·勃朗特的论文 21 篇,艾米丽·勃朗特的论文 20 篇,安妮·勃朗特的 1 篇,此外,还有 4 篇综合探讨夏洛特与艾米丽两姐妹的文章,总计 46 篇。其次,几乎所有的学者都在研究两部作品《简·爱》和《呼啸山庄》。最后,大多数论文都遵循这样一个模式:早期的论文主要是介绍性和说明性文章;之后研究者逐渐开始关注两部小说中的主要人物,分析主题思想和创作灵感来源;最近十年的研究者则主要从女权、宗教、心理分析、叙事学和结构主义以及其他较为流行的理论出发,以全新的视角看待这两部杰作。但是,两姐妹研究也有显著的不同:因为《简·爱》是以第一人称类似自传体的叙述模式,因此,对《简·爱》的研究主要是针对女主人公一个

---

① 辽宁大学出版社 2001 年版。
② 社会科学文献出版社 1996 年版。
③ 湘潭大学出版社 2008 年版。

人的"独角戏",其他角色大多是以配角形式出现;而《呼啸山庄》因为叙事和人物关系的多样性,研究者可以选择的角度显得更为宽泛一些。另外,由于艾米丽·勃朗特同时是一位出色的诗人,因此,涉及作者和作品关系的时候,《呼啸山庄》明显要更为复杂多变。

在众多论文中,李霁野的《夏洛特·勃朗蒂和她的创作》[1]是早期夏洛特勃朗特研究的一篇重要论文,这篇论文不仅如传记一般叙述了勃朗特姐妹的家庭、生活和创作,也简要分析了夏洛特·勃朗特的几部作品,是一篇概括性非常强的论文。朱虹的《禁闭在"角色"里的"疯女人"》[2]通过缜密细致的分析和精彩的解读,为读者勾勒出对罗切斯特、简·爱和伯莎·梅森三者关系的另外一种理解。这篇文章也开启了研究者通过不同思路探讨"三角恋爱关系"和"疯女人"含义的大门,韩敏中的《女权主义文评:〈疯女人〉与〈简·爱〉》[3]、范文彬的《也谈〈简·爱〉中疯女人的艺术形象》[4]和葛亮的《本我·自我·超我——浅论〈简·爱〉中的"3+1"体系》[5]就是这一争论的延续。韩敏中的《坐在窗台上的简·爱》[6]提出了《简·爱》中一个核心意象——窗台,指出窗台暗含着处于暗处,进而围绕这一意象展开了对小说的分析,该文揭示了"明与暗""看与不看"代表着掌握事态发展和人际关系的操控权,而女主人公对窗台和其代表的暗处的向往体现了其心理动机。后期的研究论文中,孙胜中的《一部独特的女性成长小说——论〈简·爱〉对童话的模仿与颠覆》[7]以结构主义神话理论为框架,分析了《简·爱》对传统童话模式的模仿和超越,在后期的《简·爱》研究中比较有代表性。

与姐姐相比,妹妹艾米丽·勃朗特过世更早,作品更少,但是却引起

---

[1] 《外国文学研究》1980 年第 3 期。
[2] 《外国文学评论》1988 年第 1 期。
[3] 《外国文学研究》1988 年第 1 期。
[4] 《外国文学评论》1990 年第 4 期。
[5] 《国外文学》1999 年第 4 期。
[6] 《外国文学评论》1991 年第 1 期。
[7] 《外国文学评论》2009 年第 2 期。

了更多的争论和关注。我们很难将20篇论文简单的归类,只能找出一些较为粗略的脉络。首先,有的论文专注于探讨《呼啸山庄》的创作源泉,其中有学者试图从艾米丽的诗歌中发现线索①;有学者从艾米丽和家乡大家族的关系出发,试图寻找《呼啸山庄》人物的原型②;也有综合两者之长,分析《呼啸山庄》创作背景和人物原型③。其次,多数学者关注了《呼啸山庄》的主题、人物、结构和叙事模式,其中赵萝蕤的《形式与内容的血缘关系——〈呼啸山庄〉艺术构思》④是一篇较早讨论《呼啸山庄》情节、人物和叙事的论文,而方平在两篇文章里探讨了《呼啸山庄》的叙事与结构⑤,而这种对《呼啸山庄》叙事和结构的关注一直延续到最近⑥。较为后期的艾米丽研究主要突出在现代理论框架之下对作品的重读和阐释。宗教、现代主义、哥特传统、符号理论等五花八门,各有千秋,为我国的《呼啸山庄》研究拓展了视野和范围。

此外,韩敏中的《无穷尽的符号游戏——20世纪的〈呼啸山庄〉阐释》⑦是一篇研究当代西方评论界运用各种新兴理论对《呼啸山庄》解读的重要论文。作者回顾了当代西方理论界特别是重点介绍了有代表性和影响力的新批评、结构主义和解构主义理论对《呼啸山庄》的不同解读和

---

① 见王晓秦:《从爱米莉·勃朗蒂的诗歌创作看〈呼啸山庄〉》,《外国文学研究》1986年第1期;张玲:《艾米莉·勃朗特的诗——"呼啸山庄"创作的源泉》,《外国文学评论》1988年第4期;张祖武:《艾米莉·勃朗特为什么能写出〈呼啸山庄〉——艾米莉·勃朗特成才初探》,《外国文学研究》1994年第4期(该作者将诗歌视为艾米丽成才的重要一环)。

② 见邵旭东:《何以写出〈呼啸山庄〉?——也谈艾米丽·勃朗特创作源泉问题》,《外国文学研究》1996年第4期。

③ 见王国庆:《从艾米莉的传记看〈呼啸山庄〉》,《外国文学研究》1988年第1期。

④ 《外国文学》1984年第8期。

⑤ 见《一部用现代艺术技巧写成的古典作品——谈〈呼啸山庄〉的叙述手法》,《外国文学研究》1987年第2期和《谁是〈呼啸山庄〉的主人公?——〈呼啸山庄〉的结构研究》,《外国文学研究》1988年第1期。

⑥ 类似的讨论还有金琼:《绝对时空中的永恒沉思——〈呼啸山庄〉的叙述技巧与结构意识》,《外国文学研究》1993年第2期,以及高继海:《〈呼啸山庄〉的主题与叙事》,《外国文学研究》2008年第3期。

⑦ 《外国文学评论》1992年第1期。

阐释,对全面和系统地了解西方当代《呼啸山庄》研究起了抛砖引玉的作用。

最后,杨静远的《关于勃朗特姐妹的传记文学》[①]是一篇非常重要的研究勃朗特姐妹的论文,该论文系统完备地概述了西方学者撰写的勃朗特三姐妹传记,并且指出了勃朗特研究重点和疑点,为我国勃朗特姐妹研究者提供了非常重要的线索。

专著方面,张耘的《荒原上短暂的石楠花——勃郎特姐妹传》[②]结合了国外勃朗特姐妹研究的最新成果,讲述了两姐妹富于传奇色彩的一生。吴少平的《美丽与哀愁——一个真实的夏洛特·勃朗特》[③]则结合珍贵的历史史料和图文资料,较为全面地介绍了勃朗特的一生及其创作历程。这两部专著也构成了当代中国勃朗特姐妹研究的最主要的部分。此外,冯茜的《英国的石楠花在中国——勃朗特姐妹作品在中国的流布及影响》[④]通过勃朗特姐妹作品在中英两国的接受、三姐妹性格与艺术特征研究以及三姐妹对20世纪中国女性作家的影响三个层面分析了勃朗特姐妹及其作品在中国的影响,是迄今为止国内较为重要的勃朗特姐妹研究成果。

唯一令人稍感遗憾的是,我国学者对三姐妹中最小的安妮·勃朗特关注不够,仅有一篇论文发表,这也是今后研究可以拓展的一个方面。此外,中国的勃朗特研究与其他同期的小说家相比缺乏一定的广度,多数著作主要基于姐妹奇幻的一生,未能深入其创作思想的内核,探讨其创作的深层次动因,因而略显单薄。这也有待于后来研究者继续努力。

3. 乔治·艾略特

乔治·艾略特研究在我国的开展起步较晚,但发展迅速。除了竞鸣

[①] 《外国文学研究》1988年第1期。
[②] 中国文联出版社2002年版。
[③] 东方出版社2007年版。
[④] 中国社会科学出版社2008年版。

的一篇题为《〈织工马南〉人物结构的直角坐标系》①发表于20世纪80年代中叶,其余论文均发表于20世纪90年代中期之后,而且绝大多数论文发表于近几年,这也显示出"乔治·艾略特研究"在中国持续升温。因此,研究艾略特的论文跨过了其他作家研究所经历的从简单的、介绍性和综述性的论文逐渐进入深层次研究的路径,从一开始就有较为深入的探讨。这些探讨涵盖了艾略特几乎所有重要的作品,话题也非常广博,既有传统的审美和人物分析,又有对诸如"责任""同情""伦理""情感"等核心概念的研究,更有以女性主义、新历史主义、叙事学理论、宗教意识等理论为依托的深入分析。可以说,虽然起步较晚,但是艾略特研究在中国业已取得了很大的成果。

尹德翔的《乔治·爱略特的认知选择——〈米德尔马契〉人物解析》②是较早研究艾略特的一篇重要论文,该论文从艾略特的道德观、同情心和感情选择入手,指出艾略特的道德建立在"心"即感情和同情之上,而非理性的"头脑"的选择,并且通过分析《米德尔马契》中的正反面人物为自己的立论找到了支点。高晓玲的《"感受就是一种知识!"——乔治·艾略特作品中"感受"的认知作用》③也指出艾略特认知世界的手段和媒介不是"理性"而是"感受"(feelings),并且把这种"感受"上升到了认识论的层面。毛亮的《历史与伦理:乔治·艾略特的〈罗慕拉〉》④全面分析了艾略特创作该作品的历史背景、思想来源和主要人物,指出了这部历史小说的时代意义,即"在旧有伦理道德体系趋于崩溃而无法找到新的替代物之时,人类面临的困境和出路",是一篇立意深远、思维缜密的文章。乔修峰的《〈罗慕拉〉:出走的重复与责任概念的重建》⑤则以女主人公的两次"出走"为切入点,侧重谈论了处于维多利亚时代的艾略特对责任的看法。殷

---

① 《外国文学研究》1985年第2期。
② 《国外文学》1996年第4期。
③ 《外国文学评论》2008年第3期。
④ 《外国文学评论》2008年第2期。
⑤ 《外国文学评论》2005年第2期。

企平的《过去是一面镜子:〈亚当·比德〉中的社会伦理问题》通过分析和对比《亚当·比德》中两组人物对待过去和时间概念的不同,纠正了评论界对《亚当·比德》的一种误读,并且通过文本细读指出了作者的创作意图:"让生活在现在的人们看看人类丢失了什么"①。此外,王海萌的《当代西方乔治·爱略特研究述评》②从艾略特传记研究、当代艾略特研究的多元理论阐释和艾略特诗歌研究三个方面概括了当代西方艾略特研究的趋势,是一篇较为完整的介绍艾略特研究态势的综述性文章。

专著领域,张金凤的《乔治·艾略特:理想主义与现实主义的"调和"》一书以英文为撰写语言,深入探讨了"维多利亚中期,现实主义与理想主义之争的大背景下,……艾略特的理想主义因素"③,在中国当代艾略特研究领域具有一定的独创性。龙艳的《激进而保守的女性主义:英国作家乔治艾略特研究》④从宗教观和政治观两个方面分析了艾略特独特的女性主义思想。马建军的《乔治艾略特研究》⑤则以文本阐释为立足点,通过分析艾略特主要小说作品,并阐述其历史、宗教、社会伦理与女性主义等方面的观点,进而探讨艾略特的创作思想及其艺术特征。杜隽的《乔治艾略特小说的伦理批评》⑥则从艾略特与伦理道德、宗教道德、女性伦理、婚恋观、家庭观、政治理念等多角度、多层次地探索了艾略特深邃的思想及其对其创作的影响。

受篇幅的限制,笔者无法更为详尽和全面地综述中国的乔治·艾略特研究,而改革开放以来,特别是近年来艾略特研究取得的成果也很难通过简要的、只言片语的介绍全面地展示给读者。但是,可以比较肯定地说:从时间上看,中国的艾略特研究在所有维多利亚时期重要作者的研究中开始最晚,但是从论文和专著的质量上讲,艾略特研究取得的成果最为

---

① 《外国文学研究》2007年第1期。
② 《国外文学》2010年第1期。
③ 河南大学出版社2006年版,"序言"。
④ 外语教学与研究出版社2008年版。
⑤ 武汉大学出版社2007年版。
⑥ 学林出版社2006年版。

辉煌。

4. 托马斯·哈代

改革开放以来最受中国学者瞩目的19世纪英国作家无疑是哈代。30年来,核心期刊共刊发了59篇研究哈代的论文,数量居所有作家之首。由于论文的数量巨大,涉及的研究领域和角度也非常丰富多样,因此,很难简单地用几个线索或者思路把哈代研究清晰地归纳出来。但是,总体上讲,中国的哈代研究还是有以下几个特点:

第一,从单个作品研究的角度看,《苔丝》无疑是最受学者关注的哈代作品,近五分之一的论文研究和分析了这部哈代最著名的小说。聂珍钊的《苔丝命运的典型性和社会性质》[①]是一篇非常重要的《苔丝》研究论文,也是传统的作家、作品和社会环境研究的典型。但是,《苔丝》的研究者似乎为这部巨著的名声所累,很难跳出作品,脱离主观色彩的代入,因此在研究的角度上似乎过于关注于故事情节、人物描写和美学的感受。大多数论文都从比较传统的审美、思想和道德入手分析,偶有几篇涉及宗教和象征等较为抽象的概念,也大多流于形式上的文本分析,没有太多的超越文本的深层次阅读。这确实是哈代研究的一个遗憾。

第二,哈代的诗歌研究虽然在中国改革开放以来哈代研究中的比重并不十分突出,但是有些论文在研究角度和视野上颇有建树,而且,哈代诗歌的翻译和研究在整个维多利亚时期诗歌研究中占有重要的地位。陶家俊的《跨文化转化诗学视野中的哈代场》是一篇较为重要的研究哈代诗歌的论文,该文从跨文化转化的角度提出了"哈代场"的概念,并且分析了"哈代的文学表现与其思想探索、作为虚构叙事的小说与非虚构叙事的书信写作、民族主义意识与帝国文化意识、宗教人本主义与世俗人性观、想象中国与想象英格兰等多重关系"[②]。吴笛的《论哈代诗歌中的悲观主义时间意识》[③]则分析了哈代诗歌中特有的时间概念。

---

① 《外国文学研究》1982年第2期。
② 《国外文学》2010年第2期。
③ 《国外文学》2004年第3期。

第三,很多学者从不同层面和角度关注了哈代作品中一个重要的主题"悲观主义"。如吴笛的《论哈代的创作中鸟的意象》①探讨了哈代作品中关于"鸟"的意象及其象征含义,体现出哈代的悲观主义自然观。而颜学军的《哈代与悲观主义》②则通过探讨哈代同悲观主义的关系,指出哈代悲观主义与古希腊悲剧和现代悲观主义思潮的关系。此外,学者们比较关注的还有哈代的史诗剧《群王》,王守仁、张中载和颜学军等几位学者都从不同视角分析了这部作品。

专著方面,30年来中国哈代研究同其他维多利亚时期作家研究一样,都在传记层面取得了一定的成果。张玲的《哈代》③即中国社会科学院外国文学研究所主编的"外国经典作家研究丛书"中重要的一部。该书在撰写和编排体例上借鉴了当代西方传记作家的通行方法,并在全书最后安排了哈代年谱和哈代作品影视改编等内容,极大地拓展了中国哈代研究的视野。丁世忠的《哈代小说伦理思想研究》④从哈代小说中的叙事、婚恋、家庭、宗教、乡土等层面入手,较为系统地阐述了哈代小说中体现出的世界观和伦理观。吴笛的《哈代新论》⑤从当代文化批评、哈代的悲观主义以及哈代作品与现代艺术的互动为主线,全面论述了哈代研究的最新发展动态。30年间,其他哈代研究的专著不仅聚焦于哈代的伦理思想和小说艺术,对其诗歌创作的研究以及共时性比较文学的研究同样取得了成果。颜学军的《哈代诗歌研究》⑥选取了诗人哈代这一切入点,从诗歌总体特征、基本主题和艺术特色等方面论述了哈代诗歌的魅力。高万隆的《婚恋·女权·小说——哈代与劳伦斯小说的主题研究》⑦通过比较分析哈代与劳伦斯最著名的几篇小说,在男性与婚姻、女性与婚

---

① 《外国文学研究》2001年第1期。
② 《国外文学》2004年第3期。
③ 华夏出版社2002年版。
④ 巴蜀书社2008年版。
⑤ 浙江大学出版社2009年版。
⑥ 人民文学出版社2006年版。
⑦ 中国社会科学出版社2009年版。

姻、对立与协调等几个层面对比了两位著名作家之异同,拓展了哈代研究的新视野、新疆界。此外,值得注意的是,30年间中国的哈代研究不仅产生了大量的中文专著,同时还有一部中国学者的英文专著,王秋生的《忧伤之花——托马斯·哈代的艾玛组诗研究》①,该著作从心理学的角度、从不同层面论述了哈代写给亡妻的著名组诗,立意新颖,对中国的哈代诗歌研究产生了积极的影响。

受篇幅限制,笔者无法全面地概括哈代研究在中国的所有特点,但是,可以肯定的是改革开放以来哈代研究在中国的发展呈现出非常好的势头,研究的广度和深度都非常可观,充分体现出中国学者在这一领域的投入和贡献。

5. 奥斯卡·王尔德

奥斯卡·王尔德是一位才华横溢的天才型作家,从刊载于《外国文学研究》的一篇逸闻趣事就可见一斑。② 广大读者除了欣赏他的作品之外,也会为这样一位天才的陨落而叹息不已,学者则会从更为全面和深入的角度来审视这位英国作家。改革开放以来,我国五大核心期刊共刊载了37篇王尔德研究的论文,数量上列所有维多利亚时期作家的第二位,仅次于哈代。我们可以大体上将这37篇论文分为三大类。

第一,对王尔德创作生平、创作和艺术特色的综述,这类论文主要是早期学者对王尔德的介绍性研究。

第二,对王尔德单个作品的分析和研究,这类分析主要针对王尔德的重要作品,例如《道连·葛雷的画像》《莎乐美》《温德米尔夫人的扇子》等。这类论文以文本为基础,通过分析和细读发掘其中的道德的、伦理的、文化的内涵。张介明的《从〈道连·葛雷的画像〉看王尔德的唯美主义》③是这类论文的代表。这类论文虽然以王尔德的个别作品为切入点,但是,大多数都回归到王尔德研究的一个最重要的话题:唯美主义。

---

① 中国社会科学出版社2009年版。
② 见李刚:《王尔德在考场》,《外国文学研究》1982年第2期。
③ 《外国文学研究》2000年第4期。

第三,对王尔德"唯美主义"思想的追溯、分析和研究。绝大多数的论文属于这个范畴。

如果对这些论文进行更为详尽的分析,可以看出一部分论文侧重于探讨王尔德"唯美主义"的起源、发展和演进,以及在此过程中同其他思潮的交汇、互动和争鸣。这其中周小仪的《"为艺术而艺术"口号的起源、发展和演变》①是这类研究中最具代表性和最全面的论述。此外,周小仪的另外两篇论文《消费文化与日本艺术在西方的传播》②和《奥斯卡·王尔德:十九世纪末消费文化与后现代主义理论》③则分别从唯美主义消费文化在东方的传播以及唯美主义消费文化与当代流行文化思潮的互动角度分析了"唯美主义"的流变和发展。另外一些作品则侧重探讨王尔德"唯美主义"体现出的与道德、审美、伦理和宗教问题的关系。陈瑞红的《论王尔德的审美性伦理观》④和刘晋的《后殖民视角下的奥斯卡·王尔德——论王尔德的"阈限性"》⑤是这类研究中比较深入的几篇文章。

此外,陆建德的《"声名狼藉的牛津圣奥斯卡"——纪念王尔德逝世100周年》⑥虽是一篇较为传统的结合作者的时代背景和生活经历的论文,但是作者通过详尽的史料分析,深入细致地结合王尔德作品,使得整个论文成为一篇较为全面和客观反映王尔德创作、生平和时代特征的佳作。

专著领域,孙宜学的《凋谢的百合——王尔德画像》⑦以当代传记文学中较为流行的图文并茂的形式,结合王尔德时代的图片资料,较为系统地讲述了王尔德充满争议的一生。吴其尧的《唯美主义大师——王尔

---

① 《外国文学》2002 年第 2 期。
② 《外国文学评论》1996 年第 4 期。
③ 《国外文学》1994 年第 2 期。
④ 《外国文学评论》2006 年第 4 期。
⑤ 《外国文学研究》2009 年第 1 期。
⑥ 《外国文学评论》2000 年第 2 期。
⑦ 同济大学出版社 2009 年版。

德》①则将王尔德生平、维多利亚时代英国社会风貌和唯美主义思潮结合,并选译了王尔德的部分作品,通过历史、思想和作品的有机结合论述王尔德具有争议性的一生。与之类似的是李元的《唯美主义的浪荡子——奥斯卡·王尔德研究》②选取了王尔德的性格与其创作思想的矛盾性,结合分析其几部重要作品,力图勾勒出其创作、性格与思想之间的互动关系。吴刚的《王尔德艺术理论研究》③和刘茂生的《王尔德创作的伦理思想研究》④是国内为数不多的从文艺理论层面探讨王尔德艺术特征的专著,前者结合王尔德的生平从文艺批评、道德、自然、生活与美学等多个角度分析了王尔德的主要文艺思想,后者则更多从文本分析的视角,通过文本与作家的创作思想建立关联,从伦理道德、唯美思想、艺术、现实和家庭等关系出发,更为清晰和深入地探讨了王尔德的艺术伦理思想。张介明的《唯美叙事:王尔德新论》从传统的王尔德的唯美主义思想出发,试图通过"唯美主义在叙事方面的特点"⑤探讨王尔德研究的新疆界。周小仪的《超越唯美主义:奥斯卡·王尔德与消费社会》⑥是我国较早关注王尔德唯美主义思想的专著之一,作者以王尔德主义的起源以及王尔德与19世纪末英国的时代氛围和特征为依托,深入探讨了王尔德的文艺思想与唯美主义。这些专著从不同角度和层面研究了王尔德的生平、思想、作品、艺术特色及其与时代历史语境的关系,成为期刊论文研究必要的补充。

除了上述针对重要作家和作品的论述之外,还有一些对其他作家和作品的分析也值得我们给予足够的重视。

首先,作为维多利亚时期重要的思想家和文学家,马修·阿诺德在英国19世纪中叶的文学史和思想史上都占有非常重要的位置。我国对他

---

① 浙江大学出版社2006年版。
② 外语教学与研究出版社2008年版。
③ 上海外语教育出版社2009年版。
④ 华中师范大学出版社2008年版。
⑤ 上海社会科学院出版社2005年版,"前言"。
⑥ 北京大学出版社1996年版。

的研究虽然不太多,但是有几篇非常有学术价值和力度的论文。其中,韩敏中的《阿诺德、蔡元培与"文化"包袱》①分析比较了阿诺德对文化的定义和理解以及蔡元培对欧美教育模式的借鉴,追溯英美大学英文系的智性传统及其演变,探讨将我国研究型大学的英语系纳入这种智性传统的可能性。殷企平的《阿诺德对消费文化的回应》②梳理出了阿诺德对"消费文化"的态度,成为了对王尔德研究的一个必要的补充。

其次,一些不针对作家作品,而是关注时代特征或者内涵的论文也有精品。飞白的《略论英国维多利亚时代的诗》③以诗人的视角审视维多利亚时代的诗歌,颇有新意;朱虹的《英国十九世纪小说中的临终遗嘱问题》④关注了出现在几部19世纪英国小说中的遗嘱问题,探讨了这些遗嘱的订立所反映的时代特征以及在更为广阔的层面上反映的人性问题。

最后,有两点需要说明。第一,改革开放以来我国的外国文学研究呈现"由简到繁、由易到难"的一个整体趋势,体现在早期的学者更多地关注作者和作品本身,侧重介绍、赏析和审美表达,而较为晚近的学者更注重文本的细读以及和各种理论思潮相结合的过程,体现在论文的立论角度、切入点、论证方法和手段以及对国外思潮的引介和应用等方面都有了很大的进步。第二,由于受到资料来源的局限(主要涉及核心期刊)和部分研究专著,因此,在分析和论述各个时期文学特点和国内研究成果时,取材面有可能过窄,从而忽略了一些可能的角度和观点,因此得出的结论难免会有偏颇之处。

第五节 20世纪英国文学研究

英国文学在我国素有极大的影响。早在1856年,莎士比亚(当时译

---

① 《国外文学》2002年第2期。
② 《外国文学评论》2007年第3期。
③ 《外国文学研究》1985年第2期。
④ 《外国文学评论》1995年第1期。

名"舌克斯华")便经由英国传教士慕威廉的《大英国志》传到了中国,此后狄更斯、雪莱、拜伦、哈代等英国文豪亦在中国享有盛誉。但是,直至改革开放之前,中国人对英国20世纪文学却所知甚少。生活在20世纪的中国读者对同时代的英国作家及其作品缺乏了解,这不能不说是一大缺憾。20世纪80年代之后,一系列外国文学研究期刊与杂志在国内陆续出版,其中刊登了大量的外国文学研究论文以及文学作品的译文,其中不乏对20世纪英国文学以及文学理论的引介与研究。进入21世纪之后,又出现了一批20世纪英国文学研究专论,对上个世纪的英国文学流派以及作家作品做了梳理与研究,从而在自改革开放以来的三十多年里,逐渐弥补了上述缺憾与空白。

20世纪的英国文学①仍以小说为主,诗歌、戏剧亦有极大的发展,大约可分为五个阶段:第一个阶段为19世纪到20世纪的世纪之交,代表人物有表现命运与环境之冲突的哈代、反映帝国时代精神的吉卜林、科幻小说家威尔斯、批判现实主义小说家高尔斯华绥、自然主义小说家本涅特、故事大师毛姆等人。第二个阶段为英国现代派小说产生并臻于成熟的时期,初期的代表人物有康拉德、福斯特、马多克斯·福特等人,成熟时期的代表则有现代派小说巨匠伍尔夫、乔伊斯和劳伦斯等人。第三个阶段为萧条时期(20世纪30年代),此时涌现出了大量的社会讽刺作品,亦出现了一批文学家兼社会批评家,他们是:反乌托邦小说的创始者之一赫胥黎,社会批评家普里斯特利、伊夫林·沃,以及左派小说家克里斯托弗·衣修伍德等。第四个阶段为第二次世界大战后的英国文学,代表人物有反映人性与宗教之冲突的格雷厄姆·格林,书写政治寓言的反乌托邦小说大家乔治·奥威尔,探索人性恶的威廉·戈尔丁,"愤怒的青年"金斯利·艾米斯,社会风俗作家安格斯·威尔逊,"长河小说"的作者安东尼·鲍威尔,以及描写异国风情的安东尼·伯吉斯等。最后一个阶段为英国

---

① 本文所涉及的文学文本在我国国内有多种译名,为了方便读者查找,本文在提到已发表的文章时,一应保留原文题目和行文中的译法。

的后现代主义小说,代表人物有在其小说中融合故事性与实验性的约翰·福尔斯,跨越历史和文化的后现代派作家萨尔曼·拉什迪,从记忆中寻找现实的石黑一雄,以及当代名家马丁·艾米斯等。

除小说文类之外,20 世纪英国诗歌的代表人物有哈代、劳伦斯、艾略特,以及女诗人伊迪丝·西特韦尔等,还有延续了现代派诗歌的温斯泰·奥登,开创了新浪漫主义的迪伦·托马斯,"运动派"诗人菲利普·拉金,以及书写现代动物寓言的桂冠诗人泰德·休斯等。戏剧的代表人物则有社会问题剧作家萧伯纳,荒诞派戏剧大家贝克特,反映当代人困境的哈罗德·品特,社会批评家爱德华·邦德,以及哲理喜剧家汤姆·斯托帕德等。

除此之外,英国文坛还出现了女性文学的崛起、苏格兰文艺复兴、爱尔兰文艺复兴等文学大事,涌现出了凯瑟琳·曼斯菲尔德、多丽丝·莱辛、艾里斯·默多克等优秀的女性作家,以及苏格兰民族诗人休·麦克迪尔米德、爱尔兰诗人叶芝、爱尔兰表现主义剧作家约翰·辛格等杰出的诗人与剧作家。

20 世纪的英国文坛,可谓繁星满天,而我国对 20 世纪英国文学的系统研究与接受,除第一阶段(世纪之交的文学)在我国新文化运动时期(1910—1930)已有介绍之外,其余各阶段的作家作品研究均大抵主要始于 20 世纪 80 年代之后,迄今约有 30 年的历史。我们极有必要梳理改革开放以来 20 世纪英国文学的研究状况,为今后的相关研究提供基础参数,这或将有助于研究者了解国内这一时期英国文学研究的现状和走势,准确把握国内外文学研究的发展态势和最新方向。

以下从 20 世纪英国文学的五个阶段一一分述之。

一、第一阶段(世纪之交的文学)

我们对这一阶段的英国文学的关注与研究已有近百年的历史,其间有所中断,但在改革开放之后逐步复兴,并渐趋繁荣。如今,在诸多专家学者历经三十余年的努力下,我国的 20 世纪英国文学研究硕果累累,一系列高水平的专著和学术论文相继问世。其中,哈代研究乃重中之重。托马斯·哈代(1840—1928)是英国跨世纪的文学巨擘,一方面,他继承了传统的现实主义创作手法;另一方面,他对英国现代主义学说家如劳伦斯等产生了巨大的影响。哈代研究专家张中载在其《新中国60年哈代小说研究之考察与分析》(2011)一文中详细评述了哈代小说自新中国成立以来的研究情况,指出:在英国小说家中,哈代拥有的中国读者最多,且除英、美等英语国家外,中国也是拥有哈代研究者和著述最多的国家,哈代研究的发展反映了新中国60年外国文学研究的图景。由于历史原因,哈代研究自20世纪50年代陷入沉寂,随着"文化大革命"的结束,哈代研究迎来了新的春天。1979年,陈焘宇在《雨花》第6期发表《情理之中,意料之外——谈哈代的〈三怪客〉》,成为改革开放以来第一篇研究哈代的文章。1980年,郑启吟、和晴先后在《十月》《甘肃文艺》以过去从未评论过的一个短篇开局,评论哈代短篇小说《彼特利克夫人》。1982年,《文汇报》一年之内连续登载了3篇张谷若等老一辈学者评论哈代小说的文章。1980至1989年这十年间各种报刊发表评论哈代小说或涉及小说的论文60余篇,研究的范围扩大,质量也明显提高。1987年,新中国第一部哈代研究专著《托马斯·哈代——思想和创作》出版。20世纪90年代迎来了哈代研究的鼎盛期,有3部专著出版:聂珍钊的《悲戚而刚毅的小说家——托马斯·哈代小说研究》(1992)、朱炯强的《哈代:跨世纪的文学巨人》(1994)、吴笛的《哈代研究》(1994)。其中聂著对哈代创作长篇小说的历程及哈代思想发展有精辟的分析,是哈代小说研究的一部力作,得到著名英国哈代研究学者 F. B. 皮尼恩(F. B. Pinion)的好评。进入20世纪90年代,各种期刊发表哈代研究论文146篇,比80年代的论文量翻了一番多。经过80、90年代20年的积淀,哈代研究在新世纪头十年登上了历史最高峰。近十年间,论文总量高达764篇,其中绝大多数为小说研究或涉及小说。2007、2008、2009三年的论文量分别为101、104、122,2010年1至10月为80篇。全国中文世界文学类核心期刊《外国文学评论》《外国文学研究》《外国文学》《国外文学》《当代外国文学》《四川外语学院学报》等从20世纪90年代至2010年,刊登哈代研究的论文逐年增加,显示了哈代研究迈进的强劲势头。

除哈代之外,在我国新时期就这一阶段英国其他作家也出现了不同程度的研究与译介。以吉卜林(1865—1936)为例:"吉卜林"这个名字第一次出现在载于《国外文学》1981年第1期的《尽善尽美的短篇小说家的秘诀》(奥拉西奥·基罗加,赵振江)一文当中,"秘诀"第一条便是"要象信奉上帝一样地信奉短篇小说的大师——爱伦坡、莫泊桑、吉卜林、契诃夫"。此后在整个20世纪80年代,国内始终是通过"文学知识问答""传记"等形式对吉卜林进行译介的①,真正意义上的研究还未形成。进入20世纪90年代以来,开始出现真正有分量、有深度的专门研究,如盛宁的《后殖民文化批评与第三世界的声音》②,以及对吉卜林小说具体文本的解读,如周晓群的《试析吉卜林的小说〈园丁〉》③。进入2000年之后,相关研究逐渐增多,有从科幻小说角度分析其文本的《英国主流文学作家对科幻小说的贡献》④,还有继续20世纪90年代后殖民主义批评脉络对其作品加以分析的《帝国话题中的吉卜林》⑤,以及《丛林法则、认同危机与东西方的融合——论吉卜林的〈丛林之书〉》⑥、《英国20世纪的殖民和后殖民小说:一个宗主国视角》⑦、《帝国的铿锵:从吉卜林到闻一多》⑧等文。国内首部系统研究吉卜林作品的专著是陈兵的《帝国与认同:鲁德亚德·吉卜林印度题材小说研究》(2007),之后有李秀清的《帝国意识与吉

---

① 如林峰:《文学知识问答——世界名作家与名著》(五),《中共山西省委党校学报》1984年第6期;杨诚谦:《英国短篇小说家和诗人——鲁德亚德·吉卜林》,《文化译丛》1985年第1期;F.奥斯勃:《布查找到了知己——吉卜林的故事》,唐若水译,《文化译丛》,1985年;安德鲁·拉瑟福德:《青年时代的吉卜林和他的诗作》,王占梅译,《文化译丛》1987年第6期;等等。
② 《美国研究》1998年第3期。
③ 《南通师专学报》1998年第1期。
④ 张玉波,《牡丹江师范学院学报》2002年第1期。
⑤ 空草,《外国文学评论》2002年第2期。
⑥ 陈兵,《外国文学评论》2003年第2期。
⑦ 雷艳妮,《外国文学研究》2003年第4期。
⑧ 江弱水,《文学评论》2003年第5期。

卜林的文学写作》(2010)。我们可以看出,这些文章的关键词多为"文化身份""帝国""后殖民",后殖民解读成为这一时期吉卜林研究的主流。

至于威尔斯(1866—1946),国内新时期第一篇研究文章便是《威尔斯〈世界史纲〉评介》[1],该文并未介绍这位"科幻小说家"的科幻作品,而是从思想史的高度评介了威尔斯的史学著作《世界史纲》,可谓出手不凡,此后再无这一类文章问世。此后紧接着便是侯维瑞的《赫·乔·威尔斯的现实主义创作》[2],这篇早期文章极具眼光地一举道出威尔斯"科幻小说"之"现实主义"的维度,从而为后世研究者观看这位"科幻小说家"开启了崭新视域度。进入20世纪90年代之后,有钟翔、劳旺的《维多利亚文化精神与威尔斯小说概观》[3],将威尔斯小说与维多利亚时期文化精神联系起来加以审看,亦是内部研究与外部研究相结合的佳例。此后研究则多从"小说创作模式"或文学作品本身入手,再无达到20世纪80、90年代之高度者。

威尔斯这种"反高潮"的状况仅为特例。高尔斯华绥(1867—1933)的情况与吉卜林大致仿佛,都是20世纪80年代起步,90年代得到发展,而2000年涌现出大量成果,同时相关研究亦多局限于其代表作,其他作品则较少涉及,可以说符合我国新时期以来外国文学研究译介的一般规律。

不过,在本涅特(1867—1931)这里,则又出现了不符合一般规律的状况。相关评介成果较少,1984年"本涅特"这个名字第一次出现在《二十世纪初英国教育小说的创作手法》[4]一文中,仅是其中"英国教育小说"作者之一,并非专门评介对象。此后十年间,亦未出现专门评述,在新时期极大丰富的外国文学研究大潮中,一反同时期作家评介成果的兴旺发达,门庭冷落而无人问津,这一现象颇为罕见,耐人寻味。直至20世纪90年代出现了阮炜等人论"贝内特"的论文3篇,2000年以后相关研究始逐渐

---

[1] 马克尧,《读书》1982年第12期。
[2] 《外国文学》1985年第6期。
[3] 《外国文学研究》1993年第3期。
[4] 弗洛达夫斯卡娅,《国外社会科学》1984年第11期。

增多,见有研究论文 7 篇,硕士论文 3 篇,所涉及文本多为《老妇谭》,其次为《五镇的安娜》与《克雷亨格》。总而言之,我国的本涅特研究基本尚属薄弱,亟待开展。

有趣的是,与本涅特同时期的作家毛姆(1874—1965)却与本涅特的译介与研究状况恰好相反。自认为仅是"二流作家中较好的"的毛姆,在中国却"炙手可热",研究者与研究成果众多,这一现象不可不谓奇特。仅是 20 世纪 80 年代,评介毛姆的文章就几近 30 篇,进入 90 年代,这个数字稳步上升,达到 50 余篇,到 2000 年,更达到 200 余篇,成为这一阶段作者当中除哈代之外最受关注的一位。总而言之,20 世纪英国文学第一阶段(世纪之交的文学)以哈代研究为绝对主打,独占鳌头,与哈代同时期的毛姆、吉卜林、威尔斯等人也得到了不弱的关注。其中的特殊之处在于,威尔斯研究出现了"反高潮"的现象,80 年代之后出现的研究反而不及 80 年代最初的研究具有深度,此外,该时期的作家本涅特不知何故大受冷落,一方面我们需要对这一现象的成因加以探究,另一方面则亟待展开相关评介,以弥补这一空白。

二、第二阶段(英国现代派小说产生并臻于成熟的时期)

本阶段初期的代表人物有康拉德、福斯特、马多克斯·福特等人,成熟时期的代表则有现代派小说巨匠伍尔夫、乔伊斯和劳伦斯。关于康拉德(1857—1924)有个很有趣的现象:早在 20 世纪 80 年代——需知这个时期基本上尚属于外国文学评论重获新生的初级阶段,我国研究者便对《黑暗的心》这一部作品"情有独钟",纷纷出现评介《黑暗的心》这部小说的论文,这一现象颇引人注目。到了 20 世纪 90 年代,研究者对这部小说的热情丝毫没有减退,而是愈演愈烈,论者开始从各种可能的角度对此文加以论说。待到了 2000 年,大家更是一拥而上,除继续 20 世纪 90 年代的研究方法之外,更从新的理论视角从各个角度探测、挖掘此文的深度。其间我们不免会看到,某些基本相同的论题甚至是反复出现,在各学术期刊造成"滚动播出"的状态。有些文章会令我们感觉作者似乎无暇做课题史的调查,便纷纷动笔参与到这场大合唱当中,而各路期刊对这一题目似乎也格外宽宏,这一"繁荣"景象不免令人称奇。以下我们便对《黑暗的心》这部作品的研究成果做一总结,从中或许可以得出不少有趣的发现。1981年,关于康拉德的第一篇评介文章是《论康拉德的小说〈间谍〉》①,此后便集中出现了一系列评论《黑暗的心》这部作品的文章,如《谈康拉德的〈黑暗的内心深处〉》②、《试论康拉德的〈黑暗的中心〉》③、《"光明使者"与"白人奴隶"——谈〈黑暗的内心深处〉中的库尔茨》④、《〈黑暗中心〉的思想剖析》⑤、《人类心灵的透视——评中篇小说〈黑暗的心〉》⑥,多从"人性"角度出发来探究人心的幽微之处,拉开了康拉德《黑暗的心》研究30年大合唱的序幕。

此后,进入20世纪90年代,陆续出现了约30篇论文,分别从主题、人物、中西比较、叙事结构、叙述技巧、象征与文本阐释等角度就康拉德的这部中篇进行了探讨,如《马洛的"寻觅"与库尔茨的"恐怖"——康拉德〈黑暗的心〉主题初探》⑦、《西方文明的荒原——从〈黑暗的心〉到〈蝇王〉》⑧、《〈黑暗的心脏〉中库尔兹和马洛的象征意义》⑨、《〈骆驼祥子〉中〈黑暗的心〉的结构——老舍与康拉德比较研究》⑩、《叙述人在〈黑暗的心脏〉中的尴尬》⑪、《康拉德:听众与谎言——〈黑暗的中心〉叙事结构与阅读效应》⑫、《穿越〈黑暗中心〉的约瑟夫·康拉德——论〈黑暗中心〉的叙

---

① 张健,《文史哲》1981年第5期。
② 胡壮麟,《国外文学》1984年第4期。
③ 章卫文,《外国文学研究》1985年第1期。
④ 胡壮麟,《福建外语》1985年第1期。
⑤ 阮炜、袁肃,《外国语文》1988年第3期。
⑥ 顾汉燕,《盐城师专学报》1989年第2期。
⑦ 高继海,《河南大学学报》1992年第2期。
⑧ 崔万胜、葛秋梅,《许昌学院学报》1993年第4期。
⑨ 隋旭升,《外国文学评论》1994年第2期。
⑩ 王润华,《中国现代文学研究丛刊》1995年第3期。
⑪ 陈法春,《天津外国语学院学报》1996年第1期。
⑫ 刘立辉,《外国文学研究》1996年第1期。

述技巧》①、《论〈黑暗的心脏〉的叙事结构及其审美价值》②,等等。从中我们可以看到,关于该文叙事结构与叙事技巧的研讨成为这一阶段的主流。

进入2000年之后,关于《黑暗的心》的研究成果集中爆发,出现了相关研究文章270余篇,就一部中篇小说作品而言,这个数字已经可以说颇为骄人。这阶段的研究,除了继续此前的主题、人物、中西比较、叙事结构、叙述技巧、象征与文本阐释诸研究视角之外,还出现了从女性主义、人性、文本比较、现代性、后现代性、后殖民理论、存在主义、人的异化、原型批评、解构主义、新历史主义,乃至生态批评、康拉德政治思想研究,以及中国古典美学等角度入手所作的文章,其中后殖民视角取代此前关于叙事结构与叙事技巧的探讨,成为此一阶段的主流。我们看到,以这一部作品为中心,研究者们几乎用尽了传统以及流行的所有研究视角与方法,从一切可能的研究角度切入对之加以"会诊",共同促成了这部中篇的研究成果的极大丰富,这些研究成果本身亦合成了一项突出的个案,向我们展现了现有几乎所有的研究方法是如何辐辏在一篇作品之上,并由之形成了一个炫目的研究光谱。至于康拉德作品的研究总量,在进入2000年之后则已逼近700篇,可以说直追哈代。更是有6部专著出版:祝远德的《他者的呼唤:康拉德小说他者建构研究》③、王松林的《康拉德小说伦理观研究》④、胡强的《康拉德政治三部曲研究》⑤等著作。作为20世纪英国文学在第二阶段初期具有代表性的作家,预告了本阶段作家作品研究在新时期的繁荣与兴盛。

与康拉德同一时期的福斯特(1879—1970),其研究现状的兴旺程度与之相比更有过之。在福斯特的各部作品中,《印度之行》这部长篇独领风骚,自新时期以来创下了近400篇评介文章的佳绩。至于该阶段成熟

---

① 王丽亚,《四川外语学院学报》1996年第3期。
② 高伟利、殷企平,《杭州师范学院学报》1997年第2期。
③ 人民出版社2007年版。
④ 华中师范大学出版社2008年版。
⑤ 中国社会科学出版社2008年版。

时期的代表、现代派小说巨匠伍尔夫(1882—1941)、乔伊斯(1882—1941)和劳伦斯(1885—1930)等人,其在中国新时期的接受与研究情况更要好于康拉德与福斯特,伍尔夫的长篇《到灯塔去》有超过300篇的评介文章,乔伊斯的长篇小说《尤利西斯》竟有近800篇的评介文章。不过,这个数字还远未达到前一阶段核心人物哈代最热单篇《德伯家的苔丝》在我国新时期以来相关研究成果的总量,后者在我国各式期刊评论中的评介文章几近1400种!至于劳伦斯,《查泰莱夫人的情人》《虹》《恋爱中的女人》等几部小说都有超过200篇的研究文章数量,不过最受关注的当属其具有自传性质的长篇小说《儿子与情人》,研究成果近500篇,劳伦斯也当之无愧地成为这一时期英国文学家当中最热门的研究对象,在新时期以来的研究论文总量上首超哈代。

不过,这一阶段也有类似于上一阶段的"低潮"人物,这便是马多克斯·福特(1873—1939)。自新时期以来,对福特的评介尽付阙如,直至2000年,才出现了两篇评介福特的文章《创作的非个人化及叙述中心的内移——评福特〈好兵〉的叙事风格》[①]、《论福特和康拉德的小说观》[②],此后,有论者分别从新历史主义、存在主义、叙事学、解构主义、伦理观念等角度对福特的长篇小说《好兵》进行了讨论,共计12篇研究文章。十余年来,关于福特小说的讨论,论文总量只有14篇,且均系围绕《好兵》一篇展开,除此之外,基本再未涉及福特的其他作品。其实,福特与康拉德曾合著多部小说,如《继承人》(1901)、《浪漫》(1903)和《犯罪的本质》(1924)等,此外,福特亦与当时诸多著名作家联系广泛,在自己1908年创办的《英国评论》上率先刊登劳伦斯和乔伊斯的作品,当时向该杂志投稿的人还包括康拉德、T. S. 艾略特、罗伯特·弗罗斯、哈代、梅斯菲尔德、威尔斯等。1924年,福特在巴黎创办了《大西洋彼岸评论》,发表了乔伊斯、海明威、庞德等人的作品,可以说,福特是其所处时代之文学场中的一个枢纽

---

① 马瑜,《云南师范大学学报》2000年第2期。
② 殷企平,《国外文学》2000年第4期。

型人物。他还根据个人对亨利·詹姆斯、康拉德等人的亲身交往,写下了一批弥足珍贵的传记与回忆录,其中包括《亨利·詹姆斯》(1913)、《约瑟夫·康拉德:个人记忆》(1924)、《陈旧的记忆》(1911)、《回到昨天》(1931)等等,这些都是极有价值的研究资料。不但他的作品本身值得我们深入挖掘,他与同时代人的关系、与康拉德合作的思想交汇与火花,以及他笔下的同时代人的风貌,都值得我们一一加以探究。与第一阶段的本涅特一样,本阶段的福特也成了一个沧海遗珠似的人物。

三、第三阶段(萧条时期,20 世纪 30 年代)

萧条时期涌现出了大量的社会讽刺作品,亦出现了一批文学家兼社会批评家,其中的代表人物是反乌托邦小说的创始者之一赫胥黎(1894—1963)与伊夫林·沃(1903—1966)。需要说明的是,我国在新时期对这一时期作家的研究亦可谓"萧条",远远少于(但不一定弱于)此前两个时期。

以赫胥黎(1894—1963)为例。进入新时期以来,自 1979 年始,直至来到 2000 年,中国学界所关注的"赫胥黎"始终都是我们本文所关注的赫胥黎的祖父,即 19 世纪英国著名生物学家、进化论者托·亨·赫胥黎(1825—1895)。到 1987 年,王家湘第一次向国人介绍了阿尔多斯·赫胥黎①,两年后,王蒙在《读书》发文《反面乌托邦的启示》(1989 年第 3 期),开启了此后的赫胥黎"反乌托邦文学"研究。不过,进入 20 世纪 90 年代之后,直至此后十多年中,赫胥黎研究仍几近空白。在王蒙那篇文章之后,整个 90 年代只出现了一篇题为《反面乌托邦小说简论》②的文章,讨

---

① 此系就"新时期"而言。第一个向国人介绍阿·赫胥黎的应该是周煦良,时间早于王家湘近 30 年,见布鲁克:《赫胥黎:〈美丽的新世界〉重游记》(周煦良译,《现代外国哲学社会科学文摘》1959 年第 10 期)一文。有趣的是,这篇早在 1959 年首次向国人介绍赫胥黎的文章,并未介绍赫氏名作《美丽新世界》,而是先之以一篇批判《美丽新世界重游记》(《美丽新世界》之续作)的书评,文中说:"帝国主义的宣传者总是诬蔑社会主义国家为和法西斯一样的极权国家,而他们的政体是民主政体;这一套手法早已成为司空见惯了。A.赫胥黎的毒箭其实已经是强弩之末,从这篇书评看来,连英国人对他的危言耸听也变得腻味了。"数十年之后,进入新世纪,我们可看到其间发生的舆论陡转,令人兴味。

② 刘象愚,《外国文学研究》1993 年第 4 期。

论了人所公认的20世纪三大反乌托邦小说,包括赫胥黎的《奇妙的新世界》、奥威尔的《1984》和扎米亚京的《我们》等。与阿·赫胥黎相比,国内对其祖父托·亨·赫胥黎的研究一直都是主流,并且相关研究往往与严复以及《天演论》联系在一起,因此主要属于中国现代文学史以及思想史研究领域的内容,不同于阿·赫胥黎总体而言属于外国文学研究领域。到了2000年,托·亨·赫胥黎研究仍旧兴旺,阿·赫胥黎研究也悄然兴起,从《〈美妙的新世界〉对乌托邦主题的解构作用》①开始,出现了一系列颇有深度的评介文章,如《现代化之后——A.赫胥黎〈了不起的新世界〉的后现代主义思考》②、《唯科学主义与极权主义双重挤压下的人性危机——论赫胥黎的小说〈美丽新世界〉》③等,总量近40篇,单纯从数量而言,可谓已有小成。不过,我们要加以反省的是,文学研究不可量化,有时研究成果数量过多,或许倒是发育畸形、虚假繁荣的表现,研究者不可不查。

不过,说到与赫胥黎同一时期的伊夫林·沃,有关研究则不但从数量上、而且从质量上而言都可以说是较为薄弱的。伊夫林·沃第一次进入国人视域,始于1987年《尖刻的讽刺作家伊夫林·沃》④一文,从标题看似含批评,但内文中对伊夫林·沃则是大为揄扬的。随后,《外国文学》1990年第3期上出现了一篇伊夫林·沃访谈录《访伊夫林·沃》,这是朱利安·杰布在1962年,即伊夫林·沃辞世前4年于伦敦对之所作的访谈,颇为珍贵,对研究伊夫林·沃的创作心态、文化背景等等极具价值。按理说,就此而言,伊夫林·沃研究在中国有着不错的起点,然而,此后在整个20世纪90年代,关于伊夫林·沃及其作品的研究却仅仅出现了7篇文章,且相关讨论仅限于反讽艺术、小说中的讽刺、小说艺术等方面,国

---

① 陈丽,《解放军外国语学院学报》2000年第6期。
② 朱望,《国外文学》2002年第1期。
③ 李增、刘英杰,《外语与外语教学》2010年第5期。
④ 郑达,《文化译丛》1987年第4期。

内首部专著——高继海的《伊夫林·沃小说艺术》①也仅关注其小说艺术。进入 2000 年之后,各期刊中逐渐出现了研究文章 20 篇,但多围绕《一把尘土》这一部长篇展开,且仍旧大多从叙事、反讽艺术等角度入手,仅夹杂以少数从生态意识、伦理主题等视角加以论述的论文。全部研究文章中,仅有一篇论及伊夫林·沃与 2001 年诺贝尔文学奖得主奈保尔(1932—)之关系②的论文,讨论了伊夫林·沃与奈保尔这一对"文化血缘上有着继承与开拓的关系"的小说家的小说文本在文化主题、作品个性及创作风格方面的关联与异同,但所涉及文本却稍嫌单薄,仅限于伊夫林的《一把尘土》与奈保尔的《河湾》两部作品。

总而言之,新时期我国国内对这一阶段英国文学的研究还较为薄弱,特别是伊夫林·沃研究,在数量以及质量上都有待突破,亟待外国文学研究者进一步对之加以探索与挖掘。

四、第四阶段(第二次世界大战后的英国文学)

第二次世界大战后的英国文学涌现出了大批代表人物,其中有反映人性与宗教之冲突的格雷厄姆·格林(1904—1991)、书写政治寓言的反乌托邦小说大家乔治·奥威尔(1903—1950)、探索人性恶的威廉·戈尔丁(1911—1993)、"愤怒的青年"金斯利·艾米斯(1922—1995)、社会风俗作家安格斯·威尔逊(1913—1991)、"长河小说"的作者安东尼·鲍威尔(1905—2000)以及描写异国风情的安东尼·伯吉斯(1917—1993)等。

本阶段人物众多,国内对这些作家都有不同程度的评介。我们不妨选取这一阶段书写政治寓言—反乌托邦小说的大家乔治·奥威尔与上一时期的赫胥黎做一对比,从中或许能得出一些有趣的发见。

与直至 2000 年才悄然兴起的赫胥黎研究不同,奥威尔研究可谓先声夺人。早在 1983 年,《科学对社会的影响》杂志便在当年第 2 期连发了三

---

① 河南大学出版社 1997 年版。
② 杨静:《奈保尔与伊夫林·沃的文化异同论》,《枣庄学院学报》2005 年第 6 期。

篇评介奥威尔之《1984》的文章,并在"本期说明"中点题云:"1984年即将来临。这一未来的年代由于三十五年前出版的一本小说变得遐迩闻名。此时此刻,重读乔治·奥威尔(George Orwell)的著名小说《一九八四年》似乎是合乎时宜的(也许是具有启发意义的)。当我们读这本书的时候,我们会不由自主地把今天的生活,特别是世界上的政治和文化的发展趋势和奥威尔在40年代后期撰写此书时所想象的我们当今可能会发生的事情加以比较。"该题目下的三篇文章分别题为:《〈一九八四年〉:从虚构到现实》(Armelle Gauffenic)、《奥威尔对1984年的世界的看法》(Rahat Nabi Khan),以及《1984年:科学对社会的影响》(Hermann Bondi, J. M. Bates)。这一选题可以说极有眼光,"奥威尔问题"自此一下子跃入了国人的眼帘。

待真正到了1984年,出现了《1984年——当代西方文化研究》①一文,作者一方面对第二次世界大战后的西方意识形态做了回顾与思考,另一方面严厉批判了奥威尔的《1984》,认为这是一部"充满着简单化的怪物的政治恐怖喜剧",呼唤停止"文化冷战的笑剧","从《1984年》的文化破产转向以理解和批评为基础的文化上生机勃勃的局面"。这篇文章立意甚高,锋芒逼人。也就是说,到了真正的1984年,"奥威尔问题"在中国还未热透,相应的"反制"已经出现。可以说新时期的奥威尔研究从一开始就跃上了极高的平台,并与国际"全面接轨"。

两年以后,《国外社会科学》刊登了译自苏联的《马克思主义者如何看待人类的未来》②一文,继续了此前的"反制"轨道,对奥威尔的《1984》做了更加严厉的批判:"当代两种基本的意识形态和政治倾向——资产阶级的倾向和科学社会主义——必然会为他们提供些什么呢?第一种倾向充满了悲观主义,对未来缺乏信心。奥尔德斯·赫胥黎那曾经轰动一时的《美好的新世界》(1932年),乔治·奥威尔的《1984年》,在西方都已经成

---

① E. 沃尔伯格,《国外社会科学》1984年第8期。
② B. N. 波诺马廖夫,1986年第3期。

为笑柄。"这一批判虽较此前的文章更加严峻而负面,但由于意识形态痕迹重于前文,思想高度也不及前文,是以反而未能获得前文所具有的批判力度。

1987年以后,关于《1984》的讨论回到文学(当然并非"纯文学")场域,与赫胥黎的《美丽新世界》等文本一起,被归到"政治小说"目下加以讨论,见《二十世纪英美政治小说初探》①,以及到了1989年那篇我们曾经提到过的王蒙的文章中,该小说被归入到了"反乌托邦文学"目下。到了2000年,关于奥威尔及其作品一下子出现了200多篇研究文章,时有见与赫胥黎的《美丽新世界》相结合而加以论述者,除了仍旧沿着反乌托邦、政治小说的路径加以讨论的文章之外,还有从女性主义、生态主义、存在主义、后殖民理论、后现代主义、文学观念、文本结构、叙事艺术、原型探析、象征手法、黑色幽默等等角度所作的研究,与上一时期"在夹缝中生存"的赫胥黎相比,不但是其数量上的5倍多(赫胥黎小说在2000年以后的研究总量不到40篇),而且突破了后者之研究大多从"政治"角度出发的局限,扩张了政治—讽喻小说之文学研究的疆域,可以说,这一阶段关于奥威尔及其作品的研究成果,相形之下极大丰富,上了一个台阶。这一现象或许与奥威尔和赫胥黎作品文本不尽相同的"厚度"与指涉有关,随着时代的前进,与文学场息息相关的现实社会文化政治场域不断变化,这反过来又影响了文学场的现实。

与奥威尔同时期的格雷厄姆·格林、金斯利·艾米斯、安格斯·威尔逊,以及安东尼·伯吉斯等人,成绩均不若奥威尔突出,每人大约有数十篇的研究论文总量,关于安东尼·鲍威尔及其作品的研究文章数量更少,仅有数篇相关文章,或许是其长达十二卷的"长河小说"——文学巨著《随着时间的音乐起舞》——令人望而生畏的缘故。此外,只有戈尔丁与奥威尔的成绩相仿佛,或许同样的,这又与戈尔丁作品当中传达的与时代共振的某些"信息"息息相关。国内的戈尔丁研究也始于20世纪80年代初

---

① 方汉泉,《暨南学报》1987年第1期。

期。1981年,《读书》刊登了首篇评介戈尔丁的文章《人性恶的忧虑——谈谈威廉·戈尔丁的〈蝇之王〉》①,作者不仅阐释了小说的主题——在荒岛的原始环境中,人性中善与恶、野蛮与文明之间的对抗,而且就对文明的态度,将戈尔丁与亚里士多德和卢梭二人对比,得出戈尔丁虽怀疑文明,但并不否定文明的制约作用的结论。这篇文章立意思想之深刻,可见戈尔丁研究起点之高。此后至2000年,介绍戈尔丁及其小说的文章近50篇,多围绕《蝇王》这部代表作展开,主要从主题思想、叙事艺术、原型探析、文本对比等角度所作的研究。2000年以后,评介戈尔丁及其作品的研究文章有200多篇,以《蝇王》为核心论题之外,《继承者》《品切·马丁》《教堂尖塔》《黑暗昭昭》等作品也受到关注,但研究力度有些薄弱。有意思的是,时有研究文章将《蝇王》置于反乌托邦的背景下,结合赫胥黎的《美丽新世界》和奥威尔的《1984》加以论述,值得格外关注。

五、第五阶段(英国的后现代主义小说)

这一阶段的代表人物有在其小说中融合故事性与实验性的约翰·福尔斯(1926—2005),跨越历史和文化的后现代派作家萨尔曼·拉什迪(1947—),从记忆中寻找现实的石黑一雄(1954—),风格多变的文坛常青树多丽丝·莱辛(1919—2013),以及当代名家马丁·艾米斯(1949—)等人。

这一阶段的特色是,英国文坛出现了两位非英裔作家的代表人物,即印度裔作家萨尔曼·拉什迪与日裔作家石黑一雄。萨尔曼·拉什迪出生于印度孟买,以《撒旦诗篇》引发了世界性的精神骚动。他拥有多重国籍,包括印度、巴基斯坦、英国和美国等,成名于英国,曾获英国著名的"布克奖"。拉什迪首次进入国人视域,起于《一起小说掀起外交风波》②一文,此后至2000年,出现了介绍拉什迪及其作品的各类文章近20篇,除《撒旦

---

① 陈焜,《读书》1981年第5期。
② 蒋大鼎,《世界知识》1989年第7期。

诗篇》乃核心论题之外,拉什迪的新作《她脚下的土地》也得到了关注。2000年以后,相关研究文章急剧增多,各类文章纷纷从"后殖民""宗教与文学之争""文化身份与文化冲突""东方与西方文明冲突""新历史主义""魔幻现实主义""文化误读与文化碰撞"等等角度对拉什迪的文本进行解读,总量达到80余篇,就质与量而言,均获得了不错的成绩。

日裔作家石黑一雄生于日本长崎,六岁随家人移民英国。尽管直至1994年石黑一雄才进入国人视野①,此后整个90年代仅有一篇访谈录见诸国内媒体②,但此后石黑一雄及其作品在中国的研究状况也有不俗的成绩,各类研究文章近有50篇,除从"后殖民""全球化""跨文化""身份建构"等角度进行论述外,尚有从"人性解析""生命主题"以及"叙事技巧"等方面加以论述者。

继伍尔夫之后英国最伟大的女性小说家多丽丝·莱辛,也出生于异国伊朗,曾长期生活在非洲,30岁时移居英国伦敦。《野草在歌唱》(1950)使她一举成名,五个月内重版七次,《金色笔记》(1962)奠定了她在英国文坛的重要地位,整个20世纪后半叶她不断有作品问世。莱辛的作品很早就受到关注。早在1956年,就有《野草在歌唱》的中译本问世,1958年新文艺出版社当年的出版计划中预告了《多丽丝·莱辛短篇小说选》③。到20世纪80年代,开始出现对莱辛其人其作的评介,如孙宗白最早撰写的《真诚的女作家——多丽丝·莱辛》④和王家湘的《多丽丝·莱辛》⑤。值得一提的是,黄梅的《女人的危机和小说的危机——"女人与小说"杂谈之四》⑥专论《金色笔记》,分析之深刻远超出一般评介性文章。1993年5月间莱辛访问中国后,莱辛研究逐渐进入国人视域,出现了《多

---

① 见钟志清:《寻觅旧事的石黑一雄》,《外国文学动态》1994年第3期。
② 见邹海仑:《与一位老朋友—新相识的会见——采访英国作家石黑一雄》,《外国文学动态》1999年第6期。
③ 《读书月报》1958年第2期。
④ 《外国文学研究》1981年第3期。
⑤ 《外国文学》1987年第5期。
⑥ 《读书》1988年第1期。

丽丝·莱辛笔下的政治和妇女主题》①和《多丽丝·莱辛与〈第五个孩子〉》②等有深度的专门研究文章。20世纪90年代的相关研究主要集中在莱辛创作的基本主题和写作风格,兼涉具体作品的叙事结构和叙事技巧,虽起点高,但一直处于起步阶段。直到2007年,莱辛获得诺贝尔文学奖的消息震动了中国学界,激起了一股莱辛研究热,纷纷出现评介文章,更是出现了第一部研究专著《多丽丝·莱辛的艺术和哲学思想研究》③。研究成果远超过去二十多年研究总和,之后持续高涨,延续至今。在这阵研究热中,研究者多从女性主义、叙事结构与技巧、象征与文本比较,乃至心理分析、存在主义、后殖民理论、生态批评、空间理论诸研究视角与方法,进入莱辛作品研究。其中《金色笔记》和《野草在歌唱》颇受关注,成为主流研究对象,其余则阐释不足。现有莱辛研究以女性主义批评为主,空间理论及科幻主题成为新的研究视角。对于一位笔耕不辍五十多年、作品类型多样的作家而言,还大有可挖掘和完善的余地。

在这个阶段,英国新一代青年作家开始蓬勃崛起。这些文坛新秀主要有马丁·艾米斯(老一辈最负盛名的小说家金斯利·艾米斯之子)、A. N. 威尔逊、格雷厄姆·斯威夫特、蒂莫西·默、威廉·博伊德、伊恩·麦克尤恩和朱利安·巴恩斯等人,他们从20世纪70年代末、80年代初开始崭露头角,构成英国小说界中一个充满生机的创作群体。马丁·艾米斯是这批年轻作家中的出类拔萃者。

艾米斯父子在我国的译介情况基本上是平分秋色,而小艾米斯略胜一筹:在20世纪80年代,国内开始对老艾米斯有所译介④,尽管截至此时,小艾米斯已发表有《雷切尔文件》(1974年小艾米斯凭借此处女作一举获得毛姆文学奖,时年25岁,被誉为"文学天才")、《死体》(1975)、《成

---

① 李福祥,《外国文学评论》1993年第4期。
② 张中载,《外国文学》1993年第6期。
③ 王丽丽,中国社会科学出版社2007年版。
④ 见伊丽莎白·B. 布兹:《金斯利·艾米斯——第一位"愤怒的青年"运动的小说家》,《文化译丛》1986年第5期。

功》(1977)、《其他人:一个神秘故事》(1981)、《钱》(1984)、《低能的地域:以及其他美国之行》(1986)等一系列有影响的作品,但国内同期对其仍尚无译介。到了20世纪90年代,小艾米斯开始与父亲齐头并进,与老艾米斯分别享有8篇与7篇的评介文章。到2000年以后,儿子的势头开始赶超父亲,与老艾米斯在中国国内的相关研究文章分别为19篇与24篇,其中涉及老艾米斯的文章多围绕"愤怒的青年"或其名篇《幸运的吉姆》而立论,而涉及小艾米斯的评述文章则更为多样,所涉文本也更为丰富。

总之,英国当代作家的写作风格与文学人生还在发展与变化的途中,我国学界对他们的了解与研究亦将随之进一步丰富与完善。

以上均为小说。关于20世纪英国诗歌研究,有一人不可不提,那便是 T. S. 艾略特。艾略特出生于美国密苏里州圣路易斯,1927年加入英国国籍并皈依英国国教。1922—1929年是艾略特创作的重要时期,他的诗歌技巧与内容均趋向于复杂化。代表作《荒原》(1922)和《空心人》(1925)集中表现了西方人面对现代文明濒临崩溃、希望颇为渺茫的困境,以及精神极为空虚的生存状态。1929年以后,艾略特思想开始出现变化,同时继续进行诗歌艺术的探索。他的长诗《圣灰星期三》(1930)宗教色彩浓厚,试图在宗教中寻求解脱,《四个四重奏》(1943)是他后期创作的重要作品,诗歌抒发人生的幻灭感,宣扬基督教的谦卑和灵魂自救,有批评家认为,这是艾略特的登峰造极之作。T. S. 艾略特自1960年便在中国首次得到了译介,但却是以这样的题目开始的:《托·史·艾略特——美英帝国主义的御用文阀》①。次年,艾略特得以正名,在《艾略特的时代与地位》②以及《艾略特与传统概念》③等评介文章中得到了正面评价。此后国内评介艾略特的文章多达数百篇,涉及其诗歌、剧本,以及文学批评("新批评")等各个版块,其中诗歌专论便有100余篇,所涉对象文本除《四个四重奏》《荒原》《空心人》《圣灰星期三》等代表作外,还包括《磐石》

---

① 袁可嘉,《文学评论》1960年第6期。
② 阿伦、舟斋,《现代外国哲学社会科学文摘》1961年第5期。
③ 周煦良,《现代外国哲学社会科学》1961年第5期。

《情歌》《普鲁弗洛克的情歌》《不朽的低语》《序曲》《阿丽尔组诗》《大教堂谋杀案》《烧毁了的诺顿》《小吉丁》等作品,所涉内容颇为广泛,质与量亦达到了一定水准。早在1996年,国内首部研究专著——张剑的《艾略特与英国浪漫主义传统》①出版,之后有刘燕的《现代批评之始——T. S. 艾略特诗学研究》②、董洪川的《"荒原"之风:T. S. 艾略特在中国》③,以及张剑的《T. S. 艾略特:诗歌和戏剧的解读》④。

除艾略特之外,20世纪英国诗歌的代表人物还有哈代、劳伦斯、女诗人伊迪丝·西特韦尔等。哈代与劳伦斯的诗作在我国均得到了不同程度的重视,但优秀的诗人伊迪丝·西特韦尔及其诗作的研究成果却几付阙如,研究人员甚少,鲜有人涉及此领域,更难见相关学术论文及著作,这不能不说是一种缺憾。期待今后学者能够对其研究做出贡献,填补这一空白。

戏剧方面,则有萧伯纳。萧伯纳享年94岁,戏剧创作跨越了两个世纪,一生完成剧作五十余部。从1892年正式开始创作剧本,至1949年以93岁高龄写了最后一个剧本《牵强附会的寓言》,戏剧创作生命长达57年。中国早在20世纪20年代就开始介绍萧伯纳,并翻译出版了他的数种剧本。1949后,出版了更多的新译本,而且多出自老舍、潘家洵、朱光潜、杨宪益等大家之手。北京还曾上演过他的剧本《卖花女》《巴巴拉少校》等。1940年,《中国二十世纪通鉴》上见有这样一条消息:《萧伯纳游历远东到香港、上海》(龚育之),文内录有"世界文坛泰斗萧伯纳于本日抵达香港。香港警方故意封锁萧伯纳来港消息,在当日举行的记者招待会上,不见有中文报记者参加,萧氏甚为诧异"等情节,并附萧氏在香港大学所发表的演说等。1949年之后,国内陆续出现介绍萧伯纳的文章,20世纪50年代出现了如《伟大的英国戏剧家萧伯纳——纪念萧伯纳诞生一百

---

① 外语教学与研究出版社1996年版。
② 广西师范大学出版社2005年版。
③ 北京大学出版社2004年版。
④ 外语教学与研究出版社2006年版。

周年》①等文章7篇,此后,相关文章增至数百篇,仅是戏剧方面的专论便达70余篇,但要强调指出的是,这些文章具体所涉文本则多限于《回到马修撒拉时代》《圣女贞德》《鳏夫的房产》《卖花女》《伤心之家》《人与超人》《武器和人》《巴巴拉少校》等不到10部剧作,其余则属于泛泛论及,就萧氏一生50余部剧作的总量而言,现有研究的覆盖面尚不够广泛,亦大有发掘开展的余地。

　　文坛老宿萧伯纳去世两年之后,荒诞派戏剧《等待戈多》大获成功,同样出生于爱尔兰的戏剧大家贝克特横空出世。贝克特的文学创作始于诗歌与小说,但他在戏剧方面的成就则格外卓越,继《等待戈多》之后,他接着创作了《结局》《哑剧1》《倒下的人们》《克拉普的最后一盘录音带》《尸骸》《哑剧2》《美好的日子》《卡斯康多》《喜剧》等十多部戏剧,由此奠定了他在西方文学史上的地位。国内对贝克特的首次介绍见于1982年的《荒诞派戏剧与电影——尤金·尤涅斯库和塞缪尔·贝克特》②一文,此后涌现出了数百篇对贝克特及其文学作品进行讨论的文章,但需要指出的是,凡是涉及其戏剧创作的讨论,几乎仅限于《等待戈多》这一个文本,单是论及这一部剧作的文章便有200余篇。直至2000年以后,才出现了第一篇对贝氏其他剧作加以讨论的文章,见《试论电影蒙太奇在〈最后一盘录音带〉中的运用》③,此后,相关文章仍集中关注《等待戈多》这一个文本,间或出现论及其他文本的作品,如《〈终局〉——又一次纯粹的戏剧体验》④、《荒诞的世界与理性的人生——从〈啊,美好的日子〉看贝克特作品的人文主义特征》⑤、《贝克特晚期剧作中的形象研究——以〈不是我〉〈落脚声〉和〈呼吸〉为中心》⑥、《艺术创作的元戏剧式的指称——评贝克特的文学

---

① 黄嘉德,《文史哲》1956年第7期。
② 艾·茂莱,《世界电影》1982年第6期。
③ 舒笑梅,《盐城师范学院学报》2001年第4期。
④ 松石,《上海戏剧》2005年第5期。
⑤ 胡小冬,《四川戏剧》2006年第4期。
⑥ 陈惠,《四川戏剧》2009年第4期。

剧作〈言语和音乐〉和〈卡斯康多〉》①等,研究力度或则畸重,或则畸轻,有失均衡,此亦有待后来研究者有针对性地对之加以弥补。

通过以上对改革开放以来20世纪英国文学研究状况的梳理与总结,或能为今后的相关研究提供基础参数,并有助于研究者了解国内这一时期英国文学研究的现状和走势,准确把握国内外文学研究的发展态势和最新方向。纵观改革开放之后我国在20世纪英国文学研究方面取得的成果,可以看出,我国对这一时期英国文学的研究已经形成了一定的规模和系统,对诸作家的研究从起初的生平、作品的简单介绍、翻译与赏析,进而发展到理论研究以及综合框架下的多元探究,国内学界已逐渐形成较为成熟的理论批评体系。此外,我们还要看到,国内对"核心"作家及其作品的关注远多于"边缘"作家,相关研究过于集中,在此类研究不断得以深入的同时,也造成了某些重复研究的现象。从而,"边缘"作家及其作品以及经典作家的"边缘"作品亟待得到关注,以填补我国学术研究之空白。

第六节　美国文学研究

改革开放以来,中国的美国文学研究已经走过了30年的历程。作为外国文学研究中的一个国别文学研究,美国文学在这30年里经历了重要的发展和变化,而这些发展与变化又与国家文教事业的改革与开放有着密切的关系。我们可以看到,外国文学研究与中国整体的国内形势和文化心态密切相关;而美国文学研究也反映出中国对美国的文学与思想传统所抱有的兴趣和态度。从国内几家主要的外国文学研究期刊近30年来所发表的有关美国文学的文章入手,本文试图对这个时期(1979—2009)国内的美国文学研究做一个综合性的评述。虽然本文没有触及更多的文献,尤其是单独出版的书籍和翻译作。但本综述的目的在于勾勒美国文学研究在过去30年里的发展脉络以及研究中兴趣点的变化,并不

---

① 刘丽霞,《时代文学》2011年第2期。

试图面面俱到地概括这个领域所有的主要作品。从这个角度出发,本综述所涉及的文献应能具有足够的学术代表性。本综述的讨论基本按照时间的顺序,将过去 30 年的研究划分为三个大的时间段来讨论,分别为 1979—1990 年、1991—2000 年和 2001—2009 年。如此安排并非有特别的涵义,而只是出于描述和讨论的方便。本综述主要涉及小说、诗歌和戏剧三个基本的文学体裁以及文学理论(包括比较文学)方面的文章。

一、1979—1990 年期间的美国文学研究

"文化大革命"结束之后,中国开始进入改革开放的新时期,国家各项事业从混乱中逐步恢复正常,高等院校和科研机构也都恢复了招生和教学。作为美国文学研究主要基地的各高校英语系和社科研究机构也重新步入正轨。经历了"文化大革命"的大学教师回到三尺讲台,重新开始教学和研究工作。而在此期间,一些重要的外国文学研究刊物也得以创办或恢复发行。美国文学的教学和研究成为国内英语系培养计划中一个主要组成部分。同时,经过了"文化大革命"的闭塞之后,外国文学,包括美国文学,成为新时期中国人睁开眼睛了解西方的一个重要窗口。在一定程度上,由于美国在当今的世界中所具有的,包括文化在内的巨大影响力,美国文学虽然是一个历史较短的国别文学,但是却得到了相对比较多的关注和介绍。同时,重新向世界开放的中国也吸引了一批重要的美国学者接踵来华访问讲学,向中国的研究者介绍美国文学的研究近况和作家流派。这些因素使得美国文学研究在刚刚开始改革开放的中国作出了相当的成绩。无论是对于美国文学,特别是现当代美国文学作家的介绍,还是美国文学研究方面新的理论方法,都有不同程度的介绍和评论。

在这个时期中,比较具有特点的一个研究领域就是美国现当代文学理论和文学流派的介绍,比如王逢振在一系列的介绍性文章中,结合具体的文学流派,向中国的读者和研究者简明扼要地介绍了当代美国文学流派和文学理论,涉及包括科幻小说、反乌托邦小说、政治小说和黑色幽默文学,也包括新批评、解构主义(当时译为"分解主义")和女性主义文学理论。而董衡巽在1980年发表的《二次大战以后的美国文学批评》,主要译自哈佛大学丹尼尔·霍夫曼(Daniel Hoffman)《当代美国文学导论》一书的第二章"文学批评",在当时可以称为一篇详细而重要的介绍文献。① 申慧辉等研究者在这个时期也比较广泛地参考《纽约时报图书评论》《美国季刊》等刊物,并将其中涉及的文学理论和当代的文学流派的文章摘译介绍给国内的读者。美国哈佛大学教授丹尼尔·爱伦(Daniel Aaron)、萨克文·博科维奇(Sacvan Bercovitch)和海伦·文德勒(Helen Vendler)也在当时先后来华访问并作学术报告,而报告的摘要或全文都被翻译后发表。其中美国文学著名的批评家博科维奇的学术报告经编译后以《美哈佛大学教授谈美国文学批评现状》发表在1985年11月的《外国文学动态》。中国社科院外文所的朱虹在1987年发表的《女权主义批评一瞥》中则向中国的读者介绍了美国当代著名女性主义批评家伊莲·休华特(Elaine Showalter)的代表作《走向一种女权主义的诗学》。② 张合珍1984年的文章《美国早期的自然主义文学》不仅详细地介绍了美国文学的一个重要流派,也涉及了现当代美国文学理论的有关问题。③ 杨仁敬在1989年发表的《美国黑人文学的新突破——评爱丽丝·沃克的〈紫色〉》则不仅是国内较早介绍美国少数族裔文学的文章,也是国内较早涉及美国少数族裔文学批评理论的一篇理论性文献。④ 董衡巽《美国现代派文学述评1914—1945》一文发表于1980年,是这个时期国内详细介绍现代派文学的重要文章。⑤ 而赵一凡发表于1981年的《"垮掉的一代"述评》则是一篇兼有文学理论讨论的、详细和历史性的介绍文章。⑥ 值得一提的是北京大学英语系的陶洁早于1979年发表的《美国六十年代小

---

① 《外国文学动态》1980年12月。
② 《外国文学动态》1987年7月。
③ 《外国文学研究》1984年第4期。
④ 《外国文学研究》1989年第1期。
⑤ 《外国文学研究》1980年第1期。
⑥ 《当代外国文学》1981年第3期。

说——现实的问题与传奇小说的新理论基础》。① 作为一篇水平很高的学术论文,陶文不仅介绍了美国20世纪60年代后兴起的一系列新的小说形式,同时也深入地探讨了美国小说传统中一些关键性的概念和理论问题,比如从存在主义文学到寓言小说的发展、美国小说的传奇传统以及新的文学技法的涌现(如虚构的意识和黑色幽默)。这篇论文在当时还是主要以摘译和相对简短的介绍性文字居多的美国文学研究领域内,堪称一篇难得的佳作。

与现当代美国文学流派和批评理论同时被介绍到中国的还有美国的比较文学研究和比较文学理论。比如1980年11月的《外国文学动态》发表了一篇学术报告的摘要《美国两教授谈比较文学》,这是当时最早的介绍比较文学学科的文章。此外,北京大学温儒敏整理发表的《美国李达三教授谈港台比较文学研究》和施康强译的美国勃洛克教授《比较文学的新动向》也向国内的学界介绍了比较文学学科的情况。② 王坚良和徐振远的文章《比较文学:法国学派和美国学派》也是很早向中国学界介绍比较文学研究传统的一篇文献。③ 在介绍比较文学理论和学科史的同时,中国的学者在具体研究中也开始有意识地运用比较文学的理论研究中国文学和西方文学之间历史渊源和理论方面的契合。在这些文章中,值得注意的是盛宁发表于1981年的《爱伦·坡与五四运动以后的中国现代文学》一文。④ 这篇文章不仅是对于文学史和文学接受史的细致考察,也体现出了作者对于爱伦·坡文学和诗学理论准确深入的把握。在当时国内的比较文学研究中,是一篇具有很高质量的学术论文。由于材料和研究力量方面的不足,这个时期对于美国文学流派、文学理论和比较文学的介绍文章大多还是以摘要和动态的形式发表,因此无论从篇幅到内容都显得有些薄弱。但是,这个时期介绍的一些重要文学流派和文学理论对于

---

① 《外国文学动态》1979年1月。
② 这两篇文章均见《外国文学动态》1980年11月。
③ 《外国文学研究》1981年第3期。
④ 《国外文学》1981年第4期。

当时国内的文学研究和创作产生了不可小视的影响,比如现代派文学的介绍对于当时中国新一代的作家群体就起到了开阔视野和启发新知的作用。此外,这个时期对于美国文学的研究,特别是对于现当代美国文学的关注和介绍,对于后来的美国文学研究也具有相当程度的导向性作用。

这个时期的美国文学研究,在具体的作家和作品方面,也形成了一些值得关注的研究兴趣点。在小说方面,海明威、福克纳、美国的黑色幽默以及荒诞派文学成为了几个颇受青睐的热点主题,也有一定数量的研究性和介绍性的文章发表。作为福克纳在中国的重要译介者,李文俊在1985年发表的文章《约克纳帕塔法的心脏——福克纳六部重要作品辨析》,比较详细和深入地分析了福克纳小说的现代派小说技法和多角度的叙事模式。① 而中国研究者对于海明威的兴趣在一定程度上反映了中国文学在新时期对于自身发展的一些考量,比如何焕群1990年发表的《从美国文化心理结构看"海明威热"——兼论海明威现象对我国新时期文学的启示》就集中探讨了海明威作品中的,几个与中国文学发展有密切关系的问题,比如冒险进取的精神、自然与社会的关系、文学语言的大众化、通俗文学与高雅文学界限的打通等等。② 与之类似的研究文章还包括董衡巽的《海明威的启示》、吴然的《海明威:现代悲剧意识的探寻者》以及王守义的《海明威的尼克:人生反思》。③ 黑色幽默文学在这个时期也被译介到中国,并在相当程度上影响了中国新一代作家的文学创作,部分原因也许是因为黑色幽默的创作方法比较适合中国的文学创作者反思"文化大革命"的历史,以及表现改革开放时期中国的文化和社会经验。张子清1980年文章《反映当代美国社会的一面哈哈镜——试评冯尼古特及其小说的思想性和艺术性》是较早详细介绍这类文学以及理论方法的重要文章;而在1979年,陈焜在《动态》上发表的《"黑色幽默":当代美国文学的奇观》向中国读者介绍了《二十二条军规》这部后来在中国的文学爱好者

---

① 《国外文学》1985年4期。
② 《外国文学研究》1990年第3期。
③ 这三篇论文均载于《外国文学评论》1989年第2期。

中颇为流行的荒诞派代表作。① 除以上提到的作家和流派之外,中国的研究者也开始关注其他的美国文学经典作家,比如马克·吐温、霍桑和爱伦·坡;而在其后的研究中,这几位美国作家都成为了中国学者持续关注的对象。此外,江晓明1981年的《新起的华裔美国女作家马克辛·洪·金斯顿》和杨仁敬讨论黑人文学作品《紫色》的文章则是较早关注美国华裔文学和少数族裔文学的作品,而这两个领域后来在中国成为美国文学研究中的热点。② 总体而言,美国小说的翻译、研究和介绍,相比于美国诗歌和戏剧作品,在中国的美国文学研究中始终占据了中心的位置。这也符合美国文学的特点,以及其在小说上的成就最为突出的客观事实。与此同时,我们也注意到中国的研究者对于现当代美国小说,相比于19世纪或更早一些的美国小说,显得尤为关注。③ 这个时期对20世纪之前的美国小说,总体而言研究力度并不强,但也有所起步。朱虹1979年在《世界文学》上发表的论文《略论霍桑的浪漫主义》,是一篇有代表性的高水平的学术论文,尤其是她对当时美国宗教与文学之间关系的论述,向国内读者介绍了我们不是很熟悉的美国文化传统中的一个侧面。④ 周钰良的论文《〈毕利·伯德〉的一种读法》涉及了当时讨论不多且难度较大的美国小说家麦尔维尔,可以说是一篇文本细读的典范之作,而且也多方面地提示了作品所涉及的宗教思想和文学形式的问题,对古典文学理论和小说解读的基本原则均能够信手拈来,体现出老辈学者的功力。⑤ 虽然对20世纪之前美国小说较少关注在学理上有所欠缺,但是这个现象与当时的中国人迫切需要了解当代西方社会,尤其是当代美国的社会和文化状

---

① 张子清的文章载于《当代外国文学》1980年第1期;陈焜的文章见《外国文学动态》1979年9月。
② 江晓明的论文载于《外国文学》1981年第1期。
③ 比如这个时期施咸荣在《当代外国文学》1982年第3期、1983年第1期和第2期连续三期发表介绍性的论文《当代美国小说概论》,全面细致介绍当代美国小说,而类似介绍19世纪或之前美国小说的论文却没有见到。
④ 《世界文学》1979年第1期。
⑤ 《世界文学》1987年第6期。

况,也有直接的关系。

在美国诗歌和戏剧的研究方面,中国的研究者也作出了一定的成绩,形成了一些研究的兴趣点。在1949年之前,中国的学者已经对美国诗歌有所关注和介绍,特别是惠特曼和美国现代派诗歌(比如庞德和T. S. 艾略特)。在改革开放初期,惠特曼的诗歌仍然受到了研究者的重视。不仅有《草叶集》的翻译出版,在研究领域,也有一些讨论文章的发表。阮坤1979年的《〈草叶集〉浅论》一文虽仍然强调"阶级斗争"的研究思路,但是文章也着力解读了惠特曼诗歌中民主与个人主义的中心意义,并分析了其在《草叶集》中如何达到理念上的一致性。① 张禹九的《惠特曼谈诗论文举隅》则是从诗歌体裁和技法入手,讨论了惠特曼在诗歌形式创新和自由诗的运用方面做出的成就。② 与现代派小说在中国引发的兴趣相似,美国的现代派诗歌也得到了进一步的介绍和讨论。早在1979年,杨熙龄的文章《略谈美国现代诗歌》就介绍了1912年之后美国诗歌的发展,文章涉及意象派诗歌的发轫以及像庞德、金斯堡等美国诗人的作品和成就。③李文俊发表于1982年的《美国现代诗歌1912—1945》的连载长文对于这一诗歌传统更是做了详细和系统的评述。④ 而尤其值得我们注意的一点是,美国"自白派"诗歌和诗人在当时国内研究者中成为了一个热门话题。美国学者文德勒1985年来华访问时,在中国社科院外文所做了题为"二十世纪美国女诗人"的学术报告,其中介绍的女诗人中有一位是"自白派"的代表人物西尔维娅·普拉斯。之后,中国学者也先后介绍了这一诗派的代表人物。向正的论文《神圣的痛苦 辉煌的绝望:美国"自白派"诗歌》和陈力菲《试评美国"自白派"诗人》比较全面地介绍了普拉斯和安·塞克斯顿的作品;周强的《迪伦·托马斯》和汤潮的《"自白派"的宗师》分别

---

① 《外国文学研究》1979年第1期。
② 《外国文学研究》1979年第1期。
③ 《外国文学动态》1979年4月。
④ 李文俊的论文分两期连载于《外国文学》1982年第9期和第10期。

介绍了这两位"自白派"诗歌的代表。① 当时比较活跃的学者王家湘的文章《在赖特的阴影下——评美国黑人女作家佐尼·赫斯顿和安·佩特里》也关注了这个流派的诗歌作品。② "自白诗"在美国诗歌传统中虽然重要,但也并非处于中心的位置,但在这个时期,却成为了美国诗歌在中国影响最大的诗歌流派,而在其后的研究中,也是美国诗歌研究领域中一个持久不衰的关注点。在美国戏剧方面,大概最为人们所知的就是 20 世纪 80 年代末中国的"尤金·奥尼尔"热。从 20 世纪 80 年代开始,廖可兑就着力与奥尼尔戏剧的研究和传播,做了大量的工作。而 1986 年 6 月 6 号到 9 号南京大学和南京电视台主办了奥尼尔百年诞辰国际学术会议暨奥尼尔戏剧节,更成为一次重要的文学和文化事件。从 1986 年到 1988 年,刘海平、张冲、赵宇和庄国欧等学者集中发表了一系列的介绍和翻译奥尼尔作品的文章。③ 郭继德也是这个时期专门从事美国戏剧研究的一个重要学者,他的一系列论文向国内读者比较系统地介绍了美国的戏剧传统,包括现实主义戏剧、荒诞剧和黑人戏剧等重要支流。④ 在奥尼尔的戏剧之外,郭继德也着重介绍了美国戏剧家阿瑟·米勒的作品。虽然除了廖可兑外,袁鹤年也于 1981 年撰文介绍奥尼尔的戏剧作品,并翻译了《榆树下的欲望》,但 1986 年对于奥尼尔的盛大纪念活动将这位美国戏剧家置于中国的美国戏剧研究的中心地位,甚至在一定程度上遮蔽了其他的美国戏剧家在国内的介绍。⑤ 美国戏剧在成就上不如美国的小说和诗歌,而在这个时期中国的美国文学研究中,美国戏剧研究实际的涉及面与讨论深度也相对弱于美国小说和诗歌方面。

---

① 向正的论文见《外国文学研究》1988 年第 2 期;陈立菲的文章见《当代外国文学》1990 年第 3 期;周强和汤潮的文章分别见《外国文学》1986 年第 11 期和 1987 年第 3 期。
② 《外国文学》1989 年第 1 期。
③ 此处提到几位学者的论文见《当代外国文学》1987 年第 2 期和 1988 年第 2 期。
④ 郭继德在介绍美国戏剧方面的几篇有代表性的论文有:《美国黑人戏剧文学》,《戏剧艺术》1988 年第 2 期;《阿瑟·米勒的戏剧创作》,《文史哲》1984 年第 5 期;《美国的现实主义戏剧》,《山东外院教学》1984 年第 2 期。
⑤ 《外国文学》1981 年第 4 期。

这个时期不少美国文学作品的中文译著也得到出版，也有一些专门性的学术研究著作问世。不过，由于历史条件的诸多限制，美国文学作品的翻译还未成规模，选题也相对比较散乱。不多的一些专门性的作家研究著作的出版，对美国文学研究的发展起到了不小的作用。比如，董衡巽著的《美国现代小说家论》①和他编著的《海明威研究》②，以及朱虹著的《英美文学散论》③，都是这个时期研究著作中有代表性的作品。特别值得一提的是，由中国社科院外文所编著的《美国文学简史》（上、下）④，在当时更是美国文学研究中一部水平较高、影响较大的学术作品，对推动国内的美国文学研究进一步的发展起到了很大的作用。

总体而言，20世纪80年代的美国文学研究还处在一个起步的阶段；受到研究条件和材料不足的诸多限制，除个别例子之外，大多数的论文还是属于摘要、编译和相对简单的介绍。尽管如此，这个时期的美国文学研究向中国的读者和学术界介绍了大量的美国文学经典作品和重要作家，开拓了新时期美国文学研究的领域和视野，也为当时的中国人了解西方做出重要的贡献。

二、1991—2001年的美国文学研究

进入20世纪90年代之后的美国文学研究有了一些明显的变化，一方面是研究领域的拓展，另一方面是研究论文的深度和内涵也有了明显的进步。国内学界在这个时期对于美国本土流行的研究思潮和学术成果有浓厚的兴趣和更多的了解。如果说20世纪80年代对于美国文学研究的译介相对更关注新的研究方法和现当代美国文学主要流派和作家，那么20世纪90年代的研究者们则更注意当下美国文学中的思潮和热点。与20世纪90年代国内外文学中的"理论热"相呼应，国内美国文学界对

---

① 中国社会科学出版社1988年版。
② 中国社会科学出版社1980年版。
③ 生活·读书·新知三联书店1984年版。
④ 人民文学出版社1978、1982年版。

于西方颇为时髦的、意识形态色彩比较浓厚的文学批评路径有较多的"同情"和接受;相比而言,20世纪80年代对于"新批评""现代派理论""黑色幽默"和"比较文学"的介绍有着较多的"启蒙意识"。在20世纪80年代,对于女权主义文学、黑人文学的阐释大多是为了介绍新的文学流派和作家,而这些讨论本身并没有特别的"理论自觉"。与此不同,20世纪90年代的研究者们敏感于西方在"自我反思"的过程中出现的对于主流传统的批评和颠覆意识,也注意到经典地位的动摇和批评声音的多元化。这些"反思"性的批评使任何表现主流文学传统的,所谓"大叙事"都成为一种理论的"原罪"或"不言自明"的"意识形态偏见"。在"多元化"的背景之下,20世纪80年代就已经开始崛起的少数族裔批评、同性恋研究、底层理论、文化研究和后现代后殖民理论等在美国的批评界占据了相当惹眼的地位。国内的美国文学研究者一方面延续了20世纪80年代的一些研究主题,继续地关注美国现当代小说;同时,也开始自觉地运用新的理论进行研究,比如许汝祉、崔少元和张震久的论文就有意识地将当代美国小说与后现代思想理论结合起来进行观察和讨论。① 李淑言的论文《结构主义对美国文学的影响》介绍了结构主义文学批评在美国发展的基本情况。② 张小元的论文《对传统形而上学的反叛:解构主义文学批评一瞥》则介绍了解构主义批评在美国兴起的背景和主要观念。③ 而20世纪90年代最为值得注意的新现象是美国少数族裔文学,特别是非裔和华裔美国文学,开始在中国得到广泛的关注和研究。王家湘的论文《浅谈美国华裔作家作品之主题》着重讨论了华裔文学的一些特征和关怀;张子清的《与亚裔美国文学共生共荣的华裔美国文学》则是将华裔美国文学至于美国亚裔文学的大语境中进行介绍和讨论。④ 随着"多元文化主义"兴起,

---

① 见许汝祉:《对美国后现代主义文学的评估》,《外国文学评论》1991年第3期;崔少元:《后现代视角下的美国文学——美国当代小说新趋势漫笔》,《国外文学》1998年第1期;张震久:《破碎的艺术——谈美国后现代反小说的支配性艺术特征》,《国外文学》1999年第1期。

② 《北京大学学报》1992年英语语言文学专刊(二)。

③ 《四川师范大学学报》1993年第1期。

④ 王文见《外国文学》1993年第2期;张文见《外国文学评论》2000年第1期。

且鉴于美国本土的历史和社会境况,非裔文学研究在美国本土少数族裔文学中始终占据着一个中心位置,而中国的研究者也开始关注和介绍这方面的文学成果。程锡麟在1993年和1994年分别发表的《一种新崛起的批评理论:美国黑人美学》和《美国黑人美学述评》比较详细和系统地评述和分析了黑人文学批评的理论路径。① 乔国强的《美国40年代黑人文学》追溯了非裔文学的历史;而稽敏的论文《美国黑人女权主义批评概观》则是有意识地将非裔美国文学与女性主义批评相互结合,讨论介绍了这个在美国学界颇为流行的研究路径。② 与此同时,女性文学批评理论也得到了进一步的讨论和介绍;甚至是美国的土著印第安人文学也有一些研究和介绍文章在国内重要的外国文学研究刊物上发表。③ 这些情况使国内的美国文学研究看上去和美国本土的研究动向颇为"合拍"和"同步",但是在另一方面则也多少表现出在"关怀"和"意义"层面上思考的"缺位"和"错位"。美国少数族裔文学对中国自身的意义何在?对于正处于转型时期的中国现代社会有哪些值得我们借鉴和思考的内涵?有关这些问题的探讨似乎在学术"接轨"的过程中被忽略了。美国少数族裔文学,包括华裔美国文学,所关心的问题根本上是内在于美国当下社会的特殊矛盾与文化境况。如果我们无法将美国少数族裔文学真正置于美国文学和美国文明发展的进程中进行观照和评价,也就无法深入到美国文学核心的理念和逻辑中去揭示这个文学流派的意义和价值,而最终只能是停留在介绍"新潮"的层面上。国内的美国文学研究与现代化转型中的中国对于自身所面临的思想与价值问题之间"裂隙"和"错位"的问题,至今仍然值得我们认真地思考。

在作家作品方面,20世纪90年代研究者的视野有了进一步的拓展。

---

① 程的两篇文章分别见《外国文学》1993年第6期和《当代外国文学》1994年第1期。
② 乔文见《国外文学》1999年第3期;稽文见《外国文学研究》2000年第4期。
③ 关于印第安文学在中国开始得到研究的有关文献,见张冲:《美国十九世纪印第安典仪文学与曲词文学》,《外国文学评论》1998年第2期;王家湘:《美国文坛上的一支新军——印第安文学》,《外国文学》1996年第6期;郭洋生:《当代美国印地安人小说:背景与现状》,《国外文学》1995年第1期。

一方面,20世纪80年代已经形成兴趣点的作家在这个十年得到了更深入和细致的研究,研究方法和路径也进一步多元化。其中,美国现当代小说仍然是重点。20世纪80年代被关注的两位美国现代作家福克纳和海明威,在20世纪90年代成为美国小说研究中的热点。对于福克纳生平和写作经历的介绍更为深入,王立礼的论文不仅介绍了福克纳的生平,也对福克纳的书信做了研究和介绍;吴冰的文章《福克纳在大学》讨论了福克纳早期的文学成长经历;江溶的论文则关注了具体作品的创作过程。① 蒋道超的论文《淡泊人生 崇尚自然 评〈押沙龙,押沙龙!〉中的人生哲学》结合美国小说的传统特质来观照福克纳的作品,阐述了福克纳如何将道德力量的根源放置在金钱和文明之外的"纯真"状态中。② 刘小新的论文《价值世界的毁灭与重建》则强调了福克纳作品中不仅表现了一种对时代的悲观主义情绪,也反映了作家试图重建一个道德世界的努力。③ 吴童的文章研究了福克纳小说中的怪诞人物,而肖明翰的论文则探讨了福克纳对于黑人形象的塑造。④ 研究者大多关注福克纳小说的现代派特征(意识流和内心独白),并有相当数量的文章从此角度切入对作品进行解读。与此相关,福克纳小说中的叙事手法,比如时空结构的变异和叙事的多元化和多视角,包括小说对于象征的运用,都是研究者关注的问题。总体而言,福克纳研究在20世纪90年代取得了长足的进展,但是也存在着一些明显的问题,如陶洁在2005年发表的《对我国福克纳研究的回顾与思考》一文中所指出的:论文在研究主题、方法和所关注的小说人物上有一定的重复;研究者的立论有时显得简单化,未能注意到文本内在的复杂

---

① 王文见《外国文学》1993年第5期;吴文见《外国文学》1993年第5期;江文见《外国文学研究》1993年第1期。
② 《外国文学》1997年第6期。
③ 《华侨大学学报》1992年第1期。
④ 见吴童:《魔怪形象的画廊——小议福克纳小说中的怪诞人物形象》,《当代外国文学》2000年第4期;肖明翰:《矛盾与困惑:福克纳对黑人形象的塑造》,《外国文学评论》1992年第4期。

和模棱;关注点也过于集中在《喧哗与骚动》之上,对于其他作品的研究不足。① 海明威是20世纪90年代小说研究的另一个重点作家。吴冰、张龙海和朱莉等人的论文分别介绍了海明威的生平、海明威的政治活动与英雄主义情节。② 陶洁的论文《海明威的追求和使命感》则是从作家的职业使命感入手,在讨论海明威生平的同时,指出要特别注意作为作家的海明威如何在文学创作中不断地转化和超越具体的人生经验。③ 陶文指出我们不应该轻易在海明威的个人经历和其文学作品之间建立直接和简单化的对应关系,从而陷入所谓的"作家生平谬误"(the genetic fallacy)。这个思路对国内的研究者是一个有益的提醒。在主题方面,研究者大多关注的是海明威的价值观,也多循着存在主义的路径揭示海明威作品中的"虚无"和"空无",以及他对于死亡、痛苦和荒诞等等社会经验的表现。20世纪90年代比较流行的女性主义批评也被运用到海明威作品的研究之中,海明威一贯宣扬的面临危险和困难时的优雅与男子汉风度(masculinity)似乎是一种自然而然的男性主义意识观。于冬云的文章《对海明威的女性解读》就将其作品作为一种"父权"的寓言,而海明威对于男权意识的纠正并非自觉的行为,而是一种"被动的超越"。与此相对,王慧和徐凯的《海明威笔下的女性》却试图证明海明威是一个具有鲜明女性意识的作家。④ 这两篇论文之间对话是女性主义批评被用于海明威研究的一个例子,也说明女性主义批评的概念和方法所具有的内在紧张和不确定性。李公昭的文章《幻灭与成长——论弗雷德里克·亨利的伤感教育》细致分析了《永别了,武器》中主人公在战争中由幻灭到道德觉悟的

---

① 《四川外院学院学报》2005年第3期。
② 见吴冰:《厄内斯特·海明威其人》,《外国文学》1994年第5期;张龙海:《反法西斯英雄海明威》,《外国文学》1997年第3期;朱莉:《浅谈海明威的英雄主义情节》,《当代外国文学》2000年第4期。
③ 《外国文学》1994年第5期。
④ 于文见《外国文学评论》1997年第2期;王慧和徐凯的论文见《外国文学评论》2000年第2期。

成长阶段,是海明威小说人物分析的一个代表性解读。① 与福克纳研究中对于现代派创作技法的关注不同,海明威研究中国内的研究者比较关注海明威小说语言的特色,以及它与其他作家、流派和艺术类别(比如印象派绘画)之间的关系。就小说叙事方法角度而言,国内研究者的思路基本上是循着海明威本人对于"冰山"理论的阐述进行,讨论这个理论本身在海明威作品中的运用。

霍桑是19世纪美国小说的代表人物之一,也是国内研究者从20世纪80年代起就比较注意的一位美国文学经典作家。20世纪90年代有关霍桑的论文基本都是围绕着《红字》这部小说,鲜有触及霍桑另外几部长篇小说和大量的短篇小说。这在霍桑研究中始终是一个问题。霍桑研究中存在的另一个问题则是对于清教历史与神学思想明显缺乏了解,包括新英格兰社会与文化如何在霍桑的作品被"再现"以及从中表现出的作家的道德与社会关怀。因此,一些讨论《红字》主题的文章仍然停留在"宗教压抑人性"这个比较表面化的层次之上。这个层面思考的缺失是这个时期,包括到今天的国内霍桑研究中的一个缺陷。而众所周知,霍桑是历史感极强的一位作家。这个时期霍桑研究中比较有代表性的论文有任晓晋和魏玲《〈红字〉中象征与原型的模糊性、多义性和矛盾性》,该文运用了原型批评和修辞学批评的方法,讨论了霍桑的道德思想如何辗转于强调人性恶的清教神学与宣扬个人无限性的超验主义之间,并试图通过表现象征本身内在的多义性和矛盾来调和这两种新英格兰思想传统之间的冲突;文章的不足之处是忽略了超验主义本身植根于清教的传统这一为人熟知的要点。② 黄水乞的《霍桑与〈红字〉》是一篇比较详细的对于读者有所帮助的介绍性文章。③ 曾方的《〈红字〉序言与小说的艺术特点》是一篇不多见的触及《红字》序言与小说之间关系的论文,而这篇序言在美国小说研究中是很重要的文献;该文的不足在于分析的深度与历史语境的说

---

① 《外国文学评论》2000年第1期。
② 《外国文学研究》2000年第1期。
③ 《外国文学》1995年第6期。

明均有明显的欠缺。① 除了这几位作家之外,20世纪80年代就已经被注意的美国小说家,像爱伦·坡,马克·吐温也有若干篇有较高水平的论文发表。其中,钱清的论文《马克·吐温与〈哈克贝利·费恩历险记〉》不仅阐明了这部经典小说的美国性与民主性,也说明了小说中几个关键问题(幽默的使用、文明与自然的关系)的重要性。论文从细读分析吐温的语言以及小说章节结构的布局入手,说明了小说文本和主题内在的复杂性以及这部作品在批评传统中的定位。② 这篇论文是这个时期国内小说研究的一篇佳作。盛宁的论文《人·文本·结构:不同层面的爱伦·坡》则细致清晰地梳理了美国本土爱伦·坡研究的批评传统和研究路径。这篇论文在文学理论阐释和历史语境分析方面都达到了相当高的水准。③ 此外,曹明伦也是这个时期中对爱伦·坡研究比较着力的一位学者,翻译出版了两部有一定影响力的爱伦坡作品集《爱伦·坡集:诗歌与故事》④和《爱伦·坡精品集》⑤。然而,对这几位美国经典小说家的研究,在这个时期得以起步,虽然研究的水平仍然参差不齐,而且也缺乏对这些作家在美国文学整体传统中位置和重要性的认识,但是对国内美国文学研究的发展具有一定的导向性意义。

在上述三位作家之外,其他几位19、20世纪美国的经典小说家也得到了中国研究者的关注。与霍桑同为美国"文艺复兴"时期六位大作家的麦尔维尔,20世纪30年代美国小说的另一位代表性人物司各特·菲茨杰拉德,被很多批评家认为是美国最伟大小说家之一的亨利·詹姆斯,以及美国现实主义小说传统开创者舍伍德·安德森和斯蒂芬·克莱恩,20世纪90年代在国内曾风靡一时的当代美国小说家塞林格,以及长期旅欧、以晦涩闻名的美国现代派作家格屈德·斯泰恩等,都开始成为研究的

---

① 《外国文学评论》1994年第4期。
② 《外国文学》1993年第3期。
③ 《外国文学评论》1992年第4期。
④ 三联书店1995年版。
⑤ 安徽文艺出版社1999年版。

对象,并有一定数量的论文发表。王立礼的文章《梅尔维尔与〈白鲸〉》比较详细地介绍这部美国文学史上最为杰出的小说作品。① 杨金才的关注点是麦尔维尔作品中殖民主义、帝国主义和意识形态问题,这也是麦尔维尔研究中的一个比较有代表性的路径。同时,汪义群和韩德星的论文则分别探讨了《白鲸》中的圣经意象和人道主义思想,不过论文的深度和水平仍然有欠缺之处。② 对于菲茨杰拉德的研究集中在最为人所熟知的《了不起的盖茨比》这部小说上,研究者解读的思路也大多循着"美国梦"的主题进行。对于斯泰恩这位颇为难读的作家,中国的研究者关注了她作为一位现代派小说家的艺术手法和文学语言,而这样的思路与20世纪80年代对于现代派的兴趣有着一定的连续性。美国小说家亨利·詹姆斯在20世纪90年代也开始成为19世纪美国小说的一个关注点。詹姆斯一生创作了大量和不同门类的作品,而其文化和文学思想兼及欧美两种文明之间的复杂关系;作为介于维多利亚小说与现代主义小说之间过渡时期的作家,其文学创作的方法也有其特殊之处。国内的研究者在20世纪90年代关注的主要是詹姆斯的小说作品,而研究方法上则偏重詹姆斯小说的叙事问题,比如王丽亚的论文《聚焦折射下的人际关系——亨利·詹姆斯〈金碗〉聚焦模式评析》以及王玲的《亨利·詹姆斯圆周文体及句式,情节与人物刻画中的拖延——〈专使〉语言文体研究》,都是从叙事学或解构主义的角度解读作品。③ 这样的解读路径在詹姆斯研究虽属常见,但是研究者仍有必要在叙事研究和小说主题与思想之间建立有机和生动的联系。《使节》和《金碗》是詹姆斯晚期涉及欧美文明传统的差异,甚至是作家思考西方历史文明命运的巨著,因此我们不能拘囿于叙事结构的讨论而不着力于揭示詹姆斯作品的文化价值和思想内涵。代显梅的

---

① 《外国文学》1994年第4期。
② 汪义群《论〈白鲸〉中的人道主义思想》和韩德星《谈〈白鲸〉人物形象的"圣经"原型》分别见《外国文学研究》1991年第4期和2000年第2期。
③ 王丽亚的论文见《外国文学评论》1998年第4期;王玲的论文见《外国文学研究》1997年第1期。

论文《亨利·詹姆斯的欧美文化融合思维刍议》和郑达的论文《交换的经济——评亨利·詹姆斯的〈美国人〉》就是循着偏重作品意涵的思路,着重探讨了詹姆斯小说中一些重要的文化命题和社会背景,帮助中国读者从价值和文明思考的层面进入詹姆斯的小说作品。① 这个时期对19世纪美国小说的研究,总体而言虽有明显的进展,但也不乏相对明显的欠缺之处。首先,对19世纪美国小说的发展,特别是从浪漫主义时期到现实主义、自然主义时期的演变过程,国内的研究者尚未表现出一种系统性的认识和把握,因此在作家的选择上也相对比较随意,在学科意识上仍然有待改进。此外,19美国小说的发展,与美国社会的历史变化有密切的关系,特别是内战之后,随着美国社会工业化、城市化和种族多元化的提速,美国小说在主题和关注点上有了非常大的转变和拓展。对这个历史背景与美国小说传统演变之间的契合关系,国内的研究者仍然有必要进行进一步的探究。

国内美国小说研究侧重20世纪之后,特别是第二次世界大战之后和当代美国小说作品,是一个20世纪80年代以来就存在的趋势;而在20世纪90年代,随着"理论热"的流行,美国当代小说更加成为国内学界拓展美国小说研究时着力的领域。美国的后现代小说在20世纪90年代得到了进一步的研究和介绍,不仅是冯尼格特和海勒的作品,也包括像托马斯·品钦和唐·德雷罗的小说也开始得到关注。女性主义文学在国内的发展使得研究者开始注意美国女性小说家的作品,尤其是凯特·肖邦的《觉醒》,有多篇评论文章在国内重要刊物上发表。同时得到介绍和讨论的美国女性作家也包括佐拉·尼尔·赫斯顿、尤多拉·威尔蒂和萨拉·朱厄特。其中,金莉的《从〈尖尖的枞树之乡〉看朱厄特创作的女性视角》是一篇具有一定代表性和研究水平较高的女性文学批评论文。② 金文的价值在于其能够不局限于女性经验与男权意识形态的简单化图解,而是

---

① 代文见《外国文学评论》2000年第1期;郑文见《外国文学评论》1997年第2期。
② 《外国文学评论》1999年第1期。

试图从乡土文学、贫困人物的刻画、人与自然的关系等多个角度来阐释女性文学写作的特质和意义，展示了女性文学批评在意识形态抗争的层面之外，更为广阔的解读可能性和价值相关性。

20世纪90年代美国小说研究，包括在整个美国文学研究界中最值得注意的现象，是国内学界开始对美国少数族裔文学进行大力的介绍和研究。在美国本土，随着多元文化主义思想的兴起，"文化战争"和"族裔文化身份"的理论在高等教育界和社会中一时间甚嚣尘上；美国少数族裔文学的研究在这样的社会和历史背景之下，成为美国文学研究者，尤其是左翼色彩浓厚的学者热衷的话题。但是，国内学界对于美国少数族裔文学的研究情况有一定的复杂性，并非所有的研究者都在跟随美国本土研究的思路。美国犹太裔文学在20世纪90年代的国内研究中也是一个热点，但是对于犹太文学的关注却往往出于不尽相同的原因。例如，引起国内研究者浓厚兴趣的两位作家索尔·贝娄和纳博科夫，并非完全由于其犹太裔的身份而获得重视。贝娄本人获得过诺贝尔文学奖，而且其小说内容和思想也超越了族裔的特殊经验，成为了解美国思想和文化的重要资源；纳博科夫则是因其叙事和语言的瑰怪复杂、其作品道德层面的模棱与矛盾，引起国内学界的注意。此外，与非裔和亚裔不同，犹太族裔与美国主流文化之间的共识要大于差异。因此，国内研究这两位身兼作家和学者双重身份的美国当代文学巨匠的论文大多并不从族裔文学的路径着手，而是从自我意识、叙事模式的创新、现实主义和现代主义流派的交融等方面阐释这两位作家的作品。对于另外几位犹太裔作家，如菲利普·罗斯、约翰·厄普代克的研究和介绍也多从美国中产阶级社会的政治和文化生活现实角度来进行研究和讨论。虽然也有研究者注意到一些由犹太族裔的特殊历史经验（比如"大屠杀"）产生出的文学作品，或比如像一生坚持用意第绪语写作的犹太作家辛格，但是并不占这个时期美国犹太文学研究的主要部分，而且话题的历史意义（比如"大屠杀"）也远远超出了犹太族裔的特殊历史经验。国内的许多研究，仍然比较侧重于从族裔文学和族裔经验的角度来看待和探讨犹太裔文学的特点和意义，而对于犹太裔作家与美国主流社会和文化之间的复杂关系,则在研究深度上显得相对不够深入。这个方面的问题,仍然值得当下的美国犹太裔文学研究者给予足够的重视。

国内非裔美国文学研究兴起的一个重要原因是美国非裔女作家托尼·莫里森于1993年获得诺贝尔文学奖。作为第一位获得此奖项的非裔女性作家,莫里森的确是美国当代文学研究中的一个重要人物。20世纪90年代的国内学界也给予了这位作家极大的重视,发表了大量的研究文章,从创作手法、叙事风格、思想主题、女性经验、文化对抗与记忆等方面,对于莫里森几乎所有的代表作品进行了细致的讨论和介绍。"莫里森热"一直延续到21世纪初的国内美国文学研究。杜志卿的论文《莫里森研究在中国》提供了这样的一个数字,从1980年到2006年期间,国内各研究刊物共发表了382篇莫里森研究论文,而其中从1994年(莫里森1993年获奖)到2006年发表的论文达到了372篇。① 这个有些令人诧异的数字也许值得研究者们反思。一方面,国内学界对莫里森的关注似乎大大超过了美国本土的研究;另一方面,对于莫里森的关注遮蔽了美国非裔文学传统中其他重要作家,比如这个时期国内重要刊物上只有为数不多的论文涉及像拉尔夫·埃里森、弗雷德里克·道格拉斯、理查德·赖特这样的传统非裔作家;此外,多数有关莫里森的论文都是在人云亦云地重复美国本土研究的解读路径和过度政治化及意识形态化的批评修辞。这样的研究热度在学理层面的"失衡"似乎也说明了学术思考的欠缺,而因此对莫里森作品的评价和定位似乎也出现了"错位"。研究者们似乎没有认真考虑有关"非裔女性经验"的表现对于中国的外国文学研究,其价值和重要性究竟有多大。非裔文学在国内研究的进一步发展需要我们去思考上述的问题,需要我们去关注非裔文学传统中莫里森、艾丽斯·沃克以外的重要作家,也需要我们将非裔文学置于美国文学传统的大语境中去评价和研究。

---

① 《当代外国文学》2007年第4期。

另一个20世纪90年代开始在国内学界风行并一直热度不低的是亚裔美国文学,尤其是华裔美国文学。这个文学流派在20世纪90年代的兴起也许有一些特殊的因缘,比如具体作品在国内的流行(最知名的例子是《喜福会》);当然,华裔文学涉及的人物和主题对于中国人有着"天然"的"亲和力",也使得进一步融入世界的国内学者有意了解美国华裔历史和社会经验。西方文学批评中"少数话语"思想的滥觞也使得这个文学流派获得在学院体制内的地位,比如,1994年在成都召开的全国美国文学研究会第七届年会主题就是"少数话语"。这个时期华裔美国文学研究主要涉及的作家有汤亭亭、谭恩美和赵建秀;而主要的研究论文都依循着"寻根"意识、少数族裔的抗争、中心与边缘的互动紧张,以及全球化语境中的文化冲突等路径。以几篇具有一定代表性的论文为例,刘振江的《美籍黄种女性与"根"——部分亚裔女作家作品主题浅析》有意识地将女性经验和"寻根意识"结合起来;陈旋波的《从林语堂到汤亭亭——中心与边缘的文化叙事》则是从历史的角度,观察了华裔作家与主流美国文化之间的关系;王立礼的《汤亭亭:〈第五部和平之书〉》则通过比较汤亭亭和莫里森的作品,试图在这非裔和华裔美国文学之间建立联系;徐劲和胡亚敏的论文从东西方文化之间对立和地位差异出发,在全球化的语境内探讨华裔美国作家和作品;吴冰的论文《评〈吃碗茶〉中的纽约华人社会及年轻男、女主人公形象》则更是直接聚焦美国纽约华人社区的文化和社会经验。[①] 从这几个例子,我们可以看到国内的研究者在解读和评价美国华裔文学时,所采取的基本是"主流与少数"或者"中心与边缘"此类带有后殖民批评或多元文化批评色彩的研究思路。这样的研究思路中存在着一个潜在的"陷阱"。我们若不注意语境和历史的问题,就容易将美国社会和文化的内在问题转化为"中西"问题或"东西方文化"的问题;换言之,美国华裔文学中"中国的色彩和内涵"会成为一座"隐喻"的桥梁,使我们容

---

① 刘文见《外国文学研究》1996年第1期;陈文见《外国文学评论》1995年第4期;王文见《外国文学》1995年第5期;徐文见《当代外国文学》2000年第2期;胡文见《外国文学评论》2000年第1期;吴文见《外国文学》1997年第2期。

易将美国华裔文学析离出美国社会的历史文化语境。美国华裔文学如何定位,包括华裔作家对于中国文化的"再创造",以及这个过程中涉及的理论问题,正如吴冰在2008年发表的论文《关于华裔美国文学研究的思考》所说,是我们特别需要谨慎思考的问题。① 除了吴文提出的问题之外,我们也需要注意美国华裔文学研究中常用的"少数话语""后殖民主义"和"全球化"等等理论模式本身特定的历史背景以及其在政治和社会层面上的特殊性与局限性。另外,我们也需要坚持文学性的原则,评价一部文学作品最终的标准应该是文本本身的质量,因此不能因为一些"中国元素"就不去讲求作品本身的语言和内涵。诚如吴冰所言,美国华裔文学根本上是多元化美国文学中的一个分支,其意义只是在于给中国人提供一个特别的了解美国文学和美国文明的角度,而美国华裔文学的价值也应该从这个层面来评判。换言之,美国华裔文学或其他的美国少数族裔文学,若从中国人自己的外国文学研究的关怀和需要出发,不应该取代对美国经典文学作品和主流文学传统的研究。我们需要警惕"非经典化"和"全球化"理论在学术研究中被滥用的危险。

20世纪90年代对于美国诗歌和戏剧的介绍也有了进一步的发展。总体而言,国内美国文学研究中诗歌和戏剧的研究,相比美国小说的研究,分量上偏少,也偏弱一些。接续20世纪80年代的研究成果,20世纪90年代美国诗歌研究的仍然保留了对于美国现当代"自白派"诗歌的研究兴趣。而在这个时期,对于美国诗歌大家T. S. 艾略特的重点研究成为一个新拓展的领域,并有一系列较高质量的论文发表。虽然《荒原》仍然是一个被关注的作品,研究者关注的也不局限于此,而多有涉及艾略特晚期和早期的诗歌,也注意研究艾略特对于英国17世纪诗歌的继承和再现。陆建德发表的两篇论文《艾略特:改变表现方式的天才》和《破碎思想体系的残片——艾略特、多恩和〈荒原〉》都是对于这位杰出诗人的细致解

---

① 吴文见《外国文学评论》2008年第2期。

读和诗歌思想的高水平阐释。① 陆建德的研究注意到了艾略特诗歌的源流和诗学理论,也仔细分析了艾略特的宗教性和反人本主义,探讨了诗人非个性化的理论与反对自由主义泛滥的政治和文化立场。张炽恒的论文《智慧的映照——论 T. S. 艾略特的〈四个四重奏〉》研究了艾略特晚期的代表作品,而张剑的论文《充满喜剧效果的悲剧——析艾略特〈J. 阿尔弗雷德·普罗弗洛克的情歌〉》则探讨了艾略特的早期诗歌代表作品。② 作为这个时期有代表性的一篇艾略特研究论文,张剑从诗歌文本解读出发,并延伸到艾略特诗歌中存在着的英国玄学诗歌和美国清教传统的影响,艾略特的反浪漫主义立场,以及诗人对于幽默、白日梦与反讽手法的使用,并对于艾略特诗歌表现出的形而上学倾向和道德选择。张松建的文章《艾略特"非个性化"理论溯源》是一篇比较详细和全面地讨论艾略特诗学观点的论文。论文比较了艾略特"非个性化"理念与济慈的"消极能力说",也涉及客观性美学、契合论、意象说,以及影响艾略特的美国文论家白璧德的"克制"理论。③ 何宁的论文《T. S. 艾略特的美国性》则提醒我们注意艾略特作为一个"跨大西洋"(trans-Atlantic)的文学家在精神传统上的两重性。④ 而美国现代派诗歌的另一位大家,同时也是艾略特的挚友与合作者埃兹拉·庞德的生平和作品也得到了一定的研究和介绍。在研究方法上,孙宏的论文《论庞德的史诗与儒家经典》和朱徽的《T. S. 艾略特与中国》都从比较文学的角度对庞德和艾略特进行了研究,其中朱徽的论文翔实细致地追溯和分析了艾略特的诗歌对于 20 世纪 40 年代中国诗坛上的"九叶诗派"的影响,特别是对于唐湜、辛迪、穆旦和杭约赫这几位当时中国杰出的青年诗人的影响。⑤ 在"自白派"和艾略特研究之外,其他得到国内学者注意和研究的美国 19、20 世纪的美国诗人也不少。除

---

① 陆建德的两篇论文分别见《外国文学评论》1992 年第 1 期和 1999 年第 3 期。
② 张炽恒的论文见《外国文学评论》1992 年第 1 期;张剑的论文见《当代外国文学》1996 年第 1 期。
③ 张文见《外国文学评论》1999 年第 3 期。
④ 何文见《当代外国文学》2000 年第 2 期。
⑤ 孙文见《外国文学评论》1999 年第 2 期;朱文见《外国文学评论》1997 年第 1 期。

了对于惠特曼这位经典美国诗人的研究之外,罗伯特·弗罗斯特、威廉姆·卡洛斯·威廉姆斯和华莱士·史蒂文斯这三位重要的美国现代诗人也得到了国内学者一定的关注,包括美国诗歌从意象主义到客观主义的演变。此外,国内学者对于卡尔·桑伯格的作品、美国的"重农派"诗歌、艾伦·金斯堡的名篇《嚎叫》和当代黑人诗歌美学都有所触及。在戏剧方面,随着20世纪80年代"奥尼尔热"的逐渐消退,国内学者对于美国戏剧研究的兴趣也有所减少。尽管一直不是国内美国文学研究的重点,这个时期美国戏剧的研究,与小说和诗歌相比,得到的关注和所占的分量都最少,焦点也比较分散,其中比较有分量的一部代表性作品是汪义群的学术专著《当代美国戏剧》①。除了奥尼尔、阿瑟·米勒和田纳西·威廉姆斯这三位一直在国内影响较大的戏剧家之外,随着少数族裔文学理论和女性文学批评的流行,一些国内研究也将注意力放在了当代美国黑人戏剧和妇女戏剧之上。就整体而言,美国戏剧在国内美国文学研究中的影响力在这个时期处于下降的趋势;而对于未来美国戏剧的研究如何进一步开展,似乎也没有特别的学科性的分析和思考。

纵观20世纪90年代的美国文学研究,总体而言,国内研究在文学理论研究上积极地跟踪和借鉴了西方,特别是美国当代文学理论的思潮和发展。在作家和作品研究方面,无论是研究领域的拓展还是研究深度及水平,和20世纪80年代相比都有很大的进步和突破。这一切都显示出国内学者对于美国文学的学科意识和把握能力都有了非常明显的提高。当然,这个时期美国文学研究中也存在着值得我们注意的问题。和20世纪80年代一样,美国文学研究中对于现当代文学的关注点显得过于突出。在文学理论研究方面,盲目跟风和文学批评的过度政治化以及意识形态化趋势也比较明显;与此同时,真正能够系统和深入地介绍美国文学批评主要思想和潮流的作品还不多见,值得一提的是盛宁出版的专著《二

---

① 上海外语教育出版社1992年版。

十世纪美国文论》①则是这个时期不多见的深入浅出地介绍和评价美国当代主要文学批评流派的一部学术佳作。在作品研究中,对于经典作家作品的研究也有所欠缺。与国外学界"对话"和"接轨"的意识过强,有时会使我们迷失在价值和理念层面上立足自身的思考判断,而过于关注所谓"最新"或"最前沿"的作家,这种表面上的热闹和喧哗反映出的恰恰是学术层面能力和思考的不足,我们的许多研究论文仍然缺乏对美国文学传统整体性的观察和理解。美国文学研究需要基于中国自身的文明处境,需要研究者去探讨学科的根本目的和基本理念。惟其如此,在吸取借鉴美国学界的研究成果时才能够有所选择和侧重;否则,我们就难以摆脱一种"别人出题,我们研究"的局面。同时,大学图书馆馆藏的不足和对于大学教师科研的考核强度也使得研究者不愿意进行基础性强、难度较大并且费时费力的研究,而趋新、趋易、趋一时之风尚的研究有时就成为目前学术生态下的"理性选择"。另一方面,许多研究论文的篇幅明显过小,特别是有些核心刊物发表的论文长度和 20 世纪 80 年代相比都有明显的缩减;但是,"豆腐块化"的学术文章是无法真正展开对于一部作品的深入解读和讨论的。这样的趋势发展下去会使我们的论文数量大大增加,但总体质量的提高却很有限。真正有解读、有展开和有内涵的研究文章在国内最重要的一些刊物上也不是很多见。这些问题有些来自学科意识的欠缺,有些则是因为研究条件的不足和学术生态的恶化。为了美国文学研究未来的学科发展,无论是研究者还是高等教育的领导者都有必要做出调整和改善的努力。

三、2001—2009 年期间的美国文学研究

总体而言,进入 21 世纪第一个十年的美国文学研究在兴趣和趋势上与前一个十年保持了相当大的连续性,然而也出现了一些明显的变化。20 世纪 90 年代对于美国少数族裔文学的关注有增无减,但与此同时,对

---

① 北京大学出版社 1994 年版。

于美国19世纪文学的研究也有了显著的加强。这个变化部分修正了自20世纪80年代起就存在着的过于偏重美国现当代文学的研究趋向,也使得我们的学科在整体上显得更加平衡和多元化。此外,对于美国当代流行的文学理论的介绍和关注也始终占有比较大的研究分量;在具体的批评实践和批评话语上,意识形态化和政治化的色彩更加浓厚。在体裁上,小说仍然占据了中心的位置,而诗歌和戏剧一如既往处于相对边缘和薄弱的位置。

在文学理论研究方面,美国当代文学批评中的后现代理论仍然比较重要,而主要关注点是美国的后现代小说理论。杨仁敬的《论美国后现代小说的新模式和新话语》具体而又全面地分析了后现代小说文体和语言上的一系列新发展,讨论了小说中事实与虚构的意识交织和科幻、童话与神话的广泛运用,同时也分析后现代小说中高雅与通俗、小说与非小说以及小说与音乐、绘画甚至多媒体之间界限上的交融。① 这篇论文是这个时期讨论此主题的一篇代表性的论文。杨仁敬与其他几位学者合著的《美国后现代派小说论》②以更大的篇幅详细和全面介绍了20世纪美国后现代小说的理论和主要流派与作家。王卓的专著《后现代视野中的美国当代诗歌》③则将后现代文论运用于对当代美国诗歌的分析和介绍之中。江宁康的著作《美国当代文学与美利坚民族认同》④汲取了文化研究和意识形态批评的理论,对美国当代文学与政治与民族意识形态之间的关系进行了解读和阐释。申丹的专著《叙事、文体与潜文本:重读英美经典短篇小说》⑤是国内运用叙事学理论对美国小说进行解读分析的一部有代表性的学术作品。刘建华的论文《当代美国小说改写文学经典略论》则研究了当代美国小说对于传统经典的改写和再现。⑥ 刘文的研究思路

---

① 《外国文学研究》2000年第3期。
② 青岛出版社2004年版。
③ 山东文艺出版社2005年版。
④ 南京大学出版社2008年版。
⑤ 北京大学出版社2009年版。
⑥ 《国外文学》2006年第2期。

有着比较重要的价值,因为其试图在当代小说与传统美国文学经典之间建立一个桥梁,使读者能够在一种"互文"式的观照中了解美国文学的源流变迁。王守仁和童庆生的论文《回忆 理解 想象 知识——论美国后现代现实主义小说》多少涉及了杨仁敬论文中讨论的问题。① 在其他文学理论流派介绍方面,朱新福的论文《美国生态文学批评述略》与陈许的《同性恋文学:美国文学的一块独特领地——美国同性恋文学综述》分别向国内的学者介绍了这两个在当下美国文学批评中颇为惹眼的理论流派。② 这个时期美国兴起的生态文学批评在国内也开始得到介绍,程虹出版的《宁静无价:英美自然文学散论》③是介绍这个批评流派的一部有代表性的作品。与这个主题有关的学术论文也有一定的发表,李素杰的论文《生态文学批评:美国文学批评理论中的新生力量》对这个文学理论流派给予了一个比较详细的介绍,涉及基本的定义和批评思路,以及对于我们重新解读文学经典的一些启示。④ 朱新福的论文《论美国早期文学中生态描写的目的和意义》的着眼点则有所不同,强调了早期美国文学中自然描写里暗含的基督教神学框架,也提醒了所谓"自然"概念在美国历史不同阶段中所指涉的不同内涵。这个论点是值得生态批评者所特别注意的。⑤

前一个十年已经热络的少数族裔文学批评,在最近十年中显得更加繁荣,发表的论文和专著数量很多,占据了文学理论中最为惹眼的位置,而其中居多的是关于华裔美国文学的研究专著和论文。本时期在这个领域内,具有一定代表性的专著包括吴冰、王立礼主编的《华裔美国作家研究》⑥、蒲若茜著《族裔经验与文化想象:华裔美国小说典型母题研究》⑦和

---

① 《外国文学评论》2007年第1期。
② 朱文见《当代外国文学》2003年第1期;陈文见《国外文学》2004年第2期。
③ 上海人民出版社2009年版。
④ 《北京第二外国语学院学报》2004年第2期。
⑤ 《解放军外国语学院学报》2004年第3期。
⑥ 南开大学出版社2009年版。
⑦ 中国社会科学出版社2006年版。

程爱民主编的《美国华裔文学研究》[1]。华裔美国文学领域中发表的论文在研究路径上和前一个十年相比,没有太大的差别。研究者主要循着多元文化、后殖民主义中的身份认同理论、经典的解构与重构,以及叙事学的研究思路,对华裔美国文学进行理论上的分析与建构。同时,研究者在具体讨论中也试图将一些不同的当代文论结合起来,比如多元文化和后殖民的批评分析中揉进女性主义和性别主义批评的因素。作为一个范例,陈爱敏的《"东方主义"与美国华裔文学中的男性形象建构》一文就将"东方主义"政治想象理解为在文学中将华裔男子"女性化"或华裔文学中"同性恋"描写的根本缘由。[2] 当然,这个研究思路很容易"后院起火",引起女性主义者的反感。在陈文发表之前,赵文书的论文《华美文学与女性主义东方主义》和《民族主义与本土主义的倒置——华裔美国文学中男性沙文主义解析》就从相反的角度批评了美国华裔文学中存在的对于女性意识的偏见和歧视。[3] 蒲若茜和饶芃子《华裔美国女性的母性谱系追寻与身份建构悖论》则是将华裔女性自我认同的失败归结为华裔女作家复制对西方父权意识的复制。[4] 张冲的《散居族裔批评与美国华裔文学研究》将发端于犹太民族经验的散居族裔批评理论"移植"到了华裔文学的研究中,讨论了这个批评理论对于华裔文学研究的意义和用处。[5] 然而,美国的华裔移民是否可以定义为"散居族裔"(diaspora)则是一个尚无法定论的问题(比如华裔并非由于母国丧亡而被迫流放,也难说华裔对于母国文明有真实的了解和认同)。陆薇的论文《华裔美国文学对文学史的改写和经典重构的启示》则是通过从"经典化"和"经典重构"的角度评价美国华裔文学的意义。[6] 比较值得注意的还有吴冰在 2008 年发表的论文《关于华裔美国文学研究的思考》和孙胜忠在 2007 年发表的论文《质疑华

---

[1]　北京大学出版社 2003 年版。
[2]　《外国文学研究》2004 年第 6 期。
[3]　《当代外国文学》2002 年第 3 期。
[4]　《外国文学评论》2006 年第 4 期。
[5]　《外国文学研究》2005 年第 2 期。
[6]　《当代外国文学》2003 年第 3 期。

裔美国文学研究中的"唯文化批评"》。① 吴冰的论文将美国华裔文学定位为"美国文学"的一个分支,并试图厘清中国文化在华裔文学中表现的真实性与价值问题;吴文整体上给予了华裔美国文学正面的评价,同时也提醒研究者对于华裔文学作品应该保持足够的距离和合理的取舍。孙胜忠的论文则是一篇在华裔美国文学研究中颇为难得的"反思"之作。这篇论文首先质疑了目前研究中大多采用的"文化研究"的思路;在孙胜忠看来,国内的研究有时受到盲目的"寻根意识"影响,往往忽视作品的文学性,从而导致一些文本比较低劣的华裔文学作品堂而皇之的"上位",而经典作品却无人问津。虽然言辞激烈,但是孙文对于当下华裔美国文学研究中缺乏自我反思、缺乏超越文化和种族特殊性的研究思路、缺乏文学解读评价的标准以及套用图式化的研究方法等诸多时弊,进行了很有价值的思考和针砭。在这个时期国内的美国族裔文学批评中,华裔文学占了绝大的分量,而对于非裔文学和犹太裔文学中的理论问题,虽然也有一定的学术论文和几部学术专著问世,如乔国强的《美国犹太文学》②、刘洪一的《走向文化诗学:美国犹太小说研究》③和魏啸飞的《美国犹太文学和犹太特性》④,但是总体而言国内的研究者关注得不太多,这也是国内族裔文学批评中的一个明显的欠缺。美国的族裔文学理论,暂且不论其对于国内美国文学研究之间的意义和价值,在当代美国本土的文学研究中,实际上是一个范围很广的学科,涉及面不单是传统的非洲裔和犹太裔美国文学,也涉及比如西班牙裔美国文学、加勒比地区的文学和印第安人的土著文学,甚至也延伸到了对其他用英文写成的非西方文学作品的研究。我们的族裔文学理论研究,对华裔美国文学理论给予了过多的关注,固然有一些特殊的原因(如华裔文学与中国文化的关系),但是这样做也明显造成了对美国族裔文学理论整体研究上的比例失衡,更无法从全貌上把

---

① 《外国文学》2007年第3期。
② 商务印书馆2008年版。
③ 北京大学出版社2002年版。
④ 广西师范大学出版社2009年版。

握当下美国本土的族裔文学研究中的发展情况。

虽然这个时期族裔文学批评占据了国内文学理论研究的中心位置,但是我们也发现,对于19世纪和清教思想的研究得到了一定的开展。这个现象使得一直以来过于关注现当代文学理论研究的学科布局得到了一些有益的修正。清教和美国19世纪中叶的超验主义运动都产生了一批美国文学传统奠基性的作家和作品,其文学和思想理论的重要性不言而喻。而在这十年的研究中,这两个在国内研究中始终非常薄弱的文学传统得到了一定程度的重视。张世耘的两篇论文《"私人"的困局——爱默生的个人与社会》与《爱默生的原子个人主义与公共之善》是对于有"美国文学之父"之称的爱默生作品和思想高水平的研究论文。① 张文细致解读了爱默生的重要散文作品,立足于美国爱默生研究的批评传统,深入分析了爱默生的个人主义思想在美国思想传统中的意义,也揭示了个人主义哲学内在的矛盾和紧张,对这个美国文学传统精神中一条关键的线索进行了阐释。刘宽红的《美国宗教世俗化运动探源:"上帝在我心中"——论爱默生神学思想对美国宗教世俗化运动的影响》则注意到超验主义运动的世俗化本质与超越现实世界的"宗教性"关怀之间的紧张和互动。② 生安锋的论文《美国浪漫主义中的人神关系》与熊伟、侯铁军的《清教预表法与美国文学中的救赎主题——以〈白鲸〉、〈海上扁舟〉和〈老人与海〉为例》也分别涉及美国的超验主义和清教传统问题。③ 赵白生、苏晖和刘玉宇的论文也都关注了18、19世纪以及殖民地时期的美国文学中的有关话题。④ 对于19世纪以及之前美国文学的研究,在21世纪第一个10年的研究中开始成为一个关注点,使我们有理由对于这个领域未来的研究进展有所期待,也希望能够通过更多的研究,使美国文学研究的学科布局更

---

① 张世耘的两篇论文分别见《国外文学》2005年第3期和《外国文学》2006年第1期。
② 《国外文学》2008年第3期。
③ 生文见《外国文学研究》2002年第4期;熊文见《外国文学研究》2008年第3期。
④ 赵白生:《〈富兰克林自传〉的结构分析》,《外国文学》2004年第1期;苏晖:《论美国殖民地时期文学中的幽默》,《外国文学研究》2008年第4期;刘玉宇:《从〈瓦尔登湖〉中的儒学语录看梭罗的儒家渊源》,《外国文学评论》2009年第3期。

加合乎学理,使国内的学者能够进一步了解美国文学传统自清教时期以来的发展全貌和思想流变。

就作家作品的研究来说,这个时期和之前的十年一样,呈现出小说研究居于绝对的中心位置。美国诗歌与戏剧研究则不仅处于边缘的状态,而且在一定程度上有进一步弱化的趋势,比如研究热点相对匮乏,而研究题目与研究时期和之前相比,重复性也比较强。例如,这个时期出版的几部美国诗歌和戏剧研究的专著,如汪义群的《奥尼尔研究》[1]、张跃军的《美国性情:威廉·卡洛斯·威廉斯的实用主义诗学》[2]和彭予的《美国自白诗探索》[3]基本上还没有跳出前两个十年研究的范围。

美国小说方面的研究,与前一个十年相比,有着很大的连续性。这主要表现在对少数族裔小说的持续关注、对美国现当代小说的偏重,以及研究对象的重复性比较高等几个方面。然而,在这个十年中,美国小说研究也出现了一些新的研究趋势和研究兴趣,而且对于学科的未来发展具有重要的意义。其中,最为重要的现象就是19世纪美国小说研究开始成为一个重要的研究领域,不仅涉及的作家更加广泛,而且研究论文的数量与研究的深度与前20年相比,也有了明显的加强。本文稍后将会具体讨论这个新的研究趋势。如果单从论文数量来看,美国少数族裔文学在这个十年可以说得到了最为集中的关注,而少数族裔文学中的非裔美国文学与华裔美国文学则是这个领域中主要的两个研究重点。与前一个十年类似,非裔文学研究中相当数量的论文都围绕着当代美国作家托尼·莫里森,而研究路径在20世纪90年代的基础上,更加注意借鉴当下美国族裔文学理论,特别是族群理论,以及后殖民主义中的身份认同理论,同时也包括其他诸如女性主义批评、新历史主义或生态文学批评。叙事学理论也在研究中得到重视和应用。试举数篇具代表性的论文为例:朱新福的《托妮·莫里森的族裔文化语境》阐述了族裔族群理论在莫里森作品中的

---

[1] 上海外语教育出版社2006年版。
[2] 安徽文艺出版社2006年版。
[3] 社会科学文献出版社2004年版。

重要性；王玉括的《在新历史主义视角下重构〈宠儿〉》则将新历史主义批评与族裔批评相互结合；唐红梅的《论托尼·莫里森〈爱〉中的历史反思与黑人女性主体意识》、胡俊的《托尼·莫里森小说的姐妹情谊》以及应伟伟的《莫里森早期小说中的身体政治意识与黑人女性主体建构》等文章也是将女性批评与族裔批评结合的例子。① 非裔文学研究中的另一个研究重点是爱丽丝·沃克的《紫色》。这部作品20世纪80年代就已经介绍给国内读者，而最近十年的研究并未拓展至沃克的其他作品，主要的不同点在于研究路径的变化。近期的研究主要思路在于运用族群理论、女性批评以及生态批评的理论反复解读同样的作品，如王成宇的《〈紫色〉与艾丽斯·沃克的非洲中心主义》和《〈紫色〉与妇女主义》，以及张燕、杜志卿的论文《寻归自然 呼唤和谐人性——艾丽斯·沃克小说的生态女性主义思想刍议》。② 这个时期也出版了一部爱丽丝·沃克的研究专著《革命的牵牛花：艾利斯·沃克研究》③。相比莫里森和沃克的研究热度，其他非裔文学传统作家只得到了相对较少的关注，只有不多的几篇文章关注了像赖特的《土生子》、鲍德温的《他们的眼睛望着上帝》和弗雷德里克·道格拉斯的自传作品。④ 此外，程锡麟的专著《赫斯顿研究》⑤则关注了当代主要的非裔美国女作家佐拉·尼尔·赫斯顿。从研究的情况来看，虽然非裔美国文学研究在近20年来从起步到成为研究的热点，我们的研究中仍然有诸多的问题：研究涉及的作家面明显过于狭窄而研究路径又高度重复；文本的解读显得过于政治化和过于依附美国意识形态化色彩强烈的

---

① 朱文见《外国文学研究》2004年第3期；王文见《当代外国文学》2006年第2期；唐文见《当代外国文学》2007年第1期；胡文见《当代外国文学》2007年第3期；应文见《当代外国文学》2009年第2期。

② 王的两篇论文分别见《外国文学研究》2001年第4期和《当代外国文学》2006年第2期；张、杜的论文见《当代外国文学》2009年第3期。

③ 刘戈，高等教育出版社2007年。

④ 见李怡：《从〈土生子〉的命名符号看赖特对WASP文化的解构》，《外国文学研究》2007年第2期；程锡麟：《〈他们的眼睛望着上帝〉的叙事策略》，《外国文学评论》2001年第2期；许德金：《弗雷德里克·道格拉斯的两部自传》，《外国文学评论》2001年第1期。

⑤ 上海外语教育出版社2005年版。

批评理论；研究者关注的是具有较为特殊的社会经验而缺乏与美国文学主流传统的呼应，也缺乏与中国自身关怀的相关性。

可以说，类似的问题也不同程度出现在这个时期美国少数族裔文学研究的另一个热点——华裔美国文学——的研究之中。从20世纪90年代开始，华裔美国文学很快成为近二十年来美国文学的热点；最近十年的研究比前一个十年有所拓展，但是研究思路与20世纪90年代相比，没有什么值得注意的变化。大多数文章仍然循着多元文化与边缘文化、全球化语境下的文化交往和文化对抗、族裔身份与认同，以及女性文学批评和叙事学理论的思路。研究文章多数集中在谭恩美、汤亭亭、赵建秀三位作家，同时也涉及其他美国华裔作家。研究中另一个重要的话题是华裔美国文学的定位或者说华裔美国文学与中国文化之间的关系。有些研究者认为华裔美国文学在中美文化之间起到了某种桥梁的作用，像程爱民和张瑞华的论文《中美文化的融合与冲突：对〈喜福会〉的文化解读》以及徐劲的《试论〈女勇士〉中的文化对话现象》；而另一些研究者则更多讨论华裔美国文学对于美国主流意识形态既迎合又颠覆的复杂关系，比如陈蕾蕾的论文《谭恩美与美国主流意识形态》和卫景宜的论文《改写中国故事：文化想象的空间——论美国华裔作家汤亭亭文本"中国故事"的叙事策略》；还有的研究者则是从解构主义出发，强调华裔作家作品如何消解文化与身份认同中的二元对立，比如蒲若茜的论文《对性别、种族、文化对立的消解——从解构的视角看汤亭亭的〈女勇士〉》。[1] 关于华裔美国文学定位的问题，前文提到吴冰的论文做了比较中肯的理论思考：国内的研究者应该避免将华裔美国文学看成中国文学的一部分，或者更有甚者是中国文化在海外的传播途径之类的，多少"自作多情"的误区。比如，徐颖果的论文《汤亭亭〈第五和平之书〉的文化解读》试图论证在汤亭亭的作品中中国文化如何教育美国和世界，如何使美国社会理解和平与战争之类的

---

[1] 程和张的论文见《国外文学》2001年第3期；徐文见《国外文学》2001年第3期；陈文见《国外文学》2002年第4期；卫文见《国外文学》2003年第2期；蒲文见《国外文学》2001年第3期。

价值问题。类似路径的研究文章也还有不少,但是这样的思路是否过于夸张,以至于赋予了作品其"不能承受之重"的意义?① 此外,绝大多数的研究文章采用"文化研究"的方法,而研究中关注作品本身文学性的论文并不多。从边缘文化和多元文化视角研究华裔作家时,容易出现的倾向就是批评的过度政治化,比如从"文化战争"和"文化对抗"的层面来阐述华裔美国文学的意义。刘葵兰的论文《历史是战争·写作即战斗——赵建秀〈唐老亚〉中的对抗记忆》和王光林的《文化民族主义斗士——论华裔美国作家赵健秀的思想与创作》都循这个思路来评价"牛仔式"的美国华裔作家赵健秀。② 虽然这样的解读路径也许比较契合作家本人的特质,但是我们应该意识到"文化战争"或边缘文化的"对抗性记忆"都属于20世纪80年代之后美国社会的"内部"问题,因此对于中国本身而言,相关性很有限;另一方面,如果把华裔文学看成是某种"文化民族主义",我们则不自觉地将一位以"牛仔"自居,以英文写作的美国华裔作家看成是中国文化的"代表",对西方进行抗争,而这样的立足点就更加值得怀疑。随着华裔文学研究在国内的展开,国内学者也开始挖掘这个文学流派的历史源流,介绍一些更早或更不为人所知的北美华裔作家,比如水仙花、黄玉雪、任碧莲和刘绮芬等。总而言之,美国华裔文学研究的成果可观,也成为这个十年美国文学研究中一时之风尚,但是对于美国文学研究整体学科发展的意义有多大,大概尚无法定论。同时,文化研究成为这个领域研究的主要思路,也确如孙胜忠的批评所言,容易混淆美国问题与中国问题之间的界限,容易忽略作品本身的文学性,无法公允客观地评价其文学价值。对于学科的发展而言,华裔文学或其他少数族裔文学的不断升温也容易使我们忽视对于美国文学主流传统和经典作品的教学研究。换言之,我们的确有必要提醒自己,不要让华裔文学研究一时的"热络"造成国内美国文学研究实质上的自我封闭和视野狭隘。毋庸讳言,当美国华裔

---

① 徐文见《当代外国文学》2005年第4期。
② 刘文见《国外文学》2004年第3期;王文见《当代外国文学》2001年第3期。

作家的译名处理都成为研究的问题,当研究者的关注点已经"深入"到比如华裔小说中的"迷信"如何表现中国文化传统的"集体无意识",或者《喜福会》中的"中国麻将"如何表现华人妇女"乐观进取"和"不屈服命运"的"精神特质"时,我们的确有必要认真对待孙胜忠文章中尖锐提出的对于当下华裔美国文学研究的反思和批评了。①

国内美国犹太裔文学的研究一直以来也是一个比较重要的领域,而与华裔和非裔文学研究相比,关于这个流派研究的思路相对比较开放,能够从族裔问题延伸到其他重要的文化、历史和伦理问题,也能够在一个更大的语境中讨论犹太裔作家的作品与思想。与前一个十年相比,虽然得到的重视程度远不及华裔美国文学,这个时期的犹太裔文学研究中,除了贝娄和纳博科夫这两个重点研究的作家之外,像菲利普·罗斯、约翰·厄普代克和梅勒等其他几位重要的犹太裔作家也成为关注的对象。同时,研究路径也有了一定拓展:除了族裔身份认同、后现代小说理论和叙事学研究的思路之外,伦理学、宗教研究和新历史主义批评理论也被运用于具体的研究中。在贝娄研究中,研究者比较注意的是贝娄作品中表现出的与犹太民族历史和西方现代性经验密切相关的一些问题。比如,刘合颖的论文《论索尔·贝娄长篇小说中隐喻的"父与子"主题》讨论了传统与个体同化的关系;祝平的《索尔·贝娄的肯定伦理观》、修立梅的《从"我要"出发试析〈雨王汉德森〉的精神危机》和黎雪清的《在困境中探寻——试析索尔·贝娄的中篇小说〈勿失良辰〉》都从伦理的层面解读了贝娄的作品。② 国内学者对于纳博科夫的兴趣一直比较集中在这位作家的艺术理念和创作方法上,这个时期的研究也不例外。除了讨论纳博科夫小说的叙事特点和后现代因素的论文之外,黄铁池的《玻璃彩球中的蝶线——纳

---

① 见吴冰:《华裔美国作家学者的姓名中文怎样处理好》,《外国文学》2007年第6期;陈蕾蕾:《透析谭恩美〈灵感女孩〉中的迷信现象》,《国外文学》2002年第4期;张瑞华:《读谭恩美〈喜福会〉中的中国麻将》,《外国文学评论》2001年第1期。

② 刘文《外国文学研究》2004年第4期;祝文见《当代外国文学》2006年第1期;修文见《国外文学》2003年第4期;黎文见《当代外国文学》2001年第3期。

博科夫及其〈洛丽塔〉解读》和张鹤的《试论〈洛丽塔〉的对话性因素》都对纳博科夫的作品做了伦理学方面的探讨。① 菲利普·罗斯和约翰·厄普代克都是美国当代最重要的小说家。乔国强的论文《后异化：菲利普·罗斯创作的新视域》探讨了与犹太裔特殊历史经验有关的，如同化、犹太与非犹族群关系等问题。② 在族裔的研究路径之外，更多的研究是从后现代小说的角度来解读罗斯的重要作品。在厄普代克研究中，族裔身份认同的问题并不居于主要位置，研究者比较关注的是厄普代克作品与当代美国社会与文化之间的互动与紧张关系。朱雪峰的《信仰与危机：评厄普代克新作〈恐怖分子〉》和金衡山的《道德·真实·神学——厄普代克小说中的宗教》都将着眼点放在了"9·11"事件之后凸显出来的宗教问题上面。③ 金衡山是这个时期对厄普代克着力较多的研究者，而他的研究多关注厄普代克小说如何表现美国中产阶级社会面临的一系列文化和精神危机。④ 另外两位得到较多关注的犹太裔作家是诺曼·梅勒和伯纳德·马拉默德。其中，由于梅勒小说本身的特点，研究者也多从历史意识与历史再现的视角讨论了梅勒这位美国当代小说巨匠的主要作品。从20世纪90年代开始，国内的学者对于美国土著印第安人文学就已经有所注意，这个时期也有一些研究文章发表，但在学科布局中并不占有重要的位置。

作为近30年来美国文学研究中的重点领域，在当代美国小说的研究中，一些其他的代表性作家在最近的十年中也继续得到研究者的注意，包括唐·德利罗、约翰·巴斯、E. L. 多克托罗这几位前期未有很多关注的作家，也包括之前已有研究的冯尼格特、品钦、塞林格以及凯鲁亚克。朱新福的《〈白噪音〉中的生态意识》，以及陈红、成祖堰的《〈白噪音〉的叙事

---

① 黄文见《外国文学评论》2002年第2期；张文见《外国文学》2007年第6期。
② 《外国文学研究》2003年第5期。
③ 朱文见《外国文学研究》2006年第5期；金文见《国外文学》2007年第1期。
④ 如《身体的狂欢：厄普代克〈夫妇〉中欲望乌托邦和享乐主义的双重含义》，《当代外国文学》2007年第2期；《是什么让兔子归来？——厄普代克〈兔子归来〉中的自我认同危机和六十年代的社会文化矛盾》，《外国文学》2005年第6期。

策略与文体风格》,分别从生态主义和叙事学的角度解读了德利罗的名著《白噪音》;杨仁敬则介绍了德利罗的短篇小说作品。① 巴斯也是这个时期得到较多关注的一位当代美国小说家,国内的学者注意到了这位作家作品中对于历史经验的表现、改写和再想象。王建平出版的专著《约翰·巴斯研究》②也是一个有一定代表性的研究成果。除了一直被重视的后现代叙事理论之外,当代美国小说的研究路径呈现出进一步的多元化——历史意识、伦理学与政治学理论、生态批评等文学理论都被运用于批评的实践中。这些偏重于历史、政治和文化的研究路径,若能紧密结合文本的细读和分析,应该能够大大地深化和丰富我们对于当代美国小说的理解。第二次世界大战之前的 20 世纪现代美国小说研究,也始终是近三十年来的一个研究重点。而其中最为重头的两位作家福克纳和海明威,在这个十年仍有大量的研究论文发表。研究的视角和方法与之前的成果相比,变化也不大:福克纳的研究多从南方文学、叙事方法和种族意识三个方向展开;海明威的研究则多从女性主义、生态批评、新历史主义和种族批评,以及其他一些熟知的主题分析(如死亡、英雄主义等)入手。不仅研究路径与之前大体相同,关注的作品和问题和之前的研究也有比较大的重复性。由于关于这两位作家的论文数量较大,且变化较少,故在此不作详述。这个时期里,对美国女性作家和女性文学研究而言,最有代表性的一个研究成果是金莉出版的专著《文学女性和女性文学:19 世纪美国女性小说家及作品》③。

这个十年美国小说研究中一个非常值得注意的现象是 19 世纪美国小说研究的进展。与之前的二十年相比,这个十年的研究中涉及的作家面有了很大的拓展,论文的数量有了明显的增加,而研究的深度和方法也有很大的进步。研究的作品主要涉及 19 世纪上半叶美国浪漫主义时期

---

① 朱文见《外国文学研究》2005 年第 5 期;陈、成文见《当代外国文学》2009 年第 3 期;杨仁敬的《评唐·德里罗的短篇小说》见《外国文学》2003 年第 4 期。
② 上海外语教育出版社 2007 年版。
③ 外语教学与研究出版社 2004 年版。

和 19 世纪下半叶美国的现实主义和自然主义时期小说。19 世纪是美国小说传统的奠基时期,而这个时期的经典作家对于后来的美国现当代小说家的影响非常巨大;而也是在 19 世纪,美国小说成为美国主流文学传统中的一个核心组成部分。回归到这个时期经典作家作品的研究,在一定程度上,很好地修正了三十年来美国文学研究中过于偏重现当代作家,特别是当代作家的趋势,使得学科布局上显得更加合理和平衡,也能更好地使国内学界认识到美国文学传统的整体面貌。这个新的研究趋势使我们相信未来的美国文学研究会逐渐认识到 19 世纪以及之前的美国文学的重要性,并有更多高质量的研究成果。

这个十年中得到重点研究的几位 19 世纪小说家包括麦尔维尔、霍桑和亨利·詹姆斯。在麦尔维尔研究中,杨金才发表了一系列的论文,讨论分析了麦尔维尔的"波利尼西亚三部曲"和《皮埃尔》《雷德伯恩》《毕利·巴德》等作品。① 同时,他的专著《美国文艺复兴经典作家的政治文化阐释》②也涉及这个时期的主要作家和作品。杨金才研究的基本路径是将麦尔维尔等人的作品置于美国的帝国主义与种族主义话语的背景之下进行解读。这是国外近期的麦尔维尔研究中比较重要的一个研究思路,也是国内研究经常依循的一条线索。此外,孙筱珍的论文讨论了《白鲸》的宗教意义。③ 整体而言,国内研究中对于麦尔维尔的代表巨著《白鲸》的研究还不够深入,对于麦尔维尔晚期作品(包括诗歌)的关注还有待提升。研究中存在的另一个问题是研究方法上过于依赖种族主义批评和殖民以及后殖民理论。我们应该注意到,麦尔维尔是 19 世纪中叶美国超验主义运动中的代表性作家,他与霍桑的关系密切,而且对于爱默生的散文也有很多的阅读和评注。麦尔维尔作品中包含的因素很多,在所谓"异域文

---

① 见杨金才:《异域想象与帝国主义——论赫尔曼·麦尔维尔的"波利尼西亚三部曲"》,《国外文学》2000 年第 3 期;《论〈皮埃尔〉的创作意图与叙事结构》,《外国文学评论》2005 年第 4 期;《〈奥穆〉的文化属性和种族意识》,《外国文学评论》2007 年第 3 期。
② 上海外语教育出版社 2009 年版。
③ 《外国文学研究》2003 年第 4 期。

化"的描写之外,对于美国社会中作家与文学的命运多有评论和表现;更为重要的是他的形而上学倾向,比如他耽于对于人的善恶和自由意志等问题进行抽象的理念思考,并在小说作品中多有表现,而这个层面的内涵是难以用后殖民理论来探讨的。韩敏中在《黑奴暴动与"黑修士"——在后殖民语境中读麦尔维尔的〈贝尼托·赛来诺〉》一文中,通过对于这部作品的细读以及这部小说几个不同版本和"底本"的比较,说明了麦尔维尔即使在看上去明显带有种族和政治问题的作品中,也同时在思考涉及人性本质的形而上学问题。① 韩文提醒研究者要注意麦尔维尔作品的复杂性,不能过于被作品中的种族和政治问题所左右;这不仅是提醒我们注意避免对麦尔维尔作品进行一种"政治化"的"简单化约",也在间接指出进一步丰富研究思路和研究方法的必要性。这一点对于我们研究包括麦尔维尔在内的其他19世纪美国小说家都是很重要的意见。

  霍桑研究从20世纪80年代开始就是美国小说研究中的一个重点,但是以往的研究往往只关注《红字》一部小说,对于霍桑其他作品的研究远远不够。在最近十年中,国内的霍桑研究开始涉及更多的霍桑作品,同时作品中多层面的涵义,比如历史经验、宗教和政治伦理问题,也得到了比较有深度的探讨。虽然在许多方面仍有进一步拓展的必要,这个十年霍桑研究的水平和之前相比,有了明显的提高,而研究视域也更加开阔。在《红字》的研究中,甘文平和金衡山的论文都涉及小说结尾主人公"奇异"的回归及其蕴含的政治与伦理意义,这个问题也是美国霍桑研究中的一个焦点问题。② 方文开的论文《从〈带七个尖角阁的房子〉看霍桑的文化政治策略》涉及了霍桑的另一部代表作;方文开研究霍桑的专著《人性·自然·精神家园:霍桑及其现代性研究》③也是一个对霍桑的专门研

---

  ① 《外国文学评论》2005年第4期。
  ② 甘文平:《惊奇的回归——〈红字〉中的海斯特·白兰形象解读》,《外国文学研究》2003年第3期;金衡山:《〈红字〉的文化与政治批评——兼谈文化批评的模式》,《外国文学评论》2006年第2期。
  ③ 论文见《外国文学研究》2008年第1期,专著见上海外语教育出版社2008年版。

究作品。戚涛的《霍桑对爱默生超验主义的解构》则是通过对霍桑另一部代表作《福谷传奇》的解读,分析了霍桑对于爱默生的个人主义思想中"自我中心"与"自恋"的批评。① 对于霍桑短篇小说的研究有所开展,但是从涉及作品仍然很少的情况来看,还明显有很大的拓展空间。《拉巴契尼的女儿》由于其中表现出的科学与人性之间紧张关系,引发了国内研究者对于霍桑科学观的探讨。霍桑研究中一篇水平很高的代表性作品是程巍的《清教徒的想象力与1692年塞勒姆巫术恐慌——霍桑的〈小布朗先生〉》。从新历史主义的角度出发,程文通过细致的文本分析,将《小布朗先生》的创作与早期清教社会的一个重大的宗教、政治和社会的"危机事件"联系起来,并以此来探究霍桑的历史和伦理意识。② 程文的研究路径重视了霍桑作品中对于新英格兰历史一贯的关注和再现,而将文学文本与思想以及历史文本相互结合是研究霍桑和其他与清教有关的话题时值得采取的一条重要的跨学科的研究思路。

  内战之后兴起的美国现实主义和自然主义小说是美国小说以及19世纪美国文学的一个重要发展阶段。在这个十年的国内研究中,亨利·詹姆斯和德莱塞是两位得到比较多关注的重要作家。对于詹姆斯小说的研究在前一个十年已经有了开展,而在最近十年中有了进一步的发展。首先,研究思路显得更加多元化:20世纪90年代的研究比较偏重于叙事学的角度,这当然符合詹姆斯在小说创作理论上有重要贡献的事实;而在最近十年的研究中,研究者也开始从文化、社会与性别等多个层面对作品进行研究。代显梅和陈丽的论文都从伦理与个人自由的角度讨论了詹姆斯的代表作《一位女士的画像》,特别是小说结尾表现出的道德困境。③ 代显梅的另一篇论文《天才之死——〈罗德里克·哈德逊〉的一种文化解读》、毛亮的《艺术自我与社会形式:亨利·詹姆斯的〈悲剧缪斯神〉》分别探讨了詹姆斯笔下的艺术家所面临的身份与社会危机,而王丽亚的《亨

---

① 《外国文学》2004年第2期。
② 《外国文学》2007年第1期。
③ 代文见《外国文学评论》2008年第1期;陈文见《外国文学研究》2002年第1期。

利·詹姆斯〈悲剧缪斯神〉中的性别与殖民意识》则是从男权和殖民主义两个更加政治化的思路来解读作品。① 陈丽的《〈专使们〉与文化批评精神》用了马修·阿诺德的文化批评理论来阐释小说《专使们》的意义;毛亮的《美国民主的"形式"问题》则是通过解读詹姆斯的《美国游记》来探讨他对于美国文明的价值层面和文化层面的思考与评价。② 詹姆斯的作品数量巨大而其地位重要,又与同时代的诸多作家与批评家有许多思想上的交流,因此詹姆斯研究还有诸多的领域值得进一步的开拓。

当代文学理论中新历史主义批评理论的流行使得文学批评与历史和经济学话语相互映照和融合,也让一些"沉寂多时"的作家再次显示出丰富的意义和重要的价值。德莱塞研究就是这样一个例子。国内对于德莱塞以往也有所触及,但是在最近这十年中,相当程度上受到了新历史主义批评理论的启发,国内研究者对于德莱塞的作品有了更加深入的研究。蒋道超的研究专著《德莱塞研究》③是近年来不多见的一部专门性的研究著作。方成的《德莱塞自传体小说〈天才〉中自我表征模式与大众意识的裂变》运用了经济学和消费主义批评的理论,分析了德莱塞作品中审美形式与工业化转型、作家形象与作品形式和生产形式与消费意识之间的互动关系。④ 类似思路的文章还有杨金才的《从货币、劳动与理想的关系看德莱塞的〈美国的悲剧〉》、蒋道超的《消费语境下的越界和抑制——评西奥多·德莱塞的〈金融家〉》和毛凌滢的《消费伦理与欲望叙事:德莱塞〈美国悲剧〉的当代启示》。⑤ 朱振武的《生态伦理危机下的城市移民嘉利妹妹》、林斌的《从〈嘉莉妹妹〉看德莱塞女性观的内在矛盾性》、王钢华的《〈嘉莉妹妹〉的欲望和驱动力》和黄开红的《社会转型时期的"美国

---

① 代文见《外国文学研究》2002年第2期;毛文见《国外文学》2008年第1期;王文见《外国文学研究》2002年第1期。
② 陈文见《外国文学评论》2003年第4期;毛文见《国外文学》2007年第1期。
③ 四川人民出版社2001年版。
④ 《外国文学研究》2003年第3期。
⑤ 杨文见《国外文学》2002年第4期;蒋文见《国外文学》2002年第2期;毛文见《外国文学研究》2008年第3期。

梦"——论嘉利妹妹的道德倾向》都将注意点放在了德莱塞最有名的小说作品,分别从城市化、消费主义和性别批评理论的视角对小说进行了解读。① 从德莱塞研究的情况来看,新历史主义批评的研究路径的确能够展现小说与社会其他方面之间不同层面的丰富关系,也有助于我们更好地了解内战之后美国社会迅速工业化、城市化的进程以及催生出的一系列社会和文化问题。关于19世纪其他重要的美国小说家,如马克·吐温、爱伦坡、斯蒂芬·克莱恩、弗兰克·诺里斯、薇拉·凯瑟和凯特·肖邦等,也分别有研究论文发表。新历史主义批评理论在国内被接受和使用,在美国小说研究方面起到了一些积极的作用。在前期的19世纪美国小说研究中,国内的研究者对美国在内战之后发生的重大的社会、经济和文化变迁缺乏比较深入的了解,因此在作家和作品研究方面往往欠缺历史的维度。新历史主义的批评理论让国内的研究者注意到了文学作品与社会其他领域之间的密切关系,也能够从文学作品的分析角度出发,去探究文学话语与经济和政治话语之间相互影响和相互塑造的关系。这使得国内对19世纪美国小说的研究具有了一种历史层面的厚度,也能够更加深入地把握美国社会的现代化过程与美国文学之间的密切关系。当然,新历史主义理论也有其局限性,比如过于强调社会、政治和经济元素对文学作品和文学话语的构建作用,也是对文学作品本身丰富和复杂内涵的一种简单化的"化约"。国内的研究者在充分借鉴新历史主义批评的同时,也需要对文学作品的审美维度和形式分析方面给予足够的重视。文学作品从来不是社会意识形态的代言者,也不可能完全被各种意识形态话语所规定。事实上,阐明文学作品与意识形态之间的互动关系,特别是文学本身的特质和文学语言的修辞性,如何能够颠覆或"溢出"社会意识形态所设定的框架,是文学研究本身的任务和意义之所在。

总体而言,最近十年来对19世纪美国小说研究的进展是一个可喜的

---

① 朱文见《外国文学研究》2006年第3期;林文见《外国文学研究》2003年第2期;王文见《外国文学研究》2002年第3期;黄文见《外国文学研究》2006年第3期。

现象。19世纪的美国经历了重大的政治、社会和经济变迁,同时美国小说以及美国文学在这个时期也经历了从主题到体裁等多方面的嬗变和发展。这个时期的研究对于我们了解美国社会与文化有着非常重大的意义。从目前的研究状况来看,研究深度和广度还远远不够,仍然有诸多重要的作家作品有待于我们去研究挖掘。此外,研究思路仍然有进一步开拓的必要。我们仍有必要对这个领域开展更多基础性的研究工作,比如:更多经典作家作品的研究,这个时期政治、历史与思想背景的梳理,美国小说在这个时期的变化与发展,文学与市场之间的关系,以及美国小说对于纷繁复杂的社会矛盾与思想话语(阶级、性别、种族、移民、欧洲与美国、新富与老钱、城市与乡村等等问题)的把握和表现。在研究之外,我们也应该比较系统地将有关这个时期的一些重要批评著作翻译过来,使国内其他领域的读者也能够了解这个时期美国文学和文化思想、社会和价值观层面发生的深刻变化。这对正处于转型时期的中国有重要的意义和价值。

与前二十年相比,最近十年对于美国诗歌和戏剧的研究总体仍处于相对薄弱的状态,在研究主题上变化也不大。美国自白诗一直是国内研究的一个重点,这个时期也不例外。彭予发表的数篇论文分别讨论了自白诗的诗歌形式、诗歌主题以及自白诗与历史之间的关系;也有其他研究者的学术论文讨论美国自白派女诗人普拉斯和毕晓普。① 在19世纪美国诗歌方面,李野光的《惠特曼研究》②是近年来不多的一部对惠特曼进行专门性研究的作品。但是总体而言,惠特曼的研究在这个时期有所弱化。另一位19世纪美国诗歌巨匠艾米丽·迪金森开始得到国内学者的关注和研究。顾晓辉和周平的论文分别从不同的侧面讨论了迪金森的宗

---

① 见彭予:《美国的自白诗:选择开放》,《外国文学研究》2001年第1期;《美国自白诗的疯狂主题》,《外国文学研究》2003年第4期;《试论自白诗的治疗作用》,《外国文学研究》2005年第1期。关于毕晓普和普拉斯,见曾巍:《西尔维娅·普拉斯自白诗中的自我意识》,《外国文学研究》2008年第6期;李佩纶:《另一种修辞:不动声色的内心决斗——论伊丽莎白·毕晓普的诗歌艺术》,《外国文学评论》2009年第2期。

② 上海外语教育出版社2003年版。

教观念；张雪梅的论文在超验主义的语境内讨论了迪金森的自然观；刘晓晖的论文从诗歌与散文两种文体在迪金森书信中界限的模棱和游移出发，来解读迪金森诗歌作品中对于"意义"的独特构建；董爱国的论文则从历史的角度入手，分析了迪金森在一生的大部分时间离群索居的缘由。[①]在现代美国诗歌方面，之前已经成为研究热点的几位诗人如艾略特、弗罗斯特和威廉姆斯也同样是这个时期的研究重点，在研究角度和方法上有一定的拓展，但总体而言变化不大。关于弗罗斯特，国内研究注意较多的是诗歌的语言与修辞手段的运用；关于威廉姆斯，国内这个时期的研究涉及他的诗学理论，以及他和"地方主义"、实用主义传统之间的关系，也涉及诗人与中国文化之间的关系；至于另一位美国现代诗歌巨匠华莱士·史蒂文斯，国内的研究关注不多。艾略特和庞德仍然是这个时期诗歌研究的另一个重点领域，并有相当数量的学术论文发表，但是研究的基本路径与之前的研究差别不大。至于19世纪之前的美国诗歌，目前国内的研究还基本上没有形成气候。美国戏剧方面的研究仍然集中在前期得到关注的作家之上，奥尼尔、田纳西·威廉姆斯和阿瑟·米勒是其中三位最为中心的人物。总体而言，无论是诗歌还是戏剧方面的研究，近30年来的情况表明国内的研究者需要进一步地拓展这个领域的研究对象和研究话题，否则我们就难以避免陷入一种话题枯竭和自我重复的状态。

另一个值得一提的学术研究成果，是由南京大学外国语学院英语系王海平、朱刚、杨金才和张冲等学者牵头组织撰写的《新编美国文学史》（四卷本）[②]。这部文学史是继董衡巽等中国社会科学院外文所学者于20世纪80年代编写《美国文学简史》之后，中国的美国文学研究者编撰的另一部学术影响较大的美国文学史。与《美国文学简史》相比，这部新史在

[①] 顾晓辉：《上帝与诗人：试论美国女诗人艾米丽·迪金森的宗教观》，《国外文学》2001年第1期；周平：《艾米利·迪金森宗教审美意识中的边缘性》，《国外文学》2008年第3期；张雪梅：《艾米利·迪金森对超验主义自然观的再定义》，《外国文学研究》2005年第6期；刘晓晖：《文体越界与意义空白：解读艾米利·迪金森的书信》，《外国文学评论》2005年第6期；董爱国：《艾米丽·迪金森隐退之因探析》，《外国文学评论》2001年第3期。

[②] 上海外语教育出版社2000—2002年版。

篇幅上做了很大的拓展，基本上涵盖了美国文学从北美印第安文学和17世纪清教时期到20世纪末的发展历程；同时在文学流派的收入上也尽量能够顾及到不同时期各个有影响的文学流派和作家作品，不同的撰写者也能够各抒己见，体现出不同的观点和研究路径。总体而言，这部新文学史的出版对国内的美国文学研究和教学都具有积极的推动作用，也是近三十年来国内美国文学研究历程的一个展示。

在西方文学中，美国文学是一个颇为独特的文学传统。美国文学是第一个完全在现代民主制度中孕育出来的文学传统，在如何理解自由、平等以及个人价值等问题上有着与欧洲文学不同的价值观。从清教时期开始，美国文学的发展始终伴随着美国社会的现代化进程，也不断面临着美国社会中各种政治、经济和文化方面的危机与挑战。可以说，美国文学从一开始便具有一种深刻的"现代性意识"。此外，随着美国在西方世界的兴起，以及对全球事物的深度参与，美国文学与文化的影响力显然已经超越了美国本土。可以说，对于美国文学和文化的研究在今天的中国具有特殊的意义，能够使我们丰富对于西方文明的了解，借鉴西方的历史文化经验，为转型期的中国提供具有重要参考价值的思想成果。纵观自1979年以来中国的美国文学研究，我们应该首先肯定这个领域所取得的众多重要的成就。在"文化大革命"之后百废待兴的环境中，国内研究者为改革开放的中国翻译介绍了大量美国文学经典，成为中国人在"文化大革命"之后了解世界的一个窗口。美国文学研究也在较短的时间内迅速成为国内外国文学研究中一个重要的、有影响力的领域。美国文学的研究与美国文学经典的翻译相互配合，使国内的读者能够阅读和了解到一大批美国优秀的作家和文学作品。无论是外国文学的教学以及人才的培养，还是国内文化和出版事业的繁荣，中国的美国文学研究为新时期中国文化的开放和发展都做出了巨大的贡献。

在改革开放后的30年中，国内美国文学研究在关注点上保持了一定的连续性，我们相对更重视对美国现当代文学作品和文学理论的介绍和研究，而在这个领域内也取得了更多重要的成就。然而，我们还远不能满足于已经取得的成绩,我们应该认识到目前研究中存在着的一些突出问题,我们有必要立足于中国自身的文化与价值关怀,继续拓展研究的领域。因此在本综述的结尾,作者试图针对美国文学研究的现状提出几点思考意见,期待国内同道共同讨论,使我们的美国文学研究在未来取得更大的成就。

首先,我们注意到国内的美国文学研究在学科布局上一直有一些明显的不平衡之处。我们过于偏重现当代美国文学,尤其是当代美国文学的研究;而对于美国文学其他几个关键的奠基时期,特别是清教时期、美国独立革命时期和19世纪"文艺复兴"时期的美国文学,国内的研究还相当薄弱。然而,这三个时期在国际上始终是美国文学研究的核心领域。倘若缺乏对这几个时期的研究和了解,我们就不太容易梳理清楚美国文学发展的历史脉络,也难以把握美国文学的基本理念、基本传统和基本经典。在研究时期的失衡之外,我们似乎也过于偏重美国小说的研究。虽然小说是美国文学最重要的成就,但是对于小说的过度关注也使国内美国诗歌和戏剧的研究始终处于薄弱和边缘的状态。更为重要的是,这样的情况也会使我们忽略对小说、诗歌和戏剧之外其他类型文本的研究。美国文学的一个特点就是文本和文类上的多样性。在传统的文学体裁之外,美国文学经典中相当大的一部分包括了哲理性的散文作品,传记、游记和有关自然的文学写作,新大陆的探险作品,宗教布道词以及其他的神学文本,还包括大量政治性的散文作品。由于美国社会的特殊性,这些文本包含着历史、文学、宗教、哲学和社会思想等多方面的内容。在国际上,这些具有多学科特性的文本始终是美国文学研究的重要资源,而这类文本还有待于国内研究者的系统关注和挖掘。

其次,自20世纪90年代"理论热"的兴起,国内美国文学的研究者也开始广泛地运用最新的理论模式。同时,我们也注意到批评的话语和研究的路径出现了"泛政治化""泛意识形态化"和忽略经典作品的趋势。后现代、后殖民等文学理论的过多运用与国内本身就偏重美国现当代文学的倾向相结合,使我们更容易忽视对美国文学主流传统和经典作品的研究。在最近二十年的研究中,我们似乎过多地认同那些对美国文学主流传统采取"修正"态度的理论视角,过多地参与到批判主流、质疑经典与解构传统的潮流之中。美国本土的文学研究在当下出现这样的现象有其历史和文化上的特殊因缘,但如果我们仔细观察美国本土的研究现状,就会发现这个现象只不过是众多流派中的一脉而已。美国本土学界对于主流传统和经典作品的研究与教学其实从未式微,相反却始终居于学科的中心地位。从学理上讲,美国有些学者对主流与经典的批判恰恰是依附在美国学界对主流和经典成熟的研究与教学之上,甚至是从另一个角度对主流和经典进行关注和解读。因此,我们需要提醒自己,在尚未熟悉和把握美国文学主流传统和经典作品时,就试图"解构"传统并"质疑"经典显然有本末倒置的危险。

与此趋势有关的另一个现象是,近二十年来美国少数族裔文学在国内学界的流行,并成为当下美国文学研究中的一个"热点"问题。这个研究领域在国内的崛起与"非经典化"或"质疑传统"的文学批评潮流有密切的关系;但是,在研究中"缺位"的是我们对于这个文学流派在价值层面上的定位与反思。换言之,我们尚未认真思考这个流派与中国人自己的美国文学研究之间究竟有多大的相关性。近二十年来对美国非裔文学和华裔文学如此巨大和过度的关注多少反映出我们在理念层面上的盲目性和文学研究中过度"政治化"与"意识形态化"的问题。对于少数族裔文学的过度关注有可能使我们的学科面临进一步失衡的危险。而在另一方面,我们自身的地位与美国少数族裔的境遇并无可比性,因此我们也没有必要去扮演和他们类似的角色,对美国文学的主流传统与经典作品采取一种"战斗"和"颠覆"的姿态。国内的有些研究盲目地追随美国的族裔批评和族裔文学,而对于这些内在于美国当下社会的特殊而又边缘的文化现象缺乏清醒的意识,则更是有"表错情"和"会错意"的问题。此外,学术研究和论文发表中的一些不良现象也值得我们反思。如上文提到从 20 世纪 90 年代开始,许多在核心刊物上发表的研究论文篇幅明显过短;这个现象在最近十年中有增无减。学术论文的"豆腐块化"使研究水平的提高成为不可能之事。近二十年美国文学论文在数量上的巨大增长也掩盖了诸如研究水平不高、研究内容重复性强的问题。研究条件的限制、学术生态的恶质化以及科研管理的官僚化是国内人文学科共同面临的问题,美国文学研究自然也难以置身局外。这些情况的改善有赖于中国高等教育进一步的调整和改革。

展望国内美国文学研究未来的发展,我们可能在若干方面都需要有所"修正"和"回归":我们应该修正过于偏重现当代文学和过于偏重小说的研究角度,以便平衡不同时期和不同文本类型研究之间的关系;我们的研究重点应该回归美国文学的主流传统和经典作品;我们的批评实践应该回归对于文学性本身的重视和坚持,从而避免过度"意识形态化"的批评话语和研究路径。此外,相信还有更多的基础性工作有待于我们的努力:我们需要梳理和总结美国文学的价值理念与历史经验,需要系统翻译借鉴国际上有价值的研究成果,也需要更好地把美国文学的研究与大学的人文教育结合起来。这些基础性的工作会使我们更准确地把握美国文学的基本结构和精神,更全面地了解美国文学的传统与成就。这是立足于中国自身的关怀开展美国文学研究的前提,也是中国与西方进行真正意义上"文明对话"的必要条件。如果不能深入地了解西方主流思想与文化传统,那么我们在对话中就注定只能扮演一个边缘的角色。即使我们掌握了一些似乎"便捷有效"的"批评"或"颠覆"西方主流的理论工具,但实际上却是主动地放弃了与西方平等对话的空间。在未来的美国文学研究中,在与美国和西方学术界的交流中,我们应该既有思想的批评也有文明的"同情";我们应该有能力和气度用一种平等开放、和而不同的心态与美国的文学与文化传统进行对话。这是中国的美国文学研究者分内的工作与职责,也是我们的美国文学研究能够立足于中国学术的整体发展,并与其他文史哲和社会科学学科相互呼应、相互合作、共同进步的有效途径。

第二章

德语文学研究

第一节 18世纪之前德语文学

随着改革开放的不断深入,中国的外国文学研究整体呈现繁荣局面,德语文学研究作为其中一个重要分支,也不甘落后,取得丰硕成果。但仅就中国的德语文学研究内部研究重点的分布而言,18世纪之后的文学研究由于历史积累相对深厚、作品名家相对集中、研究力量相对雄厚以及中国社会现实更为迫切需要等诸多因素而占据了绝对优势,相反,18世纪之前德语文学的研究则由于研究对象难度较大、距离现实较远、相关研究人才匮乏等因素显得较为清冷。尽管如此,还是有一些研究者将目光投向这一领域并在近一二十年里逐步取得越来越令人可喜的成绩。下面将从综述性研究、德国封建社会初期僧侣文学、日耳曼英雄史诗、骑士—宫廷文学、宗教改革时期文学、巴洛克文学和启蒙文学七个方面来介绍和梳理一下中国近30年来对18世纪之前德语文学展开研究的基本情况。由于相关研究整体量少,本文选材不拘泥于外国文学研究期刊和中文核心期刊。

一、综述性研究

18世纪之前德语文学综述性研究有论文和专著若干,其中论文有杨雁斌的《西欧中世纪文学问题学术讨论会》[①]和李晓卫的《论欧洲中世纪文学与古希腊罗马文学的关系》[②]。前者并不是严格意义上的论文,而是根据前苏联《社会科学》杂志(英文版)1986年第4期(季刊)的报道对1985年苏联莫斯科大学举行的以"西欧中世纪文学问题研究"为中心议题的中世纪史专家学术讨论会及其重要论点如"曾被描绘成人类文明史上一个黑暗时期的中世纪早已成为历史"的介绍;后者则在相隔十几年后指出学术界对欧洲中世纪文学与古希腊罗马文学的关系及其自身价值普遍具有了明确的认识,欧洲文学和文化的两座高峰、两次辉煌之间的中世纪并非可有可无,而是必不可少的过渡,文章同时认为,一些论者在谈到中世纪文学与古希腊罗马文学和文艺复兴文学关系时仍比较看重诸如对古代典籍的翻译整理和考古发现等外部因素作用,而对古代希腊罗马文化精神作为一种内在文化因子渗透和融合到中世纪文化和文学中的事实认识不足,因此着重从文化根源和文学表现两个方面进一步探讨了中世纪文学与古希腊罗马文学的内在联系。

论著方面涉及18世纪之前德语文学的,先有20世纪90年代余匡复著《德国文学史》[③],新千年后有高中甫、孙坤荣著《德语文学简史》[④]、余匡复著《德语文学简史》[⑤]、安书祉著《德国文学史》第1卷(范大灿主编五卷之卷一)[⑥]和谷裕著《隐匿的神学——启蒙前后的德语文学》[⑦]。这些著作的出版极大地改观了18世纪之前德语文学的研究现状,如果说前面的几

---

① 《外国文学研究》1987年第3期。
② 《外国文学研究》2003年第6期。
③ 上海外语教育出版社1991年版。
④ 海南出版社2003年版。
⑤ 上海外语教育出版社2006年版。
⑥ 译林出版社2006年版。
⑦ 华东师范大学出版社2008/2010年版。

部文学史起开拓性作用,尚以一般性介绍为主的话,那么最后两部则是名副其实的专论。安书祉的《德国文学史》第 1 卷作为全国哲学社会科学"九五"规划重点项目,为目前国内最全面和最系统的对 17 世纪末之前德语古代和中世纪文学的学术专著,并分别获得 2011 年北京市和 2013 年教育部哲学社会科学一等奖。谷裕的《隐匿的神学——启蒙前后的德语文学》从神学入手,系统揭示启蒙前后德语文学中的基督教元素,也在一定程度上填补了国内相关研究的空白。该书于 2010 年再版。

二、德国封建社会初期的僧侣文学

相关研究并不多见,代明的《希尔德布兰特之歌》[①]具有一定的代表性。文章指出中世纪头韵体诗歌《希尔德布兰特之歌》是德国早期文学的代表,这首被游吟诗人在市场上和贵族庭院中吟诵的古德语叙事诗,本来无意留传给后代,而今我们能读到它,应归功于本尼迪克特教团的僧侣,是他们于公元 830 年前后将这首诗歌记录在羊皮纸上的神学原稿的首页和末页,格林兄弟在 175 年前首先认识到这首诗的重要性,如今它已成为珍贵资料。

三、日耳曼英雄史诗《尼伯龙根之歌》——德语古代文学译介与研究新热点

《尼伯龙根之歌》又称《尼伯龙根厄运》,为德国中世纪的著名史诗,大约写成于 1201—1204 年之间,作者可能是奥地利人。在我国,自 1959 年由钱春绮译成中文《尼伯龙根之歌》[②]开始,便为中国的外国语言文学工作者所熟悉,成为中国读者,尤其是儿童读者最喜爱的欧洲古代故事之一。改革开放以来,该英雄史诗逐渐引起德语文学研究者的兴趣,并从 20 世纪 90 年代开始成为一个新热点,至今有越来越热的趋势。详情如

---

① 《世界文化》1990 年第 3 期。
② 人民文学出版社 1959 年版。

下:20世纪90年代先有弗兰茨·菲曼著《王后复仇记——尼伯龙根之歌》中译本[1],21世纪的最初5年又陆续推出两个重要译本:安书祉译《尼伯龙人之歌——日耳曼史诗》[2]和曹乃云译《尼伯龙根之歌——德国民间史诗》[3]。2006年7月5日《海南日报》以《吟唱千古的德国英雄史诗〈尼伯龙根之歌〉》为题对曹译本进行了报道:"德国民间英雄史诗《尼伯龙根之歌》,曾长期被称誉为'德语圣经',是欧洲中古文学作品的杰出代表。华东师范大学著名德语文学专家曹乃云教授十年磨一剑,径从中古高地德语直接翻译,又校以现代德语译本的《尼伯龙根之歌》,近日已由该校出版社推出,可谓弥足珍贵。德、奥各地图书馆藏有约30种史诗抄本,曹译本依据其中最重要而又完整的荷恩埃姆斯—拉斯贝尔克本翻译。此前我国曾先后有钱春绮和安书祉译本,曹译本则'后出转精'。《尼伯龙根之歌》至今在欧洲各国盛行不衰,现代译本和改编本层出不穷,并早已被选入高校和中学教材。德、奥和瑞士城乡众多街道、建筑以史诗命名,奥地利多瑙河畔落成史诗人物铜像纪念碑。电影《指环王》更使史诗响遍全球。著名美学家朱光潜曾说:'中世纪欧洲最大的文学成就是歌唱民族英雄的故事诗,如德国的《尼伯龙根之歌》,英国的《伯阿沃夫》,西班牙的《什德的诗篇》等,它们才是西方近代文学的真正的源泉。'《尼伯龙根之歌》新译本的问世,将进一步促进我国对欧洲中古文学的研究和中德文化交流的展开。"

安书祉译本配有《译者前言》和《译者后记》,均具有论文的性质,所以也可以划入研究论文之列。此外,自2004年起,研究界开始较多关注这部作品,先后有多篇论文面世。姜岳斌在《尼伯龙根神话:黑格尔的误读与瓦格纳的扭曲——兼论西格弗里的形象在德国文化中的异变》[4]一文中指出:黑格尔反感《尼伯龙根之歌》原因有二:一是认为诗史没能展现一

---

[1] 叶文译,上海译文出版社1990年版。
[2] 译林出版社2000年版。
[3] 华东师范大学出版社2005年版。
[4] 《华中师范大学学报》(人文社会科学版)2004年第4期。

个真实可感的社会环境,因而不符合他的史诗理念;二是误解西格弗里的原始英雄特性,黑格尔从自己的美学观出发,拒斥人物身上的怪诞特征。但黑格尔对《尼伯龙根之歌》的反感还有内容方面的原因。史诗中的原始英雄西格弗里的性格有着相当严重的自身缺陷,因而无法成为德国民族正面的英雄形象。西格弗里的形象在瓦格纳的《尼伯龙根的指环》中被重塑为一个激情的浪漫主义英雄,但瓦格纳又赋予他毁灭一切的意志力量,使他看起来更像《尼伯龙根之歌》中铁血般冷酷的哈根。瓦格纳对西格弗里的改造迎合了特定时代的德国青年的英雄崇拜心理,但它所带来的狂热激情却是有害的,因而哲人尼采警告说追随瓦格纳代价甚高。赵蕾莲一年后撰文《〈尼伯龙根之歌〉——一部伴随德国历史沉浮的中世纪英雄史诗》①,沿着德国历史脉络,透视该史诗的接受历史,勾勒出《尼伯龙根之歌》作为德国中世纪英雄史诗在德国历史上所经历的沉浮,呈现出不同时期德国人对该史诗的不同接受及其背后折射的德国主要历史时期意识形态的变迁。2006年又有陈伟迪发表《欧洲中世纪后期史诗封建意识探源》②一文,指出包括《尼伯龙根之歌》在内的欧洲中世纪后期英雄史诗是封建国家形成时期的产物,反映了欧洲民族大迁移后的历史现实,进而尝试分析中世纪史诗中宗教矛盾、民族矛盾与封建社会因素的融合并进一步探索西欧封建化问题。2008年有3篇相关论文值得重视:李钥、张铁夫在《〈尼伯龙根之歌〉民族心理学研究史述》③一文中指出,《尼伯龙根之歌》被人们一再吸收、咀嚼、利用,成为德国民族特征的发射空间,历经多年史诗的研究时常偏入政治意识形态甚至是民族精神的轨道,却鲜有学者来探究这种种政治行为的心理根源,以及该作品所蕴藏的巨大民族驱动力,国内的学术界对于中世纪的文化和文学由于认识的局限性和不足存在着偏见,以及《尼伯龙根之歌》在中国研究的薄弱、单一、主观,故从《尼伯龙根之歌》来进行德国民族心理研究对于现在中国面临的全球化趋

---

① 《德国研究》2005年第3期。
② 《湖北成人教育学院学报》2006年第1期。
③ 《湘潭师范学院学报(社会科学版)》2008年第1期。

势和未来的挑战,有着重要的现实意义。接着,两位作者又继续发表题为《论〈尼伯龙根之歌〉中的基督教因素》①的文章,认为评论界存在否定《尼伯龙根之歌》受基督教影响的观点,其原因在于没有考证史诗的作者与创作的历史背景,也没有看到作品表现基督教影响的独特方式,这种特殊性乃是根源于德国中世纪基督教化的特殊的历史过程和诗人独特的创作方式与隐晦的创作意图,而英雄史诗《尼伯龙根之歌》中包含了双重的人文内涵,世俗的要素和基督教的要素交融杂糅其中。紧接着,上述作者之一李钥又在同年著文《〈尼伯龙根之歌〉中的战争行为对德国军事的影响》②,指出《尼伯龙根之歌》描写的战争行为刻画了德意志人特有的延续至今的军事风格和作战方式——异常勇猛、强烈的集体主义和团队精神、突袭和毁灭,《尼伯龙根之歌》中的战争行为与早期日耳曼人常年征战的生活状况有关,也根源于日耳曼人与生俱来的强烈的不安全心理,这些战争行为一直得以保持并在后来演变为德国军队的极强战斗力和高度服从性,以及战术上的闪击战理论和焦土抵抗政策,并已然成为德国军队的传统。2009 年吉晶玉在其论文《〈尼伯龙根之歌〉与匈奴人的历史》③中专门探讨史诗的历史维度,发表下述观点:欧洲中世纪后期的英雄史诗大多以一定的历史事实为背景而创作,日耳曼民族的《尼伯龙根之歌》正是以罗马匈奴联军于公元 437 年毁灭莱茵河畔的勃艮第王国的史实演绎而成,故从史学角度而言,《尼伯龙根之歌》在一定程度上反映了匈奴人的历史变迁,更为扑朔迷离的匈奴西迁欧洲的史迹提供了确凿的佐证。2011 年中南财经政法大学郑百灵又回到纯文学研究视角,发表《论哈根形象在〈尼伯龙根之歌〉中的地位与意义》④一文,指出《尼伯龙根之歌》中的哈根一般被评论界贬为小人和野心家,是英雄西格弗里特的对立面,但通过文本细读却能发现,史诗在叙事上实际也对哈根倾注了热烈的赞颂,而当用

---

① 《四川外语学院学报》2008 年第 3 期。
② 《湖南科技大学学报(社会科学版)》2008 年第 4 期。
③ 《新疆社科论坛》2009 年第 6 期。
④ 《世界文学评论》2011 年第 1 期。

史诗所处时代的伦理标准去评价哈根时,会发现他其实是一个集众多优秀品质于一身的人物,是史诗的真正英雄。

四、骑士—宫廷文学

肖明翰 2005 年发表《中世纪欧洲的骑士精神与宫廷爱情》①一文,认为骑士精神和宫廷爱情密不可分,是中世纪欧洲突出的文化现象,深深植根于中世纪欧洲的历史、社会、文化和文学之中,特别是同欧洲封建制度、罗马天主教会以及欧洲和阿拉伯两大文明的冲突与交流密切相关,骑士精神的演化反映了欧洲中世纪文明的进程,宫廷爱情则标志着欧洲人文主义思想和人文主义文学的重大发展,它们同时也体现了人们对高尚的理想、优美的情操和人与人之间美好关系的向往与追求,已经成为西方文明的核心构成,至今发挥着重大影响。2006 年《国外文学》发表了德国柏林自由大学古代德国语言文学研究所马蒂亚斯·迈耶尔所写《什么是"爱之歌"？——德国中世纪爱情诗歌》②一文的中译文,首先概括介绍"爱之歌"（Minnesang）这种诗歌体裁兴起的政治、经济和文化背景,然后以德国贵族阿尔布莱希特·冯·约翰斯朵夫（Albrecht von Johannsdorf）的一首比较典型的"爱之歌"为蓝本,从内容、修辞、情感等方面进行细致分析,最后从社会和心理的角度探讨这类作品中的爱情主题意义。"爱之歌"是德国中世纪爱情诗歌的统称。随着欧洲封建制度的建立和封建统治阶级的形成,文学创作逐渐成为贵族阶层的业余爱好,反映他们个人情感的爱情诗歌在欧洲各国风靡一时,德国的"爱之歌"就属于这样一类诗歌。2010 年,谷裕发表了《神秩下的成长发展与圣杯的寓意——沃尔夫拉姆的〈帕西法尔〉》③,认为中世纪宫廷骑士史诗《帕西伐尔》演绎了同名主人公成长发展为亚瑟骑士和圣杯骑士的历程,但与现代成长发展小说存在本质不同,因为主人公成长发展于神秩之中,道路是神的召唤和恩宠,取

---

① 《外国文学研究》2005 年第 3 期。
② 《国外文学》2006 年第 2 期。
③ 《国外文学》2010 年第 1 期。

代个体和内在性的是共同体和公共性,时空具有救赎和终末意义。

五、宗教改革时期的文学——以路德翻译圣经为中心

20世纪80年代末,雷雨田、韩瑞常发表《略论伊拉斯莫与路德》①一文,指出伊拉斯莫和路德是欧洲中世纪后期两位巨人,前者是人文主义泰斗,后者是宗教改革领袖,二者既有相同点,又有不同点,二者的关系体现了文艺复兴运动和宗教改革运动的辩证关系,伊拉斯莫学究气浓厚,较之路德相形见绌,二者虽同为人文主义者,却在对罗马天主教的态度、斗争方式和目的等方面截然不同。

此后相关研究陷入沉寂,直到2006年起才又开始变得活跃起来。这一年有两篇以文化语言为研究角度的代表性论文问世:其一为杨平所写《马丁·路德的〈圣经〉翻译及其影响》②,认为宗教改革家马丁·路德率先用大众化的语言翻译德语《圣经》,使《圣经》为普通老百姓所理解和接受,从而动摇了教会的权威,推进了宗教改革运动,路德的《圣经》翻译是德国乃至欧洲翻译史上的一个里程碑,不仅统一了德国语言,促进了德国文学的发展,而且也为翻译理论和实践作出了贡献;其二为侯素琴所写《马丁·路德与现代德语》③,文章指出1522—1545年马丁·路德为推动宗教改革而致力于《圣经》的翻译工作,他的《圣经》德译本同时揭开了德语发展史上新的一页,马丁·路德也因此被称为伟大的翻译家,在《圣经》翻译中他汇聚丰富的德语词汇,尽可能排除方言土语的影响,切实可行地树立了一种统一、普遍而稳定的通行全德的民族共同书写语言,为日后现代德语的形成提供了最重要的前提条件。一年后,喻天舒对路德赞美诗进行探讨,发表《从"避难所"到"坚固堡垒"——在与〈诗篇46〉的比较中看路德的赞美诗〈我们的上帝是坚固堡垒〉的时代特色》④一文,指出在路

---

① 《齐齐哈尔大学学报》(哲学社会科学版)1989年第2期。
② 《湖北社会科学》2006年第4期。
③ 《上海理工大学学报(社会科学版)》2006年第2期。
④ 《国外文学》2007年第4期。

德的全部赞美诗创作中以《我们的上帝是坚固堡垒》最为世人称道,因为这首宗教诗歌精品虽改编自《圣经》,但路德在其中却毫不犹豫地舍弃《诗篇46》作者所精心选择的"避难所"意象,而代之以充满火药味的"坚固堡垒"意象,相应地,路德还有意识地突出了那些与上帝这座"坚固堡垒"争战的恶魔形象,从而使《诗篇46》中含糊提到的"患难"之义被明确指控为魔鬼对基督徒的"毁伤",由此笔者认为,因宗教改革的时代刺激而产生的对斗争生活的热望是"坚固堡垒"成为比"避难所"更受路德偏爱的文化意象的主要原因,而诗作在激发信徒坚持信念、不怕牺牲的战斗豪情的同时,也往往会在信徒心中播撒下仇视"异端""异教"的种子。2008年,鱼为全发表了关注路德翻译思想的文章《马丁·路德的矛盾思想在翻译上的体现》①,通过分析路德在宗教改革中所持有的矛盾思想来说明他在翻译思想和翻译实践中所体现出的局限性,指出路德作为16世纪德国宗教改革运动的发起者,同时也是16世纪德国翻译家,他翻译的《圣经》被誉为"第一部民众的《圣经》",是西方翻译史上对民族语言的发展产生巨大而直接影响的第一部翻译作品。2009年又接着有两篇讨论路德翻译的论文问世,分别是:李晶浩所写《马丁·路德的译经伟绩与〈关于翻译的公开信〉》②和肖杰、程晓东所写《浅析马丁·路德翻译〈圣经〉对宗教改革运动的历史意义》③。前者指出宗教改革家马丁·路德所译德文《圣经》创造了德意志民族语言日耳曼语发展史上最重要的文献,被视为"德意志民族巅峰之作",亦为德语文学奠定基础,而通过路德撰于1530年的《关于翻译的公开信》可以管窥一部翻译著作何以能够在译入语文化中取得如此崇高地位、产生如此深远影响的原因;后者则在介绍路德生平的基础上探讨路德《圣经》的特点以及对宗教改革运动的历史意义,认为路德在欧洲率先以大众化的德语翻译《圣经》,使得众多的平民百姓可以直接阅读《圣经》,由此引发欧洲各国掀起翻译《圣经》热潮,逐步打破教会对《圣经》

---

① 《鸡西大学学报》2008年第5期。
② 《复旦外国语言文学论丛》2009年第2期。
③ 《青年文学家》2009年第22/23期。

翻译权和解释权的垄断,教会权威受到严重挑战,欧洲民族意识开始觉醒,西欧宗教改革运动蓬勃发展。

六、巴洛克文学译介与研究

1984年,德国巴洛克文学重要代表作《痴儿西木传》由李淑和潘再平合作的中译本问世①,在中国古代德语文学译介工作中具有重要意义。但不仅是此书的研究,甚至是德国乃是欧洲整个巴洛克文学的研究工作,都明显滞后于翻译,除了基本德国文学史的简单介绍之外,基本没有像样的研究工作展开。直到2003年才开始零散出现正规的研究文章。这一年,中国海洋大学文学院刘润芳发表说明德国巴洛克自然诗艺术风貌的论文《德国的巴洛克自然诗》②,表达了三个观点:一、德国17世纪的巴洛克诗歌有其自身特殊性,不是对人文主义的否定,而是对人文主义的继承;二、巴洛克诗歌有象喻性和形式美两方面的美学追求,形式美包括严谨的格律和声色藻绘;三、巴洛克自然诗还不是真正的自然诗,因为自然还没有成为审美对象,但在17世纪中叶以后,象喻的布景式自然渐向真实的自然转化,自然开始从喻体走向一个自在的审美客体,这就兆示着18世纪的启蒙自然诗,即真正的自然诗的诞生。两年后,黄云霞和贺昌盛共同撰写《被遗忘的"巴罗克":中国的巴罗克文学研究》③一文,认为"巴罗克"是盛行于欧洲17世纪前后的一种文艺思潮和美学范式,曾与以法国为中心的古典主义共同雄踞了一个时代,不仅是欧洲文学艺术发展史上的一个极其特殊而又非常重要的艺术现象,而且对后世如表现主义、拉美魔幻现实主义乃至后现代主义等诸多文学流派及艺术思潮都产生了深刻的影响。2008年10月金琼又接连发表两篇相关论文《一颗"形状不规则的珍珠"——巴洛克文学的审美价值与文化意义探微》④和《巴洛克

---

① 人民文学出版社1984年版。
② 《外国文学评论》2003年第2期。
③ 《外国文学研究》2005年第4期。
④ 《外国文学研究》2008年第6期。

文学的民间意识与狂欢精神——以〈痴儿西木传〉为观照》①。前者通过对巴洛克文学发展状况的深入分析,重新评价其审美价值和文化意义,指出巴洛克文学是17世纪欧洲的非主流文学思潮,一直以来,对其文学艺术价值的否定性评价居多,但其实巴洛克文学的代表作中不乏思想纯正严肃、艺术精美高雅的作品;后者以《痴儿西木传》为例,指出巴洛克文学的民间意识和狂欢精神是通过狂欢化语言和狂欢化人物形象来作为表现载体,其具体体现为:文本通过全民性狂欢节庆的描写,意欲建立一个乌托邦大同世界,借助表层粗鄙放诞的欲望叙事,折射深层的精神需求和宗教关怀,而双重或多重情感态度与价值意义的探索则展现出巴洛克文本对人的存在状态的多方观照与体认。

七、启蒙文学研究——以莱辛(1729—1781)为中心

启蒙文学的研究主要以莱辛为中心展开。由于启蒙文学的重要地位,相对于前述18世纪前德语文学的几个阶段而言,国内对以莱辛为龙头的德语启蒙文学的研究传统也相对深厚一些,如20世纪50、60年代对莱辛剧本就又有一些翻译②。自1979年以来对莱辛和启蒙文学的译介和研究呈现零星展开之势。

论文发表方面,先有李淑1979年撰写《启蒙的号角——莱辛寓言介绍》③一文,指出莱辛在18世纪德国反封建、反教会、为资产阶级开辟思想阵地所作的斗争是在比法国艰难十倍的环境里进行的,莱辛以崭新面貌出现在德国文坛,他孤军奋战的顽强姿态使他无愧于"伟大的启蒙学者"的称号。在启蒙时代,寓言和戏剧一样,是流行的文学体裁,以简短紧凑的形式借所寓之意对群众起着启发教育的作用,以剧作家和美学家而著名的莱辛也用寓言作为宣传启蒙思想的有力工具。两年后,又有张黎

---

① 《外国文学研究》2010年第4期。
② 莱辛:《爱美丽雅·迦洛蒂》,商章孙译,新文艺出版社1956年版;莱辛:《敏娜·封·巴尔海姆》,海梦、阮遥译,上海文艺出版社1961年版。
③ 《外国文学研究》1979年第1期。

文章《莱辛〈汉堡剧评〉成书的背景及其方法问题》①面世,认为《汉堡剧评》是莱辛继《拉奥孔》之后又一部重要理论著作,是作者对汉堡民族剧院的实践进行批评和理论探讨的成果,是对德国资产阶级民族戏剧发展的科学原则最早、最成功的描述,在欧洲美学发展史上占有重要地位;这部著作影响深远,直接培育了歌德、席勒,现代德国戏剧大师布莱希特也从中为他的"史诗剧"理论找到许多论据。2000年,范大灿发表《德国启蒙运动过渡期(1687—1720/30)的小说和诗歌》②,阐明德国启蒙运动过渡期文学把"聪明机智"当作首要任务,在教育与娱乐的关系问题上更注意娱乐,而魏塞和京特等小说家、戏剧家、诗人是这个过渡期的最重要的代表人物;过渡期小说与巴洛克时期小说有原则区别,魏塞的小说创作和京特的诗歌等宣告了德国文学新时代的开始。2007年谷裕所写《虔诚运动与德语启蒙小说中的主观主义——以莫里茨的〈安通·莱瑟〉为例》③一文,以莫里茨的自传性小说《安通·莱瑟》为例,考察德国虔诚运动与启蒙小说之间的关系,虔诚运动注重内省、注重灵修与启蒙小说主人公沉湎于幻想与感伤的性格心理有密切联系。

对于论文发表,莱辛译介方面的取得的成果更为可喜。自1979年以来,莱辛的重要著作《拉奥孔》《莱辛寓言》《汉堡剧评》被翻译为中文④;新千年以来,莱辛的诗歌、神学和政治哲学文选、多部剧作都得到翻译、再译和补译⑤;与此同时,国内外研究莱辛和启蒙的专著也一定程度地出现和

---

① 《外国文学研究》1981年第4期。
② 《外国文学研究》2000年第3期。
③ 《外国文学评论》2007年第2期。
④ 莱辛:《拉奥孔》,朱光潜译,人民文学出版社1979年版;莱辛:《莱辛寓言》,高中甫译,人民文学出版社1980年版;莱辛:《汉堡剧评》,张黎译,上海译文出版社1981年版。
⑤ 威廉·狄尔泰:《体验与诗》,胡其鼎译,生活·读书·新知三联书店2003年版;莱辛:《拉奥孔》,朱光潜译,安徽教育出版社2006年版;莱辛:《历史与启示——莱辛神学文选》,朱雁冰译,华夏出版社2006年版;莱辛:《莱辛剧作七种》,李健鸣译,华夏出版社2007年版;莱辛:《人类的教育——莱辛政治哲学文选》,刘小枫选编,朱雁冰译,华夏出版社2008年版。

翻译引进①。

综上所述,中国18世纪之前德语文学研究的总体状况还只是"星星之火",距离"燎原之势"还有很长的路要走。这个局面可能不是很快就能扭转。目前要为扭转这一局面做的首要工作就是加强这方面的人才培养,并在此基础上采取切实可行的措施鼓励和加强相关领域的研究,尤其鼓励从中国当代社会实际需要出发,采用新的视野和理论方法去研究和发掘德语古代文学资源。

第二节　从浪漫派到流亡文学

一、浪漫派及其相关作家

在浪漫派作品和文献的翻译方面,做出贡献较大的有孙凤城、刘小枫、李伯杰、林克、刘皓明等,翻译的作家主要涉及施莱格尔、诺瓦利斯、荷尔德林、克莱斯特和瓦肯罗德。刘小枫的《诗化哲学》②和孙凤城主编的《德国浪漫主义作品选》③产生了较大的影响。在施莱格尔翻译方面,李伯杰译有《浪漫派风格:施勒格尔批评文集》④,林克和谷裕也分别译有诺瓦利斯和瓦肯罗德的作品。

荷尔德林的中译在20世纪90年代才引起重视,最早有顾正祥译注的《荷尔德林诗选》⑤,后来陆续出版有戴晖译《荷尔德林文集》⑥、张红艳

---

① 陈定家:《〈拉奥孔〉导读》,四川教育出版社2002年版;维塞尔:《莱辛思想再释——对启蒙运动内在问题的探讨》,贺志刚译,华夏出版社2002年版;维塞尔:《启蒙运动的内在问题——莱辛思想再释》,贺志刚译,华夏出版社2007年版。
② 山东文艺出版社1986年版。
③ 人民文学出版社1997年版。
④ 华夏出版社2005年版。
⑤ 北京大学出版社1994年版。
⑥ 商务印书馆1999年版。

译《烟雨故园路——荷尔德林书信选》①、先刚译《塔楼之诗》②等,而以刘皓明译《荷尔德林后期诗歌》③因其附有两卷厚达1014页的详尽注释而最为世人瞩目。此外还有林克译荷尔德林诗集《追忆》④,陈敏译德国当代作家彼得·赫尔特林写的《荷尔德林传》⑤。刘小枫、陈少明主编的《荷尔德林的新神话》⑥和孙周兴译海德格尔的《荷尔德林诗的阐释》⑦也产生了较大影响。在荷尔德林研究方面,赵蕾莲认为威廉·海因泽的长篇小说《阿尔丁海洛与幸福岛》中的"一即万有"的观点影响了荷尔德林的和谐观⑧。还有学者梳理了荷尔德林在中国的早期接受史。⑨

在浪漫派其他作家的研究上,李伯杰先后在《外国文学评论》《国外文学》上发表了多篇研究德国浪漫派的论文,涉及施莱格尔、诺瓦利斯和浪漫派文论,是这一时期我国浪漫派研究领域令人瞩目的成果。社科院外文所的陈恕林也写了一系列论述浪漫派的论文,如《启蒙运动与德国浪漫派》⑩。此外,李永平的《通往永恒之路——试论德国早期浪漫主义的精神特征》梳理了早期浪漫派的精神内涵⑪,杨武能则探讨了Novelle(中篇小说)这一文体的特征⑫。

在德国浪漫派诗歌研究领域,以刘润芳的研究最值得关注。她发表的论文有《德国浪漫派抒情诗探识》⑬、《艾辛多夫自然诗的中国阐释》⑭和

---

① 经济日报出版社2001年版。
② 同济大学出版社2004年版。
③ 华东师范大学出版社2009年版。
④ 四川文艺出版社2010年版。
⑤ 江苏人民出版社2009年版。
⑥ 华夏出版社2004年版。
⑦ 商务印书馆2000年版。
⑧ 《德国研究》2011年第4期。
⑨ 参见吴晓樵:《荷尔德林早期的中国知音》,《中华读书报》2006年10月11日;叶隽:《现代中国的荷尔德林接受——以若干日耳曼学者为中心》,《中国比较文学》2011年第2期。
⑩ 《外国文学评论》2001年第1期。
⑪ 《外国文学评论》1999年第1期。
⑫ 《外国文学评论》1993年第2期。
⑬ 《外国文学评论》2006年第3期。
⑭ 《四川外语学报》2006年第2期。

《创新与开拓——论布伦塔诺诗歌的意义》①等。她引入比较的方法,注重中德诗歌传统的比照,如将艾辛多夫的自然诗同王维的诗歌相比较。

具体到施莱格尔研究上,《雅典娜神殿》的译者李伯杰将"交友"和"浪漫反讽"这两个问题提出来讨论,冯亚琳和刘渊探讨了施莱格尔的小说理论②,青年学者张帆考察了小说《路清德》中的女性构想③,李伟民则注意到施莱格尔兄弟的莎士比亚评论④,洪天富翻译了德国学者韦措尔德写的施莱格尔艺术史观的论文⑤。

在诺瓦利斯(亦译作"诺瓦里斯")研究上,诺瓦利斯的小说《亨利希·冯·奥夫特丁根》和散文诗《夜颂》尤其受到国内研究者的重视。冯至早年在海德堡大学完成的博士论文《自然与精神的类比——诺瓦里斯的气质、禀赋和风格》1993 年被译为中文,刊登在《外国文学评论》第 1 期,使研究者对我国早期的浪漫派研究成果有所了解。此后,主要研究论文有李伯杰的《"思乡"与"还乡"——〈海因利希·冯·奥夫特丁根〉中的还乡主题》⑥、林克的《释〈夜颂〉之夜》⑦、谷裕的《试论诺瓦利斯小说的宗教特征》⑧和韩瑞祥的《审美感知的碰撞——评诺瓦利斯对歌德〈威廉·迈斯特的学习时代〉的反思》⑨等。

---

① 《外国文学评论》2005 年第 2 期。
② 冯亚琳:《"浪漫的书"——论施莱格尔的小说理论与小说实验》,《四川外语学院学报》2003 年第 5 期;刘渊:《论弗·施莱格尔的小说理论与创作实践》,《外国文学研究》2008 年第 1 期;刘渊:《德国早期浪漫派诗学研究:以弗·施莱格尔为代表》,华中师范大学博士学位论文,2008 年。
③ 张帆:《论弗·施莱格尔的浪漫主义女性构想——重读经典〈路清德〉》,《理论界》2006 年第 11 期。
④ 李伟民:《施莱格尔兄弟对莎士比亚的解读》,《外国文学研究》2005 年第 2 期;《施莱格尔的浪漫主义文学主张与浪漫主义莎评》,《四川师范大学学报(社会科学版)》2005 年第 2 期。
⑤ W. 韦措尔德:《弗·施莱格尔的艺术史观》,洪天富译,《美苑》2005 年第 4 期。
⑥ 《外国文学评论》1997 年第 3 期。
⑦ 《国外文学》2000 年第 4 期。
⑧ 《外国文学评论》2001 年第 2 期。
⑨ 《外国文学》2010 年第 6 期。

与浪漫派其他作家相比,我国对克莱斯特的翻译和研究开展较早。改革开放后,早期的译本如商章孙等译的《克莱斯特小说戏剧选》①得以再版,新近则有《克莱斯特作品精选》②、袁志英译《O侯爵夫人——克莱斯特小说全集》③等。这些译本为为国内不懂德文的研究者提供了新的文本依据,但克莱斯特戏剧全集汉文译本的阙如则无疑是个遗憾。克莱斯特的著名文论《论木偶戏》较早引起学者们的兴趣,先后有严宝瑜和魏育青的译文。④ 研究论文有严宝瑜的《克莱斯特其人,他的创作和他的美学论文〈论傀儡戏〉》⑤、王建的《评克莱斯特的〈论木偶戏〉》⑥、郭洪体的《艺术的"重心"——从克莱斯特的〈论木偶戏〉讲起》⑦等。阮慧山与焦海龙的《克莱斯特的语言理论及其现代性》⑧注意到克莱斯特对语言表达功能所持的怀疑态度。研究克莱斯特戏剧的单篇论文还有孙宜学的《论克莱斯特剧作〈破瓮记〉的结构和喜剧艺术》⑨和王笑琴的《论〈破瓮记〉的艺术》⑩。克莱斯特的小说成为尝试文化学转向的首选文本。王炳钧以《智利地震》为例,标举"文学研究中的历史人类学视角",考察了"身体记忆、器官感知与社会秩序结构及暴力的关系"⑪。受这一研究方法的启示,青年学者赵薇薇和郑萌芽自2008年起发表了一系列论文,从"历史语境""父权机制"与"种族话语"等角度讨论《智利

---

① 上海译文出版社1985年版。
② 译林出版社2007年版。
③ 上海译文出版社2010年版。
④ 严宝瑜的译文刊于《外国美学》第五辑,商务印书馆1989年版;魏育青的译文见于刘小枫主编:《人类困境中的审美精神》,东方出版中心1994年版。
⑤ 《外国美学》第五辑,商务印书馆1989年版。
⑥ 《外国文学评论》1993年第4期。
⑦ 《东南大学学报》(哲学社会科学版)2007年第4期。
⑧ 《解放军外国语学院学报》2005年第3期。
⑨ 《同济大学学报》2001年第1期。
⑩ 《河南大学学报》(社会科学版)2006年第1期。
⑪ 《外国文学》2005年第4期。

地震》和《圣多明各的婚约》,给人以耳目一新之感。① 还有学者探讨了克莱斯特在中国的翻译接受史②。研究克莱斯特的专著有赵蕾莲的《论克莱斯特戏剧的现代性》③和赵薇薇的《家庭 社会 个人——克莱斯特作品主题分析》④。

霍夫曼是改革开放以来我国译介较多的作家。重要译本有张威廉、韩世钟译《封丝蔻戴丽小姐——霍夫曼小说选》⑤、赵蓉恒译《古堡恩仇》⑥,王印宝、冯令仪译《霍夫曼短篇小说选》⑦、杨武能编选霍夫曼小说选《斯居戴里小姐》⑧,以及张荣昌译长篇小说《魔鬼的迷魂汤》⑨。在霍夫曼研究上,早期的论文有吴昌雄的《漫话霍夫曼》⑩、陈恕林的《德国文苑中的一朵奇葩——浅论霍夫曼的〈公猫摩尔的人生观〉》⑪和《一个艺术狂人的悲剧——E.T.A.霍夫曼的〈斯居戴里小姐〉析》⑫、杨武能的《非驴非马,生不逢辰——关于霍夫曼的小说创作与接受》⑬。近年主要的研究者有王炳钧、冯亚琳、梁锡江、丁君君等,关注的作品从《斯居戴里小姐》转向

---

① 赵薇薇:《主宰家庭和城市社会的父权机制——解读克莱斯特的叙事文本〈智利地震〉》,《解放军外国语学院学报》2008年第6期;赵薇薇:《特殊历史语境中的家庭与爱情——克莱斯特小说〈圣多明各的婚约〉评析》,《德国研究》2010年第1期;郑萌芽:《想象的女性气质与种族话语的交互——解读克莱斯特的叙事文本〈圣多明各的婚约〉》,《天津外国语学院学报》2009年第4期。
② 叶隽:《现代中国的克莱斯特研究》,《南京师范大学文学院学报》2010年第1期。
③ 黑龙江教育出版社2007年版。
④ 南开大学出版社2011年版。
⑤ 上海译文出版社1988年版。
⑥ 漓江出版社1996年版。
⑦ 湖南文艺出版社1996年版。
⑧ 译林出版社1998年版。
⑨ 上海译文出版社1999年版。
⑩ 《外国文学研究》1984年第3期。
⑪ 《外国文学研究》1986年第3期。
⑫ 《外国文学评论》1988年第1期。
⑬ 《外国文学研究》1992年第1期。

《沙人》①和《表哥的角窗》②，重视详细的文本分析和尝新的研究视角，如尝试把《雄猫穆尔》解读为一部"反成长小说"③。

在浪漫派研究上一个突出的特点是新兴研究力量的崛起，缺失是我国还没有真正开展对让·保尔、克雷门斯·布伦塔诺、阿希姆·阿尔尼姆等作家的研究，这些领域在我国依旧是一个空白。

二、比德迈耶文学至诗意现实主义

对比德迈耶文学的研究主要还停留在翻译上，重要的译文有傅惟慈译德罗斯特·许尔斯霍夫的小说《犹太人的山毛榉——威斯特伐利亚山区的风俗画》④、严宝瑜译默里克中篇小说《莫扎特在去布拉格的路上》⑤等。戏剧家黑贝尔在晚清民国时期在我国就受到重视——王国维、杨丙辰和陈铨都很重视黑贝尔（当时的译名是"海别尔"或"赫贝尔"）的作品，但自改革开放以来我国黑贝尔研究的成果寥寥。

毕希纳的研究在我国新时期也受到重视。人们首先注意到他的社会剧《沃伊采克》。⑥《毕希纳文集》中译本的出版使毕希纳的剧本在中国上演成为可能。1993年，毕希纳诞辰180周年，歌德学院北京分院发起"纪念毕希纳戏剧晚会"，中国艺术研究院话剧研究所将毕希纳的三部传世之作搬上舞台。1995年，《沃伊采克》还和《放下你的鞭子》合演。2009年，

---

① 如冯亚琳：《从〈金罐〉和〈沙人〉看霍夫曼二元对立的艺术观》，《四川外语学院学报》2006年第1期；丁君君：《瞳孔中的镜像——论霍夫曼的小说〈沙人〉》，《外国文学》2006年第5期。

② 如王炳钧：《现代交往与感知模式的转换——论E. T. A. 霍夫曼的短篇小说〈表哥的角窗〉》，《外国文学》2007年第4期；梁锡江：《谢拉皮翁原则与〈堂兄的角窗〉——德国文学的一段问题史》，《外国文学评论》2011年第1期；梁锡江：《19世纪初德国社会转型期与浪漫主义的矛盾——重读霍夫曼的小说〈堂兄的角窗〉》，《南京师范大学文学院学报》2011年第3期。

③ 参见丁君君：《成长的怪诞——从反成长小说的角度看〈雄猫穆尔〉》，《外国文学》2011年第4期。

④ 《外国文学》1983年第5期。

⑤ 《世界文学》1981年第5期。

⑥ 刘芳本：《格·毕希纳与他的社会剧〈沃尔采克〉》，《外国文学》1985年第10期。

讽刺喜剧《莱昂瑟与莱娜》被王延松搬上舞台。人民文学出版社先后出版了李士勋、傅惟慈合译的《毕希纳文集》(1986)和《毕希纳全集》(2008)。译者李士勋对刘小枫在《沉重的肉身》中对《丹东之死》一剧的误读提出了质疑。①

在海涅研究上,20世纪80年代初,论文的论题主要集中在探讨海涅与革命导师马克思、恩格斯的关系上。② 这一选题在20世纪90年代就开始从研究界淡出,不过程代熙为纪念海涅诞辰200周年而写作的《马克思与海涅二三事》③则属例外。翻译家钱春绮在1957年就在上海新文艺出版社翻译出版了海涅的《新诗集》《诗歌集》和《罗曼采罗》。这些译作在改革开放后再版,先后计有《阿塔·特洛尔》(1979)、《新诗集》(1982)、《罗曼采罗》(1982)、《海涅抒情诗菁华》(1989)等。自改革开放以来,海涅诗歌作品的翻译还有诗歌集《青春的烦恼》(张玉书译,1987)。张玉书还译有《论浪漫派》,著有《海涅名作欣赏》④,主持过两次国际海涅学术研讨会(1987年、1997年),在国际海涅研究界产生了较大影响,活跃了国内海涅研究的气氛。2003年,河北教育出版社出版了章国锋、胡其鼎主编的12卷本《海涅全集》。这不仅是我国海涅研究也是德国文学中译史上的一件大事。张玉书、陆扬和李伟民⑤等还注意到海涅作为批评家的重要性。近来,海涅的短篇小说也受到研究者的注意,如杨劲探讨了《佛罗伦萨之夜》第二夜中对他者形象的描绘,她尤其将目光投向作品中的舞蹈与哑剧

---

① 李士勋:《质疑刘小枫博士的〈沉重的肉身·丹东与妓女〉》,《东方论坛》2010年第6期。
② 仅1983年发表的选题类似的论文就有:马征:《马克思与海涅交往述评》,《青海民族学院学报》(社会科学版)1983年第1期;周骏章:《马克思与德国诗人海涅》,《外国文学研究》1983年第2期;农方团:《导师、诗人——马克思与海涅》,《广西师院学报》(哲学社会科学版)1983年第1期;万莹华:《马克思与海涅》,《杭州师院学报》(社会科学版)1983年第1期。
③ 《文艺理论与研究》1997年第6期。
④ 中国和平出版社1996年版。
⑤ 参见张玉书:《谈谈海涅的〈卢苔齐娅〉》,《文艺理论与批评》1997年第6期;陆扬:《论作为批评家的海涅》,《广西师范大学学报》(哲学社会科学版)1989年第2期;李伟民:《论海涅的浪漫主义莎评》,《外语与外语教学》2006年第10期。

因素。① 青年德意志的一些其他作家在改革开放前受到重视,如 1978 年人民文学出版社出版了施升译的《维尔特诗选》。

诗意现实主义作家中,在我国最受关注的是施托姆和冯塔纳。施托姆研究领域缺乏有新见的论文,视角主要限定在《茵梦湖》一部作品上以及施托姆与现代文学的关系上,从事该方面研究的主要有杨武能、卫茂平等。从事拉伯和凯勒研究的,主要有谷裕等人。除冯塔纳、施托姆、海泽外,我国学者很少把目光投射到其他现实主义作家身上。冯塔纳研究在改革开放后才开始,至今没有发现晚清民国时期专门介绍冯塔纳的中文材料。最初的冯塔纳研究局限在《艾菲·布里斯特》一部小说,近年才扩展到《施台西林》《茜茜尔》《卜根普尔一家》②《错乱迷茫》等。冯塔纳研究仍有许多待开拓的领域,很多小说的解读还缺少中国学者的见解。凯勒的成长教育小说《绿衣亨利》(田德望译)的中译被收入人民文学出版社的世界文学名著丛书,流传很广。谷裕在其两篇以德语 19 世纪小说为重点研究对象的文章中对拉伯、凯勒、伊默曼小说做了解读和分析。③ 对奥地利另一位现实主义作家阿达尔贝特·施蒂夫特的研究基本上处于空白,只有几篇短篇小说的翻译和一篇探讨其"柔和法则"的论文。④ 任卫东撰写的《德国文学史》第三卷对德国现实主义作家和作品的阐发有较多的开掘,她尤其注意分析现实主义作家的诗歌作品。⑤

---

① 参见杨劲:《异国都市的文化际遇与艺术奇遇——评海涅小说〈佛罗伦萨之夜·第二夜〉》,《外国文学》2012 年第 1 期。
② 参见吴晓樵:《柏林:帝国时代的"沼泽"——论冯塔纳〈卜根普尔一家〉的潜结构》,《外国文学评论》2011 年第 1 期。
③ 参见谷裕:《自传的精神化、诗意化及宗教化——凯勒〈绿衣亨利〉的三重解释》,《欧美文学论丛》第四辑,人民文学出版社 2005 年版;谷裕:《拉伯小说对德意志市民性的悖论性认识及多元化叙事视角》,《外国文学评论》2005 年第 1 期。
④ 张芸:《斯蒂夫特的"柔和法则"及其创作实践》,《外国文学评论》2005 年第 1 期。
⑤ 任卫东:《现实主义时期两位风格迥异的德语诗人》,《同济大学学报》(哲学社会科学版)2008 年第 2 期。

三、德语现代派文学

对德国自然主义作家的研究处于相对沉寂阶段,主要集中在豪普特曼的戏剧作品上。20 世纪 80 年代初有人注意到豪普特曼的剧作《日出之前》和《织工们》。① 较新的研究主要有:吴建广评论了豪普特曼的主要作品,王建对《织工》进行了新的定位,刘敏则探讨了自然主义戏剧的叙事方法。②

在象征主义文学研究中,施特凡·格奥尔格的诗歌受到重视,代表性的论文有莫光华的《词语破碎之处:格奥尔格引论》③,杨宏芹也发表了一系列评论格奥尔格《颂歌》的论文④。1900 年前后的德国诗歌也受到关注,如王炳钧探讨了德语诗歌中城市与感知的关系⑤。

对德国表现主义运动的研究中,刘崇中探讨了表现主义戏剧的美学观⑥,薛思亮注意到表现主义的诗歌⑦,黄国祯探讨了表现主义对我国现代文学的影响⑧。丽抒(李淑)翻译了保尔·拉贝的《表现主义与巴罗

---

① 参见诸燮清、董象:《豪普特曼与〈织工们〉述评》,《苏州科技学院学报》(社会科学版)1984 年。
② 参见吴建广:《论德意志文学中的自然主义》,《同济大学学报》2007 年第 6 期;王建:《危机还是转折?——豪普特曼的〈织工〉和自然主义》,《戏剧——中央戏剧学院学报》2003 年第 2 期;刘敏:《德国自然主义戏剧的叙事方法》,《河南教育学院学报》(哲学社会科学版)1999 年第 4 期。
③ 《同济大学学报》(社会科学版)2005 年第 6 期。
④ 杨宏芹:《闪光的歌就是蛹羽化的蝴蝶——论格奥尔格诗歌从〈学步〉到〈颂歌〉的"突破"》,《杭州师范大学学报》(社会科学版)2011 年第 1 期;《诗人—王者与缪斯—圣礼——解析格奥尔格的〈颂歌〉之"突破"》,《国外文学》2010 年第 2 期;《〈颂歌〉的内在结构及其仪式化——格奥尔格的〈颂歌〉的结构解析》,《同济大学学报(社会科学版)》2009 年第 6 期;《"太阳神"的颂歌——格奥尔格的〈颂歌〉解读》,《外国文学评论》2009 年第 1 期。
⑤ 参见王炳钧:《1900 年前后德语诗歌中的城市与感知》,《外国文学》2011 年第 4 期。
⑥ 参见刘崇中:《反叛:时代和美学观的变革——论德国表现主义戏剧和绘画的时代及美学观》,《国外文学》1993 年第 1 期。
⑦ 参见薛思亮:《德国表现主义诗歌几例》,《外国文学研究》1985 年第 4 期。
⑧ 参见黄国祯:《浅谈表现主义对我国现代文学的影响》,《外国文学》1987 年第 10 期。

克》。① 此外,较重要的译文还有徐菲译赫尔曼·巴尔的《表现主义》②、陈晓明译弗内斯的《表现主义》③。加拿大学者雷内特·本森的《德国表现主义戏剧——托勒尔与凯泽》也被译成中文。④ 张黎较集中地研究了表现主义,他先后发表了《表现主义,一种历史现象》⑤、《表现主义,一种时代思潮》⑥、《"表现主义论争"的缘起及有关讹传》⑦以及《关于表现主义的定义问题》⑧。表现主义与中国文化的关系和对中国作家的影响也受到关注。⑨ 姜爱红介绍了艾瑟·拉斯凯-许勒的表现主义诗歌。⑩ 在中国诗坛产生较大影响的奥地利表现主义诗人特拉克尔的研究也受到重视,他的名字往往同海德格尔联系在一起。西南交通大学的林克较早翻译特拉克尔的诗歌,并做了初步研究。⑪ 曹霞注意到特拉克尔诗歌中的颜色意象。⑫ 表现主义诗人贝恩的诗歌也引起学者的重视,姜丽探讨了贝恩诗

---

① 《国外文学》1993 年第 4 期。
② 生活·读书·新知三联书店 1989 年版。
③ 昆仑出版社 1991 年版。
④ 中国戏剧出版社 1992 年版。
⑤ 《外国文学评论》1997 年第 4 期。
⑥ 《文艺理论与批评》1998 年第 6 期。
⑦ 《外国文学评论》1999 年第 4 期。
⑧ 《外国文学评论》2001 年第 4 期。
⑨ 参见丰卫平:《德国表现主义文学与老庄哲学——试论文化交流中的本位文化心理》,《四川外语学院学报》2002 年第 2 期;黄彩文:《两种现代性的纠缠——论茅盾对早期表现主义的译介》,《河北师范大学学报(哲学社会科学版)》2004 年第 4 期。
⑩ 姜爱红:《孤独者的森林——德国现代女诗人艾瑟·拉斯凯-许勒及其诗歌》,《外国文学》1998 年第 2 期。
⑪ 林克:《罪感及其解脱——特拉克尔诗歌的基调》,《四川外语学院学报》1998 年第 2 期。
⑫ 曹霞、王芳:《特拉克尔诗歌中的颜色意象》,《西南民族大学学报》(人文社科版)2010 年第 8 期;曹霞、谢建文:《颜色的象征意涵——试析德语作家特拉克尔诗作中的"白色"》,《海南大学学报》(人文社会科学版)2009 年第 1 期;曹霞:《忏悔与解脱——解读特拉克尔诗歌中的"我"》,《重庆文理学院学报》(社会科学版)2007 年第 2 期;曹霞、华少庠:《特拉克尔诗作的颜色美学》,《求索》2008 年第 4 期。

歌中的死亡主题①和宗教性②，马剑则分析了贝恩创作的思想内涵③。

在德布林研究方面，罗炜分析了长篇小说《柏林——亚历山大广场》中的哲学思想和开放性结局④。她除了将《柏林——亚历山大广场》首译为中文⑤外，还集中研究了德布林和中国文化，尤其是同儒教的关系⑥。此外，重要的论文还有王炳钧对《舞者与躯体》的探究以及贺克的专著《现代都市感知方案——论里尔克的〈马尔特手记〉和德布林的〈柏林，亚历山大广场〉》。⑦

从事托马斯·曼研究的主要有黄燎宇、李昌珂、杨武能、宁瑛等。黄燎宇完成了博士论文《沾沾自喜与自我怀疑——论托马斯·曼作品中的艺术家问题》(2001年)，较重要的论文有《试论〈魔山〉中的纳弗塔》⑧、《艺术家，什么东西?!——评托马斯·曼的两篇艺术家小说》⑨、《〈魔山〉是怎样一本书》⑩、《进化的挽歌与颂歌——评〈布登勃洛克一家〉》⑪、《从〈绿蒂在魏玛〉看歌德的文学观》⑫和《〈魔山〉：一部启蒙启示录》⑬。李昌珂主要分析了托马斯·曼的四部小说作品：《魔山》《布登勃洛克一家》《死于威

---

① 姜丽：《走进另一片海——高特弗里德·本恩的诗歌与死亡》，《外国文学》2004年第6期。
② 姜丽：《灵魂的渴望——论高特弗里德·本恩诗歌中的宗教性》，《同济大学学报》(社会科学版)2010年第6期。
③ 马剑：《自我与艺术——戈特弗里德·本恩文学创作的思想内涵》，《外国文学研究》2003第1期。
④ 参见罗炜：《评〈柏林·亚历山大广场〉——德布林哲学思想的演绎》，《外国文学评论》1993年第4期；罗炜：《析〈柏林·亚历山大广场〉开放性的结局》，《中南民族大学学报》(人文社会科学版)2002年第2期。
⑤ 上海译文出版社2003年版。
⑥ 参见王炳钧：《意志与躯体的抗衡游戏——论阿尔弗雷德·德布林的〈舞者与躯体〉》，《外国文学》2006年第2期。
⑦ 外语教学与研究出版社2010年版。
⑧ 《外国文学评论》1991年第1期。
⑨ 《外国文学评论》1996年第1期。
⑩ 《外国文学》1996年第4期。
⑪ 《外国文学》1997年第2期。
⑫ 《外国文学评论》1999年第4期。
⑬ 《外国语文学研究》2011年第1期。

尼斯》和《绿蒂在魏玛》。① 其他重要论文还有杨武能的《〈魔山〉初探》②和《〈魔山〉：一个阶级的没落》③、张弘的《艺术审美的危机——评〈死在威尼斯〉的艺术家主题》④等。黄燎宇还著有《托马斯·曼》⑤。在译文方面，早期的重要译本有《歌德与绿蒂》(马文韬、陶佩云译)⑥、《托马斯·曼中短篇小说全编》(吴裕康译)⑦、《魔山》(杨武能等译)⑧。自 2006 年起上海译文出版社推出了《托马斯·曼文集》，陆续出版了《魔山》(钱鸿嘉译)、《浮士德博士》(罗炜译)等重要译本。

布莱希特研究是改革开放以来我国德国文学研究中的一个热点。⑨1979 年，中国青年艺术剧院上演了《伽利略传》。1981 年 3 月，丁扬忠、张黎等应邀参加了在香港召开的国际布莱希特学术讨论会。1984 年，张黎编选的《布莱希特研究》由中国社会科学出版社出版。1985 年 4 月在中央戏剧学院召开了中国首届布莱希特讨论会。1990 年，丁扬忠等译《布莱希特论戏剧》由中国戏剧出版社出版，《外国文学评论》同年第 3 期发表了张黎、范大灿、袁志英等人的文章⑩，专门探讨了布莱希特和卢卡契之间的文学论争。关于布莱希特的重要论文有张黎的《布莱希特的现实主

---

① 李昌珂：《云气氤氲话〈魔山〉——评托马斯·曼小说〈魔山〉》，《国外文学》1996 年第 3 期；李昌珂：《"典型的也即神话的"——托马斯·曼的〈死于威尼斯〉》，《欧美文学论丛》第五辑，人民文学出版社 2007 年版；李昌珂：《"两个"歌德的融合——论托马斯·曼长篇小说〈歌德与绿蒂〉》，《外国文学研究》2011 年第 6 期。
② 《当代文坛》1992 年第 1 期。
③ 《外国文学研究》2005 年第 6 期。
④ 《外国文学评论》1998 年第 3 期。
⑤ 四川人民出版社 1999 年版。
⑥ 百花文艺出版社 1992 年版。
⑦ 漓江出版社 2002 年版。
⑧ 漓江出版社 2002 年版。
⑨ 研究概述可参见俞仪方：《布莱希特研究在中国 1929—1998》，《德国研究》1998 年第 4 期；靳娟娟：《中国布莱希特十年研究综述：1999—2009》，《云南艺术学院学报》2011 年第 2 期；胡星亮：《布莱希特在中国》，《当代中外比较戏剧史论(1949—2000)》，人民出版社 2009 年版。
⑩ 参见张黎：《布莱希特的现实主义主张》；范大灿：《两种不同的战略方向——卢卡契与布莱希特的一个原则分歧》；袁志英：《布莱希特与卢卡契论争的由来》。均载《外国文学评论》1990 年第 3 期。

义主张》①、周宪的《布莱希特与西方传统》②、韩瑞祥的《布莱希特诗学观的最初自白——论〈声息颂歌〉》③等。布莱希特的叙事剧理论也引起关注④。张黎的《认识和理解布莱希特》⑤、陈世雄的《皮斯卡托与布莱希特》⑥。布莱希特和中国文化的关系继续受到关注,在这方面取得值得注意的成果的研究者有张黎、卫茂平、陈良梅、谭渊和罗炜等⑦,值得注意的论文还有高年生的《布莱希特的中国情结》⑧、朱语丞的《论布莱希特对中国戏剧的间离——对两部〈灰阑记〉的比较阅读》⑨。王建以《潘提拉先生和他的仆人马提》为例,分析了布莱希特的叙事剧理论⑩,并探讨了布莱希特对梅兰芳的误读⑪。也有学者指出中国学界也误读了布莱希特。⑫周宪探讨了中国戏剧界对布莱希特的有选择性的接受,指出布莱希特在新时期被中国戏剧界塑造成了一个先锋派的戏剧形式革新者,布莱希特的叙事剧观念极大地推动了中国戏剧界的形式革新。⑬ 布莱希特的诗歌

---

① 《外国文学评论》1997年第2期。
② 《外国文学评论》1997年第3期。
③ 《外国文学评论》1999年第2期。
④ 李昌珂:《谈布莱希特的"叙事剧"》,《外国文学评论》1996年第4期。
⑤ 《戏剧》2000年第2期。
⑥ 《戏剧》1999年第3期。
⑦ 如谢芳:《文化接受中有选择的认同——从布莱希特所译的白居易的四首诗谈起》,《外国文学研究》2000年第3期;张黎:《异质文明的对话——布莱希特与中国文化》,《外国文学评论》2007年第1期;张黎:《〈四川好人〉与中国文化传统》,《外国文学评论》2004年第3期;陈良梅:《布莱希特的〈墨子·成语录〉与墨子的伦理道德观》,《当代外国文学》1993年第3期;卫茂平:《布莱希特与墨子》,《读书》1994年第3期;谭渊:《布莱希特的〈六首中国诗〉与"传播真理的计谋"》,《解放军外国语学院学报》2011年第3期;罗炜:《布莱希特和孔子》,《中国地质大学学报》(哲学社会科学版)2012年第1期;殷瑜:《布莱希特与孔子》,《德国研究》2008年第2期等。
⑧ 《外国文学》1998年第6期。
⑨ 《外国文学评论》2009年第4期。
⑩ 《欧美文学论丛》2002年。
⑪ 《欧美文学论丛》2004年。
⑫ 参见周宪:《布莱希特的诱惑与我们的"误读"》,《戏剧艺术》1998年第4期。
⑬ 参见周宪:《布莱希特的中国镜像》,《外国文学研究》2011年第5期。

也得到重视。① 中国学界还注意开展布莱希特和中国作家的平行研究,如舒雨翻译了德国施伦克尔的论文《老舍和布莱希特》②、梁展比较了布莱希特与鲁迅③,还有学者将布莱希特与余上沅进行比较④。陈永国的译著《布莱希特与方法》的翻译质量受到质疑。⑤ 近期重要论文有方维规的《"科学时代的戏剧"——重读布莱希特》⑥等。

对德国流亡文学的研究。1981年,《国外社会科学》第2期发表了署名"金天"写的短讯《西德作家协会讨论"流亡文学"问题》,透露了流亡文学的研究动向。1983年,郑寿康在《译林》发表了介绍德国流亡文学的短文。⑦ 雷马克是德国流亡文学中的重要作家,在中国一直受到重视。朱雯翻译的雷马克长篇小说《凯旋门》引起较大反响。⑧ 翻译研究雷马克的学者还有南京大学的李清华等。⑨ 1995年是纪念世界反法西斯战争胜利五十周年,这一年有多篇关于德国流亡文学的文章发表:张黎注意到德国反法西斯戏剧,李昌珂探讨了流亡文学中的历史题材作品⑩,李志斌则对

---

① 参见马文韬:《谢尔米策湖畔那深沉、怀疑的目光——读布莱希特〈布珂哀歌〉》,《国外文学》1993年第3期。
② 《外国文学评论》1991年第2期。
③ 参见梁展:《布莱希特与鲁迅——思想与艺术的比较(摘要)》,《鲁迅研究月刊》1998年第6期。
④ 参见包燕:《走向诗与思的对话——余上沅与布莱希特戏剧美学之"诗性"观比较》,《外国文学研究》2003年第5期。
⑤ 参见张黎:《欲速则不达——〈布莱希特与方法〉译文质疑》,《中国图书评论》2000年第3期。
⑥ 《社会科学论坛》2011年第5期。
⑦ 参见郑寿康:《流亡文学》,《译林》1983年第3期。
⑧ 参见曾卓:《阴影中的〈凯旋门〉》,《外国文学研究》1979年第1期;朱雯:《雷马克和他的〈凯旋门〉——〈凯旋门〉中译本新版后记》,《外国文学评论》1995年第1期。
⑨ 参见李清华:《雷马克及其〈黑色方尖碑〉》,《当代外国文学》1984年第3期;《雷马克在联邦德国受到重视》,《当代外国文学》1988年第3期;《雷马克在中国》,《当代外国文学》1990年第4期。
⑩ 参见张黎:《论德国反法西斯戏剧》,《外国文学评论》1995年第3期。同期刊发了李昌珂:《超越历史时空的"历史"——谈德国"流亡文学"中的历史题材作品》。李昌珂另有《以自我意识的勃兴和高扬来匡正自我失落的感受——谈德国流亡文学的一个方面》(《国外文学》1995年第2期)一文。

德国反法西斯文学的多方面成就进行了概述①。德国奥地利流亡作家的作品也被集中翻译出来,收入1992年由重庆出版社出版的《世界反法西斯文学书系》(刘白羽总主编,李辉凡主编)的《德国奥地利卷》(共四卷,第15至第18卷)。对这一时期的纳粹文学进行研究的有林笳等。②

亨利希·曼的译介和研究以董问樵最为有名。1979年,他发表了论文《亨利希·曼及其历史小说〈亨利四世〉》。③ 1981年,关惠文介绍了《亨利希·曼的〈亨利四世〉两部曲》。④ 此后我国学界对亨利希·曼的研究成果寥寥,近期开展了对其现实主义文论的研究。⑤

四、奥地利和瑞士德语文学

奥地利文学研究直到20世纪90年代初才得到较多关注。1991年,《外国文学评论》第3期刊发了一组关于奥地利文学的论文,其中包括冯至的《浅谈奥地利文学》、张黎的《论霍尔瓦特的大众戏剧》等。韩瑞祥在《维也纳现代派》的博士后论文基础上完成了专著《二十世纪奥地利瑞士文学史》(其中瑞士德语文学部分由马文韬完成)。⑥ 2005年10月,中国德语文学研究会在杭州召开年会,会议中心论题是20世纪奥地利文学,会后出版了论文集《奥地利现代文学研究》。⑦ 韩瑞祥探讨了维也纳现代派的审美现代性和哲学基础等问题,聂军探讨了奥地利文学的传统文化

---

① 参见李志斌:《德国反法西斯文学简论》,《湖北大学学报》(哲学社会科学版)1995年第4期。
② 参见林笳:《德国纳粹时期官方文学剖析》,《广州师范学院学报》2000年第6期。
③ 《复旦学报》(社会科学版)1979年第5期。
④ 《外国文学研究》1981年第2期。
⑤ 如张玉能:《亨利希·曼的批判现实主义文论》,《青岛科技大学学报》(社会科学版)2011年第1期。
⑥ 青岛出版社2004年版。
⑦ 浙江大学出版社2007年版。

意识问题。① 聂军还出版有专著《当代自然观与文化反思——奥地利当代文学中的自然概念》。②

《国外文学》较早刊发阿图尔·施尼茨勒的译介成果。③ 较重要的论文有郭铭华的《自由之路在何方——浅析施尼茨勒的小说〈通往自由之路〉》④、史行果的《施尼茨勒及其创作》⑤和韩瑞祥的《施尼茨勒的文学创作与精神分析学》⑥。吴晓樵注意到施尼茨勒小说文本中的互文性问题。⑦ 施尼茨勒与中国现代文学尤其是与现代作家施蛰存的关系也受到研究者的注意⑧。

霍夫曼斯塔尔的研究直到20世纪90年代才受到较多关注。贺骥发表的一系列论文涉及语言、文化批判、歌剧创作与诗学理论⑨，韩瑞祥探讨了《一封信》的影响以及霍夫曼斯塔尔作品中死亡的象征意义⑩。杨劲

---

① 参见韩瑞祥:《自我—心灵—梦幻——论维也纳现代派的审美现代性》,《外国文学评论》2008 年第 3 期;《赫尔曼·巴尔:维也纳现代派的奠基人》,《外国文学》2007 年第 1 期;《瞬间感知——论维也纳现代派的哲学认知基础》,《外国文学评论》2011 年第 4 期;聂军:《传统的记忆与文化包容——奥地利文学中的传统文化意识特征》,《外国文学评论》2011 年第 3 期。

② 中国社会科学出版社 2010 年版。

③ 《国外文学》发表了多篇译文,如《儿子》(唐文平译,1988 年第 3 期),还刊发了《艾尔丝小姐》的译者吴秀方探讨施尼茨勒的内心独白手法的论文《施尼茨勒与内心独白》(1988 年第 1 期)。

④ 《外国文学评论》1991 年第 3 期。

⑤ 《外国文学》1998 年第 2 期。

⑥ 《国外文学》2009 年第 3 期。

⑦ 参见吴晓樵:《越界与互文——论阿图尔·施尼茨勒小说文本〈通往旷野的路〉的现代性》,《国外文学》2008 年第 2 期。

⑧ 如夏元文、俞秀玲:《施蛰存与施尼茨勒》,《扬州大学学报》(人文社会科学版)1991 年第 2 期;黄忠来、杨迎平:《借鉴与超越:施尼茨勒小说的中国版本——论施蛰存的小说创作》,《湖北师范学院学报》(哲学社会科学版)2008 年第 6 期;杨迎平:《翻译与影响:施蛰存与施尼茨勒》,《江苏社会科学》2009 年第 3 期等。

⑨ 参见贺骥:《霍夫曼斯塔尔诗选》,《诗刊》2000 年第 12 期;《霍夫曼斯塔尔的文化批判》,《国外文学》2008 年第 3 期;《从〈诗与生活〉看霍夫曼斯塔尔的早期诗学》,《同济大学学报》(社会科学版)2006 年第 2 期;《霍夫曼斯塔尔的歌剧创作》,《国外文学》2000 年第 2 期;《霍夫曼斯塔尔的语言批判》,《外国文学评论》1997 年第 3 期。

⑩ 参见韩瑞祥:《霍夫曼斯塔尔早期作品中死亡的象征意义》,《国外文学》2009 年第 1 期;《〈一封信〉:一个唯美主义者的反思》,《外国文学评论》2001 年第 3 期。

注意到霍夫曼斯塔尔早期的两篇唯美主义小说,张玉能则探讨了他的早期象征主义戏剧。①

卡夫卡研究方兴未艾。较早从事卡夫卡研究的学者有叶廷芳、孙坤荣等。② 卡夫卡的《变形记》是早期研究者最为感兴趣的作品。③ 研究卡夫卡的重要论文还有黄燎宇的《卡夫卡的弦外之音——论卡夫卡的叙事风格》④、王炳均的《传统无意识考古——论弗兰茨·卡夫卡的〈在流放地〉》⑤、曾艳兵的《闭上眼睛的图像——论卡夫卡〈美国〉》⑥,谢莹莹也发表了一系列视角新颖的研究文章⑦。也有一些青年学者在卡夫卡研究中脱颖而出,如梁锡江分析了卡夫卡作品中"窗"的隐喻⑧,李明明从文化学视角分析了卡夫卡的经典文本《一篇致某科学院的报告》⑨。

里尔克研究也是改革开放以来奥地利德语文学研究的一个重点。1981 年,《国外文学》第 4 期刊登了杨业治译《旗手克里斯托夫·里尔克

---

① 参见杨劲:《唯美主义的幻灭——霍夫曼斯塔尔的两篇作品》,《外国文学》1998 年第 2 期;张玉能:《霍夫曼斯塔尔的象征主义戏剧论》,《青岛科技大学学报》(社会科学版)2011 年第 3 期。

② 叶廷芳写有《寻幽探秘窥〈城堡〉——卡夫卡的〈城堡〉试析》(《外国文学评论》1988 年第 4 期)等论文,1984 年孙坤荣在《国外文学》第 4 期发表了《诉讼》的译文和评论《关于卡夫卡的〈诉讼〉》。关于卡夫卡在中国的接受研究,参见任卫东:《卡夫卡在中国:一个现代派经典作家的接受史》(Kafka in China. Rezeptionsgeschichte eines Klassikers der Moderne),Peter Lang,2002 年。

③ 如紫葳:《寓严肃于荒诞之中——读卡夫卡的〈变形记〉》,《外国文学研究》1980 年第 1 期;任卫东:《变形,对异化的逃脱——评卡夫卡的〈变形记〉》,《外国文学》1996 年第 1 期。

④ 《外国文学评论》1997 年第 4 期。

⑤ 《外国文学》1996 年第 1 期。

⑥ 《外国文学评论》2000 年第 4 期。

⑦ 谢莹莹:《权力的内化与人的社会化问题——读卡夫卡的〈审判〉》,《外国文学评论》2003 年第 3 期;《鼹鼠的踪迹——论〈乡村教师〉中的阐释问题》,《外国文学评论》2006 年第 3 期;《卡夫卡〈城堡〉中的权力形态》,《外国文学评论》2005 年第 2 期;《Kafkaesque——卡夫卡的作品与现实》,《外国文学》1996 年第 1 期;《荒诞梦幻中的现实主义——浅谈有争议的现代作家卡夫卡》,《外国文学》1981 年第 2 期。

⑧ 《窗之惑——试论卡夫卡小说中"窗"的隐喻》,《外国文学评论》2004 年第 4 期。

⑨ 《被教化的身体——对卡夫卡短篇小说〈一篇致某科学院的报告〉的文化学探讨》,《外国文学》2006 年第 3 期。

的爱与死之歌》。杨武能也在《译林》《当代外国文学》《读书》等杂志上介绍里尔克的诗歌。① 关于里尔克的博士论文主要有李永平的《诗与存在——里尔克后期诗歌阐释》(叶廷芳指导)②、卢迎伏的《里尔克的"存在"诗学研究》(吴兴明指导)③。重要论文有李永平的《里尔克的艺术难题:诗与物》④、《里尔克的诗歌之路》⑤、《里尔克后期诗歌中关于死亡的思考》⑥,张弘的《〈杜伊诺哀歌〉及其他——关于里尔克的读解》⑦,聂华、虞龙发的《略论里尔克三首〈佛〉诗的象征意义》⑧。此外,林克探讨了里尔克的爱情观⑨,分析了名诗《豹》⑩。美国学者朱迪思·瑞安(Judith Ryan)借助互文理论写作的专著《里尔克:现代主义与诗歌传统》⑪也引起我国学者的注意⑫。开展比较和接受研究的有臧棣的《汉语中的里尔克》⑬、范劲的《冯至与里尔克》⑭和《里尔克神话的形成与中国现代新诗中批评意识的转向》⑮、陆耀东的《冯至与里尔克》⑯、张桃洲的《从里尔克到德里达——郑敏诗学资源的两翼》⑰、马利安·高利克的《里尔克作品在

---

① 参见杨武能译:《里尔克诗五首》,《译林》1987年第2期;《奥地利里尔克诗八首》,《当代外国文学》1988年第2期;《孤独的风中之旗(里尔克和他的抒情诗)》,《读书》1988年第1期等。
② 中国社会科学院博士学位论文,1998年。
③ 四川大学博士学位论文,2010年。
④ 《外国文学评论》1991年第3期。
⑤ 《文艺研究》1998年第5期。
⑥ 《外国文学评论》2000年第2期。
⑦ 《外国文学评论》2000年第1期。
⑧ 《外国文学评论》2010年第2期。
⑨ 林克:《在相爱中相互解放——试论里尔克的爱情观》,《国外文学》1997年第1期。
⑩ 《国外文学》1998年第2期。
⑪ 上海人民出版社2011年版。
⑫ 参见谢江南:《交互文本中的里尔克——评朱迪思·瑞安的〈里尔克:现代主义与诗歌传统〉》,《外国文学》2010年第6期。
⑬ 《郑州大学学报》(哲学社会科学版)1999年第3期。
⑭ 《外国文学评论》2000年第2期。
⑮ 《文学评论》2007年第5期。
⑯ 《外国文学研究》2003年第3期。
⑰ 《徐州师范大学学报(哲学社会科学版)》2007年第4期。

中国文学和批评中的接受状况》①等。

穆齐尔研究直到20世纪90年代下半期才正式进入中国学者的视野。1999年,《国外文学》第1期率先发表了柏林自由大学汉斯·费格尔的论文《文学创作是对世界的否定——从恩斯特·马赫到〈一个没有个性的人〉》。穆齐尔的长篇巨著《没有个性的人》(张荣昌译)②和《穆齐尔散文》(徐畅、吴晓樵译)③也先后被译成了中文,引起学界关注。在研究方面,除了3篇关于穆齐尔的博士论文之外④,代表性的论文有徐畅的《可能的文学——罗伯特·穆齐尔的随笔主义》⑤、《批判、建构和中介——论反讽在〈没有个性的人〉中的作用》⑥、《〈乌鸫〉:多重质疑下的"自我"和"意义"》⑦和《理性的他者——〈没有个性的人〉中的神秘主义》⑧。吴勇立完成了专著《青年穆齐尔创作思想研究》⑨并发表了一系列论文,他重点关注的是穆齐尔的早期小说《托尔雷斯》⑩。

赫尔曼·布洛赫研究亦属我国德语文学研究中新的领域,从事该研究的学者还很少,主要成果有梁锡江的专著《神秘与虚无——布洛赫小说〈维吉尔之死〉的价值现象学阐释》⑪和论文《虚无世界与贫困时代——论

---

① 《中国比较文学》2008年第3期。
② 作家出版社2000年版。
③ 人民文学出版社2008年版。
④ 谢巍:《兄妹之恋作为穆齐尔小说〈没有个性的人〉未完成结构的基础》,北京大学博士学位论文,2000年;徐畅:《思想的呈现——罗伯特·穆齐尔长篇小说〈没有个性的人〉中的精确性问题研究》,北京大学博士学位论文,2003年;吴勇立:《心灵与现实的断裂——评穆齐尔的小说〈学生托尔雷斯的迷惘〉》,上海外国语大学博士学位论文,2005年。
⑤ 《外国文学评论》2003年第2期。
⑥ 《外国文学评论》2005年第3期。
⑦ 《外国文学评论》2007年第4期。
⑧ 《外国文学评论》2008年第4期。
⑨ 复旦大学出版社2010年版。
⑩ 参见吴勇立:《穆齐尔小说残缺人名折射的历史省思》,《西安交通大学学报》(社会科学版)2008年第3期;《文学教皇和〈没有个性的人〉》,《读书》2007年第3期;《没有个性的少年人——论穆齐尔的长篇小说处女作〈托尔雷斯〉》,《南京社会科学》2004年第8期。
⑪ 吉林大学出版社2010年版。

布劳赫的〈维吉尔之死〉》①。

与穆齐尔、布洛赫研究的曲高和寡相比,斯蒂芬·茨威格的研究则呈现出另一番景象。茨威格属于改革开放后最早译介的德语作家之一,在读者中享有较高知名度。关于茨威格的专著主要有杨荣的《茨威格小说研究》②、张玉书的《茨威格评传》③、张晏的《茨威格中短篇小说叙事研究》④。张玉书译有《斯蒂芬·茨威格小说四篇》⑤、《爱与同情》⑥、《斯·茨威格中短篇小说选》⑦,主编有《斯·茨威格集》⑧等。高中甫编选有《茨威格小说集》⑨、《茨威格小说全集》⑩、《茨威格情欲小说》⑪,编有《茨威格画传》⑫等。对茨威格关注较多的学者还有任国强、朱祖林等。⑬ 茨威格的传记作品也受到重视,研究论文有朱雯的《茨威格和他的〈巴尔扎克传〉》⑭、吴晓樵的《茨威格〈罗曼·罗兰〉的早期中译本》⑮等。茨威格研究在20世纪80年代初曾盛极一时,但现已渐渐退出中国德语文学主流研究的选题。

1981年诺贝尔文学奖得主卡内蒂的"汉学家小说"《迷惘》很快就有

---

① 《外国文学》2012年第1期。
② 巴蜀书社2003年版。
③ 高等教育出版社2007年版。
④ 高等教育出版社2012年版。
⑤ 人民文学出版社1979年版。
⑥ 浙江文艺出版社1983年版。
⑦ 人民文学出版社2006年版。
⑧ 华夏出版社2000年版。
⑨ 百花文艺出版社1982年版。
⑩ 西安出版社1995年版。
⑪ 上海文艺出版社1997年版。
⑫ 复旦大学出版社2011年版。
⑬ 参见任国强:《"面向大众"与"象牙塔"之间的取舍——斯·茨威格创作论及其相关评价》,《西安外国语大学学报》2009年第4期;朱祖林:《斯蒂芬·茨威格的爱感意识与创作主题》,《外国文学研究》1998年第1期。
⑭ 《外国文学研究》1984年第3期。
⑮ 《新文学史料》2009年第2期。

了多个中译本。早期相关论文有钱文彩的《卡内蒂和〈迷惘〉》①和胡亚瑜的《汉学家的图书馆的崩塌——读卡内蒂〈迷惘〉札记》②。南京的《当代外国文学》也先后发表了卡内蒂的《醉心者》(易文译)③和《钟的秘密心脏——笔记·格言·断片(1973—1985)》(王家新译)④等译文。近年来，卡内蒂夫人薇查·卡内蒂的作品也引起我国学者的注意。⑤ 我国学者还注意到其他一些不太知名的作家，如姜丽还介绍了奥地利女诗人伊尔泽·艾辛格的诗歌。⑥

在瑞士德语文学的研究上，以范捷平的罗伯特·瓦尔泽研究较有特色，他先后发表了《"班雅曼塔学校"的符号和象征意义辨考》⑦等论文和《散步》等译著。范捷平探讨了瓦尔泽与卡夫卡、耶利内克的关系。黑塞研究是瑞士德语文学研究的一个热点。改革开放以来，获得诺奖的黑塞的作品深受中国读者的喜爱。研究者主要有张佩芬、谢莹莹、杨武能、王滨滨和马剑等。重要的论文有谢莹莹的《生命之爱与尘世之怯——独行者赫尔曼·黑塞(一篇虚构的访谈录)》⑧、马剑的《寻求"自我"之路——论赫尔曼·黑塞的〈悉达多〉》⑨。王滨滨、詹春花和张弘等梳理了黑塞在我国民国时期以及中华人民共和国成立后的译介情况。⑩ 关于黑塞的专

---

① 《外国文学》1983 年第 10 期。
② 《苏州教育学院学报》1990 年第 2 期。
③ 《当代外国文学》1989 年第 4 期。
④ 《当代外国文学》1998 年第 3 期。
⑤ 参见张克芸:《迟开的玫瑰——揭开薇查·卡内蒂的面纱》,《外国文学动态》2002 年第 4 期;《逆境下的高贵心灵——剖析薇查·卡内蒂的仆佣意识》,《同济大学学报》(社会科学版)2007 年第 6 期。
⑥ 参见姜丽:《沉默的力量——感悟伊尔泽·艾辛格的诗集〈送出的建议〉》,《同济大学学报》(社会科学版)2005 年第 6 期。
⑦ 《外国文学》2004 年第 5 期。
⑧ 《外国文学》1997 年第 6 期。
⑨ 《外国文学评论》2000 年第 4 期。
⑩ 参见王滨滨:《盘点解放前赫尔曼·黑塞在中国的接受》,《复旦外国语言文学论丛》2004 年春季号;詹春花、张弘:《黑塞在解放前中国译介情况的补遗》,《中国比较文学》2005 年第 2 期;王滨滨:《解放后 30 年黑塞作品在中国的接受为何是空白》,《复旦外国语言文学论丛》2005 年春季号。

著主要有张佩芬的《黑塞研究》[1]、王滨滨的《黑塞传》[2]、张弘和余匡复合著的《黑塞与东西方文化的整合》[3]以及马剑的《黑塞与中国文化》[4]等。

德语文学的研究经历了从最初单纯的作家生平、作品的介绍发展到对具体的文本分析和同现有国际研究成果的严肃商榷。不过,我国学者在专业论文写作中还缺乏对同行已有相关严肃论文的回顾和称引,因而学术问题的提出还缺乏一定的承接性。

第三节 现当代文学部分(1945年以后文学)

一、1979—1990年期间的现当代德语文学研究

1949—1966年间,我国对现当代德语文学的介绍比较单一化,主要研究对象是民主德国的文学,尤其是流亡作家,如安娜·西格斯、布莱希特等。"文化大革命"中对现当代德语文学的译介基本停滞。"文化大革命"结束后,百废待兴,现当代德语文学研究也步入了一个新的阶段。在这一新阶段中,一方面对民主德国文学的研究得以继续进行,另一方面随着改革开放政策的实施,中国对西方表现出越来越大的兴趣,一直得不到重视的联邦德国文学也渐渐进入研究者的视野,学者们对"资本主义国家西德"的文学概况、作家作品进行了积极的介绍和谨慎的评述。

改革开放的初期,从外国文学研究期刊中发表文章的情况来看,1979—1986年这八年的时间里,与现当代德语文学有关的文章只有20篇,而在1987—1990年这短短的几年中,由于新的刊物的创刊,发表文章的数量增加了近两倍。除了文章数量上的增长,分析文本的视角、方法也开始变得多样化起来,研究者所关注的也不再限于遵循现实主义传统的

---

[1] 上海外语教育出版社2006年版。
[2] 华东师范大学出版社2007年版。
[3] 华东师范大学出版社2010年版。
[4] 首都师范大学出版社2010年版。

作家。借用范大灿在赴民主德国参加席勒国际学术研讨会后所写《尊百家 求真理》一文中的话来说,中国的外国文学研究就像民主德国的一样,独尊马克思主义为唯一方法的"尊一家,废百家"的局面开始被打破,大家"感到提倡'百家争鸣'的必要",希望中国的外国文学研究"在自由、平等和民主的气氛中不断开拓前进"。①

对于民主德国文学的研究在这一时段占很大比重。研究重点一为布莱希特,二为民主德国的小说作家。布莱希特在改革开放之前国内已有较多的译介,这一时段的研究集中在对贝托尔特·布莱希特创作特点的深入分析上。其中孙君华的《试论布莱希特的陌生化效果》一文论述了布莱希特提出的陌生化的理论来源、陌生化效果的特点、其作为创作原则的形成过程以及在编剧中的应用,对布莱希特戏剧理论中这一核心内容进行了详尽、系统的论述。②

这一时段,民主德国的文学,尤其是叙事文学受到关注。主要介绍的作家有克里斯塔·沃尔夫,她提出的文学的"主观真实性"的创作理念、她对神话题材的创新运用,以及她创作中的女性视角都得到讨论。③ 还有在东德很受读者欢迎的作家埃尔温·施特里马赫、赫尔曼·康德、维尔纳·海杜切克,他们的作品展现普通人的生活故事、描写人的个性,体现了20世纪70年代以来东德文学已从过去表现社会变革和集体主义发展到了刻画个人为重点。另外得到介绍的还有民主德国的女性作家群体。④ 研究者的兴趣点集中在20世纪70年代以来东德作家在文艺理论方面所做的探索,以及东德文学显现的开放和发展的精神。总而言之,国

---

① 《外国文学评论》1987年第2期。
② 《国外文学》1982年第4期。
③ 参见宁瑛:《执着的追求——论克里斯塔·沃尔夫的艺术探索》,《外国文学研究》1987年第1期;王师丹:《克里斯塔·沃尔夫创作中的主体意识》,《外国文学评论》1988年第4期;俞宝泉:《对真正文明人的反思——介绍克里斯塔·沃尔夫的〈核事故〉》,《外国文学》1987年第10期。
④ 参见张佑中:《异军突起的民主德国女性文学》,《外国文学研究》1989年第2期;另外吴麟绶的《浅谈七十年代德语妇女文学》(《外国文学研究》1987年第2期)中也对民主德国的女作家有介绍。

内学界在这一阶段对民主德国文学中出现的对文化遗产的批判以及创新性的继承、表现人的主体性、女性文学的视角等方面的关注,一方面固然是研究对象的发展使然,另一方面也体现了研究者们的本土关怀,他们的研究兴趣点与中国20世纪80年代所谓的"寻根文学""情感文学"等对传统和个人的关注是相映照的。

这个时段的现当代德语文学研究的另一个特点是,在解除了禁锢之后对于联邦德国文学的兴趣。其中几篇概述性的文章介绍了第二次世界大战以后到20世纪70年代末的联邦德国文学以及奥地利、瑞士文学的发展、重要流派和作家。这一时段"四七社"的几位代表作家是研究的重点。"四七社"作为联邦德国战后最重要的文学组织,其成员的创作大都以反战、反法西斯、探索和总结历史教训、揭露联邦德国在"经济奇迹"和冷战等社会情况下的弊端为主题。这些特点与中国20世纪70、80年代文学研究中对作品思想性的重视容易接轨。比如海因里希·伯尔,研究者对其作品中对当下社会问题的揭露和批判、对小人物的深切同情,以及漫画性、意识流等手法予以了关注。① 君特·格拉斯1979年来华访问,推动了他的作品在中国的接受。叶廷芳介绍了格拉斯的"但泽三部曲",从"异化"和"怪诞"的角度对小说的思想性和艺术性进行了分析。② 胡其鼎则从欧洲小说传统入手,分析了格拉斯的长篇小说处女作的流浪汉小说特点。③ 马丁·瓦尔泽在改革开放之初就已经被译介给中国读者,他的第一部长篇小说《菲城婚事》1983年就已经译成汉语出版,但对他的作品还基本停留在介绍的层面。④

---

① 参见高年生:《人间自有真情在——试论伯尔的〈女士与众生相〉》,《外国文学》1990年第2期;罗悟伦:《论海因里希·伯尔短篇小说的艺术特色》,《外国文学研究》1984年第1期。
② 参见叶廷芳:《试论君·格拉斯的"但泽三部曲"》,《世界文学》1987年第6期。
③ 参见胡其鼎:《现代流浪汉小说〈铁皮鼓〉——兼评一种新公式化文论》,《外国文学评论》1988年第4期。
④ 参见李柳明、郑华汉:《博登湖畔一席谈》,《世界文学》1990年第3期;倪承恩:《面向生活现实拓展文学形式——评1985年联邦德国引起热烈反响的三部作品》,《外国文学评论》1987年第1期。

实时地介绍给中国读者的还有汉斯·君特·瓦尔拉夫的《最底层》①以及帕特里克·聚斯金德的《香水》。瓦尔拉夫这部揭露土耳其客籍工人在德国被剥削和歧视的纪实文学在德国销量过百万,也很快被译成中文出版。同样为畅销书的《香水》虽说与前者风格完全不同,但也被解读为现实主义的作品,从这一点来看,当时的研究对"现代"以及"后现代"文学的认识程度还是很有限的,方法也在新旧交替之中,也从一个侧面说明了当时德语文学研究中理论工具的匮乏。

另外受到重视的作家还有西格弗里德·伦茨、保尔·策兰、埃里希·马里亚·雷马克、艾利亚斯·卡耐蒂和赫尔曼·黑塞和托马斯·曼等。这几位作家的创作虽然各有千秋,但研究者们在他们的作品中都发现了对引发战争、导致人的异化的资本主义社会的批判;这种往往带有政治性、从意识形态角度的解读在这一时段十分常见。由于对联邦德国文学的研究还处于开创阶段,不少论文属于介绍和概述的性质。

尽管德语国家1945年到20世纪70年代之间的戏剧和诗歌十分繁荣,不乏值得研究的大师和杰作,但是相比小说而言,戏剧和诗歌较少进入研究者的视野。受到关注的剧作家只有彼德·魏斯、博托·施特劳斯以及弗里德里希·迪伦马特。② 这一时期的诗歌仅仅得到概括性的梳理,鲜见个案研究成果。③

这一时段德语文学研究界的一件大事是1990年3月召开的"布莱希特与卢卡契关于现实主义的论争"学术研讨会。这场争论发生在20世纪30年代,起因是两人都从马克思主义出发,却对现实主义有着截然不同的理解。正如韩耀成在为讨论会所写的侧记中所说,时过半个多世纪,中

---

① 参见高年生:《冈特·瓦尔拉夫与〈最底层〉》,《外国文学》1988年第1期。
② 参见孙君华:《历史真实、四维空间及其他》,《外国文学评论》1987年第2期;谢莹莹:《寻求时代特征的西德剧作家波托·斯特劳斯》,《外国文学》1988年第2期;蔡和平:《试论迪伦马特喜剧中的"荒诞"手法》,《外国文学研究》1989年第4期。
③ 参见黄文华:《悲观主义与联邦德国诗歌》,《外国文学评论》1987年第3期;徐晓蓉:《〈死亡赋格曲〉浅谈》,《当代外国文学》1985年第3期。

国的学者对此"旧事重提",是有其现实意义的。① 对这场论争的讨论使大家开阔了视野,对新时期丰富文艺理论建设起到了积极作用。

除了"现实主义之争"这一组文章外,其他文学理论方面的论述并不多见。比如对从20世纪70年代末开始大量介绍到中国的"法兰克福学派"的文化理论和美学思想,并没有很多的研究成果。

总观这改革开放后的11年时间,德语文学研究可以用"继承老传统,打开新局面"两句话来概括:一方面对已经熟悉的作家尤其是民主德国的作家进行更深入的挖掘;另一方面对联邦德国作家积极介绍、点评。这为后来的德语文学研究确立了方向,打下了基础。

二、1991—2000年期间的德语文学研究

进入20世纪90年代之后,德语文学研究较之20世纪80年代后期又有了一些变化:一方面是对经典作家、作品的解读更加深入、全面,另一方面是研究视域的扩展,研究对象仍以两德文学为主,兼顾到奥地利文学以及瑞士的德语作家,研究者还开始关注新的研究方法、一些新生代作家,以及非现实主义的一些文学流派。

理论研究方面,在上一个时段颇受关注的马克思主义文艺理论家卢卡契仍然停留在研究者的视野之中,如他与20世纪30年代发生的所谓"表现主义论争"的关系、他的异化论观点、他与法兰克福学派的关系等。② 法兰克福学派的代表人物如阿多诺的文学、美学思想得到介绍,马尔库塞的美学观点中俄耳浦斯和那喀索斯两个神话原型的文化和审美意

---

① 韩耀成:《用马克思主义构建我国的文艺理论——"布莱希特与卢卡契关于现实主义问题的论争"学术讨论会侧记》,《外国文学评论》1990年第3期;另参见范大灿:《两种对立的马克思主义文艺观——评卢卡契和布莱希特的分歧和争论》,《外国文学评论》1990年第3期。

② 参见范大灿:《异化·对象化·人道主义——卢卡契的异化论》,《外国文学评论》1994年第1期;黄立之:《资本主义文化批判与现代主义——卢卡契与法兰克福学派的比较研究》,《外国文学评论》1995年第1期;张黎:《表现主义论争的缘起及有关讹传》,《外国文学评论》1999年第4期。

义也得到阐释。① 另外,海德格尔作为20世纪90年代在中国颇受瞩目的哲学家其存在论的诗学观点也得到讨论。② 发源自德国的接受美学理论在20世纪80、90年代在中国文艺理论研究和文学研究等领域得到广泛的译介、吸收和应用,甚至实现了某种程度的本土化,但从这一时期本文的研究对象来看,接受美学既没有得到理论层面的讨论,也没有在文本分析中得到应用的实例,只有范大灿翻译的丽塔·朔贝尔的文章给大家提供了一些接受美学在东欧美学界的发展和发挥的情况。③

这一时段对作家作品的介绍呈现出重点突出、兼顾其面的特点。有两个明显的"焦点"作家,一个是布莱希特,另一个是君特·格拉斯。布莱希特这位早就深受中国研究者赞誉的剧作家和诗人在20世纪90年代备受关注,因为1996年恰逢其逝世四十周年,1998年又是他诞辰一百周年的纪念日,以两个纪念日为契机,老中青三代学者对布莱希特的剧作以及戏剧理论、诗歌、对西方传统的继承和发展、独特的现实主义创作理念、他与民主德国的文艺政策的关系等进行了深入且颇有见地的阐释和分析,显示了国内学界对他较为全面的了解,其中不乏对以前布莱希特研究中某些观点的补充和校正。④ 对布莱希特与中国以及中国文化的兴趣也是研究者关注的话题。⑤

君特·格拉斯成为本时段的另一位焦点作家原因自然是他1999年获得诺贝尔文学奖。相比布莱希特,研究界当时对格拉斯的了解还很有

---

① 参见张木荣:《神话与美学——马尔库塞美学片论》,《外国文学研究》1996年第3期。
② 参见余虹:《反美学:海德格尔的入诗之思》,《外国文学研究》1995年第3期。
③ 参见范大灿:《接受美学简述》,《国外文学》1992年第2期。
④ 参见周宪:《布莱希特与西方传统》,《外国文学评论》1997年第3期;王晓华:《对布莱希特戏剧理论的重新评价》,《外国文学评论》1996年第1期;李昌珂:《谈布莱希特的"叙事剧"》,《外国文学评论》1996年第4期;韩瑞祥:《布莱希特诗学观的最初自白——〈论声息颂歌〉》,《外国文学评论》1999年第2期;马文韬:《谢尔米策湖畔那深沉、怀疑的目光——读布莱希特〈布珂哀歌〉》,《国外文学》1993年第3期。
⑤ 陈良梅:《布莱希特的〈墨子·成语录〉与墨子的伦理道德观》,《当代外国文学》1993年第3期;谢芳:《文化接受中有选择的认同——从布莱希特所译的白居易的四首诗谈起》,《外国文学研究》2000年第3期。

限。他的代表作"但泽三部曲"的中译本到 1999 年才陆续出齐。对其生平和作品的详细介绍也是在 20 世纪 90 年代中期以后①。和上一时段一样,国内研究者仍在对《铁皮鼓》进行一些比较详细的介绍和简要分析,对格拉斯其他作品的研究和探讨基本没有。格拉斯作品之所以没能很快被当时的中国读者接受,究其原因,不寻常理的叙事手法、有强烈个人特色的语言、超现实的艺术手法自然是主要方面,但其中语言粗野的所谓"色情"描写也是一个不小的障碍。对格拉斯的真正接受和研究是 2000 年以后的事情了。

除了上述两位焦点人物以外,克里斯塔·沃尔夫也颇受瞩目,原因有二。一是她提出的所谓"主体真实性"或"主观真实性"的创作主张。这一主张为当时刻板地遵循现实主义的东德文学创作和研究打开了一扇天窗,中国的研究者们也因此而开阔了思路。原因之二是媒体爆出的沃尔夫曾为前东德安全部门服务的丑闻,这一点看来并没有影响国内研究者对沃尔夫的兴趣,她的作品《卡珊德拉》《茫然无处》《核事故》等作品中的女性意识、理性主义批判等都得到不同程度的挖掘②。

此外,伯尔、托马斯·曼、乌维·约翰森等经典作家继续激发着研究者的兴趣,对他们作品的理解与上一时段相比也更加深入细致,比如伯尔作品中的宗教思想和神话原型③、托马斯·曼作品中的时代影射和艺术家问题等④。

同样是用德语写作的奥地利文学是否应该单独作为一个国别文学来

---

① 周长才:《铁鼓声中,赢取桂冠世纪末》,《外国文学》2000 年第 1 期;谢莹莹:《"历史,从下面看"——谈君特·格拉斯逆潮流的写作》,《外国文学》2000 年第 1 期。
② 参见张红艳:《〈卡珊德拉〉与克·沃尔夫的女性意识》,《外国文学评论》1996 年第 3 期;《理想的悲歌——评克里丝塔·沃尔夫的〈茫然无处〉》,《外国文学评论》2000 年第 4 期。
③ 参见黄明嘉:《寻觅莱茵河底的"宝物"——伯尔小说的神话原型蠡测》,《外国文学评论》1998 年第 1 期;拉特尔迈尔、徐萍:《海因里希·伯尔文学作品宗教思想初探》,《外国文学评论》1991 年第 2 期。
④ 参见黄燎宇:《试论〈魔山〉中的纳弗塔》,《外国文学评论》1991 年第 1 期;黄燎宇:《艺术家,什么东西?!——评托马斯·曼的两篇艺术家小说》,《外国文学评论》1996 年第 1 期;李昌珂:《云气氤氲话〈魔山〉——评托马斯·曼小说〈魔山〉》,《国外文学》1996 年第 3 期。

对待,国内学界一直没有统一的意见,但正如冯至先生所指出的,奥地利文学在 19 世纪已经显露出了自己的特色,进入 20 世纪之后"越来越多地取得了独立的地位"①。1990 年 10 月第四次德语文学讨论会上的主题就是奥地利文学。彼得·汉特克是二战后的奥地利文学代表人物之一。这位以叛逆者的姿态闯入文学界的小说家和剧作家,其作品的风格多变和标新立异、极端的语言实验、所描述的人的生存困境以及语言危机都得到研究者的关注。② 另一位被介绍到国内的作家是托马斯·贝恩哈德,从对其作品中的阴暗、绝望、病态的评论来看,国内研究界已经不再像前一时段一样动辄给作者扣上"悲观主义"的帽子,从意识形态、价值观的角度对其作品的晦暗进行批判,而是能够将其看作一种艺术表现的手段来进行客观的描述和分析,这是国内在研究态度和方法上较前段所取得的进步。③ 其他奥地利当代作家如巴赫曼、策兰、埃利希·弗里德等,在上一时段已经有所介绍,在本时段这些作家继续停留在学界的视野中,但对其作品的研究深度并没有多少增加。

　　这一时段,青少年及儿童文学开始进入研究者的视野。颇具声名的奥地利童话作家福尔克·泰格特霍夫以及其风格清新的作品开始引起中国学界的关注;另外还有雅诺施、克里斯蒂娜·诺斯特林格尔、马克斯·封·德尔·格吕恩等作家创作的一些以青少年为主要角色、以批判现实为内容的作品也被介绍给中国读者。④

　　莫妮卡·马隆作为所谓"新生代"作家的小说入选歌德学院翻译比赛

---

　　① 冯至:《浅谈奥地利文学》,《外国文学评论》1991 年第 3 期。
　　② 参见任生名:《语言折磨中人本体的悲剧——论彼得·汉德克的剧作〈卡斯帕〉》,《外国文学评论》1992 年第 3 期;冯亚琳:《语言危机与人的异化——评彼得·汉特克的小说〈罚点球时守门员的恐惧〉》,《当代外国文学》1999 年第 3 期;聂君:《彼得·汉特克的辨证之路》,《外国文学评论》2000 年第 3 期;吴麟绶:《哭泣的灵魂——浅析彼得·汉特克的〈无以复加的不幸〉》,《当代外国文学》1997 年第 4 期。
　　③ 参见韩瑞祥:《托马斯·贝恩哈德与其病态的人物世界》,《外国文学评论》1997 年第 3 期;《托马斯·贝恩哈德前期小说创作中空间与人物的极端性》,《外国文学》1998 年第 5 期。
　　④ 参见高年生:《泰格特霍夫和他的童话》,《外国文学》1993 年第 1 期;吴姝:《当代德语少儿文学一瞥》,《当代外国文学》1993 年第 2 期。

作品,但这一举动并没有促进这位作家在中国的推介。国内研究者在选择研究对象时还局限于为数不多的名家名作,尤其对于知名度还不太高的中青年作家抱着审慎的保留态度,这一现象到了2000年之后才有所改变。

相比散文作品而言,针对诗歌和戏剧的研究在这一时段处于边缘地位,这是与前一时段相似的现象。诗歌方面和戏剧研究都在很大程度上呈现出和上一时段的延续性,研究成果的深度有所增加,但研究领域几乎没有扩展。

20世纪90年代世界历史上的重大事件之一就是两德统一,对于这一影响深远的事件以及它所带来的后果,自然也在文学中有所反映,大家把以两德统一为主题的文学统称为转折文学或统一文学。对统一文学如何发展,研究界在20世纪90年代初还处于忧心忡忡的期待状态,直到20世纪90年代末才有了一些观察的结果。①

总之,在20世纪的最后一个十年中,过于集中于个别经典作家,尤其是散文作家,诗歌、戏剧都没有得到足够的重视,新生代作家也没有涉猎;理论研究方面滞后,除了对法兰克福学派和接受美学有零星的介绍外,对其他流行的研究思潮和学术成果并没有表现出兴趣,这与20世纪90年代国内外普遍的理论热形成反差。

三、2001—2009年期间的德语文学研究

进入21世纪以后,德国文学研究承接了前一个十年的相当多的重点和趋势,也出现了一些变化。在体裁上,小说仍然占据了中心的位置,诗歌研究比起上一时段有明显的数量和质量上的增加,戏剧则依旧处于边缘的位置。对当下最新文学现象、作品的研究有所加强,但对于经典作家的基础性研究除了几个重点作家外都相对薄弱。对理论研究的兴趣较

---

① 参见霍斯特·邓克乐:《停滞、震惊与萌醒——两德统一进程中的德国文学》,《国外文学》1993年第2期;邵思婵:《呼唤理解——论统一后的德国文学》,《外国文学评论》1998年第4期。

小,但较之前段,在具体的批评实践上却表现出了方法的多样性。

从发表的论文数量来看,这一时段的德语文学研究仍然表现出集中关注重点作家的特点。本时段的重点作家有三,他们是君特·格拉斯、布莱希特和耶利内克。

如上文所述,格拉斯研究在上个时段受到该作家获得诺贝尔文学奖的推动,但多数著述仍停留在介绍的层面上,除了《铁皮鼓》以外其他作品很少被提及。这一情况在这个时段得到了改善,格拉斯的有代表性的作品例如长篇小说"但泽三部曲"、《母鼠》《比目鱼》《说来话长》等,还有其他的散文作品如《头生》《伸舌》《我的世纪》等都得到介绍和评述,研究者的着眼点也显示出多样化的特点,既有对格拉斯作品的叙事方法、互文性、思想性、象征手法、时间观等阐述,又有从社会、历史等角度对格拉斯与德国二战后的历史反思、他与基督教的关系、他的启蒙观等诸多方面进行的考量,出现了一批有水平、有分量的研究成果。研究者还跨出文学的界限,对格拉斯的美术作品与文学创作之间密不可分的关系进行了介绍。① 格拉斯的戏剧创作成绩平平,诗歌却不乏可观之作,从这一时段发表的论文情况来看这方面的研究成果目前还很缺乏。

布莱希特研究在前两个时段的基础上有了新发展,研究者除了对其经典剧作进行进一步的深入分析以外,还开始着手挖掘布莱希特作品中的中国元素、布莱希特对中国文化的接受、其对中国文学、尤其是戏剧的借鉴和发展。《四川好人》《高加索灰阑记》等有明显中国元素的作品受到细读和深入的评述。布莱希特的创作思想,尤其是戏剧理论,及其与梅兰芳、斯坦尼斯拉夫斯基戏剧体系的关系得到进一步的阐述;另外还有研究者从相反的方向研究了布莱希特在中国的影响与误读;另外还出现了两

---

① 参见冯亚琳:《用童话构建历史真实——君特·格拉斯的〈比目鱼〉与德国浪漫童话传统》,《当代外国文学》2004年第3期;魏育青:《卡珊德拉的尖叫和西西弗斯的努力——论格拉斯〈母鼠〉中的启蒙观》,《当代外国文学》2004年第1期;余杨:《"西西弗斯乃我所需的一种态度"——试析君特·格拉斯对加缪哲学的接受》,《国外文学》2009年第2期。

部《灰阑记》和布莱希特与我国著名的戏剧理论家余上沅的比较研究。①
与上一时段相比,布莱希特研究者表现出了较强的本土意识,更多地开始从中国传统文化、文学的角度来评价布氏及其作品,这种现象一方面当然与21世纪以来中国的主流意识形态密切相关,另一方面也说明中国的布莱希特研究在过去20年的积累的基础上开始超越"人云亦云"的阶段,不再一味地追随德国的布氏研究,而是变得游刃有余,开始开发自己的研究课题。

另一个重点作家是在2004年获得诺贝尔文学奖的奥地利女作家耶利内克。她的获奖不仅出乎她的国人的预料,也给中国的德语文学研究界来了个措手不及。耶氏作品的唯一的中译本当时由于思想内容不够"健康"被出版社拒绝出版,对其作品的介绍研究更是鲜见于报章。诺贝尔文学奖的桂冠使耶氏作品立刻成为焦点,出版界组织人力在短短的时间内把耶氏主要作品译成中文。从其作品的语言难度来讲,这些译介无论如何是难能可贵的。研究界也开始"恶补"耶利内克,社科院外文所召开了耶氏作品研讨会,报刊上也集中发表了一批介绍耶氏作品的文章,对其中表现的强权逻辑下的各种暴力形式对于个人精神的压制甚至肉体的摧残,对于人际关系尤其是两性关系的破坏和扭曲,对于自然的滥用和毁坏进行了阐述,对于耶利内克作品中表现出的极端的女性主义视角、尖锐的社会批判、犀利的讽刺、独特的语言风格等进行了分析。② 但在短暂的"耶利内克热"之后,研究者对这位偏爱"污言秽语"和"阴暗叙事"的女作家的热情急剧下降,这一点大概跟我们的传统审美习惯有关,使这位意在

---

① 参见张黎:《异质文明的对话——布莱希特与中国文化》,《外国文学评论》2007年第1期;朱语丞:《论布莱希特对中国戏剧的间离——对两部〈灰阑记〉的比较阅读》,《外国文学评论》2009年第4期;包燕:《走向诗与思的对话——余上沅与布莱希特戏剧美学之"诗性"观比较》,《外国文学研究》2003年第5期。

② 参见王炳钧:《食人演示中的文化模式批判——评埃尔弗丽德·耶利内克的〈晚风总统〉》,《外国文学》2005年第1期;聂军:《揭穿自然的美丽神话——论耶利内克小说〈哦荒野,哦防备它〉中的自然主题》,《外国文学评论》2005年第2期;周长才:《归去应知来时路——读耶利内克的自传体小说〈女钢琴师〉》,《外国文学》2005年第1期。

挑衅和颠覆的作家只能受到小众的青睐。

除了上述三位受到大众瞩目的作家以外,其他作家可用备受冷落来形容,像托马斯·曼这样重要的经典作家十年之内也只有两篇研究结果发表,像克里斯塔·沃尔夫这样具有极高现实意义的重要作家也只出现了一篇研究成果。其他如伯尔、汉特克、巴赫曼、伯恩哈特等作家的研究情况也相似。对于经典作家进行深入的挖掘本来无可厚非,但如果关注点过于集中少数几个"热门作家",而忽视了对德国文学大语境的基础性研究,将不利于对于德国文学传统的整体性把握。与经典作家研究的寂寥相比,对新人新作的介绍,研究界这一时段却显出相对积极的态度。比如施林克、尤迪特·赫尔曼、兰斯迈尔、维特默尔、格拉维尼克等等,有些是已经有些资历的作家,也有一些初出茅庐,都得到了一些简要的介绍,重要作品得到一定程度的阐释。关于德国文学新动态的如德国"转折文学"、德国移民文学、20 世纪 90 年代的文学之争等也有专题性的文章加以介绍,还有一些尝试编译 Reclam 出版社的德语文坛年报的信息性文章,给国内研究者提供实时信息,让人掌握德语文坛的最新变化。这些与前一时段相比都是可喜的新现象,但是总的来说,对于当下德语文学的介绍和研究整体还很薄弱,缺乏系统性,缺乏在德语文化大环境中对于当下文学现象的定位和判断,还有很多基础性的工作要做。对于原东德文学,除了布莱希特、沃尔夫、库纳特等个别作家还享有关注,其他方面的研究呈现全面退潮之势。这与德国、甚至欧美其他国家的研究界对于原东德文学以及转折文学的兴趣的方兴未艾正好形成对比。这种由于政治大环境的变化而引起的研究传统的断裂,从长远来看将是中国德语文学研究的一大损失。

这一时段研究者对诗歌给予了较多的关注,除了谢莹莹对《当代社会语境中的德语情诗》[①]进行的剖析外,还出现了不少有深度的个案研究成果。高特弗里德·本恩这位因为亲纳粹的经历而在德国 20 世纪 60、70

---

① 谢莹莹:《当代社会语境中的德语情诗》,《外国文学》2002 年第 2 期。

年代经历了政治上的死亡的诗人,其艺术成就在世纪之交重新得到认可,在中国学界也得到了超越意识形态的译介,他诗中的疾病与死亡、自我意识与存在的危机等要素都得到挖掘。① 另外有几位20世纪50、60年代开始创作的如犹太裔诗人希尔黛·杜敏,从民主德国迁居到联邦德国的所谓"越境"诗人君特·库纳特、萨拉·基尔施,以及前一时段有所介绍的保尔·策兰等,还有20世纪60年代出生、80年代才开始创作的当代德国文学最著名的诗人之一的杜尔斯·格林贝恩,可谓德国诗坛的老中青三代都有所论及,但是与丰富的个案研究成果相比,缺乏对战后诗歌发展的总脉络的研究,这也是前两个时段对诗歌研究的匮乏造成的,所以给人挂一漏万的感觉,有很多知名度很高的诗人以及他们代表的文学潮流如君特·埃希、恩岑斯贝格等等都被忽视了。

戏剧方面的研究在这个时段相比散文和诗歌的研究仍是最薄弱的一部分,较之前两个阶段在研究的广度和深度上只有较小的发展。研究者关注的只有四个剧作家。除了布莱希特,还有前两个时段就得到介绍和研究的迪伦马特和博托·施特劳斯,另外就是海纳·米勒。布莱希特研究因为上文有专门提及,这里不再重述。迪伦马特的代表作《老妇还乡》《物理学家》等得到深度挖掘②;博托·施特劳斯作品的断片特征及其与早期浪漫派的关系得到阐释③;海纳·米勒虽然从20世纪70年代中就开始享有盛誉,跻身上演最多的当代剧作家之列,但被系统地译介到中国是在20世纪90年代之后。米勒的作品以风格多变、手法复杂著称,他的代表作《哈姆雷特机器》《任务》等得到研究者的细致解读。④

---

① 马剑:《自我与艺术——戈特弗里德·本恩文学创作的思想内涵》,《外国文学研究》2003年第1期;姜丽:《走进另一片海——高特弗里德·本恩的诗歌与死亡》,《外国文学》2004年第6期。
② 韩瑞祥:《"悲剧性的东西就是从喜剧中产生出来的"——论迪伦马特的喜剧〈老妇还乡〉的审美现代性》,《外国文学》2005年第5期;叶隽:《论〈物理学家〉的问题意识与表述之难》,《当代外国文学》2005年第1期。
③ 参见王歌:《德国早期浪漫派的断篇和斯特劳斯的碎片》,《外国文学》2003年第2期。
④ 焦洱:《〈哈姆雷特机器〉的一种读法》,《世界文学》2007年第2期;谢芳:《〈任务〉的拼贴特征探析》,《外国文学研究》2006年第3期。

这一时段理论方面的研究成果比起前一时段有较大程度的减少。研究没有明显的关注点,研究者基本承接上一时段的研究重点,继续对法兰克福学派及其相关理论家如本雅明、阿多诺、卢卡契以及接受美学如伊瑟尔的研究。值得一提的还有对于叙事理论的研究以及文学研究中的历史人类学的介绍。①

总之,在21世纪的第一个十年中,一方面研究过于集中于少数几个作家的现象更为突出;另一方面研究上过于保守的情况有所改善,对于非经典作家、还没有"盖棺定论"的当代作家,开始有所涉猎。与小说相比,诗歌的地位有所提高,戏剧仍然没有得到足够的重视。理论研究方面依然薄弱。

总的看来,在改革开放后的30年中,德语文学研究经历了前所未有的发展,从20世纪80年代的"星星之火",到20世纪90年代的开拓发展,进入21世纪后的深入挖掘,无论是研究的范围和深度还是论文的数量和质量都有了很大的提高。但是取得巨大的成绩的同时,也出现了一些不平衡的现象,比如偏重对小说的研究,轻视对诗歌和戏剧的研究。诗歌研究在最近十年有所升温,但戏剧研究除了布莱希特研究之外,一直处于比较边缘的地位。其次,对新兴文艺理论的兴趣不大。在20世纪90年代关于社会主义现实主义的大讨论之后,理论研究的热情在近十年中有所下降,这大概与近年来新的理论生长点多出现在法国和英、美国家有关,导致的结果是在批评实践时角度过于单一。另外,21世纪之后,研究者的兴趣过分集中于个别几个作家。20世纪90年代的研究也有重点,但整个学科的研究布局是平衡的;而最近十年来,集中现象愈发明显,使整个德语文学研究呈现出一种有"点"无"面"的特征。

---

① 参见陈良梅:《论叙事情境理论》,《当代外国文学》2005年第4期;《从线性叙事向空间叙事的转向——德语现代主义小说叙事结构初探》,《当代外国文学》2008年第2期;王炳钧:《文学研究中的历史人类学视角》,《外国文学》2005年第4期。

第三章

法国文学研究

第一节 中世纪法国文学研究

长期以来,在人们的心目中,中世纪不是一个承上启下的时间段,而是一个割上裂下的阶段,被视为两大辉煌灿烂的时期(古代文明和文艺复兴)中间的一个文化低谷、黑夜或荒漠。中世纪一语往往与"黑暗""蒙昧""迷信"等贬义标签联系在一起,进入20世纪,人们逐渐认识到建造了无数巍峨壮观、至今仍令人叹为观止的大教堂的中世纪在文化及文学方面并非漆黑一团,乏善可陈。

中世纪文学绵延近千年,这一时期正是欧洲民族国家的诞生和逐步成形时期。经历了5—10世纪的漫长时间,法兰西王国和民族语言才逐渐形成,法国文学从11世纪开始才开始产生。中世纪是法国文学的婴幼儿阶段,所以作家作品的数量和质量与以后各阶段相比也最为单薄,相应地,该阶段的研究历来是冷门。国外如此,国内亦然。对这一阶段最为系统和详细的介绍当属两本文学史著作:一是杨周翰主编的《欧洲文学史》(两卷本),二是柳鸣九主编的《法国文学史》(三卷本)。研究对象集中于一"刚"(《罗兰之歌》)、一"柔"(《特里斯丹和伊瑟》)和一"谐"(《列那狐传奇》)的三部作品。

史诗是中世纪特有的一种文学体裁,欧洲多个国家都诞生了自己的民族史诗,而法国则以英雄史诗《罗兰之歌》著称。江伙生的《法兰西人民的艺术丰碑——评〈罗兰之歌〉》①和唐志强的《光辉的里程碑——〈罗兰之歌〉》②在20世纪80年代初介绍了这部史诗,指出了故事与史实的出入,揭示了史诗体现的时代背景以及法兰西民族渴望结束割据状态、实现国家统一的心态。两篇文章的写作具有20世纪80年代初的论文特色,先是介绍成书年代及作者情况,然后是故事内容,进而论及时代背景,最后分析人物形象及写作特色。进入20世纪90年代,对该史诗的研究有所推进,从内容及背景的介绍走向某个主题的研究,如宋军的《基督教文化孕育出的〈罗兰之歌〉》③从《罗兰之歌》与圣经的承继与突破入手,从主题思想、人物形象和表现手法等方面分析了该书与基督教的渊源关系。倪世光的《从〈罗兰之歌〉看骑士精神》④则是从史学的角度、从人物形象入手研究了公元11世纪的时代氛围和骑士精神和品德。金朝霞的《〈罗兰之歌〉与欧洲中世纪的时代精神》⑤从罗兰身上解读中世纪的英雄观念和崇拜。

风雅传奇(roman courtois)是中世纪法国文学的另一重要体裁,围绕骑士与贵妇之间的恋情展开。罗国祥的《勇武、德行与潇洒之美——中世纪法国小说述评之一》⑥重点介绍了克雷蒂安·德·特鲁瓦的生平及创作,特别是《艾莱克与爱妮德》,该文也是唯一一篇论及该作家和该作品的论文。尤其是,该文指出了风雅小说中的骑士精神相对于英雄史诗中的骑士精神的演变,而不是像其他文章一样把延续数百年的中世纪骑士视

---

① 《武汉大学学报》(社会科学版)1983年第5期。
② 《法国研究》1984年第4期。
③ 《西南民族学院学报》(哲学社会科学版)1997年第6期。
④ 《内蒙古民族大学学报》(社会科学版)2003年第1期。
⑤ 《河南大学学报》(社会科学版)2004年第3期。
⑥ 《法国研究》1994年第1期。

作一个共时的整体。中世纪最著名的风雅传奇当属《特里斯丹和伊瑟》，罗新璋在《漫话〈特利斯当和伊瑟〉》①中首次对这则故事的来龙去脉、特里斯丹身上所体现出来的骑士精神及其与伊瑟之间既风雅又悲剧的爱情做了较为详尽而全面的分析。叶其华则使用比较研究的方法，在其一系列论文中②，分别将特里斯丹和伊瑟与中国民间文学或爱情传说中的男女主人公，如金竹、梁山伯与祝英台、牡丹、梁梦嘉等形象进行了比较。

在中世纪，随着城市和市民阶层的逐渐形成，市民文学也随之诞生，以《列那狐传奇》最为著名。相比之下，对该书的研究则较为薄弱。除了一些对故事内容的介绍外，只有刘建军的《历史文化发展新坐标上的中世纪精神范本》③从当时从信仰维系方式走向理性维系方式的时代大背景下解读该传奇，并分析了列那狐性格中所体现出来人的智慧和认识能力逐渐深入以及该传奇在艺术上对时代的突破。

除了以上三部在民间流传过程中经众多人员改写添加而成的作品外，中世纪还诞生了两位重要的流浪诗人——吕特伯夫和维庸。郑克鲁的《法国第一位抒情诗怪才——维庸及其〈绞刑犯谣曲〉》④和杨国政的《贫穷的诗人愤怒的诗人——评法国中世纪抒情诗人吕特伯夫》⑤对两位诗人的生平及作品进行了介绍和解读，全面而深入的研究尚未出现。

长期以来，我国缺乏中古文学的训练和培养机制，几乎没有专做中世纪的研究者，这是造成相关研究相对薄弱的根本原因。最近，周莽在中古

---

① 《外国文学评论》1990 年第 1 期。
② 《"愚忠"与软弱的悲剧产儿——特里斯丹、梁孟嘉男性形象比较研究》，《咸宁师专学报》1998 年第 2 期；《经久不衰的爱情神曲〈特里斯丹和绮瑟〉》，《湖北民族学院学报》(哲学社会科学版)1997 年第 2 期；《冲出樊笼 生死归一——绮瑟和牡丹人物形象的比较研究》，《外国文学研究》1996 年第 3 期；《纯洁、坚贞的生死恋——〈特里斯丹和绮瑟〉和〈梁山伯与祝英台〉爱情描写特点比较》，《中南民族学院学报》1994 年第 2 期；《不彻底的叛逆者——特里斯丹、金竹形象的比较研究》，《华中师范大学学报》1994 年第 1 期。
③ 《东北师大学报》2005 年第 3 期。
④ 《名作欣赏》1988 年第 6 期。
⑤ 《国外文学》1997 年第 2 期。

文学领域的一系列论文值得关注,其学术背景可以弥补一般研究人员专业能力方面的一些缺憾。他系统地学习过古法语,一直专攻中世纪研究,可以直接从古代和现代法语入手进行研究。迄今发表的一系列论文涉及了中世纪特有的问题和观点,而且这些论文以中古法语原文出发进行解读,而且使用和依据法国当代一些重要的文学、历史学和社会学理论和研究成果。如《中世纪法国文学中的"作者"概念》①以克雷蒂安·德·特鲁瓦为例考察了"作者"一词的源起以及与"作品"的关系以及现代"作者"的差别,指出"作者"其实是一个历史性的概念;《马杰农与特里斯坦——从两则故事谈起》②考察了阿拉伯故事《马杰农与莱伊拉》及法国中古传奇《特里斯丹和伊瑟》的多个版本,探讨了两个故事所涉及的历史和文化背景以及爱情与死亡、诗歌与疯狂等问题;《法国中世纪骑士传奇中的时间因素》③以特鲁瓦的克雷蒂安的骑士传奇为文本,从历史观、叙事中的时间指示和叙事结构的时序几个方面来梳理中世纪骑士文学中所表现的时间观;《论中世纪人类之苦难》④依据"亚当剧"(Jeu d'Adam)、"受难剧"(Passion)等几部中世纪剧本的校勘本中有关基督降临、耶稣受难等题材,结合15世纪战乱、瘟疫频繁、类似于末日审判的时代背景,研究中世纪文学对痛苦的表达。

由于历史的原因,长期以来对中世纪认识的偏差以及研究条件的局限,应该说,我们在中世纪文学研究方面尚有许多空白,例如对于阿贝拉尔和爱洛伊丝书信集、《玫瑰传奇》、戏剧、韵文故事等就完全是空白。许多研究多处于浅层和流于固见,论文主题趋同和有限。这些论文大致可分为两大类:一是对作家和作品内容的介绍,缺乏针对特定问题的深入研读;二是以文证史或以史读文,解读作品中传达的中世纪的思想、社会形态和历史背景。多数论文出自非法语专业研究者,依据中译本和中文资

---

① 《国外文学》2005年第1期。
② 《欧美文学论丛》,人民文学出版社2006年版。
③ 《文化与诗学》2008年第2期。
④ 《法国研究》2003年第1期。

料,缺乏从法语阅读文本和资料的能力和条件,而法语专业研究者又大多依据作品的现代法语版本,缺乏阅读中古法语原文的能力和接触第一手资料的条件。专注于中世纪文学的人员少之又少,远未形成一个群体。

第二节 16 世纪法国文学研究

中世纪后期,欧洲各国先后进入"文艺复兴"时期。在意大利的影响和法王弗朗索瓦一世的大力倡导下,人文主义在法国蔚然成风,诞生了一些思想的"巨人"和文学的"巨著",拉伯雷和蒙田构成了 16 世纪法国文学中并峙的双峰和标志,他们鹤立鸡群的地位也造成他们在 16 世纪法国文学研究中两峰独大、众山皆小的局面。

《巨人传》和《随笔集》,从其篇幅来说,毫无疑义地属于巨著;从其内容来说,又堪称天书,其结构松散,有头无尾,内容异常庞杂,上天入地,包罗万象,堪称时代的百科全书。再加上中古法语造成的语言隔阂,即使法语专业的研究者,能够读懂、能够读完的人也是屈指可数。两位巨匠的作品的博大艰深令人望而生畏,敬而远之,也造成了宏观和外观式的评点,而缺乏微观和内视的剖析。关于二人的论文从总数上来说并不算少,但是真正做出细致文本解读、有所新意的论文却并不多见。对二人的研究不论在资料的占有还是在解读的深入方面 30 年来虽然进展很大,但是突破甚少。

拉伯雷研究可用两词蔽之,这就是"狂欢化"和"人文主义"。拉伯雷在整个 20 世纪 80 年代乏人问津,有限的研究多分布在文学史教材中,主要是对《巨人传》的内容和基本思想的介绍。进入 20 世纪 90 年代,由于巴赫金及其狂欢化诗学被译介至中国,巴赫金关于拉伯雷的相关论述使此前甚为寂寞的拉伯雷研究出现了一场拉伯雷式的"狂欢"。从此,拉伯雷的名字与巴赫金就密不可分了。夏忠宪和李兆林作为巴赫金《拉伯雷研究》的译者，分别撰文《拉伯雷与民间笑文化、狂欢化——巴赫金论拉伯雷》[①]和《巴赫金论民间狂欢节笑文化和拉伯雷的创作初探》[②]，介绍了巴赫金对于拉伯雷作品中的狂欢化特点的阐述以及与官方文化相对立的民间笑文化的渊源、表现形式、特点和意义，两文借巴赫金之东风推动了拉伯雷研究，指引了人文主义指向之外的另一片天地。刘春荣的《重看拉伯雷与民间》[③]不是简单地把拉伯雷视作"民间文化"的代表，而是通过对精英和民间定义以及二者之间的关系来重新解读拉伯雷，将其视为精英与民间的混血儿。程正民的《拉伯雷的怪诞现实主义小说和民间诙谐文化》[④]运用拉伯雷的民间文化观，论述《巨人传》的怪诞性、狂欢化和民间诙谐文化的形式、特征和本质。邱紫华的《论拉伯雷的"怪诞"美学思想》[⑤]则是从巴赫金关于"怪诞"及"民间诙谐文化"的论述，结合拉伯雷的人文主义思想来分析《巨人传》的种种怪诞美学特征。曾耀农、文浩的《狂欢化雅努斯——兼论巴赫金对诙谐史上拉伯雷的解读》[⑥]从狂欢节和狂欢化的双重性（雅努斯）论及诙谐的本质，进而从拉伯雷的解读史和接受史来揭示狂欢化雅努斯的美学品质。吴岳添的《从拉伯雷到雨果——从巴赫金的狂欢化理论谈起》[⑦]介绍了《巨人传》的写作渊源、故事内容和艺术特色，分析了书中体现洋溢的狂欢化现象的历史渊源、基本特征和社会背景，以及它在法国文学史上演变轨迹。赵峻的《拉伯雷：文艺复兴时代的青春写作——兼论巴赫金狂欢化理论的局限性》[⑧]以青春之歌的隐喻来定义《巨人传》，指出了该作品的狂欢化体现在"肉体的狂欢""言语的合唱""时空的无限"和"思想的笑声"等四个方面。

---

① 《外国文学评论》1995年第1期。
② 《俄罗斯文艺》1998年第4期。
③ 《外国文学研究》2002年第4期。
④ 《江西师范大学学报》（哲学社会科学版）2003年第6期。
⑤ 《武汉大学学报》（人文科学版）2004年第1期。
⑥ 《天津外国语学院学报》2004年第5期。
⑦ 《外国文学评论》2005年第2期。
⑧ 《青海社会科学》2007年第6期。

20世纪90年代之后拉伯雷的出现频率增加,并不意味着拉伯雷研究在中国的走红或热潮,其实反映了某种按照国外的理论指挥棒跟进的倾向,虽然题为论拉伯雷,实为谈巴赫金,并未深入拉伯雷的文本,而是巴赫金的拉伯雷解读。这就形成一种非常有趣的类似于俄罗斯套娃式的研究中的研究,难以突破巴赫金之"壳"而深入至拉伯雷之"核",其中关于《巨人传》的触及多为点到为止。

拉伯雷研究的另一个重点则是其作品中体现出的人文主义思想,包括其教育观、宗教观、道德观、战争观等。在整个20世纪80年代,我们只发现一篇关于拉伯雷的论文,吴泽义的《拉伯雷及其〈巨人传〉》[①]。如标题所言,该文前半部分谈拉伯雷,即作者的生平介绍,后半部分谈《巨人传》,即作品各卷内容及思想倾向和艺术特色。王培青的《〈巨人传〉:人性的探索与表现》[②]从神性与人性的对立这样一个传统的角度来解读《巨人传》反教会神权、反封建制度的倾向,歌颂人追求幸福、知识、爱情婚姻等人性需求和欲望的合理性。刘大涛《试析〈巨人传〉中巴奴日的个人主义道德观》[③]从巴奴日这样一个蔑视权威和束缚、我行我素的滑稽而又机敏的次要人物形象入手,从其发迹过程和性格的不断变化中,来揭示《巨人传》所表达的个人主义道德观,以及对个人自由和权利的追求。文章对作品阅读及引用较为细致,惜论述不够深入。何明亮的《论拉伯雷〈巨人传〉中的宗教思想》[④]将拉伯雷的宗教观定义为"自然的信仰",表现为对食欲和性欲这两种自然欲望的肯定和对繁杂的教规和仪式的反感,并分析了这种宗教观的成因,最后仍落实为对人性解放的歌颂。

这些论文大多围绕神性与人性、个人与社会的对立的模式来解读拉伯雷,论文有一个预设的结论,即对人性的歌颂,然后从正与反两个方面来组织资料,加以论证。虽然涉及《巨人传》的多方面思想和内容,但万变

---

① 《青海师范大学学报》(哲社版)1988年第1期。
② 《西北师大学报》(社会科学版)1996年第2期。
③ 《怀化学院学报》2007年第8期。
④ 《安徽文学》2008年第7期。

不离其宗。

　　蒙田在我国是一个耳熟能详的名字,他与培根被视为散文题材的代表和典范。早在20世纪30年代由梁宗岱先生译介至中国后,蒙田虽未大红大紫,却经久未衰,拥有众多的读者。卷帙浩繁的《随笔集》光全译本就有两个,节译、节选本更是不计其数。虽然蒙田的阅读史悠久,但其在我国的研究史则是从新时期才开始的。

　　在蒙田研究方面,20世纪80、90年代的论文大多属于概论、引论、漫谈、导读性质,在介绍完蒙田的生平后,便论述《随笔集》的主要思想,不限于某一具体问题。郭宏安是新时期对蒙田研究最早,也最为深入的学者。他在20世纪70年代末发表的《读蒙田的〈随感录〉》[1]是新时期第一篇蒙田研究的全面而有深度的论文,尽管文中开头有以阶级斗争为指导的时代烙印,但是在正文中对蒙田的解读和评价还是十分客观公正的,尤其是该文不是泛泛而谈的价值评判,而是深入文本,对《随笔集》的重要主题,蒙田在人、幸福、死亡、自然、宗教、教育等问题上的看法,以及蒙田思想的复杂性及其原因给予了中肯而有据的评价。20年后,作者在去除了文中明显的阶级斗争观点和表述后将主体部分放入了新编《欧洲文学史》(第一卷)中。郭文"抛砖"后,并未引出"玉",此后蒙田研究并无进展,直到十年后才有第二篇论文。1989年,陈晓燕发表《论蒙田的思想》[2],论文从"深沉的人文主义者""可贵的怀疑思想家""宽容精神的提倡者"三个方面来阐明蒙田思想的主要内容,抓住了蒙田思想的最本质的三个方面。论文的资料来源为英语,虽然未提出新的观点和角度,但在论述上以文本说话,有理有据。

　　20世纪90年代末之后,再泛泛而谈蒙田的思想和艺术特点显然已属老调重弹,不仅了无新意,而且也显过时。此后的论文趋于重"点"轻"面",从宗教、人性、伦理、美学、诗学、教育、历史等多个角度阅读蒙田,虽

---

[1]　《外国文学研究》1979年第4期。
[2]　《杭州大学学报》(哲社版)1989年第3期。

然未取得论点的突破,但是研究走向细化和深化,问题意识明显增强。陈晓燕在其前文的基础上,在《试析蒙田的宗教观》①中专门对蒙田的宗教思想和信仰展开了论述,虽然其观点未超出前文,资料也未有增加,但是该文首次针对宗教这样一个具体问题,并结合蒙田所处的时代背景展开了较为详细和系统的论述,最后提出了蒙田的上帝观可算是介于自然神论和基督教的中间站、蒙田启发了启蒙运动的思想家的结论。如果说陈晓燕文旨在论述蒙田在"神"的问题上的态度,那么肖四新《人性的超越——蒙田随笔引论》②则意在论述蒙田在"人"的问题上的态度。该文围绕贯穿着《随笔集》的另一条主线——人性进行解读,分析了蒙田的人学观,包括其对人性的追问,对人性的谬误与悖论、人性的超越。作为一名比较文学学者,钱林森第一个注意到了蒙田的个人气质、经历和思想与中国的庄周、陶渊明、周作人等具有出世色彩的文人的暗合相通之处。他在《蒙田与中国》③中从蒙田对人对神的思考和智慧出发,透视中西方古典哲学的精神传统,揭示出蒙田与中国的道家文化,虽无实际的接触和影响、却具有内在的默契和亲和。甘均先、毛艳《怀疑之箭——论蒙田的怀疑思想》④则从蒙田怀疑主义的社会根源、怀疑的依据、内容和影响四个方面来阐述了蒙田的这一思想倾向,是对蒙田怀疑论的论述较为全面的一篇文章。同是论述蒙田的怀疑主义,鲁成波《蒙田怀疑论的个性特征》⑤主要从蒙田怀疑论的针对对象——中世纪经院哲学,即蒙田对宗教和神学的怀疑来论述其有别于古代怀疑论的个性特征,针对性更加具体。在探讨蒙田的美学及诗学方面,邱紫华《论蒙田的美学思想》⑥从蒙田的怀疑主义哲学基础出发,探讨这种怀疑哲学在其美学思想和诗学观点上的体现,即蒙田所理解的美是相对的,他所崇尚的美是天然的,肉体美与

---

① 《杭州大学学报》(哲社版)1996 年第 3 期。
② 《湖北三峡学院学报》1999 年第 4 期。
③ 《外国文学研究》2002 年第 2 期。
④ 《法国研究》2003 年第 1 期。
⑤ 《山东师范大学学报》(人文社会科学版)2003 年第 3 期。
⑥ 《厦门大学学报》(哲学社会科学版)2003 年第 6 期。

心灵美是完美统一的；诗歌应具有天然之美、灵感和创造性。陆扬《蒙田〈随笔集〉诗学举凡》①只择取了蒙田的诗歌和诗学思想加以论述，他认为"蒙田的一些诗学思想如强调诗应深思熟虑，有思想然后才有想象"，并从蒙田对当代及古代诗人的评判中，发现蒙田的阅读观，即标举的诗的娱乐功能等。刘小波《从〈论人性无常〉看蒙田思想的时代价值》②则探讨蒙田对人性的理解，指出"蒙田在人性一元论、永恒论的社会文化背景下，提出人性是复杂的、变化的，意识到了社会性因素对人性的影响"，不仅指出了蒙田散文的进步性和独创性，也指出了其在逻辑上的随意性和文体上的"语意断裂、回旋"现象。

这一时期蒙田研究存在的问题是：虽然对蒙田思想的分析论述更加细致和深入，但是提出新观点、运用新方法的论文并不多见，多是先有一个既成的论点，在既定的框架内在资料和材料的运用和组织上下工夫；二是在资料方面仍显偏窄偏旧，在这一点上恐怕又与法语专业研究者的缺位有关，《随笔集》多种译本的相继出现，说明法语专业研究者在蒙田的译介方面不遗余力，但令人遗憾的是，30年来相关论文几乎没有出自法语研究者，这也从某个方面反映了他们对蒙田这样一位传统经典作家的缺乏兴趣，而他们在接触和直接阅读国外的新资料和成果方面具有先天的便利。

拉伯雷和蒙田两位巨星的光芒令同时期真正具有"星"之称号的"七星诗社"的众诗人黯然失色，零星的几篇论文无法掩盖相关研究的薄弱。只有《法国文学史》和《欧洲文学史》对该诗社及其两位代表性诗人——龙沙和杜贝莱做了导读性介绍，之后发表的论文数量极为有限。郑克鲁《三种类型：赞颂·启发·感伤——漫谈龙沙的爱情诗》③以龙沙的三首爱情诗为例，分析了其诗歌的三种基调。洪昊玥《他只有"家乡"而没有"祖

---

① 《云南大学学报》（社会科学版）2009年第6期。
② 《郑州大学学报》（哲学社会科学版）2007年第3期。
③ 《名作欣赏》1989年第1期。

国"——论杜贝莱对法兰西身份的掩饰和拒绝》①通过对诗人一首名诗的细致解读,并结合其他史料,认为杜贝莱爱的是"小家"(家乡)而非"大家"(祖国),在"保卫和发扬法兰西语言"表象下却是对自己法兰西身份的不信任和抗拒,对法兰西语言的自卑感,让人们看到了"爱国者"杜贝莱形象的另一个侧面,是关于这一时期不多见的从原文出发作出新的解读的论文。

第三节 17世纪法国文学研究

20世纪70年代末至80年代初,虽然法国文学研究之复苏已成定势,古典文学领域的研究文章却仍然有限。无可否认,"文化大革命"后第一批法国文学研究者多具有超出同时代人的文学审美与批评能力,但是,历经多年的社会动荡与信息闭塞,他们的视野与方法无可避免地受到局限:研究者多聚焦于少数知名作家的几部经典著作;第一手资料匮乏,少量信息被反复使用,难生新意;研究模式单一,文章多以作者介绍、文本分析为主要内容,类似文学史片断与读后感的组合;文章往往透显出意识形态烙印,时常对研究对象进行道德与政治评判——学者们或许并非刻意如此,而是受到长期的单一维度的惯性思维支配。

研究者们对于自身的困境显然有所察觉。从20世纪70年代末到80年代中期,新老两代学者在不同的方向上为摆脱困境做出了努力。老一辈学者学养深厚,在治学方法上对青年学者指出弊病,提出建议。1980年1月,罗大冈在《文汇报》发表文章,提倡从"教条主义和庸俗社会学的桎梏中解放出来"②,指出了法国文学研究中存在的公式化、概念化、先验论的弊病。尽管其批评更多指向现代文学研究,也对整个法国文学研究界有所启发。1982年6月23—28日,第一届全国法国文学讨论会在无

---

① 《苏州教育学院学报》2006年第4期。
② 罗大冈:《外国文学工作怎样继续健康发展?》,《文汇报》1980年1月19日。

锡召开。讨论会期间成立了中国法国文学研究会，罗大冈在致词中强调调查研究和全面掌握材料的必要，较为准确地击中了彼时研究界的普遍弊病。在治学原则与方法的批评之外，也有一些前辈学者身体力行，凭借深厚的知识积累，就古典、启蒙时代法国文学研究发表论文，提供研究范例。譬如李健吾发表《关于"三一律"问题》，对"三一律"进行了历史溯源①，郭麟阁发表《读点十七世纪法国古典主义戏剧》，介绍古典主义戏剧的基本状况②。而1979年，柳鸣九、郑克鲁、张英伦主编的《法国文学史》出版，意味着法国文学研究新生代学者的迅速崛起。

1979—1989年，在17世纪文学领域，对于古典主义的认知正在起步。或许受到前辈学者的启发，新生代学者试图赋予古典主义合理的社会历史动因。徐鹤森认为，古典主义乃拥护专制统治的文化思潮，因此主要特点为追求理性与完美，同时又有保守与不包容的缺陷。③ 这种观点在当时颇具代表性。而夏曾澍的文章，则就国内学界对古典主义与现实主义概念混淆的状态表示困惑，强调古典主义的摹仿自然并非描写现实中的真实。④ 这种困惑与讨论无疑展示出古典主义研究的确亟待发展。

此时得到关注的古典作家限于高乃依、拉辛与莫里哀三位。研究界对高乃依与拉辛的作品了解有限。陆军（1979）、江伙生（1981）、刘文孝（1980）、鲍维娜（1983）、家坪（1984）等多位学者发表关于高乃依的研究文章，无一例外地围绕《熙德》的情节分析与创作艺术展开。其中陆军在认可《熙德》的价值之余，提出悲剧的缺点乃单调、情节线索单一、解结欠妥⑤，可见学者对于古典主义戏剧的特质仍感陌生。江伙生提出，在阅读高乃依作品时，"用马列主义，毛泽东思想的文艺观点注意分析研究这方

---

① 《外国文学研究》1978年第1期。
② 《法国研究》1984年第4期。
③ 徐鹤森：《17世纪法国古典主义文化与封建专制统治的关系》，《杭州师范学院学报》1987年第4期。
④ 夏曾澍：《布瓦洛的〈论诗艺〉》，《外国文学研究》1987年第3期。
⑤ 陆军：《〈熙德〉的艺术得失》，《外国文学研究》1979年第3期。

面的情况是必要的。但是我们不能离开时代来评人论文"①。这段话或可说明当时困扰法国古典文学研究者的问题。拉辛研究更是极少,仅郭宏安著文两篇,其中《安德洛玛刻的形象及其悲剧性格》使用了较多的外文资料②,引述了西方研究者的观点,体现出不一样的学术眼光。

莫里哀显然比高乃依、拉辛更吸引中国研究者,这要部分归功于莫里哀剧作较为频繁的舞台演出。1978年上海译文出版社出版了李健吾翻译的《莫里哀喜剧六种》,与"文化大革命"前出版的赵少侯译本共同成为研究的参考译本。1979年,严武在《戏剧创作》第4期发表《莫里哀》之后,靳丰、江伙生表示要"遵循马列主义,毛泽东思想",对于《伪君子》作者所生活社会的"经济基础、政治制度及生活领域的各个方面进行一些必要的考察和探讨"③,对达尔杜弗、奥尔贡进行了批判性剖析;郭辉辉把《贵人迷》的主要人物称为"追慕虚荣的资产阶级典型"④。其他研究者,如陈惇、罗达尊、潘传文等,基本摆脱了这种阶级论观点,大多联系17世纪的社会背景,对典型性人物的个性与心理加以分析。另有一些学者注重的是莫里哀作品的现实性:1980年,王鲁雨在文章中提出,莫里哀在受到古典主义圈囿的同时,体现出了现实主义精神⑤;1985年,罗大冈更加强调了莫里哀与其他古典主义作家的差异,称之为"法国文学史上为期最早,成就极大,影响深远的现实主义作家、艺术家"⑥。

虽说20世纪80年代法国文学"研究和评论工作还停留在初级阶段。写评论文章的人,编写外国文学史的人,往往只能人云亦云,把外国学者

---

① 江伙生:《感情的结晶 理性的胜利——试论高乃依的〈熙德〉》,《武汉大学学报》1981年第1期。
② 郭宏安:《安德洛玛刻的形象及其悲剧性格》,《外国文学研究》1982年第2期。
③ 靳丰、江伙生:《不朽的艺苑之葩——读莫里哀的〈伪君子〉》,《外国文学研究》1979年第4期。
④ 郭辉辉:《莫里哀的"汝尔丹先生"》,《外国文学研究》1982年第2期。
⑤ 王鲁雨:《反映现实 抨击时弊——谈法国古典主义文学戏剧作家莫里哀的剧作》,《西南民族大学学报》1980年第4期。
⑥ 罗大冈:《现实主义戏剧家莫里哀》,《外国文学研究》1985年第3期。

专家的意见照抄照译,作为自己的意见,转贩给中国读者"①,但是面对视野局限、方法陈旧的窘境,一些新生代学者已经开始了新的探索。其中值得注意的现象包括:

避免以道德标准衡量文学作品。1983年黄建华在《外国文学研究》发表了《能全盘否定〈克莱芙公主〉?》一文,针对柳鸣九等编著的《法国文学史》发表意见,反对因为主人公不符合当时通行的道德规范,而否定整部小说的文学价值。这一方面说明了这部新编《法国文学史》在当时学术界颇具影响力,另一方面也透露出学者们对于道德评判支配学术研究的厌倦情绪。

引入比较文学的研究方法。20世纪70年代末以来,比较文学重新为国内学界所重视。1979年,周伟民在《比较文学简说》中提出,研究比较文学可以促进外国文学研究解放思想,扩大眼界,改进方法。② 1982年杨正和在《南昌大学学报》发表《法国古典主义对德国文学的影响》,1983年董路在《西北师大学报》发表《中国古典悲剧与法国古典主义悲剧》,都是把比较方法运用于古典文学研究的尝试。

梳理西方当代研究话语。1983年郭宏安在《国外文学》发表《拉辛与法国当代文学批评》。郭宏安已经敏锐地观察到国外拉辛研究的种种成果③,从圣·勃夫的传统批评到吕西安·戈德曼的社会学批评,夏尔·莫隆的精神批评,让·包米埃和莱蒙·毕加尔的生平批评,乔治·布莱和让·斯塔罗宾斯基的深度心理以及罗兰·巴尔特的结构主义批评,相当迅捷地把握住了欧洲拉辛研究的脉搏,以拉辛研究为楔子,勾勒了20世纪80年代法国文学批评的局面,为仍踯躅于研究道路选择的中国学者指出了一个明朗的方向。

进入20世纪90年代,17世纪法国文学研究仍然处于相对萧条的时期。对重要作家的介绍与经典作品的分析已告一段落,研究界尚未发现

---

① 罗大冈:《现实主义戏剧家莫里哀》,《外国文学研究》1985年第3期。
② 《外国文学研究》1979年第2期。
③ 1982年7月,郭宏安在《外国文学研究》发表《安德洛玛克的形象及其悲剧性格》;同期值得一提的还有1980年5月徐知免在《读书》发表《司汤达的〈拉辛和莎士比亚〉》。

古典文学研究的学术敏感点。这在某种程度上要归咎于国内相关资料贮备甚少,学者对古典作品批评方法亦缺少把握。不过,尽管学术界受到种种局限,发展仍是显而易见的。

学术的发展首先体现在研究视野的拓展。譬如1990年冯寿农撰文论述巴洛克艺术与文学的关系,突破了17世纪即古典主义的笼统陈见,引入了20世纪初欧洲学界提出的巴洛克文学的概念①;而郑克鲁的文章《诗歌占领文坛——17世纪法国诗歌概况》填补了这一阶段法国诗歌研究的空白②。

学术的发展亦表现为理论手段与思想方法的多样化趋势。17世纪古典法则研究仍占据主流,但研究方法有所更新。不可否认,全国各地仍有一些研究者围绕着"亚历士多德""三一律"等关键词,介绍法国古典主义的产生渊源、具体含义及历史意义。在这些传统性研究之外,一些不同的声音令人耳目一新。李德军发表文章强调唯理主义哲学是古典主义美学的理论基础,理性乃是古典主义美学的最高准则③;李秀斌将贺拉斯与布瓦洛的美学思想详加比较,探讨两者的理论思考和审美特征④;阮航站在启蒙主义者的视角回顾古典主义文学,对其种种缺陷加以批评⑤;李云峰从叙事学角度探讨古典主义戏剧话语模式,提出古典戏剧话语模式舞台叙述由写意性叙述到展示性表现转换⑥。种种批评的尝试意味着国内学界对于古典主义的思考正在逐步丰富、深入。

在17世纪作家与作品研究中,关于拉辛的研究极其冷清。与此同时,高乃依研究似乎也步入了困境,除程孟辉《论高乃依的悲剧观》对于高乃依的戏剧思想进行了系统梳理⑦,袁素华借高乃依与拉辛的比较阐释

---

① 冯寿农:《艺苑上的奇葩——巴洛克艺术:从建筑到文学——关于法国巴洛克文学》,《外国文学研究》1990年第1期。
② 《上海师范大学学报》1994年第3期。
③ 李德军:《布瓦洛〈诗的艺术〉论析》,《外国文学研究》1991年第1期。
④ 李秀斌:《贺拉斯与布瓦洛古典主义美学思想比较》,《求是学刊》1993年第1期。
⑤ 阮航:《略论法国启蒙主义者对古典主义的批判》,《四川师范大学学报》1994年第2期。
⑥ 李云峰:《古典主义戏剧叙事话语模式的特殊意义》,《河南教育学院学报》1998年第2期。
⑦ 《辽宁大学学报》1993年第6期、1995年第1期。

古典主义的理性之外①，无论在材料还是论述上都难见新的创建。在找不到恰当研究视角之时，一些研究者相继采用了比较的方法：譬如孟昭毅比较《熙德》与《桃花扇》的悲剧美②；董小玉比较高乃依与李渔，审视中西古典戏剧结构美学③；杜杨通过《熙德》与《赵氏孤儿》比较古典主义与儒家美学④。比较的方法虽然呈现了中国学者的研究特性，但是比较对象的选择似乎具有较大的随意性，选题有时难具说服力。

与寂寞的拉辛和高乃依相比，莫里哀引起的关注相对略多。1996—1999年，胡健生先后发表四篇文章⑤，或论述莫里哀喜剧中的讽刺艺术，或驳斥莫里哀有意识地将悲剧元素纳入喜剧创作的观点；吴晶的文章《古典主义和莫里哀的喜剧创作》则从古典主义建筑的对称结构、哲学的中常之道等与莫里哀创作的对应关系，重新阐释了莫里哀喜剧的古典特色⑥；苏永旭的文章《"骗子本生"与莫里哀的〈伪君子〉》具有一定的主题学色彩⑦；宋军的研究则力图引入弗洛伊德的精神分析方法阐释莫里哀喜剧中的幽默⑧。文章数量虽然不算多，仍可看出研究者在方法论上的努力与尝试。

此时的拉封丹研究亦略见起色，《外国文学评论》《读书》和《法国研究》等刊物陆续刊登了红雪、遨宇、吴岳添等学者的相关文章。而刘荣比

---

① 袁素华：《论古典主义的理性——兼比较高乃依与拉辛创作中的理性倾向》，《中山大学学报论丛》1998年第3期。
② 孟昭毅：《〈桃花扇〉与〈熙德〉的悲剧美》，《国外文学》1990年第1期。
③ 董小玉：《中西古典戏剧结构美学的历史性双向调节——高乃依、李渔比较研究》，《外国文学评论》1996年第1期。
④ 杜杨：《古典主义与儒家美学——对〈熙德〉与〈赵氏孤儿〉创作思想的分析》，《贵阳师专学报》1999年第3期。
⑤ 胡健生：《莫里哀喜剧之讽刺探略》，《泰安师专学报》1996年第3期；《莫里哀喜剧讽刺艺术论》，《枣庄师范专科学校学报》1996年第1期；《莫里哀喜剧艺术风格：悲喜交错乎？——试论莫里哀研究中的一个理论盲点》，《国外社会科学》1998年第3期；《讽刺喜剧创作可资借鉴的范本：莫里哀喜剧之"讽刺"综论》，《安徽广播电视大学学报》1999年第4期。
⑥ 《外国文学研究》1996年第1期。
⑦ 《河南教育学院学报》1996年第4期。
⑧ 宋军：《人格理论与莫里哀喜剧》，《西南民族学院学报》1999年第3期。

较拉封丹寓言与庄子故事的文章较早地把比较的方法引入了拉封丹研究。①

如果说1990—1999年,法国古典文学研究仍然处于过渡阶段,进入21世纪之后,除论文数量明显增加之外,研究视角与方法也呈现出了多样化的趋势。

17世纪研究中,"古典主义"的概念仍然备受关注,研究者们继续对其涵义进行深入阐发。在传统解释的基础之上,某些新颖见解得以提出。潘一禾引述英国评论家多米尼克·赛克里坦的观点,即"古典主义是一个常用的字眼。表明的是某种生活态度……有一种更理智、更综合、更稳定的思考方式。它倾向于系统化,倾向于接受那些已被证实是有价值的东西,倾向于利用那些代代相传的形式"②。蒋承勇在探讨古典主义与王权崇拜的关系之时,不同于既往研究者一味强调理性精神,而是论证了王权崇拜的人性依据,提出古典主义则是对人文主义自我解放的延伸,歌颂的是人自身。③ 在贺拉斯与布瓦洛的继承关系已然获得关注的前提下,马昭蓉指出朗吉努斯的《论崇高》是法国古典主义理论的又一来源,与《论诗艺》一道为古典主义建立了有体系的理论纲领。④ 周小英抓住了各国权力集中时代文学的共性,指出一旦文学成为为政治服务的直接工具,就会完全违背发展规律,走向混乱。⑤ 李峰则在韩愈与布瓦洛超越时空的并置中,看出了道德理性治乱救世、理性主宰文学思维的共性。⑥

在古典作家的研究之中,高乃依的研究热度与之前相仿,对其古典主

---

① 刘荣:《中西寓言史上的两部杰作——〈拉封丹寓言〉与〈庄子〉寓言的寓意比较》,《乐山师范学院学报》1991年第4期。
② 潘一禾:《一个法国的哈姆莱特——论莫里埃的"理性"喜剧〈恨世者〉》,《浙江大学学报》2000年第1期。
③ 蒋承勇:《从上帝拯救转向人的自我拯救——古典主义文学"王权崇拜"的人性意蕴》,《浙江社会科学》2004年第4期。
④ 马昭蓉:《朗吉努斯与崇高理论对法国古典主义的影响》,《艺术研究》2009年第4期。
⑤ 周小英:《法国古典主义与中国"文革"文学理论之比较》,《重庆工学院学报》2007年第9期。
⑥ 李峰:《韩愈与布瓦洛理性主义文学观比较》,《湖北广播电视大学学报》2005年第4期。

义悲剧思想的阐释基本遵循了传统研究道路。值得注意的是吕效平的文章《戏剧的"音律焦虑"与"时空焦虑"——从"汤沈之争"和〈熙德〉之争看中、欧戏剧的不同质》，借看似相差甚远的汤显祖与高乃依的平行研究，对今人难以理解的"三一律"的存在意义提出了富有新意的解释。①

拉辛的研究数量有明显增长，《费德尔》终于进入了国内学者的视野。对拉辛作品人物的心理学研究遽然增多，而女性悲剧人物的心理分析数量最众，都说明拉辛长于悲剧心理刻画的特点已为国内学界普遍重视。安国梁、王红莉、邓斯博、周星月等注重比较拉辛笔下人物与古希腊相同题材悲剧的异同，探索拉辛对古典文化的继承与改变。② 另一些学者偏爱比较的视角，将《长生殿》《替杀妻》等诸多中国传统戏曲作品拿来与拉辛悲剧并置分析，其中宋雄华更将比较延伸到《费德尔》与波斯史诗夏沃什的悲剧。③

17世纪作家中备受研究者青睐的依旧是莫里哀，研究者也分属众多不同领域。除去相当一部分联系社会政治背景解读戏剧作品的文章之外，比较研究相当活跃：既有影响研究，譬如徐欢颜论述莫里哀喜剧在中国的舞台实践（2009）④，也有平行研究，如《西厢记》《看钱奴》、关汉卿、李渔等与莫里哀的轮番类比——其中唐扣兰借符号学中的意指结构来比较《西厢记》与《伪君子》所蕴含的自由理念，在类似的论文中较有代表性⑤。刘中阳、李韶华等又将比较延伸到了莎士比亚。⑥ 更多文章则集中探讨

---

① 《文学评论》2002年第3期。
② 安国梁：《〈费德尔〉与古异趣》，《焦作大学学报》2002年第1期；邓斯博：《拉辛对古希腊戏剧的继承与超越——以美狄亚、爱妙娜、费德尔三位女性形象的比较分析为例》，《法国研究》2009年第3期；周星月：《〈安德洛玛克〉戏剧主题的变迁》，《戏剧》2009年第2期；王红莉：《希腊神话中"主母反告"母题的延伸及主题变异——比较欧里庇得斯、拉辛和茨维塔耶娃的悲剧》，《陕西教育学院学报》2005年第4期。
③ 宋雄华：《夏沃什悲剧和拉辛〈费德尔〉互文性的文化阐释》，《江汉大学学报》2003年第6期。
④ 徐欢颜：《莫里哀喜剧在中国的舞台实践》，《海南师范大学学报》2009年第5期。
⑤ 唐扣兰：《隐性的遥契：〈西厢记〉与〈伪君子〉的叙事话语》，《中国比较文学》2009年第3期。
⑥ 刘中阳：《〈奥瑟罗〉与〈伪君子〉人物形象的比较分析》，《株洲师范高等专科学校学报》2002年第6期；李韶华：《莫里哀与莎士比亚喜剧艺术比较》，《甘肃联合大学学报》2005年第1期。

莫里哀戏剧美学中某些常见的命题:如莫里哀喜剧中的悲剧性,莫里哀的讽刺艺术、喜剧手法、经典人物类型,等等。其中经典人物研究虽长期保持热度,学者却已很少进行单个人物分析,而倾向于采纳主题学方法,提炼出某个"原型"或"主题"进行纵横双向的追溯与比较。譬如彭江浩论"仆从"角色①、金琼论"伪善"②、徐建初论"一家之长"③、侯赛军论"女仆"④、辛雅敏论"父亲"⑤,等等。繁荣之余,莫里哀研究似乎仍然存在较大的发展空间。2006 年韩益睿对 20 世纪 80 年代以来的莫里哀研究进行回顾并提出了三点需要:更新研究方法、确立批评的主体意识、翻译和引进国外莫里哀研究成果,较为中肯地指出了莫里哀研究的不足。⑥ 实际上,莫里哀研究中理论化的努力并不少见:譬如金琼研究《伪君子》时借用英国小说评论家福斯特的"扁平人物"的概念来界定达尔杜弗,即一种围绕着单一概念或品质塑造出来的人物;曾洪伟介绍了哈罗德·布鲁姆对莫里哀的批评实践,指出布鲁姆试图建构一种互文性的文学经典批评模式的同时也非常重视文学经典的内在属性,其借鉴作用在于启发我们保持开放的视野,理论与批评实践相结合,并且明白离开非审美性质的批评理论的指导,文学批评照样可以进行。⑦ 刘久明尝试站在世界文学的高度俯瞰唐璜题材在莫里哀作品中的改变,其研究具有一定的主题学色彩。⑧ 韩益睿本人亦曾借助解构主义叙事理论解读《伪君子》。⑨ 然而必

---

① 彭江浩:《莫里哀喜剧中的仆从角色分析》,《沙洋师范高等专科学校学报》2002 年第 1 期。
② 金琼:《评答尔丢夫与伊阿古的伪善》,《外国文学研究》2002 年第 4 期。
③ 徐建初:《莫里哀戏剧中的一家之长》,《法国研究》2003 年第 1 期。
④ 侯赛军:《浅析莫里哀戏剧中的女仆形象》,《科教文汇》2008 年第 4 期。
⑤ 辛雅敏:《被嘲弄的父亲们——从阿里斯托芬到哥尔多尼》,《河南社会科学》2009 年第 6 期。
⑥ 韩益睿:《二十年来中国莫里哀研究现状初探》,《社科纵横》2006 年第 1 期。
⑦ 曾洪伟:《哈罗德·布鲁姆论蒙田和莫里哀——兼谈其文本批评实践的特点和启示意义》,《世界文学评论》2009 年第 2 期。
⑧ 刘久明:《论莫里哀对唐璜传说的改编》,《外国文学研究》2010 年第 2 期。
⑨ 韩益睿:《线条的末尾——〈伪君子〉的解构主义叙事理论解读》,《甘肃广播电视大学学报》2007 年第 2 期。

须承认,西方理论话语的消化吸收需要过程,与批评实践的完美结合仍然令人期待。

第四节　18世纪法国文学研究

1979—1989年,法国18世纪文学批评也正在苏醒。启蒙时代文学乃是思想的载体,加之启蒙的诸多问题与中国现代化进程之间具有千丝万缕的内在联系,故此文学研究与哲学、政治思考泾渭难分。社会体制与思想方式的发展需要决定了法国启蒙时代研究与中国当代发展的思索密切相关,因而研究者不乏重要的人文学者。1982年,陈思和、李辉撰文追溯法国启蒙思想及大革命对巴金的诸般影响,分析后者民主主义思想的形成。① 另外一些研究者把启蒙文学视作整体概念,研究它的美学及哲学共性:郭麟阁提出18世纪文学的主要特点乃古典主义衰落、世界主义确立以及理性与进步②;黎风通过梳理伏尔泰、狄德罗与卢梭的戏剧观,论证了"法国启蒙戏剧理论中的理性主义是欧洲古典戏剧史上理性主义发展的顶峰"③。在种种社会学、文学讨论之外,富扬的一篇短文颇有意味,他针对1980年安徽人民出版社《欧洲近代文学思潮简编》的相关论述提出异议,认为启蒙作家文学上各具特色,启蒙文学算不上真正的文学思潮。④ 其观点虽可商榷,却透视出启蒙文学作为学术概念仍面临许多亟待解决的根本问题。

倘若逐一回顾启蒙时代重要文学家的研究状况,可以看出,孟德斯鸠研究多限于法学范畴,与文学基本脱节,除贾东福一文外,仅存文章也大多叙述孟氏与中国文化的关系。1980年胡益祥的《伏尔泰简论》详细介

---

① 陈思和、李辉:《巴金和法国民主主义》,《文学评论》1982年第5期。
② 郭麟阁:《法国启蒙时期文学中的美学思想》,《法国研究》1983年第3期。
③ 黎风:《法国启蒙戏剧理论中的"理性主义"》,《四川师范大学学报》1986年第2期。
④ 富扬:《人文主义、启蒙主义是文学思潮吗?》,《广西大学学报》1984年第2期。

绍了伏尔泰其人,方法虽类似文学史断篇,毕竟拉开了伏尔泰研究序幕。① 之后近十年间,论文多属于比较文学性质,余下论文几乎都在讨论其哲理小说,内容大多泛泛。② 同样在1980年,柳鸣九为《忏悔录》中译本所作序言发表在了《名作欣赏》,指出卢梭"自我形象的复杂性就是《忏悔录》的复杂性,同时也是《忏悔录》另具一种价值的原因"③。然而卢梭的文学研究并未就此繁荣,论文虽多,属于文学范畴的只寥寥数篇。喻大翔对卢梭内心世界真、爱与超越的三层结构分析④,陈顺基对卢梭与浪漫主义内在共性的描述⑤,都代表了当时卢梭研究的较高水准。

相形之下,唯有狄德罗研究由于某些契机,发展较为明显。狄德罗研究复苏较早,1979年卢善庆即在《外国文学研究》发文,讨论其美在关系说。⑥ 对美在关系的讨论在其后三年一直有所回应:1981—1983年,曾永成、刘荣兴、黎启全等学者分别发表相关论文。1980年《外国文学》也曾刊载了木上丝论《拉摩的侄子》的文章。随着联合国教科文将1984年定为"狄德罗年",国内学术界顺势推出一系列的学术活动,文学研究也明显活跃起来。其年人民文学出版社发行《狄德罗美学论文选》;商务印书馆出版了安德列·比利《狄德罗传》的中译本,亨利·勒费弗尔所著《狄德罗的著作与思想》以及《狄德罗百科全书条目选》。正如韩震所言:"这种热烈的气氛是空前的,使狄德罗思想研究展现出更加深入的新局面。"⑦ 法国文学研究界对此反响热烈,狄德罗研究一时间风生水起,两三年内发

---

① 《河南师大学报》1980年第2期。
② 20世纪80年代对伏尔泰文学创作关注主要集中在其小说上,有丁子春(1982)、张泽乾(1986)谈哲理小说;范文瑚(1986)、宋瑞兰(1989)论《老实人》(1986)。1986年1月朱龙华在《读书》发文谈《路易十四时代》。
③ 柳鸣九:《卢梭的〈忏悔录〉》,《名作欣赏》1980年第2期。
④ 喻大翔:《"自我实现"的孤独者——读卢梭〈一个孤独的散步者的遐想〉》,《外国文学研究》1987年第2期。
⑤ 陈顺基:《卢梭与浪漫主义文学》,《上海师范大学学报》1986年第4期。
⑥ 卢善庆:《试论狄德罗的美在关系说——读〈美之根源及性质的哲学的研究〉》,《外国文学研究》1979年第4期。
⑦ 韩震:《"狄德罗年"在中国》,《国内哲学动态》1985年第9期。

表了十数篇论文,包括:柳鸣九①、陈振尧②的纪念性文章;赵俊欣《论狄德罗辩证的创作风格》③、王聿蔚《狄德罗与浪漫主义》④、陈应年、陈兆福《狄德罗在中国》⑤、周文彬《如何评价狄德罗的"美在关系"说?》⑥、冯汉津《狄德罗的阅读契约——〈定命论者雅克和他的主人〉结构初探》⑦、程然《论狄德罗的艺术想象观》⑧。狄德罗研究热潮在1986年后宣告平息。较为重要的文章仅有陈占元先生的《艺术评论家狄德罗》⑨。

20世纪80年代初对道德评判与学术关系的反思也延伸到了18世纪研究之中。早在黄建华之前,1981年贾东福已对新编《法国文学史》的孟德斯鸠专章提出异议,反对《波斯人信札》"后房"故事只是迎合了18世纪读者色情兴味的观点,认为这就抹杀了孟德斯鸠反封建以及隐射社会问题的重要意图。⑩ 联系1983年的《克莱芙公主》之争,新编《法国文学史》两次成为道德与学术关系争论的焦点,可见作者们确乎在写作中多少受到了固有思考模式的束缚,也间接说明了这部著作在当时学术圈的影响力。

比较方法的应用同样不可忽略。1984年程方平在《山西师院学报》发表《伏尔泰与孔子——东风西渐小议》,梁守锵则在《中山大学学报》发表《伏尔泰笔下的中国》——几位学者较早地把比较文学方法引入法国古典与启蒙文学研究之中。1986年,方平的《可喜的新的眼光——比较文学所追求的目标 》以伏尔泰哲理小说《查第格》与中国文化的渊源为契

---

① 柳鸣九:《纪念狄德罗》,《世界文学》1984年第4期。
② 陈振尧:《深入研究狄德罗——从纪念狄德罗逝世二百周年谈起》,《法国研究》1985年第2期。
③ 《法国研究》1984年第3期。
④ 《外国文学研究》1984年第2期。
⑤ 《哲学研究》,1984年第10期。
⑥ 《青海社会科学》1984年第2期。
⑦ 《外国文学研究》1985年第3期。
⑧ 《外国文学研究》1986年第4期。
⑨ 《法国研究》1989年第3期。
⑩ 贾东福:《对〈法国文学史〉孟德斯鸠专章的两点异议》,《四平师院学报》1981年第3期。

机,提出比较的方法"帮助我们从狭隘的目光中,从自我孤立的习惯势力中解放出来","从而'获得了新的眼光',在熟悉的作品中看到了某种'新的精神'"。① 或许这正是诸多学者在寻找法国古典、启蒙文学研究的新路径的过程中,一再采用比较方法的深层动机。20世纪80年代后期,陈焱、饶芃子、钱林森等都在法国古典、启蒙文学的比较研究中有所著述。

结合译著出版,翻译研究初现端倪。不少启蒙时代名著或新译或再版,为法国文学研究者,乃至其他专业的法国文学关注者们提供了参考文本,既拓宽了研究者的范畴,也为翻译学的开拓提供了可能。随着各类译本的出现,翻译学初露头角,并逐渐成为法国文学研究中的重要支脉。郎维忠针对1978年商务印书馆出版的李平沤《爱弥儿:论教育》译本发表批评②,张海珊则从史学角度论证孟德斯鸠的第一个中译者并非严复③,两者皆为法国启蒙文学翻译批评的较早个例。随着时间的推移,这种研究方法将会不断地得到丰富、细化。

进入20世纪90年代,18世纪法国文学研究相对17世纪文学研究整体平淡的情况可谓稍显乐观。

学术的视野的拓展是显而易见的。譬如郑克鲁的文章《沙漠与绿洲——18世纪法国诗歌》,填补了这一阶段法国诗歌研究的空白④;安少康、柳鸣九等人率先进行的萨德研究更加大胆地打破了长久以来的学术禁忌⑤。

理论手段与思想方法的多样化趋势亦较为显著,呈现出与17世纪研究明显不同的态势。"启蒙文学"概念的内涵处于不断丰富细化的状态。

---

① 《外国文学研究》1986年第2期。
② 郎维忠:《法译汉应尊重汉语语言规律——试评《爱弥儿》1978年翻译本》,《现代外语》1981年第4期。
③ 张海珊:《孟德斯鸠第一个中译者不是严复》,《上海师范大学学报》1981年第4期。
④ 《上海师范大学学报》1995年第3期。
⑤ 安少康:《"邪恶大师"的悖论——略论萨德》,《法国研究》,1996年第2期;柳鸣九:《对恶的抗议——关于萨德的善恶观》,《书屋》1999年第1期;柳鸣九:《历史帷幕与诗意轻纱中的性——关于性文学作品的典雅》,《南方文坛》1999年第3期。

安国梁论证了法国启蒙文学对"陌生化"手法的自觉运用,强调其实质乃是作家凭借理性精神,以局外人身份观察现实的手段。① 秦弓采用尼采《悲剧精神》中的日神精神说,提出理性思维、对人的深层透视、解说与分析并重的文体、冷峻的叙事语调是启蒙文学的主要特征。② 两位作者都借用了西方理论术语,并从不同角度在启蒙文学的基础为理性精神上达成共识。启蒙也逐渐成为中国现代性研究的重要用语,韩捷进便撰文将五四文学与启蒙文学并置,比较二者忧患意识之异同。③

分头回顾启蒙时代几位重要作家,各自的研究情况也存在差异。

此前十年,孟德斯鸠的文学作品基本遭到忽略。1995 年,漓江出版社发行了梁守锵重译的《波斯人信札》。④ 新译本促使孟德斯鸠的文学成就获得了关注,出版次年即有黄天源撰文比较新旧译本,表示梁译超越了前人。⑤ 而学者的兴趣最为集中的仍在作品之体裁:譬如张增坤反对诸多外国文学史将《波斯人信札》归在小说一类,指出它实为书信体讽刺随感录,并主张文学史赋予此类散文应有的地位。⑥ 任现品、王目奎则坚称《波斯人信札》为书信体讽刺小说,对这种启蒙时代的新型文学体裁的构思谋略加以剖析。⑦

伏尔泰研究则大体处于比较视角的关照之下。在伏尔泰研究中,《中国孤儿》与《赵氏孤儿》的比较研究热潮异常醒目。1990 年,在孟华教授支持下,林兆华导演在天津同时演出了伏尔泰的悲剧《中国孤儿》与河北梆子版的《赵氏孤儿》,并在天津师大就这一主题召开了国际研讨会。随

---

① 安国梁:《"陌生化"手法创造的自觉时代——论法国启蒙文学中的一种现象》,《河南大学学报》1990 年第 5 期。
② 秦弓:《阿波罗的风采——论法国启蒙文学》,《外国文学评论》1990 年第 4 期。
③ 韩捷进:《启蒙风雨中走出不同的忧患者——五四文学与法国启蒙文学忧患意识之异同》,《海南师范学院学报》1996 年第 4 期。
④ 罗大冈译本 1958 年在人民文学出版社出版。
⑤ 黄天源:《重译贵在超越——读梁守锵译〈波斯人信札〉》,《出版广角》1996 年第 4 期。
⑥ 张增坤:《〈波斯人信札〉是小说吗?——兼论外国文学史编撰者不该冷落散文名著》,《外国文学研究》1997 年第 4 期。
⑦ 任现品、王目奎:《〈波斯人信札〉的构思谋略》,《国外文学》1999 年第 4 期。

后,孟华发表《〈中国孤儿〉批评之批评》①,并于同年发表了《伏尔泰又一出取自中国的悲剧——〈伊雷娜〉》②。一系列事件在学术界回音不绝。1991年《国外文学》第2期设立专刊,登载了法国学者波莫、中国学者张智庭、徐知免、董纯、丁一凡、孟昭毅、王立新、陈旋波、童道明、林克欢等人的多篇相关论述,虽囿于篇幅,很多文章几经压缩,仍可见其时学者思考的主要脉络。其中张智庭提出了符号学比较③,董旋、丁一凡与波莫合作谈中国模式④,陈旋波论法国观众对《中国孤儿》的接受⑤,童道明、林克欢对天津演出发表感想⑥,常汝言、曾晓文则重提伏尔泰悲剧《伊达梅》的阅读感受⑦。1990—1991年由学者、杂志、艺术家共同促生的这股研究热潮说明了20世纪90年代初期学术界乃至整个社会对东学西渐的浓厚兴趣,中国文化对西方文化的影响研究的盛行,对自我文化在异域文化中被观看与重构的好奇。1993年孟华出版专著《伏尔泰与孔子》,此后的伏尔泰研究多属于影响研究范畴,学者包括丁一凡、钱林森、陈萍、张丽艳、苗威等。

十年间狄德罗研究的核心论题为"美在关系"说。叶中强将狄德罗美学归纳为三点,即注重整体与个体的辩证关系、论及美的社会性质以及注意美的本质中的人的主体因素。⑧ 彭志勇将"美在关系"说放入狄德罗美学体系与欧洲美学发展背景中考量,提出这是他审美本质理论、欣赏理论及创作理论的逻辑结合点,重新树立了唯物主义在美学上的地位,实现了

---

① 《天津师大学报》,1990年05期;《国外文学》1991年第2期。
② 《文艺研究》1990年第3期。
③ 张智庭:《〈赵氏孤儿〉与〈中国孤儿〉人物的符号学之分析》,《国外文学》1991年第2期。
④ 董旋、丁一凡、波莫:《〈赵氏孤儿〉的演变——伏尔泰与中国模式》,《国外文学》1991年第2期。
⑤ 陈旋波:《十八世纪法国观众对〈中国孤儿〉的接受》,《国外文学》1991年第2期。
⑥ 童道明、林克欢:《东西方文化的对峙——有感于〈中国孤儿〉的演出》,《国外文学》1991年第2期。
⑦ 常汝言、曾晓文:《我心目中的伊达梅》,《国外文学》1991年第2期。
⑧ 叶中强:《西方古典美学中的一个重要命题——论狄德罗的"美在关系"说及其历史地位》,《上海大学学报》1996年第1期。

感性与理性的统一。① 彭论的主要参考书仍是《狄德罗美学论文选》《狄德罗哲学选集》以及《朱光潜美学文集》（第四卷），三种著作均在20世纪80年代中期之前出版。②

反观卢梭研究，虽然关注者略众，但与作家的成就相比，仍过于寂寥。除去探讨卢梭人生哲学、政治哲学、教育观、美学思想、心理研究的论文之外，1994年陈筱卿翻译的《忏悔录》的出版可谓是年盛事。译者序详细介绍了卢梭及其作品，三年后该篇序言在《国际关系学院学报》发表。其后孙丽荣以卢梭的矛盾个性解释他文艺作品中的悖论③；赵林提出崇尚自然与讴歌情感乃是卢梭美学的两个基本特点，其作品糅合了浪漫主义的多重特色，成为19世纪浪漫主义的先声④。

萨德研究的发端无疑体现了学术对于道德禁忌的再次冲击。1996年安少康《"邪恶大师"的悖论——略论萨德》⑤，虽然对萨德其人与创作表示了适度的道德与精神批判，却意味着18世纪的这块研究禁区终将开放。柳鸣九适时地抓住这一对国内学界依然陌生、敏感而棘手的启蒙作家，从思想、道德层面为萨德辩白，提出萨德"个人道德上的某些晦暗，不足以掩盖他作品中精神道德的闪光"⑥，赞美他"敢于触及人性脓瘤的科学精神、不畏人言，甘冒天下之大不韪的勇气"，评价他为"击中封建时代的法权与精神原则之要害的哲人"⑦。1998、1999年柳鸣九在《书屋》杂志接连发表三篇论文⑧，公开为萨德正名，替后继研究披荆斩棘，铺平道路。

---

① 彭志勇：《狄德罗美学再探索》，《安徽大学学报》1998年第6期。
② 《狄德罗美学论文选》，人民文学出版社1984年版；《狄德罗哲学选集》，江天骥等译，商务印书馆1983年再版；《朱光潜美学文集》第四卷，上海文艺出版社1984年版。
③ 孙丽荣：《卢梭性格中的矛盾冲突与其文学作品中的悖论》，《辽宁大学学报》1996年第5期。
④ 赵林：《卢梭与浪漫主义》，《法国研究》1998年第1期。
⑤ 《法国研究》1996年第2期。
⑥ 柳鸣九：《萨德并非无德之明证——关于作家萨德的道德水平》，《书屋》1999年第2期。
⑦ 柳鸣九：《为萨德一辩——关于萨德作品的思想性》，《书屋》1998年第6期。
⑧ 《为萨德一辩——关于萨德作品的思想性》，《书屋》1998年第6期；《对恶的抗议——关于萨德的善恶观》，《书屋》1999年第1期；《萨德并非无德之明证——关于作家萨德的道德水平》，《书屋》1999年第6期。

随后十年间,萨德研究吸引了一批学者,在专业化、学术化方面得到精进。

进入 21 世纪,更多的学者对启蒙文学进行全景式观察,提出了各种丰富的问题。卢红彬辨析了孟德斯鸠与卢梭分别代表的启蒙时代的两种自由主义,指出他们在法国历史上迥异的命运。① 吴康茹提出要重新反思启蒙运动与法国大革命、"文学场"的建制以及与公共文体的运用之间的关系。② 葛佳平精到地论述了启蒙时代随着艺术的公共化,公众趣味如何在艺术判断中得以独立于传统精英体制而存在。③ 郭丽娜、康波提出:"儒学的'德治'思想和宋明理学的'理'、'法'等观念,这在一定程度上催化了法国文学的启蒙世界观,强化了启蒙文学所表达的政治理念,也使中国在某种程度上成为启蒙文学建构具有信仰自由、宗教宽容和平等的社会关系准则的理性社会的参照系。"④马衍明详细论述了卢梭与百科全书派的启蒙理念的不同之处。⑤ 刘莘亦提出,卢梭承认理性的同时反对启蒙主义者把道德进步植根于理性进步之上,担心理性破坏信仰与德行。卢梭用情感来对抗理性,揭露理性的弊病,并非走向非理性主义,相反,他的启蒙批判本身就是启蒙理性的展开过程,因此也是理性的一种自我批判。⑥ 显然,国内学界对法国启蒙精神的认知已经进入了更高的层次,涉及其意义的方方面面。

一部《中国孤儿》使得伏尔泰与中国文化的关系一直吸引着中国研究者的目光,比较视角的阐释始终围绕着伏尔泰研究,全国各地不少学者仍执著于比较两本《孤儿》,但是在史料基础上提炼出一些新的概念,譬如杨

---

① 卢红彬:《法国启蒙的两种自由主义传统》,《杭州师范学院学报》2000 年第 5 期。
② 吴康茹:《对法国启蒙文学中三个基本问题的认识》,《湛江师范学院学报》2009 年第 1 期。
③ 葛佳平:《拉·丰特与 18 世纪法国沙龙批评中的公众观念之争》,《文艺研究》2010 年第 1 期。
④ 郭丽娜、康波:《18 世纪法国启蒙主义文学中的中国思想文化因素——析"中国礼仪之争"对法国启蒙文学的影响》,《国外文学》2008 年第 4 期。
⑤ 马衍明:《论卢梭的启蒙观念及其意义》,《法国研究》2004 年第 1 期。
⑥ 刘莘:《卢梭与启蒙理性批判》,《重庆师范大学学报》2005 年第 3 期。

健平的文章《从〈赵氏孤儿〉在欧洲看艺术接受中的民族变异》①。另有一些学者则专注于伏尔泰与中国文化之间的影响关系,也尝试植入一些学术语汇,譬如李焰明《伏尔泰的中国乌托邦》②。与此同时,对伏尔泰哲学、宗教思想的研究更多地融入了文学研究之中。王爱菊指出伏尔泰与洛克相比,"对上帝的存在持有矛盾的态度,在反对三位一体时更为激进。这表明随着启蒙运动的发展,人们加重了对上帝的存在的怀疑,预示了法国无神论的到来"③。吴飞指出伏尔泰《里斯本的灾难》是对莱布尼茨神义论的扬弃与诠释。④

"美在关系"自始至终是狄德罗研究的中心命题,除此之外,又有正剧理论与"模仿论"分别成为学者关注的对象。葛体标从狄德罗、荷尔德林到德里达关于戏剧的讨论中,勾勒出现代以来对传统模仿论的解构线索。⑤ 何纪华论述了素来被视为"表现派"理论来源的狄德罗之理想范本说。⑥ 谷容林认为,狄德罗和莱辛对真实的强调和论述是戏剧理论史上的重大转折,现实主义理论基点得以确立,现实主义戏剧原则取代了新古典主义戏剧原则。⑦ 钟贞将李渔与狄德罗并置比较以二者各自为东西戏剧表演理论的开创者为基础,类似比较在研究中并不少见。⑧

若论十年间最受瞩目的 18 世纪作家,无疑非卢梭莫属。相关文章林林总总,共计四百多篇。然而多达四分之三的文章都是透过《社会契约论》《爱弥儿》等作品,寻求卢梭在儿童教育、女性教育、思想政治教育、性教育、体育教育、公民观、政体思想、民权思想等方面的观点,文学性论文仅有近百篇。即便如此,论文的丰富性足以体现法国文学研究界在思想

---

① 杨健平:《从〈赵氏孤儿〉在欧洲看艺术接受中的民族变异》,《文艺评论》2002 年第 2 期。
② 李焰明:《伏尔泰的中国乌托邦》,《国外文学》2003 年第 3 期。
③ 王爱菊:《启蒙时代的上帝观——洛克和伏尔泰之比较》,《法国研究》2008 年第 3 期。
④ 吴飞:《伏尔泰与里斯本地震》,《读书》2009 年第 3 期。
⑤ 葛体标:《现代模仿论的解构线索:狄德罗、荷尔德林和德里达》,《文艺理论研究》2010 年第 2 期。
⑥ 何纪华:《狄德罗:戏剧表演需要"理想范本"》,《戏剧艺术》2009 年第 6 期。
⑦ 谷容林:《狄德罗与莱辛:现实主义戏剧理论的先驱》,《戏剧》2006 年第 2 期。
⑧ 钟贞:《李渔与狄德罗戏剧表演观之比较》,《社会科学家》2005 年第 2 期。

与方法的多元化方面出现了飞跃。

首先,研究范围不再受到中译本局限,原文阅读成为不少学者的研究基础,他们掌握的资料更为丰富,可以触及到国内学界尚不熟悉的领域。譬如杨国政曾详细论述《忏悔录》之后的卢梭如何借助《对话录》,在无望中期冀与读者的倾心交流[①];黄群则探讨了《致达朗贝论剧院的信》的形式与结构,期待揭开卢梭深层的修辞意图[②]。

其次,研究者们的阐释角度更加富于变化,包括卢梭自传、浪漫主义美学、自然观、审美现代性、宗教观、比较研究等多角度论述,构建了多维立体的卢梭研究结构。

自传研究向来是卢梭研究的有趣课题。杨国政指出卢梭所追求的真实不是事件的真实、细节的真实,而是感情的真实[③];孙伟红也通过翔实的材料拷问了卢梭自传作品的真实性问题[④];马益平同时研究了《忏悔录》与《墓畔回忆录》,力图探寻两篇自传的真与隐[⑤]。

卢梭与浪漫主义的渊源也始终是重要论题。赵立坤《论卢梭浪漫主义美学》[⑥]、王嘉《回望卢梭——评析浪漫主义先驱卢梭的非理性思想》[⑦]等文章分别确认了卢梭作为浪漫主义奠基人的地位。

浪漫主义与"回归自然"具有难以分割的关系。诸多学者总结了卢梭自然观的意义,其中马衍明阐释了卢梭的自然状态与自然人性的概念之后提出:"回归自然思想不仅具有政治批判意义,而且具有文明批判意义……作为审视文明进程的价值理想所在,回归自然也指向了启蒙学派的历史进步观和理性……卢梭以敏感的神经感受到了与文明、理性相伴

---

① 杨国政:《在沉默中走向孤独》,《外国文学》,2001年第1期。
② 黄群:《隐匿的修辞——初论卢梭〈致达朗贝论剧院的信〉的形式与结构》,《国外文学》2007年第1期。
③ 杨国政:《卢梭的自传观》,《国外文学》2001年第3期。
④ 孙伟红:《诗与真——关于卢梭自传作品的一种解析》,《复旦学报》2002年第6期。
⑤ 马益平:《从〈忏悔录〉到〈墓畔回忆录〉——探寻两篇自传的真与隐》,《法国研究》2008年第1、2期。
⑥ 赵立坤:《论卢梭浪漫主义美学》,《求索》2006年01期。
⑦ 王嘉:《回望卢梭——评析浪漫主义先驱卢梭的非理性思想》,《前沿》2007年第11期。

而生的问题,从而开启了现代性批判的先河。"①另有一些学者注意到卢梭的自然观与中国传统老庄思想、中国现代思潮作家或其他欧洲浪漫派诗人的契合之处,采取比较的方法进行阐释。

与自然观密切相关的还有宗教信仰问题。蒋承勇辨析了卢梭与伏尔泰等人在理性认知上的差异,卢梭强调宗教与道德意义上人的天赋良知。这种天赋良知存在于人的自然状态,故此他倡导返回自然,也就是让人回归天赋的善良天性。他的宗教情结决定了其笔下的人物具有赎罪忏悔、禁欲博爱的形象。② 此后相继有学者进一步探幽卢梭的天良神论。赵立坤认为,卢梭反对宗教迷信的同时也反对把理性视为上帝,他强调内心感情,把自然情感以及源此而来的良心作为宗教的核心,确信认识上帝的唯一道路便是通过天良的指引,由此独创了天良神论。这也成为从英法理性神学向德国道德神学和浪漫主义神学过渡的重要契机。③ 董晔、李妍妍也提出,卢梭在对天主教和无神论进行双重批判的同时,坚信上帝存在,这是一种极高的智慧,使自然具有生命。良心具有天生的正义感,是神的化身,作为联结人和神的纽带,这样人就无需借助自然而通往上帝,上帝自然地就存在于人的本性之中。④

随着现代性研究日渐得到重视,李洁、胡颖峰、种海燕等诸多学者都曾对于卢梭与现代性的关系展开研究。赵静蓉提出,获得未来的自由就是回归自然的善,这是卢梭现代性批判的最核心所在。现代文明与人类自然本性的冲突是构成现代性批判的原始动因。现代文明是现代理性的产物,自然是人类感性力量的发源地,二者之间的冲突实际上就是人类自身失衡及畸变的表征。在卢梭和席勒对现代性的尖锐批判中,人类才有希望修复被文明创伤的心灵、印证自我存在的信心和价值、确立安身立

---

① 马衍明:《自然的追寻——卢梭"回归自然"思想初探》,《法国研究》2002年第1期。
② 蒋承勇:《在尘世点燃天国之圣火——论卢梭小说的基督教情结》,《浙江社会科学》2003年第6期。
③ 赵立坤:《卢梭的浪漫主义宗教观》,《浙江学刊》2004年第5期。
④ 董晔、李妍妍:《信仰·和谐·自然——试论卢梭的宗教思想》,《理论学刊》2006年第9期。

命的幸福感。① 范昀借对卢梭的分析,提出有两种不同的审美现代性,一种反叛是合理的,具有积极的建设性;另一种反叛却是负面的,充满着私人性的贪嫉,常会以反秩序、追求正义的名义赢得掌声,在政治上充当罪恶的帮凶。审美现代性批判必须建立在捍卫公共领域的基础上,良性的审美现代性批判归根于公共人格的主体构建。卢梭的审美现代性批判的积极意义在于告诉人们正义的批判必须建立在个体激情与公共德性间平衡的基础上,消极一面也警示人们,一种打着正义旗号的审美批判随时都有可能沦落为反正义的审美批判。②

卢梭对于中国近现代社会的影响力无疑难以忽视,号称"中国的卢梭"的郁达夫尤其引人注目。施敏、刘久明等论述了卢梭对于郁达夫的影响力。③ 韦虹提出设想,中国文学中的自然人格化与卢梭的梦思与自然之间是否有着内在联系。④ 方平论述了梁启超在建构以国民为主体的国民国家思想时,如何受到卢梭民约论的影响和启迪。⑤ 宗先鸿提出在卢梭《民约论》影响下,中国近代文学中出现了一系列"卡里斯马"形象。⑥ 种海燕从20世纪20年代梁实秋与鲁迅的论战出发谈卢梭对中国现代浪漫主义思潮的影响。⑦ 吴雅凌比较了《社会契约论》的多个译本,梳理了从19世纪末20世纪初起卢梭民约思想在中国的传播脉络。⑧

与此同时,某些西学成果得到引荐,启发国内学者更深入的思考。譬如昂智慧连续发表文章,细致分析了保尔·德曼对卢梭《忏悔录》《新爱

---

① 赵静蓉:《论卢梭与席勒的现代性批判》,《人文杂志》2004年第4期。
② 范昀:《激情与德性——论卢梭与审美现代性》,《文艺理论研究》2009年第2期。
③ 施敏:《灵魂忏悔与自我表现——从自传的角度论卢梭与郁达夫》,《南京大学学报》2000年第2期;刘久明:《卢梭与郁达夫》,《华中科技大学学报》2000年第3期。
④ 韦虹:《卢梭的"梦思"与自然——兼与中国文学比较》,《国外文学》2001年第2期。
⑤ 方平:《卢梭民约论的一份中国遗产——略论梁启超的国民国家思想及其历史价值》,《学术研究》2002年第8期。
⑥ 宗先鸿:《卢梭:中国近代文学中的"卡里斯马"形象》,《内蒙古大学学报》2005年第5期。
⑦ 种海燕:《卢梭对中国现代浪漫主义思潮的影响——兼论20世纪20年代梁实秋和鲁迅的论战》,《江西社会科学》2007年第1期。
⑧ 吴雅凌:《卢梭〈社会契约论〉的汉译及其影响》,《现代哲学》2009年第3期。

洛伊斯》异常丰富的解读,讲述他如何从语言的物质性角度来看待卢梭文本的真实性问题,极大地开拓了卢梭文本批评的可能性。①

此外,包括马衍明、张艳清、马涛、李妍妍、张梦在内的许多学者有意识地把卢梭纳入西方文化史背景中考量,比较上至柏拉图、奥古斯丁,下至尼采、萨特乃至克莱齐奥之间的思想与美学传承关系。跨学科研究也相当活跃,王维《启蒙运动中卢梭的音乐美学思想与"喜歌剧之争"》②、孙静梅和陈学东《西方音乐美学史上的两次重大转折:卢梭与尼采》③等文章都探讨了卢梭作为音乐人的美学贡献。

众多研究卢梭的学者不仅变换丰富的视角,并且往往借助某种理论话语,体现了方法论上与国际学术接轨的意图。不少学者的具体分析与理论话语的结合日渐娴熟、自然。这在某种程度上意味着法国启蒙文学研究正在走向成熟。

至于萨德的文学创作,自20世纪90年代末柳鸣九开创风气之先的系列文章问世之后,十年间相关研究蓬勃兴起,论文数量既多,方法论亦见更新深入,出现了一批专注于萨德问题的研究者。龙潜、曾新民、刘琼、高建为等学者已无需费时为萨德的文学合法性辩护。在研究必要性已获公认的前提下,他们从心理学、哲学、伦理学、女性主义等多重角度出发,对于萨德的文学作品进行深入剖析,探讨萨德颠覆传统意识与价值观的艺术手段,以及萨德情色文学背后所蕴含的自由主义思想实质。

第五节 19世纪法国文学研究

近三十年来,围绕着19世纪作家作品以及文学流派的各类论文的内

---

① 昂智慧:《〈忏悔录〉的真实性与语言的物质性——论保尔·德曼对卢梭的修辞阅读》,《外国文学评论》2004年第3期;《阅读的危险与语言的寓言性——论保尔·德曼对卢梭〈新爱洛伊丝〉的解读》,《外国文学研究》2005年第1期。
② 王维:《卢梭的音乐美学思想与"喜歌剧之争"》,《福建艺术》2006年第2期。
③ 孙静梅、陈学东:《西方音乐美学史上的两次重大转折:卢梭与尼采》,《湖北社会科学》2008年第7期。

容覆盖了小说、诗歌与戏剧等各个体裁,涉及浪漫主义、现实主义、象征主义与自然主义等思潮流派。这一时期的大部分作家都已进入研究者的视野,可以说关于19世纪文学的研究工作是除20世纪外,在论文数量与质量上都最为可观的一个时期。其实自20个世纪初西潮东渐后,19世纪的法国文学就是最先进入那一代学人和批评者视线中的译介与研究对象之一。自我的发现、师法西方的热望以及审美趣味上的天然吻合,使浪漫主义与现实主义甚至一度成为左右中国文学创作与研究的关键词。而进入20世纪80年代后,随着西方新批评文艺思潮进入我国,19世纪法国文学研究挟着这份因袭下来的惯性,更得到了进一步的长足发展。在法国文学研究领域里得到最多研究的前20位作家中,属于19世纪的作家就占有近半数:福楼拜、巴尔扎克、雨果、波德莱尔、莫泊桑、左拉和自然主义、司汤达、兰波。而这一时期的《包法利夫人》《恶之花》《高老头》《红与黑》《欧也妮·葛朗台》《情感教育》《羊脂球》等是研究者论及最多的作品。

在三十年来关于19世纪文学研究的论文中,从总量上看,小说及小说家研究占有压倒性的优势,诗歌次之,戏剧最后。在小说研究领域,自20世纪80年代起,不论是研究思路还是分析方法都有了很大的改变。从最早近于人物点评或是文字赏析的印象式批评,到之后研究者逐渐注意到研究对象身上所具有的过往为我们所忽略的特质,再到现代批评思潮与方法逐渐影响到研究者的具体批评实践工作,福楼拜、巴尔扎克、左拉、司汤达、莫泊桑等法国文学研究的熟地都逐渐摆脱了意识形态的束缚,突破了"现实"或是"浪漫"过于简单化的二分思维,在研究者的眼中呈现出立体、丰富甚至是矛盾的作家气质。因此,从宏观上说,三十年来的19世纪研究将作家作品从认识批判世界的工具还原为"人"和文本;而从微观上说,则是文学的无用之用得到了肯定,文学的自足与现代性等观点在西方现代文艺理论被引进的同时,也逐渐得到了广大研究者的认同和力行。在诗歌研究方面,虽然相关论文在数量上没有形成小说研究的规模,但关于象征主义及相关诗人如波德莱尔、兰波、马拉美等人的研究相较于此前取得了突破性的进展。此前除魏尔伦之外,象征派的诸诗人在我国只有零星散乱的评论。但进入 20 世纪 80 年代后,通过前后几代研究者的共同努力,这一原本晦暗不明的研究领域正逐渐显现出清晰的面貌。

一、浪漫主义与现实主义

曾经如火如荼的浪漫主义和现实主义之争(这种论争甚至一度超出了外国文学研究的范围,延伸至本国文学创作何去何从的问题上),在进入新时期后归于沉寂。现在在外国文学研究核心期刊上可以看到的关于浪漫主义和现实主义的文章,不仅数量少,而且发表时间也多集中于 20 世纪 80 年代。甚至在分析具体作家作品时,随着时间的推移,浪漫主义和现实主义两个概念也不再如以前那样是研究者所倚重的唯一评判准绳。这种冷清的状况在某种程度上可能是这三十年间文学研究方法革新以及研究对象拓展之后的必然结果。

从现有的几篇关于浪漫主义的研究论文来看,20 世纪 80 年代初陶玉平与陶玉华的《法国浪漫主义文学与拉美文学》①从比较文学研究的角度,探讨了法国浪漫主义文学对拉丁美洲文学的影响,论者主动规避了积极的浪漫主义和消极的浪漫主义两种提法,转而从另一个角度切入分析两种浪漫主义分别对拉美政治型小说和伤感型小说的影响。随后王聿蔚的《夏多布里昂与史达尔夫人——兼谈法国浪漫主义文学的分野问题》②直击对浪漫主义"积极"/"消极"或是"贵族"/"资产阶级"的二分法分野,指出夏多布里昂与史达尔夫人两人其实从政见到美学思想是同多于异。陈俐将浪漫主义文学中的宗教精神,作为一种复杂的精神文化现象来考量③;郑克鲁主攻诗歌门类,借此探讨法国浪漫派的发展流变与特征意

---

① 《外国文学研究》1983 年第 1 期。
② 《外国文学研究》1985 年第 1 期。
③ 《简论浪漫主义文学的宗教精神》,《外国文学评论》1988 年第 3 期。

义①；杜青钢②与杨令飞③各自在社会与文学层面上探讨了自由这一浪漫主义的精神精髓与浪漫主义的关系。早期的论文在论述中仍带有较浓的意识形态色彩，后来的研究者在论述浪漫主义这一话题时显然已经将注意力转移到该流派在美学价值和精神内核方面的问题上。

直接以现实主义为题的论文则更少，主要有肖厚德的《漫谈现实主义创作》④、杜青钢的《也谈现实主义》⑤与朱虹的《现实主义与叙事美学功能》(法语)⑥。肖文依据《高老头》《红与黑》以及《包法利夫人》三部著作，论述三位现实主义作家在创作方法上的不同特点，希望借此勾画出现实主义创作方法的清晰轮廓；杜文则通过分析现实主义一词在不同文化背景不同国度里的空间上的理解接受差异，以及随着时间变化该词所指含义在时间上的变革，指出现实主义在文学史上承前启后的地位与作用以及它与现代主义的关系；朱文则从文体风格学的角度重审现实主义的问题，并对其与叙事美学间的关系进行了进一步的探讨。

二、夏多布里昂

"要么成为夏多布里昂，要么一无所成。"作为法国浪漫主义文学领域中的两大关键人物，雨果研究的丰富与他曾经的偶像夏多布里昂的研究的单薄形成冰火两重天的对比。近三十年来，发表于核心期刊上的夏多布里昂研究论文在数量上只是雨果的十分之一，研究范围和角度更是狭隘许多。马克思曾在给恩格斯的信中从阶级分析观点出发，概论夏多布里昂一生功过，并点名批评这位他"向来是讨厌"的作家。也许正是因此，20 世纪 80 年代的夏多布里昂研究论文基本上都未能绕开这一政治权威对作家的盖棺定论，但是同时各论者也都为从艺术和美学的维度上理解

---

① 《法国浪漫派诗歌的特点和贡献》，《外国文学评论》1993 年第 3 期。
② 《浪漫与自由》，《法国研究》2003 年第 2 期。
③ 《浪漫主义：一种文学上的自由主义》，《国外文学》2005 年第 1 期。
④ 《法国研究》1983 年第 2 期。
⑤ 《法国研究》2001 年第 2 期。
⑥ *Le réalisme et la fonction esthétique du récit*，《法国研究》2002 年第 2 期。

夏多布里昂及其作品，并藉此类文学想象重构那个时代"模糊的激情"的集体精神状态，做出了不同程度的努力。几篇论文涉及相关作品如《基督教真谛》《勒内》《阿达拉》等，其中以江伙生的《试评夏多布里盎》①所论最为全面、材料最为翔实，虽然论者对夏多布里昂"艳丽的辞藻、浪漫式的浮夸、取悦人的虚情"仍延续政治权威曾经的批判论调，但这篇不长的论文仍是至今为止对夏多布里昂一生创作脉络和精神状态把握较为准确、勾勒较为清晰的一篇。

20世纪90年代后夏多布里昂似已被研究者们彻底遗忘，10年间没有任何关于该作家的论文出现。直到进入2000年后，才又有零星的研究者将目光投向夏多布里昂，也许是因为传记研究此时重新引起研究者们的关注与热情，三篇论文中有两篇都围绕《墓畔回忆录》成文。然而遗憾的是，虽然此时的夏多布里昂研究终于从政治批判的战车上被松绑，但研究者在原始资料的挖掘利用和对历史语境的还原重构方面仍存在着一些遗憾。解读《墓畔回忆录》的研究方法和二十年前分析夏多布里昂的其他作品相比并未有太多的进展，研究思路仍是围绕作家身上所存在的"矛盾"问题，只是删去了意识形态意味较重的阶级论而已。而对夏多布里昂富有诗才的艺术风格的阐释，也只是简单地排比原文，依句点评，在批评方法上仍延续我国金圣叹式的传统夹批方式，对于其震撼整整一代人的艺术美学缺乏深入的具有全局观的剖析和发掘。在这种常识性的重复背后，折射出的也许是我们关于经典型作家研究进展甚微、缺乏新意的严肃问题。

三、雨果

诗人、小说家、剧作家、散文家，法国浪漫主义文学的代表人物雨果几乎占领了文学中所有的创作形式。关于雨果的译介和研究在我国起步相当早，在普通读者间的接受程度也相当广泛，雨果本人的名字更是妇孺皆

---

① 《外国文学研究》1983年第4期。

知,甚至一度曾成为国人心目中法国文学的代名词。近三十年来雨果研究的论文数量相当可观,尤其是在20世纪80年代,雨果研究呈井喷状,其中以1985年雨果逝世一百周年发表的论文尤多。目前雨果研究涉及的领域主要为其小说创作与诗歌创作,前者涉及的作品包括《悲惨世界》《巴黎圣母院》《九三年》《海上劳工》等,诗歌方面主要集中于《静观集》,同时也有少数论文涉及《惩罚集》《凶年集》《历代传奇》。关于雨果戏剧创作的论文偶有出现,无法与小说和诗歌相比,只有许枫的《雨果戏剧思想演变研究》①与许渊冲的《雨果戏剧的真、善、美》②。

关于雨果小说创作的研究重心随着时间推移,主要可以分为以下几个方面:首先是"善/恶""美/丑""怪诞/崇高"这三组二项对立上。这是雨果创作美学中的一个关键问题,对该问题的关注基本贯穿了30年的雨果研究。从20世纪80年代开始,王泰来的《从善恶观看雨果作品中的现代性》③通过梳理善与恶两种因子在雨果小说与诗歌作品中的呈现方式,指出善恶交错、美丑共存的创作原则使雨果的创作显现出现代文学的质素。冯寿农的《雨果美学对照系统浅探》④认为,雨果美学的对照系统就是两类元素的对照,即正元素与负元素的二重对照,两者相互连锁、相互演绎,并将其关系归结为横轴、纵轴和竖轴三种对照模式。罗国祥的《崇高与滑稽的极好结合》⑤通过分析雨果笔下加西莫多的形象,指出该典型形象是"丑恶滑稽"与"典雅高尚"互相连锁、互相演绎的结果,最终使得雨果的创作冲破古典主义艺术观,达到了真正的"真实"。进入新世纪后,罗国祥的《理性的反动——雨果小说美学的现代性》⑥梳理雨果创作中个体意义上的真情、二元对立原则、多样的人性、神奇与神话以及雨果式的"信仰危机"等现象,探讨了其浪漫主义美学中的现代特质。刘法民的《雨果的

---

① 《法国研究》2007年第2期。
② 《外国文学研究》1985年第1期。
③ 《国外文学》1985年第3期。
④ 《法国研究》1985年第4期。
⑤ 《法国研究》1985年第4期。
⑥ 《外国文学评论》2004年第2期。

grotesque 理论名曰"怪诞"而非"滑稽丑怪"》[1]对 grotesque 这一审美形态在译介过程中不同处理做出了辨析。由雨果创作中的善恶对立问题,自然地连带引出了关于人性与人道主义问题的探讨,这是近 30 年来研究者的第二个兴趣点。20 世纪 80 年代的一系列论文,如李广博的《促进人性的复归 鞭笞人性的异化——雨果小说中的人道主义问题》[2]通过剖析雨果小说创作中人道主义问题生成的背景条件、概念内核、仁爱原则以及其评价问题,对该主题做了较为全面的探讨。俞钦的《浅谈〈悲惨世界〉中的人道主义》[3]结合小说文本,对《悲惨世界》中体现出的人道主义精神做出了评断。冯汉津的《从〈九三年〉看雨果的人道主义和理想》[4]通过分析小说《九三年》中人道与非人道这一矛盾的两面时时都在向着自己的对立面转化的情形,探讨了雨果笔下人道主义的定义和标准。韦遨宇的《对原始人性的追求——试析雨果〈九三年〉中的儿童主题动机》[5]抓住儿童这一雨果文学创作中偏爱的主题动机,并试图阐明其背后所隐含的深刻哲学与美学意义。人性问题是雨果小说创作与美学思想中的一个关键问题,对该问题的关注主要集中于 20 世纪 90 年代。因此,这种研究焦点的集中与其说是研究者自主选择的结果,也可以说是一种天然的吸引。如果我们结合当时"文化大革命"结束、"人性"回归的特殊历史背景,也许就可以更好地理解研究者在角度的选择上出现的这种不约而同的集体行为了。

分析雨果的小说作品的艺术特点或人物形象塑造,是研究者最为常见的主题。如张世君的《〈巴黎圣母院〉人物形象的圆心结构和描写的多层次对照》[6]尝试通过分析小说人物形象的圆形结构以及描写的多层次对照有机结构,探索《巴黎圣母院》的小说艺术特色。刘艳萍的《理想中的

---

[1] 《外国文学》2005 年第 1 期。
[2] 《外国文学研究》1981 年第 4 期。
[3] 《法国研究》1986 年第 2 期。
[4] 《外国文学研究》1980 年第 4 期。
[5] 《法国研究》1985 年第 4 期。
[6] 《外国文学研究》1981 年第 4 期。

痛苦渲泄——评〈巴黎圣母院〉的悲剧性》①认为小说中体现出的人性的悲哀，以及美好理想注定失落的事实，是构成作品深刻悲剧性的根源。叶继宗的《从加西莫多到关伯仑——兼谈雨果的同类人物对照》②通过比较加西莫多与关伯仑雨果小说创作中这一对同型形象，指出两者形象的演变折射了雨果艺术对照原则的多样化以及雨果反抗思想的发展。颜翔林的《论雨果三巨著的冲突艺术美》③分析了《海上劳工》《悲惨世界》与《巴黎圣母院》三部作品中分别体现的人与自然、人与社会以及人与精神间的冲突，指出冲突艺术美与善恶对比美学构成了雨果创作中最重要的风格。邱运华的《雨果的人物形象对立面转化系列》④认为人物形象的对立面转化倾向是贯穿雨果全部创作的显著特点，并对这一转化现象与作者人道主义思想间的联系做出了一定的分析。柏令茂的《雨果小说的两大修辞法》⑤结合小说文本，抓住雨果小说中"反复"与"对照"这两种修辞法，探讨了其语言表达形式及修辞效果。此类研究基本抛开了上个十年意识形态为纲的写作思路，试图将研究重心转移到对作品本身艺术或文本层面的关注上来。不过在研究思路与分析方法上尚未取得太大的突破，某些时候赏析式的情节概括和人物描述仍多于真正意义上的文本分析和作品阐释。

　　至于雨果诗歌的研究，先后有程抱一的《谈雨果》⑥、闻家驷的《雨果的诗歌》⑦、柳鸣九的《雨果诗歌论》⑧以及韦晓琴的《雨果诗作中的同位语隐喻》⑨较为系统地介绍了雨果一生的诗歌创作历程及其诗歌美学思想。而在诗歌作品的具体赏析方面，则首推《静观集》。20 世纪 80 年代武汉

---

① 《外国文学研究》1992 年第 4 期。
② 《外国文学研究》1985 年第 4 期。
③ 《外国文学研究》1986 年第 2 期。
④ 《外国文学研究》1987 年第 1 期。
⑤ 《法国研究》2000 年第 2 期。
⑥ 《外国文学研究》1980 年第 2 期。
⑦ 《国外文学》1985 年第 3 期。
⑧ 《外国文学评论》1998 年第 3 期。
⑨ 《法国研究》1985 年第 4 期。

大学曾组织对该作品进行了集体研讨,1984年第3期的《法国研究》上刊登多篇关于《静观集》的论文:《雨果和他的〈静观集〉》《〈静观集〉卷首诗欣赏》《维纳斯星在闪耀——〈静观集〉第二章"欢悦的心灵"浅析》及《悲怆曲——试析〈静观集〉第四章》。然而,在接下去的二十年间可以说在雨果诗歌研究方面几乎毫无进展。这种情况与雨果在法国文学史上的地位是不相称的。我国学界在译介研究雨果时更着力于他的小说创作,但事实上雨果在诗歌创作方面,如果不说是压倒其小说创作的话,那至少不会逊色于它。他一生的诗歌作品共计25卷,约22万行、1000多万字,因此对于我国研究者而言,在作为诗人的雨果身上其实还仍存有不小的研究空间。

四、大、小仲马

大仲马与小仲马父子都是中国读者接受程度相当高的作家,关于两人的研究近三十年来主要集中于各自最重要的作品《基度山伯爵》与《茶花女》。这自然与两人作品在中国的接受历史是分不开的,也正因为这一历史原因后来不少研究者在研究时都不约而同地将目光聚焦于将两人的作品与中国文学相关作品的比较工作上。

关于两人的系统研究有陈振尧的《仲马父子对法国文学的贡献》[①]介绍仲马父子文学耕耘的历程,全面梳理大仲马浪漫主义戏剧、小说以及小仲马的问题剧与现实主义小说。严家炎的《似与不似之间——金庸和大仲马小说的比较研究》[②]从小说的艺术与历史关系的处理、对待复仇的态度、人物性格及情节设置、作品所体现的民族的文化内涵等四个方面,对比了大仲马与金庸的小说创作。毕成德的《略论基度山伯爵的复仇》[③]提出,小说《基度山伯爵》虽然缺乏社会深度和心理深度格调不高,但在读者间接受程度却相当理想,究其原因可能是因为作者将"人"的特性赋予上

---

① 《北京第二外国语学院学报》2009年第6期。
② 《南京师范大学文学院学报》2002年第1期。
③ 《松辽学报》1982年第2期。

帝,从而激发了人们的好感度。关于小仲马的研究则有《茶花女的爱情悲剧》①与《链条式结构 悬念式手法——小仲马〈茶花女〉的结构艺术撷谈》②等,后者指出小说的成功在很大程度上可以归功于作者高度重视作品结构,根据表现主题的需要,运用多种手段结构安排合理而巧妙。

五、梅里美

梅里美这个名字对于中国读者而言并不陌生,他的小说作品如《卡门》《高龙巴》等都给我们留下深刻的印象。近三十年的梅里美研究自20世纪80年代初开始,首先是杨小岩的《法国现实主义文坛的"怪才"——梅里美小说学习札记》③,介绍了梅里美的生平及创作经历并梳理其主要作品,并就梅里美作品的流派归属问题提出了自己的见解。随后吴康茹的《问人间情为何物——梅里美短篇小说〈阿尔赛娜·吉约〉评析》④探讨了小说《阿尔赛娜·吉约》同名女主人公的情感与形象问题。进入2000年后,梅里美研究进入一个新的发展阶段,研究者在研究方法和研究切入点上都比此前更为理想。田庆生的《〈伊尔的美神〉之"谜"的叙事构建》⑤一文指出《伊尔的美神》之所以堪称奇幻小说史上的一篇经典作品,主要在于作者成功地使令人难以置信的神秘现象表现出最大程度上的可信度,文章从内涵结构和叙事技巧两个维度揭示了作者构建与保持"迷境"的过程。陆正兰的《〈卡门〉:西方的"东方女人"与东方的"西方女人"》⑥则回归小说文本,通过细读指出小说中的卡门是作者精心编织的一个东方女性的他者神话,背后蕴藏了欧洲现代化过程中西方文化对"内部的他者"既向往又恐惧的复杂文化心态。此外相关研究还包括章辉的《近二十

---

① 王国明,《郑州大学学报》1988年第1期。
② 李弗不,《阅读与写作》2006年第6期。
③ 《法国研究》1983年第3期。
④ 《外国文学研究》1995年第1期。
⑤ 《国外文学》2006年第2期。
⑥ 《外国文学研究》2008年第4期。

年梅里美研究评议》①和蓝泰凯的《论梅里美的历史小说〈查理第九时代轶事〉》②，前者对我国梅里美研究做了一个概括性的回顾，并对进一步的研究可能做出了展望。

六、巴尔扎克

作为19世纪最伟大的作家之一，雄心勃勃的巴尔扎克描摹寻常细节，追求历史规模，以无与伦比的激情和狂热的幻想构建起一个只属于他的"真实"的帝国。他坚信自己可以拿笔完成拿破仑用剑所未能完成的伟业。巴尔扎克和他的创作的确已成为法国文学史上一个绕不开的问题，为研究者们提供了不尽的话题。巴尔扎克研究在我国开始得很早，1949年后虽然受到苏联研究思路的影响，发生过不少意识形态的论战，但总的来说，在改革开放之后，巴尔扎克研究仍有不小的发展。现有的巴尔扎克研究涉及的作品主要包括《人间戏剧》中的《欧也妮·葛朗台》《高老头》《农民》《幻灭》《驴皮记》等，其中以"风俗研究"类下的《欧也妮·葛朗台》、《高老头》两书最受关注。在研究角度上，可以分为从宏观角度对其创作手法和特点进行综合把握和基于具体作品进行微观分析两类。

20世纪80年代初，柳鸣九的《巴尔扎克的小说艺术》③全面评析了巴尔扎克的小说创作技巧和艺术思想，指出作者使私人生活的细节代替传奇成为小说的对象，革新创作技巧以表现重大的社会主题，并借助对社会生活无所不至的描写以实现小说对真实的追求，文章感觉敏锐，扎实细致；杨江柱的两篇论文《透视伏盖公寓的设计蓝图》④、《来自伏盖公寓的美学挑战——论巴尔扎克与伏脱冷》⑤分别就伏盖公寓的空间结构与小说叙事的关系以及伏脱冷集合了"美"与"恶"、"强力"与"热情"的形象背

---

① 《外国文学研究》2001年第3期。
② 《贵州师范大学学报》(社会科学版)1994年第4期。
③ 《外国文学研究》1985年第1期。
④ 《法国研究》1983年第2期。
⑤ 《外国文学研究》1983年第3期。

后所折射的创作美学两点作文,角度新颖,别开生面;袁树仁的《巴尔扎克笔下的拿破仑》①截取巴尔扎克笔下的四个拿破仑形象,指出在其变化背后不变的是巴尔扎克所重视的"钢铁般的意志",而这种强与力也是巴尔扎克小说的一种特殊气质。这些都是这一时期较为优秀的论文。此外还有王振铎的《巴尔扎克的世界观与创作方法》②反对将巴尔扎克的世界观与创作方法间的关系做一刀切的简单化理解,试图还原两者之间错综的复杂关系;丁子春的《巴尔扎克艺术理论勘探》③讨论了文学典型化与艺术性的关系、小说形式的目的、作者的天才与勤奋等巴尔扎克艺术理论问题。

除了以上从宏观角度俯瞰巴尔扎克创作艺术的文章外,也有一批研究者以具体文本为研究对象,如《经济细节的现实主义力量——读〈欧也妮·葛朗台〉》④、《〈高老头〉创作的真实性》⑤、《盘缠在金钱网络下的魂灵——巴尔扎克〈人间喜剧〉主人公人格模式浅探》⑥等论文,强调巴尔扎克作品中文献意义和认识意义,指出巴尔扎克的创作反应阶级面貌,披露经济关系,剖析人情之冷淡变态,是"一部法国'社会'特别是巴黎'上流社会'的卓越的现实主义历史"。而另外一些如《双璧连环共生辉——读〈欧也妮·葛朗台〉和〈高老头〉》⑦、《成功与幻灭——拉斯蒂涅与吕西安的比较》⑧、《关于高老头的"父爱"的再认识》⑨、《高老头的"父爱"和拉斯蒂涅的"良心"》⑩等论文则主要以剖析情节、点评人物为主要任务,如讨论高老头的爱心,既怜悯他承自封建宗法关系的愚慈,也驳斥他对唯金钱是图

---

① 《法国研究》1990 年第 2 期。
② 《外国文学研究》1980 年第 4 期。
③ 《外国文学研究》1982 年第 2 期。
④ 《外国文学研究》1979 年第 3 期。
⑤ 《外国文学研究》1988 年第 4 期。
⑥ 《外国文学研究》1995 年第 1 期。
⑦ 《外国文学研究》1993 年第 2 期。
⑧ 《外国文学研究》1994 年第 2 期。
⑨ 《外国文学研究》1995 年第 3 期。
⑩ 《外国文学研究》1996 年第 3 期。

观的愚信,点评拉斯蒂涅的良心,则认为他为势所迫,在善恶之间摇摆。

进入新千年后,随着西方新兴批评思想进入我国,研究者开始注意到巴尔扎克创作在"现实主义"和"真实"两个问题外,还有被波德莱尔称为"洞观者"的一面。巴尔扎克创造虚构的世界首先是想象的产物,幻想在他创作中所占的分量是不应该被忽略的。写于巴尔扎克诞辰 200 年的《巴尔扎克文学思想探析》①从历史与细节、真实与虚构、观察与想象等多方面入手,重新从宏观的角度考量了巴尔扎克在创作中的文艺思想和美学追求,以期匡正过往某些过于简单化的结论,尤其是第三部分"一面无以名之的镜子"更是首先提出了巴尔扎克的"第二视力"的问题。同年发表的《巴尔扎克及其〈人间戏剧〉在中国》(Balzac et sa Comédie humaine en Chine: Réflexions sur le bicentenaire de sa naissance)②在回顾了巴尔扎克作品在中国的翻译与研究状况的同时,也指出《人间喜剧》一名的历史误译以及学界长久以来在巴尔扎克现实主义的机械反映论问题上所存有的成见。如果说以上两文是在宏观把握上对过往的巴尔扎克研究进行了"反正",那么田庆生的《梦与真——〈驴皮记〉中的二元对立体系》③则在具体文本的分析上走出以往探讨现实主义写实功能的樊笼,将研究领域延伸到巴尔扎克创作的另一维度上:兼有神秘主义色彩和浪漫主义风格的志怪小说。论文从小说中超自然现象背后的象征意义出发,尝试揭示出贯穿整部作品并构成其统一性的隐含的二元对立体系,并在文末指出小说所具有的象征性矛盾与巴尔扎克本人创作经历抉择的对照关系。此后出现的《游戏批评:评巴尔特论巴尔扎克》④和《双峰并峙 继往开来——普鲁斯特与巴尔扎克》⑤两文,在思路上也都跳出了过去的套路,前者将巴尔特论巴尔扎克的《S/Z》放置于批评家自身所构建的批评理论

---

① 《外国文学评论》2000 年第 4 期。
② 《法国研究》2000 年第 1 期。
③ 《外国文学评论》2000 年第 1 期。
④ 《外国文学研究》2003 年第 5 期。
⑤ 《外国文学评论》2006 年第 6 期。

系统中来理解阐释,后者则通过比较普鲁斯特与巴尔扎克在创作美学与艺术理念上的异同,更贴近历史地看待两人在文学史上的关系问题。

不过,值得注意的是作为《巴尔扎克及其〈人间戏剧〉在中国》一文的回应,《外国文学》曾在2000年登载了法国巴尔扎克研究会会长阿尔莱特·米歇尔的回信《关于巴尔扎克作品总称〈人间戏剧〉译法及关于现实主义的通信》①。信中指出,巴尔扎克笔下的世界是由想象构成的,这一点现在已成为法国巴尔扎克研究者们的共识,因此对于研究者而言,所谓真实的问题,其实应该是小说家制造的"真实效应"的问题;而这种真实效应的源头和模式则不应仅限于创作者所有的材料,而是小说家所做的努力活动本身。毫无疑问,这封短信中所提到的"真实效应"问题,为当前的研究者探讨巴尔扎克小说创作与诗学开辟了一块完全不同往昔的疆域。然而遗憾的是,距该信发表已过去十余年,我国的巴尔扎克研究者们在这块新的领域上仍未有新的斩获,也许还需要等待以后的研究者对此进一步研究探讨。

七、乔治·桑

作为法国文学史上第一位身前地位可与任何男性作家相抗衡的女作家,乔治·桑在国内近三十年的研究中,并未收获如她生前盛名一般的关注。现发表于外国文学研究主要刊物上的相关论文共计十余篇,研究者多以田园小说(或称乡土小说)为研究对象,如《木工简史》《弃儿弗朗索瓦》《魔沼》《小法岱特》《笛师》等。这些牧歌式的小说力行卢梭"回归自然"的主张,描画理想社会,赞颂法兰西农人和乡土精神,自被译介以来,在国内的接受情况就相当不错。研究者一般多从情节梳理、人物剖析的角度切入,指出作品中所蕴含的人道主义和理想主义色彩,强调此类作品寓美于文、教化相长的伦理维度,以及乔治·桑在创作中诗情和"浪漫"的特质及创作美学;并且将后者的缘起,归于乔治·桑作为女性骨子里所含

---

① 《外国文学》2000年第5期。

的多情"任性"、不加约束的烂漫个性以及19世纪大行其道的浪漫主义文坛大氛围。研究者大多被乔治·桑"流畅文笔"下"理想"的"美"所震动，故分析方法多为印象式的漫谈，立论的起点也主要基于直观的阅读感受。不过需要指出的是，这种研究对象和研究思路的集中，从根本上是研究者下意识地在使用中国式的传统趣味，并以之为度量标尺的结果。由于在潜意识里仍依循我国文章教化和世外田园的传统趣味，有意无意间希望于外国文学中求得同声气的作品，所以当发现乔治·桑某些作品的旨趣与己方的诉求习惯相似时，便自然有了知音的感觉。

"教育小说"并非是乔治·桑创作的全部，更不是乔治·桑研究的全部。例如冯汉津就从内容与形式、主观与客观、暴露与歌颂以及理论与现实四个方面入手比较分析了乔治·桑与福楼拜在文学创作观上的分歧①；刘波另辟蹊径，利用波德莱尔笔下关于乔治·桑的文字，考量了波德莱尔对待乔治·桑时的矛盾态度及其深层原因，并借此厘清两人在创作和思想意识方面异同的嬗变②；杨国政则以乔治·桑的自传为分析对象，利用五组对立的概念论述了作者在自传《我的生活史》中关于"我"的形象的建构问题③。可见若批评者的视野能脱离传统的"美""育"一脉，也能进一步探讨乔治·桑在创作中所存在的例如信马由缰、放任情感、毫无节制的问题，正视她作品中近于天真、过于容易的温情主义说教以及似流于矫造、缺乏深度的理想美的书写问题，不虚美，不隐恶，并从这些现象的背后反过来探讨其美学思想和女性写作的身份问题，相信乔治·桑研究在其他维度上定能有更新也更广阔的发展空间。

---

① 《乔治·桑的浪漫主义文学观——兼评乔治·桑和福楼拜关于文学问题的争论》，《法国研究》1984年第2期。
② 《从"桑夫人"到"桑这个女人"——波德莱尔眼中的乔治·桑》，《国外文学》2006年第1期。
③ 《自我形象的构建——乔治·桑的自传〈我的生活史〉散论》，《欧美文学论丛》第四辑，人民文学出版社2005年版。

八、福楼拜

从论文的数量和内容的广度与深度看,福楼拜无疑是整个19世纪法国作家中最受中国读者和研究者关注的一位。三十年间,关于这位传统的经典作家,研究者的热情似乎从未消退过,虽然福楼拜研究的起步不如雨果或巴尔扎克等同时代的小说家那么早,大部分较为成熟的论文集中出现于20世纪90年代后,但是从整体上说福楼拜研究的发展是相当稳定的。现有的福楼拜研究论文如果按照研究范围分,可分为对作家文艺思想的宏观研究以及对其作品结构和手法的具体分析两大块。

与其他浪漫主义或现实主义作家不同的是,福楼拜虽然也曾被披上过批判现实主义旗手的战衣,但关于他的研究在起步时就很幸运地没有遭遇太多以前遗留下来的问题。20世纪70年代末,郑克鲁首先发表了《略论福楼拜的小说创作》[1],文章基本以介绍福楼拜其人其书及其艺术特色为主。随后冯汉津的《福楼拜是现代小说的接生婆》[2]一举跳过众多主义正误优劣的帽子之争,直接开启了福楼拜小说现代性的研究。虽然该文着眼处仍以创作手法和语言风格等问题为主,但是研究者对于研究对象身上所具有的超越时间的特质的把握是敏锐且恰当的。进入20世纪90年代后,王钦峰发表了一系列福楼拜研究论文,《论"福楼拜问题"(一)(二)》[3]、《从主题到虚无——福楼拜对小说创作原则的背离》[4]、《重审福楼拜的现实主义问题》[5]、《福楼拜"非个人化"原则的哲学基础》[6]、《福楼拜与空想社会主义》[7]以及《二十世纪福楼拜研究中的意识批评》[8]。

---

[1] 《外国文学研究》1979年第1期。
[2] 《社会科学战线》1985年第2期。
[3] 《外国文学评论》1994年第4期、1995年第1期。
[4] 《外国文学评论》2000年第2期。
[5] 《国外文学》2001年第1期。
[6] 《外国文学研究》2005年第1期。
[7] 《外国文学评论》2006年第5期。
[8] 《外国文学评论》2007年第3期。

其中《论"福楼拜问题"》一文写于20世纪90年代中,文章抓住福楼拜研究中"作品意义的缺失或暂时缺失"的现象,重审20世纪以来批评界(主要是结构主义者和符号学家)对该问题进行的研究工作,并在回顾反思之余,结合作品研究和作家研究两重批评方法,试图对该问题提出自己的解释。文章行文大气扎实,脉络清晰,与同时期的其他研究论文相比,更具有相当的前瞻性和创新意识。其余诸篇,或针对福楼拜创作中"主题缺席"问题,或重构其"现实主义"面貌,或探讨其"非个人化"原则,都可视为前文论述"意犹未尽"的进一步生发。几个问题相互关联,共同结成福楼拜创作"客观"问题的几个侧面。他的专著《福楼拜与现代思想》①基本以以上诸文为基础,综述国内外福楼拜研究状况,并将福楼拜创作置于其与科学主义及历史主义位置关系的视野下观照。值得一提的是,该研究者并非法语文学专业出身,虽然所用材料一般多取自英译本,但同时研究者在视野上也更加贯通大气,梳理前人工作时范围超出使用法语的研究者,更囊括英美方面的福楼拜研究专家。此外,杨亦军的《福楼拜的现实主义与新小说的后现代特点》②、《福楼拜的理性主义与新小说的后现代特点》③探讨福楼拜创作与新小说承继发展的关系问题,也进一步研究了福楼拜创作的现代性问题。蒋承勇的《福楼拜:从现实主义走向现代主义》④则探讨了福楼拜的创作在现实主义和现代主义之间承前启后的特质。

在作品研究方面,目前涉及的主要是《包法利夫人》与《情感教育》。如李健吾的《〈包法利夫人〉作者的疏忽》⑤通过分析素以严谨、追求细节真实著称的福楼拜在《包法利夫人》创作中仍有疏漏的现象,认为最大的真实应该是诗的真实。褚蓓娟的《试论包法利夫人的女性意识》⑥利用激

---

① 宁夏人民出版社2006年版。
② 《外国文学研究》2002年第4期。
③ 《国外文学》2005年第1期。
④ 《浙江大学学报》(社会科学版)1995年第4期。
⑤ 《社会科学战线》1983年第1期。
⑥ 《外国文学研究》1993年第1期。

情、追求与内心世界三点分析爱玛身上所体现的女性意识,并认为主人公所蕴藏的这些合理性因素暗合了读者的心理,是个人的,是女性的,也是人类的。汤静贤的《在爱玛与包法利夫人之间——一个福楼拜笔下的女人》①通过分析"爱玛"与"包法利夫人"两个称名在小说中无意识交叠运用的现象,指出其所具有的丰富隐喻涵义所构成的深刻暗示性对比。冯寿农的《法国文坛对福楼拜的〈包法利夫人〉的批评管窥》②围绕着"包法利主义"、风格研究、"福楼拜问题"以及社会学批评等核心问题,梳理了《包法利夫人》自诞生以来在法国文坛接受与批评状况的流变情况。刘渊的《福楼拜的"游戏":〈包法利夫人〉的叙事分析》③通过分析文本起始的第一个词语"我们",探讨了小说《包法利夫人》的叙事策略,并指出该策略表现了福楼拜面对生存虚无的"游戏"选择。彭俞霞的《隐蔽的联袂演出——〈包法利夫人〉二线人物创作探微》④采用文本细读的分析方法,针对福楼拜在二线人物构思与写作上的创作艺术提出了自己的看法;《谁是包法利夫人——福楼拜小说人物文本内外形象综述》⑤则探讨了福楼拜在该人物创作上的艺术手法,以及人物在文本内外的形象不定性,希望借此更好地理解福楼拜的创作原则。可以看出,早期研究者的研究重心较为分散,而进入两千年后研究者的兴趣点主要涉及叙事主体与叙事策略问题、二线人物与细节描写、人物原型探究等问题。研究者借用语言学概念,采纳文本分析方法,面对文本尝试对大家熟知的作品做出新的阐释。

　　在关于《情感教育》的研究中,段映虹的《试论〈情感教育〉的叙述手段》⑥用叙述学的方法分析福楼拜在这部小说中所运用的叙述手段,试图说明其背后所显现的现代性问题。田庆生的《"白墙"的建构——论〈情感

---

① 《外国文学研究》1997年第4期。
② 《法国研究》2006年第3期。
③ 《外国文学研究》2006年第6期。
④ 《外国文学评论》2008年第1期。
⑤ 《法国研究》2008年第3期。
⑥ 《国外文学》1997年第1期。

教育〉的现代性》①抓住作品情节的平淡性、叙事建构的残缺性以及主人公的怀疑态度这三大作品特点,指出《情感教育》所体现的不确定性即它的现代性。梁展的《隐蔽的结构——布迪厄对〈情感教育〉的阅读》②以布迪厄对《情感教育》的阅读为例,指出布氏文学场理论在解释艺术家独特风格形成机制时的无力性。也许是因为这部出版后令读者们大失所望的作品,在某种意义上的确存在着冗长乏味的问题,所以在研究《情感教育》时,虽然研究者的切入点和研究方法各不相同,但是在事实上不论采用热奈特叙事学分析模式,还是着眼于小说的现代意义美学,其实都不约而同地尝试对所谓的"冗长乏味"给出一种解释,并将这部特殊的作品放入福楼拜整体创作的框架内重新审视、理解和定位。此外,赵山奎的《福楼拜〈萨朗波〉的欲望叙事》③指出在《萨朗波》一书历史主体与事件的深层断裂背后,"欲望"才是小说的真正主题,是欲望叙事填补了小说历史主义塌陷后的主题虚空。巴文华的《论〈圣安东尼的诱惑〉的诱惑——兼及现代派艺术溯源》④则从梦境、玄学以及现代派手法三个方面探讨了《圣安东尼的诱惑》一书在福楼拜创作中的特殊位置。两篇论文都写得相当扎实,可惜关于这两部作品至今尚未有其他研究者加入。

应该肯定,与同时期的其他作家研究相比,三十年来福楼拜研究一直长盛不衰,不似其他作家的研究有一种忽冷忽热现象或者先热后冷的趋势,而且在深度上取得的进步尤大。但是与此同时,研究中所存在的一些问题也不容忽视。我们发现大部分论文主要集中于他的两部主要小说《包法利夫人》和《情感教育》,尤其是《包法利夫人》,其研究的火热程度从20世纪80年代初一直持续到近日,不论是早期近于语文赏析式的论文,还是后期较多关注其现代意识的研究,"福楼拜就是《包法利夫人》",该书在某种程度上成为福楼拜创作的代名词,是一个绕不开也说不尽的话题。

---

① 《外国文学评论》2007 年第 2 期。
② 《外国文学》2007 年第 4 期。
③ 《外国文学》2007 年第 2 期。
④ 《外国文学评论》1990 年第 3 期。

至于他的其余创作则鲜有文章论及,似乎并不存在。他生命中最后一部倾尽心血的未竟之作《布瓦尔与佩居榭》竟至今尚无任何研究,不能不令人引以为憾。在论题上,关于客观或是现实的问题,研究讨论就较为集中。然而实际上,福楼拜身上存在着两种截然不同的气质,一种是对科学和客观方法的崇拜,另一种则是与之对立的天生的浪漫倾向。福楼拜在创作时常因为这两种气质而陷入天人交战的苦痛境地,而它们投射在他的作品中,则体现为描写"此时此地"(ici, maintenant)的作品和描写"彼时彼地"(ailleurs, autrefois)的作品,两种气质类型的创作在福楼拜的写作生涯中穿插进行,《包法利夫人》《情感教育》《布瓦尔与佩居榭》等即属于前者,而《萨朗波》《圣安东尼的诱惑》《希罗迪亚》等则属于后者。我国现有的研究明显倾向于前者,对于后者几乎很少注意到。究其原因,可能由于研究者多从文本或是已有的福楼拜批评著作入手,对福楼拜传记、书信等周边材料关注较少,因此对研究对象整体气质的矛盾认识不够,把握不足。福楼拜并非那么简单。

九、左拉与自然主义

左拉的名字始终与自然主义这一称谓联系在一起。针对这位自然主义的旗手,三十年来的左拉研究论文有一半围绕着他与自然主义这一话题,而剩下的一半则以他的几部小说为对象,如《昂什丽娜》《小酒店》《金钱》《劳动》《妇女乐园》《娜娜》《黛莱丝·拉甘》等。20世纪80年代童福元的文章《论左拉自然主义创作方法》[①]指出自然主义创作方法的精髓是真实与创新,其生成与发展自有其一贯性,过去评论界用现实主义的标准来衡量自然主义创作其实是不合适的。王秋荣与周颐的《左拉的自然主义与生理学》[②]则从自然主义理论的形成过程切入,指出达尔文—泰纳—贝尔纳是自然主义的三个环节,它的理论主张和创作实践同生理学有着

---

① 《外国文学研究》1986,年第2期。
② 《外国文学研究》1988年第3期。

千丝万缕的紧密联系,左拉一方面将生理学对文学的影响作用推向极端,把实验方法固定为创作的思维模式,另一方面生理学对自然主义的决定性影响又使得其创作颇受限制,文学自身的规律被创作者忽视;这种矛盾的缺陷可以说是自自然主义诞生的同时伴生的。肖厚德的《左拉的自然主义文学理论与实践》①介绍左拉的创作生平与主要作品,提出现实主义是浪漫主义的反动,自然主义是更彻底更极端更强调科学性的现实主义,是左拉所提倡的文学领域的遗传决定论。张合珍的《关于自然主义的再认识》②梳理近年来学界对自然主义这一文学流派定义的认识流变,力图正本清源重新发掘自然主义的真义,提出自然主义在文学中的反映就本质而言,是对人在宇宙中所处地位以及人与自然关系的一种新的哲学态度。

20世纪80年代末、90年代初,高建为发表一系列论文:《自然主义新证》③、《试论自然主义小说与其读者的审美差距》④、《论自然主义诗学的性质及其与现实主义诗学的区别》⑤、《自然主义诗学与现代性》⑥。其中《自然主义新证》提出,研究自然主义,首先应该实事求是地考量该思潮发生、发展与衰亡的全过程,考量它与当时其他各类文艺思潮以及社会思潮的关系,在此基础上研究其作为创作方法的独特之处。这一研究态度对帮助左拉以及自然主义研究跳出"现实""写实""自然"等诸多概念名词纠葛的泥沼,回归研究对象本原,很有帮助。之后几篇论文,或针对读者审美期待问题,或针对自然主义诗学的本质问题,在研究态度与方法上,仍秉承原先一脉,稳健扎实,不枝不蔓,避免了许多不必要的损耗。高建为后来出版专著《左拉研究》⑦与《自然主义诗学及其在世界各国的传播和

---

① 《法国研究》1992年第1期。
② 《国外文学》1999年第4期。
③ 《国外文学》1989年第3期。
④ 《国外文学》1991年第3期。
⑤ 《国外文学》2003年第1期。
⑥ 《国外文学》2004年第1期。
⑦ 中国社会出版社2005年版。

影响》①两书，前者探讨左拉生平创作、自然主义形成的语境、诗学概略以及实践，后者就自然主义的期待视野、读者审美差距、左拉诗学实践与理论间的裂隙等问题提出了独到的见解，两书基本延续上述几篇论文思路，对左拉创作与自然主义诗学进行了相对较为完整的系统研究。

在作品研究方面，金嗣峰的《真实典型与镜子——读左拉〈小酒店〉札记》②从《小酒店》一书古波夫妇人物形象真实性的问题入手，就小说的成就与缺憾问题提出了自己的见解。高松年的《一部现实主义杰作——重读左拉的〈金钱〉》③认为小说《金钱》虽同时具有自然主义与现实主义两种倾向，但在创作中仍是现实主义倾向取得了优势地位。柳鸣九的《奇特的结合〈劳动〉》④指出小说《劳动》在思想内容与描写方法上都糅合众多因素成为一种奇特的结合，它在左拉的创作历程与思想发展中占有的承前启后的地位不容忽视。万里骅的《评价左拉的自然主义代表作——〈苔蕾丝·拉甘〉》⑤认为左拉按照自己提出的自然主义理论，把虚构性的文学变成探索性的科学研究，《苔蕾丝·拉甘》很好地显示了他的创作方法与风格，他将人降为一般动物，认为人只有本能的冲动，因此作品中弥漫着"欲"的氛围。邵旭东的《家族小说的社会认识功能——论左拉的〈卢贡家族的发迹〉》⑥通过分析《卢贡家族的发迹》一书作为家族小说的特点，希望可以得到关于家族史作品的更多启示。陈晓兰的《左拉小说中的巴黎空间及生态表现》⑦借用生态批评的思路，以左拉小说中冗长的巴黎物理空间和生态环境描写为突破口，探讨作者强烈的空间意识及其与巴黎关系的实质。冯寿农的《〈黛莱丝·拉甘〉的主题结构》⑧套用主题批评的

---

① 江西教育出版社2004年版。
② 《外国文学研究》1981年第3期。
③ 《外国文学研究》1982年第2期。
④ 《外国文学研究》1984年第2期。
⑤ 《法国研究》1986年第4期。
⑥ 《法国研究》1993年第1期。
⑦ 《外国文学评论》2003年第4期。
⑧ 《法国研究》1996年第1期。

思路,试图在找出文本主题结构后,能够在文本的表层显意下寻找深层的隐意。后两篇论文在一定程度上体现了20世纪90年代中期以后研究者在研究方法和思路上向新生批评方法转型的动向。

此外值得一提的是钱林森与苏文煜的《徘徊在训谕与真实之间——左拉与中国》①一文。该文虽然以左拉自五四运动起在中国的接受情况为研究对象,应属于交叉研究的范畴,但提出的关于"训谕"与"真实"的摆荡问题,对于我们理解观照近三十年来学界在左拉以及自然主义研究中的姿态问题,仍是具有相当的效力的。

十、莫泊桑

莫泊桑堪称中国读者最熟悉的一位19世纪法国小说家,这位"短篇小说之王"的诸多脍炙人口的短篇,如《项链》《羊脂球》等在我国家喻户晓。国内对之研究较多的主要是他的几部著名的长篇小说,如《一生》《漂亮朋友》以及其他或以小资产者的庸俗卑鄙为目标、或以普法战争战争为背景的短篇小说。

受早年苏联批评方法余波的影响,20世纪80、90年代的研究者在分析莫泊桑时基本都从"批判现实主义"的提法入手,先后出现了尹君生的《〈羊脂球〉艺术琐谈》②、邹汉鞍的《莫泊桑小说的现实主义管窥》③、邓楠的《论莫泊桑长篇小说的表现手法》④、《论莫泊桑短篇小说的哲理意蕴》⑤、《论莫泊桑短篇小说中的资产阶级女性形象》⑥、禹卫东的《珠联璧合的讽刺艺术精品——〈勋章到手了〉与〈项链〉》⑦、王英凯、闻阁的《艺术

---

① 《外国文学评论》1992年第2期。
② 《外国文学研究》1979年第1期。
③ 《外国文学研究》1994年第1期。
④ 《外国文学研究》1996年第3期。
⑤ 《外国文学研究》1998年第4期。
⑥ 《外国文学研究》1998年第2期。
⑦ 《外国文学研究》1995年第1期。

家的生命在于创新——读莫泊桑关于普法战争题材的小说》[1]，董星男的《〈项链〉三题》[2]，晓峰的《也谈〈项链〉》[3]，艾珉的《在漂亮外衣下的〈漂亮朋友〉》[4]等。这些论文大都结合各种文本例证，将莫泊桑的小说技巧和创作艺术归纳为取材精妙，结构细巧，以细节渲染人物形象，以环境烘托人物心理，深刻剖析19世纪后半叶法国社会弊端，批判资产者的虚伪堕落。这些论文论述细腻，分析翔实，表现出对作品本身的热情和关注。然而受当时主流批评思潮的局限，其行文在某种程度上更接近于语文赏析或是写作技巧示例。虽然这些论文对莫泊桑小说脍炙人口、深受中国读者喜爱的原因，在艺术层面上做出了一定的解释，但是随着外国文学研究的发展，从今日的眼光来看这些论文在研究方法和分析思路上不免稍显陈旧。一些论文所用相关材料多转自二手，而在"批判""现实主义"或是"自然主义"几个概念上过多的纠缠，也不免选择性倾向太强，有隔靴搔痒的感觉。凡此种种，使得此后的莫泊桑研究并未如同时代的福楼拜或巴尔扎克研究那样，在批评方法和批评意识上能够有机会与批评的现代化进程对接。

20世纪80、90年代有近二十余篇论文发表于外国文学研究的各类核心刊物上，可以说相当繁荣，但是在随后的十年间，研究者的热情趋冷，莫泊桑仿佛彻底退出了大多研究者的视线。关于某一作者或者某一流派的研究，其盛衰是许多因子综合作用的结果。莫泊桑也不例外，但是也许我们可以自问，是否过去那种研究的"繁荣"状况也在一定程度上限制了研究者的思路，浇灭了批评者的热情呢？大家对于莫泊桑及其作品仿佛形成了一种思维定势。一方面莫泊桑的"传统性"深入人心，另一方面则是进入20世纪90年代中后期以后，许多研究者的兴趣点越来越转移到与现代或是现代派相关的问题上。繁荣过后的冷清的背后，隐藏的是研

---

[1] 《国外文学》1992年第1期。
[2] 《外国文学研究》1980年第1期。
[3] 《外国文学研究》1981年第4期。
[4] 《外国文学研究》1983年第3期。

究者受制于思维定势,将莫泊桑及其创作"标签化"的问题。例如对现实的嘲弄和批驳,固然是莫泊桑创作的一个侧面,同时也是作者自身际遇与趣味的产物,甚至还是继承自福楼拜的创作诉求及美学遗产,应该放在更广阔的背景上,贴合作者的主体意识来看。

不过,30年来的莫泊桑研究中仍有若干切入点肯綮的论文。郑克鲁的《试析莫泊桑的惊怵小说》①将注意力投射到莫泊桑作品的另一维度惊怵(fantastique)小说上,呼唤研究者重视这种被忽视的小说类型,并对莫泊桑从事这类创作的缘由和意义进行了尝试性的探讨,试图借此机会与法国的莫泊桑研究者发生某种呼应和对话。席战强的《论莫泊桑小说的情韵系统》②则在20世纪90年代初跳出"现实主义"和"自然主义"帽子之争,转而着眼于莫泊桑"悲怆而凄然"的小说基调,以为文本背后潜藏着一个独特的情韵系统,这种对作家本人独特气质的把握是较为准确的。聂世闻的《莫泊桑小说创作品格与中国文人艺术思维》③试图通过分析中国传统文学与莫泊桑其人其文潜在的亲缘性和契合度,从而揭示法国作家莫泊桑长期以来备受中国读者青睐的原因;可惜论文在比较过程中对于我国传统文学的机制和趣味的论述较为详尽,而对莫泊桑及其创作的分析则还欠透彻,而且比较时以平行论述的方法组织行文,化合不足,稍显机械,没有能够挖掘出莫泊桑小说在中国接受程度良好的深层原因。因为对一种外来文学的良好接受,并不只有静态的结构性原因,它更可能受到动态的相遇问题的影响,在接受一种趣味的同时,接受者本人也同时在进行着对个人趣味的再塑。也许结合莫泊桑小说进入中国的译介过程问题,例如国人对莫泊桑的熟知与鲁迅译出的厨川白村的《苦闷的象征》一书的关系,又或者莫泊桑风格的接受与中国现代读者阅读口味的形成,两者间交缚缠绕、互为因果的事实,在这类问题上应该还能够有更进一步的发现。

---

① 《外国文学研究》2009年第2期。
② 《外国文学研究》1993年第3期。
③ 《外国文学研究》1993年第1期。

十一、波德莱尔

波德莱尔在法国文学史和诗歌史上的地位自不待言。"给我粪土,我变它为黄金",这位纯粹的巴黎诗人成功摆脱雨果以来浪漫主义的桎梏,为法国诗歌开辟了一个新的时代,后世诗歌创作的走向几乎都可以在他身上追溯到源头。对于这位象征派诗歌的先行者,三十年来的研究总的来说发展稳健,成绩可观。其受关注程度在 19 世纪作家中与福楼拜、巴尔扎克、雨果比肩,而且多数论文的质量都相当高。

波德莱尔研究自 20 世纪 70 年代末、80 年代初开始,风气放开后一时间众多研究者纷纷跟进,对其创作生涯和美学思想进行介绍。程抱一的《论波德莱尔》①集介绍与翻译一体,一如他论述其他象征派诗人的文章,夹译夹叙,试图勾勒出波德莱尔创作的几个主要侧面。其他研究者则主要将目光集中于波德莱尔的"感应说"(correspondance)上,出现了如《波德莱尔的相应说》②、《也谈波特莱尔的对应说》③、《波德莱尔的应和论及其他》④等论文。虽然对于 correspondance 一词的译法研究者各持己见,对于它的缘起和所受思潮影响也有不同的理解,但是这些论文表明这一时期的研究者都认为感应说是理解波德莱尔诗眼的钥匙,它不只是波德莱尔作诗的手段,更是诗人认识世界的一种理论观念,因此要理解波德莱尔,必须就厘清"感应说"这一关键问题。

应该说,这是波德莱尔研究一个相当好的开头,在随后的 20 年间,众多研究者纷纷加入波德莱尔的研究阵营。除却从宏观上对其诗论与艺术思想进行深入阐述外,还有一批人从细部入手,对其具体诗作进行全方位多角度的文本分析。波德莱尔的诗作在数量上并不驳杂,现有论文的研究对象主要集中于《恶之花》一书。在这一阶段,首推的两位研究者是郭

---

① 《外国文学研究》1980 年第 1 期。
② 《外国文学研究》1979 年第 4 期。
③ 《外国文学研究》1982 年第 2 期。
④ 《法国研究》1983 年第 1 期。

宏安与刘波。前者曾编译《波德莱尔美学论文选》,他的一系列论文《〈恶之花〉:在浪漫主义的夕照中》①、《〈恶之花〉:按本来面目描绘罪恶》②、《〈恶之花〉:穿越象征的森林》③,理解到位,论述翔实,虽然都围绕着《恶之花》成文,却未拘泥于对该作品一诗一段的细节分析阐释,而是从大处着眼,将《恶之花》作为波德莱尔美学观的折影来看待,三篇论文各成一体,又相互呼应,构成一个有机的整体,实际上是分别探讨了波德莱尔美学思想分别与浪漫主义、现实主义以及象征主义在艺术观念和思想上分歧与关联问题。

另一位研究者刘波的论文,在研究角度与分析对象上则更加多样。2000年前后他先撰写了《"文体场"与文学作品的阅读——兼论波德莱尔"深渊"的文体场意义》④一文,针对法国批评家吉罗(Pierre Guiraud)所提出的"文体场"的概念以及其在波德莱尔研究中的运用,指出一个词语在作品中只有一个权威的文体场的看法有失客观,对于吉罗提出的"深渊"一词与其构成的语义场间的关系,应全面联系地看待,否则便有分析处理过于简单化之嫌。随后的《论〈巴黎图画〉的"隐秘结构"》⑤通过分析《恶之花》中《巴黎图画》一章"白昼"与"黑夜"两个系列间的回旋特征,借此探索作品的隐秘结构,试图揭示波德莱尔诗歌作品在谋篇布局上对美学和伦理两方面的参照依据;《〈应和〉与"应和论"——论波德莱尔美学思想的基础》⑥论述了"应和论"的历史渊源和波德莱尔对其全新的阐释,通过梳理"横向应和"和"纵向应和"、"通感"和"象征"两对概念,阐释了建立在"应和论"基础上的波德莱尔美学思想在艺术审美和伦理两方面的意义;《普鲁斯特论波德莱尔》⑦则通过梳理普鲁斯特评论波德莱尔的相关文

---

① 《外国文学评论》1987年第3期。
② 《法国研究》1989年第1期。
③ 《外国文学评论》1989年第1期。
④ 《外国文学评论》1999年第3期。
⑤ 《外国文学评论》2003年第2期。
⑥ 《外国文学评论》2004年第3期。
⑦ 《外国文学评论》2002年第3期。

字,试图揭示作为创作者的波德莱尔的深层自我,同时并反观作为批评者的普鲁斯特自身的主观审美感受问题。几篇论文都写得相当扎实,行文从容不迫,论述的完整性和深入程度都较前人更进一步,是30年间波德莱尔研究中在论文写作与分析思路上都很值得一读的文章。

此外,廖星桥也做了相当工作,《雨果的竞争者波德莱尔》①指出作为雨果同时代的竞争者,波德莱尔诗歌创作的重要性主要表现在艺术创新上,这种新意包括创作方法和诗歌理论两方面,并且探讨了其诗歌创新所受的影响源头。《论〈恶之花〉的历史地位与意义》②认为《恶之花》是第一部完整的现代派文学作品,它的出现揭示了一种新的美学观,向读者展示"另一个世界",著名的"交感"论提供了开启精神世界另一维度的钥匙。

十二、象征主义

无论是在译介,还是在创作方面,我国的学界与诗界似乎对于法国象征主义诗歌就有一种罕见的执着。这种执着自五四一代起,一直延续到今日的法国文学研究界。这样的双重优待,是曾经红极一时的浪漫主义或现实主义都未再享受到的。三十年来学界关于法国象征主义的论文在数量上虽然不多,但是基本上每十年都有一定数目的相关论文出现,论文质量也比较稳定。这种研究状态与象征主义三位主要诗人的独立研究情况也基本吻合。

象征主义与我国现代诗人学人的相遇,既是一个空间上的问题,也是一个时间上的问题。从早期为现代新诗"借力",到后来为还"象征主义"以本来的面目,这一东西方文化在偶然中必然的交合及其变迁,仿佛天然地对文学研究者,不论是外国文学,还是本国文学,有着一种不可抗拒的吸引力。这种研究往来于东西文化之间,一方面试图理解他者还原真相,另一方面又努力重构前人理解接受某种文学现象的历史文化地图。也许

---

① 《法国研究》1985年第4期。
② 《外国文学研究》1999年第3期。

是由于象征主义在我国译介与接受的历史极为复杂,对于我国新诗的发展也有着浓重的影响痕迹,因此三十年来的象征主义研究论文,有一大半都贡献给了象征主义与中国诗界关系这一问题:例如系统梳理象征派诗歌自五四一代至今在我国的借鉴与接受问题的《法国象征派诗歌在中国》①,又如以具体分析我国某位现代诗人对象征主义诗歌理解、继承与发展问题的《戴望舒的诗歌与法国象征派》②《卞之琳与法国象征主义》③《穿越国境的缪斯——从冯乃超诗歌看法国象征主义在东方的变形》④等文。

真正针对象征主义本身的,除分别探讨了通感问题和象征主义神话思维源头的《法国象征主义诗歌的艺术通感》⑤与《象征及象征主义文化探源》⑥外,还有葛雷的《论法国象征派三诗人》⑦。葛雷曾就魏尔伦与马拉美各自与中国诗的关系分别著文,该文则写于上两文之后,原为《法国象征派三诗人集》的序言,发表时略有删节。作者在文中修正了自己在《马拉美与中国诗》中的观点,提出传统的"比""兴"实为两种诗歌创作手法,而象征派则是一种创作的本质,拿前者比拟后者,虽然的确便于理解,但同时也将象征主义一词理解得过于狭隘了。文中所提出的问题,其实未必仅限于象征派诗人,它更折射出30年来我国外国文学研究者在研究位置上的一种变化。而这一变化在象征主义诸位诗人的独立研究方面表现得相当明显。

十三、兰波

兰波是法国文学史上极具传奇色彩的一位彗星式诗人,国内学界对

---

① 《国外文学》1991年第2期。
② 《外国文学研究》1993年第3期。
③ 《外国文学评论》2000年第4期。
④ 《法国研究》2008年第3期。
⑤ 《外国文学研究》1985年第3期。
⑥ 《外国文学研究》1998年第2期。
⑦ 《国外文学》1988年第1期。

他的研究从20世纪80年代开始,虽然并未经历大红大紫或大起大落,但30年来始终都有不少的优秀论文面世,研究角度与深度也随之不断变化,在稳步发展的同时取得了相当的成绩。20世纪80年代的兰波研究始于程抱一于1981年在《外国文学研究》上发表的《介绍兰波》[1],该文择自程抱一多年前的书信,经整理后发表,文末并附有《黄昏》(*Le soir*)、《孤零》(*Les effarés*)、《谷心的睡者*》(Le dormeur du val*)、《醉舟》(*Le bateau ivre*)等诗以及《地狱一季》和《彩图集》的节译。文章除系统介绍兰波其人其诗及创作理想外,更多的是结合本人青年时代在川西小城度过的时光,以及在留法期间追寻兰波少年时足迹的经历,设身处地地理解体会兰波独特的个人经验和心路历程;该文自第一人称"我"的自我感受起,终归于感受兰波,因此文章写得相当感性,比罗大冈后来"以普通读者角度"写的《诗人兰波》[2]更注重论者自身的感观会合。这篇文章对于当时的法国文学研究界而言是很有启发意义的。作为呼应,两年后刘自强在《国外文学》上发表长文《诗人韩波》[3],深入详尽地介绍探讨了诗人在生活理想与诗歌创作两方面的数次变化,对"慧眼"(voyant)、"未知"(inconnu)、"感官错轨"(dérèglement de tous les sens)、"词的冶炼"(alchemie du verbe)等兰波诗歌理论中的关键问题都有细腻中肯的分析论述,尤其是该文打通时空限制,将兰波的诗歌美学与数次转变放在整个法国诗歌发展史的大空间中来理解,文章格局开阔,行文大气,判断敏锐,是20世纪80年代早期兰波研究中相当优异的论文之一。另外,该文关于兰波的"客观诗"一节,后来又由作者单独写成《兰波"客观诗"与中国古典诗人笔下的景色》[4],论述其"客观诗"与中国古典诗歌"境界"问题的关系。20世纪90年代的《兰波——为改变生活而奔波的人》[5]及2000年后

---

[1] 《外国文学研究》1981年第2期。
[2] 《法国研究》1989年第1期。
[3] 《国外文学》1983年第1期。
[4] *La "poésie objective" de Rimbaud et les paysages des poètes chinois classique*,《法国研究》1989年第2期。
[5] 《法国研究》1994年第1期。

的《通灵者,今安在?——纪念兰波诞辰150周年》①两文研究范围和角度与《诗人韩波》相近,然而两文尽管都各有侧重,试图突破,但从论述的细密坚实、原始材料的占用以及对兰波理解的深度等方面来看,在某种程度上仍未超越前人。

20世纪80年代末90年代初之际,兰波研究似乎掀起一个小高潮。短短两三年内,依次有秦海鹰、车槿山、周家树、葛雷等研究者撰文。论文角度主要可以分为两类,一是以东西方文化比较为基础的诗歌比较,例如葛雷的《兰波之梦——兰波诗与李白诗的比较》②与周家树的《兰波诗论与〈沧浪诗话〉》③;二为针对兰波某部诗作的具体分析,如秦海鹰的《〈地狱一季〉中的价值系统》④与车槿山的《寻找真实:〈故事〉》⑤。第二类研究角度持续影响到20世纪90年代以后的兰波研究,出现如《怪诞的美,非逻辑的理性——论〈醉舟〉的艺术特色》⑥、《无言的呐喊——析〈幽谷睡客〉的张力刻画》⑦等,论者一般更注重从偏技术层面的诗歌技巧入手,试图在具体的条分缕析中找到可以解释兰波诗作魅力的出口,但同时某些论文由于过于注重诗句的细节,在整体与局部间未能做到自由出入,时有"只见树木,不见森林"之憾。进入2000年后,户思社曾撰文《文字的炼金术——谈兰波对波德莱尔应和理论的继承与发展》⑧与《试论兰波对现当代诗歌的影响》⑨,前者从对波德莱尔应和理论的再认识出发探讨兰波对象征主义诗歌的继承发展问题,后者则指出兰波在创作中对新奇词语与未知地平线的探索以及对幻觉世界的追求,深刻影响了法国当代诗坛颇具影响力的诸多诗人们。

---

① 《外国文学评论》2005年第1期。
② 《国外文学》1992年第2期。
③ 《法国研究》1991年第2期。
④ Les systèmes de valeurs dans Une Saison en Enfer,《法国研究》1989年第2期。
⑤ La quête de la vérité: Conte,《法国研究》1989年第2期。
⑥ 《法国研究》1994年第2期。
⑦ 《法国研究》2007年第2期。
⑧ 《西安外国语学院学报》(哲学社会科学版)1997年第2期。
⑨ 《外国语文》2010年12月。

十四、魏尔伦

兰波、马拉美与魏尔伦,所谓象征主义三大诗人中以魏尔伦最早为中国读者所识,也以他曾在我国拥有最多的普通读者。这种广泛接受状况自然与民国时代以戴望舒为首的一批诗人学人在译介与再创作两方面的种种工作密不可分。然而,魏尔伦及其诗作虽然很早就已进入我国诗界及外国文学研究者的视野,为大家所熟悉,但30年来的魏尔伦研究论文寥寥无几,其数量还不到兰波研究论文的四分之一。而且为数不多的论文集中发表于20世纪80、90年代,作者主要是魏尔伦的译者葛雷(5篇论文中占3篇)。而进入2000年后,就再没有任何新的论文出现。

魏尔伦研究以20世纪80年代初由闻家驷与葛雷在《国外文学》上发表的一组《魏尔仑诗选》①为开端。两位译者分别从《智慧集》(Sagesse)、《无言之曲》(Romances sans paroles)、《华宴集》(Fêtes galantes)、《忧郁诗章》(Poèmes saturniens)、《好歌集》(La Bonne Chanson)以及《今与昔集》(Jadis et naguère)中选取诗歌15首进行翻译,并在其后附有一篇介绍魏尔伦生平与创作风格的简短译后记。随后葛雷又先后发表《魏尔仑与戴望舒》②与《怨愤声如江河水——纪念法国诗人魏尔仑逝世一百周年》③两篇重要论文,前者虽然以"魏尔伦与戴望舒"为题,但重心在于论述魏尔伦与中国诗歌间可能存在的交互影响问题,兼论戴望舒于魏尔伦处的借力发挥以及两者的对照关系;后者系统梳理了魏尔伦一生的创作脉络以及诗学理想,并点明魏尔伦与兰波、马拉美在艺术趣味和美学追求上差异之处。张英进的《译诗的形式琐谈——魏尔伦一首抒情诗的翻译赏析》④就魏诗 Il pleut doucement sur la ville 中的音节整齐、节奏顿挫、三行压一韵等风格特点分析了周太玄、梁宗岱、飞白、范希衡、施康强以及

---

① 1983年第4期。
② 《国外文学》1988年第3期。
③ 《国外文学》1996年第4期。
④ 《法国研究》1986年第1期。

闻家驷各译者针对这些具体问题的不同理解处理，提出韵脚再现、双声谐声、六字三顿等汉译的代偿手段。该文除探讨诗歌翻译技巧外，同时在客观上借机反观了目标语汉语在诗歌音韵与节奏方面的特质与表现力问题。

20 世纪 80 年代初的象征派三诗人研究几乎是同时开始的。但是在随后的 20 年中，兰波与马拉美研究在数量与质量上都得到了长足稳健的发展，而魏尔伦却始终乏人问津。直至 1996 年魏尔伦逝世一百周年之际，仍然是由当年的开路人葛雷撰文纪念。究其原因，也许这与魏尔伦诗歌传统色彩较浓，以及诗歌影响研究较难操作两方面有一定关系。在三位诗人中，魏尔伦首先因为其诗歌创作与诗歌理论在某些方面与中国诗相仿，因此最早为国人所接受熟识，但同时可能又由于这种在气质与诗歌趣味上的接近多存于感受层面，很难言明，而研究者的兴趣已逐渐从对与己相"同"的关注转移到与己相"异"上，几种因素交织，最终在某种程度上就造成了今日魏尔伦研究的沉寂与停滞。

十五、马拉美

马拉美在趣味上也许是象征主义三诗人中最具神秘主义与理想主义的色彩。他向往纯美、追求纯诗，矢志不渝。对他而言，诗歌不仅是一种简单的艺术创作形式，而是一个融合了文学与关于文学的思想、试图凭借语言构建出有意义的本真世界的实体。他以强大的威慑力将法国诗歌向着现代性的阶段又推进了一步，成为象征派诗人中在诗歌理论建设方面最丰富深刻，也最庞杂的一位。他关于元文学的深邃纯粹的思考，又是多重哲学传统的精神产物，因此为深入进行马拉美研究增加了不少的难度。30 年来关于马拉美研究的论文并不少，然而参与其中的研究者至今却只有寥寥几位，大概在某种程度上可以说明以上问题。

20 世纪 80 年代葛雷首先写出《马拉美与中国诗》[①]，试图从欧洲中心

---

① 《外国文学研究》1986 年第 1 期。

论立场的反面,论述马拉美与中国诗在诗风、诗歌思想、题材手法方面的亲缘关系,以及前者的创作又对中国新诗(主要是李金发)创作产生影响的文化循环过程。文章以反欧洲中心主义、强调中国诗歌对马拉美的影响开始,但结尾处却提出,异国情调容易第一时间吸引研究者的注意力,然而真正的作家或诗人在气质仍是承继本国的文学传统。之后作者似乎意犹未尽,两年后又写出《再论马拉美与中国诗》①,这次直接从马拉美美学观与道家思想、诗歌理论与中国诗的传统及趣味间的关系入手,认为这种堪称奇观的契合并非马拉美一人之功,应作为一个时代审美要求和文学趣味的必然结果来看待,并提出民族文学的天然的"向异性"问题。

20世纪90年代的马拉美研究以秦海鹰的《文学如何存在——马拉美诗论与法国20世纪文学批评》②一文为代表。论文笔调从容,有条不紊,通过对"偶然""绝对""虚构""观念""非个人性""本真文本""虚无"等多组概念进行探讨,切中肯綮地梳理了马拉美关于文学本体的思考,并试图阐明马拉美在纯精神性与纯文本性两方面,对法国当代文论发展产生的微妙的影响。该文高屋建瓴,从容贯通,是马拉美研究中绕不开的一篇。后来的《马拉美的文学本体论》③可视为对该文进一步的生发延续。此外,还有户思社的《马拉美——追求极致的诗人》④,文章梳理马拉美的创作历程以及个人诗歌风格形成的过程,阐释其诗歌美学观为将诗歌视为最高的以及支配的艺术,世界的最终目的就是为了写出一本完美的书。到了2000年前后,另一位研究者张亘加入队伍,针对马拉美的具体诗作展开文本研究,如《窗》《黑发火焰飘飞》等,希望借助对诗歌句法及象征手法的分析,揭开马拉美诗歌独特的魅力;随后又承接葛雷的思路,写出《"花束的空无"——东方视角下的马拉美诗学》⑤,试图修补前人观点,重

---

① 《外国文学研究》1988年第1期。
② 《外国文学评论》1995年第3期。
③ 《欧美文学论丛》2002年版。
④ 《四川外国语学院学报》2008年第4期。
⑤ 《外国文学评论》2009年第4期。

新比较马拉美作品中的空无概念与东方思维中的空。总的来说,马拉美的诗歌理论系统复杂艰深,开一代风气之先,迄今为止相关研究虽已取得不俗的成绩,但相信后来的研究者仍大有可为。

十六、洛特雷阿蒙

1869 年洛特雷阿蒙的《马尔多罗之歌》出版时,没有人意识到这部和福楼拜的《情感教育》同时问世的长篇散文诗将在何种程度上改写法国文学尤其是诗歌的发展历史。直到数十年后,超现实主义者才重新注意到这位生前籍籍无名的早夭诗人,他们从他唯一存世的一部完整作品《马尔多罗之歌》中发现了超前于时代的意象上的超现实主义,并把洛特雷阿蒙奉为他们的先驱和同路人。我国的洛特雷阿蒙研究始于车槿山在 1991 年发表的《在摧毁中建设 在建设中摧毁——谈洛特莱阿芒的散文诗〈马尔陀罗之歌〉的艺术特色》[1],文中探讨了该诗的叙事性和小说技巧、隐喻与明喻的意义、建设与摧毁交织的语言追求以及由此产生的黑色幽默、诗人与读者的关系等问题。文章鞭辟入里,立论中正,感觉敏锐,分析细腻,是一个很好的开始。而且由其翻译的《马尔多罗之歌》的汉译本不久后出版(该书于 2008 年由人民文学出版社再版,洛特雷阿蒙的作品全集也于 2001 年出版)。然而遗憾的是,这位凭借一部作品的惊人破坏力颠覆了法国文学传统的诗人,我国对他的研究却未如对其他先锋诗人如波德莱尔、兰波或是超现实主义诗人那样繁荣蓬勃。30 年来关于他的论文屈指可数,而且只涉及《马尔多罗之歌》一诗。如陈元曾撰写法语论文探讨了洛特雷阿蒙在《马尔多罗之歌》中对明喻和暗喻采用的不同应用方式,指出诗人在这两种修辞格中使用迥然相异的事物作比,构成全新的意象,超越了现实的真与美达到了诗歌的真与美[2];李末采用让-皮埃尔·理查式的微观阅读方法分析了关于"马尔多罗"一词背后所存在的第三度能指以

---

[1] 《法国研究》1991 年第 2 期。

[2] Comparaison et métaphore dans *Les Chants de Maldoror*,《法国研究》1992 年第 1 期。

及能指置换的问题,并指出正是这种前文本层面上的能指置换致使该词在文本层面上实为被各种恶的实然表现置换①。

这种在研究上的集体性失明也许是因为洛特雷阿蒙的作品从传统美学的角度来看过于晦涩难懂和匪夷所思。《马尔多罗之歌》通过打破逻辑的狭隘束缚,挖掘语言的潜在能力,创造出一种病态离奇但又深刻的诗意和美。也许洛特雷阿蒙走得过于超前,但是在法国现代主义文学和诗歌批评极为繁荣的今天,针对这位超现实主义的授精者,居然没有更多的论文研究其创作美学、诗学思想以及他于后世法国文学的走向影响,不能不说是一件憾事。

在19世纪文学史上,还有一些次重量级作家,如贡斯当、拉马丁、龚古尔兄弟、都德、于斯芒斯、凡尔纳、戈蒂耶等,他们与上文中所提到的诸位大作家同样占有重要地位,但至目前为止关于他们的研究尚十分薄弱。这些论文分布分散,一般以所论作家的代表作为主要研究对象,例如冯光荣《拉马丁的湖之恋》②、董芳的《灵魂的自省——读贡斯当的心理小说〈阿道尔夫〉》③、王聿蔚的《〈阿道尔夫〉论》④、王忠祥的《真切的人生悲剧,崇高的艺术品格——评小说〈茶花女〉》⑤、毕新伟的《中国经验与西方经验的相遇——林译〈巴黎茶花女遗事〉研究》⑥、萧应薥的《〈柏林之围〉的悲剧色彩》⑦、鲁江堤的《凡尔纳和他的〈海底两万里〉》⑧、廖星桥的《唯美主义的代表作〈莫班小姐〉》⑨等;或从宏观角度出发,结合历代文学思潮流变的大背景,概述所论作者或诗人的写作条件、创作风格以及艺术思

---

① 《马尔多罗与纯恶》,《法国研究》2001年第1期。
② 《法国研究》2005年第1期。
③ 《法国研究》1996年第2期。
④ 《法国研究》1986年第1期。
⑤ 《法国研究》1983年第2期。
⑥ 《外国文学研究》2004年第3期。
⑦ 《外国文学研究》1984年第1期。
⑧ 《外国文学研究》1980年第3期。
⑨ 《外国文学研究》1985年第3期。

想,如郑克鲁的《浪漫派诗歌的第一声号角——拉马丁的诗歌创作》①、郑克鲁的《龚古尔兄弟的小说创作》②、徐知免的《论凡尔纳》③、史忠义的《于斯芒斯、萨特、加缪与叔本华的幽灵》④等。这些论文为以后的深入研究打下了最基础的一层基底,只是可惜这些零散出现、基于研究者个人兴趣的论文未能激起其他研究者的兴趣,引出后续研究与这些先行者形成呼应对话。大家单兵作战,各自为政,使以上这些作者的研究呈现出一种局部散落的风貌,虽然其中不乏一些深入透彻的论断,惜始终未能形成气候。

至于斯达尔夫人、瑟南古、维尼、缪塞、奈瓦尔、勒孔特·德·李尔以及巴纳斯派诗人等作家,则至今尚无任何相关论文或专著出现。这些 19 世纪法国文学研究领域中为大家所遗忘的名字,很值得后来的研究者们注意。

第六节 20 世纪法国文学(上)

20 世纪上半叶是一个现实主义与现代主义交织的时代。一方面,许多作家继续沿着传统的现实主义道路前进并有所创新,另一方面,现代主义文学的强势崛起又引领文学的新方向,成为法国文学的主流。

中国对该阶段法国文学的研究亦与这一发展方向相呼应。30 年间,研究者的兴趣点几乎在一夜之间由现实主义转向现代主义。罗曼·罗兰研究由盛而衰,普鲁斯特研究从无到热,即是这一兴趣点转移的缩影。罗曼·罗兰研究在 20 世纪 80 年代曾风靡一时,而在 90 年代,成果的数量和质量均有下滑,进入新世纪则彻底转入低潮。而另外一些长河小说作

---

① 《外国文学研究》1995 年第 4 期。
② 《浙江大学学报》(人文社会科学版)1999 年第 6 期。
③ 《外国文学研究》1986 年第 2 期。
④ 《外国文学》2000 年第 3 期。

家,如马丁·杜伽尔、杜阿梅尔、于勒·罗曼等,则甚至没有任何专门研究。即使马丁·杜伽尔的诺贝尔文学奖光环也未激发研究者的热情。超大部头的长河小说固然令人生畏,然而30年来乏人问津,则更源于研究者对此类作品兴趣的淡化。普鲁斯特研究则与此形成鲜明对比。尽管迟至1987年才出现有关《追忆似水年华》的论文,但此后研究者的兴趣日趋浓厚,经久不衰,相关专著即有4部(包含1部于香港出版),论文达百余篇。从早期对作家作品的宏观介绍到后来对《追忆》中的时间等主题以及写作风格和语言手法等多角度的透视。

这一时期研究的另一特点是作家受关注程度的冷热不均,且这种不均并不一定符合作家在文学史上的地位。其原因不一而足:如研究者趣味的变迁、译本的质量、与中国的关系等等。热点作家有普鲁斯特、莫里亚克、马尔罗、克洛岱尔、纪德、谢阁兰等,相关研究从最初的宏论式介绍,逐步发展为有深度、有针对性的深入解析。对这些重点作家的研究可以让我们清晰地看出30年来法国文学研究由点及面、由浅入深的发展脉络。还有一些小说家虽然受关注度很高,但仅限于最著名的单部作品:如塞利纳研究仅限于《茫茫黑夜漫游》,维昂研究完全集中于《岁月的泡沫》,而圣艾克絮佩里的相关文章虽然数量庞大,但多是关于《小王子》的介绍或读后感。

相形之下,其他许多作家特别是诗人,如阿波利奈尔、艾吕雅等门前冷落,只有零星的介绍或作品选段赏析。对戏剧作品的研究则更为稀少,甚至是屈指可数。阿尔托的戏剧理论在国内曾引起较大反响,也出现了一些相关成果,但论文作者多为专业戏剧研究家而非法国文学研究者。虽然在各类体裁中,20世纪法国文学的成就以小说最大,对小说的研究理应占据最大的比重,但诗歌与戏剧同样是不容忽视的组成部分,就现有的成果来看,呈现明显的数量和深度上的不足。

从某种意义上说,外国文学研究是一种跨文化的交流。国内研究者本能地关注中国在外国作家笔下的形象,故而某些曾造访中国的作家或者描写中国的作品受到了中国研究者的特别关注,如谢阁兰、克洛岱尔、马尔罗、佩斯、洛蒂等。谢阁兰作为汉学家,其诗集《碑》及小说《天子》《勒内·莱斯》等包含大量中国元素。自20世纪80年代起,研究者对谢阁兰的兴趣一直不减,对其各部作品均有深度分析,这是中国学者对法国文学研究的独特贡献,应予充分肯定。另如马尔罗的《征服者》和《人的状况》,克洛岱尔的诗集《认识东方》,佩斯的《阿纳巴斯》,以及洛蒂的《北京最后的日子》等,都因与中国相关而格外受到青睐。但是,对中法文化关系的本能关注常常会走向极端,以至于妨害对作家主流作品的整体把握和理解。以克洛岱尔为例,当前对他的研究高度集中于《认识东方》,有关其戏剧和诗歌却着墨不多。

一、小说

小说是20世纪上半叶法国文学中最受关注、研究也最为深入的体裁。具体到三十年来对作家作品的研究,总体趋势是由宏观到具体,由介绍到分析。而具体到每位作家,又呈现出不同特点。如前所述普鲁斯特、罗曼·罗兰、莫里亚克、纪德等大家有较多的研究。其中,普鲁斯特与纪德的研究从无到有、从有到热,与之相对地,罗曼·罗兰和莫里亚克研究则由盛而衰。改革开放三十年来对这几位作家的研究状况可以说是国内法国文学研究的兴趣点和侧重点变迁的一个缩影。

1. 罗曼·罗兰

罗曼·罗兰是在中国最有影响的法国作家之一。由傅雷翻译的《约翰·克利斯朵夫》在改革开放之初曾感动和激励了无数国人,罗兰研究的热潮也应运而生。在思想解放的大背景下,研究者们开始摆脱"左"的意识形态的桎梏,从文学本身的视角探讨罗兰。有关作家的生平、创作思想、作品分析以及作家对中国文学的影响的文章和著作大量出现,盛极一时。罗大冈是这一时期罗兰研究的主将,是最有代表性的专家。

1979年,罗大冈出版了专著《论罗曼·罗兰:评资产阶级人道主义的破产》。该书写于"文化大革命"期间,因而带有浓重的极"左"意识形态的痕迹,后来他在谈到此书时承认其中有许多错误和问题①。五年后,在更为宽松的政治氛围中,他对原书进行了修订,再版时更名为《论罗曼·罗兰》(1984)。此时正值思想界开展对人道主义的讨论,罗大冈在书中提出,罗兰的人道主义虽然仍属于资产阶级人道主义,但与资产阶级统治集团口头的虚伪的人道主义有着本质区别,对其自身思想进步也曾起到积极作用。此外,罗大冈曾编选《认识罗曼·罗兰》一书,并发表多篇文章介绍罗兰作品②。他的积极推介,使罗兰一度成为中国读者最熟悉、研究者也最关注的法国大作家之一。

与此同时,陈周方写有《罗曼·罗兰》一书,详细介绍评述罗兰的生平与创作。一位作家一时赢得数种著作的待遇,这不仅在20世纪80年代,在今天也是鲜见的,足见罗兰当时在国内研究界的热度和地位。姜其煌的论文《罗曼·罗兰的主要作品和思想发展过程》③也值得一提,该文对罗兰的主要作品和思想的发展做了详细的介绍和概述,分析其如何从一战前的彻底的人道主义者逐渐站到世界无产阶级革命的立场上,变得赞成革命暴力,赞成社会主义,坚定地反对法西斯。文章虽然属于介绍性质,从今天看也带有些许时代印记,但在20世纪80年代初的背景下,确实是对罗兰思想的系统细致的梳理,对于读者和研究者有着重要意义。

罗兰与中国的联系是研究者们特别感兴趣的方面。较有代表性的是戈宝权的《罗曼·罗兰和中国》④一文,详述了罗兰作品在中国的译介情况、中国文艺界对罗兰的介绍研究以及罗兰与中国人的交往和通信等,是

---

① 《罗大冈同志答本刊记者问——谈谈〈论罗曼·罗兰〉一书的问题》,《外国文学研究》1981年第1期。

② 《罗曼·罗兰的长篇小说〈欣悦的灵魂〉》,《世界文学》1978年第2期;《真诚的人——〈母与子〉译后记》,《世界文学》1987年第1期;《罗曼·罗兰的一部轶稿》,《世界文学》1989年第2期;《罗曼·罗兰这样说》,《读书》1990年第3期。

③ 《外国文学研究》1984年第3期。

④ 《法国研究》1986年第4期。

对罗兰与中国互动关系的较为全面的总结。阎宗临①、张华②、水贤③等人的文章则关注罗兰对鲁迅、陶渊明等人作品的评价。罗兰虽非汉学家，也未曾到访中国，但一直关注中国文学，也与旅法中国文人多有交往。如此看重他评价中国文学作品的只言片语，对全面了解罗兰的审美趣味具有参考价值，也从一个侧面反映出罗兰在中国的巨大影响。

进入20世纪90年代，罗兰研究有所降温。最值得注意的是柳鸣九的《罗曼·罗兰与〈约翰·克利斯朵夫〉的评价问题》④。该文以指点江山的气势，严厉批驳了因意识形态原因而过分抬高《超越混战之上》及《欣悦的灵魂》的某些研究者，指出《约翰·克利斯朵夫》才是罗兰真正的最有价值的代表作。此时的论文也多集中于该作品，如有秦群雁⑤、蔡先保⑥、肖四新⑦等人的论文，探讨该书的主题与艺术手法。这些论文各有特色，也并非没有新意，但总体来看，论述缺乏深度上的突破，仍属于"介绍＋读后感"程式。李庶长⑧与黄天源⑨继续关注罗兰与中国，叙述了罗兰与中国文人如茅盾和梁宗岱的互动。这一时期罗兰研究的主要亮点在于对《莫斯科日记》的发现和研究。20世纪90年代中期，罗兰1935年访问苏联时所写的《莫斯科日记》被译成中文并出版。苏联解体的历史教训，使其迅速引发学界关注。较有代表性的介绍如曹特金的《从〈莫斯科日记〉看罗曼·罗兰》⑩、许汝祉的《试破罗曼·罗兰〈莫斯科日记〉封存五十年之

---

① 《回忆罗曼·罗兰谈鲁迅》，《晋阳学刊》1981年第5期。
② 《怎样理解罗曼·罗兰对〈阿Q正传〉的评语》，《西北大学学报》（哲学社会科学版）1983年第2期。
③ 《罗曼·罗兰盛赞陶渊明诗》，《山西师大学报》（社会科学版）1983年第2期。
④ 《社会科学战线》1993年第1期。
⑤ 《〈约翰·克利斯朵夫〉的结构艺术》，《外国文学研究》1990年第4期。
⑥ 《试论〈约翰·克利斯朵夫〉的音乐性》，《法国研究》1996年第1期。
⑦ 《力与爱的生命——论约翰·克利斯朵夫对奴性的反抗》，《法国研究》1997年第1期。
⑧ 《茅盾与罗曼·罗兰》，《东岳论丛》1991年第5期。
⑨ 《梁宗岱与罗曼·罗兰》，《出版广角》1997年第2期。
⑩ 《社会科学论坛》1999年第1期。

谜》①等。这些文章的作者并非专门的法国文学研究者,然而他们对《莫斯科日记》的介绍和阐释却为罗兰研究照亮了新的侧面:罗兰一方面仍视苏联为人类的希望,另一方面也看到了苏联的严重问题,但不愿这些批评为苏联的敌人所用,故而选择将日记封存。

进入新世纪后,罗兰研究转入低潮,虽然继续有文论及《约翰·克利斯朵夫》及罗兰的其他作品,但是数量减少,而且多发表在影响较小的地方性刊物上。段圣玉对《贝多芬传》《托尔斯泰传》《米开朗琪罗传》艺术特色的评析②在一定程度上填补了对罗兰名人传记研究的空白。任文惠③与胥弋④的文章从侧面提及罗兰与中国文人的互动关系,提供了一些有价值的信息。但整体上看,由于研究者兴趣点的迁移,罗兰研究30年来由盛而衰,是明显的趋势。

2. 普鲁斯特

普鲁斯特是20世纪法国最重要的作家。早在30年代,曾觉之发表了纪念普鲁斯特逝世十周年的长文《普鲁斯特评传》,卞之琳翻译了普鲁斯特作品的一些片段。但是之后由于新中国对外国文学研究的政策引导、苏联学者对普鲁斯特小说的"反现实主义"和"颓废派"的定性⑤,普鲁斯特研究在中国经历了漫长的沉寂,其间大部分国人,包括法国文学研究者对这个在世界文学界如雷贯耳的名字都不甚了了。直到20世纪80年代重启国门,才陆陆续续、零零星星出现一些介绍性文章,一开始把他作为和乔伊斯、福克纳并列的意识流作家的代表,所谈仅限于"玛德莱娜甜

---

① 《当代外国文学》1999年第2期。
② 《罗曼·罗兰〈贝多芬传〉艺术特色评析》,《枣庄师专学报》2001年第1期;《罗曼·罗兰〈托尔斯泰传〉艺术特色评析》,《枣庄师专学报》2001年第3期;《〈米开朗琪罗传〉艺术特色评析》,《济宁师专学报》2001年第4期。
③ 《中国国民性的讽刺性暴露——鲁迅的国际声誉,罗曼·罗兰对〈阿Q正传〉的评论及诺贝尔文学奖》,《鲁迅研究月刊》2004年第8期。
④ 《盛成:20世纪中法文化对话中的重要见证人——兼谈盛成与瓦莱里和罗曼·罗兰的交往》,《中国比较文学》2008年第2期。
⑤ 涂卫群:《新中国60年普鲁斯特小说研究之考察与分析"》,《北京大学学报》(哲学社会科学版)2012年第3期。

点"等片段。此后,特别是1989—1991年间由15位翻译家合译的《追忆似水年华》由译林出版社推出后,普鲁斯特研究迅速呈现一发不可阻挡之势。回望30年来的法国文学研究,从成果的数量、质量及内容的深度、广度看,普鲁斯特毫无疑问是20世纪法国作家中被研究得最多、最为深入的一位。

改革开放以后的普鲁斯特研究几乎从零开始。20世纪80年代后期至90年代初,罗大冈《生命的反刍——论〈追忆逝水年华〉》[①]和《普鲁斯特传略》[②],以及王泰来[③]、徐知免[④]、李盾[⑤]、思嘉[⑥]、曾艳兵[⑦]等人的文章介绍了普鲁斯特与《追忆》的基本情况,并开始探讨《追忆》独特的艺术手法与结构特点。有的文章虽然仍属粗线条的介绍,但已包含许多后来被深入研究的许多主题,具有开拓意义。韩明的《灵魂探索的历程》[⑧]提及了作品中用以恢复往昔印象的情感记忆与梦幻、在柏格森影响下形成的时间观(实际时间与心理时间相区分)以及小说的隐喻手法等。而刘自强的《普鲁斯特的寻觅》[⑨]则对普鲁斯特寻觅的对象——某种"精华"及其确切含义进行了探讨,并运用德勒兹著作《普鲁斯特与符号》中的观点,尝试与法国普鲁斯特研究接轨。张寅德的专著《意识流小说的前驱——普鲁斯特及其小说》[⑩]是这一阶段中国普鲁斯特研究最高水平的成果,该书运用多种重要理论,如符号学、叙事学,并从哲学、美学、社会学等角度展开探讨,在展现普鲁斯特作品的同时也为读者提供了研究工具。

[①] 《外国文学评论》1988年第4期。
[②] 《国外文学》1989年第1期。
[③] 《西方现代主义文学的先驱——普鲁斯特》,《国外文学》1988年第2期。
[④] 《论〈追忆逝水年华〉》,《当代外国文学》1989年第4期。
[⑤] 《一种自然生长的文学形态——〈追忆似水年华〉创作简评》,《外国文学研究》1991年第4期。
[⑥] 《评〈追忆流水年华〉》,《外国文学》1993年第3期。
[⑦] 《论普鲁斯特的〈追忆似水年华〉》,《东方论坛》1994年第2期。
[⑧] 《法国研究》1987年 第1期。
[⑨] 《当代外国文学》1987年第3期。
[⑩] 三联书店(香港)公司1992年版。

"时间"是《追忆》说不尽的主题,所以普鲁斯特的时间观一直是普鲁斯特研究的重要兴趣点和着眼点。张寅德的《普鲁斯特小说的时间机制》[1]采用叙事学的方法对《追忆》的实践形式进行了严谨的分析,指出了其无时序、节奏滞缓、重复等特点。曾艳兵的《一张精心编织的时间巨网——论普鲁斯特的〈追忆似水年华〉》[2]将整个作品理解为一张记忆的巨网,循着它可以找回失去的时间。随着国内对西方人文学科了解的不断深入,研究者开始探索新的分析角度,如谢雪梅的《在知觉信念中重构的世界——〈追忆似水年华〉的时间艺术研究》[3]运用梅洛-庞蒂的知觉现象学理论,认为小说通过原初肉身的知觉与经验,以不自觉的回忆为表征,引发层层深入的生命联系与体验,由此通向真正的时间,在知觉信念中重构一个真实的生命世界。此外,陈茜芸[4]、张介明[5]等从小说家新的时间观和与之相应的叙述技巧等方面探讨了普鲁斯特小说的独特性。

普鲁斯特的语言风格和叙事手法与其时间观紧密联系,也是研究者关注的重要问题。郑克鲁较早关注该问题,先后发表《普鲁斯特的语言风格》[6]和《普鲁斯特的意识流手法》[7],对普鲁斯特写作风格进行了条分缕析的探讨,将其语言风格总结为复杂繁复的长句及和谐多彩的句型,将其写作视为意识流手法。文雅的《普鲁斯特作品中的隐喻与借代》[8]借用热奈特的术语,对隐喻和借代这两种修辞手法在《追忆》中的运用及其相互关系进行了论证。《追忆》的恢弘叙事与复杂结构强烈地吸引着研究者。

---

[1] 《外国文学评论》1989年第4期。
[2] 《当代外国文学》1994年第4期。
[3] 《外国文学评论》2006年第2期。
[4] 《普鲁斯特:新时间观引发的小说革命——兼谈科学、哲学与文学的关系》,《四川外语学院学报》2001年第4期。
[5] 《作为"时间艺术"的可能——〈追忆似水年华〉的时间问题研究》,《浙江大学学报》(人文社会科学版)2004年第2期。
[6] 《外国文学评论》1992年第1期。
[7] 《社会科学战线》1992年第2期。
[8] 《法国研究》2008年第3期。

张新木在《论〈追忆似水年华〉的叙述程式》①中提出小说的结构并非自传体,而是作者以第一人称的"我"创造的一个新的叙述程式,并回顾了普鲁斯特发明这一程式的过程,认为该程式的本质即用叙述创造叙述。刘成富的《试论普鲁斯特的文学创作》②提出,普鲁斯特的随笔体风格和"以乱取胜"的叙述手法打破常规,颠覆和解构规范准则和传统秩序,以全新的写作风格带给读者全新的世界。郑克鲁的《普鲁斯特〈追忆似水年华〉的多声部叙事艺术》③则专谈叙述者和作者的关系问题,他认为作品中的叙述者并不等于作者,叙述者发挥着多方面作用,而作家对叙述者也有干预,整部小说构成一个连续的多声部演奏的长篇内心独白。黄晞耘《普鲁斯特式写作或浮出海面的冰山》④进一步分析了叙述者的功能,认为普鲁斯特的写作方式是尽可能为读者提供更多的信息,好像让海底下的冰山尽量多地浮上海面。此外,张新木以符号和符号体系来阐释《追忆》⑤,着重分析《追忆》的两重形式:小说中荟萃的各类时光符号及由此构成的时光体系,作为小说叙述程式的人称"我"。丁子春对《追忆》建构轨迹的探究⑥,也是较有特点的论文。

涂卫群的《普鲁斯特评传》⑦和《从普鲁斯特出发》⑧是 30 年来为数不多的对普鲁斯特进行深度研究的专著,细致地评析了普鲁斯特的创作及其文艺思想。《普鲁斯特评传》对普鲁斯特成为小说家的历程进行了较透彻的展现,包括其童年的阅读、青年时代的社交生活、翻译拉斯金、通过仿作超越偶像崇拜、正式写作《追忆》前的多次写作尝试、与 19 世纪一些大作家的关系等。书中的部分要义经过提炼,曾在论文《寻觅普鲁斯特的方

---

① 《国外文学》1998 年第 1 期。
② 《扬州大学学报》(人文社会科学版)2001 年第 6 期。
③ 《临沂师范学院学报》2004 年第 2 期。
④ 《国外文学》2007 年第 4 期。
⑤ 《用符号重现时光的典范——试释〈追忆似水年华〉的符号体系》,《当代外国文学》1996 年第 4 期;《论〈追忆似水年华〉中符号的创造》,《外国文学评论》1997 年第 2 期。
⑥ 《论〈追忆似水年华〉的建构轨迹》,《外国文学评论》1993 年第 1 期。
⑦ 浙江文艺出版社 1999 年版。
⑧ 社会科学文献出版社 2001 年版。

法——论阅读》①中发表,文中评析了他从对前人的阅读与模仿到独辟蹊径的道路。《从普鲁斯特出发》则继续从写作与生活的关系的角度,在于众多相关文学家和普鲁斯特研究家的对话中,深入探寻《追忆》以及文学写作所面临的问题及其可能的解决,以及《追忆》与20世纪文学批评的关系。此外,她的《百年普鲁斯特研究》(2005)对出版以来的批评历程(以法国为主)进行了综述。之后,她的研究开始具有比较文学与比较文化的视野。《中国艺术"插曲"对普鲁斯特美学的揭示作用》探讨了中国艺术在普鲁斯特小说中扮演的角色;《普鲁斯特〈追寻逝去的时光〉中"可见"与"不可见"的主题》从小说中音乐与教堂所扮演的角色展开作品的艺术与精神境界;《小说之镜:曹雪芹的风月宝鉴与马塞尔·普鲁斯特的视觉工具》则从小说中的世界、小说家提示的阅读方法等方面探讨他们的小说作为宝鉴和视觉工具所起的令人换新眼目的作用。涂卫群最新的专著《眼光的交织:在曹雪芹与马塞尔·普鲁斯特之间》也于2014年由译林出版社出版。

普鲁斯特的文艺思想是另一个研究热点。许多学者在对自己熟悉的其他作家的基础上探讨普鲁斯特,将其置于文学史和批评史的语境中,开拓普鲁斯特研究的新维度。刘波的《普鲁斯特论波德莱尔》②从普鲁斯特论波德莱尔的两篇文章出发,总结出普鲁斯特独特的批评观,认为这种批评观强调批评者主观审美感受在文学批评活动中的作用,并要求通过批评活动揭示创作者的"深层自我"。郑克鲁一直不懈地研究普鲁斯特,他的《一针见血的批评——普鲁斯特对圣伯夫的批驳》③概述了《驳圣伯夫》的内容和意义,其《普鲁斯特的小说理论》④先后探讨了普鲁斯特的哲学渊源与文学观念,将其归入意识流小说家行列,与同时代的现实主义与象征主义作家加以区分,随后又将普鲁斯特与其欣赏的作家进行比较,以揭

---

① 《外国文学评论》1998年第3期。
② 《外国文学评论》2002年第3期。
③ 《外国文学评论》2003年第2期。
④ 《上海师范大学学报》(哲学社会科学版)2009年第1期。

示其所受影响。此外,他的《双峰并峙 继往开来——普鲁斯特与巴尔扎克》①则比较了两位大作家在构思与塑造人物方面的异同。刘晖的《从圣伯夫出发——普鲁斯特驳圣伯夫之考证》②考察了普鲁斯特批判圣伯夫批评方法的历史语境,并试图说明普鲁斯特如何从批评走向创作,由《驳圣伯夫》走向《追忆》。她的另一篇文章《普鲁斯特与圣伯夫——〈驳圣伯夫〉之真谛》(2011)则在深入阐释圣伯夫批评方法的基础上,着重揭示普鲁斯特对他的误读。即使从国际普鲁斯特研究的语境看,这也是颇具新意的研究角度,充分体现了中国学者在普鲁斯特研究重新开展二十余年后开始具有越来越强的独立思考精神。此外,还有一些普鲁斯特与其他作家的比较研究,如游云的《从普鲁斯特到萨特》③。

从会通文学境界和发现新的研究主题方面,国内的普鲁斯特研究者更取得了相当可喜的成就。黄晞耘的《普鲁斯特的小说创作与第一次世界大战》④将普鲁斯特及其作品与一战的关系梳理得清晰全面。需要特别说明的是,这篇论文的发表先于法国现代文本和手稿研究所组织的相同主题的研讨会,显示出作者敏锐的学术眼光。钟丽茜的《心理时间与审美回忆——谈〈追忆似水年华〉中艺术与时间的关系》⑤和《通感:感受世界的隐喻性知觉方式——普鲁斯特小说的审美革新》两篇文章主要从审美的角度,挖掘《追忆》的诗性因素。该角度新颖独特,便于沟通普鲁斯特小说与中国文学诗性传统。她的专著《诗性回忆与现代生存——普鲁斯特小说的审美意义研究》⑥将普鲁斯特小说置于西方美学史上诗性(或审美)回忆的传统中,探讨这种特殊的回忆形式的来龙去脉、特点和普鲁斯特的贡献,以及审美回忆对普鲁斯特乃至对一般意义上的现代人生的价值。论著将普鲁斯特的审美回忆置于由"失乐园"到"复乐园"的框架中,

---

① 《外国文学研究》2006 年第 6 期。
② 《外国文学评论》2008 年第 1 期。
③ 《当代外国文学》1994 年第 4 期。
④ 《外国文学评论》2010 年第 1 期。
⑤ 《浙江学刊》2007 年第 4 期。
⑥ 光明日报出版社 2010 年版。

充分展示了普鲁斯特小说的艺术精神和其对现代生活的拯救性力量。这是一部难得的融会贯通之作：一方面，在作者笔下，在回忆往事、审美回忆、存在的意义之间，并没有中断，而经过一系列细微过渡形成完整的寻找和寻回的过程；另一方面，作者谙熟中国文学的诗性传统，在论著中自如地沟通两个世界的艺术精神。

二十年来，普鲁斯特吸引了越来越多的研究者，逐渐成为20世纪被研究得最多、最为深入的法国作家，普鲁斯特研究逐渐达到了与国际同步的水平。总结起来，《追忆》一书的时间观、语言风格、叙事手法，以及普鲁斯特文艺思想，是成果最为集中的研究领域。涂卫群、郑克鲁等长期孜孜不倦研究普鲁斯特，发挥中流砥柱作用。这一时期也产生了若干有分量的专著，如张寅德的《意识流小说的前驱——普鲁斯特及其小说》和涂卫群的《普鲁斯特评传》和《从普鲁斯特出发》等。近年来，刘晖、钟丽茜、黄晞耘等年轻一代学者更表现出敏锐的眼光，发掘新的研究主题，为普鲁斯特研究做出特殊贡献。

3. 莫里亚克

莫里亚克在20世纪80年代初几乎和纪德同时进入研究者的视野并引起极大兴趣。20世纪80年代的莫里亚克研究多为宏观介绍或对若干作品的概述与分析。从今天的视角看，这些文章显得过于宏泛而缺乏深入的分析，但在当时而言也较早把握了莫里亚克最主要的特点，对后来的研究起到重要的导向作用。如周国强的《"法兰西王冠上最美的明珠"——弗·莫里亚克初探》①、桂裕芳的《浅谈弗朗索阿·莫里亚克》②、汪家荣的《小说家莫里亚克》③、王德华的《饰满荣誉的文学生涯——谈弗朗索瓦·莫里亚克及其作品》④，宏观概述莫里亚克的生平、主要作品、思

---

① 《外国文学研究》1980年第4期。
② 《法国研究》1983年第1期。
③ 《法国研究》1983年第3期。
④ 《武汉大学学报》（人文科学版）1983年第4期。

想等各个侧面,李小巴的《弗·莫里亚克的小说:浓缩的艺术》①则概述了莫里亚克艺术上的节制性及其小说呈现出的浓缩的色调和特征。

另有研究者试图将莫里亚克置于文学史的大背景下考察,将其与某种主义或流派相联系,在此框架下理解其作品。于沛的《从〈沙漠里的爱情〉到〈爱的沙漠〉——论弗·莫里亚克小说创作对现实主义的发展》②和杨剑的《文学变革时期的小说家莫里亚克》③,都是探讨莫里亚克对以巴尔扎克为代表的传统现实主义的继承和突破问题。对于更加熟悉现实主义传统的中国读者而言,这可以使他们在既有的知识基础上,对莫里亚克进行定位。现在看来,这类研究则带有为作品"归类"的倾向,整体上显得流于浮泛,缺乏个性与独创性。此外,莫里亚克的主要作品得到研究,如杨剑的《莫里亚克及其成名作〈给麻疯病人的吻〉》④,及楼成宏⑤、任傲霜⑥等人的文章则着眼于《黛莱丝·德克罗》等作品,对作品的思想倾向、人物形象及文学手法加以评说。

在20世纪90年代的研究中,着眼于作家介绍及其归类的文章明显减少,文本分析色彩明显增强,最受关注的作品仍是《黛莱丝·德克罗》。黄晓敏的《爱的永恒与沙漠——谈莫里亚克小说人物》⑦对莫里亚克的多部重要作品给出了中肯的介绍和评述,王晓雪的《莫里亚克的小说心理描写手法浅探——读〈黛莱丝·德克罗〉》⑧分析了心理描写对于黛莱丝形象塑造的作用。这一时期较有特色的研究有刘定淑的《〈黛莱丝·德克

---

① 《小说评论》1985年第1期。
② 《国外文学》1987年第2期。
③ 《当代外国文学》1988年第4期。
④ 《当代外国文学》1981年第4期。
⑤ 《深渊中的沉浮——评〈黛莱丝·德克罗〉和〈黑夜的终止〉》,《外国文学研究》1986年第3期。
⑥ 《莫里亚克的魔杖——谈〈苔蕾丝·德斯盖鲁〉中背反手法的运用》,《外国文学研究》1989年第3期。
⑦ 《外国文学》1996年第3期。
⑧ 《法国研究》1996年第2期。

罗〉审美透视》①,文章从审美主体对作品的整体直观把握、理解品味与领悟判断这三个层次对小说进行审美透视。车永强的《论莫里亚克小说中的宗教意识》②则从宗教角度解读莫里亚克。短短的单篇论文当然不可能完成这一解读,但也体现出国内研究者开始试图在"现实主义"的定性之外,从新的维度来审视莫里亚克,而且这一维度对于解读莫里亚克又是十分重要的。

随着研究者的兴趣逐步由现实主义转向现代派,莫里亚克亦如罗曼·罗兰一样,未能摆脱被忽视的命运。进入新世纪的莫里亚克研究趋于低落,大多是围绕单部作品的评析或读后感。徐曙霨的《莫里亚克〈给麻风病人的吻〉主题质疑》③认为该小说反映了男女主人公的婚姻悲剧,而悲剧的实质则是爱的缺失。曹娅《从家庭矛盾走入人物内心——从〈母亲大人〉看弗朗索瓦·莫里亚克》④通过小说中家庭内部的几组矛盾来分析人物的心理变化过程,揭示悲剧命运的必然性,进而探讨作者的创作观及其作品的社会意义。和以前一样,《黛莱丝·德克罗》仍然是最受研究者关注的作品。李学阳的《苔蕾丝悲剧——现代文明与传统价值之争》⑤结合《萨布兰谋杀案》,从犯罪心理学的角度分析主人公苔蕾丝,有一定新意。刘淑君的《从〈苔蕾丝·德斯盖鲁〉看莫里亚克作品中基督精神的隐喻》⑥试图从该作品中看莫里亚克如何表现基督精神,但论述显得简单化,显示出哲学训练的不足。

总的来看,进入新世纪以来的论文缺乏亮点和突破,莫里亚克研究似乎进入了停滞阶段,成果乏善可陈,显示研究者对莫里亚克的兴趣淡化。其实,国内对莫里亚克的研究远未充分,30年来,他所有作品中有论文述及的只有寥寥几部小说,其戏剧、诗歌、文学评论、回忆录则乏人问津。

---

① 《四川师范学院学报》(哲学社会科学版)1992年第5期。
② 《海南大学学报》(社会科学版)1999年第2期。
③ 《外国文学研究》2001年第1期。
④ 《四川外语学院学报》2001年第4期。
⑤ 《法国研究》2002年第1期。
⑥ 《天风》2007年第5期。

4. 马尔罗

马尔罗以其跌宕起伏的传奇经历、忧郁深沉的个人气质、对存在和命运的深刻思考而著称和引人瞩目。

同时代的作家之中,马尔罗格外受到中国研究者的关注,一个重要原因在于他的多部作品对中国革命的关注和着墨。然而恰恰由于这些作品触及敏感的党史研究领域,其作品迟迟未能介绍到国内。在改革开放后思想解放的大背景下,马尔罗的这些以中国为题材的小说终于得以翻译出版,相关的研究也逐渐增加。研究者们最感兴趣的是作品中对中国的描写,这主要体现在《人的状况》①和《征服者》这两部作品:前者以中国1927年的革命斗争为题材,而后者将背景设定为省港大罢工。

杨志棠《怎样理解〈人的状况〉》②是较早论述《人的状况》的论文,针对20世纪60年代认为此书"主张反革命"的观点,以及20世纪80年代初认为其描绘了"中国革命的世界意义"的说法,结合历史背景与马尔罗创作历程,较为实事求是地介绍了《人的状况》的基本主题、文学手法、接受与影响等等。文中明确指出,作者的根本出发点是自己的反抗荒诞的人生哲学,与中国革命无关,而之所以把这些人物安置在一个真实历史事件中,只是为了给他们找一个支撑点,一个舞台背景。柳鸣九在《中国革命与马尔罗哲理——对〈人的状况〉基本内容的若干说明》③中也再次提出,马尔罗实际上并无中国革命经验,其作品中主要人物也都是外国人或是西化的中国人,因此,《人的状况》等作品并非真正在写中国,而实际上只是把在中国发生的历史事件作为舞台,来描绘马尔罗自己关于"人的状况"的图景,表现他自己思想中的核心哲理。应当说,杨志棠与柳鸣九对马尔罗作品的把握总体上是十分准确精当的。

钱林森的《长眠在悖谬里的铜像——马尔罗与中国》④延续了对马尔

---

① 又译《人的命运》《人类命运》等。
② 《外国文学研究》1982年第4期。
③ 《当代外国文学》1989年第2期。
④ 《外国文学研究》1994年第2期。

罗与中国关系这一主题的探讨,文中也提到,支持马尔罗终身行为活动的是其人生哲学及艺术哲学。相对于先前的研究,该文对法国学者的研究引用得更多,显示出与国际接轨的意愿。还有张茹①、颜培②等人的文章,继续探讨《人的状况》中的中国形象,但未脱离杨志棠与柳鸣九的论述框架。

对《人的状况》的探讨也并不仅限于异国形象这一维度。20 世纪 90 年代,冯寿农、吴冰《认识命运、争回尊严——评马尔罗的〈人的状况〉》③从小说中反复出现的"原子短句"入手,认为"孤独"是小说中重复出现的主题,并提出"尊严—耻辱"和"人—命运"构成小说中二元对立的结构。"孤独"这一主题在后来田庆生的《〈人类的命运〉或孤独者的悲剧》④中得到了进一步关注,他指出,孤独与交流障碍的主题贯穿马尔罗的《人类的命运》,也从一个侧面体现了马尔罗作品的现代性。黄新成的《马尔罗哲理与存在主义——论〈人的状况〉及其对〈死无葬身之地〉的影响》⑤从存在哲学的维度,探究马尔罗作品与萨特作品的关联。"荒诞"是马尔罗作品的重要主题,也受到了研究者的特别关注,如张平与张鸿的《〈人类命运〉中的生命感与荒诞感》⑥、马丽宏的《〈征服者〉中小说人物荒诞意识浅析》⑦及黄芳《荒诞与人道主义——论马尔罗文学作品中的荒诞主题》⑧等,着眼于深入挖掘和探究马尔罗小说内涵。虽然"荒诞"主题值得探究,但这几篇文章的论述过于宏泛,与先前研究相比缺乏新意。

随着研究的进展,研究者们对马尔罗的兴趣逐步扩展到了其他作品。特别是进入新世纪以后,研究者们不满足于阐释《人的状况》单部作品,也

---

① 《"形似"而"神非"的异国形象——浅析〈人的状况〉里中国形象的建构》,《安徽文学》(下半月)2010 年第 1 期。
② 《跨文化的书写——马尔罗〈人的状况〉的中国形象》,《大众文艺》2010 年第 10 期。
③ 《外国文学研究》1998 年第 2 期。
④ 《法国研究》2005 年第 2 期。
⑤ 《重庆大学学报》(社会科学版)2000 年第 2 期。
⑥ 《西安外国语大学学报》2008 年第 1 期。
⑦ 《法国研究》1997 年第 2 期。
⑧ 《法国研究》2000 年第 1 期。

不满足于马尔罗笔下的中国形象这单一视角,而是全面开花,显示出发掘一个更完整深刻的马尔罗的努力。

宁虹《马尔罗〈西方的诱惑〉》①对这部先前研究较少的马尔罗早期作品进行介绍评析,将一个更加全面的马尔罗呈现给读者。《王家大道》是马尔罗的另一部重要作品,原本只有柳鸣九于20世纪80年代后期作品中译本出版之际撰写的题为《超越于死亡之上——评马尔罗〈王家大道〉》的作品介绍。这篇介绍文采飞扬,对作品有着较为全面准确的把握,但此后这部作品却乏人问津。张新木的《论马尔罗〈王家大道〉中的叙述体》②弥补了这一缺憾,在柳文的基础上更进一步,对该作品进行深度的透视。他认为,马尔罗在作品中设置主次两位叙述者,这一安排使作品形成了复调式的叙述体裁、多棱镜式的视角以及符号化的感知,为赏析作品提供了更多的自由维度。杨亦军《一个生者与死亡的对话——解读马尔罗的〈反回忆录〉》③与《"双重结构"与战争话语——再读马尔罗的〈反回忆录〉》④是少有的论述马尔罗《反回忆录》的文章,概述该作品内容并加以评析。

马尔罗在二战后不再创作小说而转向艺术哲学与艺术史的研究。虽然他的艺术论著影响力远不如其小说,但数量众多,也不容忽视。王淑艳、徐真华的《论马尔罗的艺术形式理论》⑤对马尔罗思想中先前鲜少被涉足的艺术形式理论作了介绍,在一定程度上填补了空白。刘海清的《安德烈·马尔罗与东方思想》⑥在中国形象之外,着眼于东方思想为马尔罗提供的灵感,体现了一定新意。她的《论马尔罗小说与绘画艺术》⑦、《马尔罗小说的意象修辞艺术》⑧、《人类命运的奏鸣曲——论马尔罗小说的

---

① 《外国文学研究》2001年第4期。
② 《当代外国文学》2006年第4期。
③ 《当代外国文学》2007年第1期。
④ 《外国文学研究》2008年第3期。
⑤ 《辽宁大学学报》(哲学社会科学版)2003年第2期。
⑥ 《法国研究》2005年第2期。
⑦ 《国外文学》2006年第3期。
⑧ 《世界文学评论》2009年第2期。

音乐性》①等一系列论文,从多种不同切入点分析马尔罗小说,令人耳目一新。由于马尔罗同时也是艺术批评家,对绘画和音乐曾有著述,这种从绘画、音乐的角度对其小说的研究就显得有一定的解释力。

2005年,在北京举办了"马尔罗与中国"国际学术研讨会,会后出版论文集,分"从《西方的诱惑》到《人的状况》""中国在《灵薄狱之镜》中的位置"及"《艺术论著》中的东方与西方"三个主题,收入中法学者的多篇论文,这几乎可以说是30年来马尔罗研究的最新之作。在这本论文集中,既有对最受关注的《人的状况》的再检视,如车槿山的《"彼亦一是非,此亦一是非"——读马尔罗〈人的状况〉》;又有对马尔罗笔下的中国这一热门主题的再探究,如孙伟红的《马尔罗笔下的中国:从〈西方的诱惑〉到〈反回忆录〉》;更有对马尔罗《艺术论著》一书中所述的东方与西方的极具新意的探讨,这方面值得注意的文章有秦海鹰的《比较的目光:马尔罗论中国艺术》和罗国祥的《"气"与马尔罗的"行动哲学"》。

三十年来,马尔罗研究的发展脉络总体上由单一思路走向全面开花。研究由高度集中于《人的状况》逐渐扩展到对其各部作品的关注,由马尔罗作品中的中国形象逐步扩展到深挖作品其他方面内涵、剖析马尔罗的哲学观,以及讨论马尔罗艺术论著。这一发展理路显示出,马尔罗之所以引起中国研究者的深入持久的兴趣,不仅由于作品中的中国背景,更由于他作为作家和艺术批评家的丰厚内涵。

除了上述几位小说家外,另外受到研究者较多关注的还有塞利纳、维昂和圣埃克絮佩里,但研究程度与上述几位不可同日而语,相关研究高度、甚至完全集中于他们的最著名的代表作。这表明,对这些作家的研究尚未完全展开,尚未进入全面审视的阶段。

对塞利纳的研究始于20世纪80年代后半期,柳鸣九的《廿世纪流浪汉体小说的杰作——论〈茫茫黑夜漫游〉》②是该书中译本的序言,文中点

---

① 《语文学刊》(外语教育与教学)2010年第2期。
② 《外国文学研究》1987年第4期。

出小说带有的愤世嫉俗、玩世不恭的基调,并特别指出:虽然塞利纳因在二战期间反犹和亲法西斯的立场而饱受诟病,但是决定作品价值的首先是看作品如何表现世界,作者生平只是次要的参照系,避免因人废文,避免用意识形态否定其文学价值。作为译本的序言,此文为对该作品的评价确立了基调,使得其后的研究者能够摆脱意识形态的束缚,从文学本身出发来研读作品。

此后虽又有若干论文述及该作品,如杨海燕的《黑暗旅程——塞利纳和他的〈在茫茫黑夜中的漫游〉》①、郑克鲁的《揭露资本主义罪恶的杰作——〈茫茫黑夜漫游〉》②、仵从巨的《走进塞林纳的"黑夜"——评〈茫茫黑夜漫游〉》③,涉及的内容包括塞利纳的生平、小说思想、小说情节、小说的口语化风格等等,与柳文相比,整体上未有大的突破。较有特色的研究则是刘成富的《塞林:创造口语文学奇迹的人》④,文中着重阐述了塞利纳极富特色的语言风格,借由间接的口语风格来表达内心深层的激动,并以完全主观的形式创作,使得语言具有强大的冲击力与弹跳力等,并认为,他的这种语言集抒情与俚俗于一体,动摇了已有的法语句法,对文学的革新堪比拉伯雷和雨果等历史上的文学革命家。

维昂的研究状况与塞利纳类似,高度集中于《岁月的泡沫》⑤这部维昂最知名的作品,而研究主题又高度集中于该部作品的真实与虚幻问题。周国强是对维昂关注较多的研究者,他先后发表了《维昂与〈日积月累的泡沫〉》⑥以及《鲍里斯·维昂之谜(上)》⑦与《鲍里斯·维昂(中)》⑧等文章,以生动的文笔全面介绍了维昂的创作和思想,以及与他所交往的文人

---

① 《法国研究》1990年第2期。
② 《河北师范大学学报》(哲学社会科学版)1998年第1期。
③ 《国外文学》2001年第2期。
④ 《国外文学》2003年第4期。
⑤ *L'écume des jours*,有多种中译名,包括《岁月的泡沫》《日积月累的泡沫》《流年的飞沫》《似水年华》等。
⑥ 《外国文学研究》1986年第4期。
⑦ 《法国研究》1987年第3期。
⑧ 《法国研究》1987年第4期。

圈。研究者或将此书视为黑色幽默小说,如丁志强的《鲍里斯·维昂与黑色幽默》[1],或视为超现实主义之作,如吕遥从的《〈岁月的泡沫〉看超现实主义》[2]认为文本在写作技巧、情节安排、人物摹写和物态素描等方面都体现了超现实主义的幽默、梦幻、荒诞等特质以及它以出离现实的方式关注现实、痛心现实的思想形态。邓方国《〈岁月的泡沫〉中的"真实"初探》[3]探究离奇情节和细节之下的"真实"问题,认为维昂并非唯真实而真实,而是将其心中的真实生活隐于"自动写作",寓于"黑色幽默",探微于神奇的构思。或许由于维昂作品本身的原因,从现今的研究状况看,关于维昂的研究仍停留在较为初级的阶段,尚未完全展开。

在20世纪上半叶法国小说家中,圣埃克絮佩里以双重形象[4]出现在中国评论家和公众面前,即评论家关注的是他的《夜航》《人类的大地》等作品具有深刻寓意的作品,而公众对他熟知则是因为《小王子》。30年来,国内的《小王子》译本、介绍、评论不计其数,但是对圣埃克絮佩里其他重要作品的研究论文寥寥无几,为数不多的论文多为对作家生平、创作的介绍或单部作品的分析,如汪文漪的《西方的英雄主义颂歌——论圣太克絮贝里的几部作品》[5]和黄苡的《圣艾克絮佩里的人生和创作轨迹》[6]概述了圣埃克絮佩里的创作概况。另外有几篇文章着眼于论述单部作品,初步勾勒出其主要作品的特点,如胡玉龙的《〈小王子〉的象征意义》[7]、陈占元的《圣狄舒贝里和他的〈夜航〉》[8]和《飞行的生命——圣埃克苏佩利的〈人类的大地〉》[9]等。三十年来,虽然圣埃克絮佩里和他的《小王子》在读者中早已家喻户晓,但专门的研究却不多也不深入。这表明,研究界对圣

---

[1] 《厦门大学学报》(哲学社会科学版)1992年第3期。
[2] 《长春大学学报》2007年第7期。
[3] 《法国研究》1996年第2期。
[4] 许钧:《圣埃克絮佩里的双重形象与在中国的解读》,《当代外国文学》2008年第2期。
[5] 《当代外国文学》1988年第3期。
[6] 《当代外国文学》2006年第2期。
[7] 《外国文学评论》1998年第1期。
[8] 《国外文学》1984年第1期。
[9] 《国外文学》2000年第1期。

埃克絮佩里重视不够,对他的研究也踏步不前。

如果说上述小说家或多或少构成了研究的重镇,那么其他重要作家的研究则薄弱得多,多为主要作品的介绍,少有持久的关注和深度的分析。例如和罗曼·罗兰齐名、同为诺贝尔文学奖得主的法朗士显得异常寂寞,仅有20世纪80年代初吴岳添的《被遗忘的法朗士》①和徐知免的《论阿纳托尔法朗士》②两文,以及20世纪90年代吴岳添为他作的传记③,而无后来者和成果的跟进,自然无法改变他的"被遗忘"状况。吉奥诺研究也只有寥寥数文,包括柳鸣九的《吉奥诺代表作二题》和杨柳的两篇文章④。科莱特研究亦限于零星的介绍和读后感,如罗国祥的《意、趣、神、色的统一——读科莱特的三篇小说》⑤、赵妮的《科莱特的植物情结——〈克罗蒂娜在巴黎〉与〈克罗蒂娜的婚姻〉中的森林意象》⑥。文章时间跨度竟达二十余年,显示出科莱特关注者的稀少。有关贝尔纳诺斯,甚至只有柳鸣九对《一个乡村教士的日记》与《在撒旦的阳光下》两部作品的概述,并无后来的进一步研究。20世纪30年代的长河小说作家、《蒂博一家》的作者马丁·杜伽尔,虽然与法朗士、罗曼·罗兰一样,曾获诺贝尔奖,却无人问津。

这一研究状况是由多方面的复杂原因造成的,这里无法展开讨论。应该说,研究状况与译本的出版密切相关。当一部作品尚未出现译本时,研究文章常仅有零星的介绍性文章,而译本的出版常会带动研究的大发展。这又与外国文学研究者队伍的构成紧密相关。只有充分考虑翻译的情况、译本的质量等因素,才能对法国作家在中国的接受、研究史进行较为全面的检视。

---

① 《世界图书》1981年第3期。
② 《当代外国文学》1982年第3期。
③ 吴岳添:《法朗士:人道主义斗士》,长春出版社1995年版。
④ 《略谈〈一个郁郁寡欢的国王〉中的叙事技巧》,《法国研究》2005年第1期;《吉奥诺的"虚之爱"——虚实之妙》,《法国研究》2010年第2期。
⑤ 《法国研究》1984年第1期。
⑥ 《法国研究》2010年第2期。

二、诗歌

在对20世纪诗歌的整体描述方面，20世纪80年代初的学者的一些观点还是带有时代的局限和烙印的，如罗大冈的《国王的新衣——漫谈今日法国抒情诗》①将自从超现实主义以来的法国抒情诗定性为矫揉造作和抽象空虚，希望法国诗歌尽快回到"为人生而艺术"的正轨上。梁珮贞的《法国20世纪诗谈》②细致地梳理了法国20世纪诗歌的发展脉络，为读者和研究者提供了重要参考。王允道的《法国当代七星诗社》③则介绍了当时中国读者尚十分陌生的七位法国现当代诗人——圣-琼·佩斯、勒内·夏尔、儒尔·絮佩维埃尔、保尔·艾吕雅、皮埃尔·勒韦迪、皮埃尔-让·儒弗和皮埃尔·爱马纽埃尔的创作。所谓"当代七星诗社"的标签恐怕只是虚张声势，这七位诗人彼此并无多少联系和相通之处。

这一时期研究相对较多的诗人有阿波利奈尔、保罗·瓦雷里、勒内·夏尔、弗朗西斯·蓬热和圣-琼·佩斯等，以及与超现实主义关系密切的路易·阿拉贡、保罗·艾吕雅等。

如柳鸣九所述，阿波利奈尔是法国"20世纪第一位大诗人"，早在20世纪80年代初即有介绍与翻译。罗国祥的《阿波里耐尔与立体诗》简略介绍了阿波利奈尔的生平，其诗歌没有标点与反传统诗格律的形式特点，并以《被刺杀的和平鸽》为例着重介绍了图画诗，也简要评述了阿波利奈尔的风格及其创作的时代背景。这篇文章在当时也曾引起争论，戚鸿才《对图画诗之异议》针对罗国祥的文章，批评阿波利奈尔的图画诗是诗与画两败俱伤，认为诗与画意境虽可相同，但形体并不能混淆。法籍华裔作家程抱一在20世纪80年代初在向中国介绍法国文学方面发挥了很大作用，他的《介绍阿波里奈尔》一文，介绍了阿波利奈尔的生平与主要作品，在文中附有《有》《米拉波桥》《病秋》《葡萄成熟季》《红发美女》等一些诗的

---

① 《法国研究》1985年第1期。
② 《国外文学》1987年第2期。
③ 《当代外国文学》1991年第4期。

中文翻译，并适当加以评说。除此之外，还有罗大冈的《阿波里奈简介》、晓歌的《阿波里奈的一首小诗》对阿波利奈尔的《月色》一诗的译介，及徐知免的《阿波利奈尔诗三首》中对《旅行者》《莱茵之歌》《现在正发生着什么事》三首诗的翻译和对诗人的简要介绍。在 20 世纪 80 年代初那个风气初开的年代，这些介绍性的文字在引导中国读者对 20 世纪法国文学的兴趣、开拓中国读者的视野方面，具有重要的意义。

20 世纪 90 年代初，郑克鲁的《传统与创新的统一——阿波利奈尔的诗歌创作经验》与柳鸣九的《阿波利奈尔的坐标在哪里》是 30 年来最有分量的阿波利奈尔研究。郑文着重探究阿波利奈尔的创作理论与主张，以及其承上启下的地位：一方面继承了民歌、浪漫派、象征派的传统，另一方面又提出新的诗歌主张，倡导"新精神"，并成为未来派、超现实主义的先声。柳文以热情洋溢的笔调回顾了阿波利奈尔的诸多贡献，通过大量例子，说明其作品的悲剧色彩、忧郁情调与通感艺术这两个主要特征，并将其定位为 20 世纪第一位大诗人。相对于 20 世纪 80 年代初的以介绍与翻译为主的状况，郑克鲁与柳鸣九的文章无疑将对阿波利奈尔的研究向前推进了一大步。

从 20 世纪 90 年代初至今，虽然文章数量有所增加，但大多为泛泛而论，缺乏对阿波利奈尔各类作品的细致分析，更没有结合时代文化背景的深度解读。直到现在，我国的阿波利奈尔研究仍然远远不够，水平也并没有超越 20 世纪 90 年代初郑克鲁与柳鸣九的研究。这一研究状况无疑与阿波利奈尔在法国文坛的地位极不相称。

作为 20 世纪最重要的法国诗人，瓦雷里堪称中国学者用力最多、研究最为深入的诗人。20 世纪 80 年代初陈力川的《瓦雷里诗论简述》[1]以近 30 页的篇幅，详细介绍了瓦雷里关于形式与内容、诗与抽象思维、灵感与创作、诗的技巧的思想，以及其"纯诗"的理论，堪称 30 年来对瓦雷里诗论的最全面、最深刻的论述。20 世纪 90 年代，郑克鲁的《后期象征派的

---

[1] 《国外文学》1983 年第 2 期。

代表——瓦莱里的诗歌创作》①也对瓦雷里的诗歌主张、诗歌创作等进行了宏观的概述。袁素华《试论瓦雷里的"纯诗"》②专门探讨瓦雷里的"纯诗"理论。王长才的《诗歌写作中的灵感与抽象思维——瓦雷里诗学一瞥》③以西方诗学史为参照,评析了瓦雷里诗学中关于诗歌写作的灵感与抽象思维的论述。这显示出研究者们对其诗歌理论的兴趣超过其诗歌本身。近年来江弱水的《苦功通神:杜甫与瓦雷里、艾略特诗的创作论之契合》④由瓦雷里联想到杜甫,借瓦雷里和艾略特对写诗过程中的劳动的论述,为杜甫以诗论诗的论点进行注释与引申,指出其相互契合之处。在法国文学的研究中自觉自如地调动自身的中国文化背景,来达致中西诗论的贯通,这是颇有独创性的思路。

对蓬热的研究以20世纪90年代徐爽和杜青钢的研究为代表。徐爽的 Le parti pris des roots dans les Pièces de Francis Ponge⑤是作者在武汉大学中法DEA班就读时的毕业论文的一部分,探讨了语言在蓬热诗歌意象中的地位和作用。而若干年后发表的《欣赏弗朗西斯·蓬热》⑥从"物的意境""词的意境""诗的意境"三层次解读蓬热的诗,并附有从《采取事物的立场》诗集中选译的几首诗。杜青钢的《物中别有天地——蓬热诗歌评析》⑦较为细致全面地介绍了蓬热的生平、创作、思想等各方面,为进一步了解蓬热打下了良好的基础。他的另一篇文章《披褐怀玉 琐物纳幽》⑧着重以《牡蛎》和《含羞草》两首诗进行细读。这几篇关于蓬热的介绍都有相当的水准,把握十分到位,但可惜的是,此后却很少有人继续对蓬热感兴趣,缺乏持续的关注。

---

① 《杭州师范学院学报》1996年第1期。
② 《广东社会科学》1998年第3期。
③ 《北方论丛》2005年第5期。
④ 《外国文学评论》2006年第3期。
⑤ 《法国研究》1993年第2期。
⑥ 《国外文学》1999年第4期。
⑦ 《四川外语学院学报》1994年第1期。
⑧ 《外国文学评论》1996年第3期。

对夏尔的研究从 20 世纪 80 年代初晓歌对《雨燕》的介绍①,到 20 世纪 80 年代后葛雷的《法国现代诗人勒内·夏尔》②对夏尔的生平与创作的介绍,再到 20 世纪 90 年代陈玮在《勒内·夏尔和他的诗》③中对其几首诗的选译,直到新世纪初黄荭《相信彩虹的诗人——记勒内·夏尔》④对夏尔的生平与代表作品的介绍,基本上一直处于译介阶段。刘成富的《讴歌生命的彩虹——评当代法国诗人勒内·夏尔》⑤堪称对该诗人最具深度的研究。该文深入评述了夏尔的作品,指出了其早期所受的超现实主义的影响,以及创作倾向和风格的逐渐变化,认为他的作品可以让人看到 20 世纪法国诗歌的演变,及传统诗风的生命力。

圣-琼·佩斯的研究状况与之相似,整体上处在介绍阶段。法籍华人程抱一的《法国当代诗人圣·若望·波斯》⑥于 20 世纪 80 年代初最早介绍了他的生平和作品。此后,叶汝琏的《圣-琼·佩斯》⑦汇集了作者写的三篇关于诗人的介绍和述评。对具体作品的评析有王泰来的《读圣-琼·佩斯的〈阿纳巴士〉》⑧与颜邦逸的《振羽凌空——〈海标〉上的佩斯》⑨,分别分析了《阿纳巴士》与《海标》。陈力川的《读圣-琼·佩斯的"视觉诗"》⑩对诗人在诗歌形式上的探索做了介绍,体现了更多的深度,是 20 世纪 80 年代较有代表性的成果。葛雷的《圣-琼·佩斯评传》⑪是 30 年来最全面细致地对圣-琼·佩斯生平与创作进行介绍的作品,也是圣-琼·佩斯研究分量最重的成果。郭安定主编的《圣-琼·佩斯与中国》⑫

---

① 《国外文学》1981 年第 4 期。
② 《外国文学》1986 年第 4 期。
③ 《外国文学》1993 年第 3 期。
④ 《法语学习》2001 年第 5 期。
⑤ 《当代外国文学》2004 年第 3 期。
⑥ 《外国文学研究》1983 年第 2 期。
⑦ 《法国研究》1989 年第 3 期。
⑧ 《国外文学》1984 年第 4 期。
⑨ 《辽宁师范大学学报》1991 年第 5 期。
⑩ 《国外文学》1984 年第 4 期。
⑪ 浙江文艺出版社 1999 年版。
⑫ 今日中国出版社 1999 年版。

是中法对照读物,提供了不少资料,具有普及和对外宣传的价值。

圣-琼·佩斯作为一名外交官曾在中国工作,包括《阿纳巴斯》在内的一些作品是在中国写成的。这种经历自然令中国研究者有一种天然的吸引力。早在20世纪80年代时,蔡若明的《圣琼·佩斯在中国》①着重介绍了圣-琼·佩斯在中国的生活、工作及思想。之后钱林森和刘成富等人开始继续探寻他和中国的联系,特别是中国经历对他诗歌创作的影响:钱林森的《圣-琼·佩斯与中国》②及《中国,给了他诗名,给了他歌喉!——圣-琼·佩斯诗歌谈片》③介绍了中国对其创作的多方面影响、长诗《阿纳巴斯》中的中国文化元素以及《亚洲信札》中的中国形象。刘成富的思路与钱林森类似,他在《论圣-琼·佩斯作品中的中国文化参照》④中以《阿纳巴斯》和《亚洲信札》为对象,分析其中的中国文化参照特别是道教和沙漠文化的影响,并由此提出,诗人对中国文化的肯定与对人性的颂扬,既是中西(中法)文化交流的结果,也是圣-琼·佩斯对自身文化和文明省思和反叛的结晶。

需要说明的是,对圣-琼·佩斯诗作中的中国元素感兴趣,对于中国研究者来说固然正常而自然,但也不应夸大中国文化对诗人的影响,否则有损对诗人的全面理解。今后的研究中,应当更加注重对圣-琼·佩斯的整体深度检视,并加强与同时代法国诗人的比较研究。这一点在后文专论"法国作家与中国"时还会说到。

三、戏剧

与诗歌相比,戏剧研究更加少而弱,是目前法国文学研究中的一块短板。这一时期的剧作家,无论是一战前的罗斯当、雅里,两次大战之间的吉罗杜,还是更晚一些的阿努伊、蒙泰朗等,都极少有人触及。例如蒙泰

---

① 《法国研究》1983年第2期。
② 《文艺研究》1995年第5期。
③ 《当代外国文学》1996年第2期。
④ 《江苏社会科学》2001年第6期。

朗,30年来只有王淑艳的零星介绍①,其他一些剧作家甚至完全是空白。而对于莫里亚克集小说家和剧作家于一身的作家来说,我们几乎只知其小说而不知其戏剧。论及较多的只有克洛代尔的剧作和安东尼·阿尔托的戏剧理论。

对克洛岱尔戏剧的研究仅限于《缎子鞋》。余中先的《"不一"与"整一"——〈缎子鞋〉艺术框架的分析》②分析了该剧的情节、人物、地点、时间、舞台等框架,指出前述各个因素中尽管都存在不一之处,却能够达到和谐一致。柳鸣九的《〈缎子鞋〉,基督教——象征主义戏剧的代表作》③提出,该剧的魅力在于其中雄浑浩大的美、繁茂的美、及对象征美的追求,而其象征形象中的原意与本体均是基督教的,其艺术表现渗透着基督教的诗意与美趣。宫宝荣的《法国现代戏剧诗人克洛代尔及其〈缎子鞋〉》④从戏剧艺术的特殊角度对《缎子鞋》做了介绍和评述。

阿尔托的令人耳目一新的残酷戏剧主张对国内的戏剧界具有强大的冲击力和影响力,但是论者多从导演及表演的角度来谈阿尔托。20世纪80年代,《戏剧艺术》杂志相继发表多篇关于阿尔托的戏剧理论的论文,从此残酷戏剧的概念风行一时,成为经久不衰的话题。对阿尔托的研究集中在其残酷戏剧的导演艺术和表演艺术方面,如黎赞光《形体·内心·总体——阿尔托的表演理论及其艺术实践》⑤和谷亦安《阿尔托式戏剧的演出形式及风格特征》⑥。20世纪90年代,在桂裕芳译出《残酷戏剧——戏剧及其重影》之后,研究者开始注重比较研究,并纵向解读残酷戏剧的发轫以及其对后世欧美、中国戏剧的影响,如叶志良的《从阿尔托到谢克

---

① 《蒙泰朗的人生轨迹与小说写作》,《广东外语外贸大学学报》2008年第4期。
② 《外国文学评论》1988年第3期。
③ 《外国文学研究》1991年第4期。
④ 《戏剧艺术》1999年第2期。
⑤ 《电影艺术》1987年第10期。
⑥ 《戏剧艺术》1989年第1期。

纳》①、李江的《阿尔托与中国探索戏剧》②。进入新世纪,对阿尔托的关注重点包括:残酷戏剧的内容及要点(冯建民、孟剑云的《"残酷戏剧"与安东尼·阿尔托——〈戏剧与戏剧的重建〉中译本序言》③、洪宏《论阿尔托"残酷戏剧"理论中的三个关键词》④)、残酷戏剧的"反文学"倾向(刘成富的《走近安托南·阿尔托》⑤)。横向比较研究(包括残酷戏剧与东方戏剧的比较及现代戏剧主要体系之间的比较)也是这一阶段的研究热点,如曹雷雨《阿尔托与"东方戏剧"》⑥、范煜辉《阿尔托的残酷戏剧与想像的东方戏剧》⑦、阎立峰《斯坦尼斯拉夫斯基、布莱希特和阿尔托戏剧距离观之比较》⑧和姜萌萌《斯坦尼斯拉夫斯基、布莱希特与阿尔托戏剧观的碰撞——重审西方现代戏剧的三大体系》⑨等。

四、超现实主义作家

超现实主义是20世纪初发生在法国的重要文学思潮,影响深远。安德烈·布勒东是超现实主义运动无可争辩的灵魂人物,其他重要成员包括路易·阿拉贡、保罗·艾吕雅、菲利浦·苏波、罗贝尔·德斯诺斯等。超现实主义自20世纪80年代初传至国内,迅速引发了研究者的浓厚兴趣。陈先元的《超现实主义的发展》⑩、程抱一的《法国超现实主义运动》⑪、王泰来的《西方现代派文学漫话(二)资本主义传统文化的反叛运

---

① 《当代戏剧》1997年第5期。
② 《外国文学评论》1998年第4期。
③ 《艺术百家》2001年第2期。
④ 《戏剧艺术》2004年第5期。
⑤ 《当代外国文学》2001年第4期。
⑥ 《文艺研究》2008年第5期。
⑦ 《戏剧文学》2008年第11期。
⑧ 《外国文学评论》2002年第2期。
⑨ 《西安外国语学院学报》2006年第4期。
⑩ 《外国文学研究》1981年第3期。
⑪ 《外国文学研究》1983年第3期。

动——超现实主义》①、廖练迪的《法国超现实主义初探》②、李夏裔的《超现实主义的起因及其主要理论》③,以及罗大冈的《超现实主义札记》④等是这一时期有代表性的介绍性质的文章。其中,陈先元简要介绍了超现实主义走过的历程,其在法国、美国、希腊诸国的代表人物等,以及超现实主义发展中出现的几种不同类型;程抱一着眼于法国超现实主义,详述布勒东的生平,概述超现实主义的主张,介绍几位曾受到超现实主义影响的诗人及其作品;罗大冈在回顾超现实主义早期发展之外,介绍了超现实主义在二战中和二战后的命运,分析其走向衰败的原因及其对法国文学的深刻影响。这些介绍在思想解放的年代里开拓了国人的视界。此后,安少康的《超现实主义及其承上启下的作用》⑤概述了前后与超现实主义相关的文学流派,将其置入文学史的大背景进行研讨。葛雷的《布勒东的超现实主义美学及其诗歌创作》⑥总结了布勒东的诗歌美学,郑克鲁的《超现实主义的发展过程和理论主张》⑦系统梳理了超现实主义产生发展的过程及主要理论主张。

对超现实主义研究最为深入的当属老高放,他的《超现实主义美学思想初探》⑧从对超现实主义理论发展的时间划分出发,探讨"超现实"概念的提出及其与客观现实的关系、超现实主义的哲学思想、美学思想以及无意识自动写作等手法的思想根源。他于20世纪90年代出版的《超现实主义导论》⑨更是迄今为止仅有的专门论述超现实主义的专著⑩。该书分

---

① 《语文教学与研究》1983年第7期。
② 《外国文学》1983年第12期。
③ 《法国研究》1985年第1期。
④ 《外国文学评论》1987年第4期。
⑤ 《法国研究》1989年第1期。
⑥ 《外国文学评论》1990年第2期。
⑦ 《汉中师范学院学报》1995年第5期。
⑧ 《外国文学评论》1987年第4期。
⑨ 社会科学文献出版社1997年版。
⑩ 另有部分论及超现实主义的专著,如张秉真、黄晋凯主编:《未来主义·超现实主义》,中国人民大学出版社1994年版;柳鸣九主编:《未来主义 超现实主义 魔幻现实主义》,中国社会科学出版社1987年版(1993年重印)。

为四章,分别概述了超现实主义的历史发展及其政治主张、超现实主义的哲学思想及其演变、超现实主义的美学思想,以及超现实主义的艺术实践。这本书可谓三十年来超现实主义研究的高峰和集大成,细致准确地叙述了这一运动的各个方面。

由于布勒东在超现实主义运动中的核心灵魂作用,所以当国内学者谈起超现实主义的理论和主张时,所谈的大多为布勒东的美学主张,或者说布勒东成为超现实主义的同义语。但是在对布勒东的研究方面,人们"说"得多、"做"得少,即对他的理论主张谈得多,更多的是一种复述,而对其作品的深入分析少。只有为数不多的论文触及他不多的文本,如周颐的《何处方能寻觅"我"——论布勒东的〈娜佳〉》①与张放的《布勒东及其代表作赏析》②分析了《娜佳》及诗作《自由结合》与《醒觉状态》。就现有的成果来看,真正进入深度分析层面的研究并不多。刘成富《对安德烈·布勒东的再认识》③可算是较有特色的研究,文章试图通过对布勒东"精神革命"思想、来源及其创作实践的研究和分析,进一步认识他所创造的荒诞"形象",揭示现实与"超现实"在他笔下的对立与统一的关系。

作为一位曾经的超现实主义主将和一位终身的共产主义者,1949年后阿拉贡在中国一度毁誉参半,他曾被视为无产阶级作家而受到推崇,也曾被视为修正主义作家受到批判。改革开放后,随着思想解放的大潮和文学研究领域意识形态色彩的淡化,对阿拉贡的评判才逐步回归文学本身。1982年阿拉贡逝世不久,《读书》杂志刊文④回顾阿拉贡的生平与创作。20世纪80年代末,钟翔的《永远进击 锐意创新——阿拉贡和他的创作》⑤细致地介绍了阿拉贡创作在各时期的特点及主要作品,肯定他的探索实践。此后邓永忠的《试论阿拉贡的创作倾向》⑥针对人们普遍认为阿

---

① 《外国文学评论》1992年第4期。
② 《法国研究》1995年第2期。
③ 《辽宁师范大学学报》2002年第6期。
④ 柳门:《法国作家阿拉贡的逝世及其生平、著作》,《读书》1983年第4期。
⑤ 《外国文学研究》1989年第4期。
⑥ 《外国文学评论》1990年第1期。

拉贡是脱胎于超现实主义的现实主义作家的观点,通过具体考察,认为阿拉贡一生坚持独立,并不能被纳入某一固定流派。在具体作品方面,齐欣《20世纪西方诗坛爱情诗的绝唱——阿拉贡的爱情诗解读》[1]分析了阿拉贡的数首爱情诗。柳鸣九的《历史画卷中的历史哲理——阿拉贡:〈圣周风雨录〉》[2]指出小说中人物的描绘与情节的安排体现了超脱的、人民至上的历史哲学。该文章论述准确精当,行文优美流畅,曾产生较大影响,堪称阿拉贡研究的代表性论文。此外,近年来的柴立立、杨佳等人分析了阿拉贡早期的超现实主义重要作品《巴黎土包子》[3],填补了先前的空白。不过,总的看来,阿拉贡研究尚流于浮浅,缺乏系统性,他的大多数作品均未被讨论。

艾吕雅是曾参加超现实主义运动的另一位主将,以其爱情诗闻名于世,这成为研究者关注的重点,甚至是唯一方面。以李夏裔的研究最为深入,他认为爱的主题是艾吕雅诗思的基点,也构成其世界观的核心。他在《论艾吕雅诗中的女性形象》[4]中认为艾吕雅的诗歌体现着泛爱论,女性事实上取代了上帝的位置,体现出超现实主义的影响及对基督教文化的某种挑战;在《爱,就是未完善的人——论艾吕亚爱情诗的意义》[5]中,他用主题诗论的方法归纳出艾吕雅的爱情诗的两层含义,即爱的活力交换使得个体生存得到空间上的扩展与时间上的延续,同时构成爱之空间封闭与开放的对立统一。其他有关艾吕雅的研究多限于对其《自由》等名诗的零星的赏析,不仅数量过少,而且内容也未能深挖或展开。

五、法国作家与中国

对于中国研究者来说,没有什么比外国文学作品中对中国的描写和

---

[1] 《名作欣赏》2007年第20期。
[2] 《外国文学评论》1991年第4期。
[3] 柴立立:《超现实主义作品〈巴黎土包子〉体现的神奇美》,《安徽文学》(下半月)2009年第5期;柴立立、杨佳:《〈巴黎土包子〉中多变易逝的世界》,《时代文学》(下半月)2009年第2期。
[4] 《法国研究》1987年第2期。
[5] 《外国文学研究》1988年第3期。

阐释更具有吸引力的了,所以那些曾到访中国并受到中国文化熏染的作家便格外受到中国研究者的青睐,他们在作品中有关中国的描写或者误读为中法文学关系和比较文学提供了绝佳的素材,此类研究也是中国研究者的优势所在。中国研究者可以为此类文学作品带来新的视角和解读,但是从另一方面来说,过于看重本国文化在他国文学中的投射有时也会遮蔽对作家的全面认识,例如对克洛代尔的研究高度集中于《认识东方》,却忽略了其他可能更重要的作品;对洛蒂的研究也仅限于《北京最后的日子》,并不涉及他另外的游记。这些受到中国研究者青睐的法国作家除了我们在前文业已提到的圣-琼·佩斯之外,还包括谢阁兰、克洛代尔、马尔罗、洛蒂。

程依荣在《20世纪法国文学中的中国神话》①中讲到,20世纪克洛代尔、谢阁兰、马尔罗等作家的一些作品尽管以中国为背景,但实际上是法国人制造出的中国神话,实际上表现的是法国的文化精神,所以他们的这些作品在中国并不受捧。刘成富的《论中国文化对20世纪法国文学的影响》②着眼于那些到过中国而多少受到中华文化熏染的作者,如圣-琼·佩斯、亨利·米肖、索莱尔斯这三位不同时期不同类型的诗人,以期从整体上审视20世纪法国文学与中国文学的互动关系。谢阁兰作为一名汉学家,是20世纪上半叶法国作家中汉语最好的一位。他的写作在法国长期被忽略和低估,20世纪中期以来,谢阁兰被重新发现并被越来越多的研究者所肯定,而其作品中的中国元素,也使他格外受到中国研究者重视。1983年武汉大学曾举办关于谢阁兰和圣-琼·佩斯的学术研讨会③,会上收到多篇关于谢阁兰的论文,与会者们讨论了谢阁兰来华的原因及其如何看待"异国情调"问题,探讨了其小说《勒内·莱斯》,并围绕其诗集《碑》进行了热烈讨论。此次研讨会成为我国改革开放以来谢阁兰研究的起点,其中涉及的许多问题,在日后的相关研究中被继续探讨。20世纪

---

① 《法国研究》1997年第1期。
② 《青海社会科学》2002年第2期。
③ 《法国诗人维·瑟加兰、圣—琼·佩斯学术讨论会综述》,《法国研究》1984年第1期。

80、90年代的谢阁兰研究的主要关注点是对《碑》等作品里中国元素的分析。梁守锵的《瑟加兰的〈碑林集〉与中国文化》①总结了中国文化与其思想的不同的融合方式,认为《碑林集》不是对中文的简单改写,也不是仅以中国为假托或名义,而是真正将作者的思想与中国融合在了一起。《碑集》中汉语题铭很多来自中国的古代典籍及历史典故,也有一些为作者自造。车槿山的《碑与诗——谢阁兰〈碑集〉汉语证源》②着重于对这些汉语题铭的来源,分析其与法文诗暗含的诸多联系,进行互文性阅读。钱林森与刘小荣的《谢阁兰与中国文化——法国作家与中国文化系列之五》③以《碑集》和小说《勒内·莱斯》为对象,分析了其中的中国元素与中国形象,认为谢阁兰书写的是其心中的中国而非真实的中国。

分析谢阁兰诗作里的中国元素与中国形象,这是谢阁兰研究的第一步。然而要真正读懂谢阁兰,需要进行更深层次的探讨,即结合这些中国元素,审读其中真正反映的法国文化精神,增强对谢阁兰的整体把握。秦海鹰是三十年来国内谢阁兰研究方面最为突出的研究者。早在1987年,她便以《中华帝国、符号帝国——谢阁兰诗作研究》为题撰写了博士论文。此后又发表有一系列论文,如《异国符号——法国诗人克洛岱尔、谢阁兰、米肖与汉字》④与《重写神话——谢阁兰与〈桃花源记〉》⑤,通过谢阁兰与汉字、谢阁兰与中国经典故事等不同侧面,探讨了谢阁兰与中国文化的关系。在重视谢阁兰作品中的中国元素之外,她较早地对谢阁兰的诗作进行整体研究:《超越东西方——谈谢阁兰诗作中对"绝对"的探索》⑥分析了诗人在作品中为表达哲学思考及暗示"绝对存在"而常用的意象和概念,而无论诗人借用怎样的意象,这一"绝对"永远是无法接近的"未知"。

---

① 《中山大学学报》(哲学社会科学版)1985年第1期。
② 《国外文学》1991年第2期。
③ 《中国比较文学》1996年第4期。
④ 《法国研究》1989年第3期。
⑤ 《法国研究》1996年第2期。
⑥ 《法国研究》1988年第1期。

在《中西文化交流史上的丰碑——谈谢阁兰和他的〈碑集〉》①中，我们可以看到这一思路的延续。较之梁守锵的文章提出谢阁兰《碑林集》是作者思想与中国的融合，秦海鹰进一步注意到，《碑集》的诗篇虽然材料与形式来自中国，却没有中国诗的情趣和意境，谢阁兰的创作旨趣根本上是西方式的，其作为诗人的真正价值在于在吸收中华文化的同时，保持了西方诗人的个性与追求。当大多数研究者仅仅着眼于谢阁兰作品的中国元素时，秦海鹰对谢阁兰思想与创作的整体分析体现了更大的广度与深度。

进入新世纪以来，谢阁兰研究逐渐摆脱单纯的作家作品介绍及中国元素的分析，如邹琰的《认知危机与美学实现——对谢阁兰小说〈天子〉的阐释》②、黄蓓的《法国作家谢阁兰笔下夏桀形象之重塑》③、孙敏的《"中国形象"与文本实验——解读谢阁兰〈勒内·莱斯〉》④等。这些文章着眼于《碑》之外的其他谢阁兰作品，尝试对人物形象与作品意义进行深度分析与发掘。此外，秦海鹰的《接纳神性，拒绝上帝——两个神秘主义诗人的宗教选择》⑤与《作为诗歌比喻的汉语——从谢阁兰的〈碑〉到马瑟的〈汉语课〉》⑥，以及邹琰的《从独语到对话：维克多·谢阁兰与程抱一跨文化书写之异同》⑦，试图将研究视野进一步拓展，将谢阁兰置入文学史的大背景，通过与其他作家的比较，更好地理解谢阁兰的思想和创作。

谢阁兰研究30年来的发展历程为我们提供了一个很好的范例，使我们得以清晰地看到，对这样一位深受中国文化熏染的作家，研究者们由浅入深，由表面的中国文化元素到本质的法国文化精神，由《碑》到其他的作品，力图从整体上更加深入地理解谢阁兰及其作品的努力。

克洛代尔在中国的长期外交官经历为中国研究者在其作品中找寻中

---

① 《法国研究》1992年第2期。
② 《国外文学》2004年第4期。
③ 《中国比较文学》2007年第3期。
④ 《复旦外国语言文学论丛》2008年第2期。
⑤ 《欧美文学论丛》2003年。
⑥ 《中国比较文学》2008年第2期。
⑦ 《当代外国文学》2006年第1期。

国元素提供了极佳的切入点。从20世纪80年代至今的大部分研究均着眼于他的散文诗集《认识东方》,只有少数论文涉及了他的其他作品或是他的诗论。从这一点看,克洛代尔研究远不如谢阁兰研究发展得充分。

葛雷的《克洛岱与法国文坛的中国热》①最早简要介绍了克洛代尔的《认识东方》与《拟中国小诗》②。在此方向上做出进一步研究的还有徐知免的《克洛代尔与〈认识东方〉》③和《克洛岱尔的两辑〈拟中国小诗〉》④,以及余中先的《克洛岱尔与中国传统文化》⑤。

进入新世纪以来,曾筱霞的《法国诗人的福州情结——保尔·克洛代尔笔下的福州》⑥,吕沙东、陈振波的《克洛代尔多重视角里的中国形象——以散文诗集〈认识东方〉为例》⑦,张亘的《克洛代尔〈认识东方〉初议》⑧等,仍然以《认识东方》为着眼点,探究克洛代尔与中国的关系。如张亘的文章提出,《认识东方》将象征与诗意结合,预示了克洛代尔后来的作品风格与诗歌理论。对克洛代尔其他作品的研究也大多在中国元素方向上展开,如余中先《克罗代尔戏剧中的中国》⑨认为戏剧《正午的分界》中的中国是象征性的而非现实性的,并分析了这些在他看来象征性的隐喻。尹永达的《法文诗歌中的视觉成分初探——从克洛岱尔的〈百扇帖〉说起》⑩,通过克洛代尔在汉法对照的《百扇帖》中对文本形式和谐的追求,探讨了部分法文诗歌在书写和排版上表现出的视觉效果,并分析其符号学象征功能及其中东方文化的影响。

---

① 《法国研究》1986年第2期。
② 作者在文中误认为克洛代尔会中文并从中文翻译了这些诗,事实上并非如此,克洛代尔不会中文这一点在后来的研究中有详细的说明。特此注出。
③ 《当代外国文学》1991年第3期。
④ 《世界文学》1995年第3期。
⑤ 《世界文学》1995年第3期。
⑥ 《法国研究》2006年第3期。
⑦ 《广西社会科学》2009年第12期。
⑧ 《长江学术》2010年第2期。
⑨ 《法国研究》1995年第1期。
⑩ 《天津外国语学院学报》2005年第4期。

对克洛代尔诗论的研究主要体现为秦海鹰的《中西"气"辨——从克罗代尔的诗论谈起》①和《形与意——谈中国语言文字对克洛代尔的诗学启示》②。在前文中，秦海鹰分析了克洛代尔的灵感之气的观点，认为克洛代尔的世界观、生命哲学及诗论统一于"气"，并由此对中西方之"气"的内涵进行比较和鉴别，认为他的诗歌理论很可能受到老庄的辩证法影响。在后文中，秦海鹰叙述了汉字和汉语如何启发克洛代尔的丰富想象，并如何以诗学的启示让克洛代尔受益，尽管诗人因不懂汉语而对汉语有很多误读。这两篇文章虽然仍然着眼于克洛代尔与中国，但与其他一些论文仅仅是抽取和分析作品里的中国形象不同的是，它们从更深的诗歌理论层次，探究克洛代尔的诗学思想与中国思想的联系。这种从深层次会通中西思想的思路，体现了研究者深厚的中西文化素养，以及独创性的思考。

洛蒂以描写异国风情见长。由于他曾随八国联军来华，洛蒂作品中的中国遂成为研究的重点，如钱林森的《洛蒂与中国》③、马利红的《中国形象的书写转向——从洛蒂〈北京最后的日子〉的异国情调说起》④，以及柴丽的《解读洛蒂作品中的异国情调》⑤。钱林森的文章讲到，洛蒂《北京最后的日子》(*Les derniers jours de Pékin*)较客观地再现了当时风雨飘摇的中国，使今日的中国读者感兴趣。同时作品又有着对异国情调的审美追求，符合当时西方读者的想象和趣味。文章还指出，文学中的异国情调，说到底是表现自我的文学追求，而洛蒂表现异国情调，说到底是自我对他者的智性的占领，试图将异国纳入自身的审美范畴。钱林森的这一分析十分深刻，他的这篇文章也是洛蒂研究最有深度最有代表性的成果。马利红的论文明确提出，《北京最后的日子》存在两个中国形象与双重异

---

① 《国外文学》1991年第2期。
② 《当代外国文学》1993年第3期。
③ 《中国比较文学》2000年第2期。
④ 《法国研究》2006年第3期。
⑤ 《长春大学学报》2008年第3期。

国情调,并认为,对异国形象的探索体现了心理和思维的诗学向度,而这一向度又构成了中国形象书写中的转向,为其后书写中国形象的法国作家开辟了方向。柴丽的文章则是对洛蒂作品异国情调的宏论性介绍,概括了其若干特征。

第七节 20 世纪法国文学(下)

1949 年后,特别是"文化大革命"期间对 20 世纪下半叶法国现代文学的拒斥和研究的空白从某种程度上促进了以后这一阶段的文学在中国的接受热情和研究力度。从 20 世纪 80 年代初起,文化解放运动为法国现代文学在中国的译介和研究提供了宽松的接受条件,研究禁区逐渐消除,批评界对这一时期的法国文学一直持着开放的态度和浓厚的兴趣,对重要的作家几乎都予以了充分的关注和评介,研究成果可谓硕果累累。其中几位站在最前沿、同时又承前启后的孜孜不倦的研究者功不可没:柳鸣九、吴岳添、郭宏安、余中先、郑克鲁等。与此同时,特别是新的世纪以来,逐渐成熟的新生代研究者们带着新鲜的锐气和知识理论装备,从各个方面打开思路,触及许许多多风格各异的现当代作家,极大地促进了法国文学研究的繁荣与发展。我们将以批评界对作家的传统归类将这一时期文学分为存在主义、新小说和当代作家三个部分,试做一综合评述,以管窥我国对二战后法国文学研究的概貌。

一、存在主义

1. 萨特

萨特作为 20 世纪西方重要的哲学家、文学家、评论家和社会活动家,是最为中国读者所熟知、在中国最具影响力、中国学者最感兴趣的法国作家之一。20 世纪 40 年代萨特在文坛崭露头角之时便有一批敏感的中国学者,如钱锺书、戴望舒、徐仲年、吴达元、陈石湘、盛澄华和罗大冈对其表示了关注。《墙》《恭顺的妓女》等作品被首次翻译成中文,他们对萨特的生平和作品及存在主义的一些基本的命题和概念做了介绍。1949年后，尽管存在主义被作为反动思潮遭到否定，学术界对萨特思想和著作的引进也采取了较为谨慎的态度，但是萨特的个别经典著作和基本学说还是被译介过来。如商务印书馆于1962—1964年分别出版了《存在主义简史》《存在主义哲学》等译著，以及哲学名著《存在与虚无》的中译本。上海作家出版社也于1965年出版过萨特文学作品选集《厌恶及其它》。

20世纪80年代初，伴随着改革开放政策的实行和思想解放运动的展开，传统的意识形态和价值观受到怀疑，青年学子普遍具有失去信仰和依托的虚无和焦虑感，这与萨特作品所宣扬和体现的观点和氛围形成某种契合。所以萨特甫进中国便迅速掀起一股席卷文学界和知识界的旋风，受到追捧。

1978年1月的《外国文艺》发表了林青翻译的萨特剧作《肮脏的手》，这是"文化大革命"以后首篇被译介过来的萨特作品。此后，萨特的小说、戏剧和文论陆续出现在各种报刊、杂志上。如《当代外国文学》1980年创刊号上发表了萨特的剧本《禁闭》《可尊敬的妓女》和短篇小说《墙》的译文。1981年，中国社会科学出版社出版了柳鸣九主编的《萨特研究》，该书收入了《恶心》《苍蝇》和《间隔》等三部作品与《为什么写作？》《答加缪书》和《七十岁自画像》等三篇重要文论，刊载了《墙》《自由之路》《毕恭毕敬的妓女》等其他八部重要作品的内容提要，编写了相当详尽的萨特生平创作年表，翻译了法国重要作家、批评家论述萨特的专著与文章，构成了一本关于萨特的小型百科全书，为初期的萨特研究提供了最基本、也最为全面的资料汇编，至今仍是该领域不可或缺的资料。

然而，在当时的背景下，萨特的登陆并非一帆风顺，而是引发了一场广泛而深刻的争论。赞之者认为其一定程度上反映了资本主义的现实，具有积极进步思想；斥之者认为其颓废、消极。其实二者都未触及萨特思想的实质。《外国文学研究》1979年第1、2期分两部分刊登了柳鸣九的《现当代资产阶级文学评价的几个问题》，该文是作者在全国外国文学研究工作规划会议上的一次学术发言，对20世纪西方文学中一系列流派、作家、作品进行了比较深入具体的分析,其中有相当篇幅论及存在主义文学与萨特。柳鸣九对萨特持基本肯定态度,认为"不仅从理论上、创作上和社会活动来看,萨特都集成了过去时代资产阶级进步的思想传统","在萨特的存在主义理论中也并不是没有积极可取的成分,如'存在先于本质'论、'自由选择'论,它强调了个体的自有创造性、主观能动性,这就大大优越与命定论、宿命论"。对此,欧力同、王克千发表《关于萨特的文艺思想基础——与柳鸣九同志商榷》①,对柳文加以反驳:虽然萨特的政治态度有较为进步的一面,他的某些作品有一定进步意义,但是需要对萨特"存在先于本质""自由""自由选择"论加以否定,对萨特的唯心主义世界观加以否定。

  早期的萨特研究论文,多针对萨特的思想和文学成就做整体性介绍和评述,在肯定萨特思想的进步意义的同时不忘批判其"糟粕",仍然带有开放之初的时代烙印。如冯汉津《萨特和存在主义》②较为全面地介绍了存在主义哲学思想的演变和基本原则、萨特的存在主义思想倾向,结合《恶心》《禁闭》等作品剖析了他的存在主义文学观,将其与加缪加以比较,并分析了萨特的文学创作理论和创作手法,并按照当时的"二分法",提出"既要了解存在主义文学这一流派以拓展我们的文学视野,吸取其新鲜的东西,又要批判其错误的东西"。陈燊的《也谈萨特》③分析了《恶心》《间隔》《苍蝇》《自由之路》等,文章以批判性思维评论萨特的思想和革命观,认为萨特是主观唯心主义者,虽然作品中有进步成分,但反动哲学思想不能低估。姚见《萨特存在主义文学琐谈》④结合苏联 E.叶夫尼娜的《法国存在主义小说及其代表人物》一文,把萨特视为"资产阶级进步的社会活动家和重要作家",对于其作品要取其精华,去其糟粕。徐潜《萨特文学创

---

① 《外国文学研究》1980 年第 1 期。
② 《当代外国文学》1980 年第 1 期。
③ 《外国文学研究》1984 年第 3、4 期。
④ 《外国文学研究》1983 年第 3 期。

作中的非理性倾向》①分析了萨特文学创作中非理性倾向的哲学根源、其在萨特文学作品中的表现,认为这种非理性的角度对于认识和表现生活、丰富表现手法,有进步意义,但是用非理性目光来认识和表现社会、来杜撰文学作品或指导文学创作,必然给作品带来严重的缺欠。

进入20世纪90年代,萨特研究开始摒弃80年代论文写作的"二分法"、标签式论述等意识形态印记,站在客观的立场,深入其思想、主张和理论的内部,从宏观的整体研究走向具体化、微观化和专业化的深入探讨。黄忠晶的《融合在人的单个普遍的存在之中——论萨特文学和哲学的关系》②认为文学在萨特人生中占据首要地位,哲学次之,萨特文学和哲学之间既相得益彰,又有相互串流的现象,通过对于萨特作品的分析,得出"各种类型的文学作品,凡属十分成功的,都达到了文学和哲学的深层次结合"的结论。郑克鲁的《萨特的小说创作》③和《萨特小说创作的特点》④两篇论文通过对《厌恶》《墙》和《自由之路》情节的分析,揭示出作品中蕴含的哲学思想或政治理念,从故事、人物和表现手法等方面对其境遇小说做出了评析。邹广胜《论萨特创作中的共时性》⑤分析了萨特小说和戏剧中表现出的"共时性"特征,认为该特征是萨特有意为之,最典型地体现在他所主张的情境剧之中,也体现在其小说和戏剧的语言中。杨昌龙相继发表《论萨特的文学主张》⑥、《解读萨特》⑦和《萨特人学的"非理性"论》⑧三篇文章,是这一时期对萨特研究最为深入、最有代表性的作者之一。《论萨特的文学主张》分析了《什么是文学》中所包含的文学介入论、创作引导论、召唤自由论等观点,认为创作引导论是文学介入论的具体

---

① 《外国文学研究》1984年第2期。
② 《晋阳学刊》1994年第6期。
③ 《杭州师范学院学报》1998年第1期。
④ 《华东师范大学学报》(哲学社会科学版)1998第2期。
⑤ 《当代外国文学》1999第3期。
⑥ 《西北大学学报》1991年第1期。
⑦ 《外国文学评论》1996年第1期。
⑧ 《西北大学学报》(哲学社会科学版)1998年第2期。

化,而召唤自由论是创作引导论的深入化。《解读萨特》一文则沿着萨特的思想轨迹,将萨特的人学思想分为前期的"绝对自由论"时期和后期的"相对自由论"时期,解释了各时期萨特人学思想的特点,认为其后期的创作实践中都渗透着"人道主义向度"。《萨特人学的"非理性"论》指出"抗争性"是萨特非理性人学中的主要因素,"新理性"是萨特人学的隐形追求,从传统理性到非理性到新理性,构成一个唯物辩证法的三段式,既是一种否定,又是一种超越,既是一种革新,又是一种完善,它们是既矛盾又同一的辩证关系。

进入新世纪,萨特研究的热度不减,不仅论文数量成倍增长,而且研究主题更加丰富和细化。吴岳添的《萨特与加缪的恩怨》[1]从两位存在主义代表作家迥异的童年经历和人生道路、文学创作的来源以及对荒诞哲学的理解和介入政治态度等几个方面,评析了他们之间的复杂关系,认为在表现荒诞方面,加缪的作品凝重中不失幽默,而萨特的作品则沉重得令人压抑。刘成富的《试论萨特文学创作的"互文性"》[2]探讨萨特"自由"的互文性,认为萨特的文学作品与其哲学思想是分不开的,他对荒诞的认识,对"自由之路"的苦苦寻求,对时代和人类命运的关注,给人类思想史留下了一份宝贵财富,但是过分的"互文性"在一定程度上影响了他文学创作的艺术性。黄忠晶在这一时期发表数篇文章,有对于萨特研究中一些被广泛讨论问题的看法,也针对萨特遭到的误解进行了解释,对于厘清萨特的思想、纠正国内研究中的误读和不足起到了匡正补缺的作用。其中《也谈"萨特的永恒价值何在"》[3]结合柳鸣九在《萨特的永恒价值何在》发表的一些看法,认为萨特不仅如柳先生所言是文学家,也是一个哲学家、一个政治活动家,而萨特的价值就在于这三者总体化,并通过对《境况种种》的评析证明了这种总体化;《萨特的乱伦意识初探》[4]作为首篇研

---

[1] 《外国文学评论》2003 年第 2 期。
[2] 《解放军外国语学院学报》2004 年第 4 期。
[3] 《法国研究》2006 年第 2 期。
[4] 《法国研究》2008 年第 3 期。

究萨特乱伦意识的论文,从萨特与其养女及其母亲的关系分析萨特乱伦意识的来源,并分析了萨特《苍蝇》《阿尔托纳的隐居者》等作品中体现的乱伦意识。

阎伟密集发表的一系列论文则沿着萨特的思想变化轨迹从不同侧面阐释萨特的叙事特点。其中《萨特伦理叙事和意识形态叙事的特点》①将萨特一生的文学创作划为前期重伦理叙事和后期的意识形态叙事两个阶段。作者认为伦理叙事注重叙事话语的形式特点,探求小说式或文学化的生活;而意识形态强调文学的政治道德立场,关注文本向读者表达的意蕴;二者虽方向相反,实际从不同角度描述了人的存在境遇和本质问题。《萨特的叙事之旅与中国现当代文学叙事模式的变迁》②阐述的是萨特的伦理叙事和意识形态叙事与中国现当代文学叙事模式的契合关系,萨特的叙事理论促进了中国新时期小说叙事模式的转型。《萨特的时间哲学和叙事策略》③论述了萨特的时间观和传统的线性时间观念的不同,他的时间是一种立体的三维结构,小说叙事可以打破传统的线性叙事,在时间的三维结构中自由表现。《萨特的历史意识与文体之变》④认为萨特强烈的历史意识在他的处境小说向处境剧的演变过程中发挥重要作用,最具意识形态观念的文体——戏剧文学成为萨特文学生涯后期常用的文体样式,它是意识形态叙事合乎逻辑的发展。《萨特后期的意识形态叙事》⑤重点分析了萨特创作后期的意识形态叙事的三种表现形式:首先,"处境小说"和"处境剧"的出现,是这种叙事模式的文体显现;其次,在小说《自由之路》中,意识形态叙事采用了复调叙事的多重视角;再次,意识形态叙事在塑造人物、结构模式和情感立场上,都有不同的方法和特点。

戏剧是萨特存在主义哲学的最为直观和形象的图解,其境遇剧所承

---

① 《湖北师范学院学报》(哲学社会科学版)2009第4期。
② 《江汉大学学报》(人文科学版)2009年第5期。
③ 《华中科技大学学报》(社会科学版)2009年第5期。
④ 《海南师范大学学报》(社会科学版)2009年第6期。
⑤ 《江西社会科学》2009年第8期。

载的基本论题成为研究的重点。江龙的《从萨特戏剧看"选择"的丰富内涵》①认为存在主义的"自由选择"并非宣扬悲观绝望、自我中心、绝对自由,而是包含着绝对性和必然性、崇高性和争议性、痛苦性和无耐性以及行动性和具体性等丰富内涵。钱奇佳的《萨特的"境遇观"和"境遇剧"》②指出了境遇的无他、无定、无悔三个特点,说明萨特的"境遇观"和"境遇剧"是以其存在主义基本概念,如人、存在、自由、处境、选择等为框架而筑构起来的,是与他的存在主义哲学一致的。罗国祥《萨特存在主义"境遇剧"与自由》③认为萨特"境遇剧"的现实意义是其哲学意义的副产品,而这个副产品以戏剧的艺术形式将人生思考生动地展现给受众,不失为一种有意义和成功的尝试。

《苍蝇》是萨特最具代表性的戏剧作品,毫无疑问地成为研究的重中之重。谷启珍的《一部关于奴隶和为了奴隶的悲剧——论萨特的〈群蝇〉》④是第一篇关于《苍蝇》的文本分析论文,从创作的时代背景,揭示萨特创作的首要任务——用屈辱、悲惨事件和残酷的事实真相,给人关于"反抗"的暗示内涵。绝大部分论文都是通过《苍蝇》解读萨特的自由选择观及存在主义思想,如盛永宏《挣扎与抉择——从〈苍蝇〉中的人物行动看"选择"的内涵》⑤从正义感与必然性、崇高感与实存性、责任感与无耐性三方面来观照人物的选择,认为俄瑞斯忒斯的复仇行动就是介入、行动,在恶心和绝望中寻求新的希望,为生存确定意义。邹广胜的《开放的文本与文本之间的对话——谈〈苍蝇〉的互文性》⑥认为《苍蝇》中融合了《俄狄浦斯王》《哈姆莱特》《尤利斯·凯撒》《麦克白》,甚至是弗洛伊德关于俄狄浦斯情结的理论。辛筱倩、徐国华《试论萨特的存在主义戏剧〈苍

---

① 《外国文学研究》1995年第4期。
② 《国外文学》1996年第3期。
③ 《外国文学研究》2001第2期。
④ 《外国文学研究》1986年第4期。
⑤ 《郑州航空工业管理学院学报》(社会科学版)2006年第1期。
⑥ 《国外文学》1999年第4期。

蝇〉》①详细剖析了利用俄瑞斯忒斯归国复仇的情节来建构剧本,从萨特的存在主义哲学观、境遇剧理论以及"英雄唤醒民众"的社会理想探究萨特选材的原因,认为借用神话情节进行戏剧创作,不仅能够反映现实,而且能在一个更深刻的层次上给人们一次"精神"的洗礼。

《间隔》作为另一部存在主义重要戏剧,也得到了较早和较多的关注,但是相关论文大多不能摆脱对"他人即地狱"这一主题的阐释。江伙生《存在主义的代表作——〈严禁旁听〉》②介绍了《间隔》的剧情和人物关系,分析了该剧的语言特色和创作特点,最后对"他人即地狱"的观点进行了解读。《间隔》的中译本于1981年发表,而同年的这篇论文为读者更好地理解剧本提供了及时的帮助。杨昌龙《唯我论者的悲剧——论独幕剧〈禁闭〉》③论证了唯我论的错误,这也正是剧中三个鬼魂构成"旋转木马"式的悲剧的根源所在,特别指出此剧折射的萨特人学根本论点:个人的出现纯属偶然,没有理由,所以人生是痛苦和孤独的。徐和瑾《论萨特的剧作〈间隔〉中的三人存在》④从剧本的产生、主题和哲学概念的阐述、人物相互接触后产生的冲突和摆脱苦海的尝试、"他人即地狱"的真正含义、剧本的创作技巧等几个方面做了较为全面的阐释,成为研究此剧重要的参考。冉东平的《浅谈萨特〈间隔〉的戏剧假定性》⑤运用"假定性"这一戏剧艺术特性,从舞台空间、戏剧情境、戏剧人物等方面分析了假定性在该剧中的作用,认为此特性的存在"引导观众的视线沿着理性到非理性、现实到非现实游动,剧情突破了生与死、空间与时间的严格界线,成为作家表现哲学思想的手段和载体"。仵从巨的《他人即地狱:〈禁闭〉的意思》⑥以萨特对于该剧的解释为基础,进一步阐释"他人即地狱"的含义,认为《间隔》既是哲理剧,又是境遇剧,在艺术上是一部炉火纯青的现代戏剧精品。

---

① 《戏剧文学》2010 年第 6 期。
② 《外国文学研究》1981 年第 3 期。
③ 《西北大学学报》(哲学社会科学版)1993 年第 1 期。
④ 《外国文学评论》1995 年第 4 期。
⑤ 《外国文学评论》1998 年第 4 期。
⑥ 《名作欣赏》2007 年第 23 期。

《死无葬身之地》也得到了较多研究和探讨。李小东、李晶《人与环境搏斗的艺术再现——评萨特〈死无葬身之地〉的思想艺术》①认为该剧从人性和存在意义上表现了人与环境矛盾斗争的结局,突出地表达了存在主义关于选择的观点。萨特在看来平常的戏剧冲突中按照其哲学观进行了巧妙地加工,人物性格鲜明,反面人物的塑造避免了雷同化,但是剧中的哲理化对白与全剧语言的朴实风格不大协调,损害了人物形象的生动性。此后该剧一直乏人问津,直至近年才得到重新关注。江龙《〈死无葬身之地〉——一个存在主义的道德悖论》②认为,该剧从哲学方面表现出萨特对选择自主性及世界荒诞性的强调,从伦理学方面表现了萨特在"存在主义是一种人道主义"中的部分思考;萨特真实地叙述了一个存在主义的道德悖论,因为道德的选择会限制他人的自由而被视为不道德,于是道德的标准就具有了相对性。冉东平《回归现实 走向哲理——评萨特的境遇剧〈死无葬身之地〉》③从极限境遇与自由选择、人物性格以及偶然性的关系方面评述萨特从观念戏剧向现实主义戏剧回归的艺术特色,认为现实主义与存在主义完美结合,使这部戏剧摆脱了萨特纯哲理寓意戏剧的艺术模式。

在小说方面,《恶心》是萨特的成名之作,被称作一本"论本质的小说"。杨剑的《简议萨特的小说〈恶心〉》④从萨特的经历和作品创作的时代背景探讨了主人公形象的缘起,分析了小说揭示的萨特人生观和世界观。曾杰的《痛失乐园的现代人——试析萨特〈厌恶〉中的洛根丁形象》⑤分析主人公洛根丁的思想变化轨迹,认为厌恶感不仅是洛根丁的个体心理,又是西方近代开始逐渐形成的文化心理,但是去乐园的洛根丁隐含了复乐园的愿望。柳鸣九的《萨特早期作品两种》⑥详细介绍了萨特的两部

---

① 《外国文学研究》1983 年第 1 期。
② 《外国文学评论》2000 年第 3 期。
③ 《当代外国文学》2005 年第 1 期。
④ 《当代外国文学》1983 年第 3 期。
⑤ 《外国文学评论》1988 年第 2 期。
⑥ 《外国文学研究》1992 年第 3 期。

早期小说——《恶心》与短篇小说集《墙》,将《恶心》视为萨特的哲学宣言,而《墙》是《恶心》的延伸、演绎、派生物和附属品。吴格非的《孤独者的灵魂——萨特小说〈恶心〉的存在探询及其审美含义》①从感知恶心、追寻荒谬、超越存在以及美学启示几方面深入探讨"恶心"的存在主题及其审美意义。

除了发表在各学术期刊上的大量论文外,三十年来萨特研究的另一重要成果便是大量论著的出版,在法国众多的作家中,萨特是在中国结出最多专著成果的作家②。不过这些专著大多探讨的是纯粹的哲学问题,作者也多为哲学领域的研究者。文学性的专著主要有:

江龙著《解读存在:戏剧家萨特与萨特戏剧》③描述了萨特的戏剧之旅,并分别解读了《禁闭》《死无葬身之地》《魔鬼与上帝》《阿尔托纳隐居者》《苍蝇》等剧作,分析了萨特"选择"观念的丰富内涵,总结了萨特戏剧的特点。

黄忠晶著《百年萨特:一个自由精灵的历程》④按照时间顺序叙述了萨特所处的时代和社会背景对其造成影响,力求对事件进行客观的描述、分析和阐释,不仅记述了萨特的生平、作品,更分析了萨特思想和作品的永恒价值。

阎伟著《萨特的叙事之旅》⑤采用经典叙事学的研究方法,以文学文本为对象,对萨特的叙事伦理进行了深入的探讨。作者将萨特的叙事分

---

① 《解放军外国语学院学报》2002年第4期。
② 如王克千、夏军:《论萨特》,福建人民出版社1985年版;万俊人:《萨特伦理思想研究》,北京大学出版社1988年版;余源培、夏耕编:《一个"孤独"者对自由的探索》,云南人民出版社1989年版;汪帮琼:《萨特本体论思想研究》,学林出版社2006年版;王时中:《实存与共在:萨特历史辩证法研究》,中国社会科学出版社2007年版;伏爱华:《想象·自由:萨特存在主义美学思想研究》,安徽大学出版社2009年版;高宣扬:《萨特传》,作家出版社1988年版;《萨特的密码》,同济大学出版社2007年版;杜小真:《一个绝望者的希望:萨特引论》,上海人民出版社1988年版;《存在和自由的重负:解读萨特〈存在与虚无〉》,山东人民出版社2002年版。
③ 湖南大学出版社2001年版。
④ 中央编译出版社2005年版。
⑤ 中国社会科学出版社2010年版。

为伦理叙事和意识形态叙事,比较萨特不同阶段的叙事理论和方法,并从中观察或证实萨特叙述观念的演变,为萨特每个阶段的叙事模式进行了准确的定型。

柳鸣九不仅主编了《萨特研究》,该书成为国内学者和读者阅读理解萨特的一本入门书和必读书,还出版了《自我选择至上:柳鸣九谈萨特》①,对萨特的哲学思想进行了介绍和分析,对其文学业绩,尤其是其哲理剧进行了深入的评论,并对萨特的社会活动进行了总结。

杨昌龙著《存在主义的艺术人学:论文学家萨特》②选取作为文学家的萨特,进行全面的分析。该书分上、下两篇,上篇介绍了萨特在国内的研究状况、萨特的文学成就、人学观及其发展轨迹、其文论主张和艺术风格;下篇以萨特的作品为单位,分别分析了《墙》《厌恶》《苍蝇》《禁闭》《死无葬身之地》《恭顺的妓女》《脏手》《魔鬼与上帝》等作品。作者的另一专著《萨特评传》③在大量搜集书籍和资料的基础上,追寻其生平历史轨迹,并对萨特的作品及其人学思想进行总结和评价。

总体而言,萨特研究起步较早,也较为全面和深入。然而,从研究成果的分布来看,存在着某些明显的不均衡:对其存在主义哲学思想的研究较重,对其文学创作的研究明显较弱;对其戏剧作品的研究较重,对其小说作品的研究相对较弱;对《苍蝇》《恶心》等代表作研究较重,对其他作品的研究薄弱(例如"自由之路"三部曲,或许由于该作品冗长乏味拖沓晦涩,缺乏可读性,学界对之视而不见,从文学角度的文本探讨堪称空白)。

2. 加缪

同被视为存在主义代表的加缪虽然早在 20 世纪 40 年代便进入罗大冈等翻译家的视野,吴达元于 1947 年 6 月 21 日在《大公报 图书周刊》第 21 期发表《名著评介 Camus and the tragic hero(加缪和悲剧英雄)》,对加缪第一次做了较为全面的介绍,但是在之后的数十年间,这位存在主义

---

① 东方出版社 2008 年版。
② 西北大学出版社 1998 年版。
③ 浙江文艺出版社 1999 年版。

作家在中国似乎并不"存在",不仅缺乏任何研究,甚至其作品也未出现译本。只是在 1961 年 12 月,作家出版社上海编译所内部发行了孟安译的小说《局外人》,作为批判用的内部读物。1978 年,《世界文学》发表了施康强翻译的《不忠的女人》,这篇充满时代印记的文章开启了加缪作品在中国的亮相。冯汉津的《卡缪和荒诞派》[①]揭开了加缪研究的序幕,但是作者将加缪划为荒诞派作家,在此框架内介绍了《局外人》和《鼠疫》,并分析了加缪荒诞思想的演变过程。

到了 20 世纪 80 年代,加缪的主要作品均有了中译本,在中国已有众多读者,但是加缪在我国呈现"读"多"论"少的局面,直到 80 年代后期才相继有论文发表。其中张良春《加缪作品中景物描写的象征意义》[②]是这一时期较为深入的文本分析论文,该文以《局外人》《流放与王国》《婚礼》《夏天》为例,分析了加缪笔下太阳、大海、风暴、石头等众多意象的象征意义,发现了自然、景物中所融汇的加缪对人类命运和荒诞主题的沉思默想。1987 年,《法国研究》杂志推出"加缪研究专辑",在一定程度上弥补了加缪研究的薄弱。专辑分为两部分:第一部分是四篇论文,第二部分是一组译文。其中张容的《加缪哲学思想简述》分析了《西西弗斯神话》和《反抗者》所体现的独特的哲学思想,解释了加缪荒诞思想中的三个关键词:人、世界和人与世界的对立,以及面对荒诞的三个原则:反抗、自由和激情;徐玉成的《荒诞人生底蕴的深层探索——论加缪的"荒诞三部曲"》描绘了从《局外人》到《西绪福斯神话》,再到剧本《加里古拉》的发展脉络。20 世纪 80 年代末,舒远招发表《人生的冲突——加缪思想透视》[③],根据其主要作品以及早期的一些日记、随笔,并联系他的家庭背景,对加缪的"荒谬哲学"做深层透视。作者认为,加缪的贡献不仅在于他的荒谬思想,也在于他所提供的"荒谬的英雄"与"永远骚动不安的反叛者"。

进入 20 世纪 90 年代,加缪研究的论文数量呈现几何级数增长,而且

---

① 《译林》1979 年第 1 期。
② 《外国文学研究》1986 年第 1 期。
③ 《法国研究》1989 年第 1 期。

研究也逐渐向纵深、细处发展。张容、郭宏安、柳鸣九、吴岳添、黄晞耘在这方面可谓功不可没,贡献卓著。

作为一名具有强烈思辨色彩的作家,加缪的哲学思想理所当然地成为众多研究者阐述的最主要论题。张容的法语论文《论加缪的人道主义》①指出,人和人与世界的关系是加缪哲学思考的主要问题,人的异化问题在其人道主义思想中扮演着最初的形而上的角色。陈祥明的《加缪美学思想评析》②围绕"荒谬"概念和西西弗斯精神,指出加缪的美学理论和他的文学作品中强烈的人道主义色彩。由于他在揭示人生的"荒谬"和人类的悲剧命运时,仅注重个体心理结构的考察而忽视对社会历史结构的科学分析,最终使他走向人道主义的反面。张静的《关于生命的沉思——论加缪文学的死亡哲学》③指出,加缪作品中折射的死亡哲学是一种向死而生、超越死亡的哲学,是人生哲学或生命哲学的一种深化、延续和扩展,对生命和意义的关注,使加缪成为一个真正的更高意义上的人道主义者。黄晞耘的《加缪的"跳跃"——论一种经验理性》④分析了加缪的死亡观、荒谬、反抗等几个哲学命题,指出加缪从理性出发的推论最终到达的仍然是非理性结论,他不过是在用一种信仰替换了另一种信仰,用一种非理性替换了另一种非理性。黄晞耘的另一论文《加缪叙事的另一种阅读》⑤跳出对于加缪研究市场陷入的"荒谬""反抗"等主题的窠臼,从宏观上遍览其所有叙事作品,发现根源在于作家的生活经历和强化的心理记忆的"孤独"正是作者本人并未明确意识到或并未有意为之的潜意识产物,总结出"孤独"和"团结互助"一对正反命题。牛竞凡的《走向澄明之境——对于加缪反抗思想的理解》⑥将加缪的思想发展的轨迹归纳为反抗荒谬—集体的反抗—反抗虚无主义与历史神话三个阶段,分别介绍各

---

① 《法国研究》1990年2期。
② 《华南师范大学学报》(社会科学版)1990年第2期。
③ 《华南师范大学学报》(社会科学版)1997年第6期。
④ 《华南师范大学学报》(社会科学版)2000年第6期。
⑤ 《外国文学评论》2002年第2期。
⑥ 《当代外国文学》2003年第1期。

个阶段加缪反抗思想的特点及其在作品中的反映。

对于加缪创作手法的研究也走向深入。邝姗的《论加缪作品的双重主题》①从加缪作品中的有罪与无辜、革命与反叛、流放与王国、孤独与团结等四组主题中发现了这些相互对立的主题实际上是互为表里、彼此融合的,体现了加缪致力于调和、整化两种倾向、两条道路的努力。柳鸣九的《论加缪的创作》②和《论加缪的思想与创作》③两文试图对加缪一生的创作进行盖棺定论:前文着重分析了马尔罗的荒诞思想对加缪的影响以及加缪荒诞思想的独特性,荒诞与反抗两大主题在《局外人》《卡利古拉》等作品中的体现及发展;后文为其所编《加缪全集》的总序,从加缪的生平、社会活动和写作历程的轨迹对加缪的思想和创作进行全面的考察。黎杨全的《加缪"现代悲剧"的理论建构与悖论》④从"现代悲剧"的可能与复兴、悲剧冲突的现代模式——冲突与反抗、悲剧结局与人的"过失"几个主题分析加缪的现代悲剧理论,并认为其与他的荒诞—反抗哲学及悲剧创作实践形成了复杂而有意味的联系。

作为一名"具有哲学气质的文学家和具有文学气质的哲学家",加缪作品的文学性则成为另一个研究重点。郑克鲁的《加缪小说创作简论》⑤以《局外人》《鼠疫》《反抗者》《堕落》等几部小说代表作为例,探讨了加缪作品中"荒诞"和"反抗"两个主题,并分析了加缪的第一人称写作、日记体写作等特点,该文堪称首篇专门论及加缪小说特色的论文。黎杨全的《加缪叙事中的"恋母仇父"模式》⑥从《局外人》《鼠疫》《堕落》与《第一个人》等四部小说中解读出一个"恋母仇父"的叙事模式,"母亲"与"荒诞"相关,父亲则成为"谋杀"的隐喻,这四部叙事作品紧紧围绕"恋母仇父"这一模式,在时间上先后承续,形成了一个循环的圆圈,折射出加缪一生的精

---

① 《上海大学学报》(社会科学版)2004年第5期。
② 《学术月刊》2003年第1期。
③ 《当代外国文学》2004年第2期。
④ 《戏剧文学》2009年第2期。
⑤ 《师范大学学报》(哲学社会科学版)1998年第3期。
⑥ 《江西师范大学学报》(哲学社会科学版)2009年第1期。

神演进历程。刘明厚的《论加缪及其戏剧》①以《卡利古拉》《误会》《戒严》和《正义者》等四部主要剧作为对象,分析了加缪戏剧在结构、语言、人物形象等方面的特点,以及在失败、孤独和死亡中与荒诞抗争的人物身上所体现的"我反故我在"的反抗精神。

在加缪的众多作品中,受到研究最多的是他的三部小说:《局外人》《鼠疫》和《堕落》。郭宏安是新时期最早的加缪研究者,他于1985年翻译出版了《加缪中短篇小说集》,并于次年10月在《读书》发表《多余人?抑或理性的人?——谈谈加缪的《局外人》,首次对加缪的这一标志性作品和莫尔索形象做出了全面而中肯的分析。张容的《荒诞的人生——简析加谬的〈局外人〉》②从小说的构思、主题、人物、叙述方法和语言风格等方面进行探讨分析。进入20世纪90年代后,关于《局外人》的论文如雨后春笋,内容也从该作品的整体性介绍转向更加具体而微的文本分析。例如黄真梅的《小说如何面对荒诞的世界——谈加缪的〈局外人〉》③从叙事学的角度,对小说的对话性、平淡无味的语言、第一人称内聚焦等方面对小说的叙事技巧进行分析,认为这些叙事技巧的使用有助于激发读者的参与度、体验人类的荒谬处境。胡俊飞的《〈局外人〉的叙事特征及其与荒诞主题间的内在关联》④总结出小说事件及场景设置的高度凝练性,第一人称内聚焦型叙事,自由直接引语的大量应用以及叙述节奏的急缓有致四大叙事特征,揭示出这些特征与抒发荒诞主题的关联性。丘上松的《莫尔索是局外人,还是局内人?》⑤和柳鸣九的《〈局外人〉的社会现实内涵与人性内涵》⑥更多地从作品所体现的社会司法、宗教等社会现实内涵来揭示主人公的人性内涵和荒谬主题。冯季庆的《特殊话语标记和语义无差

---

① 《戏剧》1998年第2期。
② 《外国文学评论》1989年第4期。
③ 《法国研究》1999年第2期。
④ 《江西教育学院学报》(社会科学版)2006年第4期。
⑤ 《外国文学研究》1992年第3期。
⑥ 《当代外国文学》2002年第1期。

异性——论加缪〈局外人〉与塞林格〈麦田里的守望者〉的叙事意义》①从两部小说的特殊话语标记入手,揭示了作品中大量表示折中立场的词语和语义对应了特定社会的深层结构组织状况和战后社会语言环境因意识形态冲突而导致的堕落,反英雄的主角批判了意识形态中心话语的贬值和社会强势话语的虚假性。杨龙的《自我的坚持与毁灭——"局外人"之死浅议》②从默尔索的死亡出发来追溯其对生存的荒诞的理解和认识上的偏差,即默尔索只看到荒诞造成了自我与世界的分离,而未能意识到荒诞同时也是人与世界的唯一联结,他极端坚持局外自我,企图战胜荒诞,却由坚持自我而至毁灭自我。杨深林、邱晶的《论加缪〈局外人〉中的殖民叙事》③以叙事学与后殖民主义理论为切入点,运用阿尔都塞的症候式阅读批评方法,认为《局外人》不单单是存在主义哲学诗性彰显的杰出文本,而更是殖民主义政治的潜在同谋和一曲为欧洲殖民主义招魂呐喊的挽歌。

加缪的另一部重要作品《鼠疫》在国内也受到了较早的关注,1980年,上海文艺和上海译文出版社各自推出了《鼠疫》中译本。但是在整个20世纪80年代,仅有董友宁《〈鼠疫〉的宿命思想》④一文探讨这部作品,文章带有一定的时代印记,认为加缪陷于"不可知论"和"宿命论"之中,思想较为消极,与之前的以及同代的其他西方资产阶级哲学家相比,加缪"算不上高明者,只不过他的手法有一些新奇之处罢了"。进入20世纪90年代之后,关于《鼠疫》的研究才逐渐增多。刘雪芹的《反抗的人生——论加缪的〈鼠疫〉》⑤将《鼠疫》与《局外人》一同视为象征小说,发现加缪塑造了"合理的杀人凶手""无罪的杀人者"和"真正的医生"三种人,而加缪肯定的是第三种人,人只有通过谦逊的态度与切实的精神,通过

---

① 《外国文学研究》2003年第3期。
② 《国外文学》2006年第3期。
③ 《三峡大学学报》(人文社会科学版)2010年第2期。
④ 《外国文学研究》1983年第3期。
⑤ 《外国文学评论》1992年第4期。

坚定不移的反抗，才能获得爱情和幸福。杨昌龙的《写实的载体、存在的精髓——论加缪的〈鼠疫〉》①对小说中的五个人物分别进行深入分析，探讨了人物的精神世界以及其所折射的反抗思想。王洪琛的《〈鼠疫〉：在荒诞与反抗之间》②借助对小说的叙事学分析，对其深层意蕴进行哲理性挖掘，指出《鼠疫》中的苦难、死亡是现代人生存困境的极致写照，在荒诞与反抗之间，现代人才能在真实性与可能性中活出自我的风采。赵雨舟的《承受生命之轻？承受生命之重？——〈鼠疫〉中雷蒙·朗贝尔的心路历程》③将目光从主人公雷厄医生投向小说第二主人公雷蒙·朗贝尔，发现了朗贝尔在这场现代悲剧中所承受的生命之重及其身上所体现的自愿的、主动的牺牲精神。

较之以上两部小说，另一部重要作品《堕落》虽然阅读和研究显得较为冷清，但是从已有的相关论文来看，呈现少而精的状态，研究并不薄弱，每篇论文都从某个角度做出了自己的深入解读。1986年，郭宏安发表《法官—忏悔者——谈谈加缪的〈堕落〉》④首次谈及此书，指出《堕落》实际上是一位关心人类命运的作家对当代重大问题，如法西斯的屠杀、抵抗运动、集中营、原子弹威胁等人类重大问题的严肃的思考，将主人公的堕落、沉沦以至于虚无态度视为战后知识分子普遍具有的一种颓废意识。韩明的《笑声中的忏悔——读加缪的小说〈堕落〉》⑤围绕克拉芒斯这位不同于此前作品中荒诞英雄或反抗英雄的形象，指出克拉芒斯只是传统价值观点栓桔中一个不安分的奴隶，克拉芒斯是一面魔镜，使加缪发现了自己的另一副令其不寒而栗的容貌。黎杨全的《〈堕落〉：病的隐喻与疗救》⑥抓住"谋杀"这一主题，发现了克拉芒斯既是一名受到社会精神迫害的"受害者"、又是一名施加精神谋害的"刽子手"的双重身份，克拉芒斯的

---

① 《当代外国文学》1995年第1期。
② 《中南大学学报》（社会科学版）2006年第5期。
③ 《法国研究》2002年第2期。
④ 《读书》1986年第7期。
⑤ 《法国研究》1987年第3期。
⑥ 《法国研究》2009年第2期。

堕落及救赎实为加缪对现代人"病根"的揭示与"疗救"。钱翰的《加缪的〈堕落〉中的罪与忏悔主题》①从宗教的角度来解读克拉芒斯的审判者——忏悔者的身份，发现克拉芒斯因自大而无真实忏悔、因无真实忏悔而自大，虚假的忏悔和自大构成了一个圆圈般向内纠缠的循环。克拉芒斯既是加缪所讥讽的知识分子反面形象，也是作者对自己的嘲讽。

《西西弗斯神话》是专门论述荒谬思想的哲学随笔，与加缪一同进入中国。1987年，该书译者郭宏安发表《荒诞·反抗·幸福——加缪〈西绪福斯神话〉译后》②，对书中加缪所阐述的哲学思考做出了梳理和总结。此后的论文大多从荒诞思想来论述。但总的来说，论述《西西弗斯神话》的文章不多，在深度上也有待加强。对于加缪的其他作品，如《卡里古拉》《第一个人》《流放与王国》等，虽然在谈及加缪的整体思想时有所涉及，但鲜有专文论述的文本分析，还有待深入。

三十年来，在加缪研究方面，除了数百篇论文之外，也出现了一些集研究者多年思考的综合性研究专著。张容的《形而上的反抗：加缪思想研究》③从哲学、政治、宗教、伦理道德、美学等多个方面来追寻加缪思想的发展轨迹，阐述了其哲学观点、政治立场和道德观。李元的《加缪的新人本主义哲学》④提出"加缪思想中具有古典人本主义精神倾向"与"加缪是传统人本主义者"是两个完全不同命题，加缪新人本主义哲学并非适应资本主义自身发展要求的哲学。在此基础上，该书在义理层面论证了坚持人本主义的自由原则、反对自由主义、利己主义、虚无主义和相对主义等几个问题。黄晞耘的《重读加缪》⑤主要讨论四个问题：阿尔及利亚对加缪思想和文学创作的深刻影响，既拒绝上帝信仰又拒绝价值虚无主义的"人间信仰"，关于"反抗"的思想和"地中海"思想，加缪精神历程的艺术表

---

① 《国外文学》2009年第4期。
② 《读书》1987年第1期。
③ 社会科学文献出版社1998年版。
④ 上海社会科学院出版社2007年版。
⑤ 商务印书馆2011年版。

达以及其在文学中的贡献。

3. 西蒙娜·波伏瓦

与萨特、加缪相比,波伏瓦研究虽起步早,但发展迟缓,较为薄弱。齐彦芬的《西蒙娜·德·波伏瓦小说中的女性形象及其所反映的存在主义观点》①是改革开放后第一篇波伏瓦研究论文,虽然带有时代印记,但开启了波伏瓦研究的先声,至今仍是这方面最为全面和深入的论文之一。作者将波伏瓦视为法国当代资产阶级文学家中的进步作家,归纳出其作品中的三类女性形象,即追求自我独立的女性、甘作男人附属品的女性和积极干预生活的女性,分析作者如何借这三类女性形象表达存在主义的荒诞、自由选择等主题。葛雷的《评波伏瓦的小说〈他人的血〉》②分析了这部较少受到阅读的小说的时代背景、人物塑造、环境描写和思想表达等因素。

1986年4月波伏瓦去世,引发了国内学者的撰文悼念。阳刚的《悼念西蒙娜·德·波伏瓦逝世 西蒙娜·德·波伏瓦:其人其著》③,分小说、思想论著、回忆录和随笔等四部分介绍了波伏瓦的作品。张放发表《波伏瓦追求真理的一生》④,将其一生归纳为资产阶级的叛逆者、萨特的"圣母"、女权主义运动的旗手、"倾向作家"等四个方面。柳鸣九的《一代知识分子的自我写照——〈名士风流〉译本序》⑤对这部获得龚古尔奖的小说的创作背景、人物关系、主要内容做了介绍,分析了作品丰富多彩的历史内容与真切细腻的心理内容。谈方的《波伏瓦与她的小说创作》⑥,通过对《女宾》《他人的血》和《名士风流》三部小说的详尽介绍,对波伏瓦的小说创作历程进行了总结,分析她在各个创作时期的特点,认为波伏瓦始终坚持现实主义的创作方法,对新小说持批评态度。

---

① 《国外文学》1984年第2期。
② 《国外文学》1986年第1期。
③ 《法国研究》1986年第3期。
④ 《外国文学》1986年第9期。
⑤ 《外国文学研究》1991年第2期。
⑥ 《当代外国文学》1996年第4期。

进入 21 世纪,随着女性主义研究的持续高涨,波伏瓦研究进入了全面、深入的新阶段。于 2008 年波伏瓦诞辰 100 周年之际达到了高潮。这些论文多从女性文学和比较研究的角度来研究波伏瓦。黄忠晶发表了数篇文章,其中《并非为萨特和波伏瓦辩护》[1]和《评论历史人物岂可仅凭想当然——对〈作为女人的波伏瓦〉之回应》[2]是两篇论战文章,针对国内外对于萨特和波伏瓦的误解,利用事实和二人书中论点加以驳斥,强调萨特和波伏瓦研究要在大量第一手资料的基础上依据史实进行,而不能仅凭想象和臆断。张新木的《波伏瓦及其存在的模糊性》[3]从存在的模糊性、模糊性的体现、模糊性的道德等几方面分析"存在的模糊性"这一哲学命题,认为这个命题具有某种个人主义的色彩,但又不会导致随心所欲的无政府主义,只有从存在的偶然事实性中争取自身的自由,才能承担自己的存在。

由于波伏瓦的女性身份,将波伏瓦与中国女性作家进行比较研究也是波伏瓦研究的一个常见主题,其中丁玲和张爱玲是最经常被拿来与波伏瓦进行比较的中国作家。圣童的《也说丁玲与波伏瓦》[4]分析了两位女作家的文学成就、思想观点和人生道路,认为两人在文学观和思想上的差异并不是社会性质不同造就的,而与当时的政治局面有关。蒋书丽的《跨越时空的契合——张爱玲和波伏瓦的女性意识比较》[5]从女性本质的定义、婚姻的交易属性来比较两位作家思想的契合之处,认为虽然张爱玲的女性意识表达不够系统,理论性不强,但她以自己特有的文学表达发出了和波伏瓦同样的声音,她对女性和婚姻本质的认识与波伏瓦可谓不谋而合。

在作品研究方面,被誉为女权主义圣经的《第二性》受到了最大的青

---

[1] 《书屋》2002 年第 9 期。
[2] 《粤海风》2004 年第 1 期。
[3] 《法国研究》2009 年第 4 期。
[4] 《文学自由谈》2007 年第 4 期。
[5] 《东北大学学报》(社会科学版)2010 年第 3 期。

昧。易佩荣、严双伍的《〈第二性〉的时代背景、哲学倾向及其相关学术争论》①介绍了《第二性》的时代背景、分析了作品中的存在主义哲学思想。郑克鲁的《女性问题的透视与自省——对女性主义理论经典〈第二性〉的解读》②全面介绍了《第二性》所涉及的女性问题的几个方面，如对女性的理解和全新论述、女性在人类历史发展中的地位、男性作家笔下的女性形象及其折射出的男性思想、女性生活各个阶段的分析等。陈肖利的《走出内在性：选择一种面向未来的存在形式——浅析西蒙娜·德·波伏瓦〈第二性〉的女性生存论》③分析了该书所提倡的在内在性中束缚、在内在性中超越、参与设计自由的开放之路的存在主义女权理论。

《女宾》也是受到较多关注的作品。葛丽娟的《〈女宾〉浅论》④从虚幻的幸福、爱情、自我与他人三个方面对弗朗索瓦兹、皮埃尔和格扎维埃尔等人物之间的复杂关系及其精神追求进行分析，对所寓含的幸福、自我、主体意识、他人等哲理问题加以阐释。王静的《从〈女宾〉的第二叙述层次看波伏瓦的女性存在》⑤将小说分为以弗朗索瓦兹的单视角为叙事主方位的第一叙述层和以伊丽莎白为中心的另一个"爱情三重奏"故事的第二叙述层，认为第二叙述层表达了存在主义的自由选择观点。周秀萍的《简析〈女宾〉中弗朗索瓦兹的形象》⑥分析弗朗索瓦兹的形象和心路历程，认为她的经历让人反思女性的身份和地位，而其自杀行为是一种自由和自主的选择，是维持了做人的尊严和价值、实现自己的本质的选择。李萍的《"共享的谎言"与主体的摧毁——波伏瓦〈应邀而来〉解读》⑦从小说的故事性、哲学性、启迪性，他者意识对"共享的谎言"的解构，知识女性获得价值的"自欺性"三个方面解读了小说所表达的"女性必须认真对待自己的

---

① 《法国研究》2002 年第 2 期。
② 《学习与探索》2008 年第 3 期。
③ 《理论界》2007 年第 3 期。
④ 《济南大学学报》（社会科学版）2002 年第 3 期。
⑤ 《法国研究》2008 年第 4 期。
⑥ 《湘潭大学学报》（哲学社会科学版）2008 年第 5 期。
⑦ 《齐齐哈尔大学学报》（哲学社会科学版）2007 年第 5 期。

生存,从而对生活未来承担责任"的观点。

以二战为题材的《人都是要死的》也得到了一定程度的关注。曾艳兵的《面对死亡的沉思——论波伏瓦〈人都是要死的〉》①讨论了小说的死亡主题,认为敢于自由面对死亡才可以完成从非本真的死到本真的死的飞跃,死亡主题表达了存在主义知死是为了重生、重生又需要死亡来加以证实的观点。谭成春的《存在的价值——读波伏瓦〈人都是要死的〉》②分析了作品中表达出的对人生价值及意义的感受,以及小说中使用的对话、内心独白与意识流以及荒诞变形、梦幻等艺术手法。

在综合性的专著方面,黄忠晶著有《超越第二性:百年波伏瓦》③,该书跳出了传记以时间为序的窠臼,每章被冠以不同的主题,在收集材料基础上,加强分析,就波伏瓦一生的若干重大事件史实,对某些传统看法和误解做出了纠正。屈明珍的《波伏瓦女性主义伦理思想研究》④以《第二性》为主要文本,以其他作品及相关研究史料作为背景资料,首次全面梳理波伏瓦女性思想的渊源和主要观点,试图勾勒出波伏瓦女性伦理思想的完整图像。它首先介绍了波伏瓦的生平、著作以及法国女性当时的处境,然后讨论了波伏瓦的思想渊源,梳理波伏瓦对"女人问题""镜框与自由"及"自我与他人"问题的解答,该书在中国女性主义伦理思想研究历程中具有重要意义。

二、新小说

"新小说"作为一种文学实验,称其为一个流派是颇有争议的,但是这并不妨碍众多研究者将其作为一个完整的文学流派,从宏观的角度探讨该流派的美学原则和写作特点。1980年廖练迪最早发表《法国的"新小

---

① 《国外文学》1995年第2期。
② 《法国研究》2000年第2期。
③ 中共中央党校出版社2007年版。
④ 湖南人民出版社2011年版。

说"》①,将新小说的创作技巧归纳为五点:同一情景的反复再现、故事人物及情节进展的模棱两可、叙事结构的星形展开、要求读者的直接参与、叙事时间多集中在一天之内等。冯汉津分别于1981、1983和1985年发表三篇有分量的文章②,指出了新小说在消解人物、情节和作者方面的共同特点,进而从与传统小说加以比较,将新小说定义为"否定的小说",认为否定了人物形象和心理分析、否定了道德使命和语言规范的小说势必会走向对自我的否定和阉割,成为"小说的悲剧"。董有宁试图从社会学的角度探析新小说的产生原因,他的《"新小说"产生的社会及其主要理论初探》③指出,战后法国社会生产的机械化抹杀了人的主观能动性,物化的世界承受着高生产、高消费的张力,人的精神世界处于高度紧张中,极容易产生悲观失望和怀疑的情绪,整个社会进入了一个"怀疑的时代",传统的小说形式已无法反映新的社会现实,用一种新的语言承负起新现实主义的重任,新小说便应运而生。

20世纪80年代中后期是新小说随着各种西方现代派文艺思潮大规模在中国传播并产生影响的时期,其理论和叙事形式的试验作为对现实主义理念的反动,迎合了当时国内的文学环境。1986年前后现实主义文学观念受到质疑,而新小说关于人与世界的关系、人的存在问题的理论在一定程度上被当作新的思想意识形态的代表,具有思想启蒙的价值,得到了批评界的认同。柳鸣九是该领域成绩显著的研究者,他在1986年主编的《新小说派研究》④全面地介绍了该流派的理论宗旨及作家作品概貌,成为不可或缺的参考资料。他在序言中对新小说持完全肯定的态度,与其在20世纪80年代最初介绍新小说时的态度大相径庭,意识形态的批

---

① 《外国文学》1980年第5期。
② 冯汉津:《当代法国文学流派披涉》,《社会科学战线》1981年第4期;《"新小说"漫步》,《当代外国文学》1983年第1期;《新小说派小说》,《外国现代派小说概观》,陈焘宇、何永康编著,江苏文艺出版社1985年版。
③ 《外国文学研究》1982年第2期。
④ 中国社会科学出版社1986年版。

判话语已了无痕迹。他主编的另一著作《从现代主义到后现代主义》[①]专辟一栏"法国新小说四例析",从现代心理学的角度解读萨洛特的《天象仪》,并与乔伊斯和普鲁斯特的创作手法相比较,指出萨洛特在挖掘潜意识、潜对话方面的独创性;他认为格里耶《嫉妒》的艺术魅力在于"一切尽在不言中",无声的目光实则淋漓尽致地表现了一种"没有嫉妒的嫉妒";布托的作品被看作是各类艺术综合运用,陈杂一体的表现。这部著作将新小说研究置于一个全新的理论视野,即现代主义向后现代主义的过渡。

马小朝的《揪着自己的头发不能飞离脚下的大地——论"新小说"派的艺术观》[②],从本体论、创作论和价值论三个层面论述了新小说的艺术观在于揭示文学无目的的目的、无内容的内容和无意义的意义。蹇昌槐的《后现代视角下的新小说》[③]认为,新小说正是通过消解结构和意义完成了罗伯-格里耶所谓"铲平深度神话"的创作理念,表现出对于包括现代主义在内的一切"文学传统、文化哲学和价值观念"的消解与耗散,其"意义的耗散、形式的解体和数码的置换"充分展示了"削平深度模式、颠覆历史哲学、消散主体意识"的后现代叙事风格。21世纪初的新小说研究似乎又进入了一个新的层次,提出了一些新的观点。杨亦军在《新小说创作的现代理性主义特征》[④]中指出,新小说派作家通过探索"深层真实"、通过客观描写、通过倡导小说的"科学化",把文学中的理性主义发展到一个新的阶段,达到了高度的明晰和精细。但是"这类以明晰的理性和精细的描写所进行的创作,却不自觉地把读者引入了令人感到模糊困惑的现实世界的迷宫。这正是人类现在面临的困惑:人类对宇宙、世界、和自然懂得越来越多,却越来越难以用明晰的理性来加以说明,因而陷入了越来越深的困境。新小说作家正是利用了清晰与模糊的互克原理,用精细入微的描写把人引入到一个模糊、困惑的现实迷宫之中,这或许就是新小说创

---

① 中国社会科学出版社1994年版。
② 《外国文学评论》1994年第4期。
③ 《外国文学评论》1997年第1期。
④ 《法国研究》2001年第1期。

作中现代理性主义的最根本的意义"。这个观点相对于以往"非理性的后现代"论调来讲应该是一个突破。王晓侠的《试析法国新小说叙述话语的自反性》①通过对罗伯-格里耶、布托、西蒙及萨洛特的作品分析,从"引语转述和评论叙述""互文""绘画隐喻"及"元语言"等角度揭示了新小说叙述话语的自反性,从而阐明叙述话语同叙述及写作本身的镜像关系构成新小说叙事的共有特征。该论文在一定程度上弥补了评论界鲜少通过具体文本分析来归纳新小说整体叙事美学研究的缺憾。她的另一论文《从新小说到新自传——真实与虚构之间》②一方面梳理了新小说作家在创作文体转变过程中的言论,另一方面对其自传作品的特点进行了分析,剖示了新自传之"我"与"他者"、"真实"与"虚构"之间的镜像关系,指出这种主体的构建方式带来了文学创作美学的新思考,因为它一方面首肯了虚构作品的真实因素,另一方面揭露了所有自传作品的虚构本质。

　　新小说研究盛而不衰的另一个表现在于有学者开始探究新小说对中国当代文学的影响:李曙豪的《法国新小说对中国先锋小说叙事手法的影响》③从"弱化小说的人物和情节""故事套故事的写法"和"小说元素的再现"三个方面论证了法国新小说对中国先锋小说叙事手法的影响;李松岳的《论中国实验小说对法国新小说的吸纳与变异》④指出实验小说在主题指向、文本结构、叙述方式和语言生成上都进行了深刻的变异探索,从本体论和认识论意义上完成了由"写什么"到"怎么写"的转变;宋学智和许钧的《法国"新小说"与中国当代先锋文学》⑤指出中国先锋小说步"新小说"之后尘,以牺牲内容、抹平深度、否定传统的极端姿态来进行语言革命和形式探索走过了头,用符号代码系统上的变幻出新来取代作品内在的精神维度,不可能真正获得文学的生命价值,一方面也肯定了二者的实践

---

① 《文化与诗学》第七辑,北京大学出版社2009年版。
② 《国外文学》2010年第1期。
③ 《云南社会科学》2005年第3期。
④ 《文艺争鸣》2008年第12期。
⑤ 《外语与外语教学》2005年第3期。

探索有着不可否认的积极意义:它不仅动摇了文学服务于政治权力话语的传统信条,让小说叙事回归了文学本体,而且这种先锋探索丰富了现代小说的艺术形式,为今天小说叙事模式的多元化格局奠定了坚实的基础。

1. 罗伯-格里耶

罗伯-格里耶是公认的新小说掌门人,他竭力将当时反传统、追求小说艺术革新的作家笼络在同一面旗帜下。他的几乎全部作品都被译介到中国,也是中国学者研究最多的新小说家。20世纪80年代对罗伯-格里耶的初介无不同新小说这个整体的称谓联系在一起,形成谈新小说必谈罗伯-格里耶、谈罗伯-格里耶也必谈新小说的局面。随着罗伯-格里耶的作品的译介越来越全面,人们逐渐将目光投向作品的本文研究,大致可分为两个方向:

一是对作品创作美学原则的探究,如晁召行的两篇文章《文学性不在于表面的真实性——罗布-格里耶小说中的物事世界剖析》①和《论罗伯-格里耶创作的后现代主义特征与现实主义精神》②,张唯嘉的《格里耶小说美学和小说创作的基石》③,以及杨令飞的《罗伯-格里耶与现实主义》④,张唯嘉的《后工业城市"幻象化"的现实——试论罗伯-格里耶的城市小说》⑤等,从不同的角度论证了罗伯-格里耶作品中所涉及的真实性与现实主义问题,指出其新现实主义一方面是对巴尔扎克式传统现实主义的颠覆,一方面又继承了文学必须是对"现实"写照的美学原则。他一方面对作家的职责是"尊重""表述"时代真理的论断提出了质疑,一方面肯定了一种不确定的现实观,一种"主观的存在"和"心理的真实"。汪汉利的《虚伪的作品与真实的表述——先锋时期余华与罗伯-格里耶人物观之比较》⑥进一步指出罗伯-格里耶的新现实体现在语言的叙述中,是一

---

① 《许昌学院学报》1988年第2期。
② 《许昌师专学报》2000年第4期。
③ 《湘潭大学社会科学学报》2001年第3期。
④ 《法国研究》1996年第1期。
⑤ 《外国文学评论》2004年第4期。
⑥ 《江西科技师范学院学报》2006年第4期。

种语言本身的真实所反映出的"人认识世界的无知性"以及对传统美学中"人为化的比喻"的颠覆。

另一方向着重阐释罗伯-格里耶的"物本主义"。晁召行的《散布于物象世界中的原生心理世界——从〈窥视者〉的书名谈起》①，忤从巨的《嫉妒者眼中的"事物世界"——罗伯-格里耶与〈嫉妒〉》②，以及张唯嘉的两篇论文《格里耶的写物理论》和《罗伯-格里耶物本主义辨析》揭示了罗伯-格里耶所谓的"物本主义"实则是一种哗众取宠的描写技巧，看似无动于衷、平面的纯客观表述背后实际隐藏着深不可测的主观心理世界。张唯嘉甚至指出罗伯-格里耶从未提出过以物为本的理论，物本主义实是"误读"，是 20 世纪文学评论定势思维、非此即彼的产物。她的另两篇论文《格里耶与现象学》③和《罗伯-格里耶诗学与弗洛伊德的精神分析学》④分别从现象学和精神分析学的角度阐释了"物本主义"的哲学渊源以及罗伯-格里耶作品中客观描写和主观心理现实的辩证关系，从而印证了罗伯-格里耶本人在意识到提出所谓纯客观主义的错误后所进行的自我纠正。

张唯嘉还发表了《颠覆"完整"，张扬"空缺"——格里耶"空缺论"初探》⑤，认为"空缺论"是罗伯-格里耶小说美学中最富有破坏性和叛逆性的学说，同时也是最富于建设性和创造性的理论，新小说美学是建立在现实的不确定性和读者参与文本建设的基础指上。刘宁宁的《艺术完整律与格里耶的"空缺"论》⑥具体从"时间安排上的瞬间性""事理反映上的本真性""体系结构上的破碎性"几个层面阐释了新小说的不完整性，从而说明新小说对传统小说所具有的时间安排上的连续性、事理反映上的矛盾性、体系结构上的严密性这些公认的创作美学原则进行了彻底的颠覆。

---

① 《许昌学院学报》1993 年第 4 期。
② 《名作欣赏》2001 年第 5 期。
③ 《四川师范大学学报》(社会科学版)2002 年第 1 期。
④ 《佛山科学技术学院学报》(社会科学版)2007 年第 5 期。
⑤ 《国外文学》2001 年第 2 期。
⑥ 《东北师大学报》2005 年第 2 期。

张唯嘉的《罗伯-格里耶的"非意义论"》①从"意义"的"创造性""流动性"和"多元性"阐释了罗伯-格里耶对传统美学中"意义"的"先验性""故定性"和"唯一性"的消解,从而得出"意义的古老霸权死了,新小说应该是非意义的小说"的结论。孙辉的《返魅的前奏——罗伯-格里耶创作的生态美学意义》②独辟蹊径,从"生态美学"的角度说明新小说填平了本质—形式、客观性—主观性、意义—荒诞、结构—解构、回忆—在场、想象—现实等二元对立的鸿沟,将由主客体二元对立的主体性美学转向主客体对话、融合的"主体间性美学",这种主体间性美学强调人与自然的交互主体性,秉持两者对话的立场与姿态,因而是生态美学建构的一个重要向度。

有关罗伯-格里耶创作技巧和叙事特点的评析也处于兴旺不衰的状态。20世纪80年代中期杨建刚的《罗伯-格里耶小说理论与技巧初探》③从理论和技巧两个方面指出了罗伯-格里耶作品中"令人窒息的物事世界"和"迷宫般的结构形式"。姚公涛在20世纪80年代末撰文解析《窥视者》的叙述艺术④,晁召行则聚焦于《窥视者》中的人物刻画艺术⑤,并最早提出"隐蔽的视点"在《嫉妒》中的叙事功能⑥。事实上,新小说一度被法国评论家称为"目光派",20世纪90年代后,中国学者更加关注到罗伯-格里耶创作中的这一特点。王阳的《〈嫉妒〉:叙述者分析》⑦将目光的存在看作一个不动声色的叙述者的存在。田兆耀的《评罗布-格里耶的"视觉主义"》⑧认为格里耶的美学追求价值就在于利用视觉的阻力达到陌生化效果,从而使话语姿态处于"感情零度",以客观的极限表达人类深层的心理事实。张佑周的《独特的视觉窥视——评罗布-格里耶小说〈窥视

---

① 《外国文学研究》2001年第4期。
② 《文艺评论》2005年第4期。
③ 《法国研究》1985年第1期。
④ 姚公涛:《试论〈窥视者〉的叙述艺术》,《外国文学评论》1989年第2期。
⑤ 晁召行:《罗布—格里耶〈窥视者〉的人物刻划艺术》,《许昌学院学报》1989年第3期。
⑥ 晁召行:《隐蔽的视点在〈嫉妒〉中的作用》,《外国文学评论》1989年第4期。
⑦ 《国外文学》1996年第4期。
⑧ 《南京农业大学学报》(社会科学版)2001年第3期。

者〉》①,从反映当代西方社会现实生活的角度出发,将"窥视"看作是捕捉人与物的存在的极为巧妙的方法。

徐肖楠20世纪90年代末撰文评析罗伯-格里耶小说中的"反悖"②和"复现"③两种叙事技巧。他认为,"反悖"既是一种小说形式的探索,也是小说文本意义的探索,比如"情节反悖"颠覆了以往小说情节一致的原则,也颠倒了形式依附于内容的关系,极端地体现了形式对于内容的创造作用和内容对形式的依赖,而故事文本中"人物的反悖关系",实际上消解了人物,让人消失在物化世界里。"复现"不是简单的重复,而是事物在改变含义的情况下重复出现,"这种复现是为严格的理性目的服务的,它并非作者混乱心理的自然流露,也不是人们无意识心理生活在文学中的横移和照搬,而是通过复现与其他叙事手法的结合,去巧妙严谨地把现实组织在虚构中"。晁召行从"人物形象的平面化"④及"叙述者角色的置换"⑤两个角度探讨罗伯-格里耶小说叙述的模式,并以《吉娜》为蓝本,从外在的身体行动和内在的意识活动解析了小说叙述的双文本性⑥。姚公涛通过对罗伯-格里耶小说话语构建模式内涵的分析,归纳了"新小说"在理论和文本创作中对传统小说话语的反动,并指出这一话语构建过程所体现的"话语秩序"以及"话语模式"正是对当代人文科学主流话语的整体呼应⑦。"戏拟"是罗伯-格里耶钟爱的一种小说表现方式,它在模仿的基础上生成崭新的、具有戏谑性的叙述效果,以达到否定原有意义的目的。刘

---

① 《山东大学学报》(哲学社会科学版)2002年第4期。
② 徐肖楠:《阿兰·罗伯-格里耶小说中的反悖》,《外国文学评论》1997年第1期。
③ 徐肖楠:《阿兰·罗伯-格里耶小说的复现手法》,《名作欣赏》1998年第3期。
④ 晁召行:《人物形象的平面化与对其理解的难度——罗伯-格里耶小说叙述模式论二》,《许昌师专学报》1999年第3期。
⑤ 晁召行:《"发现者"的置换与新的小说观念——罗伯格里耶小说叙述模式论》,《苏州铁道师范学院学报》2000年第3期。
⑥ 晁召行:《试析〈吉娜〉的双文本性》,《许昌师专学报》1996年第3期。
⑦ 姚公涛:《从罗布·格里耶看"新小说"的话语构建》,见《齐齐哈尔大学学报》(哲学社会科学版)2002年第1期。

亚律的《论罗伯-格里耶新小说中的"戏拟"》①以及黄雅颖的《试谈罗伯-格里耶〈窥视者〉中的戏仿》②两篇文章专门就这个问题做了论述。

　　罗伯-格里耶的小说创作中,情节的概念让位于结构的概念。故事不再是线型进展,事件的因果联系失去了可信度,全能的叙述者被各种各样新型的、多功能的结构组合形式所取代。余璐瑶的《对传统时空叙述方式的革命性突破——试析〈去年在马里安巴〉的时空经验》③认为《去年在马里安巴》的最大突破在于消除了"去年"和不断涌动着的"当下"之间的界限,正是在对"去年"的不断召唤中创造了一个作者与读者直接"共在"的自由空间,跨越了时空的界限,完成了自我与他人的更替,达到了荒谬和现实的交织融合。杨龙的《时间、罪孽及其他——试论阿兰·罗伯-格里耶小说中的"环"》④把小说中时间、人物、情节的"环"象化阐释为时间与罪孽的深层象征以及对世界闪烁不定的意象的描述,从而揭示出人的行动与时间,进而是人与物之间的复杂关系。

　　罗伯-格里耶小说创作中另一个重要理念即读者对文本建构的参与性。李舒燕从伊赛尔的"空白论"引出罗伯-格里耶文本中随处可见的"空白",并论证这种叙述技巧的目的正是让读者在阅读过程中能够积极主动地参与文本的建构⑤;韦华的《读者中心与文本建构——罗伯-格里耶的小说创作观》⑥指出罗伯-格里耶不仅较早把握了文学中心发生转移的事实,而且清醒地认识到读者才是后现代主义文学的真正主体。文章从文化语境、具体主张、实现策略三个层面勾勒出"以读者为中心"的创作观念的基本框架,并揭示出它的价值和局限。

　　20 世纪 80 年代起新小说派作家纷纷转向自传体写作。这次转变是

---

　　① 《江西社会科学》2005 年第 1 期。
　　② 《科技信息》(科学教研)2008 年第 22 期。
　　③ 《四川大学学报》(哲学社会科学版),2008 年第 6 期。
　　④ 《四川外语学院学报》2003 年第 5 期。
　　⑤ 李舒燕:《空白的揣度——从〈橡皮〉看读者的参与性》,《贵州大学学报》(社会科学版)2004 年第 1 期。
　　⑥ 《当代外国文学》2007 年第 1 期。

否一次从标新立异到回归传统的蜕变？新小说作家的自传体写作与传统的自传体写作有何共通和变异？这一写作主题和写作风格的变换，是否意味着新小说派的穷途末路还是与自身创作美学原则的决裂？这些问题也均得到思考和关注。杜莉在20世纪90年代初撰写了《是探索还是"回归"——从〈重现的镜子〉看罗伯-格里耶》[1]，指出"新自传"的实质是"探索"大于"回归"。张唯嘉的《用虚幻建构真实——解读罗伯格里耶的"新自传"》[2]，比较具体、深刻地剖析了"新自传"的本质：格里耶的"新自传"，把"我"的回忆和科兰特的故事糅合在一起，把纪实和虚构熔为一炉，"从根本上改写了游戏规则，扰乱了文类秩序，解构了自传体裁"。文章强调，把虚构引进自传是格里耶的一种深思熟虑的艺术追求，"是一种关乎真理、关乎原则、关乎艺术生命的神圣的叙述实验"，"格里耶的新自传体现了一种用虚幻建构的真实"。唐玉清的《论罗伯-格里耶的新自传契约》[3]也指出罗伯-格里耶的"传奇故事"三部曲从"意义"和"真实"两方面颠覆了传统的自传契约，它既逃脱了后现代的束缚，又没有掉进传统的现实主义和本质论。姚公涛的《透过〈重现的镜子〉看格里耶的"新自传"》[4]就"重现"的客体、"重现"的主体和"重现"与时间的关系，提出了一些新的看法，认为《重现的镜子》中的叙述客体主要包括"形象"和"感觉"两个方面，它与传统自传文体在"真实性"和"情感介入"方面有明显的不同，叙述主体则呈现出多声部的复调特征，在时间艺术上超越以往自传文本，直接认可时间的推移对回忆的"损害"，从而由一个侧面印证了叙述者的"客观"与"真诚"。

罗伯-格里耶作为法国影坛"新浪潮"中的"左岸派"电影导演之一，其小说和电影在理论和艺术手法上的互渗现象也是评论界的研究对象。早在20世纪90年代初，钱红林就分别以格里耶和杜拉斯的小说及电影作

---

[1] 《法国研究》1994年第1期。
[2] 《外国文学评论》2001年第1期。
[3] 《当代外国文学》2008年第1期。
[4] 《盐城师范学院学报》（人文社会科学版）2005年第1期。

品为例,对新小说派和"左岸派"电影艺术在创作手法方面的交融现象作了初步探讨①,之后十几年间鲜有此方面的评论。跨入 21 世纪后,姚公涛的《罗布-格里耶电影小说浅论》②、王长才的《论罗伯-格里耶小说的电影印迹》③以及傅明根的《"新小说派"电影小说的"电影性"探询——以阿兰·罗伯-格里耶作品为例》④,分别指出在物化理论和现象学的影响下,罗伯-格里耶不仅用图像化物体和碎片化意识消解了传统小说"深度"的大厦,而且以与电影相通的中心炸毁和碎片方式,构建了一类具有电影性倾向的小说。在小说观念方面,罗伯-格里耶受到电影的"客观性""主观性"以及"现在性"等方面的启发,在具体写作中借鉴了特写镜头、慢镜头及"蒙太奇"等电影手法。与此同时,他还将"复调性""间离效果"等文学观念引入电影作品,创造出电影难以企及的奇妙效果,在电影领域内实践自己颠覆传统艺术形式的"新小说"概念。

有关罗伯-格里耶最新小说作品的研究目前为止应该是他晚年的小说《反复》⑤。《反复》的中译者余中先在第一时间对这本书做了解读⑥,分析了作者在情节设置、场景描写、人物形象塑造诸方面对先前文本的参照、挪用和重构,并指出作者经由不同的叙述维度,营造出不确定性的叙事迷宫,从而解构对作品主题的单一阐释。祖国颂的《〈反复〉的叙述迷宫及其文化蕴意》⑦指出,《反复》不仅是对自己作品的反复,而且是对自身文化背景的反复。他在小说中浓缩了他以前作品(包括小说和电影)中的所有因素——侦探套路、同名人物、同样的场景等等,同时还复写了克尔凯郭尔的同名小说:他或许在想象自己百年之后与新小说创作的关系,恰

---

① 钱红林:《艺术交叉口的选择——论法国"新小说派"小说与"左岸派"电影的艺术交融》,《外国文学研究》1990 年第 1 期。
② 《甘肃社会科学》2007 年第 2 期。
③ 《国外文学》2009 年第 3 期。
④ 《电影评介》2008 年第 10 期。
⑤ 《反复》,余中先译,湖南美术出版社 2001 年版。
⑥ 余中先:《为了重构的反复——简评罗伯-格里耶的小说新作〈反复〉》,《外国文学动态》2001 年第 6 期。
⑦ 《名作欣赏》2005 年第 6 期。

如克尔凯郭尔与未婚妻蕾吉娜·奥尔森分手后那种痛苦而又怀旧的心情。

在罗伯-格里耶研究领域,张唯嘉从某种意义上讲是一个集大成者,她于 2002 年 8 月出版的专著《罗伯-格里耶新小说研究》①弥补了长期以来我国学者对罗伯-格里耶中后期作品重视不够的缺憾,从理论评述到文本分析都不失为科学而系统的研究成果。而王长才的《如何理解罗伯-格里耶?——兼与张唯嘉教授商榷》②指出,"图像与现实之间互渗、转换,人物的幽灵化,应被视为小说迷幻化的叙事策略,而不应被视为对后工业城市现实的揭露与批判",得到了张唯嘉的回应。她在《文学诠释与罗伯-格里耶诠释》③中强调文学诠释是一种创造性的活动,其本质并非重构或复制作者的意图,而罗伯-格里耶的"形式本体论"有其缺陷,不能成为诠释其小说文本的金科玉律。

2. 萨洛特

萨洛特作为新小说的代表作家和理论奠基人之一,其作品在中国的译介相对要少得多。她的 22 部作品中(包括 13 部小说、6 部剧本、3 部评论文集)只有 4 部小说被译成中文④。有人说这与萨洛特文字的艰涩难懂有关。她的作品之所以难懂,是因为作品的整体结构和内容传达超出了读者的"期待视野"。萨洛特本人虽不否认"人物形象的塑造",却把"人物"统统幻化为声音和字词。她致力于人的意识深层,利用对话或潜对话的叙述形式,在一个到处充满声音的网络中细腻地洞悉那个枝蔓纤细微妙的"向性"世界,自始至终跳跃不定的"潜对白"旨在刻画一个时刻变动不居的主体,就是这种"捉摸不定"和"变动不居",使译者"尝够了难懂、难

---

① 湖南人民出版社 2002 年版。
② 《外国文学评论》2006 年第 2 期。
③ 《佛山科学技术学院学报》(社会科学版)2008 年第 2 期。
④ 分别是《童年》(桂裕芳译,外国文学出版社 1986 年版)、《天象馆》(罗嘉美译,漓江出版社 1991 年版)、《童年·这里》(桂裕芳、周国强、胡小力译,译林出版社 1999 年版)、《天象仪》(周国强、胡小力译,译林出版社 2000 年版)、《一个陌生人的画像》(边芹译,译林出版社 2000 年版)。

译、难介绍的滋味"①。

对萨洛特的研究最早还应追溯至柳鸣九的访谈文章《新小说派、意识流及其他——访法国作家娜塔丽·萨洛特》，该访谈让人了解到萨洛特的新现实主义和巴尔扎克传统现实主义的根本区别以及普鲁斯特对萨洛特的影响，指出萨洛特注重的是对人的内心世界的描写，她不但写内心独白，而且写内心独白的前奏，即内心独白前一瞬间的心理活动。冯汉津的《"新小说"漫步》②把萨洛特的"主观现实主义"和格里耶的"客观现实主义"看作是新小说的两极，使中国学者意识到新小说的共同点是对传统的拒绝和颠覆。随后董鼎山的《法国"新小说"两大师萨洛特与霍布-格里耶》③提到萨洛特是新小说的"元老"，分别对《向性》《一个无名氏的肖像》《马尔特罗》《天文星象馆》《金果》《生死之间》等作品作了简介，认为"小说中短促不完整的句子，突然的观点转移，类似'意识流'的效果，节奏的变换，循环性的动态，都表现出她的技巧的特殊"。董鼎山对"新小说"特点的总结是对萨洛特作品的恰切的写照："文章是片段性的"，"是没有连续性的间断"；这类作品"所呈示的不是一致性的结合，而是四分五裂的疏散；即是说，部分较整体尤为重要"。

20世纪90年代初柳鸣九再次撰文《娜塔丽·萨洛特的〈天象馆〉与心理现代主义》④，从宏观的角度探讨了西方现代心理主义的起源和发展，尤其指出萨洛特的独创性不是那种"普及化"的、"个别方向"的、"局部表现方式上"的、"遣词造句等细枝末节上"的独创性，而是"涉及到文学的根本观念，文学的传统形式与基本要素的独创性，一种深层次的、因而又非常鲜明突出甚至触目惊心的独创性"。阳夏成的《读萨洛特的〈天文馆〉》⑤也指出萨洛特"继承并发扬了陀斯妥耶夫斯基热衷于展示人类灵

---

① 周国强在译序中提到："《这里》短短六万字的翻译历时半年，尝够了难懂、难译、难介绍的滋味，而这还是两个人共同努力才做到的。"
② 《当代外国文学》1983年第1期。
③ 《读书》1987年第7期。
④ 《当代外国文学》1990年第2期。
⑤ 《法国研究》1991年第2期。

魂的传统,在五十多年的创作实践中,孜孜不倦地致力于表现那些纤细如缕、稍纵即逝而又无以名状的心理活动"。田兆耀、李辰民的《萨洛特的"对话与潜对话"初探——法国新小说理论研究之一》①,将萨洛特的"对话与潜对话"看作"在意识流小说理论、心理分析学说和复调小说理论的基础上建构的新小说理论",认为"其反对传统的对话方式,充满先锋色彩的内心独白,强调内心独白的前奏,发掘潜对话的多维功能"对丰富和发展现代小说的叙事技巧和重新认识西方现代人的思维方式具有重要意义。刘成富的《把一生献给了"怀疑的时代"——简论法国女作家娜塔丽·萨洛特》②指出,萨洛特心理描写上的重大突破,即对"潜对白"的细腻描绘,开辟了乔伊斯和普鲁斯特未曾开辟的心理领域,"在我们的潜意识里打开了词语的牢笼"。杨国政《怀疑时代的自传》③以萨洛特 20 世纪 80 年代随势而动的一部自传作品《童年》为文本分析的对象,说明其内容一反传统自传叙事的惯例,所要表达的不是那些"凝固不变、尘埃落定、先入为主"的生活经历中的重大事件,而是尘封于记忆深处飘忽不定的心理感受,以及"仍在悸动、撩拨心弦"的微不足道的琐碎小事。自传中那个"虚构的批评者的声音的引入,使叙述者的话语不再是一种不容置疑的断言,而是一种在黑暗中逐渐摸索、探寻的过程。而自我也不再是一个不证自明的存在,而是一个被不断怀疑、不断修正的影像"。

有关萨洛特的最新研究应该是王晓侠 2011 年的两篇文章《萨洛特作品中的语言学》④和《萨洛特〈你不喜欢自己〉的主体评析》⑤。前者从萨氏作品中一个非常特别的语言现象,即元语言现象出发,结合具体的文本分析,揭示萨洛特如何将字词与人物等量齐观,从而向读者在字词意义的"惯常之外"、人物感受的"情理之中"和选择词汇的"犹疑之间"展示了一

---

① 《苏州大学学报》1998 年第 1 期。
② 《当代外国文学》2000 年第 4 期。
③ 《外国文学评论》2002 年第 2 期。
④ 《外国语文》2011 年第 1 期。
⑤ 《外国文学评论》2011 年第 4 期。

个变幻莫测却又充满了潜在活力的"向性"世界。在这个隐秘的内心世界里,"我"的存在经由字词的存在而得以展现,"我"与"他人"的关系如同字词之间的关系,无边的不确定性反而创造了相互交融的条件,反映了存在与虚无的微妙辩证。后者对萨洛特后期的代表作《你不喜欢自己》做了细致的文本分析,"从多声部中意识崩裂的自我""在与他者的关系中存在和消解的自我"以及"一个不懈追求'真实'的变动不居的自我"几个层面来剖析作品中的主体特点,展示了萨洛特独到的创作手法及其对"自我"这个哲学概念的特别理解。

如上所述,有关萨洛特的专门研究目前为数不多,但不乏有深度和力度的评论之作。作为新小说派最具感召力的代表人物之一,萨洛特在中国的研究空间依然具有进一步被挖掘的潜力。

3. 西蒙

在1985年获得诺贝尔文学奖之前,克洛德·西蒙在新小说家中似乎并不引人注目,因为无论从创作历史还是从对新小说的贡献以及从所从事的文化活动范围来看,其他几位作家都比他的资历更深,影响更大。他的获奖因而引起更多的好奇和关注,国内对他的专门研究也是起于这个时期。其中张放①、夏阳②、冬人、金天③、戴侃④等人都撰文分析西蒙获奖的原因,认为他"在描写人类生活状况中把诗人与画家的创造性与他对时间作用的深刻理解结合起来","溶严谨的形式、博学、幻想和个人经验于一体",刻意描写"生存于我们内心的——无论我们是否愿意,是否理解,是否相信——某些事物"。诺贝尔奖的授予,决非出于时尚和恭维,而是对一种当今最卓越的小说创造,对一种最严谨最富于创造性的写作的奖励。

---

① 张放:《克洛德·西蒙主要作品及创作特色》,《外国文学》1985年第12期。
② 夏阳:《克洛德·西蒙创作简述》,《法国研究》1986年第1期。
③ 金天:《英、法、德报刊介绍克洛德·西蒙及其作品》,《国外社会科学》1986年第2期。
④ 戴侃:《克洛德·西蒙》,《国外社会科学》1986年第4期。

王泰来的《文字的魔术师——克洛德·西蒙》[①]剖析了在新小说"没落"的20世纪80年代,西蒙依然能获诺贝尔奖的深层原因,指出西蒙正是将其亲历战争、参与历史进程所遭受的痛苦和磨炼融入作品,才使他的小说"自有一番与别的新小说不同的境界与情趣"。文章尤其认为西蒙小说文字的魔力来自于绘画原则的启示,这种和谐一致的创造表现在"标点符号的省略"、"代词"指向的多元化、"现在分词的大量使用",从而打破文字线形发展的局限,使小说向四面八方延伸,呈螺旋形前进。小说中描绘的历史"不再是历史教科书中的那个样子,而是各种经验交错复合地融合在一起的混合体"。应该说,这篇论文较早地从文本分析和理论评述两个方面提炼出西蒙创作的本质和意义。

1987年,余中先的《战争·农事·历史——一幅内心感觉的"三折画"》[②]评介了西蒙的《农事诗》,指出《农事诗》,"既无农事,亦无诗",把战事与农事联系在一起,是作者有意"将作品放在历史长河中的显著位置上加以回忆"。小说中的三个人物历经了三次战争,本无关联,却息息相通,战争的普遍性意义是通过"三折画"般的内心感觉进行自动整理,然后在文字中得以重构和新生。廖星桥的《论克洛德·西蒙小说创作风格的形成》[③]也提及西蒙的文字就像"巴罗克式的图案花纹"一样千变万化,过去和现在同时表达,"生活的感知"和"客观的现实"交织成多幅的、有立体感的时代画面,从而构成了独特的西蒙风格。孙恒的《〈弗兰德公路〉的读解:绘画结构》[④]把小说的表现形式看作是作者将事件片段化后打乱拼贴而成的一幅画面,认为西蒙是受印象派和立体主义绘画影响,将小说绘画化,通过绘画的"空间性"与"共时性"取代传统小说的时间性,从而使小说由"建立在时间基础上的语言艺术"变成"建立在空间效应基础上的视觉造型艺术"。

---

① 《读书》1986年第12期。
② 《外国文学评论》1987年第2期。
③ 《法国研究》1988年第3期。
④ 《外国文学评论》1991年第1期。

20世纪80年代末在评论界对西蒙的一片叫好声中,极少传来反对的声音。解正中的《平庸的"名作"、破碎的残片——评西蒙的〈弗兰德公路〉》[①]却挺身而出,对西蒙的艺术价值提出质疑。他认为大家对诺贝尔文学奖的至高无上地位的崇敬,实际上是因为"思维定势"而犯的一个"常识"错误,所谓时空的拓展和倒错,诗与画的渗透交合等等高超的艺术技巧不过是散落一地"破碎的残片",最多可以看作是一种"叙述的探索冒险"。没有深度、不触及灵魂并使之震动的小说哪怕是获了诺贝尔文学奖,也不过是一部"平庸的名作"。这一论调其实并非空穴来风,巴黎评论界在得知西蒙获奖后,就有一部分人认为这简直是"全法国的一场灾难"。

诺奖的余波过后,中国对西蒙的研究似乎一度沉寂。直至20世纪90年代末,杜林发表《性爱与战争:〈弗兰德公路〉》[②],从一个全新的角度阐释这卷在感觉、回忆和联想的交织中所勾勒的战争画面。文章认为,作者用通感和意识流的手法,在"性爱"和"战争"之间架起"一道道短而通畅的桥梁,过渡简洁迅速,画面转换自然,从回忆的深渊回到现实的床畔只在弹指之间",从而赋予了"性爱"这个支点以丰富的内涵,使之蕴含了"控诉战争罪恶的深刻主题",并在"其本身有欲无爱和非理性的特征中,反映出20世纪西方文学性观念的某些不同于传统文学的变化"。塞昌槐的《〈弗兰德公路〉的技术美学特征》[③]从技术美学的新视点破译了《弗兰德公路》的密码,认为新小说"随心所欲地运用绘画、音乐、电影、电视、电脑的原理和高科技对小说进行无所不能的制作和包装",是对"技术美学"的一种崇拜。《弗兰德公路》是西蒙最具实验性的小说,这部小说运用技术美学的法则对其进行信息扫描,就不难发现,"这部空灵飘逸而又飓尺之间烟波云海的奇书,其有实质性内容的叙述板块,只不过区区6块而已,其他的部分,无一不是这6个'块'复制后分级合成的变体。"

---

① 《针对1987年9月〈文艺报〉克洛德·西蒙的小说技巧》,《外国文学评论》1989年第2期。
② 《外国文学评论》1997年第3期。
③ 《外国文学研究》1999年第3期。

进入 21 世纪后,陆续有评论文章阐述西蒙创作的叙事历险及其独特的时空观念和意识流手法,但较之前的研究并无太多新意,在此不再赘述。

值得一提的是,余中先 1999 年将西蒙的《植物园》译成中文,并撰文指出《植物园》不是一般意义上的自传性回忆录,"叙述者的记忆在作品中体现为一个个相互分隔但又相互呼应的碎片",而为了"从形式上体现这种碎片,西蒙创作了一种可以称之为'苗圃移栽法'的段落安排"①。整部作品就像是一个"植物园","时时处处可以划分为或大或小的花圃(文字段落),上面可种栽或移植草木花卉(不同的回忆碎片),也可重复栽种(同样内容以不同文字表达在不同段落上表现出来),总之,在一方园地中随意耕种"。仵从巨先后发表文章评述《植物园》的创作美学,《"植物园"中的"景观"——读西蒙新作〈植物园〉》②指出:《植物园》"再次用新异、独特的文本形式和手段"向读者呈示了作者感觉、经验、记忆中的历史与世界。西蒙"锲而不舍、老而弥坚的'前卫'实践令人肃然复慨然";《"植物园"中的"景观"——读西蒙新作〈植物园〉》③从"叙述"角度讨论了《植物园》的主题与叙述方式,认为西蒙以"战争""社会""人生"三个主题传达了其近 80 年人生经历中关于世界与生命的主观"图像",而"同时性""具体化""多视角""标点符号能动化"等叙述方式真实、完整、有效地完成了这一图像,并最终形成具有实验性质的新文本。

西蒙的另外两部作品《有轨电车》和《常识课》也由余中先译成中文出版④,除了译序外,尚未见专门的评论文章出炉,有关西蒙的作品研究尚有空白需要填补。

4. 布托

追根溯源,新小说的第一部为中国人所知的作品还是布托的《变》。

---

① 余中先:《被散栽在花圃中的记忆碎片——西蒙的回忆录小说〈植物园〉简介》,《外国文学动态》1998 年第 5 期。
② 《名作欣赏》2000 年第 3 期。
③ 《外国文学评论》2001 年第 4 期。
④ 《有轨电车》(内含《常识课》),余中先译,浙江文艺出版社出版 2004 年版。

1958年该小说获勒诺多文学奖后,《译文》第4期"世界文艺动态"开专栏予以介绍,但并未使用"新小说"一词。而对布托的专门研究直至20世纪80年代才见诸各学刊。朱静最早把《变》译介到中国①,1985年她发表《法国现代小说〈变化〉的创作手法与刘勰的〈文心雕龙〉创作论》②,从文学比较的角度,剖析《变化》的创作手法与中国传统的文学创作在富于"想象"、讲究"气韵"、虚实结合、人和自然的关系等方面的相通之处。文章借用刘勰的"比""兴"概念,说明在人物内心情感和外部世界的关系描写中,刘勰倾向于由内而外,"随物以宛转,与心而徘徊",布托则侧重于"由外而内",但二者最终都归结于描述的主观性,因为外在的事物经过描述,已不再是客观存在的事物,而成为描述者主观感知中的事物。林青则从"第二人称叙述"的视角分析了《变化》的叙事策略③,认为"这类传统的题材给予我们的并不是传统的感受,而是从未体验过的新鲜的参与感",在这本小说中"读者的地位改变了","不仅在阅读,也在与作者共同创造",不只是读者的角色,而且是人物本身。文章进而论证了托多罗夫在论小说"视界"时所说的话:"文学理论应向绘画理论学习。对同一事实采用两种截然不同的视角观察,会得出差异甚大的结果,因为事物的每一个单向面都取决于观察它的视角。"20世纪90年代初石海峻从《变》的主题入手④,指出该小说远非一部言情小说,而是通过对妻子和情人的不同感受,来比拟作者对巴黎和罗马两个城市的不同感受,用梦幻中古罗马的灿烂辉煌对比现实中巴黎乃至整个欧洲当时的萧条和痛苦。主人公穿梭于罗马和巴黎之间的旅行,其实是一种精神之旅,在梦想与现实的交替中设想着未来的生活,故作品"旨在描写人物意识的自我觉醒和人类灵魂的自我拯救"。郭建辉的《论米歇尔·布托尔小说〈变〉的叙事特色》⑤着重从叙事学的角

---

① 《变化》,朱静译,刊载于《外国文艺》1983年第1—2期,上海译文出版社。
② 《文艺理论研究》1985年第1期。
③ 林青:《〈变〉的第二人称叙述视角》,《外国文学评论》1989年第2期。
④ 石海峻:《人类灵魂的自我拯救——分析〈变〉的主题和人称》,《外国文学研究》1990年第1期。
⑤ 《怀化师专学报》1998年第1期。

度进行理论概括,说明它对小说表现形式进行的探索和试验引发了对"整个小说体裁创作规律的探讨",它在人物结构、叙述层次以及描写机制等方面的创新,已经成为叙事学理论得以发展的重要依据。席战强《论〈变〉的艺术魅力》[①]提出"其魅力来自于'变',即叙述人称之变、时空之变、心理意识之变。第二人称叙述视角恰切地表述了人物意识的觉醒;时空之变拓宽了作品的容量,使作品具有了沉厚的历史感和博大的宇宙感;内心意识之变揭示出主人公不断探索自我、精神不断更新的心理历程,隐含着作者的道德审美观念及对欧洲历史、文化的思考"。刘成富的《影响未来,观照过去——试论米歇尔·布托的创作手法与艺术观》[②]指出布托"把绘画和造型技巧,尤其是把排印技术和音响效果等形式手段引进了文学创作,以新的表现方法和叙述手法间接地表现了他的哲学思考"。周凡从"读者地位的改变看小说《变》的叙述视角",认为"读者地位的改变体现了作家对读者前所未有的关注,并与现代批评强调读者接受的倾向相吻合,该作品也因此在法国当代小说史上占有一席之地"。尹劲劲[③]把小说《变》主题看作是"一次疲惫的旅行",认为对这种疲惫状态的模拟再现深刻地揭露出"理性时代的到来所造成的意义缺失以及由此带来的个体自由的丧失"。

相较之下,《时间的运用》这本小说很少有人提及。1985年杨海燕的《浅谈比托尔的某些创作特点》曾简要提及该作品"结构扑朔迷离,使人宛若置身一座时空和文体结构的迷宫"[④]。1991年小说被译成中文出版[⑤],译者冯寿农、王化全写了《象征·形式·现实——米歇尔·布托〈曾几何时〉译后刍议》[⑥],认为"布托以其百科全书式的小说技巧表现他所谓的

---

① 《柳州师专学报》1999年第2期。
② 《国外文学》2001年第2期。
③ 尹劲劲:《一次疲惫的旅行——小说〈变〉的叙事与主题分析》,《贵州师范大学学报》(社会科学版)2004年第2期。
④ 《法国研究》1985年第1期。
⑤ 《曾几何时》,冯寿农、王化全译,漓江出版社1991年版。
⑥ 《外国文学研究》1991年第4期。

'先进的现实主义'",文本表层的语言的"陌生化"或风格的"偏离",或主题的反复出现等异常现象是作者的匠心所运或者潜意识的投射,这些独特的表象同时建构了主人公的"城市迷宫"和读者的"文本迷宫",是布托用以研究人类问题以及人的生存状况的文学构思之所在,是本有关"存在主义话题"的新小说。

有关布托的最新一篇论文应该是刘亚律、冯宪光所撰写的《论米歇尔·布托尔的小说叙述理论》[①],文章指出布托的小说理论以小说与现实的"象征性"关系为立足点,从叙述结构、叙述人称、叙述视角诸方面对小说的艺术形式加以革新,表现出"一个与传统小说迥异的、在本质上更加客观真实的世界"。

综上所述,新小说研究自始至今呈现出较为强劲的活力,出版界、译界和学界形成互动,20世纪末罗伯-格里耶全集的出版,鼓励了学界对西蒙、布托和萨洛特作品的进一步译介,评论各方从叙事美学到主题剖析对新小说代表作进行了全方位的挖掘评析。需要指出的是,除了上述四位新小说主将,还有另外一些烙上了新小说印迹但始终自觉不自觉地游离于新小说之外的作家如杜拉斯、贝克特等也被广大的中国读者所熟知,其作品也受到评论界的青睐。与此同时,却有一些被法国文学界公认为"新小说"的作家如克洛德·奥里耶(Claude Ollier)、罗伯特·潘热(Robert Pinget)以及让·里卡杜(Jean Ricardou)等尚未进入中国评论界的视野。纵观30年来新小说在中国的研究历程,确实存在着经典作家作品研究过于集中化的趋势,罗伯-格里耶研究相对于其他几位新小说作家呈现出明显的不平衡,而每位作家受到国内学者关注的作品往往是其具有代表性的一两部。因此,在这些经典作品研究不断深入的同时,也造成了研究资源的重复和浪费。

---

① 《江西社会科学》2006年第6期。

三、现当代文学

新小说之后的法国文学呈现出的复杂性与多样性,是以任何主义、流派、属性等字眼均无法界定和形容的。经过种种变革洗礼的文学无法再以单纯的态度面对自身,无法不对文学之存在与构成的根本命题采取反思的态度,即重拾与审视、回顾与前行、抵制与妥协。这一时期的作品仍然保留着从超现实主义到新小说的深深烙印,仍然是语言的探索和冒险,但同时亦不再囿于任何理论先行的框架,从各个层面各个视角探触生命和时空的敏感与丰富,以文学最根本的虚构性和颠覆性创构最真实而感人至深的另一个世界。这时的评论开始摆脱价值判断、意识形态、社会论及反映论,也不再仅仅陷于文本的形式网络,而试图贴近作者、文本、读者之间微妙的关联体验,在敞开的聆听与接纳中做出解读和诠释,用自身的诘问与书写使作品得到回应、丰富与延伸。

总的看来,对当代文学的研究只有热度而无热点,呈现遍地开花但未成气候的局面,它们更多地引起新生代研究者的兴趣和关注。在此我们仅撷取一些受到关注相对较多,研究较为深入的重要作家,试做一评述。

1. 亨利·米修

米修是将文字和绘画的节奏气韵与内心的神秘体验发扬到极致的艺术家,也是在地理空间和想象空间穿行的旅者。中国评论界自然而然为其作品中的东方精神所深深吸引,从比较的角度出发,借助对本土文化的了解,探讨其诗歌与东方境界的亲和与间离。

刘阳在《米修在中国的译介与研究》中梳理了从20世纪80年代起米修在中国的接受情况,相当中肯地指出:"米修在中国的译介和研究过程大体经历了80年代的初步译介、90年代的深入探索和新世纪初的综合研究三个阶段。"①程抱一最早以作家的笔法和洞察力对米修其人及作品

---

① 《当代外国文学》2006年第1期。

进行了介绍,指出其风格之独特性①。在这篇文章中,程抱一对米修的诗、画、散文均有涉及,也简要概括了他作品中的东方气质,并对诗人以"驱魔"阐述诗的功能做了精要介绍。文后附有几篇译作和一篇与米修的访谈,成为研究者不可或缺的珍贵资料和参照。葛雷撰文强调米修诗歌蕴含东方境界,深远高逸,具有纯精神、纯诗意、纯抽象的超越特征,同时返归文字,拥抱万物之灵。② 这一评述可谓直指米修诗歌超拔之内核。

进入新世纪之后已有两部专著问世:杜青钢的《米修与中国文化》③和刘阳的《米修:对中国智慧的追寻》④,使米修在中国的研究进一步深化和系统化。杜青钢在米修研究上用力甚勤。他通过对米修作品中的自画像、认同之行、线性写作等的分析,将其文学气韵与中国戏曲、诗境、禅意、汉字相联系,特别探讨米修立于中西方文化之间,汲取东方老庄佛禅的静虚之道,一面瓦解西方的理性思辨和二元理念,回溯原初的无言境界,一面不放弃科学实证精神,以之作为验证和补充。他用"趋虚向道,离合引生"概括了米修的创作历程,即从觉虚开始,经趋虚、验虚,最后走向宁静盈满,说明米修借数十年漫长的修炼谱写出了西方的道德经,"为中西文化的交融开辟了一条新路"⑤。该书从文本细读出发进入到诗学的深度,并点出米修之道与道家之道并非完全融合,这是难能可贵的。刘阳也从米修的中国之旅、对道家精神与诗书画传统的追寻和理解等方面全面详尽地讨论了米修作品趋"虚"向"道"的来龙去脉和精神特质,深化和丰富了关于米修与中国关系的研究。

2. 于连·格拉克

格拉克在看似古典的写作结构中融入了许多现代因素:叙述的延迟、梦境或欲望的悬置、强烈的隐喻性等。对格拉克为数不多的研究者有张

---

① 程抱一:《法国当代诗人亨利·米修》,《外国文学研究》1982年第4期。
② 葛雷:《米修的诗歌艺术》,《当代外国文学》1995年第2期。
③ 社会科学文献出版社2000年版。
④ 南京大学出版社2007年版。
⑤ 杜青钢:《趋虚向道,离合引生——米修务虚之诗探幽》,《四川外语学院学报》1994年第3期。

泽乾、王静、阎雪梅等人①，他们的论述主要集中于《希尔特的沙岸》。张泽乾介绍了作品中超现实主义和象征主义的隐喻和象征手法，并从空间、时间、人物与写作四个方面阐述了符号系统在文本中的功能，试图对作品引而不发的深意做出诠释。王静也以类似的方式探讨了作品的临界意象。阎雪梅讨论格拉克作品中的女性形象和断片写作特征，开拓了格拉克阅读的新视野。

3. 乔治·佩雷克

佩雷克的作品与"潜在文学工场"(OuLiPo)的文学实践紧密相连，其语言游戏从拼图游戏中获得千变万化的生命。我国对这位作家的研究发轫于柳鸣九对《人生拼图版》的评述。作者指出该作与传统巴尔扎克式写作的区别在于，"一个是综合与集成，一个是分解与离散，一个是网络化，一个是孤立化"②。杨国政剖析了《W或童年的回忆》这部"非典型自传"，从虚与实、轻与重、冷与热三个方面提出了独到的诠释，说明在其虚构零碎中性的自传写作之下蕴含了深刻的无可言说之痛③。龚觅对佩雷克有相当深入的研究，并发表了国内第一部研究佩雷克的专著④。他采取追踪作家写作进程和剖析其逻辑层递相结合的论述思路，分阶段地讨论佩雷克一生中最重要、最有代表性的文学作品和其中所蕴含的诗学观念，并力争把作家的人生经历和写作经验放到法国20世纪80年代以后的整体文化框架中加以阐述。他从自传性、历史性、个体意识与身份等方面进行了深入细致的分析，揭示了其作品中蕴含的哲学意味和社会意义，以及对写作行为本身的思考。

---

① 张泽乾：《哲理与诗意的融合——格拉克〈沙岸〉中的比喻与象征手法浅析》，《法国研究》1992年第1期；王静：《〈希尔特沙岸〉中的"沙岸"的意象及临界写作》，《外国文学研究》2005年第4期；阎雪梅：《格拉克的女性形象面面观》，《法国研究》2009年第1期；《格拉克与断片》，《国外文学》2009年第2期。

② 柳鸣九：《传统中的现代，现代中的传统——乔治·佩雷克〈人生拼图版〉》，《当代外国文学》1997年第2期。

③ 杨国政：《乔治·佩雷克的非典型自传》，《外国文学评论》2004年第2期。

④ 龚觅：《佩雷克研究》，上海教育出版社2008年版。

4. 玛格丽特·尤瑟娜尔

尤瑟娜尔是第一位入选法兰西学院的女性。她的历史小说将希腊拉丁传统置于现代思考的框架之中,充满典雅文体与哲学思辨和情感力量冲撞的张力。我国评论界对这位女作家颇为关注。郑克鲁对她的历史小说从内容和手法上做出了综合介绍①。止庵以"缺席者"描绘作家隐身叙事却又与人物相契合的叙事方式②。段映虹对尤瑟娜尔的作品进行了深入的研究,特别从叙述学的角度结合作家背景细致分析了《哈德良回忆录》中作者与人物难分难解的共生关系③。

5. 米歇尔·图尼埃

图尼埃对神话的改写深深吸引了中国评论界,其哲理性和寓言性都是论者诠释的中心主题。如柳鸣九以"新寓言"派命名之,并点出其以"色彩缤纷的睿智"点染的卢梭主义余韵④。饶道庆概括了图尼埃"回归本原"的主题⑤。许钧沿着同样的思路探讨了《恺木王》关于人性与魔性的深刻寓意⑥。孙婷婷⑦则分析了《礼拜五与太平洋上的灵薄狱》与鲁宾逊神话原型之间复杂的颠覆关系,再次细致解读了其深刻的象征意义。

6. 帕特里克·莫迪亚诺

莫迪亚诺的写作以二战占领期间的阴郁氛围开始,围绕着遗忘、失落、寻找的主题展开。我国讨论这位作家的十几篇论文中大多是对其生平与作品的主题性介绍,如柳鸣九总结了现代人类追寻自我却"自我泯

---

① 郑克鲁:《试论尤瑟娜尔的历史小说》,《抚州师专学报》1997年第4期。
② 止庵:《缺席者的使命》,《博览群书》2004年第2期。
③ 段映虹:《一部共生的回忆录——〈哈德良回忆录〉中作者的生命体验与人物形象之交织》,《欧美文学论丛》2005年版。
④ 柳鸣九:《色彩缤纷的睿智——"新寓言"派作家图尔尼埃及其短篇小说》,《当代外国文学》1998年第1期。
⑤ 饶道庆:《回归本原——图尼埃前期小说的哲理寓意一探》,《浙江教育学院学报》2002年第1期。
⑥ 许钧:《在善恶之间——人性与魔性的交织与倒错——〈恺木王〉评析》,《外国文学评论》2005年第3期。
⑦ 孙婷婷:《全新的"三角"——鲁宾逊、礼拜五与荒岛在图尼埃小说中的关系研究》,《外国文学》2010年第5期。

灭、自我消失"的悲凉况味及作为"海滩人"的醒世寓意①。冯寿农的研究颇为深入,他探讨了莫迪亚诺小说的"全息结构",从主题、时空、能指与所指几个方面通过对文本的细读呈现其全部作品围绕着"人的身份"这一中心主题构成的互文性和系统性,并从解构的角度分析了其写作手法②。

7. 勒克莱齐奥

勒克莱齐奥的小说以异域为背景,却无庸俗的异国情调。他用纯净古典的语言反抗现代商业社会,探究世界朴素的本质。中国评论界一直对勒克莱齐奥有着浓厚的兴趣,迄今有几十篇论文。他的生平、作品和创作风格得到相当广泛的介绍,其对现实主义、超现实主义、新小说传统的承继与超越也获得了认可(吴岳添、董强、许钧)。高方特别以《沙漠》在中国近30年来的翻译与评论为例,简述了国内对其作品的接受、争议及逐步深入研究的情况,赞扬了钱林森、许钧、郑克鲁、郭宏安等人做出的贡献③。专题论文则相对集中于对流浪、回归自然、乌托邦理想、反抗物质文明、生态主义的评论。鲁京明、冯寿农对《沙漠》的叙事结构进行了分析,揭示出作品的象征意义④。黄晞耘讨论了《宝藏》两条线索相织的叙事艺术⑤。袁筱一也以优美的文笔细致入微地分析了勒克莱齐奥《流浪的星星》的叙事结构、时间表达和语言的俭约、凝练、朴素之美,总结了其现代与经典相结合的创作手法⑥。2009年第2期的《当代外国文学》开设了"勒克莱齐奥专论",集中了多篇论文,代表了评论界总的研究走向。其

---

① 柳鸣九:《莫狄亚诺在八十年代的变奏》,《当代外国文学》1993年第2期。
② 冯寿农:《论莫迪亚诺小说世界的全息结构》,《外国文学评论》1989年第4期;《莫迪亚诺的解构主义诗学——评他的抗战文学"占领三部曲"》,《国外文学》2008年第3期。
③ 高方:《翻译的选择与渐进的了解——勒克莱齐奥〈沙漠〉的译介与评论》,《南京社会科学》2010年第6期。
④ 鲁京明、冯寿农:《与沙漠的和谐结合——析勒克莱齐奥的〈沙漠〉》,《当代外国文学》2009年第2期。
⑤ 黄晞耘:《"另一个世界"在佩特拉峡谷的变奏——勒克莱齐奥小说〈宝藏〉的叙事艺术》,《外国文学》2009年第2期。
⑥ 袁筱一:《现代与经典的完美结合——读勒克莱齐奥的〈流浪的星星〉》,《当代外国文学》1996年第4期。

中袁筱一再次发表专文①讨论了作家的整体创作历程,从主题在变化中的一致性、叙事结构的回归情节、语言的纯净状态等方面探讨了作家的"世界性",及其以文字缔造寓言世界的努力。

8. 菲利普·索莱尔斯

这位《原样》的风云人物穿越了整个文学现代性,透过他的历程与作品可以一窥20世纪下半期法国文学和知识界的纷繁动荡。柳鸣九仍然是索莱尔斯的介绍者,并对其《女人们》的碎片写作进行了分析②。刘成富更进一步,对作家多变的风格和历史渊源加以评述,并特别强调了其"文本写作"的先锋性③。

9. 伊夫·博纳富瓦

博纳富瓦以诗歌书写生命中转瞬即逝的基本元素。葛雷首先对这位重要诗人做出了介绍,并指出:"在现代诗人的行列里,伊夫·博纳富瓦是体现现代诗歌新面貌的一位有代表性的诗人。他的诗体现了自马拉美以来的新诗的特点。他的诗既有马拉美诗的含蓄、典雅,充满神秘感,又有超现实主义潜意识的梦幻;既有瓦雷里的哲学思辨,又有现代诗中崭新的语言。他的诗既有象征派诗歌的音乐性,又有现代诗歌的解放的自由形式。"④他还强调了诗人富于哲理,探索人生幽微境界的诗意追求。张迎旋也阐述了诗人深入生活本质的意蕴⑤。

10. 菲利普·雅各岱

雅各岱的诗晶莹澄明,如不染尘埃的音乐之声。冯光荣撰文讨论了雅各岱的"隐身说",即创作者退隐于万物,也退隐于形象和格律,实现语言与世界自身的浮现。他还特别就《短歌集》中形象的消隐阐述了作家的

---

① 袁筱一:《探索人性的寓言——论勒克莱齐奥的作品》,《当代外国文学》2009年第2期。
② 柳鸣九:《"碎片"艺术的小说代表作》,《外国文学研究》1998年第4期。
③ 刘成富:《法国作家索莱尔斯与"文本写作"》,《法国研究》2001年第2期。
④ 葛雷:《伊夫·伯纳富瓦的诗歌艺术》,《国外文学》1987年第3期。
⑤ 张迎旋:《伊夫·博纳弗瓦的诗歌意蕴》,《外国文学》2009年第4期。

诗歌经验,并以"法式俳句"概括其语言的简约之美和直指万物本心之意趣①。姜丹丹也阐释了诗人对"明澈"之境的追求,从其诗之静、之虚、之隐、之简讨论了其呈现万物与穿梭于世界的诗学态度②。苏薇星更直接将其散文创作状之以"散步诗学",强调诗人在漫步的随意轻盈中以过客的姿态捕捉事物本质的空灵之美③。

11. 程抱一

华裔作家、艺术家和学者程抱一在中法文化交流方面成就斐然,受到我国学界极大的关注。从20世纪80年代以来陆续出现了许多介绍文章和访谈录,如江伙生、钱林森、余中先、晨枫、王以时、熊培云等④。他的小说《天一言》更是广受推崇,被誉为"体现中西文化交汇的生命之书、艺术之书、哲学之书"⑤。程平将《天一言》与其中出现的唐诗《终南别业》进行了比较分析,论证其书对这篇名诗的再创造过程⑥。刘阳等论者也围绕着《此情可待》所展现的中西精神的交融进行了讨论⑦。牛竞凡致力于程抱一研究,以一部专著《对话与融合:程抱一创作实践研究》⑧和多篇文章全面论述了程抱一的创作实践。全书从历史性梳理、小说创作、诗歌创作三个方面,阐述了作为作家、艺术家和东西方摆渡人的程抱一如何在跨语

---

① 冯光荣:《评雅各岱的"隐身说"》,《国外文学》2004年第4期;《"法式俳句"——雅各岱〈短歌集〉刍议》,《四川外语学院学报》2005年第6期。
② 姜丹丹:《诗与思之清醒——论雅各岱的诗学伦理》,《国外文学》2008年第4期。
③ 苏薇星:《散步诗学:读诗人雅各岱的两篇散文》,《国外文学》2008年第4期。
④ 江伙生:《"独上高楼,望尽天涯路"——访法籍华人学者程抱一先生》,《外国文学研究》1982年第1期;钱林森:《中西方哲学命运的历史遇合——法籍华人学者、作家程抱一访谈》,《粤海风》2000年第2期;余中先:《程抱一进入法兰西的"不朽者"殿堂》,《外国文学动态》2002年第4期;晨枫:《中西合璧:创造性的融合,访程抱一先生》,《博览群书》2002年第11期;王以时:《中西文化交汇地的"三人行"》,《博览群书》2003年第7期;熊培云:《直面历史中的善恶与和谐——对话法兰西学院院士程抱一》,《南风窗》2004年第7期。
⑤ 刘阳:《〈天一言〉——对生命意义和艺术真谛的探寻》,《当代外国文学》2003年第3期。
⑥ 程平:《水云之间的三轴构建——读〈天一言〉中引用的唐诗〈终南别业〉》,《法国研究》2007年第3期。
⑦ 刘阳:《程抱一和他的小说〈此情可待〉》,《当代外国文学》2004年第4期。
⑧ 上海社会科学院出版社2008年版。

言、跨文化的身体力行中践行真正意义上的"对话",融合东西方思想与方法的"三元思想"和"双重视界",在形而上的追问中寻找生命宇宙本源的意义。蒋向艳则以专著《程抱一的唐诗翻译和唐诗研究》①专门探讨了程抱一对中国诗语言的研究与唐诗法译实践,并通过与其他汉学家及译者的比较研究,不独指出程抱一的创新与不足之处,更将之置于中诗西译的大语境中进行评述,有助于读者获得宏观的把握。牛竞凡更以一篇专文综合叙述了国内外程抱一研究的过程②,将国内的评介工作大致分为三类:"第一类为印象式的其人其作介绍;第二类为访谈录;另三类为比较深入的作品译介与分析",并指出:"作为一个创造者的程抱一的个人路向对于中法两国文学艺术的交流与创造性融合都具有鲜明的典型性和启示性。他所提出的文化之间'对话'的可能性与必要性切合了我们这个时代的主题。我们还可以通过程的个案来寻找中国传统艺术中的强大生命力与创造力所在。"③这一分析相当中肯地总结了程抱一作品的意义与贡献。

12. 让-菲利普·图森

余中先用一篇印象记对这位作家的生平和作品风格进行了简要介绍④。颜峻点出了其冷漠和极简文笔中隐约透露的微弱的诗的光芒⑤。彭俞霞通过对《浴室》的细读,揭示了作品中静止与运动这条隐含的主线,从对物的观察、人际关系、时间的表达几个方面诠释了作品内在的尖锐的现代性和敏锐的洞察力⑥。

---

① 华东师范大学出版社 2008 年版。
② 牛竞凡:《国内外程抱一研究述评》,《云梦学刊》2008 年 1 月。
③ 牛竞凡:《国内外程抱一研究述评》,《云梦学刊》2008 年 1 月。
④ 余中先:《随和的人,执着的作家——法语作家图森印象记》,《外国文学动态》2002 年第 1 期。
⑤ 颜峻:《冷漠的诗意——评让-菲利普·图森〈浴室 先生 照相机〉》,《东方艺术》1998 年第 1 期。
⑥ 彭俞霞:《静止与运动,闲逸与激情——让-菲利普·图森〈浴室〉主题分析》,《当代外国文学》2007 年第 1 期。

13. 让·埃什诺兹

埃什诺兹游走于各种传统大众体裁,却在不动声色的戏仿中将其疏离并解构。许多论者从叙事学的角度考察了他的创造性写作。埃什诺兹的《我走了》获1999年度龚古尔奖之际,余中先作为译者对作家进行访谈,指出了他的创作特点①。唐玉清将作家置于午夜出版社新生代小说群中,考察其与"新小说"的继承与改造的关系,并讨论其叙述的不确定性、叙事节奏的特点、空间与时间的多变性,指出"新新小说"的探索路径②。由权相当深入地探讨了埃什诺兹小说的"不确定美学"及其蕴含的意义,并恰如其分地总结道:"从小说体裁游戏造成的介于新旧之间的美学效果,到叙事中真实与幻想、真实与映象间交错渗透、甚至互逆,再到小说内容、形象表现的不稳定的世界中主体身份的不确定性,我们可以感到,作家既是在做一种创作实验,让其作品不能被简单地归类,从而带给读者更多的美学享受,也在冷幽默中映射出当代人所处的这个不稳定的世界,从而表现出主体的逃逸、人的身份认同危机这样严肃的主题。"③在另一篇关于《弹钢琴》的论文中,由权进一步探讨了小说家的"游戏"手法,即以讽刺、偏离、"跛行"的反差与戏仿造成对传统体裁和叙事的间离感,使之不仅是游戏,更是对现代境况的深刻体察④。戴秋霞和张新木论述《我走了》的循环式主题结构,以"消失、遗弃、位移、厌倦"为脉络分析其现代精神的隐喻性⑤。宋莹则对埃什诺兹小说进行了颇为详尽的叙事学分析,从交错蒙太奇、图像位置调整和聚焦多重性几个方面概括了作家在叙述上的创新之处⑥。

---

① 余中先:《1999年龚古尔文学奖得主埃什诺兹的新作〈我走了〉》,《外国文学动态》2000年第3期。
② 唐玉清:《"新小说"之后——从埃什诺兹的文本叙事看午夜出版社新生代小说作家群》,《国外文学》2003年4月。
③ 由权:《艾什诺兹小说的不确定美学》,《外国文学评论》2008年第3期。
④ 由权:《不仅仅是游戏:艾什诺兹与〈弹钢琴〉》,《外国文学》2008年第5期。
⑤ 戴秋霞、张新木:《论〈我走了〉中的循环式主题结构》,《当代外国文学》2009年第1期。
⑥ 宋莹:《叙述结构和聚焦多重性——让·埃什诺兹〈我走了〉和〈一年〉的叙事学解读》,《当代外语研究》2010年第7期。

这十余位作家基本上体现了法国当代文学的面貌及其文学实践的先锋性、深刻性和多样性。这些作家中既有已被经典化的作家,也有处于探索阶段的新人;既有承续传统的写作,也有令人耳目一新的叛逆书写。我国批评界的关注点不仅基本上涵盖了当代重要的作家作品,而且对这些作品的评论也从对作家的背景生平介绍发展到对作品的深刻体悟,从单一的主题归纳和社会价值判断走向对文本的细读与解析,并越来越多地从叙事学、接受美学、诠释学、语言学、符号学乃至哲学的视角出发探讨文学作品固有的不确定性和多义性,大大拓展了文学研究的广度和深度。

在我们考察的范围内,还是可以归纳出评论界所关注的几条或隐或现的脉络。首先是同东方或中国精神有着明显亲和力的作家和作品,如米修和程抱一,相关评论也多从比较的视角出发进行分析探讨。其次是主旨较为鲜明的作家,如尤瑟娜尔独具只眼的历史写作,勒克莱齐奥用远处的世界抵制商业化社会,图尼埃对传统神话的颠覆和重写。再次是创作手法较为新颖的作家,如格拉克、佩雷克、格诺、莫迪亚诺、乌勒贝克、埃什诺兹等。但是我们也不揣浅陋提出几点观察:一是大量论文仍然有反映论痕迹,惯于寻找和提炼作品的某种或社会、或人生、或哲学的意义,而忽视了文学本身的审美旨趣。二是倾向于将某一标签加诸于作品,如"新寓言派""新新小说派"等,并据此展开论述,因而限制了文本的特别性、复杂性、模糊性和微妙性。另外,论者往往忽略了文学评论本身亦应有其文学性和文本性,亦应构成独立的书写,即应尽力提升文字的敏感和美感,进而与所论述的作品达到某种呼应与契合。最后,对一些重要的当代作家的关注度和研究度尚有待深入,如米歇尔·莱里斯、雷蒙·格诺、雅克·普雷维尔、弗朗索瓦丝·萨冈、让-克里斯托弗·吕芬、米歇尔·乌勒贝克、安妮·艾尔诺等在文学史上的地位已经确定的作家,基本上只有一篇论文述及,而对路易-勒内·德弗莱(Louis-René Des Forêts)、皮埃尔·米雄(Pierre Michon)、帕斯卡·基尼亚尔(Pascal Quignard)、埃莱娜·西克苏(Hélène Cixous)、弗朗索瓦·邦(François Bon)等则完全没有触及。

第四章

西班牙语文学研究

第一节 西班牙语文学研究综述

改革开放三十年来西班牙语文学(包括西班牙和拉美西语国家)的译介和研究取得了丰硕的成果。1979年10月中国"西、葡、拉美文学研究会"在南京大学成立,标志着我国西语文学研究进入到一个有组织、成规模、上层次的新阶段。1987年起该研究会与云南人民出版社合作,翻译出版了很有影响的"拉美文学丛书",入选国家"八五""九五"重点图书,并连续四届获得"全国外国文学优秀图书奖"。"80年代伊始,享有世界声誉的当代拉丁美洲重要文学作品几乎大部分从西班牙文或葡萄牙文陆续翻译出版……据统计,我国在80年代头几年翻译出版的拉丁美洲文学作品已经大大超过了新中国成立之后至十年动乱结束这30来年出版量的总和。"①

小说家李陀高度评价三十年以来的拉美文学研究:"从对外国文学的译介方面来说,把拉美的当代文学介绍到中国来,恐怕

---

① 林一安:《拉丁美洲当代文学与中国作家》,《中国翻译》1987年第5期。

是近几十年最大的一件事了。"①"从1979年到1989年上半年,我国各地出版社共出版了40部属于'拉美文学爆炸'时期著名作家的长篇小说,各种文学杂志上发表的这一时期的中短篇小说约有100多篇……发表了大约200多篇探讨'拉美文学爆炸'的研究文章,既有综合性介绍,又有对一个流派、一位作家或一部作品的分析,还有一些动态性报道。为了弥补资料匮乏、人力不足的缺陷,我们还翻译了几十篇拉美和欧美文学批评家的颇有分量的文章,或在报刊上发表,或汇集成册出版。"②

拉美小说对中国当代文坛的影响也是众所周知的。陈忠实在回忆《白鹿原》的创作过程时特意提到古巴著名小说家卡彭铁尔③以18世纪海地独立革命为背景的中篇小说《人间王国》对自己产生的影响:"卡朋特尔艺术探索和追求的传奇性经历,使我震惊更使我得到启示和教益……卡朋特尔的宣言让我明白一点,现代派文学不可能适合所有作家。更富于启发意义的是卡朋特尔之后的非凡举动,他回到古国古巴之后,当即去了海地……他要'寻根',寻拉美移民历史的根……我在卡朋特尔富于开创意义的行程面前震惊了,首先是对拥有生活的那种自信的局限被彻底打碎,我必须立刻了解我生活着的土地的昨天。"④邱华栋也表示:"拉美作家首先就教会了我如何转化我自己拥有的历史和现实的写作资源,让我能确立一种知识分子独立的精神和判断力……对我最为重要的启示是,拉美作家在小说形式和技巧的实验上,延续了百年来欧洲和北美洲作家的探索,接着走出来一条自己的艺术道路,反过来影响了欧洲和北美洲文学。拉丁美洲作家的小说,有着一种宏阔的大陆气质。"⑤

但存在的问题也不少,正如西语界老前辈吴健恒所言:"这方面的工作者偏重于介绍和研究拉美当代文学,对西、葡、拉美文学从'史'的角度

---

① 李陀:《要重视拉美文学的发展模式》,《世界文学》1987年第2期。
② 刘习良:《拉美文学爆炸和我们的追求》,《中国翻译》1990年第2期。
③ 国内西语界一般把Carpentier译为卡彭特尔,为尊重陈忠实的原文,在对他的引言中还是保留了卡朋特尔的译法。
④ 陈忠实:《白鹿原》,人民文学出版社2012年版,第684—685页。
⑤ 邱华栋:《小说的大陆气质》,《世界文学》2004年第1期。

去研究少。从文学种类来看,对小说的评介多,诗歌少,戏剧和散文更是寥若晨星,而研究工作又做得比译介工作少。即令是比较注意了拉美当代,也还仅限于介绍为数不多的一些代表作家,对某一流派或某一作家进行较全面而深入的研究还做得少,像其他文种有计划地出一些代表作家的全集的事,还没提上日程。"①

这种局面在二十年之后有了较大改观。目前我国已出版了塞万提斯(64 个中文版本)、加尔多斯(28 个中文版本)、博尔赫斯、帕斯等人的作品全集。其中人民文学出版社的《塞万提斯全集》(8 卷,1996)于 1997 年荣获第三届"中国国家图书奖",加西亚·马尔克斯、巴尔加斯·略萨、聂鲁达、加西亚·洛尔卡的绝大部分作品均被译介到中国。

一、中世纪—19 世纪西班牙文学研究

对西班牙文学的全面介绍与研究,目前国内主要有孟复的《西班牙文学简史》②、董燕生的《西班牙文学》③、沈石岩的《西班牙文学史》④和陈众议的《西班牙文学大花园》⑤。四部专著各具特色:孟版首开先河,但某些评述带有鲜明的历史时代烙印;沈版最为详尽、中肯;董版和陈版各有侧重,评论颇具个人风格。

中国的西班牙文学研究仍处于起步阶段,介绍多于评论。即便是介绍,也聚焦于几位大家,视野相对狭窄,深度评论远远不足。对西班牙中世纪文学的研究缺乏系统性和全面性,某些经典作品和大家成为研究对象具有偶然性,缺乏连贯性和相通性。

1.《熙德之歌》研究

《熙德之歌》是国内学界关注相对较多的西班牙民族史诗。首版中译

---

① 吴健恒:《西班牙、葡萄牙、拉丁美洲文学在中国》,《外国文学》1989 年第 5 期。
② 四川人民出版社 1982 年版。
③ 外语教学与研究出版社 1998 年版。
④ 北京大学出版社 2006 年版。
⑤ 湖北教育出版社 2007 年版。

者赵金平撰写了《〈熙德之歌〉译后记》①,阐述了自身翻译过程中对"信、达、雅"的追求与平衡,还进一步分析了译作中的"洋味""古味"和"地方特色",以及西班牙游吟体诗的语言特色。李俄宪的论文《比利牛斯半岛上的一曲英雄赞歌——〈熙德之歌〉多元关照》,从西班牙民族历史和民族独立谈起,对熙德形象进行深入的挖掘,指出他的身上兼具民族英雄的精神和封建骑士的特点,形象丰满,性格多维;最后就全诗质朴的艺术风格和多样的表现手法进行了论证。② 此后,方瑛(《见微而知著——略谈〈熙德之歌〉的细节描写》③)和余迅(《时代的旗手——浅析〈熙德之歌〉中的熙德形象》④)分别著文对熙德形象进行分析、介绍。嗣后,景西亚和陈凤发表论文《中世纪骑士精神在西班牙文化中的延承—解读〈熙德之歌〉与〈堂吉诃德〉》。该文从《熙德之歌》和《堂吉诃德》这两部地位超然的巨著落笔,着力论述两部作品所体现的中世纪骑士精神和之后的骑士文学,探讨骑士精神的进步意义与消极影响,分析其对西班牙民族性格塑造所具有的深远意义。⑤

2.《塞莱斯蒂娜》

1990年《塞莱斯蒂娜》(人民文学版)中译者王央乐借用塞万提斯对《塞莱斯蒂娜》的评价"我认为这是一本神圣的书,因为它隐含着更多的人性",介绍了该作的产生、发展以及重大的时代和文学价值⑥。在中国对外翻译出版公司的版本前言中,蔡润国将《塞莱斯蒂娜》定义为西方现实主义长篇叙事文学的开山作之一⑦。译林版译者前言中,屠孟超认为,卡里斯托和梅莉贝娅是莎士比亚笔下罗密欧和朱丽叶的源起⑧。这三版前

---

① 《中国翻译》1989年第4期。
② 《外国文学研究》1989年第2期。
③ 《安徽师大学报》(哲学社会科学版)1994年第4期。
④ 《安徽文学》2007年第1期。
⑤ 《巢湖学院学报》2011年第1期。
⑥ 《塞莱斯蒂娜》人民文学出版社1990年版。
⑦ 《塞莱斯蒂娜》,中国对外翻译出版公司1993年版。
⑧ 《塞莱斯蒂娜》,译林出版社1997年版。

言,无一例外地详尽探讨了《塞莱斯蒂娜》的不同版本,并从多角度论证作者其人,考据其生平、思想,为后辈研究者提供了详尽的资料和多角度深发的不同切入点。

论文方面,远浩一于1982年首发《〈塞莱斯蒂娜〉和〈西厢记〉中的妇女形象比较》一文,主要进行中西方人物性格、价值观及行为准则的对比研究。① 其后,孙周年发表论文《一部西班牙文艺复兴的醒世之作－〈塞莱斯蒂娜〉评析》,认为《塞莱斯蒂娜》为西班牙文艺复兴时代的到来打开了世纪之门。孙周年以文本细读和接受美学的理论方式对《塞莱斯蒂娜》进行评析,肯定了罗哈斯对西班牙文学的贡献及其在世界文学史上的地位。② 李德恩的论文《〈塞莱斯蒂娜〉的叛逆女性》,详尽论证塞莱斯蒂娜与梅莉贝娅虽然品性、才容皆相去甚远,却因对社会秩序的叛逆以及社会大背景的格格不入而具有共性,她们都是封建社会的叛逆女性。③ 李亦玲的《论〈塞莱斯蒂娜〉的文体之争》,就《塞莱斯蒂娜》究竟是戏剧还是小说,发表了自己的观点:《塞莱斯蒂娜》是一部戏剧,而且是一部悲喜剧,一部应该归入案头剧范畴的悲喜剧。④

二、黄金世纪(16世纪和17世纪)西班牙文学研究

黄金世纪的诗歌研究基本流于综述。无论是神秘主义,还是巴洛克流派,都缺乏深入扎实的梳理和研究。诗歌方面,赵振江的《西班牙"黄金世纪"诗歌浅议》⑤,对"黄金世纪"诗歌进行了全面介绍。范晔的论文《神秘经验之言说:博尔赫斯与圣胡安·德拉·克鲁斯》⑥,以博尔赫斯的神秘经验及这一经验在写作中的表现,与圣胡安·德拉·克鲁斯的创作相比较,具体考察两位诗人如何用诗歌语言实现不可言说的言说。他的另

---

① 《外国语》(上海外国语学院学报)1982年第3期。
② 《北京大学学报》(哲学社会科学版)2001年第1期。
③ 《外国文学》2002年第4期。
④ 《暨南学报》(哲学社会科学版)2008年第6期。
⑤ 《外国文学》1995年第5期。
⑥ 《外国文学评论》2006年第3期。

一篇论文《西班牙黄金世纪圣诞诗歌中的悖论之美》将黄金世纪"圣诞谣"中"婴孩与上帝""睡与醒""哭与不哭""稻草与风"等表述中的悖论之美在诗歌文本中细细阐发。① 李红琴在《西班牙文学黄金世纪的伟大诗人贡戈拉流派归属辨析》中表示,贡戈拉的诗歌既有简洁、空灵、淡雅、明朗的一面,也有深奥、冷僻、过分雕琢的另一面,其中蕴含着人类的思维之美、智慧之美。警句主义才是他诗歌的基本要素之一,相反夸饰主义只是他的部分而非全部特征②。陈众议在《"变形珍珠"——巴罗克与17世纪西班牙文学》中指出,贡戈拉的巴罗克诗歌,总体上具有文艺复兴时期的人文主义基因,同时又明显背离其托古倾向和理想主义情怀,内涵繁复而不无玄奥,形式夸张而富于变化。③ 黑宇宇的《西班牙黄金世纪女性诗歌研究》第一次将目光投向了黄金世纪中的西班牙女性诗人群体,将她们的焦虑、无奈、幸福和痛苦通过诗歌文本缓缓展开。④

小说方面,因为杨绛对《小癞子》的翻译和介绍,流浪汉小说受到了较多关注。李志斌从1992年开始,长期专注于这个主题,并就此发表了《论流浪汉小说的艺术特征》⑤、《流浪汉小说对17、18世纪欧洲文学的影响》⑥、《十九世纪欧洲流浪汉文学的艺术风貌》⑦、《16与17世纪西班牙及德国作家笔下的流浪女人形象》⑧、《论流浪汉形象及其精神价值》⑨、《流浪汉小说的语言风格》⑩、《论流浪汉小说结构范式的生成动因》⑪、《一部体积不大的经典—论〈小癞子〉的艺术特征》⑫等系列论文,将流浪汉小

---

① 《欧美文学论丛》2011年。
② 《国外文学》1996年第1期。
③ 《外国文学评论》2005年第4期。
④ 《安徽文学》2016年第2期。
⑤ 《外国文学评论》1992年第2期。
⑥ 《湖北大学学报》(哲学社会科学版)1994年第2期。
⑦ 《湖北大学学报》(哲学社会科学版)1994年第4期。
⑧ 《湖北师范学院学报》(哲学社会科学版)1995年第2期。
⑨ 《理论月刊》2007年第1期。
⑩ 《湖北社会科学》2007年第4期。
⑪ 《湖北大学学报》(哲学社会科学版)2009年第5期。
⑫ 《英语广场》(学术研究)2011年第1期。

说放在欧洲文学的大框架内,详细介绍和论述它自16世纪到19世纪的嬗变过程、语言风格和文学特征。此外,杨绛也曾撰文《介绍〈小癞子〉》,论述"小癞子"人物形象的文学传承,对小说的作者身份进行历史和文理考证,并总结流浪汉小说的文本结构与艺术特色,充分肯定《小癞子》的艺术价值和社会意义——骑士小说和田园小说盛行时代的异音先行者,一个充分展现了现实的反英雄。① 武月明的论文《余音袅袅:试论流浪汉小说及其影响》主要就20世纪结构主义大师克劳迪奥·纪廉所概括的流浪汉小说的八大特点进行论述,并全面展望流浪汉小说的源起与发展。② 李德恩的论文《〈小癞子〉及其他》,通过梳理《小癞子》在中国的传播,回顾了西班牙小说被国人接受的过程③。他的另一篇文章《流浪汉小说:〈小癞子〉与〈古斯曼·德阿尔法拉切〉》,深入分析了两部小说的现实主义手法和社会批判精神④。

  戏剧方面,源自西班牙的戏剧人物"唐璜"因为莫里哀与拜伦的改编和传播而在国内研究界受到较多关注。刘久明的论文《唐璜传说与〈塞维亚的荡子〉》提出,唐璜传说是西方文学的一个永恒母题,而蒂尔索·德·莫里纳凭借《塞维亚的荡子》开启了它的源头。这个剧本第一次将唐璜这个人物与传说中的故事紧紧联系在一起,第一次塑造出了唐璜的浪荡子形象,还为后世以唐璜传说为题材的作品建立起主要人物的主导性格以及戏剧事件发展的总体模式。⑤ 陈训明的论文《唐璜形象的时空演变》钩沉了莫里纳、莫里哀、莫扎特、拜伦、普希金、梅里美、萧伯纳和弗里施等人所塑造的不同形象的唐璜,反映出他们不同的思想倾向与审美评价,但美丽的青春和对性爱的追求始终是这一形象不可或缺的标志。⑥ 黄金世纪的戏剧研究,除"唐璜"外别无他者,实为遗憾。因为"唐璜"被关注和研

---

① 《读书》1984年第6期。
② 《外国文学研究》1998年第3期。
③ 《外国文学》2003年第2期。
④ 《外国文学》2004年第2期。
⑤ 《外国文学研究》2006年第3期。
⑥ 《贵州社会科学》2006年第6期。

究,是因为这个戏剧人物出现在了法国和英国文学中。而西班牙黄金世纪戏剧真正的大家(洛佩·德·维加和卡尔德隆)和经典作品(《羊泉村》《人生如梦》等)却没有得到应有的关注,有待后来的研究者来完成。

陈众议的《西班牙文学——黄金世纪研究》①是西班牙黄金世纪文学研究方向唯一的中文专著。全书评论在中国和西方文学及文论间纵横捭阖,重视黄金世纪西班牙文学与阿拉伯文学及犹太文学之间的相关与互动,站在 21 世纪评价西班牙黄金世纪文学在欧洲文学版图中的历史地位、影响和传承。

塞万提斯研究

1978 年以来国内塞万提斯研究日益深入,涌现出不少新的出果。这 30 年间新出版的《堂吉诃德》中版本达 36 种,其中比较重要的有杨绛版(人民文学出版社 1978 年版)②、董燕生版(浙江文艺出版社 1995 年版)③、孙家孟版(北京十月文艺出版社 2001 年版)和张广森版(上海译文出版社 2006 年版)。1997 年塞万提斯诞辰 450 周年之际,人民文学出版社推出 8 卷本《塞万提斯全集》(董燕生等译),这是国内有史以来最全面的塞万提斯译介。此书的编辑胡真才在《出全集:严肃的大事难事——中文版〈塞万提斯全集〉编后谈》一文中回顾了该项目所走过的艰难历程。④国内出版的塞万提斯相关译著还有:漓江出版社的《慷慨的情人》(1989)、《吉普赛姑娘》(1994);北岳文艺出版社的《王子公主历险记》(1991);重庆出版社的《塞万提斯训诫小说集》(1992)、《管离婚案件的法官》(2001)。

同时,多部塞万提斯传记类作品问世,如张书立的《塞万提斯》(辽宁

---

① 译林出版社 2007 年版。
② 林一安与陈众议曾就杨绛版的《堂吉诃德》进行学术探讨,前者在《中华读书报》上先后发表了《堂吉诃德及其坐骑译名小议》(2003 年 3 月 5 日)和《莫把错译当经典》(2003 年 8 月 6 日)。之后他又在《外国文学》2004 年第 3 期上发表了《"胸毛"与"瘸腿"——试谈译文与原文的抵牾》,同期刊登了陈众议的《评"莫把错译当经典"——与林一安先生商榷》。
③ 陶梅的《从〈堂吉诃德〉的新译本说开去》就杨版和董版的差异进行了点评,见《外国文学》1995 年第 6 期。
④ 《出版广角》1997 年第 4 期。

人民出版社1982年版)、黄道立的《著名西班牙人文主义作家塞万提斯》(商务印书馆1987年版)、陈凯先的《塞万提斯》(华夏出版社2001年版)、德国弗兰克的《塞万提斯传》(海燕出版社2006年版)、朱景东的《塞万提斯评传》(百花文艺出版社2009年版)。

一些西方塞学经典成果首次或再次被译介到国内,如阿根廷塞学家胡安·包蒂斯塔的《塞万提斯》、海涅的《论〈堂吉诃德〉》、卢卡契的《论〈堂吉诃德〉》、屠格涅夫的《哈姆莱特与堂吉诃德》、哈利·列文的《堂吉诃德原则:塞万提斯与其他小说家》[①]、纳博科夫的《堂吉诃德讲稿》(金绍禹译,上海三联书店2007年版)和《塞万提斯研究文集》(陈众改选编,译林出版社2014年版)等当代西方塞学研究论著也被译介到中国。[②]

专著方面,文美惠是较早评介《堂吉诃德》的学者。她出版了《塞万提斯和〈堂·吉诃德〉》(北京出版社1981年版),并将《堂吉诃德》定位为"早期现实主义的一部代表作品",认为它"具有进步意义的人文主义思想,同时还塑造了堂吉诃德这个卓越的典型形象"。[③]

钱理群的《丰富的痛苦——堂吉诃德与哈姆雷特的东移》(1993)可以说是中国知识分子对堂吉诃德及哈姆雷特接受、认可过程的一次认真反思和评价。作品上编梳理了堂吉诃德、哈姆雷特从西班牙、英国走向德国、俄国的历程,下编则论述了这两位人物在20世纪20—40年代的中国的传播及影响。

罗文敏的《我是小丑:塞万提斯〈堂吉诃德〉研究》(2007)是中国第一部研究《堂吉诃德》的专著,它纵向探讨了《堂吉诃德》诞生之前的文体力量蓄积过程与其诞生之时塞万提斯本人的相关情况及该作品所达到的突破创新之处;从横向方面,具体针对《堂吉诃德》这个文本,从文化、人物、后现代性(不确定性与解构重构性)及语言等几个方面来分析研究。

陈忠议的《塞万提斯学术史研究》(2011)全面梳理了自17世纪起西

[①] 《比较文学研究资料》,北京师范大学出版社1986年版。
[②] 刘佳林:《纳博科夫与堂吉诃德》,《外国文学评论》2001年第4期。
[③] 文美惠:《略谈〈堂吉诃德〉》,《文学评论》1978年第3期。

方和中国在塞万提斯研究领域的演变和发展,勾勒出一条比较翔实的学术史脉络,为国内读者提供了许多新的视角和资料。

论文方面,1978—2008年国内发表了174篇有关塞万提斯的文章,占整个西班牙文学研究论文的85%,足见其在中国的影响力。20世纪70年代末、80年代初对《堂吉诃德》的研究尚沿用传统套路,主要关注堂吉诃德这一形象的典型性。虽然学界大多认同堂吉诃德是个"矛盾复杂的人物形象",但如何看待这一矛盾体则分歧较大,比如文美惠认为堂吉诃德是"骑士的典型形象"①,而孟宪强却否定了这个观点,说他是"患了游侠狂的学者形象"②。杨绛指出堂吉诃德的思想体现了文艺复兴时期人文主义的理想,以及这种理想和16世纪现实的矛盾,而堂吉诃德和桑丘是又特殊又普遍、不同一般而又典型的人物。③

另一种很常见的思路是从比较文学的视角看待《堂吉诃德》。一是把堂吉诃德与阿Q、福斯塔夫等中外经典人物进行对比,"阿Q形象是堂吉诃德形象的'影响性再现'"这一观点被普遍接受④。姚锡佩的《周氏兄弟的堂吉诃德观源流及变异——关于理想和人道的思考之一》(1989)对鲁迅、周作人两兄弟在20世纪20—40年代向国人推介《堂吉诃德》的过程以及对此人物的研究、争论、定位及评价做了缜密的梳理,提供了许多有史料价值的信息和资料。⑤

至于堂吉诃德与福斯塔夫,有的认为二者都是"永久被嘲笑的对象",

---

① 文美惠:《塞万提斯的〈堂吉诃德〉》,《光明日报》1978年8月22日。她的其他相关论文有《塞万提斯和〈唐·吉诃德〉》,《河北文学》1982年第10期等。
② 孟宪强:《堂吉诃德不是骑士的典型形象》,《社会科学战线》1982年第1期。
③ 杨绛:《重读〈堂吉诃德〉》,《外国文学研究集刊》(一),中国社会科学院,1979年9月。
④ 秦家琪/陆协新:《阿Q和堂吉诃德形象的比较研究》,《文学评论》1982年第4期。类似的文章还有陈涌:《阿Q与文学经典问题》,《鲁迅研究》1981年第3期;安国梁、张秀华:《堂吉诃德和阿Q——纪念鲁迅诞辰一百周年》,《郑州大学学报(哲学社会科学版)》1981年第4期。这类研究延续至21世纪,如张德超:《堂吉诃德与阿Q之比较——两个滑稽、荒唐的精神胜利者》,《江苏社会科学》2007年教育文化版;黄楚晴:《从〈堂吉诃德〉与〈阿Q正传〉、〈狂人日记〉看塞万提斯于鲁迅的思想启蒙》,《东京文学》2009年第2期;刘建军:《阿Q与桑丘形象内涵的比照与剖析——兼论比较文学批评的一个视点》,《中国比较文学》2011年第1期。
⑤ 《鲁迅研究资料》(第22辑),中国文联出版公司1989年版。

有的则认为屠格涅夫夸大了堂吉诃德的正面特征,他与"腐朽不堪的福斯塔夫是两类不同的典型形象"①。还有学者看到"日神阿波罗在堂吉诃德、酒神狄奥尼索斯在福斯塔夫身上的投影"②。

二是从名著续写等角度将《堂吉诃德》与《红楼梦》《水浒》《三国演义》《西游记》加以比照,阐述中西行为的动机及写作方式上的差异性③,得出"异地则同,易时而通"的结论④。

借鉴西班牙本土塞学成果也是国内西语界从事的一个重要工作。张绪华的《试论98年一代的堂吉诃德研究》(1986)抓住了西班牙塞学研究的一个重要节点,即"98年一代"如何接受、评价《堂吉诃德》,对其主要成员乌纳穆诺、阿索林、马埃斯图在这一领域各自的专著《堂吉诃德和桑丘的生活》《堂吉诃德之路》《堂吉诃德、堂璜、塞莱斯蒂娜》进行分析和点评,指出他们研究《堂吉诃德》是为了给当时处于衰败中的西班牙寻找出路。⑤

20世纪80年代对《堂吉诃德》的叙事模式和修辞手法研究有限,为数不多的几篇论文或涉及该著中谚语和同义词的使用⑥,或点评塞万提斯"写《堂吉诃德》本身就是为了倡导用散文的形式描叙史诗"⑦,或从叙事结构入手,如吴士余认为《堂吉诃德》为近代长篇小说结构提供了一个新的模式,"即以点与直线、方块(框架式)等多元几何定向组合成的有机

---

① 王远泽:《论堂吉诃德形象的典型性》,《湖南师范学院学报》1979年第3期。
② 庄美芝:《人类的两种永恒冲动——堂吉诃德与福斯塔夫之比较》,《国外文学》1989年第2期;侯传文:《福斯塔夫与堂吉诃德喜剧性比较》,《青岛大学学报》1990年第1—2期。
③ 陶嘉炜:《谈中西续书》,《文艺理论研究》1995年第1期。
④ 刘梦溪:《〈堂吉诃德〉的前言和〈红楼梦〉第一回比较》,《红楼梦学刊》1984年第2期。
⑤ 《外国语》1986年第6期。
⑥ 陈国坚:《试谈〈堂吉诃德〉中同义词的运用》,《现代外语》1983年第4期;《〈堂吉诃德〉的音韵美》,《现代外语》1988年第3期;黄永恒:《妙趣横生别具格——〈堂吉诃德〉谚语漫议》,《外国文学专刊》1985年第1期;严永通:《串串珍珠贯全书——谈〈堂吉诃德〉的语谚运用》,《唐都学刊》1988年第2期。
⑦ 唐民权:《塞万提斯及其〈堂吉诃德〉小议》,《外语教学》1980年第2期。

结构形态"①。他还指出《堂吉诃德》的画面具有强烈的视觉感、动感、立体感、不对称性;人物形象具有运动性、造型性;作家视点不断转换,"这在《堂吉诃德》之前的文学创作中是不多见的"②。

20世纪90年代对《堂吉诃德》的研究进入现代性层面。饶道庆借鉴巴赫金的"复调理论",指出在《堂吉诃德》中"由理智和情感的二重性而萌发的'多声部性'的复调因素促成了堂吉诃德这个人物的未完成性和开放性",同时他认为《堂吉诃德》具有双重叙述话语,"堂吉诃德不仅是一个被叙述的客体,在游侠过程中他还成了一个具有独立的价值和意义的叙述主体,堂吉诃德的叙述是一种虚构叙事,他的视角正好和理智、现实相反"③。

董燕萍也认为《堂吉诃德》所涉及的现实与虚构、创作与阅读、叙述主体与客体、创作与批评之间的关系堪称当时欧洲小说全新的观念。"塞万提斯在小说中通过第二作者讲述小说的寻源,既显示小说来源的可靠性,又反映了他对文学传统的自觉认识。"④

对堂吉诃德形象的理解摒弃了喜剧性/悲剧性或疯狂/理性的简单二元对立。杨传鑫注意到,在《堂吉诃德》第一部和第二部里,人物性格、作者态度发生了重大嬗变。"《堂吉诃德》发展变化的态势——由喜转悲,对主人公的肯定、赞美、颂扬由弱加强,直至出现公开的、鲜明的褒扬。"⑤周宁也认为《堂吉诃德》"以幻想的喜剧形式反讽地表现了英雄受难的悲剧,以荒唐的滑稽模仿检验人类高尚的道义与信仰在世俗中经受考验与误解

---

① 吴士余:《结构形态:点、线与方块的几何组合——〈堂吉诃德〉艺术谈》,《外国文学研究》1986年第2期。
② 吴士余:《画面:形象的视觉感——〈堂吉诃德〉艺术谈之一章》,《名作欣赏》1987年第2期。
③ 饶道庆:《意义的重建:从过去到未来——〈堂吉诃德〉新论》,《外国文学评论》1992年第4期。
④ 董燕萍:《写实与虚构的统一——堂吉诃德的模仿真实》,《外国文学评论》1998年第3期。
⑤ 杨传鑫:《论堂吉诃德形象》,《中南民族学院学报》1994年第5期。

的能力"①。

　　有关塞万提斯创作动机和宗旨的探讨持续不断,但各种观点差异很大。既有全盘相信塞氏本人的声明,也有从精神分析学的角度得出前所未有的诠释结论,"《堂吉诃德》的写作动因不是为了攻击骑士小说,恰恰相反,它蕴藏着追怀骑士时代、赞美骑士道德、效法骑士风范的内在意义张力"②。还有观点称塞万提斯创作《堂吉诃德》是为了"展示他的伟大抱负和理想。"③探讨塞万提斯创作宗旨的还有《一个寓言——堂·吉诃德的故事》(李赐林著)和《由〈堂吉诃德〉伪续作引发的小说创作问题》(刘林著)。④

　　进入21世纪以来,中国的塞学研究拓展了不少新领域。对《堂吉诃德》的元小说特征及后现代性因素的分析是新世纪以来塞学研究的两个新途径,比较有分量的论文有《〈堂吉诃德〉的多重讽刺视角与人文意蕴重构》(蒋承勇)、《〈堂吉诃德〉的元小说性》(滕威)、《堂吉诃德:伟大与渺小——兼论〈堂吉诃德〉中后现代主义小说特征》(李德恩)。⑤ 罗文敏的《语句有涯能指无垠》(2004)、《论〈堂吉诃德〉中戏拟手法的艺术表现》(2007)、《解构重构性在〈堂吉诃德〉中的多样化表现》(2007)、《不确定性的诱惑:〈堂吉诃德〉距离叙事》(2009)等系列论文,从语言、艺术、叙事、人物、后现代性(不确定性与解构重构性)等方面,对《堂吉诃德》文本进行多角度的研究。在他看来,《堂吉诃德》的后现代性"主要表现在其戏拟手法所带来的解构重构性",后者又"主要表现在文本互涉(互文)、讥讽嘲弄、

---

　　① 周宁:《幻想中的英雄——〈堂吉诃德〉的多层含义》,《厦门大学学报》1996年第1期。他在《我们在这个世界上生活的"忏悔录"——纪念〈堂吉诃德〉出版四百周年》一文中再次强调:"《堂吉诃德》的主导性情节模式暗合了普遍的英雄原型。这些原型曾经反复出现于宗教中、神话中,文学尤其是悲剧作品中。"见2005年《文景》,http://www.ewen.cc 。
　　② 张凌江:《〈堂吉诃德〉写作动因新解》,《解放军外国语学院学报》1999年第5期。
　　③ 李德恩:《重读〈堂吉诃德〉》,《外国文学》2001年第2期。
　　④ 这两篇文章分别载《外国文学研究》1994年第2期和《外国文学评论》2011年第1期。
　　⑤ 以上三篇文章分别载《外国文学评论》2001年第4期、《外国文学研究》2003年第1期和《外国文学》2009年第2期。

曲置对衬、聚集困境等四个方面"①。同时,"《堂吉诃德》巧借文本沿革、视角换等多种叙述技巧,在读者与文本之间设置多重阅读障碍,借距离叙事的张力模糊真实与虚构间的界限,营造不确定性"②。

索飒的《挑战风车的巨人是谁:塞万提斯再研究》(2005)是近年来中国学者在塞学领域的一篇重要论文。她一方面梳理了20世纪西班牙语学术界对塞万提斯研究的成果,客观而审慎地排列诸家所说,另一方面展示出一个令人吃惊的结论:"这部世界名著之中充斥着对当时西班牙所执的宗教压迫和血统清除国策的控诉",且塞万提斯的身世"也可能与穆斯林有着深切纠葛"③。

评价《堂吉诃德》影响及经典意义的有王央乐的《〈堂吉诃德〉的传统与西班牙当代小说》和陈国恩的《〈堂·吉诃德〉与20世纪中国文学》④。围绕人物形象展开研究的有裴涛的《〈堂吉诃德〉的意义及女性形象描写》⑤。

国内关于塞万提斯戏剧的研究不多。康建兵的《浅论塞万提斯戏剧创作与理论》一方面重点介绍塞万提斯的剧本《阿尔及尔的交易》《努曼西亚》和《八出喜剧和八出幕问短剧集》,另一方面总结他的戏剧理论,如"戏剧应该是人生的镜子。风俗的榜样,真理的造像","戏剧的原则是摹仿"⑥。

在塞学研讨会方面,1982年4月23日对外文委、西班牙驻华大使馆和北京大学西语系联合举办纪念塞万提斯逝世366周年报告会,杨绛做《天上一日,人间一年》的发言⑦,介绍自己翻译《堂吉诃德》的缘由和过

---

① 罗文敏:《解构重构性在〈堂吉诃德〉中的多样化表现》,《宁夏大学学报》2007年1月第29卷第1期。
② 罗文敏:《不确定性的诱惑:〈堂吉诃德〉距离叙事》,《外国文学评论》2009年第4期。
③ 《回族研究》2005年第2期。该文后分上、下篇以《在唐吉诃德的甲胄之后》之名刊登在《读书》2005年第6期上。
④ 这两篇文章分别载《外国文学评论》1988年第3期和《外国文学研究》2002年第3期。
⑤ 《文学教育》2008年第1期。
⑥ 《四川戏剧》2009年第6期。
⑦ 杨绛:《天上一日,人间一年》,《译林》1982年第3期。

程。后来她又在《〈堂吉诃德〉译余琐掇》中再次总结自己的翻译经验和体会①，评价堂吉诃德这一人物形象是"知其不可为而勉为其难"②，叹其可敬与可悲之处。

1986年"西、葡、拉美文学研究会"在上海隆重纪念塞万提斯逝世370周年，会议论文既有研究《堂吉诃德》在我国不同时期的出版及对中国文学的影响，也有分析《堂吉诃德》对加西亚·马尔克斯的《百年孤独》的影响。陈众议认为魔幻现实主义所渲染的神奇气氛无不基于人物的魔幻意识，就像《堂吉诃德》的奇情异想无不基于人物的骑士思想一样。两者的共同特点还在于用合理的夸张、讽刺的手法和鲜明的形象，反映一种具有时代特点的心理现象。③ 20世纪80年代中期拉美"爆炸文学"、魔幻现实主义及其代表作《百年孤独》在国内产生巨大反响，同时也为塞学研究开辟了新的途径。

南京大学"塞万提斯中心"于1997年、2001年和2004年先后举办了三届"塞万提斯国际学术研讨会"，涉及的主题有塞万提斯及其作品对20世纪西班牙、拉丁美洲文学的影响，博尔赫斯眼中的堂吉诃德，伏尔泰与塞万提斯等。该中心主任陈凯先是中国塞学开拓者之一，举办了数届塞万提斯国际学术研讨会及全国塞万提斯翻译比赛，出版了《塞万提斯评传》(1990)，其相关论文《从〈堂吉诃德〉到〈百年孤独〉》《文学 理想 现实》《〈堂吉诃德〉的魅力》及《〈堂吉诃德〉对现代小说的贡献》从不同层面探讨了《堂吉诃德》对西班牙、拉美乃至整个西方现代小说的深远影响和贡献。④

---

① 杨绛:《〈堂吉诃德〉译余琐掇》,《读书》1984年9月1号。
② 杨绛:《春泥集》,上海文艺出版社1979年版,第28—30页。
③ 陈众议:《魔幻现实主义与〈堂吉诃德〉》,《读书》1986年第2期。
④ 陈凯先的四篇论文分别载《外国文学报道》1985年第2期、《当代外国文学》1996年第2期、《中华读书报》1997年9月17日和《外国文学评论》2000年第3期。

三、18—19世纪西班牙文学研究

国内学界对西班牙18世纪文学的关注度很低,除4部文学史外,没有专门文章进行介绍和评论。启蒙世纪,在中国的学术版图中,是属于法国的,何况同期统治西班牙的,还是来自法国的波旁王朝。因此,18世纪的西班牙文学长期被视作同期法国文学的邯郸学步者。究竟客观历史如何,有待西语学者进一步研究考证。

19世纪戏剧研究至今仍为空白。19世纪浪漫主义诗歌的研究,目前国内只有许彤的《贝克尔经典化发端——西班牙诗人贝克尔作品的早期传播与评论研究》①,文章探讨了贝克诗歌的经典化之路。

小说方面,因为中国读者在阅读旨趣和审美上对现实主义的偏好,此外本着"揭露资产阶级生活方式的腐朽和没落"的外国文学翻译目的,国内对加尔多斯、克拉林和伊巴涅斯作品的翻译相对充分,所以这三位现实主义作家也受到了较多关注。李德恩的论文《全景的小说——〈福尔图娜塔和哈辛塔〉》从社会政治经济发展阶段塑造和决定人物性格与命运的角度出发,指出加尔多斯笔下两位女主人公的人生悲剧乃是时代悲剧;而男主人公胡安尼托的骄纵胡为,也在一定程度上加速了西班牙传统宗法社会的"崩溃",推动了社会向前发展。② 叶茂根的文章《堂娜裴菲克塔》将加尔多斯定位为"继塞万提斯之后,最具影响力的作家",并称他的小说《堂娜裴菲克塔》(《翡翠达夫人》的另一译名)放到21世纪的现代社会依然具备现实意义和艺术魅力,表现了人类追求进步的内心渴望。③

胡真才的论文《"恩爱"夫妻不到头——〈庭长夫人〉评介》论述了克拉林作品中人物形象的塑造:维克托,贵族虚伪道德的牺牲品;梅西亚,又一个唐璜;德帕斯,渴望世俗之乐的虚伪神父;安娜,被社会与男人逼迫窒息

---

① 《欧美文学论丛》2011年。
② 《外国文学》1988年第4期。
③ 《文学报》2002年10月17日。

的庭长夫人。① 刘雅虹在《克拉林〈永别了,"小羔羊"〉的现实主义特色》中论述 19 世纪末西班牙传统农牧社会的分崩离析,原本安静祥和的牧场生活(两兄妹与"小羔羊"),因为小羊羔和哥哥的永远离去而一去不复返。作品甚至包含对人类社会发展的反思,电线杆和铁路是妹妹最深恶痛绝的事物,因为它们带走了自己生命中的两位至亲。② 刘雅虹的另一篇文章《空间形象的格雷马斯符号学解读——以〈永别了,"小羊羔"!〉为例》,根据格雷马斯的符号学理论对作品进行分析,故事中的空间可以划分为代表自然的理想空间和代表文明的敌对空间,而主人公的悲剧正是由于两者之间的冲突而引起的。③

吴春兰在《试论〈茅屋〉主题中的人性恶倾向》中指出,关于伊巴涅斯《茅屋》主题的讨论不应停留在传统的"土地问题及农民与地主的深刻矛盾",而应关注其中折射出来的"人性恶"。④ 段若川的《情系巴伦西亚——布拉斯科·伊巴涅斯国际研讨会散记》记述了她 1998 年在西班牙巴伦西亚参加伊巴涅斯学术研讨会的所见所思,并简单介绍了与会论文《〈一位小说家环游世界〉中关于中国的描写》。⑤ 她的另一篇文章《布拉斯科·伊巴涅斯的中国情节与〈血与沙〉》阐述了伊巴涅斯与中国的不解之缘(亲身游历中国,体会过中国人民的痛苦与坚韧,鲁迅和戴望舒对他的介绍和翻译等),其小说《血与沙》20 世纪 50、60 年代在中国出版后,曾被片面评价。文章通过探讨作品中反映的斗牛知识、西班牙风情以及主人公的形象塑造,论述了这位小说家的成功之处和作品的真正魅力。⑥

"98 年一代"

"98 年一代"作家阿索林的作品因为卞之琳和戴望舒的翻译,再加上以汪曾祺为代表的京派作家的推崇,在中国学术界获得长久的关注。冯

---

① 《外国文学》1987 年第 2 期。
② 《西安外国语大学学报》2008 年第 3 期。
③ 《安徽大学学报》(哲学社会科学版)2008 年第 6 期。
④ 《泉州师专学报》1995 年第 2 期。
⑤ 《外国文学》1999 年第 4 期。
⑥ 《三峡大学学报》(人文社会科学版)2002 年第 3 期。

亦代的论文《吹点风进来》介绍了《阿索林小集》及其译者卞之琳。作者成为阿索林的顶礼者，就是由于卞之琳在20世纪30年代中叶翻译的《西窗集》。① 姜德明的文章《书叶小集》论及徐霞村同戴望舒合译的阿索林名作《西班牙小景》。② 叶丛的《何塞·马丁内斯·鲁伊斯——随笔体小说的创始者》介绍了原名为何塞·马丁内斯·鲁伊斯的阿索林其人其文。③ 金克木的《小人物·小文章》阐述了他读阿索林散文的所思所感，并简要梳理了"98年一代"精神追求的发展脉络，从"欧化"到回归"西班牙之魂"。④ 彭程的《人类灵性的内在相通——读〈卡斯蒂利亚的花园〉》总结阿索林善于抒写一种历史的哀愁感，那些永远生生不息的生命及生命的创造物，并以中国传统文化中"寿无金石固"与之类比。⑤ 马俊江的《阿索林和京派作家的文化情怀》回顾了京派作家周作人、卞之琳、师陀、李广田、何其芳和汪曾祺对阿索林的认同与喜爱。小品文大师周作人感叹自己何时才能写出阿索林那样的文章；卞之琳因为痴迷阿索林而自学西班牙语；汪曾祺更是著文称"阿索林是我终身膜拜的作家"。20世纪初的知识分子，他们决绝地主动出走，而又伴随着难以理清的缠绵；已经叛逆地放弃，但又无法摆脱无家可归的孤独。正是这历史转型期知识分子的共同宿命，将阿索林与京派作家联结在一起。⑥ 沈胜衣的《采集西班牙的魂魄》简略回顾阿索林作品在中国的翻译和接受史，重点介绍范晔主编的《纸上的伊比利亚》所选入的9篇阿索林作品，总结阿索林笔下沉实的澄明、温柔的平静，在淡淡的惆怅中、深深的疲倦中、絮絮的琐屑中所展现的西班牙式的高贵与庄重。⑦ 卢军的《论西班牙作家阿索林对汪曾祺创作的影响》认为阿索林对汪曾祺创作的影响主要体现在三个方面：一是散文

---

① 《读书》1982年第7期。
② 《读书》1983年第6期。
③ 《文化译丛》1986年第1期。
④ 《读书》1990年第10期。
⑤ 《中国图书评论》1990年第6期。
⑥ 《现代中国文化与文学》2005年第2期。
⑦ 《中华读书报》2008年6月4日。

化小说问题；二是善于描写小城小人物生活，关注传统向现代转型期小手工业者的命运；三是阿索林对于平实人生的重视和温情，与汪曾祺心灵相通。①

比奥·巴罗哈也因鲁迅的翻译与赞赏获得了一定的关注度。黎舟的《鲁迅与巴罗哈》介绍鲁迅为中国翻译研究巴罗哈的第一人，指出鲁迅赞赏巴罗哈的一个重要原因就是因为巴罗哈的作品具有浓厚的巴斯克族特色，形象地反映了这个"受强族压迫"的弱小民族的生活内容和"诙谐而阴郁"的性质。此外，鲁迅还认为巴罗哈是一位具有哲人底蕴的书写者，并在短篇小说创作的艺术手法上努力向巴罗哈靠近。② 袁荻涌的论文《鲁迅为什么要译介巴罗哈的作品？》详细分析了鲁迅译介巴罗哈的原因：一为他笔下巴斯克人民在强族压迫下"含泪的微笑"；二为巴罗哈精湛的讽刺艺术；三是巴罗哈在短篇小说艺术上的创新。③

乌纳穆诺没有在中国得到应有的关注与研究，评介文章寥寥。唐民权的论文《98文学年代及其主将乌纳穆诺》详尽介绍"98年一代"形成的历史背景、特征和作用，并概述乌纳穆诺的艺术思想是反对"抽象的人"，主张描写"有骨有肉的具体人"，认为人物最要紧的是要有激情。④ 童燕萍的论文《混淆与创新——乌纳穆诺的〈雾〉》着眼于《雾》的三个结构层次，分析其小说的虚构性，指出乌纳穆诺以混淆的手段突破传统的现实主义小说的写作手法，模糊小说与现实的界线，揭示存在与虚无、死亡与永生的辩证关系，表现人的精神追求的实质和意义⑤。程弋洋的《并不信仰上帝的圣者与他的羔羊们》从乌纳穆诺式的哲学思考入手，对主人公堂·马努埃尔、安赫拉、拉萨罗和布拉里西奥进行详细的形象分析，指出在某种意义上，他们分别代表了基督在人间、圣母在人间、基督对世人的拯救

---

① 《时代文学》(下半月)2010年第6期。
② 《福建师范大学学报》(哲学社会科学版)1981年第3期。
③ 《鲁迅研究月刊》1994年第1期。
④ 《外语教学》1981年第3期。
⑤ 《清华大学学报》(哲学社会科学版)1995年第3期。

以及盲目而纯洁的宗教信仰。① 王军的《解读与重构文本——论西班牙元小说的兴起与发展》中将乌纳穆诺的《雾》定义为西班牙元小说力作，与《堂吉诃德》并列为20世纪70年代兴起的西班牙元小说先驱。② 汪天艾的《鲁文·达里奥与乌纳穆诺：大洋两端的现代主义相遇》回首了乌纳穆诺与达里奥的互动和交往，突出了以智性著称的乌纳穆诺的诗意情怀，在成为一名哲学家之前，他首先是一位诗人。③

安东尼奥·马查多的主要研究者为赵振江与黄乐平。赵振江的论文《二十世纪的西班牙诗歌与安东尼奥·马查多》分析了马查多诗歌创作的四个阶段，前期创作神往淳朴与自然，后期则更醉心于哲理探索和思考，最后总结马查多的诗作平易中见深邃，朴实中见真情。④ 黄乐平的《从中国古典美学角度品味安东尼奥·马查多诗歌的意境》从中国古典美学的"意境"出发，品味安东尼奥·马查多在他的诗歌中所表现的西班牙大好河山，通过对历史的思考和对传统文化的挖掘寻求治国之路。⑤ 他的另一篇论文《安东尼奥·马查多：对现代主义的超越及向"98年一代"的转变》指出，安东尼奥·马查多在青年时代曾狂热地追随现代主义潮流，但并未束缚在这种唯美伤感、绮丽哀婉的诗风。此后，在"98年一代"爱国主义的感召下，他逐渐走出个人世界的小圈子，祖国美好的大自然和普通的劳动人民成为他最重要的歌颂对象。⑥

国内对"98年一代"缺乏深入、扎实的研究，视野和论调上受限于民国时代的前辈学人。这些前辈学人，不乏良好的学养，但是基本不通西语，接受的文本和信息都来自英文、日文和德文。此外，他们身处一个特殊的历史时代，试图拿文学作武器来改造社会，因此不免给他们的文学接受与评论留下很多个人风格过于突出的烙印，模糊了作品的本来面目。

---

① 《世界文学评论》2006年第2期。
② 《当代外国文学》2005年第3期。
③ 《文艺报》2015年2月9日。
④ 《艺术评论》2007年第10期。
⑤ 《北京第二外国语学院学报》2009年第10期。
⑥ 《外国文学评论》2010年第1期。

四、20 世纪西班牙小说研究

20 世纪的西班牙经历了 1936—1939 年的西班牙内战、长达 36 年的佛朗哥独裁统治和 20 世纪 70 年代末的政治民主转型。这样一个动荡、多变的时代,深刻地影响了西班牙当代政治、经济、社会、文化的发展,也使得西班牙当代文学的进程一波三折。国内对西班牙 20 世纪文学研究和翻译集中在"27 年一代"诗歌、"36 年一代"小说和战后的当代小说,对"14 年一代"的散文、"世纪半作家群"的诗歌及西班牙戏剧关注较少。另外即便是在译介较多的领域,也缺乏系统性和全面性,导致对重点作家的研究失衡。在翻译西班牙文学作品时,或受商业炒作的影响,或凭译者的个人权衡,缺乏全局观和独立评价体系。

张绪华的《20 世纪西班牙文学》(1997)是国内第一部西班牙文学断代史,对"98 年一代""27 年一代""第二共和国及内战时期文学""战后文学"及"佛朗哥政权结束后的文学"的重要流派、作家加以介绍和点评。王军的《20 世纪西班牙小说》(2007)则是国内首部西班牙当代小说史,材料翔实,内容丰富,为研究西班牙 20 世纪小说提供了有益的参考。

虽然各种西班牙文学史对战后佛朗哥统治时期的西班牙文学创作普遍评价不高,但还是有许多文学现象及作家值得关注。李德恩的《独裁统治下的文学——西班牙佛朗哥时期的文学》[①]是一篇资料翔实的论文,为我们提供了有关那一时期西班牙审查制度、被迫在国外发表的西班牙作品、西班牙流亡作家、勇于出版有风险作品的西班牙出版社等大量珍贵信息,具有很高的史料价值。

另外,对西班牙 20 世纪 40 至 80 年代的小说创作有不少全景式、概况式的介绍、梳理和点评,如薛立华的《近期西班牙文学概要》介绍了佛朗哥时代结束后西班牙文坛的复苏[②];张绪华和施永龄的《当代西班牙文学

---

① 《译林》2002 年第 4 期。
② 《国外社会科学》1983 年第 6 期。

概况》勾勒了战后文学每个阶段的发展特征[①];屠孟超则强调"60年代在拉丁美洲崛起的'新小说'对西班牙小说界产生了较大的影响,模仿'新小说'的作品也屡见不鲜"[②]。

柳小培的《佛朗哥政权结束后的西班牙小说》不但涉及西班牙战后流亡文学,如奥布的系列历史小说《魔幻的迷宫》、巴雷阿的自传体小说《一个叛逆者的锤炼》、"68年一代"作家门多萨的成名作《萨博尔塔案件真相》、巴斯克斯·蒙塔尔万的侦探小说,还介绍了流亡归来的"27年一代"阿亚拉、"36年一代"托伦特·巴列斯特尔、"80年一代"马里亚斯和埃斯克里瓦诺,并对这一时期的西班牙小说创作整体特征和倾向进行归纳总结。[③]

李德恩的《社会现实主义及其他》是对西班牙文学评论专著《当代西班牙小说》(1977)的介绍与点评,这在国内西语界并不多见,文章突出了"社会现实主义"流派在西班牙文坛的传承和影响。[④]

胡真才聚焦西班牙民主过渡时期色情文学由禁止到泛滥的现象,提出了三个问题:在卡斯蒂利亚语中是否存在色情文学的传统和性描写的文学语言?卡斯蒂利亚语是一种适合创作色情文学的语言吗?当今的色情文学有几种特性?[⑤]

各种名目繁多的文学奖对西班牙战后文学的复苏起到什么作用?这个问题十分值得思考。施永龄的《文学奖与西班牙当代文学》对西班牙战后重要的文学奖项一一点评,客观评价了它们在西班牙当代文学复兴及之后的商业化过程中所扮演的正面和负面的角色。[⑥] 鲍斯盖的《塞万提斯文学奖历届得主一览表》和张力的《西班牙主要文学奖一览》提供了更

---

① 《译林》1983年第4期。
② 《西班牙内战后的小说概述》,《当代外国文学》1985年第2期。
③ 《外国文学》1991第3期。
④ 《外国文学》1988年第3期。
⑤ 《当代西班牙色情文学》,《外国文学》1993年第6期。
⑥ 《外国文学》1993年第4期。

加新近的相关信息。①

陈众议以 21 世纪初西班牙、拉美出版的几部小说——罗莎·孟德萝的《地狱中心》(2002)、塞卡斯的《萨拉米斯士兵》(2001)、富恩特斯的《伊内斯的知觉》(2001)和《鹰椅》(2003)、托马斯·埃洛伊的《蜂王飞翔》(2002)——为例,剖析 20 世纪 80 年代以来西班牙、拉美作家重归情节的倾向,阐述了"阿尔法瓜拉小说奖"标准的变化及获奖作品对情节可读性的重视。②

1. 奥尔特加-加塞特

奥尔特加-加塞特,西班牙 20 世纪最杰出的哲学家、社会学家、"1914 年一代"的精神领袖、散文家,在中国有点"墙内开花墙外香"。他在国内主要是作为哲学家、教育家而被学界熟知,且他大部分著作是从英文转译(唯一从西语直译过来的奥尔特加-加塞特的著作是《艺术的去人性化》)③。像《大众的反叛》和《大学的使命》等非文学类著作,前者被视为对以资本主义工业化、城市化为主要特征的西方现代化进程最早的理论反思④,后者为现代高等教育指明方向,"大学的根本出路在于改革:主张大学教育包括'文化的传授、科学研究和新科学家的培养'三项职能"⑤。

赵振江认为奥尔特加-加塞特对西班牙文学的贡献在于真正将先锋派文学上升到理论的高度。《艺术的去人性化》(1925)一方面表明"先锋派是一种逃避现实的艺术……所谓新艺术是少数人的艺术,对大众而言,

---

① 这两篇文章分别载《外国文学动态》1995 年第 1 期、2008 年第 4 期。
② 陈众议:《回到情节——新世纪西班牙语小说管窥》,《世界文学》2005 年第 1 期。
③ 《什么是哲学》(商梓书译,商务印书馆 1994 年版)包括哲学的历程、我的信念与哲学、我的命运与哲学、我而非我的哲学等 11 部分;《大学的使命》(徐小洲、陈军译,浙江教育出版社 2001 年版)、《大众的反叛》(刘训练、佟德志译,吉林人民出版社 2004 年版);《生活与命运:奥德嘉·贾塞特讲演录》(陈昇、胡继伟译,广西人民出版社 2008 年版)收录了奥氏讨论当今的哲学、这个时代的问题、关于宇宙的知识、哲学的需要、新存在的新观念等 11 篇演讲稿,显示了奥氏丰富的哲学思想;《欧美高等教育思想史论稿》(赵卫平等著,浙江大学出版社 2010 年版)系统介绍、分析欧美近代以来一些著名高等教育家的思想,并探讨其相互之间的联系和影响,其中包括奥尔特加-加塞特。
④ 盛宁:《奥尔特加-加塞特的"大众社会"理论刍议》,《国外文学》2007 年第 2 期。
⑤ 杨超:《读〈大学的使命〉看奥尔特加的教育思想》,《时代文学》2009 年第 18 期。

则不可思议",另一方面它又是"一部为新艺术辩护的书。因为它使19世纪的现实主义小说变得滑稽——既然生活贫困、荒唐,就没有任何理由去临摹它"①。

董广才、徐杨参照奥尔特加-加塞特在法国讲学期间所做的学术报告《翻译的缺憾与伟大》,重点阐述了他所持的"翻译不可能性""翻译的可操作性""语言是翻译的基础"等翻译理论观点,指出这些见解"尽管存在局限性,但加塞特对语言、思想、翻译的思考确实为后来西方和世界翻译理论的发展,为语言文化的发展奠定了基础,指引了道路"②。

2. 卡米洛·何塞·塞拉

塞拉是西班牙仅有的两位获得诺贝尔文学奖的小说家之一,但其人其作极具争议性。国内对他的研究始于20世纪80年代初,主要关注的是他早期的小说创作。屠孟超的《塞拉及其代表作〈帕斯库亚尔·杜阿尔特一家〉》(1983)是第一篇有关塞拉的文章,介绍了塞拉的成名作《帕斯库亚尔·杜阿尔特一家》(1942)问世的社会政治背景和巨大反响,分析其"可怖主义"特征、宿命论观点和对流浪汉小说的传承,指出"它的主要功绩在于打破了40年代初期西班牙文坛上百花凋敝,万木萧疏的局面,开始绽露出社会现实主义的新花"③。

20世纪80年代后期先后推出三个中文版本的塞拉代表作《蜂巢》(1951)④,塞拉开始为中国读者所了解。随着塞拉1989年获诺贝尔文学奖,国内的研究热度迅速上升。《外国文学》1990年第1期刊登了塞拉的6个短篇小说、一篇采访录《我在一生的非常时刻获得了诺贝尔奖》——

---

① 赵振江:《20世纪的西班牙诗歌与安东尼奥·马查多》,《艺术评论》2007年第10期。
② 董广才、徐杨:《翻译的缺憾与伟大——奥尔特加·加塞特的翻译思想评价》,《理论界》2004第6期。
③ 《当代外国文学》1983年第4期。
④ 分别为孟继成版(北京十月文艺出版社1986年版)、朱景冬版(青海人民出版社1986年版)和黄志良、刘静言版(外国文学出版社1987年版)。

访1989年诺贝尔文学奖获得者》和两篇有关该作家的文章①，其中卢燕的论文分析《蜂巢》在小说艺术手法上的创新之处，阐述其结构与主题的巧妙呼应。

陈凯先称塞拉为"文学创新的勇士"，林一安则把他定位为"西班牙新小说的先驱"②。两位学者在全面点评他的《帕斯库亚尔·杜阿尔特一家》《蜂巢》《新拉萨罗》《为亡灵弹奏玛祖卡》和《1936年的圣卡米洛的前夕、庆典和八日祭》等作品后，都指出"他创作的每一部小说的风格都与前一部的迥然不同，他总是不断放弃自己已涉足的领域，改变自己已取得了成功的模式，去追求新的风格，新的境界，永远也不停留在一个模式、一种风格上"③。

《世界文学》1990年第4期刊登了塞拉的《虚构颂——在诺贝尔奖授奖仪式上的演说》，同期还开辟塞拉专栏，集中介绍、研究他的创作历程和代表作。张绪华以《帕斯夸尔·杜拉尔特一家》为例，追溯他所创立的"可怖主义"流派在西班牙文学中的渊源、定义、艺术特征和内战后产生此小说流派的社会历史原因，证实了在塞拉小说中"一般都有怪异的典型、滑稽的畸形人和低贱的下层人，并把这些人当作艺术创作的漫画式的风格……和一种怪诞色彩方向的倾向"④。

1992年漓江出版社的"诺贝尔文学奖作家系列"推出《为亡灵弹奏》中译本，其中包括了塞拉的《罪恶下的恋情：帕斯库尔·杜阿尔特一家》和《为亡灵弹奏玛祖卡》（2015年由李德明翻译的该著第二个中文版本问世）。

1995年塞拉被授予"塞万提斯文学奖"，国内再次把视线投射到他身上。1996长春出版社推出《塞拉——西班牙一个真正的文库》（丁文林

---

① 它们是卢燕的《一部大胆革新的杰作——评卡米洛·何塞·塞拉〈蜂巢〉》和沈石岩的《西班牙战后新浪潮小说与塞拉》。
② 林一安：《1989年诺贝尔文学奖获得者塞拉——西班牙新小说的先驱》，《国外社会科学》1990年第8期。
③ 陈凯先：《塞拉——文学创新的勇士》，《译林》1990年第2期。
④ 张绪华：《当代西班牙文学中的可怖主义》，《外国文学》1993年第6期。

著》,这是国内第一部塞拉传记,其中的一些资料填补了以往塞拉研究的空白。丁文林还在《外国文学动态》(1996年第2期)发表了《何塞·塞拉访谈录:上帝安排我等待了这些年》。王军的论文《塞拉和他的小说创作》(1997)一方面回顾了塞拉的创作生涯,另一方面重点分析《帕斯库亚尔·杜阿尔特一家》和《蜂巢》,评价他为乐于创新的作家,因为"他总是希望另辟蹊径,开创一片新天地","需要通过文学上的变化来寻找一种人生的刺激"①。

3. 米盖尔·德利维斯和贡萨罗·托伦特·巴列斯特尔

德利维斯和托伦特·巴列斯特尔虽与塞拉同为西班牙战后文坛的三驾马车,但他俩在中国的知名度都不高。德利维斯是"36年一代"最后一位离世的作家,他的逝世标志着西班牙文学一个时代的终结。1994年德利维斯获得"塞万提斯文学奖",《外国文学动态》(1994年第5期)刊登了他《在塞万提斯文学奖颁奖仪式上的讲话》。

德利维斯创作风格全面成熟之后的一部力作《圣洁无辜的人们》(1981)被选译成中文,译者张永泰指出,"小说取材于他最为熟悉的农村生活,是西班牙农村生活的一个极生动的写照"②。胡方认为这位西班牙现实主义大师的作品"虽然为数众多,并涉及多种文学体裁,但其中大都围绕一些他所偏爱的主题展开,始终贯穿了他对诸如社会、死亡、童年、现代文明等问题的不断思考,字里行间流露出作者追寻人间温暖与真情的执着"③。

屠孟超评价德利维斯的后期创作受美国意识流作家福克纳的影响甚深,认为他的代表作《与马里奥在一起的五个小时》模仿福克纳的长篇小说《我弥留之际》(1950)的痕迹十分明显。④ 中篇小说《灰底色上的红衣夫人》(1991)是德利维斯献给去世的结发妻子的作品,具有很强的自传色

---

① 《北京大学学报》1997年第4期。
② 《外国文学》1991年第2期。
③ 胡方:《德利维斯作品浅析》,《外国文学》1998年第1期。
④ 屠孟超:《西班牙内战后的小说概述》,《当代外国文学》1985年第2期。

彩。李修民指出:"德利维斯为我们塑造的安娜形象,来自生活,又高于生活……安娜的艺术形象,是一个完美的女性形象,是美的象征,是真善美的统一。"①

托伦特·巴列斯特尔的作品尚未被译介成中文,国外对他的研究也十分有限,卢云的博士论文《论贡萨洛·托伦特·巴列斯特尔的后现代主义写作》(2016)是目前国内最新、最全面的研究成果。李静将托伦特·巴列斯特尔的长篇小说《堂璜》(1963)与17世纪蒂尔索·德莫里纳的剧本《塞维亚的嘲弄者和石头客人》及何塞·索里亚的《堂璜·特诺里奥》(1844)所塑造的"堂璜"经典形象进行比较,认为"在所有的堂璜作品中,这本小说无疑是最晦涩难懂的作品,同时也是蕴涵意义最深刻的作品"②。

托伦特·巴列斯特尔的"幻想三部曲"之一《J.B.的传奇／赋格曲》是他的最佳之作,也是西班牙宗主国对拉美"魔幻现实主义"做出的回应。卢云通过大量的文本细读,点明托伦特·巴列斯特尔创作此书的意图,"作品本身虽然是一个'构建神话'的过程,实际上却是对神话的粉碎"③。王军则指出三部曲之二《启示录片段》(1978年西班牙"批评奖")是典型的元小说,"深入思考小说创作过程中的隐秘问题和乐趣、作家的技巧和圈套,把指涉自我的元小说概念推向极致"④。

4. "世纪半作家群"

"世纪半作家群"作为西班牙战后第一代作家,聚焦西班牙这一特定历史时期的社会、经济、政治和文化境遇,批判现有体制,寻找改变现状的

---

① 李修民:《完美的女性形象——评德利维斯的〈灰底色上的红衣夫人〉》,《当代外国文学》1994年第4期。
② 李静:《从传说到神话——试论西班牙文学长廊中的〈堂璜〉》,《国外文学》2000年第1期。
③ 卢云:《〈J.B.的传奇／赋格曲〉,以粉碎为目的的神话构建》,《欧美文学论丛》第七辑,人民文学出版社2011年版,第43页。
④ 王军:《解读与重构文本——论西班牙元小说的兴起与发展》,《当代外国文学》2005年第3期。

途径。他们所坚持的文学为政治服务的立场对中国读者来说并不陌生，但国内对这代作家的译介寥寥无几，往往要等他们获得"塞万提斯文学奖"才开始关注。

2004年"塞万提斯文学奖"得主桑切斯·费洛西奥早在1955年就凭借客观现实主义小说《哈拉马河》获当年"纳达尔小说奖"①。屠孟超认为，它的出现表明西班牙"新浪潮"小说在形式上已达到完美成熟的地步②。王相指出《哈拉马河》的结构完全与传统小说不一样："它没有完整的故事，没有突出的主角，没有人物内心活动的表白或者剖析。除了极少量的动作和背景的描写外，全书几乎全部是由各种人物相互间的谈话所构成。"③李静将他的处女作《阿尔凡晖的手艺和游历》(1951)定位为"一部充满幻想色彩的成长童话"，而《哈拉马河》则是"一部完完全全没有搀杂一丝幻想色彩的现实主义作品"，"汇聚了在当年盛极一时的客观社会现实主义小说的全部特点"。④

戈氏三兄弟皆为西班牙著名作家：老大何塞·戈依蒂索洛为诗人；老二胡安·戈依蒂索洛是"巴塞罗那派"⑤最杰出代表，著名小说家、理论家和文学评论家，2014年获得"塞万提斯文学奖"，标志着这位敢于大胆批判西方文明和西班牙体制的公共知识分子最终得到了官方的认可⑥；老三路易斯·戈伊蒂索洛为作家、西班牙皇家院士。但国内对他们的研究并不多，唯一有中译本的是胡安的早期小说《变戏法》《节日的结局》和路易斯的处女作《郊外》⑦。即便是对胡安的代表作《身份特征》(1966)中国

---

① 1984年8月外国文学出版社推出了由啸声、间陶翻译的中文版《哈拉马河》。
② 屠孟超：《西班牙内战后的小说概述》，《当代外国文学》1985年第2期。
③ 王相：《〈哈拉马河〉的一天》，《读书》1986第9期。
④ 李静：《迟到了50年的荣誉——费洛西奥荣获2004年塞万提斯文学奖》，《译林》2005年第3期。
⑤ 这一派成员有诗人Jaime Gil de Biedma，出版家Carlos Barral，小说家Juan Garcia Hortelano、Manuel Vázquez Montalván、Juan Goytisolo、Terenci Moix和Eduardo Mendoza。
⑥ 近10年来胡安·戈伊蒂索洛还分别获得"帕斯诗歌散文奖"(2002)、"鲁尔福文学奖"(2004)和"马哈穆德·达威什奖"(2011)，国内都发表了相关报道。
⑦ 王永达将这部作品译成中文，发表在《当代外国文学》1994年第1期。

学者的评价也不同,有的认为这部批判西班牙社会的小说虽然"确实提出了一些诸如什么是当代西班牙人的特征这样一些重要的问题,但由于作者缺乏观察问题的正确立场和方法,得出的答案是不正确的……小说的社会意义遭到削弱"①。也有观点视其为"西班牙战后小说最独特的作品之一",因为它"破除了对西班牙的神化"②。

段若川指出,短篇小说集《郊外》(1958)的最佳之处在于"反映了西班牙战后城市和乡村普通人的现实生活","文字非常优美,读者可以把这些篇章看成一首首散文诗"③。王军对路易斯·戈伊蒂索洛的扛鼎之作《对抗》四部曲(1973—1981)评价很高,认为它是"西班牙当代元小说创作的整体标志","既是作家本人的一部自传,也是一部关于西班牙、特别是加泰罗尼亚地区的社会纪实录,同时又是一系列元小说"④。

2008年获"塞万提斯文学奖"的胡安·马尔塞是"巴塞罗那派"中为数不多被译介到中国的作家,如他的代表作《与特蕾莎共度的最后几个下午》和《蜥蜴的尾巴》都有中文版(《世界文学》2013年第1期发表了他的4个短篇小说)。但对马尔塞的研究很不到位,只有一篇涉及《与特蕾莎共度的最后几个下午》的论文,而且还是分析女性次要人物玛露哈。刘雅虹认为,通过她"我们看到了上世纪50年代西班牙移民潮时期的大城市中资产阶级阶层与下等阶层截然不同的生活,西班牙社会的等级差别,以及进行社会变革的必要"⑤。

小说家兼记者赫苏斯·托瓦多的处女作《堕落》获1965年"阿尔法瓜拉小说"奖,李德恩评价它"反映了西班牙战后出生的年轻一代对现实的

---

① 屠孟超:《西班牙内战后的小说概述》,《当代外国文学》1985年第2期。
② 王军:《20世纪西班牙小说》,北京大学出版社2007年版,第95页。
③ 段若川:《栩栩如生的人物群像 宁静淡泊的山乡风光——新浪潮小说〈郊区〉读后》,《外国文学》1990年第3期。还可参看段若川的另一篇论文《路易斯·戈伊蒂索洛和他的新浪潮小说〈郊外〉》,《当代外国文学》1994年第1期。
④ 王军:《解读与重构文本——论西班牙元小说的兴起与发展》,《当代外国文学》2005年第3期。
⑤ 刘雅虹:《〈与特蕾莎共度的最后几个下午〉中玛露哈形象分析》,《小说评论》2009年S1期。

反思、探索和逆反心理,表现了他们在生活的追求和拼搏中出现的迷惘、苦闷和失落感","是一部再现西班牙当代青年生活的重要作品"①。

5. "68年一代"

"68年一代"属西班牙战后第三代小说家,他们深受欧洲左派知识分子的影响,积极投身反佛朗哥专制统治的民主运动。爱德华多·门多萨是"68年一代"里第一个赢得评论界承认的作家,他的成名作《萨博尔塔案件真相》(1975)是西班牙政治民主改革时期的第一部小说,李静将其视为"20世纪西班牙小说的分水岭,对情节的回归和拼贴画式的结构使它成为传统小说和现代小说的结合体"②。但它的中译本《一桩疑案:萨博尔塔案件真相》1985年在国内出版时毫无反响,门多萨的《奇迹之城》和《外星人在巴塞罗那》分别于2008年和2016年发行中文版,影响稍大。新作《猫斗》(2010年"行星奖")国内也有相关介绍。③

擅长跨界写作的小说家胡安·何塞·米亚斯创作的《你的名字无序》(1988)是一部典型的元小说。王军认为这部作品"混淆了现实与虚构之间的界限,赋予纯粹的虚构以真实的表象",书中两位作家人物可以被视为"米亚斯本人的两个替身,通过他们对小说理论的阐述、见解和创作,读者能够了解到米亚斯的文学观念和原则"④。

已有中文版的《对镜成三人》(2006)与《你的名字无序》都采取了复调叙事手法。周钦认为,相对于后者"一切都以小说写作的内在机制为轴心,展开形而上的思考和探询",前者"放弃了为理论而理论的创作导向,回归塞万提斯式颇为传统的讲故事的套路,浓墨重彩地展现一幕幕富有

---

① 李德恩:《〈堕落〉读后》,《外国文学》1987年第4期。
② 李静:《解读爱德华多·门多萨的小说〈萨沃达案件的真相〉》,《当代外国文学》2008年第1期。
③ 归溢:《爱·门多萨及新作〈猫斗〉评介》,《外国文学动态》2011年第4期。
④ 王军:《解读与重构文本——论西班牙元小说的兴起与发展》,《当代外国文学》2005年第3期。

时代特征的悲喜剧"①。

曹雨菲评价米亚斯的自传体小说《世界》(2009年"行星奖")"在人物塑造和时空切换方面把捏得恰到好处,在看似不经意间的平铺直叙中,一个个鲜活的人物跃然纸上,一些要表达的哲理也自然呈现,让读者自己品味"②。

巴斯克斯·蒙塔尔万(1939—2003)是西班牙文坛多产、多面的畅销侦探小说家、记者、诗人,国内新近出版了他侦探小说系列中的《南方的海》(1979年"行星奖")及《浴场谋杀案》(1986)。邹萍的相关文章介绍了侦探小说作为舶来品在西班牙的生根及发展,并以《南方的海》为例,将蒙塔尔万塑造的经典侦探卡瓦略和以他为主人公的系列作品与传统侦探小说加以比较:"从结构上来看,《南方的海》具备了传统侦探小说的基本要素:谋杀、谜团、真假难辨的线索、案件调查和最终破案。然而,它又不仅仅是一部以取悦大众为主要目的侦探小说……对卡瓦略而言,侦探也就是一个谋生的饭碗。正是通过这样一双不带任何色彩的眼睛,蒙塔尔万关注了西班牙的民主进程、巴塞罗那的城市变化和各色人等的思想观念变化。"③

6. 西班牙新小说

20世纪80年代以来,随着佛朗哥时代的结束,西班牙进入开放、民主、多元的新时期。随之出现的"新小说"浪潮"没有既定的格调,不受政治信仰、思想意识的约束,不囿于某种得到公认的文学模式,没有美学的公式口号,不接受任何一种文学流派、美学观点或思维方式的'专政'"④。

"新小说"浪潮中涌现出一批具有国际视野的优秀作家。国内对这一群体的追踪既不全面,也不深入,选题或受商业因素(畅销书)的影响,或

---

① 周钦:《同样的主题 不同的节奏——从米利亚斯看西班牙当代小说的转型》,《外国文学研究》2008年第6期。
② 曹雨菲:《胡安·米亚斯的"世界"》,《书城》2009年第6期。
③ 《以侦探小说之名——浅析蒙塔尔万的侦探小说创作之路》,《外国文学动态》2010年第4期。
④ 李红琴:《西班牙当代新小说》,《外国文学》1993年第6期。

受研究者主观性的局限。西班牙当代最杰出的作家之一、皇家学院院士穆尼奥斯·莫利纳,20世纪末刚出道便引起国内的关注。陈凯先在《从〈里斯本的冬天〉到〈波兰骑士〉——评西班牙文坛新人穆尼奥斯和他的主要作品》一文中①详细解析穆尼奥斯·莫利纳的成名作《里斯本的冬天》(1988年西班牙"国家文学奖"和"批评奖")及代表作《波兰骑士》(1991年"行星奖",1992年"国家小说奖")的情节、叙事角度和结构;李程的《西班牙新作〈卡洛塔·芬博格〉》则介绍了穆尼奥斯于1999年发表的这部小说。② 令人不解的是之后对穆尼奥斯·莫利纳的研究呈现空白状态,且他的作品至今没有一部中文版③。

与穆尼奥斯同辈齐名的作家哈维尔·马利亚斯在中国的境遇相差无几④。他的代表作《如此苍白的心》(1992)被《华盛顿邮报》评价为"像耀眼钻石一样独一无二"(2015、2016年此书及《迷情》中文版分别问世)。路燕萍在分析这部小说的主题时论述了马利亚斯的一个重要文学观念,即"语言不仅仅是沟通的桥梁,而且可以起到说服、蛊惑、煽动的作用"⑤。此外她还从叙述角度和写作手法上分析了《如此苍白的心》与《麦克白》的互文性关系。

马利亚斯的《在明天的战斗中想着我》(1994)先后获得由西班牙皇家学院颁发的"法斯滕拉特奖"、拉美"罗慕洛·加耶戈斯国际文学奖"及法国"费米娜外国作品奖"。詹玲认为这部描写西班牙当代婚外恋的小说,"奇巧的构思使情节比侦探小说更扑朔迷离,扣人心弦。透过表层,小说蕴含着深刻的哲理性和思想性"⑥。

---

① 《世界文学》1994年第4期。
② 《外国文学动态》2000年第3期。
③ 2013年穆尼奥斯·莫利纳获"耶路撒冷奖",《中华读书报》2013年1月30日刊登相关报道。
④ 1998年马利亚斯获Impac文学奖,《外国文学动态》1998年第2期刊登相关报道。
⑤ 《唯一可能的真实恰恰是没有被诉说的——论〈如此苍白的心〉的主题思想》,《欧美文学论丛》第七辑,人民文学出版社2011年版,第59页。
⑥ 詹玲:《失落的男人和死亡的女人》,《外国文学动态》1997年第1期。

近年来在西班牙风生水起的小说家恩里克·比拉-马塔斯多次在本国和拉美获奖,其著作《垂直之旅》《巴黎永无止境》《巴托比症候群》和《似是都柏林》也分别于 2009、2013 年、2015 年译介到中国。

20 世纪 80 年代中期兴起的西班牙"莱昂派"打破了传统的"马德里派"和"巴塞罗那派"对西班牙文坛的长期垄断。王军对此派作家的创作特点总结如下:迭斯酸甜的幽默,阿帕里西奥辛辣的讽刺,梅里诺对幻想和元小说因素的运用,亚马萨雷斯的抒情和怀旧。她强调"莱昂派"小说主题之新颖在于追忆被工业文明吞噬的农业文明,刻画并批评外省城市平庸、刻板和保守的小资生活,努力将当地传统的民间口头文学、神话传说融入到后现代小说的创作中。①

"莱昂派"中唯一被译介到中国的是胡里奥·亚马萨雷斯,他的小说《月色狼影》(1985)和《黄雨》(1988)于 1992 年首次被翻译成中文。其译者李红琴认为这几部中篇小说"从文体角度来看是有变化的,它反映了作家感受、表现生活的不同方式",并且在这几部作品中"都有一个'我'出现。书中的'我'像是作者,又像是人物,又像兼而有之"②。2016年《黄雨》第二个中译本问世,"对死亡与孤独主题的探索、对毁灭的诗意描述,以及跳动在文本中的生命的悲剧性意识,让这部作品一定程度上加入到西班牙文学史的伟大传统中去"③。

20 世纪 90 年代崭露头角的安东尼奥·索雷尔,其成长小说《英国人之路》(2006 年"纳达尔小说奖")被搬上银幕,由西班牙著名演员安东尼奥·班德拉斯担任导演,索雷尔亲任编剧。邹萍对这部小说的人物、自传因素及关键词"夜晚"和"跨界"进行了分析,指出它是一部关于梦想者的小说。"主人公们告别天真的青春,从英国人之路走向现实的将来。走过

---

① 王军:《浅析西班牙"莱昂派"作家的小说风格》,《国外文学》2004 年第 4 期。
② 李红琴:《西班牙当代"新小说"作家利亚马萨雷斯及其〈忘却的河流〉》,《外国文学》1996 年第 1 期。
③ 张伟劼:《田园已废,再无牧歌——读〈黄雨〉》,《新京报》2016 年 5 月 9 日。

了英国人之路,你可以成为任何你想成为的人,去任何你想要到达的地方。"①

从1975年佛朗哥独裁统治结束到今天,内战一直是西班牙作家心中难解的情结,近年来以此为主题的小说层出不穷。盛力以战争与文学的关系为切入点,解读《萨拉米斯士兵》《沉默的声音》《谜》和《"凶手不明的谋杀"之友》等有关西班牙内战的新历史小说。"经过历史的沉淀,当今西班牙内战题材文学与战后同类题材作品相比,无论是主题、内容还是创作策略,已是另一种景象:冷静的历史观代替了70年代的'政治化',意识形态让位于对道德的审视及对人的命运的思考……在创作手法方面,不少内战题材新小说大量采用后现代叙述策略,顺应甚至革新现代人的审美情趣及阅读习惯。"②

西班牙加里西亚地区当代文学的最突出代表曼努埃尔·里瓦斯的长篇小说《木匠的笔》(2001年西班牙"批评奖")也以西班牙内战为主题。邹萍指出,同样是写战争,"在马努艾尔·里瓦斯的小说里我们看不到血腥的杀戮,看不到民族英雄式的人物,甚至单从题目里我们都看不出它们与战争有关。《木匠的笔》让我们看到的是那个时代和战争以外的东西,比如友谊,比如爱情"③。他的最佳短篇小说集《蝴蝶的舌头》2014年被译成中文。

另一部以内战为背景的作品《请叫我布鲁克林》是大器晚成的爱德华多·拉戈2006年出版的处女作,先后斩获"纳达尔小说奖"和"批评奖"。李静认为拉戈"既写出了自己的纽约印象,也延续并弘扬了塞万提斯的文学主张和文学风格。这部20年磨一剑的小说体现了西班牙作家的纽约

---

① 《一个关于梦想者的故事——解读安东尼奥·索列尔的小说〈英国人之路〉》,《外国文学动态》2009年第6期。
② 《聚焦当今西班牙内战小说》,《世界文学》2004年第1期。
③ 《从另一种角度解读"内战"——评西班牙作家马·里瓦斯的小说〈木匠的笔〉》,《外国文学动态》2008年第6期。

情结,更体现了长年旅居海外的拉戈心中浓浓的西班牙情结"①。

20世纪最后十年,西班牙小说界盛行历史小说、侦探小说、文化小说和实验小说,赵德明的《90年代西班牙小说一瞥》对这几种类型小说逐一介绍。② 詹玲的《西班牙新生代作家一览》则聚焦这一时期出现的一些文坛新人(何塞·安赫尔·马尼斯、埃斯皮多·弗雷伊雷等)以及商业机制对他们的包装、推销和宣传。③

进入新世纪以来,人民文学出版社设立了"21世纪年度最佳外国小说",其中西班牙的获奖作品有安德烈斯·特拉别略的《完美罪行之友》(2004)、路易斯·莱安特的《情系撒哈拉》(2008)、安赫莱斯·卡索的《逆风》(2010)、哈维尔·莫罗的《帝国之王》(2012)、拉法埃尔·奇尔贝斯的《在岸边》(2015)、哈维尔·塞尔卡斯的《骗子》(2016)。另外不少畅销书同步引入中国。西班牙皇家学院院士佩雷斯-雷维特同时又是该国最畅销的小说家之一,其《大仲马俱乐部》(重庆出版社2005年版)、《步步杀机》(重庆出版社2006年版)、《战争画师》(陕西师范大学出版社2008年版)、《佛兰德斯棋盘》(南海出版社2014年版)、《第九道门》(南海出版社2014年版)、《南方女王》(南海出版社2012年版)和《航海图》(南海出版社2014年版)已被译介到中国。但对他的研究目前只有张伟劼的文章《英雄归来》和程弋洋的《在战争中反思世界与人性》。前者首先介绍了佩雷斯-雷维特的历史小说系列《阿拉特里斯特上尉》的第六部《东岸海盗》(2006)问世的背景及创作动机,并探讨作品所反映的西班牙历史文化根源及民族心理。④ 后者将这位职业战地记者根据在波黑战场的亲身见闻和经历所创作的《战争画师》定位为"一部哲理小说——探寻的是战争、摄影、艺术及人性。小说描写的只是画师法格斯四天的生活,拉开的却是一

---

① 《纽约情结还是西班牙情结?——评爱德华多·拉戈的〈请叫我布鲁克林〉》,《欧美文学论丛》第七辑,人民文学出版社2011年版,第88页。
② 《外国文学动态》1998年第4期。
③ 《外国文学动态》2000年第5期。
④ 《中国图书评论》2007年第3期。

幅浩大的历史与人性画卷"①。

旅居美国的西班牙作家、电影编剧卡洛斯·鲁依斯·萨丰的几部畅销小说《风之影》(2001)、《天使游戏》(2008)、《天空的囚徒》(2011)、《风中的玛丽娜》(1999)相继与中国读者见面,也引起西语界的对他的讨论。于静将《风之影》定位为"一部带有神秘色彩的悬念历险小说",表面上看"是在讲述一个古今糅杂的爱情故事,实则蕴涵着对当代文化的深层次思考"②。韩韦认为《风之影》"典型体现了现在某些畅销小说的一个写作趋势:杂烩式的创作。内容上的各种通俗因素及社会学上集体记忆的融合,人物角色名称上文学意象的选取,以及视角和布局上对马尔克斯和博尔赫斯的模仿,都体现了这种拼盘似的创作手法特点"③。

张珂从翻译的角度对《风之影》的汉译本进行点评,认为"其对归化法和异化法的处理得当,译作在语言风格上与原作一致:简练、自然流畅。同时充分发挥出'译语优势',尽显汉语富于音乐性、修饰性及生动表现力的特点"④。

李静将《天使游戏》》与《风之影》做了多方面比较,认为前者的文学水准大幅下滑,远远比不上后者。《天使游戏》作为《风之影》的前传,"形似不代表神似,《天使游戏》延续了《风之影》的壳,扭曲了《风之影》的魂"⑤。

律师出身的伊尔德丰索·法尔贡内斯的历史小说《海上大教堂》(2006)在西班牙反响很大,2010年此书被译介到中国。他的最新作品《法蒂玛的手》(2009)真实再现了16世纪西班牙驱逐摩尔人、强迫他们改宗的历史悲剧,李静的文章《缠结满拧的历史绳索》既充分肯定了此书的文学价值和历史价值,也强调它"政治正确",符合西班牙当代社会移民加

---

① 《外国文学动态》2009年第3期。
② 《以书说书——评西班牙作家萨峰的小说〈风之影〉》,《译林》2006年第5期。
③ 《风中幻影——浅析〈风之影〉作为畅销书的写作特点》,《安徽文学》2007年第12期。
④ 《归化法和异化法的巧妙结合——简评〈风之影〉的汉译》,《解放军外国语学院学报》2009年第4期。
⑤ 《是天使的游戏还是天使的恶作剧?》,《中国图书评论》2008年第10期。

剧、不同文化宗教共存的趋势。①

与此同时何塞·卡洛斯·索莫萨的悬疑推理小说《洞穴》《谋杀的艺术》《时光闪电》②、胡安·戈梅斯的《上帝之诚》三部曲、胡安·马德里的黑色侦探小说《来日无多》、胡立安·桑切斯的《古董商人》、赫苏斯·费雷罗的《阴差阳错》、哈维尔·西耶拉的《秘密晚餐》、霍尔迪·庞蒂的《遗失的行李》、维克多·德尔·阿尔伯尔的《武士的悲伤》近期都有中译本问世分别被译介到中国。

五、20 世纪西班牙诗歌研究

西班牙诗歌创作在 20 世纪 20—30 年代兴盛一时,史称"白银时代"。战后希梅内斯和阿莱克桑德雷分别于 1956 年、1977 年获得诺贝尔文学奖,其艺术水准达到巅峰。但国内对它的研究还很肤浅③,只有"27 年一代"和"36 年一代"的个别代表性诗人获得较多关注(如加西亚·洛尔卡、米格尔·埃尔南德斯),而战后的西班牙当代诗歌研究基本处于空白。

张绪华、施永龄在《当代西班牙文学概况》(1983)一文中对 20 世纪 40 年代米格尔·埃尔南德斯、达马索·阿隆索、阿莱克桑德雷的反战诗集,20 世纪 50 年代的西班牙抒情诗"再人性化"运动,卡斯特耶的选集《西班牙诗坛九新秀》(1970),诺贝尔文学奖两次光临西班牙诗坛等重大事件做了大体回顾。④

石灵的《当代西班牙诗歌小辑》(1983)简要介绍并翻译了"27 年一代"诗人豪尔赫·纪廉、赫拉尔多·迭戈、达马索·阿隆索;"36 年一代"诗人卡门·孔德、吉耶尔莫·迪亚斯-普拉哈;战后诗人拉法埃尔·蒙特希诺斯、加夫列尔·塞拉雅、何塞·耶罗、格洛利亚·富埃尔特斯、阿尔弗

---

① 《书城》2009 年第 10 期。
② 李继宏:《索莫萨谈小说艺术》,《上海书评》2013 年 3 月 26 日。
③ 国内出版了何塞·阿古斯丁·戈伊蒂索洛的《卡塔兰现代诗选》,王央乐译,人民文学出版社 1991 年版;昆卡的《西班牙语经典诗歌 100 首》,朱景冬译,人民日报出版社 2002 年版。
④ 《译林》1983 年第 4 期。

雷多·戈梅斯·希尔等人的一些诗作。①

赵德明的《当代西班牙诗歌一瞥》(1998)扫描20世纪晚期的西班牙诗坛,重点介绍第三代诗人卡洛斯·埃德蒙多·德·奥理、第四代诗人弗朗西斯科·布里乃斯和第五代诗人阿尔瓦罗·萨尔瓦多的诗歌创作特征及其代表作。②

赵振江的《内战中的西班牙诗坛》③回顾了内战期间分属第二共和国和佛朗哥派的诗人如何以诗歌为武器,各自为交战双方的政治理念服务和呐喊。他的另一篇文章《20世纪的西班牙诗歌与安东尼奥·马查多》对20世纪的西班牙诗坛做全面梳理,范围涵盖"98年一代"的安东尼奥·马查多、先锋派诗歌、"27年一代""36年一代"、战后"新表现主义"、"社会诗歌"和"新锐派"。④ 他还主编了《人民的风:米格尔·埃尔南德斯诗选》(作家出版社2011年版)和《西班牙当代女性诗选》(作家出版社2001年版)。后者是国内首部西班牙女性诗歌选集,收录了34位女诗人的诗作,涵盖范围较广(从"27年一代"女诗人到世纪末的新一代)。

2001年10月14日至18日年北京大学西班牙语系举办了"纪念西班牙诗人阿尔贝蒂与塞尔努达百年诞辰暨国际学术研讨会",研讨会议题为:(1)阿尔贝蒂与塞尔努达的生平与作品专题研究;(2)阿尔贝蒂与塞尔努达与"二七年一代";(3)阿尔贝蒂与塞尔努达在流亡中;(4)阿尔贝蒂与塞尔努达在中国。⑤ 塞尔努达的诗集《致未来的诗人》和《现实与欲望:塞尔努达流亡前全集(1924—1938)》、散文诗集《奥克诺斯》中文版近年来陆续问世,中国读者对他的关注在逐步加强。

---

① 《外国文学》1983年第4期。
② 《外国文学动态》1998年第4期。
③ 《中华读书报》2014年6月25日第18版。
④ 《艺术评论》2007年第10期。
⑤ 国内出版了阿尔贝蒂诗歌选集《中国在微笑》(赵振江译,河北教育出版社2009年版)。

1. 加西亚·洛尔卡①

"27年一代"最杰出诗人加西亚·洛尔卡对中国当代诗坛影响极大，由戴望舒翻译的《洛尔迦译诗抄》给几代中国诗人打下了深深的烙印。北岛不能忘记他那代诗人在20世纪70年代初首次读到《洛尔迦译诗抄》的震撼和影响："洛尔迦的阴影曾一度笼罩北京地下诗坛。方含（孙康）的诗中响彻洛尔迦的回声；芒克失传的长诗'绿色中的绿'，题目显然得自《梦游人谣》；80年代初，我把洛尔迦介绍给顾城，于是他的诗染上洛尔迦的颜色。"②北岛的这篇文章是国内对加西亚·洛尔卡的评述文章中难得的佳作，资料翔实、剪裁得当、分析精到、文情俱佳。

正如北岛所言，朦胧派诗人顾城对《洛尔迦译诗抄》爱不释手："我喜欢西班牙文学，喜欢洛尔迦，喜欢他诗中的安达露西亚、转着风旗的村庄、月亮和沙土。他的谣曲写得非常动人，他写哑孩子在露水中寻找他的声音，写得纯美之极。我喜欢洛尔迦，因为他的纯粹。"③

柯大诩在为英文版《洛尔卡诗选》(Penguin Books Ltd，1983)写的书评中，以《新的歌》及《梦游人谣》为例，说明加西亚·洛尔卡诗歌特点是"承继了法国超现实派的传统，而与本国的民歌结合"④。卜珊则通过对《吉普赛谣曲》的文本分析，提出洛尔卡的谣曲创作"并不是对传统民间歌谣的简单模仿和再现"，同传统诗歌相比，洛尔卡的作品"更加精致，具有更多的文人化特点"，洛尔卡在谣曲中"对民俗因素的种种体现来自他内心对安达卢西亚传统文化的深层理解，他成功地摆脱了死板模仿的桎梏，

---

① 关于他的译名，国内有"洛尔卡""洛尔伽""洛尔加"等译法。在此尊重各研究资料的不同译法，不做统一。林一安的《从"洛尔伽"说起》一文对国内西语界误译一些西语国家作家姓名的现象提出批评，包括加西亚·洛尔卡，见《读书》1983年第6期。其作品翻成中文的有《洛尔伽诗选》（四川文艺出版社1987年版）、《洛尔卡诗选》（漓江出版社1999年版，包括《深歌》《吉普赛谣曲集》和《诗人在纽约》）、《洛尔迦诗歌精选》（马岱良、董继平译，重庆出版社2004年版）、《加西亚·洛尔卡诗选》（华夏出版社2007年版）。
② 北岛：《洛尔加：橄榄树林的一阵悲风》，《收获》2004年第1期。
③ 顾城：《河岸的幻影——诗话录》，《黑眼睛》（代后记），人民文学出版社1986年版。
④ 柯大诩：《洛尔伽诗选》，《读书》1984年第10期。

抓住了传统谣曲中最精彩的精髓内容"①。

1986年9月加西亚·洛尔卡逝世50周年之际,《外国文学》第8期刊登了西班牙记者费利佩·莫拉莱斯1936年对诗人的采访《和费德里科·加西亚·洛尔卡一席谈》。同年在昆明举行了"纪念加西亚·洛尔卡遇害50周年暨西班牙文学研讨会"(1998年北京大学西方语言文学系、西班牙驻华使馆和西、葡、拉美文学研究会组织举办"加西亚·洛尔卡百年诞辰纪念会"②),江志方全面、翔实地回顾了加西亚·洛尔卡短暂而辉煌的一生,将他与塞万提斯相提并论,指出他是"27年一代"诗人中走在最前面的。③ 段玉然以加西亚·洛尔卡的《诗集》(1921)、《吉卜塞谣曲》(1928)、《深歌集》(1931)、《诗人在纽约》为例,分析其内容和形式(包括色彩的运用、音乐的结构),指出"洛尔卡不为时代潮流所裹挟,不为流派所束缚,始终忠于自己的感情,忠于自己的艺术信条,不拘一格地写出了一首首感情真挚、语言形象、生动,艺术风格独特的抒情诗"④。

赵振江则对加西亚·洛尔卡诗歌中常用的象征,如月亮、马、花草和金属加以解读,并阐述他的诗学观点和三大主题,即死亡、爱情和艺术。"从某种意义上说,安达卢西亚对于加西亚·洛尔卡,就如同马孔多对加西亚·马尔克斯,约克纳帕塔法对福克纳,如果说加西亚·洛尔卡是西班牙当代诗坛的一部神话,那么他首先是一部安达卢西亚的神话。"⑤

《诗人在纽约》是加西亚·洛尔卡的一首超现实主义长诗,卜册从黑人、犹太人、宗教等几个角度分析此诗的"革命"主题,指出"洛尔卡并没有按照当时'社会诗'面向大众的要求而将诗歌进行简单化处理,相反,他没有避开那些会影响大众化传播的难点,而是经常使诗中一个简单的意象

---

① 卜册:《〈吉普赛谣曲〉中的传统因素》,《国外文学》2005年第4期。
② 赵振江:《难忘的"九八"年——丰富多彩的加西亚·洛尔卡百年诞辰纪念活动》,《外国文学动态》1998年第5期。
③ 江志方:《20世纪西班牙诗坛上的塞万提斯——纪念洛尔卡逝世50周年》,《外国文学》1986年第8期。
④ 段玉然:《洛尔卡及其诗歌创作初探》,《国外文学》1987年第4期。
⑤ 赵振江:《加西亚·洛尔卡:一部西班牙当代诗坛的神话》,《译林》1998年第2期。

具备多重含义。尽管如此,洛尔卡诗歌创作中的社会'承诺'的目的还是十分明显的,在《诗人在纽约》中,我们还是能看到他对以美国为代表的资本主义社会的深刻剖析与批判"①。

2. 胡安·拉蒙·希梅内斯和阿莱克桑德雷

希梅内斯和阿莱克桑德雷同为诺贝尔文学奖得主。陈凯先把这两位大师比作"20世纪西班牙诗坛的两朵奇葩",认为"他们的诗歌创作突出地代表了本世纪西班牙诗歌发展的潮流和特点"。在他看来,"希梅内斯就是在现代主义作为一个艺术思潮而枯竭之时,发扬了源于现代主义的创新精神,提倡纯诗歌,追求诗歌稚朴无华的美,在诗歌领域开辟了新的道路";而阿莱克桑德雷的诗歌"既生根于西班牙的抒情传统和现代的各流派,又反映了他对宇宙中的人和现代社会的人的赞颂"②。

林之木的《希梅内斯诗选》(1981)率先较完整地介绍了这位"27年一代"宗师的人生及诗歌创作经历,并翻译了他的23首短诗。③ 希梅内斯的散文诗集《小银与我》先后由人民文学出版社(1984)、中国和平出版社(2004)、团结出版社(2005)④、北京十月文艺出版社(2006)、北方妇女儿童出版社(2011)⑤五次引进出版,足见其在中国所受的推崇程度。

顾城对希梅内斯非常崇拜:"他写了一个小毛驴和他一起的事情,他很忧郁地和一个小毛驴一起,小毛驴的名字中文叫小银。读他们的诗使我有一种做人的感觉,做小孩儿的感觉。"⑥王央乐指出:"《小银和我》里面所写的小银,不仅是诗人生活的伴侣,而且简直可以说是诗人的灵魂。

---

① 卜册:《〈诗人在纽约〉的革命主题》,《国外文学》1998第4期。
② 陈凯先:《二十世纪西班牙诗坛的两朵奇葩》,《外国文学研究》1988年第3期。
③ 《外国文学》1981年第5期。希梅内斯的诗集被译成中文的有《我看到开满了花的小径》(王央乐译,外国文学出版社1989年版)、《悲哀的咏叹调》(与阿莱克桑德雷的合集,赵振江等译,漓江出版社1989年版)、《希梅内斯诗选》(赵振江译,河北教育出版社2007年版)。
④ 林为正从英文转译《小毛驴与我:安达路西亚挽歌》(Platero and I: An Andalusian Elegy)。
⑤ 译名为《小银,我可爱的憨驴》(穆紫译)。
⑥ 《八月蝴蝶黄,双飞西草园——顾城之西班牙讲话〈我们是同一块云朵落下的雨滴〉》,沪江博客随笔阅读。

诗人生活中的每一个思想,每一种感受,无不与小银分享。"①徐丽娟则强调希梅内斯的"朴素自然像太阳照耀一样,但他却不知道自己的天真清纯"②。赵振江则对这位诗人的《远方的花园》(1904)、《新婚诗人的日记》(1917)、《普拉特罗和我》(1914)、《三个世界的西班牙人》(1942)和《空间》(1954)等代表性诗作进行了细致的文本解读和艺术技巧的研究。③ 希梅内斯的散文作品《生与死的故事》和《三个世界的西班牙人》中文版近两年也相继问世。

相比之下,阿莱克桑德雷在中国知名度很低,与他的文学地位十分不符。既没有一部像样的诗集中译本,相关论文目前也仅有两篇:一是季晓东的《概述阿莱克桑德雷的诗歌创作》,简要介绍了阿莱克桑德雷的生平和创作经历,对他的诗歌作品逐一点评④;二是赵振江的《关注宇宙命运,追求人类和谐——评阿莱克桑德雷其人其诗》,梳理了这位诺贝尔奖诗人的生平与创作,对他"关注宇宙命运,追求人类和谐"的创作意图进行分析与归纳,对他在继承传统与探索创新方面的理念与实践进行审视与评述。⑤

六、20世纪西班牙戏剧研究

虽然20世纪西班牙有两位剧作家荣获诺贝尔文学奖,但国内对这一领域的关注和研究之少呈现出不相称的局面,在剧本、剧评译介和作家作品研究评论这两方面都显得相当乏力。

尽管如此,一些研究者所做的工作还是能让我们对20世纪西班牙戏剧的状况做管窥之解。从研究成果主题和关注点来看,主要可以分为以下几类:概括性介绍、具体戏剧现象分析和作家个体研究。

---

① 王央乐:《剑门骑驴的西班牙诗人》,《读书》1986年第10期。
② 徐丽娟:《诗情画意的〈小银与我〉》,《现代语文》2005年第4期。
③ 赵振江:《胡安·拉蒙·希梅内斯:一位用心灵写作的诗人》,《外国文学》1993年第5期。
④ 《外国文学》1980年第2期。
⑤ 《国外文学》2008年第1期。

赵德明的《当代西班牙戏剧一瞥》(1998)梳理了1975—1996年西班牙当代戏剧的发展脉络,对几代剧作家做了介绍:从被誉为"西班牙现代话剧之父"的布埃罗·巴列霍、安东尼奥·卡拉,到"戏剧试验派"的代表作家;从旅居法国、最具国际声誉的费尔南多·阿拉瓦尔,到20世纪70、80年代的幽默滑稽戏作家。另外还点评了当代西班牙戏剧的走向及女性戏剧。①

同样,由丁文林翻译的玛丽亚·克鲁斯·巴萨涅斯的《当今西班牙戏剧》也对20世纪90年代的西班牙戏剧进行了全方位的观察和介绍,不仅对剧本创作的时代特点加以说明,还对当时国内西语戏剧研究少有涉及的"舞台表演""非主流戏剧"和"加泰罗尼亚和巴斯克地区戏剧"等方面的情况做了介绍。②

张浩岚的《当代西班牙戏剧掠影》(2000)把目光聚焦独裁统治结束后的西班牙剧团体制及舞台演出,专门介绍西班牙的古典戏剧、小剧场戏剧、先锋派戏剧(代表性剧团 La Fura del Baus 演出的《屠宰场》)及西班牙现代派剧作家阿勒巴尔,反思在美国文化的冲击下西班牙民族戏剧的出路和艰难探索(如马德里的 Maria 剧团),对了解当代西班牙戏剧的最新动态很有帮助。③

1936—1939年的内战是20世纪西班牙一个非常特殊的历史时期,社会、政治方面的特定环境导致了当时的文学艺术领域呈现出不同以往的现象。卜珊的《西班牙内战时期的戏剧概况》(2010)一文从内战前后及战争期间的西班牙社会背景、观众、戏剧表演形式、剧作家及其作品等方面入手,将戏剧与战争时期的特殊条件以及欧洲戏剧发展的大背景联系起来,较为全面地介绍了这一特殊时期的西班牙戏剧活动特点。④

至于对西班牙戏剧家的个体研究,也呈现出十分零散、不均衡的局面。何塞·埃切加赖与哈辛托·贝纳文特这两位诺贝尔奖得主并不为当

---

① 《戏剧文学》1998年第9期。
② 《外国文学动态》1998年第2期。
③ 《中国戏剧》2000年第9期。
④ 《戏剧》2010第2期。

代中国读者所熟悉,对他们只局限于生平介绍①和部分作品译本,缺乏有针对性的深度研究。沈石岩的传记《埃切加赖》(四川人民出版社 2001 年版)记述了他从举步维艰的科学家成为国务活动家、戏剧家的经历。刘东伟的短文《从小丑到大师》(2009)讲述了埃切加赖与贝纳文特的戏剧性交往(后者的父亲是前者的私人医生)以及贝纳文特如何在埃切加赖的影响下从马戏团的小丑成长为诺贝尔文学奖得主。② 另外,贝纳文特的《不该爱的女人》《利害攸关》《女当家人》和埃切加赖的《大帆船》均被译成中文。

其实在哈辛托·贝纳文特 1922 年获诺奖之后,以翻译家身份现身五四文坛的张闻天便将他的《不该爱的女人》首次译成中文,取名《热情之花》(连载于 1923 年《小说月报》第 14 卷第 7、8、12 号)。他在"译序"中指出:"一切艺术家因为感受的敏锐,所以凡是社会上的缺点他总最先觉到。倍那文德也是不在这个例外的。他对于西班牙社会上种种旧道德与旧习惯的攻击,非常利害。他以为过去的价值只在能应付现在与未来。过去的本身的崇拜,结果不过阻碍生命的向前发展罢了。他这一种发展生命为第一的精神,在他的尖利的讽刺剧中间都可以看出来。"张闻天所译的《热情之花》和《伪善者》,与茅盾译的《太子的旅行》合编成《倍那文德戏曲集》,于 1925 年 5 月列为"文学研究会丛书"出版。1931 年戏剧导演、戏剧活动家、理论家马彦祥重译《不该爱的女人》,新译名为《热情的女人》(上海现代书局)。他在序中也评价"贝纳文特无疑是现代西班牙最主要的戏剧家……今年已是 65 岁的老人了。但可惊他的思想,他的剧场艺术,依然还保着那种'极年青'而且极'现代'的"。徐霞村的观点与马彦祥一致,他将哈辛托·贝纳文特定位为"西班牙的第一个现代派的戏剧家,他从法兰西和意大利的新戏剧中找出他的形式……他是个写实主义者,他以为戏剧需是人生的反映。但这反映却不是表面的,所以他在作品里又给人一个'一切都不是如你所看见'的观念,竭力把事情的真相掘出

---

① 希京:《诺贝尔文学奖中的剧作家》,《当代戏剧》1989 年第 3 期。
② 《科学大观园》2009 年第 11 期。

来"①。可以说民国时期对哈辛托·贝纳文特的研究水平超过当代。

相比之下,国内对加西亚·洛尔卡的戏剧创作关注较多②。陈永国通过分析他的"乡村三部曲"《血的婚礼》(1933)、《叶尔玛》(1935)和《贝纳尔达·阿尔瓦之家》(1936)中的死亡意象,指出"他的抒情诗、歌谣和戏剧总是笼罩着一种神秘怪奇的气氛,在最正常的行为背后,在最不可能发生死亡事故的地方,往往潜藏着死亡的危险……他笔下的人物,无论是个人、集体、还是整座城市,最终都得面对死亡的厄运"③。

张耘以英文文献为基础,对加西亚·洛尔卡戏剧的主题加以研究,指出他"向戏剧创作的禁区挑战,走到了美国作家田纳西·威廉斯及一些法国剧作家的前面",洛尔卡"探索的重点是人及人自己的本能之间的矛盾冲突、人的孤独、陌生、以及作为终结的、谜一般的死亡"。张耘还以《血的婚礼》为例,认为它"不仅写'欲',也写恐惧,然而不是写对死亡的恐惧,而是对血缘关系的终结,对花儿结不出果实的恐惧"。此外他还注意到这部剧作中"色彩的运用十分突出,十分独特","是各种人物生动而准确的造型的集锦","不仅充分使用了色彩的比喻而且还充分利用了音乐的作用"。④

赵振江则关注加西亚·洛尔卡"乡村三部曲"所反映的西班牙安达卢西亚妇女的悲惨命运,指出此三部曲"并非简单的回归现实主义",其中"已包含鲜明的超现实主义和幻想成分",因此"堪称'源于生活又高于生活'的典范"⑤。卜珊在加西亚·洛尔卡戏剧研究中另辟蹊径,重点关注其先锋时期的代表作品《观众》(1930)⑥,通过对该作品与其创作晚期回

---

① 徐霞村:《现代南欧文学概观》,上海神州国光社1930年版。
② 加西亚·洛尔卡的剧作译成中文的有《血的婚礼》(外国文学出版社1994年版)、《贝纳尔达·阿尔瓦之家》和《坐愁红颜老》(选录在《洛尔卡诗选》,漓江出版社1999年版)、《加西亚·洛尔卡戏剧选集》(陈文译,中国文联出版公司1996年版)、《加西亚·洛尔卡戏剧选》(赵振江译,河北教育出版社2007年版)和《观众》(卜珊译,《戏剧》2013年第1期)。
③ 陈永国:《西班牙现代剧作家洛尔卡及其死亡悲剧》,《戏剧文学》1995年第1期。
④ 张耘:《西班牙剧作家洛尔卡及其〈血的婚礼〉》,《戏剧艺术》1997年第4期。
⑤ 赵振江:《加西亚·洛尔卡和他的"乡村三部曲"》,《艺术评论》2008第6期。
⑥ 费德里科·加西亚·洛尔卡:《观众(分场次话剧)》,卜珊译,《戏剧》2013年第1期。

归传统题材的巅峰之作《贝纳尔达·阿尔瓦之家》(1936)进行比较,廓清加西亚·洛尔卡戏剧创作的特殊历程,并寻找其在不同时期的风格各异的戏剧作品中所具有的一贯性特点。①

另一个研究相对充分的是西班牙战后戏剧的领军人物、1986年"塞万提斯文学奖"得主布埃罗·巴列霍。陈凯先以《基金会》(1974)为例,认为他的戏剧创作"继承了西班牙文学中训诫小说和宗教劝世剧的传统,把说理贯穿于对话之中,将教寓于剧中,以新的内容和题材重振了西班牙的悲剧传统"②。

梁春竹借用结构语义学家格雷马斯的动素模型来分析布埃罗·巴列霍的战后代表作《楼梯的故事》(1949)的叙事体系,认为"整个文本内部,由定下契约到撕毁契约,再到新的契约的建立,经历了三个阶段。而在剧目的最后,当小费尔南多向小卡尔米娜大声讲述和他父亲相同的话时,象征着契约的重新制定,从而形成了两种叙事体系"③。

程弋洋以布埃罗·巴列霍的《人民的梦想家》《侍女图》《理性之梦》和《巨响》为例,分析其历史剧中权力与人民的共生现象:"布埃罗之前的历史剧将历史因素与社会因素相分离",而他"效法加尔多斯的历史小说,在那里人民具备非常重要的意义。在布埃罗的剧作和加尔多斯的小说中,这些虚构出来的人物都是历史的组成部分,他们以一种现实的而又象征主义的方式与社会问题联系在一起"。④ 除了总括性的介绍,对《侍女图》一剧的具体分析角度也颇为新颖,通过作为剧情发展线索的绘画作品与舞台艺术呈现之间建立的关联,体现了布埃罗通过戏剧形式呈现历史事件的独特方式,也说明了他在20世纪60年代西班牙佛朗哥独裁政权高

---

① 卜册:《从"不可能"走向"可能"的脚步——洛尔卡剧作〈观众〉与〈贝纳尔达·阿尔瓦之家〉之比较》,《戏剧》2013年第1期。
② 陈凯先:《从〈基金会〉看布埃罗的净化观》,《当代外国文学》1988年第1期。
③ 梁春竹:《〈楼梯的故事〉:现代意义的叙事分析》,《戏剧文学》2007年第10期。
④ 程弋洋:《布埃罗历史剧的文学传承与艺术关照》,《欧美文学论丛》第七辑,人民文学出版社2011年版,第145—159页。

压下不得不借助象征手法、历史题材来迂回反映社会现实的无奈。①

墨西哥女戏剧家萨宾娜·贝尔曼的《戏剧的毒药:西班牙及拉丁美洲现代戏剧选》中译本2015年问世,这是国内相关领域的最新译介成果。它汇集了五部来自西班牙和拉丁美洲的社会政治谴责剧:贝尔曼《莫里哀》、麦撒《白颈鸫不再歌唱》、鲁本诺《野兔的嘴唇》、玛尤尔卡《坐最后一排的男生》和西雷拉《戏剧的毒药》。

纵观国内目前已完成的针对20世纪西班牙戏剧的研究工作,基本还限于西班牙民主化进程开始前的时期,20世纪80年代至世纪末这段近20年时间的戏剧状况在国内还从未进行过系统介绍,对于20世纪80年代后涌现的剧作家以及对21世纪西班牙剧坛走向发生影响的一些戏剧现象还鲜有研究,这不能不说是一个遗憾,但这恰恰也意味着该领域研究所存在的巨大空间。

七、20世纪西班牙女性文学研究

西班牙女性文学历史悠久,成就巨大,然而迟至20世纪90年代,国内西语界才开始对它有所关注,陆续翻译了一批有代表性的西班牙女性小说②,而西班牙女性诗歌及女性戏剧的研究至今是国人未涉猎的处女地。

西班牙"27年一代"女作家长期被同代男作家的成就所遮蔽或被评

---

① 程弋洋:《〈侍女图〉:戏剧与绘画》,《欧美文学论丛》第九辑,人民文学出版社2013年版,第189—205页。

② 西班牙19世纪现实主义先驱费尔南·卡瓦列罗的长篇小说代表作《海鸥》(1991)、自然主义作家埃米丽亚·帕尔多·巴桑的《侯爵府内外》(1996)、《卷烟女工》(2008);西班牙皇家学院第一位女院士卡门·孔德的小说《我是母亲》(1991)、卡门·拉福雷特的《一无所获》(1982、2007)、《破镜重圆》(1986);畅销小说家科林·特莉亚多的纯情小说《让我崇拜你》(1988)、《幸福》(1988)、《君走我不留》(1988)梅·罗多雷达的《钻石广场》(1991)、《茶花大街》(1996)、蒙塞拉特·洛伊克的《樱桃时节》(1996)、索莱达·普埃托拉斯的《长夜犹在》(1999)、罗莎·孟德萝的《地狱中心》(2002)、《女性小传》(2005);朱莉娅·纳瓦罗的系列畅销书《耶稣裹尸布之谜》(2006)、《耶稣泥板圣经之谜》(2008)和《圣血传奇》(2010);卡门·波萨达斯的《名厨之死》(2009)。"她世纪丛书"(人民文学出版社2007年版)涵盖了西班牙当代12位著名女作家的12部长篇小说,因此获得西班牙"亚洲之家奖"。近期还出版了克拉拉·桑切斯的《隐姓埋名》、玛丽亚·杜埃尼亚斯的《时间的针脚》、尤兰达·斯琪博的传记体长篇小说《西班牙女王:为爱痴狂的疯女胡安娜》、苏珊娜·富尔特斯的《等待卡帕》。

论界遗忘。归溢的文章《二十世纪上半叶西班牙女性创作综述》在国内首次关注她们的创作,并将视野扩展到 20 世纪上半叶西班牙女性文学的整体状况。同样"世纪半作家群"也有不少优秀的女作家,对其中最突出的马丁·盖特和安娜·玛丽娅·马图特的译介相对充分,而其他女同辈则很少被提及。朱景冬的文章《西班牙才女马丁·盖特》介绍了她的两部上演剧作《小姐妹》和《不张帆》,还点评了其后期小说《离家出走》。① 李静则全面梳理马丁·盖特的长篇小说,重点分析她如何塑造人物形象:"让人物面对社会、让人物面对另一个人物、让人物面对自己⋯⋯在马丁·加伊特的长篇小说创作过程中,人物的重要性是逐渐被凸显出来的。"②

至于马丁·盖特的早期代表作《后屋》(1978),王军认为它"交织着元小说、回忆录小说和神秘幻想小说的氛围"③。艾青则以《一连串的倾诉》为例,考察马丁·盖特如何实践她本人的文学创作指导原则:寻找对话者,以此证明对话是女性自我建构的途径。④

安娜·玛丽娅·马图特作为西班牙皇家学院凤毛麟角的女院士之一和"塞万提斯文学奖"得主,早已跨入西班牙经典作家行列。马海珺通过对她早期作品《西北墓地的节日》(1952)的解读,确认马图特是 20 世纪 50 年代西班牙"新现实主义"流派的主要代表之一,"但同时她又以其强烈的幻想色彩、主观主义而区别于其他新现实主义作家"⑤。

马图特所偏爱的该隐母题在《亚伯一家》《西北墓地的节日》《死去的

---

① 《外国文学动态》1999 年第 3 期。
② 李静:《马丁·加伊特长篇小说中的人物》,《当代外国文学》2005 年第 1 期。
③ 王军:《解读与重构文本——论西班牙元小说的兴起与发展》,《当代外国文学》2005 年第 3 期。
④ 艾青:《寻找对话者——〈一连串的倾诉〉之对话分析》,《欧美文学论丛》第七辑,人民文学出版社 2011 年版。
⑤ 马海珺:《一曲通向坟墓的悲歌——浅析〈西北墓地的节日〉》,《当代外国文学》1994 年第 3 期。冯瑶的《西班牙文坛常青树安娜·玛丽娅·马图特》(《译林》2011 年第 3 期)详细回顾了马图特文学的一生。

孩子们》《初忆》《战士在夜晚哭泣》等小说中的重复出现,蔡潇洁对此现象进行全面的探讨,总结出这个母题的三重内涵:圣经故事的现代版本、人性善恶之辨、西班牙内战。①

20世纪80年代以来西班牙出现"女性小说爆炸",国内对这一女性群体的跟踪相对及时。极具人气的作家兼记者罗莎·孟德萝数次来访中国,她的《女性小传》备受中国读者好评。她的小说《地狱中心》"记录了人性如何挣脱恶的枷锁,回归善的源初,实现自我救赎的历程。"②王军把孟德萝的成名作《失恋纪实》、传记类作品《女性小传》和自传体小说《家里的疯女人》视为一个有机整体,其共性为破除传记、小说、新闻之间的传统界限,关注女性的成长历程,尤其是女性意识的觉醒和身份的确立。③

西班牙著名女作家索莱达·普埃托拉斯(其《擦肩而过》于2015年推出中文版)在成为西班牙皇家学院女院士之前就引起了国内学者的注意。王军的《索莱达·普埃托拉斯的小说世界》(2000)是国内第一部研究这位作家的西文专著,通过对她7部小说的文本细读,勾勒出普埃托拉斯所构筑的小说世界的时空特点、叙事人称和结构、语言风格和电影技巧、互文性和成长小说的要素、主要与次要人物并置等特征。普埃托拉斯被国内某些学者定位为"风俗主义"小说家④,但这一标签并不符合作家本人的观点:"关于我的风格,最初较具实验性,现在趋于平和。线性结构,现实手法。但这是一种关注内心世界的现实主义,而不是风俗小说。"⑤普埃托拉斯的作品大多借用男性的视角来观察、点评社会和人生,因此其代表

---

① 蔡潇洁:《安娜·玛利亚·玛图特小说中的该隐母题研究》,《欧美文学论丛》第七辑,人民文学出版社2011年版。
② 宛冰:《儿童是人类之父——解读罗莎·蒙特罗的〈地狱中心〉》,《译林》2007年第6期。
③ 王军:《罗莎·孟德萝:书写女性的成长》,《欧美文学论丛》第七辑,人民文学出版社2011年版。有关孟德萝的论文还有张宁:《在水泥森林中逃离爱情——论小说〈失恋纪实录〉》(《文艺争鸣》2014年第11期)。
④ 赵德明:《关于普埃托拉斯》及《评析普埃托拉斯的三篇短篇小说》,《外国文学》2003年第4期。
⑤ Celia Zaragoza:"Me fascina el azar",*Familia cristiana*,No.21,1989.

作《留下黑夜》所采取的女性叙事模式引起中国学者的关注。① 对于其整体创作风格,王军概括为"摒弃廉价的伤感,运用不事雕琢的语言,善于把握叙事视角,独特的内心情感抒发,贴近日常生活,注重反映以家庭为核心的人际关系问题"②。

学者型女作家马约拉尔的《隐秘的和谐》塑造了一对有同性恋倾向的女孩,触及到"姐妹情谊"这个敏感的话题。杨玲认为它是"马约拉尔独特的视角和偏爱的主题,可以视作其对女权主义一种温和的探讨和平静的反思"③。英年早逝的西班牙女诗人、小说家恰孔因描写西班牙内战中女政治犯经历的小说《沉睡的声音》(2003)而名声大振。朱景冬评价她的创作客观,冷静,"没有陷入歇斯底里,也没有陷入恐怖主义、复仇主义和感伤主义"④。

关于西班牙女性文学的一些整体现象和特征,国内学界也有相应研究。例如张宁宁以《一无所获》为例,对西班牙战后出现的颠覆传统的"怪女孩"形象进行分析⑤。王军则反思西班牙女性形象的演变,"从沉默到掌握话语的怪女孩""'仙女'与'女巫'的颠覆"到"女同性恋形象"和"祖孙三代女性形象的反差",通过这些形象的变化"可以让我们感性地了解西班牙妇女的成长过程、社会角色的转变以及女性文学的发展历程"⑥。

王军还以加泰罗尼亚女作家为例,聚焦西班牙当代女性成长小说中的女同性恋现象,认为她们对这一敏感领域的女性书写"拓展了传统成长

---

① 王军:《〈留下黑夜〉的女主人公/叙事者》,《北京98国际西班牙语研讨会论文集》,外语教学与研究出版社1999年版。
② 王军:《略谈索莱达·普埃托拉斯的小说创作》,《外国文学》1999年第4期。
③ 杨玲:《隐秘的和谐:论西班牙当代女作家马约拉尔》,《外国文学研究》2011年第3期。
④ 朱景冬:《恰孔和她的新作〈沉默的声音〉》,《外国文学动态》2003年第1期。
⑤ 张宁宁:《阿里巴乌街上的怪女孩——〈一无所获〉对传统女性形象的颠覆》,《文艺争鸣》2013年第8期。
⑥ 王军:《论当代西班牙女性小说中女性形象的演变》,《解放军外国语学院学报》2005年第6期。

小说的内涵,赋予了女性成长小说新的视野。"①她总结出西班牙战后女性小说的四大倾向:性的书写、历史中的女性声音、幻想作为逃避和反抗现实的途径、对现实的纪实报道。②

王军的《西班牙当代女性成长小说》(2016)是国内第一部有关西班牙女性成长小说的专著,系统梳理西班牙战后(1939年至今)三代女作家创作的该类型小说,对重点作家、作品进行文本细读,全面考察其基本主题、人物类型、叙事模式、文体特征、文学空间及语言意象,探讨女性成长小说理论在西班牙当代女性文学中的实践和发展,总结西班牙女性成长小说对欧洲古典成长小说的超越和创新。

第二节 拉丁美洲西班牙语文学研究

中国对拉丁美洲文学的引介和译评起步较晚。最早的介绍文章是茅盾于1921年2月发表的《巴西文学家的一本小说》,第一篇翻译成中文的拉美文学作品是鲁文·达里奥的《女王玛勃的面绸》,发表于1921年11月。③ 20世纪50年代,受政治因素的影响,中国开设西班牙语专业,逐渐培养相关人才,因此20世纪50—70年代中国首次出现了规模性的拉美文学翻译活动。改革开放后,西班牙语文学研究者们蓄势待发,魔幻现实主义、拉美文学爆炸、马尔克斯等名词屡见不鲜。借着这股大潮,中国老一辈的西班牙语文学翻译家们大量译介拉美文学中的经典作品。云南人民出版社、河北教育出版社、人民文学出版社、黑龙江人民出版社、浙江文艺出版社先后出版了一系列拉美文学丛书。"1986年到1996年之间,拉美文学作品在社会上影响很大,但实际上发行做得非常不好,除了第一本

---

① 王军:《论西班牙当代女性成长小说中的同性恋问题》,《淡江大学第十届西班牙语教学、文化与翻译研讨会论文集》,2010年6月。
② Wang Jun, "Las nuevas tendencias de la novela femenina contemporánea de España", *Actas del simposio internacional de hispanistas de Beijing*,外语教学与研究出版社2006年版。
③ 滕威:《"边境"之南:拉丁美洲文学汉译与中国当代文学(1949—1999)》,北京大学出版社2011年版,第2页。

书印了十几万册之外,后面出的书有些连5000本都卖不出去,是'想买的买不到,想卖的卖不掉'。"①20世纪90年代后期,由于受到国际版权公约的制约,翻译出版势头日减。进入21世纪之后,中国积极购买版权,重又掀起拉美文学的浪潮。在这新一轮的大潮中,涌现了新一代西班牙文学翻译的生力军,他们纷纷把视角投向"爆炸"后的文学作品。2011年拉美文学史上的巅峰之作《百年孤独》中文正版译作的问世,引起国人瞩目,随后《2666》再度重磅出击,获得好评如潮。

下文以历史时间为序论述中国文学界自改革开放以来对拉丁美洲西班牙语文学的研究情况。

谈及"拉丁美洲"时,不做一下概念界定就会引起许多不必要的麻烦。的确,拉丁美洲是一片广袤无垠、光怪陆离、多样复杂的大陆,包括了北美的墨西哥、中美洲、南美洲和加勒比海地区的说西班牙语、法语和葡萄牙语的拉丁语系国家,而对拉丁美洲的身份认同一直是一个开放、活跃而逐渐丰富的建构过程。不可否认,这个名字"本身即构成对1492年之前生活在那广袤的土地上的原住民历史的遮蔽"②,但是拉丁美洲文学为这一身份的建构发挥了重大作用:在漫长的历史变革中,这片土地上的文学经历了许多跌宕起伏,兼收并蓄,带有西班牙、法国乃至世界文学大思潮的印记,并且深入探索本大陆的现实,形成了"混血"的文学特色。20世纪40年代兴起的魔幻现实主义则是从古印第安文学中挖掘美洲的神奇,这种"寻根"运动"是拉丁美洲作家在借鉴外来文化过程中产生的一种独立姿态"③,把古印第安的诗歌、戏剧和神话传说推至一个史无前例的高度,这无疑是对拉丁美洲身份构建的一大贡献。

由此,本文中我们虽然要讨论的是中国30年来对拉丁美洲西班牙语文学的研究,但不可避免地要从哥伦布到达美洲之前的古印第安文学谈起。

---

① 赵振江:《"文学爆炸"已成历史》,《新京报》2005年1月13日。
② 滕威:《"边境"之南:拉丁美洲文学汉译与中国当代文学(1949—1999)》,第1页。
③ 陈众议:《拉美当代小说流派》,社会科学文献出版社1995年版,第39页。

一、古印第安文学述评

1492年哥伦布到达美洲大陆之前，在那片土地上已经形成了三大主要文明：玛雅文明、阿兹特克文明和印加文明，有着用基切语、纳华特语和克丘亚语口头传诵或编撰成典的神话传说、诗歌和戏剧作品。虽然西班牙征服者用剑与火腰斩了这些土著文明，焚毁了其文献典籍，但少数具有人文主义思想的传教士和士兵拯救并保存了一些残缺不全的文字资料，转译了许多口口相传的神话和传说。20世纪40年代的"寻根"运动重新审视美洲印第安文化，于是"我们目前所能见到的古印第安文学如诗歌、戏剧、神话传说等等，几乎都是40年代开始发掘、整理并翻译成西班牙语的"①。

中国对拉美地区古印第安文学的研究多是译介，散见于拉美文学史和文学杂志，如《拉丁美洲文学史》②、《拉丁美洲文学简史》③、《插图本拉美文学史》④、《拉丁美洲小说史》⑤和《略论拉丁美洲文学》⑥。这些文学史的开篇第一章均为古印第安文学，将其视为拉美文学的起源，进行或详细或简略的阐释，总结了古印第安文学的特点，并重点分析代表作品：玛雅基切人的圣经《波波尔·乌》、平民戏剧《奥扬泰》以及阿兹特克人创作的诗歌、克丘亚人集体吟诵的诗歌。

陈众议的文章《古印第安文学述评》(1985)，从神话、传说、诗歌、戏剧四个方面介绍了古印第安文学，高度赞扬这些口头或书面的文学作品"反

---

① 陈众议：《拉美当代小说流派》，第39页。
② 赵德明、赵振江、孙成敖、段若川编著，北京大学出版社2001年版。
③ 《拉丁美洲文学简史》有三个版本：第一本是吴健恒翻译的智利托雷斯·里奥塞科编著的文学简史，由人民文学出版社1978年出版；第二本是吴守琳编著，1985年由中国人民大学出版社出版；第三本由海南出版社1993年出版，编著者为刘岳和马相武，属于"世界文学评介丛书"系列。
④ 李德恩、孙成敖编著，北京大学出版社2009年版。
⑤ 朱景冬、孙成敖编著，百花文艺出版社2004年版。
⑥ 方瑛，北京语言学院出版社1994年版。

映了古代美洲的社会生活,体现了古代印第安人的思想和审美观念"①。他分析了古印第安文学中的移情、譬喻、象征和夸张的创作手法和修辞手段,但也指出有些作品宣扬了浓厚的宗教思想,是应该"扬弃的糟粕"。虽然关于所谓"糟粕"的评论带有 20 世纪 80 年代阶级分析的烙印,但是文章对古印第安文学这一丰富的文学宝库的褒扬和推崇是毫不掩饰的。

中国对古印第安文学代表作品《波波尔·乌》的介绍较多。1989 年《青年外国文学》第 4—5 合期上选译了其片段,1996 年漓江出版社出版了中译本《波波尔·乌》,各大文学史中都有较大篇幅的内容介绍和分析。其中,方瑛认为"《波波尔·乌》无论在哲理还是在艺术想象力方面不仅与荷马史诗《伊利亚特》有相似之处,而且可以与世界上任何一部神话传说相媲美"②。李德恩认为这本拉美神话经典之作是"拉美的灵魂"③,罗海燕称其为"玉米儿女的圣经"④。

可能由于使用外文资料来源渠道较窄和相关研究较少,文学史和文章中对拉美古印第安文学的介绍大都比较雷同。例如,几本书中对其文学特点的概括几乎一样,均为五大特点:自然崇拜、英雄史诗、口头传说为主、多为佚名之作和发展极不平衡,只是这五大特点的排列顺序和措辞稍有不同而已。

此外,中国还出版了几本印第安神话传说的故事集:《拉丁美洲民间故事》⑤、《印第安神话和传说》⑥和《印第安神话精选》⑦,收集了危地马拉、哥伦比亚、委内瑞拉、秘鲁等国家的神话和寓言故事,其中《印第安神话精选》是面向中国少年儿童而精心编译的,并配有插图。这些书籍让中

---

① 陈众议:《古印第安文学述评》,《国外文学》1985 年第 4 期。
② 方瑛:《拉美文学掠影》,收录于《略论拉丁美洲文学》,北京语言学院出版社 1994 年版。
③ 李德恩:《拉美的灵魂——〈波波尔·乌〉》,《外国文学》1987 年第 10 期。
④ 罗海燕:《〈波波尔·乌〉——玉米儿女的圣经》,《广西大学学报》(哲学社会科学版) 1992 年第 2 期。
⑤ 仇新年、张文英编著,世界知识出版社 1984 年版。
⑥ 阿平译,中国民间文艺出版社 1985 年版。
⑦ 阿平译选,中国少年儿童出版社 1990 年版。

国的老中青读者对遥远的拉美地区和遥远的古代历史有了一定了解。

二、征服、殖民时期的文学

征服、殖民时期指的是1492年哥伦布到达新大陆至19世纪初拉美地区独立运动这一个时间段。在许多拉美文学史书籍中,把西班牙征服者在征服拉美过程中所见所闻而写的纪事称之为"征服时期文学"。但是李德恩在《插图本拉美文学史》的前言中指出这种提法有不妥之处,因为在没有实现殖民统治之前,拉美土地上的主人仍然是印第安人,而征服者创作的文学只能属于西班牙文学的范畴,但是为了揭露征服过程的残暴、反映印第安人遭受的痛苦,这一时期的纪事文学也该是拉美文学史不可或缺的一部分。为了不丧失印第安人的主体性,李德恩主张用"前殖民地时期文学"来取代"征服时期文学"。在本文中,为了与其他众多文学史的名称保持一致,仍采用"征服时期文学"这一称谓。

许多文学评论家认为征服时期文学没有很高的艺术价值,但是却有一定的历史参考意义。主要代表作品有哥伦布的《航海日记》、埃尔南·科尔特斯的《奏呈》《征服新西班牙信使》①、《印卡王室述评》②、《西印度毁灭述略》③以及诗歌《阿劳加纳》。我国对这一时期的文学作品只是进行了翻译,但少见分析评论。《航海日记》目前有三个中文版本④,其中2011年的版本非哥伦布原稿,而是来自拉斯·卡萨斯对哥伦布日记所做的忠实于原文的摘录。

殖民时期的文学深受宗主国西班牙当时盛行的巴洛克主义的影响,文风矫揉造作。这一时期拉美文人在文学上鲜有著述,是拉美文学史上的贫瘠期,中国对这一时期的介绍自然也就极为稀少。

---

① 贝尔纳尔·迪亚斯·德尔·卡斯蒂略,林光译,商务印书馆1997年版。
② 印卡·加西拉索·德拉维加,白凤森、杨衍永译,商务印书馆1996年版。
③ 巴托洛梅·德拉斯·卡萨斯,孙家堃译,商务印书馆1988年版。
④ 《哥伦布航海日记》,孙家堃译,上海外语教育出版社1987年版;《航海日记》,孙家堃译,译林出版社2011年版;《航海日记》,大陆桥翻译社,远方出版社2003年版。

相对而言,这一时期诗歌成就较大、最具代表性的诗人是索尔·胡安娜·德·拉·克鲁斯,被誉为"第十位缪斯"。中国学界较早介绍了这位学识丰富的墨西哥女诗人。1980年《外国文学研究》上刊载了一篇题为《索尔·胡安娜的头发与知识》①的文章,详细介绍了女诗人的生平经历和创作历程。王央乐和赵振江翻译了索尔·胡安娜的部分诗歌。

三、独立革命时期的文学

殖民时期拉美文学一直受到殖民者的压制和摧残,难以发出独立的声音。17世纪在法国兴起的古典主义经过两个世纪从西班牙辗转传到了拉丁美洲。拉美文人在古典主义和启蒙思想的影响下,独立意识逐渐觉醒,他们主张文学应该成为战斗和思想宣传的工具,积极参与拉美独立事业,同时重视古印第安文学的价值,从而形成了"美洲新古典主义"文学。虽然"拉美文学与轰轰烈烈、如火如荼的独立运动相比显得沉闷、乏力"②,但是拉美文化独立的象征人物安德烈斯·贝略的诗作《致诗神》堪称美洲文化的"独立宣言",厄瓜多尔诗人何塞·华金·德·奥尔梅多的代表作《胡宁大捷》气势磅礴、激情昂扬,唱出了这一时期拉美文学的最强音。

1981年安德烈斯·贝略诞辰两百周年之际,《拉丁美洲研究》上刊载了徐世澄的一篇文章,详细介绍这位"美洲的导师"的生平③;赵振江翻译了安德烈斯·贝略的两首代表诗作《致诗神》和《致热带地区农艺的颂歌》以及奥尔梅多的《胡宁大捷》;几部文学史中都列出章节来介绍和分析这些诗作,重点分析诗歌如何描绘激烈的战争场面,如何热情歌颂神奇的美洲大陆,其中"美洲啊,/太阳神年轻的妻子,/古老大洋的幼女"等诗句给人留下深刻印象。

在诗歌激情澎湃、向独立革命献礼之时,拉美文学的新丁——小说也

---

① 珞桂:《索尔·胡安娜的头发与知识》,《外国文学研究》1980年第4期。
② 李德恩:《拉美文学流派与文化》,上海外语教育出版社2010年版,第32页。
③ 徐世澄:《"美洲的导师"安德烈斯·贝略》,《拉丁美洲研究》1981年第4期。

发挥了重要作用。在西班牙殖民统治的 3 个世纪里,宗主国禁止小说进入美洲,而在拉美土地上也没有产生过任何一部小说。小说因其与资产阶级的紧密联系而表现出的"煽动性和批评色彩","一直被视为成年人的体裁(或称'不惑的体裁')"①,因此 1816 年才问世的拉美第一部小说《癞皮鹦鹉》可谓是向宗主国的宣战书,促进了美洲主义精神的传播与发展。

1986 年,人民文学出版社翻译出版了这部小说,并简要介绍了其作者何塞·华金·德·利萨尔迪,称其"抨击贵族和高级官员的专横统治,谴责教会对人民的愚弄,揭露社会流弊、维护妇女权利,反对奴役黑人"②。翌年,胡真才著文《开宗立派的第一部长篇小说》③,详细分析了这部流浪汉体小说的内容、艺术手法和深远影响。时隔 20 年后,尹燕从比较文学的文学"接受"角度分析这部小说,考察它对西班牙流浪汉小说的继承与发展,以及如何结合墨西哥文化传统来适应墨西哥的审美要求。④

四、浪漫主义文学

拉美的浪漫主义文学发轫于 19 世纪 30 年代,结束于 80 年代末,可分为社会浪漫主义(1830—1860)和感伤浪漫主义(1860—1890)两个阶段。社会浪漫主义作品"反映了拉丁美洲资产阶级上升时期对社会民主和个性解放的要求,表现出鲜明的反对专制统治的民主主义品格"⑤,而感伤浪漫主义则更以自我为中心,把社会和自然对立起来,"把来自主观世界的痛苦、悲观、思念投射到客观世界的现实上"⑥。

社会浪漫主义运动发源于独裁横行、抗争不断的阿根廷,代表人物一般都是小说家,或者同时是政治家。重要作品有:埃斯特万·埃切维里亚)的长篇叙事诗《女俘》(1837)和小说《屠场》(1838),多明戈·福斯蒂

---

① 陈众议:《拉美当代小说流派》,第 2 页。
② 利萨尔迪:《癞皮鹦鹉》,周末、怡友译,人民文学出版社 1986 年版。
③ 胡真才:《开宗立派的第一部长篇小说》,《外国文学》1987 年第 5 期。
④ 尹燕:《试析〈癞皮鹦鹉〉的文学"接受"角度》,《作家》2008 年第 10 期。
⑤ 陈众议:《拉美当代小说流派》,第 2 页。
⑥ 李德恩:《拉美文学流派与文化》,第 47 页。

诺·萨米恩托的散文作品《法昆多,又名文明与野蛮》(1845)和何塞·马莫尔创作的阿根廷文学史上第一部长篇小说《阿玛莉亚》(1851)。感伤浪漫主义代表作是哥伦比亚作家豪尔赫·伊萨克斯的《玛丽亚》(1867)和秘鲁作家里卡多·帕尔马的《秘鲁传说》(1872)。

在中国,各个版本的拉美文学史中都详细介绍了浪漫主义诗歌和小说的内容,摘译了部分片段,并进行了简要的评论,此外由于浪漫主义作家集中于阿根廷,盛力老师著述的《阿根廷文学》①对此有精彩阐述。但至今为止,中国对拉美浪漫主义文学的研究极为匮乏,《屠场》《玛丽亚》②、《阿玛莉亚》③和《秘鲁传说》④这四部小说被翻译成中文,其中,赵振江翻译的《屠场》已难寻觅。而《法昆多》仍没有中文译本,只存在于拉美文学史的介绍之中,在中国鲜有人知。

在这些译本的前言或后记中,译者简要论述了拉美浪漫主义文学的发展概况,详细介绍了作家生平,并对作品进行分析。此外在一些杂志上能找到几篇译介性的文章,如段元奇在1981年就向国人介绍了秘鲁文学艺术的瑰宝《秘鲁传说》⑤,赵振江称帕尔马创造了一个"独特的而且纯粹是美洲土生白人的形式"——传说⑥。论及《玛丽亚》时,李德恩用"钟灵毓秀"来评价哥伦比亚作家伊萨克斯⑦。

浪漫主义后期主张"回归自然",于是地方色彩浓重的高乔文学盛行,代表作是高乔诗歌《马丁·菲耶罗》(1872,1879)。赵振江早在1981年就介绍了这一阿根廷的文学瑰宝,称"带有浓厚乡土气息和民族特点"的高乔文学是"在西班牙美洲获得政治独立之后应运而生的美洲主义文学的

---

① 盛力:《阿根廷文学》,外语教学与研究出版社1999年版。
② 朱景冬、沈根发译,人民文学出版社1985年版;1994年又收录于朱景冬、沈根发、卞双城译《玛丽亚 蓝眼睛》中,人民文学出版社1994年版。
③ 江禾、李卞、凌立译,漓江出版社1985年版。
④ 白凤森译,人民文学出版社1997年版。
⑤ 段元奇:《里卡多·帕尔马和〈秘鲁传说〉》,《读书》1981年第4期。
⑥ 赵振江:《帕尔马与〈秘鲁传说〉》,《拉丁美洲研究》1998年第3期。
⑦ 李德恩:《〈玛丽亚〉——拉美浪漫主义的杰作》,《外国文学》1986年12月。

最早萌芽之一"①。1984年在《马丁·菲耶罗》的作者何塞·埃尔南德斯150周年诞辰之际,中国出版了赵振江翻译的中文版《马丁·菲耶罗》,这部已有一百多年历史的阿根廷伟大史诗得以与中国读者见面,从此高乔人、高乔文化、高乔文学逐渐为中国人所熟悉。1987年赵德明将阿尔贝托撰写的《〈马丁·菲耶罗〉在中国》译为中文②,该文章对赵振江翻译的《马丁·菲耶罗》及其翻译难度进行了介绍,并探讨了诗歌翻译的标准与技巧问题。1999年,《马丁·菲耶罗》被收录进向中华人民共和国五十周年献礼的英雄史诗丛书(译林出版社),足见这部高乔人的史诗在中国的影响力。再版时赵振江写了一篇长长的序言,论及高乔文学的发展始末、《马丁·菲耶罗》的艺术特色和成就。同年《外国文学》刊登了博尔赫斯撰写、段若川翻译的《〈马丁·菲耶罗〉及评论家们》③,就《马丁·菲耶罗》的史诗性和阿根廷文学批评家们对它的批评和接受进行了阐述。2007年陈宁再次介绍这一宏大的民族史诗,发表《孤独的诗歌——高乔诗歌》,较为详细地阐述了高乔人、高乔诗歌的流变和高乔诗歌的艺术与文化色彩。2009年她又论述了阿根廷作家博尔赫斯对高乔文学的继承和重写,分析了高乔文学对阿根廷后期文学的影响。④

五、现实主义文学

在谈及拉美的现实主义文学时,必不可少的要谈一谈自然主义。由于自然主义作为文学现象在拉美的存在时间较为短暂,许多文学史家将其与现实主义等同起来,或将其列在现实主义门下。但是必须指出自然主义与现实主义几乎同时进入拉丁美洲,对后来的拉美文学有着深远影响。自然主义无情、冷酷地揭露了拉美的社会病毒——野蛮、落后、保守、

---

① 赵振江:《〈马丁·费罗〉与高乔文学》,《拉丁美洲研究》1981年第3期。
② 《外国文学》1987年第2期。
③ 《外国文学》1999年第2期。
④ 陈宁:《孤独的牧歌:高乔诗歌》和《忏悔的刀客——论博尔赫斯对高乔文学的继承与重写》,分别载于《广东外语外贸大学学报》2007年第2期和2009年第5期。

虚伪、贫困、种族歧视等等,"使生于斯,长于斯的拉丁美洲读者大开眼界,并得以重新发现自己的大陆"①。遗憾的是,中国学界对拉美自然主义流派的研究甚少,许多文学史书籍都忽视了这个现象,对于代表作家欧亨尼奥·坎巴塞尔斯和曼努埃尔·加尔维斯的研究也几乎是空白,只是在几本文学史中有一些介绍。

由于拉美的浪漫主义文学作家追求个性解放,其作品大多立足于现实,于是很容易向现实主义过渡。自然主义对现实的揭露与现实主义并行不悖,而与此同时盛行的风俗主义虽然以强调风土人情为主,但也因描绘现实而逐渐向现实主义过渡。从而在19世纪末、20世纪初的拉美小说史上形成了批判现实主义的主流。

墨西哥作家伊格纳西奥·曼努埃尔·阿尔塔米拉诺是浪漫主义和现实主义的两栖型作家。他早期作品是浪漫主义风格的,他的遗作《蓝眼盗》(1901)是"浪漫主义向现实主义过渡中出现的一部现实主义力作"②。这本小说经由卞双成翻译成中文,名为《蓝眼睛》③。

古巴作家比利亚维德创作的《塞西莉亚·巴尔德斯》和墨西哥作家曼努埃尔·派诺的《寒水岭匪帮》④堪称风俗主义与现实主义相结合的经典作品。前者在1986年被译介给中国读者,并且有两个译本⑤,后者也在1996年被正式引入中国。但是这些作品并没有引起读者的广泛注意,因此鲜有评论。

相比而言,中国对20世纪之前的拉美小说家研究最多的是智利现实主义文学开拓者阿尔贝托·布莱斯特·加纳。1981年赵德明翻译出版了这位"智利小说之父"的代表作《马丁·里瓦斯》。⑥ 随后,舒迅的书评

---

① 陈众议:《拉美当代小说流派》,第4页。
② 李德恩:《拉美文学流派与文化》,第5页。
③ 收录于朱景冬、沈根发、卞双城译《玛丽亚 蓝眼睛》中,人民文学出版社1994年版。
④ 卞双城、胡真才、赵德明译,上海译文出版社1997年版。
⑤ 《塞西莉亚姑娘》,潘楚基、管彦忠译,人民文学出版社1986年版;《塞西莉亚·巴尔德斯》,毛金里、顾舜芳译,上海外语教育出版社1986年版。
⑥ 北京大学出版社1981年版。

《〈马丁·里瓦斯〉简介》①分析了这部小说的政治背景、爱情主题和反映的等级观念,秦芝②着重分析了该小说揭露的社会问题和阶级矛盾。方瑛以她在智利的所见所闻详细介绍了加纳在智利人民心目中的崇高地位,堪称"智利的巴尔扎克",而且她比较了加纳与中国作家老舍的共性——民族性,指出这两位作家都根植于本民族的沃土,都关注本民族的命运,用民族的眼睛去观察和描绘本民族的风俗画。③

20世纪初,拉丁美洲的自然主义、风俗主义和现实主义小说逐渐合流为批判现实主义小说流派,到20世纪20年代后期现实主义更趋成熟,形成了各种风格迥异的支流,如城市小说、墨西哥革命小说、土著主义小说、大地小说、反独裁小说等等,统称为地域主义小说,又称地区主义或地方主义小说,因描写某一地区的自然风光而得名。"这些文学流派从不同的视角反映了拉美现实的某一个侧面……表达的一个共同主题是:人的价值。"④这类作品把关注点"从反映贵族和资产阶级转向了生活在底层的人们:农民、贫民、印第安人和黑人"⑤,重点描写拉丁美洲本土的风土人情和自然景观,具有浓郁的民族色彩,迈出了拉美民族文学道路的第一步。下面从几个重要的文学流派来分别论述:

1. 墨西哥革命小说

墨西哥大革命肇始于1910年,结束于1917年。这场革命对墨西哥政治、社会和人民造成了深远的影响,而革命也成就了一批优秀的作家,因此墨西哥革命小说虽然踟躇一隅,但影响超越国界,被文学史家认同为一个独立的文学流派,代表作品有马里亚诺·阿苏埃拉的《在底层的人们》和阿古斯丁·亚涅斯的《洪水到来之际》。

---

① 舒迅:《〈马丁·里瓦斯〉简介》,《国外文学》1981年第1期。
② 秦芝:《十九世纪智利社会现实的真实写照——〈马丁·里瓦斯〉赏析》,《西安外国语学院学报》1998年第2期。
③ 方瑛:《智利的巴尔扎克》和《老舍与加纳》,收录于《略论拉丁美洲文学》。
④ 李德恩:《拉美文学流派与文化》,第8页。
⑤ 赵德明、赵振江、孙成敖、段若川编著:《拉丁美洲文学史》,第253页。

徐少军在1980年撰文《浅谈墨西哥革命小说》①,简要介绍了墨西哥革命,分析了革命小说的发展历程和特点,并介绍了代表作品。翌年,《在底层的人们》中文版问世②。在墨西哥革命100周年纪念之际,刘长申再次谈及这部革命小说的代表作,指出小说观察问题的角度独特,结构形式和表现手法新颖。③

亚涅斯的《洪水到来之际》以写实和批判为基调,但大胆借鉴和使用了多斯·帕索斯、乔伊斯、安德烈·纪德等欧美作家的艺术技巧,因此堪称墨西哥20世纪最优秀的小说之一。但是多年以来中国对这部小说的介绍仅限于文学史和《当代世界文学名著鉴赏词典》之类的书籍,直到2010年才被翻译成中文,因为"洪水到来之际"这句话取自故事所在村庄里一位老者的预言,表示一桩重大事件即将发生,因此取"山雨欲来风满楼"之意把这部小说译为《山雨欲来》。④

2. 大地小说

大地小说指的是"专门描写人与自然斗争的小说"⑤,通过对恶劣地理环境的描述来表现文明与野蛮的主题。拉美文学的三部经典作品均出自大地小说作家之手:《旋涡》《堂娜芭芭拉》和《堂塞贡多·松布拉》。

《旋涡》是哥伦比亚作家何塞·埃乌斯塔西奥·里维拉唯一的长篇小说,主人公科瓦(又译高瓦)和同伴们进入原始林莽后,目睹了割胶工人的悲惨处境,震惊于外国种植园主对工人的残酷剥削与压迫,在求助政府无果之后,杀死了种植园主,最后走进亚马逊森林深处,被林莽吞没。翻译家吴岩(原名孙家晋)早在1957年就翻译了这部拉美名著,译名为《草原

---

① 《外国文学》1980年第2期。
② 吴广孝译,外国文学出版社1981年版。
③ 刘长申:《从〈最底层的人〉看阿苏埃拉的文学创作视角》,《解放军外国语学院学报》2011年第1期。
④ 顾文波译,人民文学出版社2010年版。
⑤ 赵德明等:《拉丁美洲文学史》,第258页。

林莽恶旋风》,1981年重新校订后再次出版,改用小说原名《旋涡》①,1984年出了版画本,2000年重印第三版。一部拉丁美洲的小说能够在中国多次重印,与翻译家和出版家孙家晋的译介和宣传有很大关系,但也说明这部小说在文学史上的地位。而小说每次再版之时都会有相关的评论文章,1984年版画本面世后,周家星撰文《略谈〈旋涡〉的写作技巧》②,2000年第三版则拥有更多读者,非西班牙语文学专业的人士也关注这本小说,并对主人公高瓦进行深入分析,称其从精神的颓败走出并获得新生③。

就这部小说的中文译名而言,笔者认为《草原林莽恶旋风》更好,原因有二:一、它比"旋涡"听起来更具气势,更吸引读者;二、它非常简洁又准确地反映了小说的主旨。小说故事发生在漫无边际的草原和阴森恐怖的林莽,而且小说用"记录式""镜子式"的客观主义手法,"有选择、有取舍地记录和移植"了"现实中丑恶的一面"④,而译名中的"恶"一语中的,"旋风"一词又暗示着主人公们最终被林莽吞没。

这种丑恶主义的写实手法"不是为了哗众取宠,而是出于无奈,即无法将现象的丑恶变成美丽的现实"⑤。而这丑恶的现实在委内瑞拉作家罗慕洛·加列戈斯的长篇小说《堂娜芭芭拉》中也俯拾即是。芭芭拉以美人计和巧取豪夺等伎俩侵占大量土地和牲畜,成为蛮荒的大草原上无恶不作的霸主,暴力和强权是她独霸一方的武器。这部反映委内瑞拉20世纪20年代社会变革的小说让加列戈斯跻身拉美一流作家之列,而以他命名的"罗慕洛·加列戈斯文学奖"在西班牙语文学界声誉和影响力仅低于塞万提斯文学奖。1979年中国翻译出版了这部小说⑥,6年之后,《外国

---

① 1957年版本由新文艺出版社出版,1980、1984和2000年版本均由上海译文出版社出版。"旋涡"和"漩涡"可通用,因此有些文学史使用"漩涡"这个译名。
② 《外语教学》1985年第1期。
③ 胡艺珊:《精神的颓败与新生》,《山东教育学院学报》2001年第1期。
④ 陈众议:《拉美当代小说流派》,第20页。
⑤ 同上。
⑥ 白婴、王相译,人民文学出版社1979年版。

文学》再次发文对作家和小说进行深入介绍①,但遗憾的是,尚未见到更多的中文评论。

阿根廷作家里卡多·吉尔拉德斯创作的长篇小说《堂塞贡多·松布拉》也是高乔文学的代表力作,1984年王央乐将其译成中文②,2000年再版。

3. 土著小说

土著小说,又称印第安主义小说,顾名思义是反映印第安人生活现实和问题的小说。代表作家和作品有:阿尔西德斯·阿格达斯(玻利维亚)的《青铜的种族》③、豪尔赫·伊卡萨(厄瓜多尔)的《瓦西蓬戈》④、西罗·阿莱格里亚(秘鲁)的《广漠的世界》⑤和《饥饿的狗》⑥,以及何塞·玛利亚·阿格达斯(秘鲁)的《深沉的河流》⑦。

所幸的是,目前这些土著小说的代表作都已经被翻译介绍到中国,但是却难以找到评论界和读者的反馈信息。唯一一篇论文《印第安人的揭露与控诉——〈瓦西蓬戈〉浅析》⑧来自译者的引荐和分析。可能是由于这些土著小说没有跌宕起伏的故事情节,少有性格描写,描述的是群体化的人物,缺乏高超的艺术技巧,难以引起中国评论界的注意。

但值得一提的是,何塞·玛丽娅·阿格达斯善于捕捉印第安人的心理活动,把印第安文学推向一个更高的阶段。他深受巴尔加斯·略萨的推崇,其代表作《深沉的河流》在法国著名杂志《读书》推荐的各国文学49本"理想藏书"中位列12名。而他的遗作《山上的狐狸和山下的狐狸》也是一部反映秘鲁社会阶级关系变化的佳作。如此重要的作家没有引起中

---

① 李方:《加列戈斯与〈堂娜芭芭拉〉》,《外国文学》1985年第11期。
② 上海译文出版社1984年版,2000年再版。
③ 吴健恒译,人民文学出版社1976年版。
④ 屠孟超、徐尚志译,《当代外国文学》1984年第4期。
⑤ 吴健恒译,外国文学出版社1985年版。
⑥ 贺晓译,外国文学出版社1982年版。
⑦ 章仁鉴译,外国文学出版社1982年版。
⑧ 徐尚志,《当代外国文学》1984年第4期。

国学界的注意实为一大缺憾。

4. 奥拉西奥·基罗加

乌拉圭短篇小说之王奥拉西奥·基罗加是现实主义小说的主将,有些文学史将其归为大地小说流派,因为他写了许多森林的故事,但也有学者将其纳入克里奥约小说流派①,旨在说明作家为土生白人,排斥外来文化,强调本土民族文化。秘鲁著名文学评论家何塞·路易斯·奥维亚多认为基罗加是地域主义之父。② 鉴于基罗加的重要文学地位,在这单独评述。

基罗加深受艾伦·坡的影响,后者认为"在故事写作方面,艺术家不妨力图制造惊险、恐怖和强烈的效果。"因此基罗加笔下的短篇故事都有这个效果,他对死亡、爱情、疯狂等的描写都极为恐怖、震撼。但基罗加同时坚持用客观、准确的笔触描绘了人与自然的搏斗和残酷的生活现实。他最主要的两部短篇小说集为《丛林中的故事》和《爱情、疯狂和死亡的故事》。

1984年吴广孝翻译了《丛林中的故事》③,把这位优秀的乌拉圭作家介绍到国内,2009年重印了此书,更名为《热带雨林故事》(注音版)④,面向幼儿读者。1997年在经过多年延宕之后,《基罗加作品选》⑤面世,选译中、短篇小说和童话21篇,基本揽括基罗加重要作品。2011年译者林光对该版本进行校订和修正,甚至推翻重译了其中一些小说,更名为《爱情、疯狂和死亡的故事:基罗加作品选》⑥。在2002年,另一位译者刘玉树编选的基罗加故事集也出版,取其中一篇故事名为书名《独立钻石》⑦。

---

① 李德恩在《拉美文学流派与文化》一书中如是分类。
② Oviedo: *Historia de la literatura hispanoamericana*: *Posmodernismo*, *vanguardia*, *regionalismo*, Madrid: Alianza Editorial, 1997, p.226.
③ 吴广孝译,吉林人民出版社1984年版。
④ 吴广孝译,浙江文艺出版社2009年版。
⑤ 林光译,云南人民出版社1997年版。
⑥ 林光译,新华出版社2011年版。
⑦ 刘玉树译,外国文学出版社2002年版。

吴健恒曾撰文高度评价林光翻译的《基罗加作品选》[1],而这本译著再版后,引起普通大众的反响[2],评论文章《论基罗加的短篇小说》论及作者的死亡机遇、文学主题和文学技法。此外,基罗加的一些童话逐渐在中国广为人知,如《大乌龟》《懒蜜蜂》《瞎小鹿》等。

六、现代主义文学

19世纪80—90年代,"拉丁美洲的自然—现实主义小说的产生使拉美文坛小说与诗歌最终分道扬镳,诗歌日益走向为艺术而艺术的唯美主义;而小说则更加面向现实,注重实际功能和社会效益"[3]。因此,在拉美诗坛上,独立战争时期兴起的浪漫主义诗歌逐渐凋零,诗人们转而追求一种逃避现实、讲究形式、注重技巧的华丽诗风,形成了影响遍及整个拉美乃至欧美文坛的现代主义文学运动,这是拉美文学"第一次以自己独特的风格对欧洲文坛产生了反作用"[4]。必须指出的是,拉美的现代主义文学与欧美的现代主义文学并不一致,它的基本特点是:逃避社会现实,推崇为艺术而艺术的唯美主义;使用天鹅、百合、宝石、玛瑙等美好的事物作比喻,注意遣词造句;创造虚幻的境界,抒发哀伤幽怨的情感;追求世界主义和异国情趣。拉美现代主义诗歌以"创新"为至高无上的追求,因此在一定意义上说,它实现了浪漫主义作家所追求的"双重自由:人的自由和艺术创作的自由",拉美现代主义文学成为第一个具有拉美特色的文学流派。

拉美现代主义文学主要是革新了诗歌和散文这两大体裁。以1882年何塞·马蒂的《伊斯马埃利约》的发表为开始、1888年鲁文·达里奥的《蓝》的问世为创立标志,经历了大约30年的发展,1910年墨西哥诗人恩里克·贡萨莱斯·马丁内斯的《扭断天鹅的脖子》发表之后,开始走向

---

[1] 吴健恒:《悲苦基罗加》,《中华读书报》1999年1月27日。
[2] 尹燕飞、杨卓灵,《文学教育》(上)2011年第8期。
[3] 陈众议:《拉美当代小说流派》,第12页。
[4] 赵德明等:《拉丁美洲文学史》,第196页。

没落。

　　早在20世纪80年代初,现代主义诗歌就被介绍到中国。1982年孙雾发表的论文《古巴诗人荷塞·马蒂和拉丁美洲的现代主义诗歌》①介绍了何塞·马蒂在革命生涯之余的创作历程,分析了其文学作品与现代主义诗歌产生的先驱意义。1987年赵振江在西班牙语美洲诗歌漫谈系列中,独撰一文介绍现代主义,称其为拉美诗坛的丰碑②。对于何塞·马蒂和鲁文·达里奥这两位主将的作品译介也非常多。云南人民出版社的"拉丁美洲文学丛书"就包括《生命与希望之歌:拉美诗圣鲁文·达里奥散文选》③和《长笛与利剑:何塞·马蒂诗文选》④,河北教育出版社的"二十世纪诗歌译丛"收录了《鲁文·达里奥诗选》⑤,百花文艺出版社⑥和花城出版社⑦也分别出版了达里奥的散文和诗选,2010年朱景冬所著的《何塞·马蒂评传》⑧有一半的篇幅是评述马蒂的文学创作。此外,在一些杂志上还能找到一些相关的评论文章,如《形式美的诗意沉思——达里奥的〈我追求形式〉赏析》⑨、《独特的现代主义诗人何塞·马蒂和他的〈纯朴的诗〉》⑩等。通过这些译介,何塞·马蒂和鲁文·达里奥的主要作品基本被介绍到中国,而马蒂因为其政治理想和革命精神而被国人熟悉,因此在中国知名度远高于达里奥。

　　然而,在拉美文坛影响深远的现代主义文学流派在中国却不被广泛认知,论及现代主义,许多人不知道"现代主义"这个名词最先源于拉美,

---

①　《河南师大学报(社会科学版)》1982年第3期。
②　赵振江:《现代主义:拉美诗坛的丰碑——西班牙语美洲诗歌漫谈之二》,《拉丁美洲研究》1987年第3期。
③　赵振江译,云南人民出版社1997年版。
④　毛金里、徐世澄译,云南人民出版社1995年版。2015年作家出版社再版此书。
⑤　赵振江译,河北教育出版社2003年版。
⑥　《外国名家散文丛书——达里奥散文选》,刘玉树译,百花文艺出版社1997年版,2005年再版。
⑦　《拉丁美洲散文诗选:卢本·达里奥》,陈实译,广东花城出版社2007年版。
⑧　社会科学文献出版社2010年版。
⑨　赵俊霞,《阅读与写作》2004年第9期。
⑩　朱景冬,《拉丁美洲研究》2002年第6期。

现代主义文学运动最先出现在拉美,许多人也不知道拉美现代主义与欧美现代主义的差异,甚至认为墨西哥诗人帕斯获得诺贝尔文学奖是"现代主义诗歌的又一次胜利",却不知道帕斯本人对所谓"现代"和"后现代"的提法一向持批评态度。鉴于国人对拉美现代主义诗歌仍比较陌生,2006年赵振江撰文再次详细介绍了拉美的现代主义诗歌和其代表人物鲁文·达里奥①,以期纠正大家的误解。

在被译介到中国的现代主义文学作品中,还有一位重要的散文作家:乌拉圭的何塞·恩里克·罗多。在拉美散文集《摆脱孤独》②和《拉美散文经典》③之中,不仅收录了鲁文·达里奥和何塞·马蒂的散文作品,还翻译了罗多的代表作《爱丽儿》片段和散文《坚硬的荒原》。

七、先锋派小说

陈众议在分析拉美文学潮流走向时评论道:"文学像摆锤,始终摇摆于现实与幻想之间,向任何一方撼动,都可能产生相应的反弹。"④从20世纪20年代开始,拉丁美洲小说终于出现了反写实主义倾向,而以消解和逃避现实为主题的拉美现代主义诗潮也逐渐隐退,开始向现实回归,由此出现了先锋派小说和后现代主义诗歌。

先锋派小说开始于20世纪30年代,拉美作家们不再描写人与自然的斗争,不再描写个人的奋斗,而是客观、尖锐、深刻地揭露和抨击社会的痛疽,同时高度弘扬本民族的灿烂文化。在艺术手法上,注重人物内心世界的挖掘,使用潜意识和梦幻等手法,建构主观心理时间,不再设置一个无所不知的叙述者。代表作家有:米盖尔·安赫尔·阿斯图里亚斯、阿莱霍·卡彭铁尔、豪尔赫·路易斯·博尔赫斯、埃内斯托·萨瓦托、胡安·卡洛斯·奥内蒂、胡安·鲁尔福、罗亚·巴斯托斯等。

---

① 赵振江:《拉美的现代主义诗歌与鲁文·达里奥》,《文艺理论与批评》2006年第1期。
② 赵德明,百花文艺出版社2001年版。
③ 谢大光编,学林出版社2011年版。
④ 陈众议:《拉美当代小说流派》,第22页。

在拉美数位诺贝尔文学奖得主中,危地马拉作家米盖尔·安赫尔·阿斯图里亚斯尚未得到应有的重视,相关译介仍无法与其地位相称。其作品最早译成中文的是1959年源于政治因素出版的《危地马拉的周末》,系集体翻译,且从俄文转译①。其代表作《玉米人》和《总统先生》则要等到20世纪80年代才与中国读者见面②,而《绿色教皇》等力作至今犹未见中文版。较早的译介文章当属朱景冬、孔令森的《魔术现实主义作家——阿斯图里亚斯》(《外国文学研究》1980年第3期),当时仍采用"魔术现实主义"的译名,而非后来广泛使用接受的"魔幻现实主义",并将阿斯图里亚斯视为这一流派的代表人物,认为作家在现实主义和超现实主义之间找到了第三条道路,借此有效地"揭示现实背后隐藏的秘密,表现人民的生活、斗争、愿望和理想"。文章介绍了作家的生平和主要创作情况,为汉语读者带来了新鲜的信息和视角,但也不免流露出当时文化语境的痕迹,例如文末还特意指出这位危地马拉作家持有"艺术服务于现实"的"正确的艺术见解"。结合具体文本的研究方面,姚公涛的文章讨论了《危地马拉的周末》中开放的结构布局,变换的场景和视点及开放式对话体(对话与叙述、对话与独白混合)的特点,并将后者视为"对西欧文学流派创作手法扬弃的结果"③。仝祥民的《一部全景式小说——〈危地马拉的周末〉艺术赏谈》将阿斯图里亚斯的这部早期作品誉为"传统叙事艺术与现代派文学的珠联璧合"④,蒋承勇《传统与现代的融合:〈玉米人〉的虚幻性》基于阿斯图里亚斯另一代表作讨论其艺术成就时也得出了相似的评价⑤。关于著名的反独裁小说《总统先生》,吴守琳在其编著的《拉丁美洲文学简史》中有专节介绍,归纳出"语言中的音乐感""立体派的描述"

---

① 南开大学外文系俄文教研组集体翻译,人民文学出版社1959年版。
② 黄志良、刘静言译,《总统先生》,外国文学出版社1980年版;另有董燕生译本,云南人民出版社1994年版。刘习良、笋秀英译,《玉米人》,漓江出版社1986年版。上海译文出版社2013年再版了这两部作品,并于2016年首次出版了《危地马拉传说》,梅莹译。
③ 《〈危地马拉的周末〉:开放式的结构布局》,《外国文学评论》1988年第1期。
④ 《雁北师院学报》1996年第2期。
⑤ 《外国文学评论》1990年第1期。

"虚构"等艺术手法,将这部小说视为"典型的超现实主义作品"①,而庄美芝的文章《这个世界的王国——解读阿斯图里亚斯的〈总统先生〉》则从神话复归、性爱力量与主体精神觉醒等角度做出阐释。② 宋炬在评析中归纳出心理活动外化为客观物象,注重幻觉描写,神鬼人混杂等特点,并归因于作者在印第安传统中的浸淫和超现实主义的影响。③

古巴作家阿莱霍·卡彭铁尔的作品里首先被迻译为中文的是《人间王国》,发表于《世界文学》1985年第4期④。次年《外国文学》刊发高静安的文章,认为"这部中篇小说标志着拉丁美洲文学从此跨入了一个崭新的时期——魔幻现实主义的时期"⑤。到20世纪90年代,同样收入"拉美文学丛书"的《卡彭铁尔作品集》包含《光明世纪》和《消失了的足迹》两个堪称代表作的长篇⑥,《追击·时间之战》(花城出版社1992年版)则辑录了中篇《追击》和以《时间之战》为总题的三个短篇:《圣地亚哥之路》《返源旅行》和《如同黑夜》。⑦ 此外已译介的作品尚有经典中篇《回归种子》⑧及文论集《小说是一种需要——阿莱霍·卡彭铁尔谈创作》⑨。尹承东在20世纪90年代的一篇文章中认定卡彭铁尔"在确定拉美当代小说的目标上起了巨大的作用",甚至在此意义上将卡彭铁尔推为"拉美的第一位小说家"⑩。同样,段若川在《安第斯山上的神鹰》专章中也称其"最大的贡献在于他制定了属于美洲的、地道的美学"。尹文提到作家善于化用民间传说、神话典故,特别是音乐元素的特色,可惜言之不详,并未展开。段若川

---

① 吴守琳:《拉丁美洲文学简史》,246页。
② 赵德明主编:《我们看拉美文学》,云南人民出版社2000年版。
③ 《〈总统先生〉艺术表现方法论析》,《渝州大学学报》(社会科学版)2002年第5期。
④ 江禾译,《世界文学》1985年第4期。
⑤ 《卡彭铁尔的〈光明世纪〉及其它》,《外国文学》1986年第9期。
⑥ 刘玉树、贺晓译,云南人民出版社1993年版。
⑦ 陈众议、赵英译,花城出版社1992年版。另有晓林译《追击》,中央编译出版社2004年版;《时间之战》,陈皓译,上海文艺出版社2015年版。
⑧ 裴达、郁羽译,段若川校,《回归种子》,《外国文学》2002年第3期。
⑨ 陈众议译,云南人民出版社1995年版。
⑩ 《卡彭铁尔:文学荆棘中的跋涉者——读〈卡彭铁尔文集〉》,《外国文学》1995年第3期。

在《卡彭铁尔其人其作》强调《回归种子》(译文发表于同一期杂志)中"挑战时间"的创作手法。① 王宏图则从新巴罗克主义风格这一角度来讨论卡彭铁尔的作品结构和语言风貌。② 总的来看,卡彭铁尔的名字在论及拉美文学特别是魔幻现实主义的文章中常被提及,但很少专门的研究,只限于援引《人间王国》的著名序言③中"神奇现实"的段落,视之为"拉丁美洲魔幻现实主义的宣言"。

1. 胡安·鲁尔福

1979年《外国文学动态》曾重点介绍鲁尔福(当时译为鲁尔弗)。李德恩是最早关注鲁尔福的学者之一,他在1987年《外国文学》上的文章《写人写鬼 幻实相生——评胡安·鲁尔弗的〈佩德罗·巴拉莫〉》具首创之功,另一篇论文《〈佩德罗·巴拉莫〉魔幻现实主义抑或志怪现实主义》则从文学流派归属定位的角度出发,对哥伦比亚学者古铁雷斯将《佩德罗·巴拉莫》视为志怪现实主义作品的看法提出异议,认为小说突破了现实主义传统的某些局限,从创作技巧和创作时间来看应归类为魔幻现实主义作品④。朱景冬结合《佩德罗·巴拉莫》及若干短篇作品的分析,将鲁尔福魔幻现实主义小说的表现手法做了详细的梳理,将之归纳为打破时空限制、着力于环境气氛创造、采用寓意深刻的专有名词、多角度的人物描写及神话和传说的运用,其手法关键所在便是"奇特的想象加难以置信的虚构"⑤。刘长申的文章寻根溯源,将鲁尔福的文学创作复原到拉美文学20世纪初的"地域主义"传统中予以考察,认为鲁尔福在"取材方面集拉美地域主义之大成",在结构、语言风格方面都有所突破和创新,最后得

---

① 《外国文学》2002年第3期。
② 《卡彭铁尔及其新巴罗克主义风格》,《中国比较文学》2001年第1期。
③ 另有陈众议译版译文《这个世界的王国》序言,柳鸣九编:《未来主义 超现实主义 魔幻现实主义》,中国社会科学出版社1987年版。
④ 《〈佩德罗·巴拉莫〉——魔幻现实主义抑或志怪现实主义》,《外国文学》1996年第4期。
⑤ 《鲁尔福魔幻现实主义小说的表现手法》,《外国文学评论》1990年第1期。

出结论:"研究鲁尔福这样的先锋派作家的作品时,也不能撇开地域主义。"①蔡玉辉《胡安·鲁尔福作品的文化蕴涵》一文试图从作品中挖掘墨西哥乡村民众的所谓"生命意识、宗教意识和时间意识"以及墨西哥文化中的印欧混血特征,虽然限于文献材料等原因讨论略嫌空泛,但不失为有益的尝试。② 滕威的两篇专题文章《历史祛魅与文化弑父——〈佩德罗·巴拉莫〉的政治性》和《胡安·鲁尔福的跨界写作——以〈公民凯恩〉的方式解读〈佩德罗·巴拉莫〉》③某种程度上体现了新一代拉美文学研究者关注点乃至研究思路的调整,她认为以前评论主流过于关注技巧与形式,试图将形式分析与作者的历史记忆结合并在此基础上将鲁尔福的名作诠释为"墨西哥国族身份的寓言",从中挖掘出对墨西哥官方历史祛魅的政治诉求。郑书九曾撰专著讨论《佩德罗·巴拉莫》④,此外还撰有文章介绍了作家两部早期短篇小说《人生无常》与《夜间一刻》的特色与瑕疵⑤,成为国内学界鲁尔福研究的必要补充。

2. 豪尔赫·路易斯·博尔赫斯

早在1961年4月号《世界文学》"阿根廷作家谈小说问题"的简讯中就已提到"以描写人物心理见长的波尔赫斯和玛莱亚":"他们作品中反映的现实是畸形的、混乱的,那是因为他们那时候的社会是畸形的、混乱的,因此还是真实的。"但严格意义上对博尔赫斯的译介是从1979年起始的,《外国文艺》该年第1期选译了博尔赫斯《交叉小径的花园》⑥等四篇短篇小说。1983年王央乐译《博尔赫斯短篇小说集》由上海译文出版社出版,对不止一代的中国作家产生了深远的影响。除《巴比伦的抽签游戏》⑦、

---

① 《鲁尔福的文学创作与拉美"地域主义"》,《解放军外语学院学报》1995年第3期。
② 《国外文学》2004年第1期。
③ 分载《外国文学评论》2010年第3期和《艺术评论》2010年第4期,有部分雷同。
④ 《执著地寻找天堂:墨西哥作家胡安·鲁尔福中篇小说佩德罗·巴拉莫解析》,外语教学与研究出版社2003年版。
⑤ 《生活的哀叹——析胡安·鲁尔福早期短篇小说》,《外国文学》2001年第9期。
⑥ 亦译为《曲径分岔的花园》。
⑦ 陈凯先、屠孟超译,花城出版社1992年版。

《巴比伦彩票》①等若干选集外,三卷本《博尔赫斯文集》②和五卷本《博尔赫斯全集》③也先后问世。访谈文论方面亦有多种译成中文,如《作家们的作家:豪·路·博尔赫斯谈创作》④、《博尔赫斯谈诗论艺》⑤、《博尔赫斯与萨瓦托对话》⑥、《博尔赫斯七席谈》⑦,及诗人西川所译的《博尔赫斯八十忆旧》⑧等。海外学者所撰的传记或评传有埃米尔·罗德里格斯·莫内加尔的《生活在迷宫——博尔赫斯传》⑨、詹姆斯·伍德尔的《博尔赫斯·书镜中人》⑩、詹森·威尔逊的《博尔赫斯》⑪和埃德温·威廉森的《博尔赫斯大传》⑫等,也不乏国内学者的作品,如冉云飞的《陷阱里的先锋——博尔赫斯》⑬和陈众议的《博尔赫斯》⑭。20世纪90年代的所谓"博尔赫斯热"由上可见一斑。

作为国内西语界对博尔赫斯最早的译介者和研究者之一,陈凯先发表于《当代外国文学》1983年第1期的《博尔赫斯和他的短篇小说》将作家的艺术风格归结为哲理、象征、梦幻和东方神秘的四位一体,并提及迷宫、老虎、镜子、花园、图书馆等一系列博式经典意象,成为此后相当一段时间内博尔赫斯研究的滥觞。《"迷宫"与"梦话":从〈曲径分岔的花园〉看博尔赫斯的小说诗学观》以其名篇《曲径分岔的花园》为例展开分析,将博

---

① 王永年译,云南人民出版社1993年版。
② 王永年、陈众议等译,海南国际新闻出版中心1996年版。
③ 王永年、陈泉等译,浙江文艺出版社1999年版。上海译文出版社2015年起推出《博尔赫斯全集》,目前已出版两辑共28本。
④ 倪华迪译,云南人民出版社1995年版。
⑤ 凯林-安德·米海列斯库编,陈重仁译,上海译文出版社2002年版。
⑥ 赵德明译,云南人民出版社1999年版。
⑦ 林一安译,光明日报出版社2000年版。
⑧ 威利斯·巴恩斯通编,西川译,作家出版社2004年版。
⑨ 知识出版社1994年版。
⑩ 王纯译,中央编译出版社1998年版。
⑪ 徐立钱译,北京大学出版社2011年版。
⑫ 邓中良、华菁译,华东师范大学出版社2014年版。
⑬ 四川人民出版社1998年版。
⑭ 华夏出版社2001年版。

氏小说诗学的特质概括为"迷宫叙事和梦话营造",通过这二者的结合达至短篇小说这一体裁的"涵容性和开放性",从而为现代文学"打上了他自己的烙印"①。蒋书丽的《博尔赫斯的故事性元素分析》②从作品中提炼出异国情调、手稿、迷宫、梦魇等元素或母题,却将之视为对古老叙事文学传统的回归,"一种返璞归真的艺术追求"。

高尚《博尔赫斯小说中的对称结构》一文通过对《玫瑰街角的汉子》《死亡与罗盘》和《另一个我》三部作品的个案析读,归纳出"多向度对称""时空双向对称"和"两侧对称"几种小说结构,认为对称这一古老的方法在博尔赫斯笔下愈久弥新,发展为"自我与时空存在的观念"③。唐蓉的《从圆到圆:论博尔赫斯的时空观念》④与王钦峰的《释博尔赫斯"无穷的后退"》⑤堪称别开生面,各自拈出圆形与后退两种图式作为把握博尔赫斯时空观和文学观的切入点,寻求其理论资源及与当代思想的耦合。也不乏研究者试图揭开"虚构大师"的另一面,勾勒博尔赫斯作品中幻想虚构与历史现实之间的关联,如姚新勇的《被遮蔽的博尔赫斯:沉默历史的讲述与凝听》一文,在《恶棍列传》中三部作品里读出了为"沉默者和无权者"的代言。⑥ 申洁玲的系列论文则从博尔赫斯作品中的自我认识,记忆主题以及"感觉"对博尔赫斯的意义展开讨论。⑦ 在影响研究方面,论者大都聚焦于博尔赫斯与中国先锋派作家的渊源,如陈晓明《"重复虚构"的秘密:马原的〈虚构〉与博尔赫斯的小说谱系》⑧、季进的《作家们的作

---

① 《国外文学》1999 年第 2 期。
② 《国外文学》2009 年第 1 期。
③ 《外国文学评论》1990 年第 1 期。
④ 《外国文学评论》2004 年第 1 期。
⑤ 《外国文学评论》2002 年第 1 期。
⑥ 《国外文学》2009 年第 2 期。
⑦ 《试论博尔赫斯作品中的自我认识》,《外国文学评论》2000 年第 2 期;《论博尔赫斯小说中的记忆主题》,《国外文学》2008 年第 1 期;《论"感觉"对博尔赫斯的意义》,《国外文学》2010 年第 4 期。
⑧ 《文艺研究》2009 年第 10 期。

家——博尔赫斯及其在中国的影响》等①。以上文献综览仅是管中窥豹，但也在相当程度上反映出这一领域所呈现出的较前更丰富多样的面貌。

将作家归类定位乃至标签化的努力也是博尔赫斯研究中的一个不可忽略的观察向度。袁可嘉主编的《外国现代派作品选》（上海文艺出版社1984年版）曾将博尔赫斯与柯塔萨尔（即科塔萨尔）一起归入荒诞文学。翌年陈光孚的文章《对博尔赫斯创作的解析》中介绍了约翰·巴斯等英美评论家将博尔赫斯列入后现代派的观点，认为这种归纳也不无道理，因为博尔赫斯的作品中"不少是合乎后现代主义的两种明显倾向：启示录式的和梦幻式的"②。董鼎山在《读书》1988年第2、3期的连载文章《阿根廷大师博尔赫斯》和《再谈阿根廷大师博尔赫斯》中将博尔赫斯标榜为后现代主义大师。新近王钦峰的论文《谁是后现代小说之父——论博尔赫斯对后现代小说的首创之功》更言之凿凿地宣称这位阿根廷作家"早在30至40年代就已经发表了一系列后现代作品"，是"后现代主义的倡导者"，认为"无论从出现时间、理论贡献、创作实绩，还是从国际影响，尤其是所受模仿的程度来看，博尔赫斯都是名副其实和当仁不让的后现代主义小说之父"③。有学者在这一问题上持强烈的异议，如滕威在《博尔赫斯是后现代主义吗？》一文中指出，对博尔赫斯的后现代命名与构造中国的"后现代主义"话语同步且对后者产生至关重要的影响，这一现象无非再次印证"90年代之后拉美文学的译介过程中美国文化先在的筛选作用"，营造中国依然"同步于世界"的"文学全球化"幻象，而用简化版的所谓"后现代美学特征"来为博尔赫斯造像只能使其沦为"空洞的能指"④。

段若川在《外国文学动态》1995年第1期首次将智利超现实主义女作家玛利亚·路易莎·邦巴尔介绍给中国读者，并于同年将《最后的雾》

---

① 《当代作家评论》2000年第3期。
② 《外国文学》1985年第5期。
③ 《国外文学》2011年第1期。
④ 《南京师范大学文学院学报》2009年第1期。

迻译过来①，后又出版作家评传《遭贬谪的缪斯：玛利亚·路易莎·邦巴尔》②。薛琳的《M.L.邦巴尔小说的诗性品质》③，将其魅力归结为文本话语的"内倾性"等因素，另有文章从叙事人称等角度对作家代表作之一《穿裹尸衣的女人》加以赏析④。王彤的文章《此情可待成追忆——邦巴尔〈最后的雾〉中的性爱审视》⑤侧重寻索小说中性爱与时间体验的关联。

阿根廷作家埃内斯托·萨瓦托是拉美20世纪30年代盛行的心理现实主义流派的代表人物，而其小说《地道》则是典范之作。萨瓦托和博尔赫斯来自同一个国家，生活在同一个时代，他们在阿根廷文坛的地位旗鼓相当，但是中国人对萨瓦托了解不多。1984年萨瓦托荣获西班牙塞万提斯文学奖，丁文林将《地道》翻译成中文，介绍给中国读者⑥。几乎与此同时，徐鹤林也翻译了这本小说，译名为《隧道》，收录在《暗沟》中⑦。2011年4月萨瓦托逝世，为纪念阿根廷文学史上最后的高峰，徐译本的《隧道》再版⑧。萨瓦托的另一代表作《英雄与坟墓》⑨也在1993年被翻译成中文。萨瓦托与博尔赫斯20年的决裂与最终和好是轰动文坛的一段佳话，而和好之后，两位文学巨匠之间的思想交流更是给文学研究留下了弥足珍贵的资料，有幸赵德明把《博尔赫斯与萨瓦托对话》⑩译成中文，收录在"拉美作家谈创作"丛书系列。

萨瓦托堪称拉美重要的存在主义作家⑪，而另一位存在主义作家是

---

① 段若川译，《世界文学》1995年第4期。
② 河南文艺出版社2007年版。
③ 《外国文学》2001年第2期。
④ 《〈穿裹尸衣的女人〉的艺术解读》，《外国文学研究》2000年第2期；小说译文载《世界文学》1998年第1期，卜珊译。
⑤ 《国外文学》1999年第4期。
⑥ 《地道》，丁文林译，赵邵文校，《外国文学》1985年第5期。
⑦ 该文集收录了萨瓦托的《隧道》、康拉德的《决斗》等，漓江出版社1985年版。
⑧ 《隧道》，徐鹤林译，上海文艺出版社2011年版。
⑨ 申宝楼、边彦耀译，拉丁美洲文学丛书系列，云南人民出版社1993年版。
⑩ 巴罗内，云南人民出版社1999年版。
⑪ 廉美瑾：《不为金钱为真情——记阿根廷存在主义作家埃内斯托·萨瓦托》，《世界博览》1993年第8期；廉美瑾：《存在主义作家萨瓦托》，《世界文化》1996年第1期。

乌拉圭的胡安·卡洛斯·奥内蒂。奥内蒂受到拉美作家群的高度推崇，科塔萨尔认为他是"南美洲最伟大的小说家"，略萨则认为"我们拉丁美洲作家都欠了奥内蒂一笔还不清的债"。云南人民出版社的"拉美文学丛书"收录了奥内蒂的《请听清风倾诉》[①]，2010 年其代表作《造船厂》[②]与中国读者见面。另外在一些文学杂志上刊登了其一些短篇小说。

与奥内蒂同属"45 年一代"的乌拉圭作家马里奥·贝内德蒂极其多产，他创作涉及小说、诗歌、文学评论、报刊文章等多个领域。其中译为中文的有《让我们坠入诱惑：拉美短篇小说大师马里奥·贝内德蒂作品选》[③]和《马里奥·贝内德蒂诗选》[④]。盛力等学者早在 1986 年就已在《外国文学》上撰文介绍[⑤]，刘家海亦有介绍文章《马里奥·贝内德蒂其人》（同期杂志发表了贝内德蒂的小说译文《安魂曲》和《阿内西阿美女皇后》）[⑥]。但迄今为止专门的研究文章寥寥可数，只有张力的《流亡与后流亡——马里奥·贝内德蒂文学硬币的两面》[⑦]从流亡文学的角度加以探讨。

在先锋派小说中有一些是反独裁小说，加西亚·马尔克斯的《家长的没落》、卡彭铁尔的《方法的根源》、罗亚·巴斯托斯的《我，至高无上者》和乌斯拉尔·彼特里（委内瑞拉）的《已故者的功能》并称为"当代拉丁美洲四大反独裁小说名著"。国内西语文学研究者也早已将这些作家和作品介绍到中国，例如，1980 年《当代外国文学》译介了巴拉圭作家罗亚·巴斯托斯的短篇小说《绿叶丛中惊雷鸣》[⑧]。此外，罗亚·巴斯托斯的《人

---

① 徐鹤林译，云南人民出版社 1995 年版。
② 赵德明译，人民文学出版社 2010 年版。
③ 朱景冬译，云南人民出版社 1999 年版。
④ 朱景冬译，河北教育出版社 2004 年版。
⑤ 《拉丁美洲短篇小说大师马里奥·贝内德蒂》，《外国文学》1986 年第 5 期。
⑥ 《外国文学》1995 年第 2 期。
⑦ 《解放军外国语学院学报》2008 年第 1 期。
⑧ 宁西译，《当代外国文学》1980 年第 1 期。

子》①、奥特罗·西尔瓦(委内瑞拉)的《死屋》和《一号办公室》②也推出了中文版。

但是有一位非常重要的阿根廷作家罗伯特·戈尔弗莱托·阿尔特没有引起国内西语学界的足够重视。奥内蒂多次强调阿尔特给了他创作的启迪,"使我感到唯一有才华的作家是阿尔特"。胡里奥·科塔萨尔也拜他为师。目前阿尔特只有一篇描写青少年犯罪活动的小说《疯狂的玩笑》③和一篇短篇小说《爱在雨中》④被翻译成中文,而他的著名小说《狂暴的玩偶》(1926)和《七个疯子》(1929)仍没进入中国读者的视界。

八、从现代主义到先锋派过渡时期的诗歌

段若川发表于1981年的《当代拉丁美洲诗歌概况》⑤,是改革开放后国内介绍拉丁美洲诗歌的开山之作。该文认为拉丁美洲的诗歌发展与风格变迁,离不开20世纪世界历史发展与多次重要战争的影响。文章还对从墨西哥到阿根廷拉美大陆上的诸位重要诗人的主要成就进行了总结性阐述。1987年,赵振江发表了《移植·借鉴·创新——西班牙语美洲诗歌漫谈之一》⑥、《现代主义拉美诗歌的丰碑——西班牙语美洲诗歌漫谈之二》⑦和《五光十色相映生辉——西班牙语美洲诗歌漫谈之三》⑧,从民族史诗《阿劳加纳》开始,逐一介绍了拉丁美洲诗歌的历史流变:民族史诗(《阿劳加纳》)、殖民时期的巴洛克诗风(重点关注了索尔·胡安娜·德拉·克鲁斯的创作)、独立运动时期的新古典主义诗风(重点介绍奥尔梅多和贝略,内容多关注拉美的河山风光和独立战争历史)、19世纪拉美浪

---

① 吕晨译,外国文学出版社1984年版。
② 《死屋 一号办公室》,王之、胡真才、李疾风译,云南人民出版社1993年版。
③ 李修民译,《当代外国文学》1988年第2期。
④ 丁文林译,《视野》2004年第7期。
⑤ 《拉丁美洲丛刊》1981年第2期。
⑥ 《拉丁美洲研究》1987年第2期。
⑦ 《拉丁美洲研究》1987年第3期。
⑧ 《拉丁美洲研究》1987年第4期。

漫主义诗人群像、现代主义诗歌(何塞·马蒂和鲁文·达里奥为主要关注对象)和20世纪后现代主义诗歌(以维森特·维多夫罗、博尔赫斯、塞萨·巴列霍、尼古拉·纪廉、聂鲁达和帕斯)。这三篇文章是20世纪80年代宏观介绍拉美诗歌的扛鼎之作。进入20世纪90年代后,在段若川的《智利隆重纪念四位文学家诞辰》①和李德恩的《拉美三诗人》②再次关注了具有积极左翼政治意义的聂鲁达、塞萨·巴列霍和尼古拉·纪廉,第一次介绍了"反诗歌"的代表人物帕拉。进入21世纪后,综合介绍拉美诗歌的还包括2001年出版的《拉丁美洲文学史》③和《西班牙与西班牙语美洲诗歌导论》④,均对拉美诗歌的发展历史有概览式介绍,使读者对此有了一个全景性认识。

拉美现代主义诗歌经过19世纪末、20世纪初近30多年的发展之后,其过分雕琢和堆砌的唯美主义倾向已逐渐被摒弃,1910年墨西哥诗人恩里克·贡萨莱斯·马丁内斯发表十四行诗《扭断天鹅的脖子》,表明拉美诗人进入后现代主义时期,开始向先锋派过渡。"后现代主义诗歌的最大特点是摒弃了现代主义的夸饰文风,提倡洗练、凝重。"⑤因此,真诚的感情抒发是其主题。

乌拉圭女诗人胡安娜·德·伊瓦沃罗被誉为"美洲的胡安娜",她的诗歌真切地反映了她的生活和成长历程,年轻时她以女性特有的细腻和温柔歌唱美好的自然和爱情,成长的思虑让她后期的诗歌充满超现实主义的意向,格调变得低沉、惆怅,逐渐有了先锋派诗歌的色彩。中国译介了其部分诗歌,收录在《温柔的激情·拉美南欧卷》⑥。其著名的散文诗《清凉的水罐》也被译成中文,还被收录进《中国学生成长读本》。

阿根廷女诗人阿尔丰西娜·斯托尔尼的诗作《方和角》《孤独》也被中

---

① 《外国文学动态》1994年第6期。
② 《当代外国文学》1994年第1期。
③ 赵德明、赵振江,北京大学出版社2001年版。
④ 赵振江,北京大学出版社2002年版。
⑤ 李德恩:《拉美文学流派与文化》,第75页。
⑥ 段若川、吴正仪选编,河北教育出版社1996年版。

国拉美文学爱好者熟知,同样收录在《温柔的激情·拉美南欧卷》。

从现代主义到先锋派过渡时期诗歌最重要的代表人物是智利杰出的女诗人卡夫列拉·米斯特拉尔。她的诗歌抒情性极强,感情真挚,有"抒情女王"之称。1945 年,"因为她那富于强烈感情的抒情诗歌,使她的名字成为整个拉丁美洲的理想的象征"而获诺贝尔文学奖。她的诗风初期以个人恋爱悲剧为题材,情调哀伤、细腻,中期以妇女儿童为题材,表现了母爱和童稚,晚期作品则人道主义色彩比较浓厚。她一生主要发表了四部诗集:《绝望》《柔情》《塔拉》和《葡萄压榨机》。1983 年王永年所翻译的《米斯特拉尔诗文选》①前言中有对其人生和创作历程的简要介绍。1985 年赵振江撰文《米斯特拉尔和她的抒情诗》②详细介绍了米斯特拉尔其人其诗。1997 年陈春生发表了《爱的礼赞、生的祝福》③,对米斯特拉尔诗中的主题"爱"进行了较为深入的探讨与阐发。进入 21 世纪后,分别有王彤发表于 2004 年的《激情炼狱的沉醉》④、2005 年的《冰与火的世界》⑤和屈雅红发表于 2006 年的《论米斯特拉尔诗歌中的"母爱"主题》⑥、2009 年的《爱的变奏与延伸》⑦。整体而言,国内米斯特拉尔研究止步于翻译和介绍,尚缺乏深入的分析、研究。

赵振江是米斯特拉尔诗作的主要翻译者,他先后翻译出版了《柔情》⑧和《卡夫列拉·米斯特拉尔诗选》⑨。另外《米斯特拉尔散文选》⑩也与中国读者见面,《拉丁美洲当代文学论评》⑪还独辟一节介绍米斯特拉

---

① 《外国文学》1983 年第 5 期。
② 《国外文学》1985 年第 1 期。
③ 《外国文学研究》1997 年第 3 期。
④ 《外国文学》2004 年第 2 期。
⑤ 《国外文学》2005 年第 1 期。
⑥ 《当代外国文学》2006 年第 3 期。
⑦ 《世界文学评论》2009 年第 1 期。
⑧ 赵振江、陈实译,漓江出版社 1987 年版。
⑨ 赵振江译,河北教育出版社 2004 年版。
⑩ 孙柏昌译,白凤森校,百花文艺出版社 1997 年版。
⑪ 漓江出版社 1988 年版。

尔。这些书籍在中国读者群中颇受欢迎,尤其是其对大自然的赞美和母性的柔情冲击了许多读者乃至少年儿童的心灵,小学版的《作文世界》刊登了《母爱礼赞——卡夫列拉·米斯特拉尔〈柔情〉赏析》[1]一文,足见其作品影响的深远。

九、先锋派及后先锋派诗歌

智利诗人文森特·维夫多罗及其首创的"创造主义"在拉美文坛影响深远,但在汉语学界尚未见系统译介。赵振江的《西班牙与西班牙语美洲诗歌导论》中曾辟出一节介绍。范晔所编《镜中的孤独迷宫》[2]中节译了维夫多罗代表作《高蓝》(又译"阿尔塔索尔")的片段。

秘鲁诗人塞萨尔·巴列霍堪称20世纪拉丁美洲最伟大的诗人之一,但直到晚近才受到中国诗坛的关注。1993年邬明撰写了《孤独是真艺术家的天命》[3],评价巴列霍的诗歌既代表了最深刻的美洲精神,又代表了最彻底的艺术精神,孤独和人道精神更是巴列霍的两大标签。1994年索飒发表《美洲式痛苦的代言人》[4],文章论述了作为以强盗为父、奴隶为母的美洲人,巴列霍深重的苦痛和求解。1998年索飒的专著《丰饶的苦难》[5]中专辟一章论述塞萨·巴列霍,就美洲大陆、贫穷、宗教感和灵与肉这四个角度展开,最后论证其为真正的文学先锋。2010年赵振江发表了《塞萨尔·巴列霍:写尽人间都是苦》[6],对其创作历程及诗风转变进行了较为详尽的论述。2012年于施洋发表《试论巴耶霍诗歌中的"客体化"趋势》[7],论述了其前期高度自我聚焦,后期去个人化甚至去人性化的诗歌

---

[1] 张英颖,《作文世界》2004年12期。
[2] 中国华侨出版社2008年版。
[3] 《读书》,1993年第11期。
[4] 《外国文学评论》1994年第2期。
[5] 索飒,云南人民出版社1998年版。
[6] 《艺术评论》2010年第4期。
[7] 《外国文学》2012年第1期。

风格转变。其诗作目前除黄灿然从英译本转译的《巴列霍诗选》①外,赵振江所译的版本也已结集出版②。

智利大诗人巴勃罗·聂鲁达可能是中国读者了解最多的拉美诗人。改革开放后对聂鲁达的介绍始于 1981 年,是年,江志方发表了《"历尽沧桑"的诗人》③。文章主要介绍了诗人的生平与创作历程,并就其与中国历史的交集深入阐述,带有一定的历史政治色彩。随后,陈光孚在 1982 年发表了《为理想奋斗的战士——谈聂鲁达的创作道路》④和《聂鲁达的探索道路》⑤较为深入地探讨了聂鲁达的诗学源流,从现代主义到米斯特拉尔,从塞萨·巴列霍到维森特·维多夫罗;以及创作历程中的两次诗风转变。但在对维多夫罗与聂鲁达诗学分歧的评述上,带有鲜明的时代意识形态烙印。1987 年人民文学出版社推出袁水拍、王央乐合译的聂鲁达诗选《诗与颂歌》。1989 年刘江在《聂鲁达与中国》⑥中,回顾了聂鲁达1928 年以及 1949 年后共三次访华,谈及诗人对中国人民革命事业的歌颂与支持。进入 20 世纪 90 年代后,1990 年《外国文学》刊登了阿尔维托撰写、王军翻译的《我十二次采访聂鲁达》⑦,从一个记者和朋友的角度,对聂鲁达的人格进行了全面细致的素描式展示。1991 年贺锡翔发表了《"我们永远航行在海上"——艾青与聂鲁达的文学关系》⑧,该文主要回顾了艾青与聂鲁达的文学交往和私人感情。21 世纪,中国翻译研究和文学评论界对聂鲁达的探讨进入了一个新的阶段。2001 年王璞的《两个聂鲁达》⑨,对聂鲁达的关注不再局限于政治诗歌,高度评价其爱情诗,这在

---

① 华夏出版社 2007 年版。
② 《人类的诗篇:塞萨尔·巴略霍诗选》,作家出版社 2014 年版。
③ 《外国文学》1981 年第 2 期。
④ 《文艺研究》1982 年第 5 期。
⑤ 《诗探索》1982 年第 1 期。
⑥ 《文化译丛》1989 年第 3 期。
⑦ 《外国文学》1990 年第 5 期。
⑧ 《浙江师大学报》1991 年第 1 期。
⑨ 《书屋》2001 年 8 月。

国内聂鲁达研究领域可谓突破性的第一步。2004年滕威发表《承诺的诗学》①，阐述了贯穿聂鲁达一生创作的现实政治关注和社会责任感。2004年康慨在《中华读书报》撰文《诞辰百年，聂鲁达终于可以安息了》，回顾了聂鲁达作品在皮诺切特统治下的冷遇及2004年百年诞辰的身后哀荣。同年，赵振江在《人民日报》发表《伟大的人民诗人》②来纪念聂鲁达诞辰一百周年。而同样出版在2004年，由赵振江和滕威共同操刀完成的《山岩上的肖像》③，则可称得上是聂鲁达翻译和研究的重量级作品，此书从爱、欲、责任与革命几个方面总结了聂鲁达的诗歌主题，并第一次让聂鲁达登场就自己的诗歌创作与理念展开言说，是目前国内介绍和研究聂鲁达作品的代表作。此前国内已有邹绛和蔡其矫④、陈实⑤、耿显奎⑥、黄灿然⑦、李宗荣⑧等人的译本，但除赵振江与张广森合译的《漫歌集》⑨等少数例外，大多围绕爱情或革命的题材选译。聂鲁达的著名回忆录已有刘京胜所译的版本《回首话沧桑》⑩和林光所译的《聂鲁达自传》⑪。另外值得一提的是赵振江主编的《聂鲁达集》⑫，选取收录了诗人代表作和创作访谈，并辑录了洛尔卡、科塔萨尔、帕斯等西语世界名家关于聂鲁达的评介文字，为汉语读者提供了宝贵的参考文献。滕威于2011年出版的专著《边境之南》⑬中，对聂鲁达在中国的翻译、接受、误读与回归进行了全面阐述，并深入到中国的社会历史进程中探求原因，是一部从翻译学和接受

---

① 《读书》2004年第9期。
② 《人民日报》2004年7月30日。
③ 赵振江、滕威，上海人民出版社2004年版。
④ 《聂鲁达诗选》，四川人民出版社1983年版。
⑤ 《聂鲁达抒情诗选》，湖南文艺出版社1992年版。
⑥ 《聂鲁达爱情诗选》，四川文艺出版社1992年。
⑦ 《聂鲁达诗选》，河北教育出版社2003年版。
⑧ 《二十首情诗和绝望的歌》，中国社会科学出版社2003年版。
⑨ 云南人民出版社1995年版。
⑩ 漓江出版社1992年版。
⑪ 东方出版中心1993年版。
⑫ 花城出版社2008年版。
⑬ 滕威，北京大学出版社2011年版。

美学角度切入的力作。

作为诗人的博尔赫斯被小说家的身份所遮蔽,国内研究较少。范晔2006年发表在《外国文学评论》的文章①以"神秘经验之言说"为切入点,将博尔赫斯诗歌中的神秘经验与西班牙黄金世纪经典诗人圣胡安·德拉·克鲁斯的神秘主义诗歌进行比照,探求两者诗中针对"不可言说的言说"所采取的不同路径。

关于拉丁美洲另一位诺贝尔文学奖获得者墨西哥诗人奥克塔维奥·帕斯,1989年江志方的《西出阳关有故人》②是改革开放后国内关注帕斯诗歌之首文。文章从一次拜会展开,主要呈现的是帕斯对中国古典甚至是现当代文学全面而深入的认识了解,并提出了外国文学研究者首先要具备良好中国文学学养的体会。1991年陈凯先发表了《孤独迷宫中的诗人》③。文章全面介绍了帕斯的成长和创作历程,并探讨了作品《孤独的迷宫》中深刻的墨西哥因素,及其诗歌创作中的悖论与神话。1994年王军撰写了《帕斯与〈孤独的迷宫〉》④,认为《孤独的迷宫》揭示了墨西哥民族、文化的本质特征,其中特别强调了墨西哥人对死亡的态度和他们的孤独与丑陋。1998年小荷与郭廉分别撰文报道帕斯逝世消息,及死后哀荣与纷争。⑤ 2003年王军发表了《〈弓与琴〉——奥克塔维奥·帕斯诗学理论的阐述》⑥,从诗歌语言、诗歌灵感、诗歌节奏和诗歌意象四个方面对帕斯诗学理论展开论述。2004年王军发表《奥克塔维奥·帕斯作品的东方情结》⑦,该文论述了日本俳句、中国禅宗和道家思想,以及印度佛教思想对帕斯诗歌创作的深刻影响。2004年王军还出版了《诗与死的激情对

---

① 《外国文学评论》,2006年第3期。
② 《外国文学》1989年第1期。
③ 《当代外国文学》1991年第1期。
④ 《外国文学》1994年第5期。
⑤ 《外国文学动态》1998年第3期。
⑥ 《欧美文学论丛》,北京大学出版社2003年版。
⑦ 《外国文学》2004年第3期。

话》①,是目前国内唯一对帕斯诗歌与创作思想进行深入阐释的扛鼎力作。此后,王军还于2006年发表了《论印度宗教神话对帕斯诗歌的影响》②,认为帕斯努力在东方宗教文化的关照下审视自身文化,从而塑造了其独特的诗歌风格与文学视角。2005年颜妍发表《〈太阳石〉动人心弦的流浪诗人之歌》,借鉴王军的帕斯诗学研究成果,认为帕斯的作品价值在于其是文明交流的桥梁和后来作品的催化剂,并就《太阳石》中的意象、时空观与运动观进行了阐释。

帕斯代表作《太阳石》早在20世纪90年代初即由赵振江译介给中国读者③,另有董继平(由英文转译)④、朱景冬⑤、赵振江⑥编译的多种诗选行世。帕斯创作谈《批评的激情》⑦、散文集《印度札记》⑧也都已译介过来。2006年赵振江主编的两卷本《帕斯选集》由作家出版社推出,堪称其中集大成者。⑨

关于后先锋派及现当代的其他拉美诗人,朱景东于2004年在《外国文学动态》上著文介绍智利"反诗歌"诗人尼卡诺尔·帕拉及其打破传统与常规的"反诗歌"诗学理念⑩。2001年被称为"世纪末的聂鲁达"的智利诗人苏里达诗选《渴望自由:拉乌尔·苏里达诗选》⑪由赵德明译出,此前诗人曾来中国访问。

2007年康慨⑫、2008年陆媛媛⑬分别撰文报道了胡安·赫尔曼喜获

---

① 王军,北京大学出版社2004年版。
② 《欧美文学论丛》,北京大学出版社2006年版。
③ 花城出版社1992年版。
④ 《奥克塔维奥·帕斯诗选》,北方文艺出版社1991年版。
⑤ 《奥克塔维奥·帕斯诗选》,河北教育出版社2003年版。
⑥ 《帕斯作品选》,云南人民出版社1993年版。
⑦ 云南人民出版社1995年版。
⑧ 蔡悯生译,南京大学出版社2010年版。
⑨ 后扩充为四卷本,由燕山出版社2014年出版。
⑩ 《外国文学动态》2004年第6期。
⑪ 云南人民出版社2001年版。
⑫ 《中华读书报》2007年12月5日。
⑬ 《外国文学动态》2008年第1期。

塞万提斯奖的讯息,并对其生平和创作历程进行了介绍,强调文学成就的同时,突出其为人权奋斗的苦难历程。2009年欣歌①撰文报道其喜获中国的金藏羚羊国际诗歌奖。同年赵振江编译的《胡安·赫尔曼诗选》②问世。

2010年于凤川(《塞万提斯奖得主帕切科其人其诗》③)和杨玲(《"这是献给整个墨西哥文学的大奖"》④)分别对埃米里奥·帕切科的创作历程和主要成就进行了简要介绍。2012年《世界文学》第1期推出译介这位墨西哥诗人的专题。这是一位有待于进一步探索的重量级诗人。

赵振江主编的《拉丁美洲诗选》与《拉丁美洲短篇小说选》《拉丁美洲中篇小说选》《拉丁美洲散文选》⑤同属一系列,为中国诗歌爱好者勾勒出较为完整的拉美诗歌地图。类似体例的选集还有陈光孚、赵振江编译的《拉丁美洲抒情诗选》⑥、陈实编译的《拉丁美洲散文诗选》等⑦。

十、新小说——文学爆炸

胡里奥·科塔萨尔与加西亚·马尔克斯、巴尔加斯·略萨和卡洛斯·富恩特斯并称"文学爆炸四杰",但这位阿根廷作家在中国的声名远不如前两位诺贝尔文学奖得主,国内相关的译介和研究文献也匮乏得多。除扛鼎之作《跳房子》⑧及《中奖彩票》⑨,短篇集《南方高速公路》⑩外,译介过来的只有个别零散篇什。近年来才有数个经典短篇集较成规模地引

---

① 《外国文学动态》2009年第3期。
② 青海人民出版社2009年版。
③ 《外国文学动态》2010年第2期。
④ 《文艺报》2010年3月26日。
⑤ 云南人民出版社1996年版。
⑥ 江苏人民出版社1985年版。
⑦ 花城出版社2007年版。
⑧ 孙家孟译,云南人民出版社1996年版,重庆出版社2008年版。
⑨ 胡真才译,云南人民出版社1993年版。
⑩ 林之木等译,中央编译出版社2003年版。

进,如《万火归一》①、《动物寓言集》②和《游戏的终结》③。文论方面有同样收入"拉美作家谈创作"书系的《科塔萨尔论科塔萨尔——胡里奥·科塔萨尔谈创作》④。《世界文学》1991年第4期推出"阿根廷作家科塔萨尔专辑",辑录中篇《追求者》和《公共汽车》等四部短篇及陈众议的文章《亦真亦幻的感觉,形而上学的超越——评拉美文坛巨人科塔萨尔》。

2009年之前国内有关科塔萨尔的研究关注点主要集中于《跳房子》这一力作,如孟埕的《不倦的探索者》为这部"西班牙语文学中的经典著作"提炼出"追求、探索"的主题⑤,朱景冬《浅析〈跳格子〉》凸显其"结构形式的新颖和创造性"⑥,钱琦《进入〈跳房子〉游戏》一文则通过"同谋"读者、幽默、语言特色及语言观等角度,将小说主题归结为"寻找更真实的人和更真实的现实"⑦。胡旭东的文章《〈跳房子〉:迟到的馈赠》别具只眼,考察科塔萨尔小说中"语言的焦虑"及其克服之道,希求为当下探索中的汉语写作提供借镜。⑧ 随着晚近科塔萨尔译介的进展,也出现了讨论其短篇小说的专论,如谌晓明《"化身"阅读:后现代主义小说的读者体验》⑨即以《公园的延续》为例,从非延续性、消解性、虚构性、死亡体验四个角度展现所谓后现代主义小说的阅读体验。吴易骅的《文字游戏与诗话小说:论科塔萨尔〈克罗诺皮奥与法玛的故事〉》从陌生化的角度探讨作家如何颠覆旧有文学的文体文类,"实现小说的诗化"⑩;范晔的《科塔萨尔:作为字母C的游击队员》则拈出阿根廷作家与古巴革命英雄切·格瓦拉之间

---

① 范晔译,人民文学出版社2009年版。
② 李静译,人民文学出版社2011年版。
③ 莫亚妮译,人民文学出版社2012年版。
④ 朱景冬译,云南人民出版社1994年版。
⑤ 《当代外国文学》1990年第3期。
⑥ 《外国文学》1994年第4期。
⑦ 《国外文学》1995年第2期。
⑧ 《国外文学》1998年第1期。
⑨ 《北方论丛》2010年第3期。
⑩ 《名作欣赏》2014年第9期。

的渊源,讨论拉美文学探索与革命实践之间的关联①。

巴尔加斯·略萨的成名作《城市与狗》在 1982 年(外国文学出版社版)即被译为中文。到 20 世纪 90 年代有了较为齐整的译介,《略萨全集》(时代文艺出版社 1996 年版)虽非严格意义上的全集,但也囊括《酒吧长谈》《绿房子》《潘上尉与劳军女郎》②、《胡里娅姨妈与作家》《狂人玛伊塔》《谁是杀人犯·叙事人》《水中鱼》等 9 部作品。2010 年巴尔加斯·略萨获诺贝尔文学奖后更引发了出版界的兴趣,在再版旧译的同时推介新作,人民文学出版社即推出包括《世界末日之战》《坏女孩的恶作剧》等在内的"略萨经典文集",上海译文出版社也有"巴尔加斯·略萨作品系列"问世,包括《天堂在另外那个街角》和《公羊的节日》等数种。文论作品除《谎言中的真实》③外,尚有《中国套盒——致一位青年小说家》④。略萨研究专家赵德明还著有《巴尔加斯·略萨传》⑤。

陈光孚发表于《读书》1983 年第 9 期的《拉丁美洲又一次"文学爆炸":〈世界末日之战〉》,认为略萨发表的这第 10 部作品超越以前的所有创作,回归传统现实主义手法,集中精力塑造人物,为旧日的史实寓以新意;陈凯先《新颖的结构 奇妙的魔幻》⑥一文从结构安排、梦境勾画和材料选择几方面概括了另一部长篇《潘达雷昂上尉与劳军女郎》的特质。此后的研究基本沿袭 20 世纪 80 年代的思路,围绕叙事结构和人物形象展开,如龚翰熊《略萨〈酒吧长谈〉的结构形态》⑦、李玉莲的《一部结构现实主义的杰作》⑧、徐敏《也可以这样讲述战争——试析〈世界末日之战〉的叙事特点》⑨、张艳的《时代悲剧的体现者——浅析巴尔加斯·略萨〈绿房子〉

---

① 《世界文学》2016 年第 4 期。
② 即后文提及的《潘达雷昂上尉与劳军女郎》。
③ 赵德明译,云南人民出版社 1997 年版。
④ 赵德明译,百花文艺出版社 2000 年版。
⑤ 新世界出版社 2005 年版;《略萨传》,中国长安出版社 2011 年版。
⑥ 《外国文学》1987 年第 9 期。
⑦ 《外国文学评论》1995 年第 4 期。
⑧ 《当代外国文学》1990 年第 1 期。
⑨ 《解放军艺术学院学报》2002 年第 4 期。

中的主人公形象》①等。侯健在《巴尔加斯·略萨作品中女性因素小探》②中试图以女性主义批评的角度切入，回顾作家创作史上的女性群像，近年黎芳和覃建军的文章则强调巴尔加斯·略萨作品中结构现实主义及其社会批判性③，这实际上与二十多年前赵德明将作家特色总结为创作手法"刻意求新"同时"大胆反映社会现实"的观点一脉相承④。

加西亚·马尔克斯

尽管早在1977年的《世界文学》杂志上就已提及"加西亚·马尔盖斯"（即马尔克斯）的名字及其《家长的没落》，曾利君等研究者仍将1980年视作中国大陆对这位哥伦比亚作家译介的肇始。⑤ 该年《外国文艺》杂志第3期推出"马尔克斯短篇小说四篇"，包括《格兰德大妈的葬礼》《纸做的玫瑰花》《咱们镇上没有小偷》和《礼拜二午睡时刻》。在作品简介中陈光孚称马尔克斯"是当前风行于拉丁美洲最重要的流派——魔幻现实主义的主要代表作家之一"。两年后这位哥伦比亚作家斩获诺贝尔文学奖的消息传来，直接促成了马尔克斯乃至拉美文学在华的影响热潮。同年上海译文出版社推出《加西亚·马尔克斯中短篇小说集》⑥。其代表作《百年孤独》部分篇章也在《世界文学》杂志刊出，随后在1984年一年中即有两个译本问世，即黄锦炎、沈国正和陈泉的合译本（上海译文出版社）和高长荣据英文、俄文转译的版本（北京十月文艺出版社），为20世纪80年代以降的中国文坛带来深远的影响。1995年吴健恒的全译本由云南人民出版社出版，而"多年以后"的2012年新经典文化终于解决了搁置已久的版权问题，出版了经授权的范晔译本。加西亚·马尔克斯另一部享有

---

① 《阜阳师范学院学报（社会科学版）》2001年第5期。
② 《文学界（理论版）》2010年第11期。
③ 《略萨的结构现实主义文学及其社会批判性特质》，《求索》2011年第4期。
④ 《巴尔加斯·略萨的文学创作道路》，《拉丁美洲研究》1987年第5期。
⑤ 《加西亚·马尔克斯作品的汉译传播与接受》，中华书局2011年版，第91页。
⑥ 赵德明、刘瑛等译，上海译文出版社1982年版。

盛誉的作品《霍乱时期的爱情》也在1987年推出两个中译本①,晚近又有新译本问世②。作家的其他作品也都陆续译介过来,除长篇《家长的没落》③、《将军和他的情妇(迷宫中的将军)》④外,被誉为"《百年孤独》前传"的《枯枝败叶》也以单行本付梓⑤,还出版了多种选集如《上校无人来信——加西亚·马尔克斯小说集》⑥、《爱情与其他魔鬼》(收录《爱情和其他魔鬼》《没有人给他写信的上校》和《一桩事先张扬的凶杀案》三部中篇作品)⑦、《一个遇难者的故事》⑧、《超越爱情的永恒之死》⑨等。小说之外,访谈录、演讲、散文集等也先后引进:《番石榴飘香》⑩、《两百年的孤独——加西亚·马尔克斯谈创作》⑪、《诺贝尔奖的幽灵——马尔克斯散文精选》⑫、《我不是来演讲的》⑬及自传《活着为了讲述》⑭。传记和评传方面译成中文的有哥伦比亚作家达索·萨尔迪瓦尔的《回归本源——加西亚·马尔克斯传》⑮、美国学者依兰·斯塔文斯的《加西亚·马尔克斯传:早年生活1927—1970》⑯和英国学者杰拉德·马丁所著《马尔克斯的一生》⑰。国内学者的相关著作亦有陈众议《魔幻现实主义大师——加西

---

① 徐鹤林、魏民译,漓江出版社1987年版;蒋宗曹、姜风光译,尹承东校,黑龙江人民出版社1987年版。
② 杨玲译,南海出版社2012年版。
③ 尹信译,山东文艺出版社1985年版。
④ 申宝楼、尹承东、蒋宗曹译,南海出版公司1990年版。
⑤ 刘习良、笋季英译,南海出版公司2013年版。
⑥ 陶玉平译注,商务印书馆1985年版;《上校无人来信》与下文提及的《没有人给他写信的上校》为同一作品。
⑦ 朱景冬等译,山东文艺出版社1999年版。
⑧ 王银福译,云南人民出版社1991年版。
⑨ 王银福、石灵译,浙江文艺出版社2001年版。
⑩ 林一安译,生活·读书·新知三联书店1983年版。
⑪ 朱景冬等译,云南人民出版社1997年版。
⑫ 朱景冬译,中央编译出版社2001年版。
⑬ 李静译,南海出版社2012年版。
⑭ 李静译,南海出版社2016年版。
⑮ 卞双成、胡真才译,外国文学出版社2001年版。
⑯ 史国强译,现代出版社2012年版。
⑰ 陈静妍译,黄山书社2011年版。

亚·马尔克斯》①及《加西亚·马尔克斯评传》②、朱景冬《马尔克斯：魔幻现实主义巨擘》③和于凤川的《马尔克斯》④等。

马尔克斯作为"80年代诺贝尔奖得主中被译介最多的一位"⑤，研究方面堪称一时之盛。1983年5月"西葡拉美文学研究会"在西安举行了以"加西亚·马尔克斯与拉美魔幻现实主义"为主题的专题讨论会。张国培主编的《加西亚·马尔克斯研究资料》⑥收录了陈众议、陈光孚、林一安、赵德明、丁文林、朱景冬等人的相关文章，一定程度上反映了国内加西亚·马尔克斯研究的早期成果。另一部资料集《加西亚·马尔克斯研究》（林一安编）⑦辑录了国外学者关于作家生平、创作谈和专题论文等多方面的研究文献，成为国内学界不可或缺的参考资料和征引资源。

20世纪90年代以来的加西亚·马尔克斯研究，对前期囿于作家生平作品及魔幻现实主义概念介绍的阶段有所突破，呈现出较为多样化的面貌，有意识地结合叙事学、阐释学、接受美学、神话原型批评、后殖民主义等西方理论潮流寻找切入点。⑧ 陈众议的文章《全球化？本土化？——20世纪拉美文学的二重选择》⑨将加西亚·马尔克斯以《百年孤独》为代表的创作实践放置到20世纪拉丁美洲"全球化"与"本土化"之争的社会历史情境中考察，追溯20年代以降"宇宙主义"与"土著主义"的论争渊源，选取加西亚·马尔克斯和博尔赫斯为对应的个案，探讨拉美作家在"全球化"语境下不同的文化选择。即或该文将《百年孤独》的作者视为

---

① 黄河文艺出版社1988年版。
② 浙江文艺出版社1999年版。
③ 长春出版社1995年版。
④ 辽海出版社1998年版。
⑤ 滕威：《边境之南：拉丁美洲文学汉译与中国当代文学（1949—1999）》，北京大学出版社2011年版，第54页。
⑥ 南开大学出版社1984年版。
⑦ 云南人民出版社1993年版。
⑧ 如：张京《〈百年孤独〉的艺术结构》，《国外文学》1998年第4期；徐静《马尔克斯的"意图谬误"》，《江淮论坛》2000年第6期；陈众议《〈百年孤独〉及其艺术形态》，《外国文学评论》1988年第1期等。
⑨ 《外国文学研究》2003年第1期。

"他这个时代的本土主义者"不无商榷的余地,但仍不失为开阔视野的尝试。王正蓉的文章将《百年孤独》的成功归结为欧洲与拉美结合的"双文化视角"①,而黄俊祥《简论〈百年孤独〉的跨文化风骨》②则认为这部经典是理性与非理性两个世界的结合,并体现了多种文学思潮的浑融。虽然立论过于宏大,个别表述又有简化之嫌(例如所谓的"欧洲文化"远非单一维度的铁板一块),但也折射出当前阶段开拓视域、深化研究的努力以及对中国当下情境的观照。许志强的专著《马孔多神话与魔幻现实主义》③堪称国内近期相关研究中的佼佼者,他精心选取从《枯枝败叶》到《百年孤独》的"马孔多系列"小说为论题范围,从"神话化"等角度勾勒和解读其创作谱系,阐明加西亚·马尔克斯创作的现代主义性质及其与后现代主义的关联。该著作在广泛汲取国内外研究成果的基础上多有洞见,如对一向被忽视的"波哥大小说"的挖掘,对魔幻现实主义这一概念超越模仿论界限的反思等。

比较研究和影响研究方面,论者多将加西亚·马尔克斯及其作品与世界文学视野中的其他经典作家作品建立联系,例如田祥斌的文章即以《百年孤独》与同样是诺贝尔文学奖得主托妮·莫里森的《所罗门之歌》作比④,也有相当数量的论文讨论这位"魔幻现实主义大师"作为"超级奶爸"与中国作家间的渊源,如沈琳《试析加西亚·马尔克斯对贾平凹创作的影响》⑤。曾利君的一系列著作《加西亚·马尔克斯作品的汉译传播与接受》⑥和《马尔克斯在中国》⑦等对作家在华传播接受史做了详尽的梳理。

---

① 《试论〈百年孤独〉的双文化视角》,《外国文学评论》1994 年第 4 期。
② 《国外文学》2002 年第 1 期。
③ 中国社会科学出版社 2009 年版。
④ 《南北美洲交相辉映的两朵艺术奇葩——论〈百年孤独〉与〈所罗门之歌〉的成功与魅力》,《国外文学》1998 年第 4 期。
⑤ 《外国文学研究》1999 年第 3 期。
⑥ 《加西亚·马尔克斯作品的汉译传播与接受》,中华书局 2011 年版。
⑦ 中国社会科学出版社 2012 年版。

1979年《外国文学动态》介绍拉美当代文学的文章中曾提到卡洛斯·富恩特斯,近30年间已有《阿尔特米奥·克罗斯之死》①、《最明净的地区》②、《与劳拉·迪亚斯共度的岁月》③、《狄安娜,孤寂的女猎手》④、《奥拉·盲人之歌》⑤等多部小说翻译出版,此外尚有《墨西哥的五个太阳》⑥和《我相信》⑦两部散文随笔集。值得一提的是,外国文学类杂志陆续迻译了若干作家访谈,如《为了恢复拉曼却的传统——卡洛斯·富恩特斯访谈录》⑧等,其中《外国文学》1995年第6期刊发的富恩特斯文论《小说死了吗》还一度引发了创作界和评论界的热烈反响⑨。

李德恩的《历史的投影 人性的再现》⑩是较早介绍富恩特斯作品的文章,在对《阿尔特米奥·克罗斯之死》人物形象分析之余也提及具有现代派文学特质的意识流等手法。刘长申的《从富恩特斯的小说看墨西哥的民族文化意识》⑪和归溢的《墨西哥人的寻根情结——谈墨西哥作家卡洛斯·富恩特斯的近期创作》⑫分别通过对富恩特斯不同时期作品的分析,讨论其中折射的民族身份认同。同样以富恩特斯名篇为对象的解读,卢云《有限空间 无限想像——谈卡洛斯·富恩特斯的小说〈奥拉〉的魅力》⑬将聚焦点投向时间观和独特的叙事人称角度,而朱语丞的文章⑭则借用

---

① 亦潜译,外国文学出版社1983年版,人民文学出版社2011年版。
② 徐少军、王小芳译,云南人民出版社1993年版。
③ 裴达仁译,译林出版社2005年版。
④ 屠孟超译,译林出版社1999年版。
⑤ 赵英译,花城出版社1994年版。
⑥ 张伟劼、谷佳维译,译林出版社2009年版。
⑦ 张伟劼、李易非译,译林出版社2007年版。
⑧ 朱景冬译,《当代外国文学》1991年第4期。
⑨ 《外国文学》1996年第5期,收录王逢振《小说死了吗?——随你怎么说》、陆建德《与"小说之死"告别》、赵德明《小说与人类同在》等一组文章。
⑩ 《外国文学》1987年第9期。
⑪ 《解放军外语学院学报》1997年第5期。
⑫ 《当代外国文学》2004年第1期。
⑬ 《解放军外国语学院学报》2004年第5期。
⑭ 《外国文学》2011年第4期。

列维-斯特劳斯的结构主义神话分析理论,追溯这部墨西哥短篇小说的神话源头——日本作家上田秋成的《芦苇中的房子》和中国明代瞿佑的《爱卿传》。张蕊的《卡洛斯·富恩特斯论博尔赫斯》则凸显了作家作为文学批评家的重要侧面。①

在对智利作家何塞·多诺索的译介方面,北京大学的段若川居功至伟。她与合作者先后迻译了《周末逸事》②《加冕礼》③《别墅》④《旁边的花园》⑤等多部作品,其中特别值得一提的还有考察拉丁美洲文学"爆炸"的第一手文献:《文学"爆炸"亲历记——何塞·多诺索谈创作》⑥。多诺索的其他作品被译为中文的至少还有《奇异的女人》⑦、代表作《污秽的夜鸟》⑧、短篇小说集《避暑》⑨及中篇作品《丽人牌香水》和《黄粱一梦》⑩。段若川的一系列文章颇具筚路蓝缕之功,《贫富不均 人世沧桑——〈加冕礼〉评介》《〈夜鸟〉评介》《〈别墅〉评介》和《何塞·多诺索:自由出入时间王国与虚构和真实的迷宫》⑪分别对多诺索几部重要小说及作家晚年回忆录体的作品《对我部落往事的猜想》做出介绍和解读。

十一、后"爆炸"文学⑫

20世纪70年代之后,拉美文学进入后"爆炸"时期,许多拉美作家在创作上向内转向,"更多的是寻找自我,发泄内心的苦闷,表述人生的感

---

① 《文艺争鸣》2016年第1期。
② 若川、水军译,北方文艺出版社1986年版。
③ 段若川、罗海燕译,北岳文艺出版社1987年版。
④ 段若川、罗海燕译,时代文艺出版社1992年版。
⑤ 段若川、罗海燕译,云南人民出版社1995年版。
⑥ 段若川译,云南人民出版社1993年版。
⑦ 周义琴、李红琴译,文化艺术出版社1987年版。
⑧ 沈根发、张永泰译,时代文艺出版社1990年版。
⑨ 赵德明译,人民文学出版社2012年版。
⑩ 宁西、韩水军译,《当代外国文学》1989年第3期。
⑪ 《外国文学》1987年第7期、1989年第6期、1993年第1期和1997年第1期。
⑫ 后"爆炸"的西语是Post-boom或posboom,国内对这个名称有两种翻译——"后爆炸"和"爆炸后",也引起一些争论,鉴于"后现代主义"等文学术语,此处使用"后爆炸"这一译法。

触,对祖国的前途、民族的命运的关切心情在淡化、减弱"①。各种文学流派各呈异彩,涌现出许多成绩斐然的作家。中国学界也紧跟时代脉搏,积极引进后爆炸时期的杰作。其中被称为"后爆炸"一代的作家主要有:曼努埃尔·普伊格、阿尔弗雷多·波里塞·埃切尼克、安东尼奥·斯卡尔梅达、费尔南多·德尔·帕索、伊萨贝尔·阿连德等。晚近出版的《拉丁美洲"文学爆炸"后小说研究》分国别(哥伦比亚、秘鲁、阿根廷、墨西哥、智利、危地马拉)进行了介绍,兼顾女性小说、生态小说等角度,为国内研究者和读者提供了一份阅读地图。②

阿根廷作家曼·普伊格是"后爆炸"时代的先行者,目前其成名作《红唇》(又译作《红红的小嘴巴》)③和代表作《蜘蛛女之吻》④均已译成中文。后者一版再版,以及同名电影的推动,让这部小说在中国广为所知,相关评论文章从早期的内容介绍过渡到后期的深入分析。分析评论主要集中于三点:同性恋题材、形式革新和无主题。《牢房中的同性恋者》⑤主要分析狱中两人的精神状态:孤独、焦虑、压抑、疾病以及性饥渴。《曼努埃尔·普伊格作品中关于"性"的讨论》⑥更是抓住同性恋这一题材来分析作者对"性"文化的见解。另一些评论则抓住小说的形式革新来分析,认为小说中大量运用蒙太奇的手法,利用报摘、公文、图表、信件等形式来进行文本实验。⑦陈众议则着重分析了普伊格小说的无主题现象,认为普伊格消解了文学主题和文学"载道"的传统,回归到叙事手法上,"超前地消解了'文学爆炸'时期拉美小说的意识形态倾向"⑧。徐贲在《尤里·洛

---

① 李德恩:《拉美文学流派与文化》,第250页。
② 郑书九等,商务印书馆2013年版;同一编者还主编有两卷本《当代外国文学纪事(1980—2000)·拉丁美洲卷》,商务印书馆2015年版。
③ 徐尚志译,云南人民出版社1991年版。
④ 屠孟超译,工人出版社1988年版,译林出版社2004年版和2008年版。此外2001年九州出版社把它纳入"世界禁书文库"系列再版。
⑤ 张立勤,《当代人》2006年第4期。
⑥ 郭慧婷,《金田》2011年第11期。
⑦ 雪屏:《曼努埃尔·普伊格 让小说电影起来》,《新京报》2006年10月20日。
⑧ 陈众议:《论普伊格的无主题小说》,《当代外国文学》2004年第1期。

特曼的电影符号学和曼纽埃尔·普伊格的〈蜘蛛女之吻〉》中分析了政治、性(性区别)和电影等文化符号和其价值系统。

秘鲁作家阿·波·埃切尼克凭借《为胡里奥准备的世界》获得1972年的秘鲁国家文学奖,2003年又荣获西班牙"行星"文学奖,但遗憾的是国内对其的研究仅限于有限的几篇介绍性文章。

智利作家安东尼奥·斯卡尔梅达的《邮差》和《叛乱》已译成中文,① 但声誉却远不及由小说改编的电影《邮差》。

墨西哥作家帕索成名很早,但直到爆炸后才被关注,他是一位大百科式的小说家,其长篇历史小说《帝国轶闻》耗时十年才完成,2007年当选墨西哥近30年最佳小说,1994年云南人民出版社出版过中文译本,② 然而影响不大。

乌拉圭作家爱德华多·加莱亚诺近年来逐渐被汉语界熟识。《拉丁美洲被切开的血管》③"撕碎了胜利者的谎言,敲碎了一段粉饰的历史"④,《镜子:照出你看不见的全球史》⑤重构了被体制和官方历史掩盖和篡改的全球史,而《足球往事:那些阳光与阴影下的美丽与忧伤》⑥因为其主题"足球"而在中国获得较大声誉,梁文道⑦的大力推荐也功不可没。此外,索飒一直在持续不断地关注加莱亚诺,她在《丰饶的苦难》以及其他许多介绍拉美左翼思想的文章中都多次提及加莱亚诺,并为《镜子》中文版做了导读,不遗余力地介绍其他作品,如《时间之嘴》⑧、《四脚朝天——叫你颠倒看世界》《火的记忆》等。近几年,作家出版社、百花文艺出版社等多

---

① 《叛乱》,李红琴译,云南人民出版社1993年版;《邮差》,李红琴译,重庆出版社2007年版。
② 林之木译,云南人民出版社1994年版。
③ 王玫译,人民文学出版社2001年版。
④ 丁国强:《发胖的黑暗——读〈拉丁美洲被切开的血管〉》,《博览群书》2003年第11期。
⑤ 张伟劼译,广西师范大学出版社2012年版。
⑥ 张俊译,广西师范大学出版社2010年版。
⑦ 《足球让人类伟大》,《全国新书目》2010年13期;《美丽而心碎的足球往事》,《中国企业家》2012年第13期。
⑧ 索飒、心川:《爱德华多·加莱亚诺和他的333个故事》,《书城》2005年第8期。

家出版社纷纷引进加莱亚诺的作品,《拥抱之书》《火的记忆I:创世纪》《时日之子》《时间之口》《爱与战争的日日夜夜》①已经出版,尚有几部作品在陆续翻译中。

伊莎贝尔·阿连德是后爆炸时代最著名的作家,但她也因难以摆脱"穿裙子的加西亚·马尔克斯"这一名号而苦恼,而且许多评论家认为她只是一位畅销作家,而2010年智利国家文学奖颁发与她无疑是对她最大的肯定。目前其大部分作品均在中国出版:《幽灵之家》②《阿芙洛狄特:感官回忆录》③《佐罗,一个传奇的开始》④《月亮部落的夏娃》⑤《爱情与阴影》⑥以及三部童话《金龙王国》⑦《矮人森林》⑧《怪兽之城》⑨。但是相关评论文章寥寥可数。王钭近年的专著《从身份游离到话语突围:智利文学的女性书写》⑩中辟有专章论及,从诗人卡夫列拉·米斯特拉尔、超现实主义女作家玛利亚·路易莎·邦巴尔一脉相承,在女性书写的脉络中考察阿连德作为魔幻现实主义女作家的"飞翔与陷落"。

在拉美的当代文坛,女性作家群体非常耀眼,中国也相应引入一些作品:

生于1932年的墨西哥女作家埃莱娜·波尼亚托夫斯卡是爆炸时期中坚持走实验小说路线的作家,其作品《天空的皮肤》已译成中文。⑪

---

① 作家出版社出版的作品有《拥抱之书》(2013年出版,路燕萍译)、《火的记忆I:创世纪》(2014年出版,路燕萍译)、《时间之口》(2014年出版,韩蒙晔译)和《时日之子》(2015年出版,路燕萍译),百花文艺出版了《爱与战争的日日夜夜》(2015年出版,汪天艾译)。
② 刘习良译,译林出版社2007年版,2011年再版。
③ 张定绮译,译林出版社2007年版。
④ 赵德明译,译林出版社2006年版,2011年再版。
⑤ 柴玉玲译,中国国际广播出版社1990年版。
⑥ 陈凯先译,译林出版社2011年版。
⑦ 张淑英译,译林出版社2010年版。
⑧ 陈正芳译,译林出版社2010年版。
⑨ 张雯媛译,译林出版社2010年版。
⑩ 巴蜀书社2010年版。
⑪ 张广森译,人民文学出版社2002年版。

墨西哥女作家劳尔·埃斯基维尔的小说《恰似水之于巧克力》①（又译《浓情朱古力》②、《恰似水于巧克力》③）是著名的畅销小说，开创了厨房爱情小说派。中国相关媒体配合译书出版做了许多宣传，而相关评论也离不开厨房这一话题，《厨房里的幸福与魔幻菜单》④、《厨房：欲望、享乐和暴力——厨房中的女性话语以及〈恰似水之于巧克力〉》⑤。

墨西哥女作家安赫莱斯·马斯特尔塔被誉为拉美新生代领军人物，中国南海出版公司走在译介拉美文学的前端，先后出版了其三部小说：《大眼睛的女人》（詹玲译，2010年）、《普埃布拉情歌》（李静译，2010年）、《爱之恶》（程弋洋译，2012年）。

2005年墨西哥作家塞尔西奥·皮托尔荣获塞万提斯文学奖，中国南海出版公司立即引进了其两部作品：《逃亡的艺术》（赵德明译，2006年）、《夫妻生活》（赵英译，2005年）。

此外，一些作家的作品也被零星介绍到中国，如智利作家路易斯·塞普尔维达的《读爱情故事的老人》⑥和《教海鸥飞翔的猫》⑦；哥伦比亚作家阿尔瓦罗·穆蒂斯的《阿劳卡依玛山庄》⑧，埃克托尔·阿瓦德·法西奥林赛的《深谷幽城》⑨。哥伦比亚新一代领军人物胡安·加夫列尔·巴斯克斯已有《告密者》和《名誉》⑩译为中文，展现出迥异于"魔幻现实"的风貌。

2009年智利作家罗贝托·波拉尼奥风靡欧美，上海人民出版社出版

---

① 朱景冬译，接力出版社2007年版。
② 刘克昌译，海天出版社1996年版。
③ 段若川译，译林出版社2015年版。
④ 罗豫，《晶报》2007年8月4日。
⑤ 宋晓萍，《外国文学》2000年第4期。
⑥ 两个译本，一为伍代什译，译林出版社2002年版，另为唐郗汝译，人民文学出版社2012年版。
⑦ 宋尽冬译，译林出版社2001年版。
⑧ 李德明译，云南人民出版社1997年版。
⑨ 张广森译，人民文学出版社2005年版。
⑩ 《告密者》，谷佳维译，人民文学出版社2012年版；《名誉》，欧阳石晓译，上海文艺出版社2016年版。

了中译本《荒野侦探》(杨向荣译,2009年)和《2066》(赵德明译,2012年),各大媒体也纷纷造势,掀起了"波拉尼奥狂潮"。

2011年"罗慕洛·加列戈斯文学奖"获得者,阿根廷当代著名作家里卡多·皮格利亚也被译介到中国,中央编译出版社引进了他的两部长篇小说:处女作《人工呼吸》(即将出版)和最新力作《艾达之路》①。

十二、拉丁美洲戏剧

早在20世纪60年代,国内就开始有研究者将目光投向拉丁美洲戏剧。1964年4月,中国青年艺术剧院曾根据戏剧出版社出版的剧本②将阿根廷剧作家奥古斯丁·库塞尼的《中锋在黎明前死去》搬上舞台,并在当时引起了轰动。1963年,王央乐在其所著的《拉丁美洲文学》中,对被誉为"拉丁美洲最早的民族戏剧"的《拉比纳尔的武士》进行了介绍③。之后,王央乐又在1978年编译的《拉丁美洲现代独幕剧选》(人民文学出版社)选录了西语美洲七个国家(阿根廷、哥伦比亚、智利、多米尼加、厄瓜多尔、墨西哥、秘鲁)等七部独幕剧,成为国内较早的对拉丁美洲戏剧文本所做的译介。1992年施蛰存主编的《外国独幕剧选》第六集(上海文艺出版社)出版,其中也收录两部拉美独幕剧:古巴剧作家何塞·特里亚纳的《将军要谈谈神谱》(樊瑞华译)以及墨西哥作家马鲁哈·维拉尔塔的《共度良宵》(赵振江、段若川译,署名江川),前者与拉美反独裁小说颇具异曲同工之妙。1999年童道明主编的《世界经典戏剧全集》(浙江文艺出版社)第15册西班牙拉美卷辑录了两部拉美戏剧:乌拉圭剧作家费洛伦西奥·桑切斯的《我的博士儿子》(吴健恒译)和秘鲁剧作家贝纳尔多·罗卡·雷伊取材于古印加传奇的《阿塔瓦尔帕之死》(王央乐译,在上述1978年的选集中已有收录)。在经历了20多年的拉美戏剧译介空白后,新近又有《戏剧的毒药:西班牙及拉丁美洲现代戏剧选》问世,其中收录了墨西哥剧作

---

① 赵德明译,2016年版。
② 《中锋在黎明前死去》,陈军译,中国戏剧出版社1961年版。
③ 王央乐:《拉比纳尔的武士》,《拉丁美洲文学》,作家出版社1963年版。

家萨宾娜·贝尔曼、智利剧作家古斯塔夫·麦撒·威瓦和哥伦比亚剧作家法比奥·卢本诺·奥尔荟拉的作品①,让人们对20世纪80年代后活跃于拉美剧坛的代表性作家有一些初步了解。除了这些剧作选集和单行本,也有一些拉美剧作汉译文本在各期刊发表,其中包括了阿根廷剧作家奥斯瓦尔多·德拉贡的《图帕克·阿马鲁》②、哥斯达黎加剧作家达尼埃尔·加列戈斯的《山岭》③、墨西哥剧作家巴勃罗·萨利纳斯的《社会形象》④以及秘鲁著名作家马里奥·巴尔加斯·略萨的剧作《塔克纳城的小姐》⑤。以上所述便是目前国内公开发表的几乎全部的拉美戏剧汉译。

拉丁美洲戏剧的在华研究几近空白,这一现象相当程度上源于译文文本的匮乏。究其原因,罗晓芳在题为《拉丁美洲的戏剧》⑥的文章开头便指出,与众多拉美小说家、诗人等成就的声誉相较,"没有哪一位拉丁美洲的剧作家能在国际上得到认同";同时也与出版界的市场导向有关,拉美戏剧译介推广在出版界的边缘化地位也导致数量寥寥的研究成果也仅限于对拉美戏剧发展的概述性梳理和介绍,缺乏针对作家作品的深入的个体化研究。

在这些概述性的研究成果中,鞠基亮的《拉丁美洲戏剧纵横》⑦和黄明的《美洲主义的崛起——拉丁美洲戏剧掠影》⑧的文章各自简要回顾了拉美戏剧从古至今的发展,而上文提及的罗晓芳的文章可视为鞠基亮文中"本土戏剧、欧化戏剧和民族戏剧"三段论的扩展和细化,从印第安时期、殖民时期、新古典主义戏剧和民间戏剧直至19世纪末期至今的三代戏剧家,进行了详细的梳理和介绍。王杰发表于1985年的《拉美戏剧的

---

① 《戏剧的毒药:西班牙及拉丁美洲现代戏剧选》,马政红译,上海人民出版社2015年版。
② 刘晓眉译,《外国文学》1980年第2期,第50—67页。
③ 炜华译,《外国文学季刊》1983年第3期,第186—206页。
④ 杨明江译,《世界文学》1989年第5期,第141—179页。
⑤ 刘玉树译,《外国戏剧》1986年第3期,第53—77页。
⑥ 《戏剧文学》1998年第5期。
⑦ 《戏剧艺术》1987年第4期。
⑧ 《戏剧文学》1992年第12期。

革新和民族化问题》①则集中对拉美戏剧中的"民族化"特点进行了分析，从题材内容、表现手法、艺术形式以及戏剧语言几个方面出发，具体介绍拉美戏剧在革新发展中注重突出民族化的共性表现。当然，近年也出现了一些研究成果，对特定历史时期拉美戏剧的具体表现进行介绍。毛频在其研究中注意到拉美戏剧在20世纪90年代所经历的繁荣，以及在这种繁荣的表象背后所隐藏的严峻问题，对20世纪80年代以来拉美戏剧因政治环境改变而呈现出的多元化发展趋势进行分析，从"承诺戏剧"在全新政治形势下的表现、拉美剧作家群体对后现代主义影响的接受以及他们对历史题材重新解读这几个方面出发，来展现20世纪末期拉美戏剧发展的共同特点。难能可贵的是，毛频的研究还涉及对拉美女性剧作家及其创作的介绍，为后续研究提供了具有启发性的视点和角度。②

纵观改革开放30年来国内西班牙、拉美文学研究情况，可以看到，我们较为重视对西班牙"黄金世纪""白银时代"和拉美"文学爆炸"时期的译介以及对部分重要作家的介绍，在相关领域取得相当重要的成就。然而不能否认，目前的研究还存在一些问题，概括起来即：重拉美，轻西班牙；重小说，轻戏剧和诗歌；重作品，轻理论；重男作家，轻女作家。与作品译介相比，对西班牙、拉美文学创作理论的介绍和研究尚不够深入，因而对一些重要作家的创作思想的认识缺乏深度，容易出现"泛政治化"和"泛意识形态化"的评论；对某些文本类型缺乏研究热情，例如，对西班牙语国家女性诗歌、西班牙语国家戏剧的文本译介和研究基本处于空白状态；另外在译介选择上，出于或政治或市场因素影响，呈现出一定失衡不均的态势，仍有许多重要作家作品有待引进。出版界往往根据获奖情况或欧美动态来选择作家，如西班牙不少作家、包括墨西哥作家皮托尔的引入是因为他们获得了"塞万提斯文学奖"，波拉尼奥、卡洛斯·鲁依斯·萨丰则是因其在欧美出版界的风靡。这就使得国内的当代西班牙语国家文学研究

---

① 《政治研究》1985年第3期，第51—56页。
② 毛频：《20世纪末期拉丁美洲戏剧评述》，《戏剧》2012年第4期，第51—61页。

缺乏应有的完整性、全面性、系统性。在今后的研究工作中,可考虑有意识地针对上述问题,重点解决现有研究工作中存在的薄弱环节,改变目前的失衡状况;同时,还应从全局的角度出发,把握西班牙语国家文学发展的走向,摆脱单一的理论模式,拓宽原有的研究道路,以提高研究成果的学术价值,使其具备应有的现实意义。

参考书目

昂智慧:《文本与世界:保尔·德曼文学批评理论研究》,上海:上海人民出版社,2009年。
鲍屡平:《乔叟诗篇研究》,杭州:杭州大学出版社,1990年。
鲍晓兰:《西方女性主义研究评介》,北京:生活·读书·新知三联书店,1995年。
鲍忠明:《最辉煌的失败:福克纳对黑人群体的探索》,北京:北京理工大学出版社,2009年。
北城:《圣地灵音:泰戈尔其人其作》,合肥:安徽文艺出版社,1999年。
蔡春露:《威廉·加迪斯小说中的熵》,厦门:厦门大学出版社,2004年。
蔡毅:《日本汉诗论稿》,北京:中华书局,2007年。
曹树钧、孙福良:《莎士比亚在中国舞台上》,哈尔滨:哈尔滨出版社,1994年。
岑朗天:《村上春树与后虚无年代》,北京:新星出版社,2006年。
岑玮:《女性身份的嬗变:莉莲·海尔曼与玛莎·诺曼剧作研究》,济南:山东大学出版社,2009年。
常耀信:《美国文学史》,天津:南开大学出版社,2006年。
陈兵:《帝国与认同:鲁德亚德·吉卜林印度题材小说研究》,合肥:中国科学技术大学出版社,2007年。
陈才艺:《湖畔对歌:柯尔律治和华兹华斯交往中的诗歌研究》,成都:四川人民出版社,2007年。
陈才宇:《英国古代诗歌》,杭州:杭州大学出版社,1994年。
陈惇:《莫里哀和他的喜剧》,北京:北京出版社,1981年。
陈厚诚、王宁编:《西方当代文学批评在中国》,天津:百花文艺出版社,2000年。

陈茂林:《诗意栖居:亨利·大卫·梭罗的生态批评》,杭州:浙江大学出版社,
    2009年。
陈榕:《亨利·詹姆斯小说中儿童的物化现象》,开封:河南大学出版社,2004年。
陈世丹:《美国后现代主义小说艺术论》,大连:辽宁师范大学出版社,2002年。
陈许:《美国西部小说研究》,北京:北京大学出版社,2004年。
陈振尧:《法国文学》,北京:外语教学与研究出版社,2000年。
陈众议、王留栓:《西班牙文学简史》,上海:外语教育出版社,2006年。
陈众议:《博尔赫斯》,北京:华夏出版社,2001年。
陈众议:《加西亚·马尔克斯评传》,杭州:浙江文艺出版社,1999年。
陈众议:《拉美当代小说流派》,北京:社会科学文献出版社,1995年。
陈众议:《魔幻现实主义大师——加西亚·马尔克斯》,郑州:黄河文艺出版社,
    1988年。
陈众议:《塞万提斯学术史研究》,南京:译林出版社,2011年。
陈众议:《西班牙文学:黄金世纪研究》,南京:译林出版社,2007年。
陈众议主编:《当代中国外国文学研究(1949—2009)》,北京:中国社会科学出版社,
    2011年。
程爱民:《20世纪美国华裔小说研究》,南京:南京大学出版社,2009年。
程爱民:《美国华裔文学研究》,北京:北京大学出版社,2003年。
程虹:《宁静无价:英美自然文学散论》,上海:上海人民出版社,2009年。
程锡麟:《当代美国小说理论》,北京:外语教学与研究出版社,2001年。
程锡麟:《虚构与现实:二十世纪美国文学》,成都:四川人民出版社,2002年。
程正民:《巴赫金的文化诗学》,北京:北京师范大学出版社,2001年。
崔少元:《亨利·詹姆斯国际题材小说的欧美文化差异》,天津:天津社会科学院出版
    社,2001年。
代显梅:《传统与现代之间:亨利·詹姆斯的小说理论》,北京:社会科学文献出版社,
    2006年。
代显梅:《亨利·詹姆斯笔下的美国人》,北京:中国人民大学出版社,2007年。
戴桂玉:《海明威小说中的妇女及其社会性别角色》,广州:花城出版社,2002年。
戴桂玉:《后现代语境下海明威的生态观和性属观》,北京:中国社会科学出版社,
    2009年。
邓艳艳:《从批评到诗歌:艾略特与但丁的关系研究》,北京:中国社会科学出版社,

2009年。

丁宏为:《理念与悲曲:华兹华斯后革命之变》,北京:北京大学出版社,2002年。

丁建宁:《超越的可能:作为知识分子的乔叟》(英文),北京:北京大学出版社,2010年。

丁世忠:《哈代小说伦理思想研究》,成都:巴蜀书社,2008年。

丁子春:《法国小说与思潮流派》,北京:团结出版社,1991年。

董衡巽:《海明威评传》,杭州:浙江文艺出版社,1999年。

董衡巽:《美国现代小说风格》,北京:中国社会科学出版社,1997年。

董衡巽等:《美国文学简史》,北京:人民文学出版社,1986年。

董衡巽等:《美国现代小说家论》,北京:中国社会科学出版社,1987年。

董洪川:《"荒原"之风:T.S.艾略特在中国》,北京:北京大学出版社,2004年。

董俊峰:《英美悲剧小说研究》,海口:海南出版社,2002年。

董希文:《文学文本理论研究》,北京:社会科学文献出版社2006年。

董小英:《再登巴比伦塔:巴赫金与对话理论》,北京:生活·读书·新知三联书店,1994年。

董燕生:《西班牙文学》,北京:外语教学与研究出版社,1998年。

杜吉泽:《萨特:人的能动性思想析评》,东营:石油大学出版社,1993年。

杜家利:《迷失与折返:海明威文本"花园路径现象"研究》,北京:中国社会科学出版社,2008年。

杜隽:《乔治艾略特小说的伦理批评》,上海:学林出版社,2006年。

杜青钢:《米修与中国文化》,北京:社会科学文献出版社,2000年。

杜小真:《萨特引论》,北京:商务印书馆,2007年。

段若川:《遭贬谪的缪斯:玛利亚·路易莎·邦巴尔》,郑州:河南文艺出版社,2007年。

法胡里:《阿拉伯文学史》,郅溥浩译,银川:宁夏人民出版社,2008年。

范大灿主编:《德国文学史》五卷本,南京:译林出版社,2006—2008年。

方成:《美国自然主义文学传统的文化建构与价值传承》,上海:上海外语教育出版社,2007年。

方凡:《威廉·加斯的元小说理论与实践》,杭州:浙江大学出版社,2006年。

方厚枢、魏玉山:《中国出版通史·中华人民共和国卷》,北京:中国书籍出版社,2008年。

方克强:《文学人类学批评》,上海:上海社会科学院出版社,1992年。

方珊:《形式主义文论》,济南:山东教育出版社,1999年。

方文开:《人性·自然·精神家园:霍桑及其现代性研究》,上海:上海外语教育出版社,2008年。

方瑛:《略论拉丁美洲文学》,北京:北京语言学院出版社,1994年。

冯川:《荣格的精神:一个英雄与圣人的神话》,海口:海南出版社,2006年。

冯茜:《英国的石楠花在中国——勃朗特姐妹作品在中国的流布及影响》,北京:中国社会科学出版社,2008年。

冯至:《论歌德》,上海:上海文艺出版社,1988年。

伏爱华:《想象·自由:萨特存在主义美学思想研究》,合肥:安徽大学出版社,2009年。

付冬:《美国19世纪浪漫主义小说家的文体解读》,长春:吉林人民出版社,2009年。

傅晓微:《上帝是谁:辛格创作及其对中国文坛的影响》,北京:人民文学出版社,2006年。

傅修延:《讲故事的奥秘:文学叙述论》,南昌:百花洲文艺出版社,1993年。

傅修延:《文本学——文本主义文论系统研究》,北京:北京大学出版社,2004年。

甘海岚编著:《泰戈尔》,北京:中国和平出版社,1996年。

甘文平:《论罗伯特·斯通和梯姆·奥布莱恩:有关越南战争的小说》,厦门:厦门大学出版社,2004年。

高继海:《伊夫林·沃小说艺术》,郑州:河南大学出版社,1997年。

高建为:《自然主义诗学及其在世界各国的传播和影响》,南昌:江西教育出版社,2004年。

高建为:《左拉研究》,北京:中国社会出版社,2005年。

高万隆:《婚恋·女权·小说——哈代与劳伦斯小说的主题研究》,北京:中国社会科学出版社,2009年。

高文汉、韩梅:《东亚汉文学关系研究》,北京:中国社会科学出版社,2010年。

高文汉:《中日古代文学比较研究》,山东:山东教育出版社,1999年。

葛力、姚鹏:《启蒙思想泰斗伏尔泰》,北京:世界知识出版社,1989年。

宫宝荣:《法国戏剧百年:1880—1980》,北京:生活·读书·新知三联书店,2001年。

宫宝荣:《梨园香飘塞纳——20世纪法国戏剧流派研究》,上海:上海书店出版社,2008年。

龚瀚熊:《西方文学研究》,福州:福建人民出版社,2005年。
龚觅:《佩雷克研究》,上海:上海教育出版社,2008年。
桂扬清等:《英国戏剧史》,南京:江苏教育出版社,1994年。
郭宏安:《波德莱尔诗论及其他》,上海:同济大学出版社,2006年。
郭宏安:《从蒙田到加缪:重建法国文学的阅读空间》,北京:生活·读书·新知三联书店,2007年。
郭宏安:《二十世纪西方文论研究》,北京:中国社会科学出版社,1997年。
郭宏安:《阳光与阴影的交织:郭宏安读加缪》,南京:译林出版社,2011年。
郭晖:《琼生颂诗研究》(英文),北京:中国对外翻译出版公司,2009年。
郭继德:《20世纪美国文学:梦想与现实》,北京:外语教学与研究出版社,2004年。
郭继德:《当代美国戏剧》,济南:山东大学出版社,1994年。
郝田虎:《〈缪斯的花园〉:早期现代英国札记书研究》,北京:北京大学出版社,2014年。
何乃英:《川端康成和〈雪国〉》,沈阳:辽宁大学出版社,2001年。
何乃英:《泰戈尔传略》,天津:天津人民出版社,1983年。
何乃英:《新编简明东方文学》,北京:中国人民大学出版社,2007年。
何宁:《现代性的焦虑:菲茨杰拉德与1920年代》,南京:南京大学出版社,2009年。
何其莘:《英国戏剧史》,南京:译林出版社,1999年。
何肖朗:《后现代主义视阈中的现代美英非虚构文学》,厦门:厦门大学出版社,2008年。
贺昌盛:《想象的"互塑":中美叙事文学因缘》,南京:南京大学出版社,2009年。
黑古一夫:《村上春树——转换中的迷失》,秦刚、王海蓝译,北京:中国广播电视出版社,2008年。
黑古一夫:《大江健三郎传说》,翁家慧译,北京:中国广播电视出版社,2008年。
洪增流:《美国文学中上帝形象的演变》,北京:中国社会科学出版社,2009年。
侯传文:《寂园飞鸟:泰戈尔传》,石家庄:河北人民出版社,1999年。
侯传文:《跨文化视野中的东方文学传统》,北京:中国社会科学出版社,2014年。
侯鸿勋:《孟德斯鸠及其启蒙思想》,北京:人民出版社,1992年。
胡海:《显微镜中看人生:自然主义文学》,海口:海南出版社,1993年。
胡家峦:《历史的星空:文艺复兴时期英国诗歌与西方传统宇宙论》,北京:北京大学出版社,2001年。

胡家峦:《文艺复兴时期英国诗歌与园林传统》,北京:北京大学出版社,2008年。
胡经之、张首映:《西方二十世纪文论史》,北京:中国社会科学出版社,1988年。
胡俊:《非裔美国人探求身份之路:对托妮·莫里森的小说研究》,北京:北京语言大学出版社,2007年。
胡强:《康拉德政治三部曲研究》,北京:中国社会科学出版社,2008年。
胡全生:《英美后现代主义小说叙述结构研究》,上海:复旦大学出版社,2002年。
胡山林:《惠特曼诗歌精选评析》,开封:河南大学出版社,2006年。
胡亚敏:《美国越南战争:从想象到幻灭:论美国越战叙事文学对越战的解读》,上海:复旦大学出版社,2009年。
胡勇:《文化的乡愁:美国华裔文学的文化认同》,北京:中国戏剧出版社,2003年。
户思社:《玛格丽特·杜拉斯研究》,上海:复旦大学出版社,2007年。
黄芙蓉:《记忆传承与重构:论汤亭亭小说中族裔身份构建》,哈尔滨:哈尔滨工业大学出版社,2009年。
黄桂友:《全球视野下的亚裔美国文学》,北京:外语教学与研究出版社,2009年。
黄晋凯:《巴尔扎克和〈人间喜剧〉》,北京:北京出版社,1981年。
黄晋凯:《尤内斯库画传——荒诞派舞台的国王》,北京:中央编译出版社,2008年。
黄晋凯等主编:"外国文学流派研究资料丛书"之《荒诞派戏剧》,北京:中国人民大学出版社,1996年。
黄晋凯等主编:"外国文学流派研究资料丛书"之《未来主义·超现实主义》,北京:中国人民大学出版社,1994年。
黄晋凯等主编:"外国文学流派研究资料丛书"之《象征主义、意象派》,北京:中国人民大学出版社,1989年。
黄铁池:《当代美国小说研究》,上海:学林出版社,2000年。
黄文贵:《存在的"启示":萨特及其作品》,海口:海南出版社,1993年。
黄云明:《罗曼蒂克的歌者——让·雅克·卢梭》,保定:河北大学出版社,2005年。
黄忠晶:《百年萨特:一个自由精灵的历程》,北京:中央编译出版社,2005年。
黄忠晶:《超越第二性:百年波伏瓦》,北京:中共中央党校出版社,2007年。
黄宗英:《抒情史诗论:美国现当代长篇诗歌艺术管窥》,北京:北京大学出版社,2003年。
黄宗英:《一条行人稀少的路:弗洛斯特诗歌艺术管窥》,北京:北京大学出版社,2000年。

黄作:《不思之说——拉康主体理论研究》,北京:人民出版社,2005年。
惠敏:《当代美国大众文化的历史解读》,济南:齐鲁书社,2009年。
季羡林主编、刘安武第一副主编:《东方文学史》,长春:吉林教育出版社,1995年。
江龙:《解读存在:戏剧家萨特与萨特戏剧》,长沙:湖南大学出版社,2001年。
江宁康:《美国当代文化阐释》,沈阳:辽宁教育出版社,2005年。
江宁康:《美国当代文学与美利坚民族认同》,南京:南京大学出版社,2008年。
姜智芹:《傅满洲与陈查理——美国大众文化中的中国形象》,南京:南京大学出版社,2007年。
姜智芹:《镜像后的文化冲突与文化认同:英美文学中的中国形象》,北京:中华书局,2008年。
蒋承勇等:《欧美自然主义文学的现代阐释》,上海:复旦大学出版社,2002年。
蒋道超:《德莱塞研究》,上海:上海外语教育出版社,2003年。
蒋芳:《巴尔扎克在中国》,北京:中国社会科学出版社,2009年。
蒋洪新:《英诗新方向:庞德、艾略特诗学理论与文化批评研究》,长沙:湖南教育出版社,2001年。
蒋欣欣:《托尼·莫里森小说中黑人女性的身份认同研究》,长沙:湖南人民出版社,2008年。
焦耳、于晓丹:《贝克特:荒诞文学大师》,长春:长春出版社,1995年。
焦小婷:《多元的梦想:"百衲被"审美与托尼·莫里森的艺术诉求》,开封:河南大学出版社,2008年。
杰·鲁宾:《倾听村上春树——村上春树的艺术世界》,冯涛译,上海:上海译文出版社,2006年。
金德全、李清安编选:《西蒙娜·德·波伏瓦研究》,北京:中国社会科学出版社,1992年。
金衡山:《厄普代克与当代美国社会:厄普代克十部小说研究》,北京:北京大学出版社,2008年。
金衡山:《自我的分裂:厄普代克"兔子四部曲"中的当代美国》,北京:外文出版社,2006年。
金莉、秦亚青:《美国文学》,北京:外语教育与研究出版社,1999年。
金莉:《文学女性与女性文学:19世纪美国女性小说家及作品》,北京:外语教学与研究出版社,2004年。

金元浦:《接受反应文论》,济南:山东教育出版社,1998年。
金元浦:《文学解释学》,长春:东北师范大学出版社,1997年。
郎芳、汉人编著:《泰戈尔》,沈阳:辽海出版社,1998年。
老高放:《超现实主义导论》,北京:社会科学文献出版社,1997年。
雷世文:《相约挪威的森林——村上春树的世界》,北京:华夏出版社,2005年。
黎跃进:《东方文学史论》,长沙:湖南人民出版社,2000年。
李琛:《阿拉伯现代文学与神秘主义》,北京:社会科学文献出版社,2000年。
李德恩:《拉美文学流派与文化》,上海:上海外语教育出版社,2010年。
李枫:《诗人的神学——柯尔律治的浪漫主义思想》,北京:社会科学文献出版社,2008年。
李凤亮:《诗·思·史:冲突与融合——米兰·昆德拉小说诗学引论》,北京:商务印书馆,2006年。
李赋宁、何其莘编:《英国中古时期文学史》,北京:外语教学与研究出版社,2006年。
李赋宁主编:《欧洲文学史》(第1卷),北京:商务印书馆,1999年。
李赋宁主编:《欧洲文学史》(第2卷、第3卷),北京:商务印书馆,2001年。
李赋宁:《英国文学论述文集》,北京:外语教学与研究出版社,1997年。
李赋宁:《英语史》,北京:商务印书馆,1991年。
李赋宁总主编:《新编欧洲文学史》(一至三卷),北京:商务印书馆,2001年。
李公昭:《20世纪美国文学导论》,西安:西安交通大学出版社,2000年。
李广仓:《结构主义文学批评方法研究》,长沙:湖南大学出版社,2006年。
李贵苍:《文化的重量:解读当代华裔美国文学》,北京:人民文学出版社,2006年。
李家巍:《泰戈尔》,沈阳:辽海出版社,2005年。
李杰:《荒谬人格:萨特》,武汉:长江文艺出版社,1996年。
李钧:《存在主义文论》,济南:山东教育出版社,2000年。
李俊清:《艾略特与〈荒原〉》,北京:人民文学出版社,2007年。
李莉:《威拉·凯瑟的记忆书写研究》,成都:四川大学出版社,2009年。
李美华:《琼·狄第恩作品中新新闻主义、女权主义和后现代主义的多角度展现》,厦门:厦门大学出版社,2006年。
李萌羽:《多维视野中的沈从文和福克纳小说》,济南:齐鲁书社,2009年。
李明滨、陈东主编:《文学史重构与名著重读》,北京:北京大学出版社,1996年。
李平沤:《如歌的教育历程:卢梭〈爱弥儿〉如是说》,济南:山东人民出版社,2008年。

李奇志:《自然人格——卢梭》,武汉:长江文艺出版社,2000年。
李清安编选:《圣艾克苏贝里研究》,北京:中国社会科学出版社,1992年。
李荣:《阿拉伯的中国形象》,北京:人民出版社,2010年。
李如茹:Shashibiya: Staging Shakespeare in China,香港:香港大学出版社,2003年。
李时学:《颠覆的力量:20世纪西方左翼戏剧研究》,厦门:厦门大学出版社,2012年。
李树果:《日本读本小说与明清小说——中日文化交流史的透视》,天津:天津人民出版社,1998年。
李树欣:《异国形象:海明威小说中的现代文化寓言》,北京:中国社会科学出版社,2009年。
李维屏:《英美现代主义文学概观》,上海:上海外语教育出版社,1998年。
李伟昉:《梁实秋莎评研究》,北京:商务印书馆,2011年。
李伟民:《中国莎士比亚批评史》,北京:中国戏剧出版社,2006年。
李文俊:《福克纳的神话》,上海:上海译文出版社,2008年。
李宪瑜:《二十世纪中国翻译文学史:三四十年代·英法美卷》,天津:百花文艺出版社,2009年。
李小均:《自由与反讽:纳博科夫的思想与创作》,南昌:百花洲文艺出版社,2007年。
李辛生等:《自由的迷惘:萨特存在主义哲学剖视》,广州:广东高等教育出版社,1991年。
李秀清:《帝国意识与吉卜林的文学写作》,北京:对外经济贸易大学出版社,2010年。
李亚凡:《波伏瓦:一位追求自由的女性》,北京:人民文学出版社,2005年。
李亚萍:《故国回望:20世纪中后期美国华文文学主题研究》,北京:中国社会科学出版社,2006年。
李杨:《美国南方文学后现代时期的嬗变》,济南:山东大学出版社,2006年。
李耀宗:《诸神的黎明与欧洲诗歌的新开始:噢西坦抒情诗》,台北:允晨文化实业股份有限公司,2008年。
李野光:《惠特曼评传》,上海:上海文艺出版社,1988年。
李应志:《解构的文化政治实践:斯皮瓦克后殖民文化批评研究》,上海:上海三联书店,2008年。
李瑜译:《文艺复兴书信集》,上海:学林出版社,2002年。
李元:《加缪的新人本主义哲学》,上海:上海社会科学院出版社,2007年。
李元:《唯美主义的浪荡子——奥斯卡·王尔德研究》,北京:外语教学与研究出版社,

2008年。
李峥:《美国早期戏剧与电影中的中国人形象》,上海:上海交通大学出版社,2009年。
李正栓:《美国诗歌研究》,北京:北京大学出版社,2007年。
李正栓:《英国文艺复兴时期诗歌研究》,保定:河北大学出版社,2006年。
李忠敏:《宗教文化视域中的卡夫卡诗学》,北京:中国社会科学出版社,2012年。
连燕堂:《二十世纪中国翻译文学史(近代卷)》,天津:百花文艺出版社,2009年。
梁实秋:《英国文学史》第一卷,台北:协志工业丛书,1985年。
梁永安:《重建总体性:与杰姆逊对话》,成都:四川人民出版社,2003年。
廖炜春:《服饰造性别:英国文艺复兴与中国明清戏剧中的换装和性别》(英文),上海:上海译文出版社,2005年。
廖星桥:《法国现当代文学论》,长沙:湖南师范大学出版社,1991年。
廖星桥:《萨特》,成都:四川人民出版社,2002年。
林斌:《精神隔绝与文本越界:卡森·麦卡勒斯四十年代小说哥特主题之后》,天津:天津人民出版社,2006年。
林丰民:《为爱而歌:科威特女诗人苏阿德·萨巴赫研究》,北京:中国华侨出版社,2000年。
林丰民:《文化转型中的阿拉伯现代文学》,北京:北京大学出版社,2007年。
林丰民等著:《中国文学与阿拉伯文学比较研究》,北京:昆仑出版社,2011年。
林和生:《犹太人卡夫卡》,兰州:敦煌文艺出版社,2003年。
林涧:《问谱系:中美文化视野下的美华文学研究》,上海:上海译文出版社,2006年。
林芊:《历史理性与理性史学:伏尔泰史学思想研究》,贵阳:贵州人民出版社,2005年。
林少华:《村上春树和他的作品》,宁夏:宁夏人民出版社,2005年。
林少华:《为了灵魂的自由——村上春树的文学世界》,北京:中国友谊出版公司,2010年。
林学锦:《萨特、卡夫卡的评价及其他》,北京:中国文联出版社,1999年。
林一安编:《加西亚·马尔克斯研究》,昆明:云南人民出版社,1993年。
林元富:《论伊什梅尔·里德后现代主义小说的戏仿艺术》,厦门:厦门大学出版社,2008年。
刘板盛:《凡尔纳:1828~1905》,沈阳:辽宁人民出版社,1985年。
刘保安:《英美浪漫主义诗歌研究》,长春:吉林人民出版社,2009年。

刘成富:《20世纪法国"反文学"研究》,南京:江苏文艺出版社,2002年。

刘登翰:《双重经验的跨域书写:20世纪美华文学史论》,上海:上海三联书店,2007年。

刘海平、王守仁主编:《新编美国文学史》,上海:上海外语教育出版社,2002年。

刘海平、朱东霖:《中美文化在戏剧中交流——奥尼尔与中国》,南京:南京大学出版社,1988年。

刘洪一:《走向文化诗学:美国犹太小说研究》,北京:北京大学出版社,2002年。

刘会新编著:《东方诗圣泰戈尔》,北京:北方妇女儿童出版社,2007年。

刘建华:《文本与他者:福克纳解读》,北京:北京大学出版社,2002年。

刘建军:《欧洲中世纪文学论稿:从公元5世纪到13世纪末》,北京:中华书局,2010年。

刘进:《弗雷德里克·詹姆逊文化诗学研究》,成都:巴蜀书社,2003年。

刘进:《乔叟梦幻诗研究:权威与经验之对话》,北京:社会科学文献出版社,2011年。

刘立辉:《生命和谐:斯宾塞〈仙后〉内在主题研究》(英文),北京:外语教学与研究出版社,2004年。

刘茂生:《王尔德创作的伦理思想研究》,武汉:华中师范大学出版社,2008年。

刘明厚:《二十世纪法国戏剧》,上海:上海文艺出版社,2000年。

刘乃银:《巴赫金的理论与〈坎特伯雷故事集〉》(英文),上海:华东师范大学出版社,1999年。

刘强:《荒诞派戏剧艺术论》,合肥:安徽文艺出版社,1997年。

刘泉、凤媛:《夜深人不静——走进弗洛伊德的〈梦的解析〉》,北京:北京师范大学出版社,2007年。

刘绍学:《理性之剑——重读伏尔泰》,成都:四川人民出版社年,1997年。

刘世衡:《难以摆脱的幻象缠绕:齐泽克意识形态理论研究》,北京:知识产权出版社,2011年。

刘守兰:《狄金森研究》,上海:上海外语教育出版社,2006年。

刘卫伟编:《泰戈尔》,呼和浩特:远方出版社,2006年。

刘文松:《索尔·贝娄小说中的权力关系及其女性表征》,厦门:厦门大学出版社,2004年。

刘小枫、陈少明主编:《卢梭的苏格拉底主义》,北京:华夏出版社,2005年。

刘心莲:《罗伯特·斯蒂文森作品导读》,武汉:武汉大学出版社,2003年。

刘须明:《约翰·罗斯金艺术美学思想研究》,南京:东南大学出版社,2010年。
刘彦君:《东西方戏剧进程》,北京:文化艺术出版社,1997年。
刘燕:《现代批评之始——T.S.艾略特诗学研究》,桂林:广西师范大学出版社,2005年。
刘意青、罗芃主编:《经典作家作品研究》(欧美文学论丛第一辑),北京:人民文学出版社,2002年。
刘玉:《文化对抗:后殖民氛围中的三位美国当代印第安女作家》,厦门:厦门大学出版社,2008年。
刘岳、马相武:《拉丁美洲文学简史》,海口:海南出版社,1993年。
柳鸣九、罗新璋编选:《马尔罗研究》,桂林:漓江出版社,1984年。
柳鸣九、罗新璋编选:《萨特研究》,北京:中国社会科学出版社,1981年。
柳鸣九:《法国廿世纪文学散论:从普鲁斯特到"新小说"》,广州:花城出版社,1993年。
柳鸣九:《法兰西文学大师十论》,上海:复旦大学出版社,2004年。
柳鸣九:《自然主义大师左拉》,上海:上海文艺出版社,1989年。
柳鸣九编选:《新小说派研究》,北京:中国社会科学出版社,1986年。
柳鸣九编选:《尤瑟纳尔研究》,桂林:漓江出版社,1987年。
柳鸣九等:《法国文学史》(上、中、下),北京:人民文学出版社,1979、1981、1991年,2007年修订本。
柳鸣九主编:《从现代主义到后现代主义》,北京:中国社会科学出版社,1994年。
柳鸣九主编:《存在文学与文学中的存在》,北京:中国社会科学出版社,1997年。
柳鸣九主编:《二十世纪文学中的荒诞》,北京:中国社会科学出版社,1993年。
柳鸣九主编:《二十世纪现实主义》,北京:中国社会科学出版社,1992年。
柳鸣九主编:《未来主义 超现实主义 魔幻现实主义》,北京:中国社会科学出版社,1987年。
柳鸣九主编:《意识流》,北京:中国社会科学出版社,1989年。
柳鸣九主编:《自然主义》,北京:中国社会科学出版社,1988年。
龙艳:《激进而保守的女性主义:英国作家乔治艾略特研究》,北京:外语教学与研究出版社,2008年。
卢敏:《美国浪漫主义时期小说类型研究》,上海:上海人民出版社,2008年。
卢盛江:《空海与文镜秘府论》,宁夏:宁夏人民出版社,2005年。

卢盛江:《文镜秘府论汇校汇考》,北京:中华书局,2006 年。
陆谷孙:《莎士比亚研究十讲》,上海:复旦大学出版社,2005 年。
陆薇:《走向文化研究的华裔美国文学》,北京:中华书局,2007 年。
陆扬:《精神分析文论》,济南:山东教育出版社,2005 年。
陆扬:《欧洲中世纪诗学》,上海:上海社会科学院出版社,2000 年。
路邈:《远藤周作——日本基督宗教文学的先驱》,北京:宗教文化出版社,2002 年。
罗大冈:《论罗曼·罗兰:评资产阶级人道主义的破产》,上海:上海文艺出版社,1979 年。
罗钢:《叙事学导论》,昆明:云南人民出版社,1994 年。
罗经国:《狄更斯的创作》,沈阳:辽宁大学出版社,2001 年。
罗芃、任光宣主编:《圣经、神话传说与文学》(欧美文学论丛第五辑),北京:人民文学出版社,2006 年。
罗芃主编:《文学与艺术》(欧美文学论丛第八辑),北京:人民文学出版社,2013 年。
罗小云:《美国西部文学》,合肥:安徽教育出版社,2009 年。
罗新璋编选:《莫洛亚研究》,桂林:漓江出版社,1988 年。
马建军:《乔治·艾略特研究》,武汉:武汉大学出版社,2007 年。
马骏:《日本上代文学和习问题研究》,北京:北京大学出版社,2012 年。
马衮(马文谦):《菲利浦·麦辛哲的悲剧》(英文),北京:北京大学出版社,1998 年。
马兴国:《中国古典小说与日本文学》,辽宁:辽宁教育出版社,1993 年。
马元龙:《精神分析:从文学到政治》,北京:人民出版社,2011 年。
马征:《文化间性视野中的纪伯伦研究》,北京:中国社会科学出版社,2010 年。
毛明:《跨越时空的对话:美国诗人斯奈德的生态学与中国自然审美观》,北京:光明日报出版社,2008 年。
毛世昌:《印度两大史诗和泰戈尔作品中的女性人物研究》,兰州:兰州大学出版社,2009 年。
毛信德:《美国黑人文学的巨星:托妮·莫里森小说创作论》,杭州:浙江大学出版社,2006 年。
毛信德:《美国小说发展史》,杭州:浙江大学出版社,2004 年。
孟复:《西班牙文学简史》,成都:四川人民出版社,1982 年。
孟华:《伏尔泰与孔子》,北京:新华出版社,1993 年。
孟庆枢、杨守森:《西方文论》,北京:高等教育出版社,2007 年。

孟宪强:《马克思恩格斯与莎士比亚》,西安:陕西人民出版社,1984年。
孟宪强:《三色堇:〈哈姆莱特〉解读》,北京:商务印书馆,2007年。
孟宪强:《中国莎学简史》,长春:东北师范大学出版社,1994年。
孟宪义:《巴尔扎克的〈人间喜剧〉与美》,哈尔滨:黑龙江教育出版社,1992年。
孟昭毅、黎跃进编著:《简明东方文学史》,北京:北京大学出版社,2005年。
莫琼莎:《野间宏文学研究:以"全小说"创作为中心》,大津:南开大学出版社,2012年。
牟雷:《雾都明灯:狄更斯传》,石家庄:河北人民出版社,1999年。
南帆:《文学理论新读本》,杭州:浙江文艺出版社,2002年。
内田树:《当心村上春树》,杨伟、蒋葳译,重庆:重庆出版社,2009年。
倪正芳:《拜伦研究》,北京:中国广播电视出版社,2005年。
倪正芳:《拜伦与中国》,西宁:青海人民出版社,2008年。
聂珍钊:《悲戚而刚毅的小说家——托马斯·哈代小说研究》,武汉:华中师范大学出版社,1992年。
潘志明:《作为策略的罗曼司》,北京:外语教学与研究出版社,2008年。
庞好农:《文化移入碰撞下的三重意识:理查德·赖特的四部长篇小说研究》,上海:上海大学出版社,2007年。
彭建华:《现代中国的法国文学接受:革新的时代、人、期刊、出版社》,北京:中国书籍出版社,2008年。
彭予:《美国自白诗探索》,北京:社会科学文献出版社,2004年。
蒲若茜:《族裔经验与文化想象:华裔美国小说典型母题研究》,北京:中国社会科学出版社,2006年。
钱林森:《法国作家与中国》,福州:福建教育出版社,1995年。
钱满素:《爱默生和中国:对个人主义的反思》,上海:上海三联书店,1996年。
钱满素:《美国当代小说家论》,北京:中国社会科学出版社,1987年。
乔国强:《美国犹太文学》,北京:商务印书馆,2008年。
乔国强:《辛格研究》,上海:上海外语教育出版社,2008年。
秦弓:《二十世纪中国翻译文学史.五四时期卷》,天津:百花文艺出版社,2009年。
秦海鹰主编:《法国文学与宗教》(欧美文学论丛第六辑),北京:人民文学出版社,2011年。
秦勇:《巴赫金躯体理论研究》,北京:中国社会科学出版社,2009年。

邱平壤:《海明威研究在中国》,哈尔滨:黑龙江教育出版社,1990年。
裘克安:《莎士比亚评介文集》,北京:商务印书馆,2006年。
冉云飞:《陷阱里的先锋——博尔赫斯》,成都:四川人民出版社,1998年版。
任光宣主编:《欧美文学与宗教》(欧美文学论丛第二辑),北京:人民文学出版社,
    2002年。
任明耀:《博马舍》,沈阳:辽宁人民出版社,1988年。
任翔:《文化危机时代的文学抉择:爱伦·坡与侦探小说探究》,北京:北京师范大学出
    版社,2006年。
阮珅主编:《莎士比亚新论》,武汉:武汉大学出版社,1994年。
芮渝萍:《美国成长小说研究》,北京:中国社会科学出版社,2004年。
单德兴:《故事与新生:华美文学与文化研究》,天津:南开大学出版社,2009年。
单德兴:《重建美国文学史》,北京:北京大学出版社,2006年。
尚杰:《尚杰讲狄德罗》,北京:北京大学出版社,2008年。
尚杰:《尚杰讲卢梭》,北京:北京大学出版社,2008年。
尚晓进:《走向艺术:冯内古特小说研究》,上海:上海大学出版社,2006年。
申丹、秦海鹰主编:《欧美文论研究》(欧美文学论丛第三辑),北京:人民文学出版社,
    2003年。
申丹、王邦维主编:《新中国60年外国文学研究》六卷七册,北京:北京大学出版社,
    2015年。
申丹:《叙事、文体与潜文本:重读英美经典短篇小说》,北京:北京大学出版社,
    2009年。
申丹:《叙述学与小说文体学研究》,北京:北京大学出版社,2004年。
申丹:《英美小说叙事理论研究》,北京:北京大学出版社,2005年。
申富英:《英美现代主义文学新视野》,济南:山东大学出版社,2007年。
沈弘:《弥尔顿的撒旦与英国文学传统》,北京:北京大学出版社,2010年。
沈洪益主编:《泰戈尔谈中国》,杭州:浙江文艺出版社,2001年。
沈华柱:《对话的妙语:巴赫金语言哲学思想研究》,上海:上海三联书店,2005年。
沈建青:《尤金·奥尼尔女性形象研究》,长沙:湖南教育出版社,2002年。
沈石岩:《西班牙文学史》,北京:北京大学出版社,2006年。
沈志明编选:《阿拉贡研究》,北京:中国社会科学出版社,1986年。
盛澄华:《纪德研究》,上海:森林出版社,1948年。

盛澄华:《盛澄华谈纪德》,桂林:广西师范大学出版社,2012年

盛力:《阿根廷文学》,北京:外语教学与研究出版社,1999年。

盛宁:《二十世纪美国文论》,北京:北京大学出版社,1994年。

施咸荣:《莎士比亚和他的戏剧》,北京:北京出版社,1981年。

施咸荣:《西风杂草》,桂林:漓江出版社,1986年。

石坚:《似是故人来——新历史主义视角下的20世纪英美文学》,重庆:重庆大学出版社,2008年。

石平萍:《当代美国少数族裔女作家研究》,成都:成都时代出版社,2007年。

石平萍:《母女关系与性别、种族的政治:美国华裔妇女文学研究》,开封:河南大学出版社,2004年。

宋春香:《他者文化语境中的狂欢理论》,北京:中国社会科学出版社,2009年。

宋德发:《厄普代克中产阶级小说的宗教之维》,湘潭:湘潭大学出版社,2009年。

宋敏生:《纪德的"那喀索斯情结"与自我追寻》,北京:中国社会科学出版社,2010年。

宋伟杰:《中国·文学·美国:美国小说戏剧中的中国形象》,广州:花城出版社,2003年。

宋岳礼:《20世纪英美小说流变与选读》,咸阳:西北农林科技大学出版社,2009年。

苏文菁:《华兹华斯诗学》,北京:社会科学文献出版社,2000年。

苏新连:《厄普代克:"兔子"与当代美国经验》,徐州:中国矿业大学出版社,2006年。

孙宏:《中美两国文学中的地域主题研究》,北京:外语教学与研究出版社,2007年。

孙家琇:《论莎士比亚四大悲剧》,北京:中国戏剧出版社,1988年。

孙家琇编:《马克思恩格斯和莎士比亚戏剧》,北京:中国戏剧出版社,1981年。

孙胜忠:《美国成长小说艺术和文化表达研究》,合肥:安徽人民出版社,2008年。

孙万军:《品钦小说中的混沌与秩序》,保定:河北大学出版社,2008年。

孙艳娜:*Shakespeare in China*,开封:河南大学出版社,2010年。

孙宜学:《凋谢的百合——王尔德画像》,上海:同济大学出版社,2009年。

孙宜学:《泰戈尔与中国》,桂林:广西师范大学出版社,2005年。

孙宜学编著:《泰戈尔与中国》,石家庄:河北人民出版社,2001年。

孙宜学主编:《不欢而散的文化聚会——泰戈尔来华演讲及论争》,合肥:安徽教育出版社,2007年。

索金梅:《庞德〈诗章〉中的儒学》,天津:南开大学出版社,2003年。

谭少茹:《纳博科夫文学思想研究》,武汉:湖北人民出版社,2009年。

唐红梅:《种族、性别与身份认同:美国黑人女作家艾丽丝·沃克、托尼·莫里森》,北京:民族出版社,2006年。
唐仁虎等主编:《泰戈尔文学作品研究》,北京:昆仑出版社,2003年。
唐月梅:《怪异鬼才三岛由纪夫传》,北京:作家出版社,1994年。
陶洁:《灯下西窗:美国文学和美国文化》,北京:北京大学出版社,2004年。
陶乃侃:《庞德与中国文化》,北京:首都师范大学出版社,2006年。
滕大春:《卢梭教育思想述评》,北京:人民教育出版社,1984年。
滕威:《"边境"之南——拉丁美洲文学汉译与中国当代文学(1949—1999)》,北京:北京大学出版社,2011年。
田俊武:《约翰·斯坦贝克的小说诗学追求》,北京:中国社会科学出版社,2006年。
田民:《莎士比亚与现代戏剧:从亨利克·易卜生到海纳·米勒》,北京:中国社会科学出版社,2006年。
田亚曼:《母爱与成长:托妮·莫里森小说》,北京:中国社会科学出版社,2009年。
童庆炳主编:《文学理论教程》,北京:高等教育出版社,2004年。
童真:《狄更斯与中国》,湘潭:湘潭大学出版社,2008年。
涂卫群:《从普鲁斯特出发》,北京:社会科学文献出版社,2001年。
万俊人:《萨特伦理思想研究》,北京:北京大学出版社,1988年。
万俊人:《于无深处——重读萨特》,成都:四川人民出版社,1996年。
万书辉:《文化文本的互文性书写:齐泽克对拉康理论的解释》,成都:巴蜀书社,2007年。
汪帮琼:《萨特本体论思想研究》,上海:学林出版社,2006年。
汪剑鸣、詹志和:《法国文学简史》,海口:海南出版社,1993年。
汪剑鸣:《法国文学》,海口:海南出版社,2001年。
汪小玲:《美国黑色幽默小说研究》,上海:上海外语教育出版社,2006年。
汪小玲:《纳博科夫小说艺术研究》,上海:上海外语教育出版社,2008年。
汪义群:《奥尼尔研究》,上海:上海外语教育出版社,2006年。
汪义群:《当代美国戏剧》,上海:上海外语教育出版社,1992年。
王邦维主编:《东方文学学科:建设与发展》,太原:北岳文艺出版,2007年。
王恩铭:《美国反正统文化运动》,北京:北京大学出版社,2008年。
王恩铭:《美国文化与社会》,上海:上海外语教育出版社,2009年。
王逢振:《今日西方文学批评理论》,桂林:漓江出版社,1988年。

王逢振:《意识与批评——现象学、阐释学和文学的意思》,桂林:漓江出版社,1988年。

王富:《赛义德现象研究》,北京:中国社会科学出版社,2009年。

王继辉:《论盎格鲁撒克逊文学和古代中国文学中的王权理念:〈贝奥武甫〉与〈宣和遗事〉的比较研究》(英文),北京:北京大学出版社,1996年。

王建刚:《狂欢诗学:巴赫金文学思想研究》,上海:学林出版社,2001年。

王建平:《约翰·巴斯研究》,上海:上海外语教育出版社,2008年。

王敬民:《乔纳森·卡勒诗学研究》,青岛:中国海洋大学出版社,2008年。

王军:《20世纪西班牙小说》,北京:北京大学出版社,2007年。

王军:《诗与思的激情对话》,北京:北京大学出版社,2004年。

王军:《索莱达·普埃托拉斯的小说世界》,格拉纳达:科玛雷斯出版社,2000年。

王军:《西班牙当代女性小说》,北京:北京大学出版社,2016年。

王军主编:《西班牙语国家文学研究》(欧美文学论丛第七辑),北京:人民文学出版社,2011年。

王克千、樊莘森:《存在主义述评》,上海:上海人民出版社,1981年。

王克千、夏军:《论萨特》,福州:福建人民出版社,1985年。

王岚:《詹姆斯一世后期英国悲剧中的女性》(英文),开封:河南大学出版社,2006年。

王丽丽:《多丽丝·莱辛的艺术和哲学思想研究》,北京:中国社会科学出版社,2007年。

王莉娅:《美国黑人文学史论》,哈尔滨:黑龙江人民出版社,2001年。

王宁:《深层心理学与文学批评》,西安:陕西人民出版社,1992年。

王诺:《欧美生态文学》,北京:北京大学出版社,2003年。

王钦峰:《福楼拜与现代思想》,银川:宁夏人民出版社,1998年。

王钦峰:《福楼拜与现代思想续论》,合肥:黄山书社,2008年。

王钦峰主编:《拜伦雪莱诗歌精选评析》,开封:河南大学出版社,2006年。

王秋生:《忧伤之花——托马斯·哈代的艾玛组诗研究》,北京:中国社会科学出版社,2009年。

王时中:《实存与共在:萨特历史辩证法研究》,北京:中国社会科学出版社,2007年。

王守仁:《性别·种族·文化:托妮·莫里森的小说创作》,北京:北京大学出版社,2000年。

王松林:《康拉德小说伦理观研究》,武汉:华中师大出版社,2008年。

王天保:《西方马克思主义文论:文本解读与中西对话》,北京:人民出版社,2013年。
王彤:《从身份游离到话语突围:智利文学的女性书写》,成都:巴蜀书社,2010年。
王霞:《越界的想象:纳博科夫文学创作中的越界现象研究》,上海:上海大学出版社,2007年。
王向远:《东方各国文学在中国》,南昌:江西教育出版社,2001年。
王向远:《二十世纪中国的日本翻译文学史》,北京:北京师范大学出版社,2001年。
王晓英:《走向完整生存的追寻——艾丽丝·沃克妇女主义文学创作研究》,苏州:苏州大学出版社,2008年。
王新新:《大江健三郎的文学世界:1957—1967》,北京:人民文学出版社,2004年。
王雅华:《走向虚无:贝克特小说的自我探索与形式实验》,北京:北京语言文化大学出版社,2005年。
王颖:《十九世纪"另类"美国作家研究》,济南:山东教育出版社,2007年。
王予霞:《苏珊·桑塔格与当代美国左翼文学研究》,北京:中国社会科学出版社,2009年。
王玉括:《莫里森研究》,北京:人民文学出版社,2005年。
王誉公:《埃米莉·迪金森诗歌的分类和声韵研究》,济南:山东大学出版社,2000年。
王岳川:《现象学与解释学文论》,济南:山东教育出版社,1999年。
王长才:《阿兰·罗伯-格里耶小说叙事话语研究》,成都:巴蜀书社,2009年。
王长荣:《现代美国小说史》,上海:上海外语教育出版社,1992年。
王志艳:《走在印度与世界的连接线上——东方诗哲泰戈尔》,延边:延边人民出版社,2006年。
王治国:《狄更斯传略》,上海:上海文化出版社,1991年。
王卓:《后现代主义视野中的美国当代诗歌》,济南:山东文艺出版社,2005年。
王卓:《投射在文本中的成长丽影:美国女性成长小说研究》,北京:中国书籍出版社,2008年。
王琢:《想象力论:大江健三郎的小说方法》,上海:上海文艺出版社,2004年。
王祖友:《后现代的怪诞:海勒小说研究》,厦门:厦门大学出版社,2009年。
王佐良、何其莘:《英国文艺复兴时期文学史》,北京:外语教学与研究出版社,1996年。
王佐良:《英国散文的流变》,北京:商务印书馆,1994年。
王佐良:《英国诗史》,南京:译林出版社,1993年。

卫景宜:《跨文化语境中的英美文学与翻译研究》,广州:暨南大学出版社,2007年。
卫岭:《奥尼尔的创伤记忆与悲剧创作》,北京:中国人民大学出版社,2009年。
魏风江:《我的老师泰戈尔》,贵州:贵州人民出版社,1998年。
魏啸飞:《美国犹太文学与犹太特性》,桂林:广西师范大学出版社,2009年。
文楚安:《"垮掉一代"及其他》,成都:四川大学出版社,2002年。
翁家慧:《通向现实之路——日本"内向的一代"研究》,北京:中国社会科学出版社,2010年。
吴冰:《华裔美国作家研究》,天津:南开大学出版社,2009年。
吴笛:《哈代新论》,杭州:浙江大学出版社,2009年。
吴笛:《哈代研究》,杭州:浙江文艺出版社,1994年。
吴刚:《王尔德艺术理论研究》,上海:上海外语教育出版社,2009年。
吴建国:《菲茨杰拉德研究》,上海:上海外语教育出版社,2002年。
吴兰香:《性别·种族·空间:伊迪斯·华顿游记作品研究》,南京:东南大学出版社,2009年。
吴立昌:《精神分析狂潮弗洛伊德在中国》,南昌:江西高校出版社,2009年。
吴玲英:《索尔·贝娄与拉尔夫·埃里森的边缘研究》,长沙:中南大学出版社,2005年。
吴其尧:《庞德与中国文化:兼论外国文学在中国文化现代化中的作用》,上海:上海外语教育出版社,2006年。
吴其尧:《唯美主义大师——王尔德》,杭州:浙江大学出版社,2006年。
吴琼:《20世纪美国马克思主义文艺理论研究》,北京:北京大学出版社,2012年。
吴琼:《雅克·拉康:阅读你的症状》,北京:中国人民大学出版社,2011年。
吴少平:《美丽与哀愁——一个真实的夏洛特·勃朗特》,北京:东方出版社,2007年。
吴守琳:《拉丁美洲文学简史》,北京:人民大学出版社,1985年。
吴文辉:《20世纪文学泰斗 泰戈尔》,成都:四川人民出版社,1999年。
吴岳添:《法国文学简史》,上海:上海外语教育出版社,2005年。
吴岳添:《法国文学流派的变迁》,北京:北京大学出版社,1995年。
吴岳添:《法国文学散论》,北京:东方出版社,2002年。
吴岳添:《法国现当代左翼文学》,湘潭:湘潭大学出版社,2007年。
吴岳添:《法国小说发展史》,杭州:浙江大学出版社,2004年。
吴岳添编选:《马丁·杜加尔研究》,北京:中国人民大学出版社,1992年。

伍厚恺:《孤独的散步者:卢梭》,成都:四川人民出版社,1997年。
仵从巨主编:《叩问存在:米兰·昆德拉的世界》,北京:华夏出版社,2005年。
奚永吉:《莎士比亚翻译比较美学》,上海:上海外语教育出版社,2007年。
习传进:《走向人类学诗学:二十世纪八九十年代非裔美国文学批评转型研》,北京:中国社会科学出版社,2007年。
夏光武:《美国生态文学》,上海:学林出版社,2009年。
夏忠宪:《巴赫金狂欢化诗学研究 俄国形式主义研究》,北京:北京师范大学出版社,2000年。
肖明翰:《大家族的没落:福克纳和巴金家庭小说比较研究》,桂林:广西师范大学出版社,1994年。
肖明翰:《威廉·福克纳:骚动的灵魂》,成都:四川人民出版社,1999年。
肖明翰:《威廉·福克纳研究》,北京:外语教学与研究出版社,1997年。
肖明翰:《英国文学传统之形成:中世纪英语文学研究》,两册,北京:社会科学文献出版社,2009年。
肖明翰:《英语文学之父——杰弗里·乔叟》,北京:社会科学文献出版社,2005年。
肖四新:《莎士比亚戏剧与基督教文化》,成都:巴蜀书社,2007年。
肖雪慧:《理性人格:伏尔泰》,武汉:长江文艺出版社,1996年。
小森阳一:《村上春树论——精读〈海边的卡夫卡〉》,秦刚译,北京:新星出版社,2007年。
晓树主编:《震撼心灵的诗人——拜伦》,北京:中国画报出版社,2009年。
谢春平、黄莉、王树文:《卡夫卡文学世界中的罪罚与拯救主题研究》,成都:四川大学出版社,2012年。
谢世坚:《莎士比亚剧本中话语标记语的汉译》,北京:外语教学与研究出版社,2010年。
谢天振:《深插底层的笔触:狄更斯传》,上海:世界图书出版公司,1994年。
徐崇温等:《萨特及其存在主义》,北京:人民出版社,1981年。
徐岱:《小说叙事学》,北京:中国社会科学出版社,1992年。
徐枫:《探寻人的新型面貌:马尔罗〈人的境况〉解读》,昆明:云南大学出版社,2008年。
徐颖果:《跨文化视野下的美国华裔文学:赵健秀作品研究》,天津:南开大学出版社,2008年。

徐颖果:《文化研究视野中的英美文学》,北京:人民文学出版社,2008年。
徐真华、黄建华:《20世纪法国文学回顾:文学与哲学的双重品格》,上海:上海外语教育出版社,2008年。
许光华:《司汤达比较研究》,上海:华东师范大学出版社,1991年。
许钧、宋学智:《20世纪法国文学在中国的译介与接受》,武汉:湖北教育出版社,2007年。
许钧:《文字·文学·文化——〈红与黑〉汉译研究》,南京:译林出版社,2011年。
许明龙:《孟德斯鸠与中国》,北京:国际文化出版公司,1989年。
许志强:《马孔多神话与魔幻现实主义》,北京:中国社会科学出版社,2009年。
薛鸿时:《浪漫的现实主义:狄更斯评传》,北京:社会科学文献出版社,1996年。
薛小惠:《对传统的价值观念说"不":伊迪丝·沃顿六部主要小说主题研究》,西安:西北工业大学出版社,2007年。
薛玉凤:《美国华裔文学之文化研究》,北京:人民文学出版社2007年。
严平:《走向解释学的真理》,北京:东方出版社,1998年。
严绍璗:《比较文学与文化"变异体"研究》,上海:复旦大学出版社,2011年。
严绍璗:《中日古代文学关系史稿》,湖南:湖南文艺出版社,1987年。
严绍璗等:《比较文化:中国与日本》,长春:吉林大学出版社,1996年。
阎伟:《萨特的叙事之旅》,北京:中国社会科学出版社,2010年。
颜德如:《严复与西方近代思想:关于孟德斯鸠与〈法意〉的研究》,长春:吉林大学出版社,2005年。
颜学军:《哈代诗歌研究》,北京:人民文学出版社,2006年。
颜元叔:《英国文学:中古时期》,台北:尧水出版社,1983年。
杨炳菁:《后现代语境中的村上春树》,北京:中央编译出版社,2009年。
杨彩霞:《20世纪美国文学与圣经传统》,北京:中国人民大学出版社,2007年。
杨昌龙:《存在主义的艺术人学:论文学家萨特》,西安:西北大学出版社,1998年。
杨昌龙:《萨特评传》,杭州:浙江文艺出版社,1999年。
杨昌龙:《文坛上的拿破仑:巴尔扎克创作论》,西安:陕西人民出版社,1991年。
杨春:《汤亭亭小说艺术论》,北京:外语教学与研究出版社,2009年。
杨国政、赵白生主编:《传记文学研究》(欧美文学论丛第四辑),北京:人民文学出版社,2005年。
杨海燕:《重访红云镇:薇拉·凯瑟生态女性主义研究》,成都:四川大学出版社,

2006年。

杨洁:《酷儿理论与批评实践》,北京:中国社会科学出版社,2011年。

杨金才:《赫尔曼·麦尔维尔与帝国主义》,南京:南京大学出版社,2001年。

杨金才:《美国文艺复兴经典作家的政治文化阐释》,上海:上海外语教育出版社,2009年。

杨莉馨:《西方女性主义文论研究》,南京:江苏文艺出版社,2002年。

杨仁敬:《20世纪美国文学史》,青岛:青岛出版社,1999年。

杨仁敬:《海明威传》,长沙:湖南文艺出版社,1996年。

杨仁敬:《美国文学简史》,上海:上海外语教育出版社,2008年。

杨仁敬等:《美国后现代派小说论》,青岛:青岛出版社,2004年。

杨文极等:《存在主义新论》,西安:陕西人民教育出版社,1996年。

杨武能:《走近歌德》,石家庄:河北教育出版社,1999年。

杨永良:《并非自由的强盗:村上春树〈袭击面包店〉及其续篇的哲学解读》,济南:山东人民出版社,2010年。

杨永良:《并非自由的强盗:村上春树〈袭击面包店〉及其续篇的哲学解读》,济南:山东人民出版社2010年版。

杨周翰、吴达元、赵萝蕤主编:《欧洲文学史》(上、下),北京:人民文学出版社,1979年。

杨周翰:《十七世纪英国文学》,北京:北京大学出版社,1985年。

杨周翰主编:《莎士比亚评论汇编》(上、下),北京:中国社会科学出版社,1979—1981年。

姚继中:《〈源氏物语〉与中国传统文化》,北京:中央编译出版社,2004年。

姚君伟:《文化相对主义:赛珍珠的中西文化观》,南京:东南大学出版社,2001年。

叶舒宪:《探索非理性世界——原型批评的理论与方法》,成都:四川人民出版社,1988年。

叶廷芳编:《论卡夫卡》,北京:中国社会科学出版社,1988年。

叶渭渠、千叶宣一、唐纳德·金:《三岛由纪夫研究》,北京:开明出版社,1996年。

叶渭渠、唐月梅:《日本现代文学思潮史》,北京:中国华侨出版社,1991年。

伊宏:《东方冲击波——纪伯伦评传》,海口:海南出版社,1993年。

易乐湘:《马克·吐温青少年小说主题研究》,上海:东方出版中心,2009年。

易晓明:《华兹华斯》,北京:国际文化出版公司,1996年。

殷鼎:《理解的命运》,北京:生活·读书·新知三联书店,1988年。

尹锡南:《发现泰戈尔:影响世界的东方诗哲》,台北:台湾原神出版事业机构,2005年。

尹锡南:《世界文明视野中的泰戈尔》,成都:巴蜀书社,2003年。

尹晓煌:《美国华裔文学史》,天津:南开大学出版社,2006年。

于凤川:《马尔克斯》,沈阳:辽海出版社,1998年。

于凤梧:《卢梭思想概论》,北京:北京师范大学出版社,1986年。

于琦:《齐泽克文化批评研究》,北京:中国社会科学出版社,2012年。

虞建华:《20部美国小说名著评析》,上海:上海外语教育出版社,1989年。

虞建华:《杰克·伦敦研究》,上海:上海外语教育出版社,2009年。

虞建华:《美国文学的第二次繁荣:二三十年代的美国文化思潮和文学表达》,上海:上海外语教育出版社,2004年。

袁宪军:《乔叟〈特罗勒斯〉新论》(英文),北京:北京大学出版社,1995年。

岳凤梅:《艾米莉·迪金森的欲望:拉康式解读》,北京:国防工业出版社,2009年。

曾传芳:《叙事策略与历史重构:威廉·斯泰伦历史小说研究》,成都:四川大学出版社,2009年。

曾繁亭:《文学自然主义研究》,北京:中国社会科学出版社,2008年。

曾利君:《加西亚·马尔克斯作品的汉译传播与接受》,北京:中华书局,2011年。

曾利君:《马尔克斯在中国》,北京:中国社会科学出版社,2012年。

曾艳兵:《卡夫卡与中国文化》,北京:首都师范大学出版社,2006年。

曾艳钰:《走向后现代多元文化主义:从里德和罗思看美国黑人文学和犹太文学》,厦门:厦门大学出版社,2004年。

张宝林:《多棱镜中的杰克·伦敦研究》,呼和浩特:内蒙古人民出版社,2008年。

张冰:《陌生化诗学:俄国形式主义研究》,北京:北京师范大学出版社,2000年。

张秉真、章安祺、杨慧林:《西方文艺理论史》,北京:中国人民大学出版社,1994年。

张冲、张琼:《视觉时代的莎士比亚:莎士比亚电影研究》,北京:北京大学出版社,2009年。

张冲主撰:《新编美国文学史》第一册,上海:上海外语教育出版社,2000年。

张冠华、张德礼:《自然主义的美学思考》,成都:成都科技大学出版社,1999年。

张冠华:《西方自然主义与中国20世纪文学》,成都:成都科技大学出版社,1992年。

张光璘:《印度大诗人泰戈尔》,北京:蓝天出版社,1993年。

张光璘主编:《中国名家论泰戈尔》,北京:中国华侨出版社,1994年。

张广奎:《大众诗学:卡尔·桑伯格诗歌及诗学研究》,北京:中国社会科学出版社,2008年。

张国庆:《"垮掉的一代"与中国当代文学》,武汉:武汉大学出版社,2006年。

张和龙主编:《英国文学研究在中国:英国作家研究》(上卷),上海:上海外语教育出版社,2015年。

张洪仪:《全球化语境下的阿拉伯诗歌——埃及诗人法鲁克·朱维戴研究》,北京:北京语言大学出版社,2009年。

张剑:《T. S. 艾略特:诗歌和戏剧的解读》,北京:外语教学与研究出版社,2006年。

张剑:《艾略特与英国浪漫主义传统》,北京:外语教学与研究出版社,1996年。

张杰、康澄:《结构文艺符号学》,北京:外语教学与研究出版社,2004年。

张杰:《复调小说理论研究》,桂林:漓江出版社,1992年版。

张介明:《唯美叙事:王尔德新论》,上海:上海社会科学院出版社,2005年。

张金凤:《乔治·艾略特:理想主义与现实主义的"调和"》,开封:河南大学出版社,2006年。

张京媛:《新历史主义与文学批评》,北京:北京大学出版社,1993年。

张京媛主编:《当代女性主义文学批评》,北京:北京大学出版社,1992年。

张玲:《哈代》,北京:华夏出版社,2002年。

张玲:《旅次的自由联想:追寻美英文学大师的脚步》,北京:中央编译出版社,2009年。

张龙海:《属性和历史:解读美国华裔文学》,厦门:厦门大学出版社,2004年。

张隆溪:《二十世纪西方文论述评》,北京:生活·读书·新知三联书店,1986年。

张铭、张桂琳:《孟德斯鸠评传》,北京:法律出版社,1999年。

张沛:《哈姆雷特的问题》,北京:北京大学出版社,2006年。

张琼:《从族裔声音到经典文学:美国华裔文学的文学性研究及主体反思》,上海:复旦大学出版社,2009年。

张琼:《矛盾情结与艺术模糊性:超越政治和族裔的美国华裔文学》,上海:复旦大学出版社,2006年。

张容:《荒诞、怪异、离奇:法国荒诞派戏剧研究》,北京:社会科学文献出版社,1995年。

张容:《加缪:西绪福斯到反抗者》,吉林:长春出版社,1995年。

张容:《形而上的反抗:加缪思想研究》,北京:社会科学文献出版社,1998年。
张汝伦:《意义的探究——当代西方释义学》,沈阳:辽宁人民出版社,1988年。
张若名:《纪德的态度》,北京:生活·读书·新知三联书店,1994、1997年。
张石:《川端康成与东方古典》,上海:上海古籍出版社,2003年。
张首映:《西方二十世纪文论史》,北京:北京大学出版社,2004年。
张曙光:《从现代主义到后现代主义:二十世纪美国诗歌》,哈尔滨:黑龙江大学出版社,2007年。
张泗洋、徐斌、张晓阳:《莎士比亚引论》(两册),北京:中国戏剧出版社,1989年。
张薇:《海明威小说的叙事艺术》,上海:上海社会科学院出版社,2005年。
张唯嘉:《罗伯-格里耶新小说研究》,长沙:湖南人民出版社,2002年。
张绪华:《20世纪西班牙文学》,上海:外语教育出版社,1997年。
张岩冰:《女权主义文论》,济南:山东教育出版社,1998年。
张寅德编选:《叙述学研究》,北京:中国社会科学出版社,1989年。
张羽:《泰戈尔与中国现代文学》,昆明:云南人民出版社,2005年。
张玉书、卫茂平、朱建华、魏育青、冯亚琳主编:《德语文学与文学批评》第三卷,北京:人民文学出版社,2009年。
张源:《从"人文主义"到"保守主义":〈学衡〉中的白璧德》,上海:上海三联书店,2009年。
张跃军:《美国性情:威廉·卡洛斯·威廉斯的实用主义诗学》,合肥:安徽文艺出版社,2006年。
张耘:《荒原上短暂的石楠花——勃郎特姐妹传》,北京:中国文联出版社,2002年。
张泽乾、周家树、车槿山:《20世纪法国文学史》,青岛:青岛出版社,1998年。
张哲俊,《杨柳的形象:物质的交流与中日古代文学》,北京:人民文学出版社,2011年。
张哲俊:《中日古典悲剧的形式——三个母题与嬗变的研究》,上海:上海古籍出版社,2002年。
张中载:《托马斯·哈代——思想和创作》,北京:外语教学与研究出版社,1987年。
张祝祥:《美国自然主义小说》,上海:复旦大学出版社,2007年。
张子清:《二十世纪美国诗歌史》,长春:吉林教育出版社,1995年。
章国锋:《批评的魅力:二十世纪西方文论》,海口:海南出版社,1993年。
章汝雯:《托妮·莫里森研究》,北京:外语教学与研究出版社,2006年。

赵德明、赵振江、孙成敖:《拉丁美洲文学史》,北京:北京大学出版社,1989年。

赵德明:《巴尔加斯·略萨传》,北京:新世界出版社,2005年。

赵德明:《略萨传》,北京:中国长安出版社,2011年。

赵德明编:《我们看拉美文学》,昆明:云南人民出版社,2000年。

赵冬:《〈仙后〉与英国文艺复兴时期的释经传统》(英文),北京:外语教学与研究出版社,2008年。

赵光旭:《"化身诗学"与意义生成——华兹华斯〈序曲〉的诠释学研究》,上海:上海译文出版社,2007年。

赵立坤:《卢梭浪漫主义思想研究》,北京:中国社会科学出版社,2008年。

赵莉:《托妮·莫里森小说研究》,哈尔滨:东北林业大学出版社,2008年。

赵文书:《和声与变奏:华美文学文化取向的历史嬗变》,天津:南开大学出版社,2009年。

赵稀方:《二十世纪中国翻译文学史(新时期卷)》,天津:百花文艺出版社,2009年。

赵炎秋:《狄更斯长篇小说研究》,北京:社会科学文献出版社,1996年。

赵毅衡:《新批评——一种独特的形式主义文学理论》,北京:中国社会科学出版社,1986年。

赵毅衡:《重访新批评》,成都:四川文艺出版社,2013年。

赵勇:《法兰克福学派内外:知识分子与大众文化》,北京:北京大学出版社,2016年。

赵勇:《文坛背后的讲坛:伏尔泰与卢梭的文学创作》,海口:海南出版社,1993年。

赵振江、滕威:《中外文学交流史:中国—西班牙语国家卷》,济南:山东教育出版社,2015年。

赵宗金:《艺术的背后:荣格论艺术》,长春:吉林美术出版社,2007年。

郑克鲁:《法国诗歌史》,上海:上海外语教育出版社,1996年。

郑克鲁:《法国文学论集》,桂林:漓江出版社,1982年。

郑克鲁编:《法国文学史》(上、下),上海:上海外语教育出版社,2003年。

郑书九等:《拉丁美洲"文学爆炸"后小说研究》,北京:商务印书馆,2013年。

郑书九主编:《当代外国文学纪事(1980—2000)·拉丁美洲卷》,北京:商务印书馆,2015年。

郑体武主编:《新中国成立以来的外国文学教学与研究》,上海:上海外语教育出版社,2011年。

郅溥浩、丁淑红:《阿拉伯民间文学》,银川:宁夏人民出版社,2011年。

郅溥浩:《神话与现实——〈一千零一夜〉论》,北京:社会科学文献出版社,1997年。

中国莎士比亚研究会编:《莎士比亚在中国》,上海:上海文艺出版社,1987年。

中国社会科学院外国文学研究所:《东方文学专辑》(一),北京:中国社会科学出版社,1979年。

钟玲:《美国诗与中国梦:美国现代诗里的中国文化模式》,桂林:广西师范大学出版社,2002年。

钟玲:《中国禅与美国文学》,北京:首都师范大学出版社,2009年。

仲跻昆:《阿拉伯文学通史》,南京:译林出版社,2010年。

周春:《美国黑人女性主义批评研究》,成都:四川大学出版社,2007年。

周建新:《艾米莉·狄金森诗歌文体特征研究》,南宁:广西人民出版社,2006年。

周骏章:《莎士比亚散论》,西安:陕西人民出版社,1999年。

周维培:《现代美国戏剧史》,南京:江苏文艺出版社,1997年。

周小仪:《超越唯美主义:奥斯卡·王尔德与消费社会》,北京:北京大学出版社,1996年。

周阅:《川端康成文学的文化学研究——以东方文化为中心》,北京:北京大学出版社,2008年。

周忠厚:《狄德罗的美学和文艺学思想》,北京:文化艺术出版社,1987年。

朱宾忠:《跨越时空的对话——福克纳与莫言比较研究》,武汉:武汉大学出版社,2006年。

朱虹:《奥斯丁研究》,北京:中国文联出版公司,1985年。

朱虹:《英美文学散论》,北京:生活·读书·新知三联书店,1984年。

朱景冬、孙成敖编著:《拉丁美洲小说史》,天津:百花文艺出版社,2004年。

朱景冬:《何塞·马蒂评传》,北京:社会科学文献出版社,2010年。

朱景冬:《马尔克斯:魔幻现实主义巨擘》,长春:长春出版社,1995年。

朱静、景春雨:《纪德研究》,上海:上海外语教育出版社,2005年。

朱炯强:《哈代:跨世纪的文学巨人》,杭州:杭州大学出版社,1994年。

朱立元:《当代西方文艺理论》,上海:华东师范大学出版社,2014年。

朱丽田:《文学想象与文化美国:美国独立革命时期诗歌研究》,南京:东南大学出版社,2009年。

朱荣杰:《伤痛与弥合:托妮·莫里森小说母爱主题的文化研究》,开封:河南大学出版社,2004年。

朱维之、雷石榆、梁立基主编:《外国文学简编·亚非部分》,北京:中国人民大学出版社,1983年。

朱新福:《美国文学中的生态思想研究》,苏州:苏州大学出版社,2006年。

朱学勤:《道德理想国的覆灭:从卢梭到罗伯斯庇尔》,上海:生活·读书·新知三联书店上海分店,1994年。

朱振武:《在心理美学的平面上:威廉·福克纳小说创作论》,上海:学林出版社,2004年。

朱振武等:《美国小说本土化的多元因素》,上海:上海外语教育出版社,2006年。

祝远德:《他者的呼唤:康拉德小说他者建构研究》,北京:人民出版社,2007年。

邹建军:《"和"的正向与反向:谭恩美长篇小说中的伦理思想研究》,武汉:华中师范大学出版社,2008年。